江畔何人初见月

周啸天 著

四川人民出版社

图书在版编目（CIP）数据

江畔何人初见月 / 周啸天著. -- 成都：四川人民
出版社，2025.1. -- ISBN 978-7-220-13808-9

Ⅰ. I207.227.422

中国国家版本馆 CIP 数据核字第 2024X20E52 号

JIANGPAN HEREN CHUJIANYUE

江畔何人初见月

周啸天　著

责任编辑	刘姣娇
封面设计	张　科
版式设计	张迪茗
责任校对	刘　静
责任印制	周　奇

出版发行	四川人民出版社（成都三色路 238 号）
网　　址	http://www.scpph.com
E-mail	scrmcbs@sina.com
新浪微博	@四川人民出版社
微信公众号	四川人民出版社
发行部业务电话	(028) 86361653　86361656
防盗版举报电话	(028) 86361653
照　　排	四川胜翔数码印务设计有限公司
印　　刷	四川机投印务有限公司
成品尺寸	145mm×210mm
印　　张	14
字　　数	400 千
版　　次	2025 年 1 月第 1 版
印　　次	2025 年 1 月第 1 次印刷
书　　号	ISBN 978-7-220-13808-9
定　　价	78.00 元

凡例

一、本书性质为中国传统诗词歌赋之历代名篇赏析，分为《大风起兮云飞扬》《江畔何人初见月》《忽如一夜春风来》《此情可待成追忆》《一江春水向东流》《只留清气满乾坤》六册。

二、全书析文累计一千三百余篇。为读者便携、便览计，每册分量大致相当。作品排列，大体上以时代先后为序，并附作者小传。

三、《大风起兮云飞扬》含"诗经楚辞""八代诗赋"；《只留清气满乾坤》含"元明清诗词曲""近现代诗词"；"唐宋诗词"为全书重点，居十分之七，累计析文九百六十篇，故《大风起兮云飞扬》《江畔何人初见月》《忽如一夜春风来》《此情可待成追忆》《一江春水向东流》《只留清气满乾坤》六册皆有收录。

序

　　文学研究最基础的工作，是对具体文学作品的阅读。而对于一篇具体文学作品的阅读，实包含着三个要素：一，文本解读。二，艺术分析。三，审美判断。

　　首先，我们要读懂作者在"说什么"。这就是"文本解读"。文本解读有两种不同的定位："作者定位"与"读者定位"。所谓"作者定位"，是指读者以作者为本位，不带任何先入为主的有色眼镜，尽可能做到客观、冷静，在作品文字所给定的弹性范围内，披文入情，力求对作品做出有可能最接近作者本意的解读。它关注的焦点，是作者的创作。所谓"读者定位"，是指读者以自我为本位，带有强烈的主观色彩，不关心作者想说的是什么，只关心我从作品中读到了什么。这种定位，理论后盾是西方的"接受美学"与"读者反应批评"，在中国古典传统则是"六经注我"，"作者未必然，读者何必不然"。它关注的焦点，是读者的接受。作为一般读者，普通文学爱好者，爱怎么读就怎么读，这是他的自由，不容他人置喙。但作为学者，专业研究者，当我们在对具体作家具体作品创作的本身进行研究，而非对其作品的大众接受进行研究时，通常都采取"作者定位"。

　　然而，光读懂作者在"说什么"还不够。还要探讨作者"怎样说"，审视其写作技术，这就是"艺术分析"。然而，光读懂作者在"说什么"，弄明白作者"怎样说"，也还不是我们的终极目的。最终，我们还必须对该做品作出评价：它"说得怎样"？"说"得好还是不好？好到什么程度，不好到什么程度？这就是"审美判断"。文学之区别于其他文字著述的本质属性，在语言艺术之审美。其他文字著述，或求真，或求真且善，至于其语言运用，辞达而已，作者说得清楚，读者看得明白，目的便达到了。而文学作品则不仅求真，求善，更求其美。因此，将文学等同于其他各类文字著述，阅读文学作品仅求其真、其善，而不提升到审美的层次，即无异于对蒙娜丽莎做人体解剖，真正是煞风景了。

总的来说，在古典文学的各类文体中，"诗词"是篇幅最短小，语言最精练，技术含量最高，从而被人们公认为最难读懂，最难鉴赏的一类文体。一般读者不必说了，一般学者也不必说了，即便是资深的专家，乃至于大师级的学者，对具体诗词作品的文本阅读，误解的现象也时有发生；对某些诗词作品的艺术分析与审美判断，也未必切中肯綮，甚或不免于隔靴搔痒。

笔者这样说，并非信口雌黄，而是以事实为根据的。三十多年前，笔者还在攻读博士学位，承蒙上海辞书出版社信赖，诚邀笔者作为《唐宋词鉴赏辞典》的总审订者之一，与上海古籍出版社原副总编辑陈振鹏先生共同审订了该书的全稿。该书是上海辞书出版社继《唐诗鉴赏辞典》开创体例并获得巨大成功、巨大社会效益之后编辑的第二部鉴赏辞典，约稿规格是很高的。撰稿人当中，不乏当时诗词研究界的著名专家学者乃至大师级的学者。但即便如此，书稿在文本解读、艺术分析与审美判断这三个方面，还是存在着大量的失误。笔者前后花了一年多时间，细细审读，写下了数千条具体的审读、修改意见。这些意见，绝大多数都经陈振鹏先生裁决认可，由他亲自操刀对原稿做了订正；或反馈给作者，请他们自行修改。

在笔者的审读印象中，鉴赏文字质量最高，几乎无懈可击的撰稿人为数并不太多。而在这为数不多的撰稿人当中，笔者印象最深刻的一位便是周啸天先生。当时啸天硕士生毕业不久，尚未成名，笔者与他素昧平生，缘悭一面，亦无通讯往来。但每读其文，辄击节叹赏，钦服不已。笔者在与《唐诗鉴赏辞典》《唐宋词鉴赏辞典》的责任编辑汤高才先生闲谈时，对啸天所撰鉴赏文章曾做过大意如下的评价：别人没有读懂的诗词，啸天读懂了；别人虽然读懂了，但没能读出其好处来，而啸天读出来了；别人虽然读懂了，也读出好处来了，但下笔数千言，刺刺不能自休，却说不到位，而啸天的鉴赏文章，既一语破的，文字又简净明快，绝不拖沓，行于所当行，止于所不可不止。高才先生对此评价深为赞同，并说他在《唐诗鉴赏辞典》的组稿过程中就已发现啸天的长才，因此一约再约，以致在此两部鉴赏辞典中，啸天所撰稿件篇数独多。高才先生实在是一个爱才的前辈，真能识英雄于风尘之中，不拘一格用人才啊！

　　三十年后，笔者与啸天已成为熟识的朋友。啸天应四川人民出版社之约，将其历年精心撰写的古典诗词鉴赏文章汇编出版，而不以笔者为谫陋，来电命序。义不容辞，乃重述当年所见如此，今日所见依然如此的评价，以为喤引。如此精彩的古典诗词鉴赏文集，必将得到广大读者的宝重，其传世是必然的！

　　　　2017 年 5 月 23 日，钟振振撰于南京仙鹤山庄寓所之酉卯斋

目录

【王勃】（650—676）字子安，唐绛州龙门（今山西河津）人。王通之孙。高宗麟德三年（666）应制科对策高第，拜朝散郎。沛王召为府修撰，以戏檄英王鸡被斥出府。总章二年（669）入蜀漫游。上元二年（675）秋赴交趾省父，次年秋渡海落水，惊悸而卒。有《王子安集》。

送杜少府之任蜀川

城阙辅三秦，风烟望五津。

与君离别意，同是宦游人。

海内存知己，天涯若比邻。

无为在歧路，儿女共沾巾。

诗人从长安送姓杜的朋友到蜀中任职，写下了这首送别诗。"少府"是唐人对县尉的称谓，这表明了杜某出任的官职。题中"蜀川"或作"蜀州"（四川崇州市），按唐置蜀州在王勃去世十年后（686），故不当作"蜀州"。"蜀川"，泛指蜀地。

有人说首句的"城阙"指成都，而《文苑英华》这句一作"城阙俯西秦"，据此可知"城阙"实指长安。"城阙辅三秦"在句法上属倒装，意即长安以三秦（项羽灭秦曾三分关中之地而治之，代指关中）为辅。"风烟望五津"亦属倒装，意即望五津（蜀地从都江堰至犍为一段岷江的五个渡口）风烟。一句点送行地点，一句点杜少府之去向。两句虽未及送别，但通过对举两地风光，以"望"字一点，便写出了行者踟蹰上路，前路风烟迷茫的状况，道出了送者一片依依惜别之情。

"宦游"指离乡在外做官。而在唐时人们心目中，在京供职和外任有很大差别。从长安到边远的蜀地，杜少府不免感到悲凉。诗人王勃非常体贴朋友的心情，他轻轻抹去那"不同"，而强调彼此的"同"——"与君离别意，同是宦游人"。强调自己对朋友心情的理解，这一点很重要，由于富于人情味，因而富于感染力。

动之以情，会使人感到慰藉，却不免低调；喻之以理，更能使人为之振作，所以诗人讲了两句豪言壮语："海内存知己，天涯若比邻。"这里点化曹植《赠白马王彪》"丈夫志四海，万里犹比邻"诗意。曹诗偏于大丈夫应以四海为家这一层意思；此诗强调志同道合的朋友在心理上的亲近，在道义上的互相支持和鼓舞，是其创意所在。所谓"德不孤，必有邻"（《论语》）。因而这两句诗句也成为对风义相期的、崇高的友谊的赞颂。这两句曾因为毛泽东在给霍查的一封电报的开头加以引用，而成为全中国家喻户晓的唐诗名句，连电报大家都背得出来："海内存知己，天涯若比邻。中阿两国远隔千山万水，我们的心是连在一起的……"

在高调之后，复出以款语叮咛："无为在歧路，儿女共沾巾。"诗人与杜少府皆仕宦中人，虽是惜别，又何至于像少年男女分手时那样儿女情多，哭哭啼啼。两句略寓戏谑的口吻，振动一下空气，舒缓一下气氛，使诗意不至于太严肃太凝重；它像乐章中一个舒缓的尾声，情味深长。今人诗云："说好不为儿女态，我回头见你回头。"翻过一层，亦妙。

"悲莫悲兮生别离"。南朝文人江淹在《别赋》中历叙各种离别情事后，蛮有把握地结论道："是以别方不定，别理千名，有别必怨，有怨必盈。"唐代诗人往往和前人唱反调："青山一道同云雨，明月何曾是两乡"（王昌龄）、"莫愁前路无知己，天下谁人不识君"（高适），等等，与"海内存知己，天涯若比邻"是同一基调，读后使人胸怀宽广，态度乐观。这显然是那个长期繁荣统一的大时代所赐。而在送别诗中首先举首高歌、指出向上一路的，却不得不推这首《送杜少府之任蜀川》。

山中

长江悲已滞，万里念将归。
况属高风晚，山山黄叶飞。

这首诗是王勃在流寓巴蜀（今四川）期间写的，题中的"山"指蜀山——川北和川西都有山区。诗人寓蜀的由头，长话短说，是因为他在长安沛王府中写了一篇游戏文字——《檄英王鸡》，不幸被毫无幽默感的唐高宗读了，认为有挑拨亲王之嫌，一怒之下逐出王府。一个年轻才子，就此断送了前程，其心情之悲苦，是不言而喻的。读者要知道，这首诗写的不是一般人的乡情，而是一个失意者的乡情，则思过半矣。

"长江悲已滞，万里念将归。"这两句写滞留他乡的悲苦心情。在唐代，人们入蜀一般走陆路，即川北蜀道，而出蜀则一般由走水路，即川南长江。因为诗人的思绪是出蜀，所以开篇就写"长江"，写渴望还乡而不得的心情。"长江悲已滞"句，语意上具有模糊性。若读为作者因为久滞长江上游（巴蜀）而悲伤，则诗意寻常。不过，一句也能抵"大江流日夜，客心悲未央"（谢朓）两句。若读为长江之水悲伤得流不动（所以自己不能还家），是移情于物，给久滞他乡以一个本不成立的理由，则诗意奇崛，翻出了六朝诗人的手心。顺便说，正是这种语言上的模糊性，造成了汉语诗歌不可穷尽的魅力。

再说"将归"，这个词初见于《楚辞》，"憭栗兮若在远行，登山临水兮送将归"（宋玉）。意指游子，即将归之人。"送将归"是送行，"念将归"是思归，一字之改，意味顿别。"万里念将归"也可两读，既可读为万里以外家人对游子的思念，也可读为远在他乡的游子苦苦思归。作后一种读法，在抒情上比较接近杜甫的"万里悲秋常作客"，又使人联想到作者所写的"关山难越，谁悲失路之人；萍水相逢，尽是他乡之客"（《滕王阁序》），其心情的凄苦，可想而知。

"况属高风晚，山山黄叶飞。"如果说前两句着重写游子的心情，这两句则着重写他所处的气候（秋风）和环境（山中）。《楚辞》说"悲哉秋之为气也，萧瑟兮草木摇落而变衰"（宋玉）。秋天是摇落的季节，深山老林中，一阵秋风就能吹下成片的落叶，树上叶子越来越少，地上叶子越来越多。常言道"一叶知秋"——一片落叶都能引起萧条的感觉，何况漫山的落叶！何况"山山"的落叶！实话说，秋山中明丽之物亦多，如石泉、如松枫，等等。然而诗人只写"山山黄叶飞"而不及其余，这是艺术上的剪裁和选择，表现出落魄者的别有怀抱。这怀抱，用《楚辞》的话说，就是"王孙兮归来，山中兮不可以久留"（淮南小山）。诗题的"山中"的出处，就在这里。如果说山中本来就"不可以久留"，那么，秋风萧瑟的山中就更不可以久留了。所以，这两句的写景中，也暗含王孙思归之意。

挹《楚辞》之芳润，是这首小诗的一个显著特色，表现在题目上，也表现在措语上，也表现在比兴起结（以景起、以景结）的手法上，因此它的意境格外缠绵。此外，三句的"况属"二字和首句的"已"字相映带，有递进之致，故结构紧凑；末句的"飞"字和首句的"滞"字相映带，有跌宕之致，故意象生动。

咏风

肃肃凉景生，加我林壑清。
驱烟寻涧户，卷雾出山楹。
去来固无迹，动息如有情。
日落山水静，为君起松声。

这首诗乍看是一首五言律诗。细玩格律并不严格，除"驱烟寻涧户，卷雾出山楹"一联，其余诗句均非律句，也不全遵律诗的粘对规律。如果覆去作者姓名，贴到网页上，马上会招来一片骂声。然而宋人计有功不尔，不仅将它选入《唐诗纪事》，还称道为"最有馀味"。可见诗味与格律，实在不是同一回事。

对于咏物诗来说，人格化是一个不二法门。特别是像"风"这样看不见、摸不着的东西。有一首外国小诗说得好："谁看见过风呢？你没有我也没有，风正轻轻地通过，在柳树弯腰的时候。"而在本诗中，"去来固无迹，动息如有情"一联，虽然调声不严，却是一篇之警策。因为它把风人格化了，使读者感到实在。不仅如此，诗人还把自己放进诗中，与风对话。一开篇就说："肃肃凉景生，加我林壑清。""肃肃"是风的象声词。"凉景"一作"凉风"，但题目既然已有"风"字，用"景"字替换也是可以的。诗中写到的一片"林壑"，不必是诗人的地产，但著一"我"字，就把自个儿放进去了，同时也就把读者放进去了，好像那一片林壑，真是自个儿的了。

"驱烟寻涧户，卷雾出山楹。"这两句，借林壑之中随时都有的烟、雾为陪衬，为风造型。当烟雾被驱赶散尽，就看到涧底的人家，或现山间的房屋，你就切实感觉到"风正轻轻地通过"。苛刻的读者，会批评"驱烟"、"卷雾"的对仗，未免合掌。这类批评，虽"蝉噪林逾静，鸟鸣山更幽"（王籍）、"独有英雄驱虎豹，更无豪杰怕熊罴"（毛泽东）等名句亦不得免。但林黛玉说得好："词句究竟还是末事，第一立意要紧。意趣果然真了，连词句不用修饰，自是好的。"

诗的前六句或诉诸肤觉，或诉诸视觉，或诉诸内心感受，诗的结尾再追加一个听觉形象，感觉就更加丰富，风的形象就更加立体了。松涛本是山中悦耳的天籁，故琴曲有《风入松》之名。而将"为君起松声"的听觉描写放在"日落山水静"的背景上，以静衬声，听觉形象就更加突出了。

在宋玉《风赋》中，针对"夫风者，天地之气，溥畅而至。不择贵贱高下而加焉"的说法予以驳斥，认为不同的人在不同的处境中对风有不同的感受，或为王者之"雄风"，或为庶人之"雌风"。徐文长笔下的西兴脚夫也有"风在戴老爷家过夏，我家过冬"的俏皮话。而王勃笔下的风，不是冬季的寒风，也不专属富人或穷人，而是夏秋之交，山中人都能感受到的清风。虽然咏风的诗文甚多，作者却几乎没有运用一个典故，全部来自亲身感受，一气呵成，颇有韵味。

别薛华

送送多穷路，遑遑独问津。

悲凉千里道，凄断百年身。

心事同漂泊，生涯共苦辛。

无论去与住，俱是梦中人。

这首诗是最早成熟的五言律诗之一，七句的"论"字属平声（十三元）。薛华一名曜，字曜华，其祖父薛收是王勃祖父王通的弟子。薛、王二姓为累世通家。薛华是王勃最亲密的朋友，以诗文知名当世，但在王勃写这首诗的当时，两人的境遇都比较困顿，在社会上尚未找到安身立命的位置。这从第三联就可以知道："心事同漂泊，生涯共苦辛。"

诗开篇从送别写起："送送多穷路，遑遑独问津。"说送了一程又一程，越走越荒凉，走到路的尽头，不免歧路彷徨，而要想找个人问路（"问津"），真是谈何容易。虽然是律诗的开头，其句调实出于蔡文姬《悲愤诗》之"去去割情恋，遄征日遐迈"。而将这一联处理成对仗，不是律诗之指定动作，而是作者的自选动作，使全诗在句式上更加整饬。次句中的"独"字，应是想象友人在途中的情景。一个人问路，比两个人问路，实在是惶恐得多。

颔联"悲凉"、"凄断"之字，于是招之即来。以"千里（道）"对"百年（身）"，是以空间对时间，是对仗一定不移之义。在对法上属于呼应对，却也有流水对的感觉，连贯的意思是：人生不过百年，如此悲凉而漫长的征途，简直要拖垮人羸弱的身体。这是对朋友的关切同情，却也打并入自己的身世之感。颈联于是呼之即出："心事同漂泊，生涯共苦辛。"明人评道："率衷披写，绝不作诗思。"（陆时雍《唐诗镜》）；"此等语后人读烂熟，在子安实为创调。"（钟惺、谭元春《唐诗归》一）

以上写足悲慨之后，尾联则强作宽解语："无论去与住，俱是梦中人。"与作者《送杜少府之蜀川》"与君离别意，同是宦游人"同趣，也就是抹去两个人"去与住"的不同，而强调彼此的同情，给对方心灵上的安慰，颇富人情味。想开一点吧朋友，人生百年不就一场梦吗，"邯郸道，槐安国，恍惚一世，未知谁假谁真"（黄周星《唐诗诀》），这当是正解。还有一种别解：去、住双方分手之后，只能在梦中相见了，有杜甫《梦李白》为证："故人入我梦，明我长相忆。"不管作何解会，都是对负面情绪的排遣。谭元春因此说："愁苦诗，又唤醒人不愁，妙妙。"

唐人五律一般情景交融，而此诗以情语为主，"通篇无月露之态，风格自完。说者言唐诗唯工于景，岂知大雅者也"（顾璘《批点唐音》一）。胡应麟云："唐初五言律，唯王勃'送送多穷路'、'城阙辅三秦'等，终篇不著景物，而兴象宛然，气骨苍然。"（《诗薮》内编四）信然。

江亭夜月送别二首（录一）

乱烟笼碧砌，飞月向南端。

寂寂离亭掩，江山此夜寒。

《江亭夜月送别二首》是王勃在670年前后旅居巴蜀期间客中送客之作。第一首是："江送巴南水，山横塞北云。津亭秋月夜，谁见泣离群。"读此可知送客地点（巴南），话别场所（津亭），送行时间（秋夜），分手之处（江边），行人所向（塞北）。这一首被沈德潜选入《唐诗别裁集》，以"泣离情"作结，抒情稍嫌直露。第二首以"江山此夜寒"作结，却含蓄酝藉得多。

诗须有好句，"江山此夜寒"之所以为好句，是因为"一片离情，俱从此（寒）字托出"（黄叔灿《唐诗笺注》）。而这个"寒"字，不单是气温表上的读数，更是送客归来后心理上的感觉。不然何以强调"此夜寒"呢！"此夜寒"绝不是说今夜寒潮来袭，而是有前三句的铺垫使然。

倒回去看，"寂寂离亭掩"是说"离亭"（题面称"江亭"、第一首称"津亭"、王维《渭城曲》称"客舍"，全是一回事，指唐时之驿站）已经关门。这驿站便是诗人送客之后当夜暂住之地。"乱烟笼碧砌，飞月向南端"，则是送客后到离亭掩门之前，诗人即目所见。地下"碧砌"（驿站的台阶）笼罩在暮霭之中，天上月亮则朝着与行人相反的方向（南端）运行，"乱烟"的"乱"、"飞月"的"飞"，都是诗人的心理感觉——友人走了，诗人的心情很乱，而时间过得太快。在"有我之境"中，将诗人送别后留连顾望之状、凄凉寂寞之情和盘托出。所以为妙。

【宋之问】（656？—713？）一名少连，字延清，唐汾州西河（今山西汾阳）人，一说虢州弘农（今河南灵宝）人。上元二年（675）进士及第，天授元年（690）以学士分直习艺馆，历洛阳参军，迁左奉宸内供奉。神龙元年（705）贬泷州参军。景龙中以户部员外郎兼修文馆直学士，再转考功员外郎，三年（707）贬越州刺史。睿宗时流钦州，后赐死。有《宋之问集》。

度大庾岭

度岭方辞国，停轺一望家。

魂随南翥鸟，泪尽北枝花。

山雨初含霁，江云欲变霞。

但令归有日，不敢恨长沙。

此诗作于流放钦州（属广西）过大庾岭时。大庾岭在江西大庾，岭多梅花，又称梅岭，古人以此岭为南北分界线。

"度岭方辞国，停轺一望家。"首联这个"方"字耐人寻味，本来离开长安就是"辞国"，不需要等到翻越梅岭。然而，只是到了翻越梅岭这一特定时刻，却更让人产生去国还乡之悲。所以这个"方"字，表明以前的离愁都算不得什么离愁。正见得在"度岭"这一特定时刻，诗人心中的怅惘。因为一旦过岭，还望京国的视线将被隔断，所以得停下车来，好好地望它一望。"度岭"、"辞国"、"停轺"、"望家"，都不过是叙写事实，本身并不产生诗味；而"方"、"一"两字的勾勒及其所传达的语气，使客观的事实具有了主观的色彩，这才产生出很浓的诗味。

"魂随南翥鸟，泪尽北枝花。"这是写望家时的心情。这两句写得非常凄美，古人说"诗缘情而绮靡"，莫此为甚了。"魂"字用得好，古人认为，生病或死亡，会导致魂不附体。流放介乎二者之间。所以流人感到他的魂魄已随着南飞之鸟，远离故国。据说由于南北气候的差异，大庾岭上梅花，南枝落时，北枝犹开（参《白氏六帖·梅部》）。而流人家在北方，所以思乡的泪，竟打湿了北枝的花。诗以花、鸟作点缀，以南、北作唱叹，"南翥鸟"、"北枝花"的巧妙对仗，将前二句中所抒发的思乡之情，以曲折的方式作了推进。

"山雨初含霁，江云欲变霞。"这是一转，来写雨散云收，气候转晴。这是写景，又不仅仅是写景，这里的景是所谓"有意味的情景"。这里的"雨霁"巧妙地映带了上文的"泪尽"。阴雨天气，本使人情绪低沉；而雨过天晴，又出现彩霞，则使人心情好转。其深层的意蕴是：天气的雨转晴，对应着人事的否极泰来，这是流人从景物中得到的心理暗示，一种积极的心理暗示，一种阳光的心态。这种心理暗示和心态，表明诗人在努力拒绝负面情绪，寄希望于未来。这是一种健康的思想感情，特别值得肯定。

诗的结束于是水到渠成，借汉代贾谊被贬长沙王太傅的典故，进一步表达盼望北归的心愿。"但令"、"不敢"的勾勒，形成一个条件复句：明明有恨，却说"不敢恨"。而"不敢恨"，又是以"归有日"为条件的。这个条件不高，容易达到。所以读起来很轻快。全诗在明快的抒情之中，复有曲折含蓄之致，颇合于温柔敦厚之旨；加上技法圆熟，音韵谐婉，起承转合，流畅自然，使这首诗达到了古典美的极致。

渡汉江

岭外音书断，经冬复历春。
近乡情更怯，不敢问来人。

有一种普遍人情，叫作：怕听到坏消息。愚人节最恶搞的短信之一是："有空请给我一个电话，有个坏消息，关于你的。"然后再发一条："哪有这回事儿，只是祝你节日快乐。"这条短信，越是来自熟人，越是令人惴惴不安，足以诱发心脏病。而表现这种普遍人情的诗，似乎没有超过宋之问这一首的。

宋之问在中宗朝被贬泷州（今广东罗定市），这首诗是他从贬所获准归来，途经汉江时所作。诗中表现一个长期客居异乡、久无家中音信的人，在行近家乡时所产生的那种心态，正是曲尽人情。郁达夫咏沈宋有"行太卑微诗太俊"之句，这首诗就是"太俊"。

古代中国是个宗法社会，尤重血缘关系。一个人离乡背井，最渴望之事，就是知道亲人的消息。然而，对于古人来说，音息的沟通远不是那么容易的事，何况是被贬在岭外那样偏远、交通不便的地方。"岭外音书断"，这是一个令人苦恼的现实。"经冬复历春"，是说隔岁无书。冬与春在季节上是连续的，实际不算太长，却因为消息断绝，在心理上感觉很长。一个"复"字，表达的是度日如年、难以忍受的感觉，作者在与世隔绝的处境中，失去精神慰藉的生活情景以及精神痛苦，通过这个并列式的句子，得到充分的表现。

上两句与下两句中间有一个在绝句是很常见的跳跃，对这首诗来说，就是获得恩准从贬所启程回家，在"近乡"前的一段跋涉辛劳，全都省略了。因为那是不言而喻的。作者选择了回归过程中最具生发性的即"近乡"的时刻，抓住当事人的一种特殊的心态，加以刻画。那就是"近乡情更怯，不敢问来人"。一个"怯"字，用得极妙。照理说，对于饱受"音书断"煎熬的人，越是早知道亲人的消息，越能早一点解除心里的焦虑。应该是近乡情更"切"才对。然而，人们对消息的等待是有选择性的，质言之，他永远盼望好消息，而害怕听到坏消息。当其对消息的焦虑发展到极致，则会变成对消息本身的回避。本该上前问来人，就变成了"不敢问来人"。这叫反常合道。比如说参加高考的人害怕看榜，就是出于同样的心理。因此，不用"切"字，而用"怯"字，真是极练，说透了人情之的。后来，杜甫《述怀》也有同样的写法："自寄一封书，今已十月后。反畏消息来，寸心亦何有！"完全来自生活体验。"畏"字等同"怯"字。

所以，写人之常情，不如写反常之情。而反常，也是一种人之常情。

黄周星评此诗："真切之极，人人有此情，不能为此语。"（《唐诗诀》）按，"人人有此情"，就是指反常。"不能为此语"，是说在宋之问之前，没有人写出这个反常。

送别杜审言

卧病人事绝，嗟君万里行。
河桥不相送，江树远含情。
别路追孙楚，维舟吊屈平。
可惜龙泉剑，流落在丰城。

这首诗的作者和受赠者，都是对五言律诗的定型做出重大贡献的诗人，这首诗便是一首经典的五律。杜审言（杜甫的祖父）是一位心性乐观，自视甚高的诗人。据载，他病得很厉害的时候，宋之问等去看他，他居然还有心情开玩笑，道："吾在，久压公等；今且死，但恨不见替人也。"（《唐才子传》一）

武则天圣历元年（698），杜审言坐事贬吉州（今江西吉安）司户参军，当时宋之问"卧病"，不能亲往相送，就写一首诗送他。人在病中，信息闭塞，却偏偏传来一个坏消息——故人突遭贬谪，不免令人黯然神伤。此诗开篇便将读者带入特定情景："卧病人事绝，嗟君万里行。"一个"嗟"字，表现出诗人的无奈和对友人的深切同情。

接下来是诗中的神来之笔。单看"河桥不相送"，可以直白地解为：不能上河桥送别故人。便是平平无奇的一句话。然而联系下句的"江树远含情"，事情就不那么简单了。这里明明是拟人，或反过来说，是移情于物。"河桥""江树"无一不是诗人之化身，躺在病床上的人，和生了根的河桥（洛阳桥）一样，不能一路相送。而沿堤的江树呢，却可以陪伴行人很久很久。因为从东都洛阳至江西，要走很长一段运河。运河两岸有树，被人唤作"隋堤柳"，也就是诗中的"江树"。"病中不能送客，无以表意，而托诸江树，正见其情之无极。"（俞陛云《诗境浅说续编》）正是因病致妍了。

杜审言乘船途经之地，要路过两三位历史文化名人浪迹之处。信手拈来典故，心情却是沉甸甸的："别路追孙楚，维舟吊屈平。"孙楚（字子荆）乃西晋文学家，仕途坎坷，年四十余始参镇东（扬州一带）军事，后因傲侮上司免官。其人少负才名，盛气凌人（史称"多所凌傲，缺乡曲之誉"），与杜审言正有一比。而汉代贾谊贬长沙王太傅时，途经湘水，曾作《吊屈原赋》。王勃说："贬贾谊于长沙，非无圣主。"杜审言应有同慨。

杜审言此行的目的地吉州，其地接近丰城（今江西丰城市）。据《晋书·张华传》载：豫章（今南昌）雷焕夜观天象，见斗牛之间常有紫气，知为宝剑之剑气所致，并判定剑在丰城。遂为丰城令，到县掘得龙泉与太阿二剑。"可惜龙泉剑，流落在丰城。"诗人用此事，一则暗点贬所，二则寄寓对友人怀才不遇的惋惜，三则以吉言暗示友人会被再度起用，可谓一石三鸟。综观全诗，前半直寻胜语，后半却频频用典，好在并不生僻，故读来只觉浑成。

早发始兴江口至虚氏村作

候晓逾闽嶂，乘春望越台。宿云鹏际落，残月蚌中开。
薜荔摇青气，桄榔翳碧苔。桂香多露裛，石响细泉回。抱叶
玄猿啸，衔花翡翠来。南中虽可悦，北思日悠哉。鬒发俄成
素，丹心已作灰。何当首归路，行剪故园莱。

武则天神龙元年（705年）正月，宰相张柬之等逼武后退位，诛杀二张，迎立中宗，宋之问被贬泷州（今广东罗定市）参军，这首诗作于诗人被贬途中，是一首写景抒情的五言排律。所谓五言排律，不过是五言律诗的扩充或延长，即在五律中间增加若干联，要求对仗工整，"约句准篇，若锦绣成文"（《新唐书·宋之问传》）。

开篇四句写"早发"。一、二句中分别含有"春"、"晓"二字，一年之计在于春，一日之计在于晨，诗人却在赶路，出发地为"始兴"即曲江（今广东韶关市），"江口"是小地名，到达地是"虚氏村"，与"江口"相距约有一日之路程。诗中"闽嶂"、"越台"（汉时南越王尉陀所筑台）是藻绘，分别指途经南方之山岭和此行之所向。

三、四句紧扣春晓，写望中景色，形容宿云像鹏翼垂下的影子，残月如开于蚌中的珍珠。残月本是一弯，只如蚌珠边缘高光的部分，譬之蚌中珍珠，颇富想象力。纪昀点评："故为奇语，已开雕琢风气。"（《瀛奎律髓》汇评）排律有一联可传，便足为全诗增价。这一联就是如此。

"薜荔摇青气"六句写南国景色，多用南方鸟兽草木之名。如薜荔、桃椰、桂树、玄猿、翡翠，等等，三句写植物，两句写动物，铺排有序，杂以山光水声，错落有致。"南中虽可悦，北思日悠哉"两句承上启下，一句为前六句打总结，说南国景象虽赏心悦目，一句转折，说自个儿留恋北方的思绪更长。接下来"鬓发俄成素，丹心已作灰"二句，极言乡思之苦，青鬓忽然变成了白发，赤心业已化作冷灰。最后两句承"灰心"而言：要是有回乡的一天，打算归隐算了。"何当首归路，行剪故园莱。"语出谢朓"去剪北山莱"、王绩"去剪故园莱"，都是归隐田园的意思。

全诗声律严谨，对仗工稳，技巧纯熟，措语巧而不纤，起承转合有度，非排律之当行里手，不能办此。

灵隐寺

鹫岭郁岧峣，龙宫锁寂寥。楼观沧海日，门对浙江潮。桂子月中落，天香云外飘。扪萝登塔远，刳木取泉遥。霜薄花更发，冰轻叶未凋。夙龄尚遐异，搜对涤烦嚣。待入天台路，看余度石桥。

这首五言排律当是中宗景龙元年（707）作者被贬越州长史，游杭州灵隐寺所作。灵隐寺建于东晋时。相传咸和元年（326），印度僧人慧理至杭，见此山道："此天竺国（古印度）灵鹫山之小岭，不知何年飞来，佛在世日，多为仙灵所隐。"灵隐山即得名于此。

开篇两句"鹫岭郁岧峣，龙宫锁寂寥"，从灵隐寺的地理位置及概貌说起。"鹫岭"本指天竺国灵鹫山，用指灵隐山之北高峰（飞来峰）。"龙宫"即指灵隐寺，虽是为了对仗工整，却也有所取义。相传龙王曾请佛祖讲说经法，故佛寺勉强可以称为"龙宫"。"郁"、"锁"二字，不经意地流露出戴罪人的负面情绪。

接下来两句是豁然开朗："楼观沧海日，门对浙江潮。"真一篇之警策，为唐诗之名句。而且衍生了一个故事，见晚唐孟棨《本事诗·征异》。略云：宋之问游灵隐寺，夜月极明，长廊吟行，得"鹫岭郁岧峣"一联后，冥搜奇思，难以为继。有老僧点长明灯，坐大禅床，赠此二句。之问讶其遒丽，乃足成全篇。迟明更访之，则不复见矣。寺僧有知者曰，此骆宾王也。事不可信，前人已予驳正。

接下来"桂子月中落，天香云外飘"，由灵隐寺的桂花飘香，继续写诗人对景物的陶醉，涉及当地风俗民情。按白居易《东城桂》自注说：

"旧说杭州天竺寺（即灵隐寺）每岁中秋有月桂（月宫桂树）子堕"，所以杭州人有"山寺月中寻桂子"（《忆江南》）的风俗。这一联的清新脱俗，与上一联的雄浑壮丽，形成对照，相得益彰，共为全诗之枢纽。

接下来很自然地转入对寻幽探胜的描写："扪萝登塔远，刳木取泉遥。"上句写攀山登塔，下句写途中见到山寺的引水装置。其事非可等量齐观，做成的对仗却相当工稳。"霜薄花更发，冰轻叶未凋。"写花木的耐寒，与上文"桂子月中落"之景，季节似不吻合，神理（心理暗示）却是相通。何况形式美对于排律来说，比细节真实更为重要。

诗人从大自然得到许多积极的心理暗示。"夙龄尚遐异，搜对涤烦嚣"，上句犹言"少无适俗韵，性本爱丘山"（陶渊明）；下句是说通过寻幽访胜，达到了宠辱皆忘的境界。结尾把心境推向更高："待入天台路，看余度石桥。"天台山本佛教圣地，"石桥"则是通往仙境之桥。相传汉刘晨、阮肇入天台采药，遇二女子，留半年求归，抵家已七世矣（事见刘义庆《幽明录》）。诗人借天台山比灵隐山，表达了潇洒出尘之想。

明人袁宏道在灵隐游记中提到这首诗说："余始入灵隐，疑宋之问诗不似，意古人取景，或亦如近代词客，捃拾帮凑。及登韬光（庵名），始知沧海、浙江、扪萝、刳木数语，字字入画。古人真不可及矣。"若非诗人得江山之助，五排之中，哪得有此神完气足之作。

【沈佺期】（656？—713）字云卿，相州内黄（今属河南）人。高宗上元二年（675）进士及第，任协律郎。武周时为通事舍人，曾与修《三教珠英》。大足元年（701）迁考功员外郎，次年，复迁给事中，四年坐赇入狱。中宗复辟，坐阿附张易之流驩州，越年遇赦北返。景龙中以起居郎兼修文馆直学士，历中书舍人，终太子少詹事。有明王廷相辑《沈詹事诗集》。

杂诗

闻道黄龙戍，频年不解兵。

可怜闺里月，长在汉家营。

少妇今春意，良人昨夜情。

谁能将旗鼓，一为取龙城？

这首诗与杨炯《从军行》俱属边塞题材，而所取角度与思想感情不同。它写边防战士与家属的两地相思，诗中少妇乃是一位年轻的"军嫂"。流行歌曲中有一首《十五的月亮》，它的构思和这首唐诗非常合拍。可能是借鉴，也可能是巧合。

这首诗用"闻道"二字开篇，即是站在诗中"少妇"的立场上说话。仿佛她一直在打听征夫的消息，得到了一种说法，就是征夫久戍不归，是因为"黄龙"战事绵延不断。"黄龙"城故址在今辽宁省朝阳市，诗中泛指东北边塞。"解兵"，犹卸兵（兵器），即结束战事。

"可怜闺里月，长在汉家营"，这是一个十字句，就像冲口而出的一句白话，却又是对仗，而且对仗巧妙。它的意思相当于"十五的月亮，照在家乡照在边关"，是流水对。也可以是互文（"闺里"和"汉营"可互换）——身在闺中，心在汉营；身在汉营，心在闺中。此意直起以下两句，又是一组对仗——"少妇今春意，良人昨夜情"，这两句的意思则相当于"宁静的夜晚，你也思念我也思念"。这也是互文，"少妇"和"良人"也可以互换。互文的作用，就是用较少的字，表达较多的含意。最后两句是水到渠成，祈愿和平生活的到来。

这首诗概括力极强，后世写征夫与闺中的两地相思，很难翻出它的手心。《十五的月亮》不用说了，就连李白著名的《子夜吴歌》"长安一片月，万户捣衣声。秋风吹不尽，总是玉关情。何日平胡虏，良人罢远征？"也还留在如来的手心里。

古意呈补阙乔知之

卢家少妇郁金堂，海燕双栖玳瑁梁。

九月寒砧催木叶，十年征戍忆辽阳。

白狼河北音书断，丹凤城南秋夜长。

谁谓含愁独不见，更教明月照流黄！

这首诗的诗题一作《独不见》。《独不见》是乐府旧题，属杂曲歌辞，是诗的曲调名。《乐府解题》云："独不见，伤思而不见也。"这种情况，恰如《送元二使安西》（王维，一作《渭城曲》）一样。作诗读，还当以《古意呈补阙乔知之》为正题。乔知之在武则天万岁通天元年（696），以左补阙随武攸宜北征契丹，次年得胜还朝，因爱妾碧玉事，为武承嗣所杀。而这首诗以思妇口吻赠乔知之，当为乔出征时所作，或即拟碧玉代赠也未可知。唐人多有其例，杜审言《赠苏绾书记》有"红粉楼中应计日，燕支山下莫经年"就是这样的代赠之作。"古意"云云，是就配合乐府古曲（《独不见》）而言，故七句点题："谁谓含愁独不见"。

诗的首联以女性为本位，以海燕双栖起兴，对于身处郁金香料涂抹之堂（玳瑁是一种海龟，古人用其壳为装饰）中少妇，这是以双形独。而"卢家"云云，乃是一种借代一种藻绘，指贵族之家。语出梁武帝萧衍《河中之水歌》，歌云："河中之水向东流，洛阳女儿名莫愁。""十五嫁为卢家妇，十六生儿字阿侯。卢家兰室桂为梁，中有郁金苏合香。"

颔颈两联则由思妇而及征人，由征人而及思妇，闺中与边塞，空间屡换，作反复咏叹。"九月寒砧催木叶，十年征戍忆辽阳。"一句闺中一句边塞（辽阳泛指辽东地区），时间定在征人戍边大约十年后的一个秋天。"九"、"十"都是数字，却也有细微区别，盖前者为序数词，后者为数词，是下字的亮点。"白狼河北音书断，丹凤城南秋夜长。"一句边塞一句闺中，"白狼河"即今辽宁省境内之大凌河，"丹凤城"则指长安（长安有丹凤门），相对异常工整，是属对的亮点。

　　尾联回到女性本位，言其含愁独处，空对明月孤帏："谁谓含愁独不见，更教明月照流黄！"诗意是：谁说少妇之心没人知道，明月知道。"流黄"也是辞藻，指黄紫色相间的丝织品，此指帏帐。全诗藻饰秾丽，然笔意流动，诗思在时空中自由穿梭，在稳顺声势上，这已是标准的七律。

　　这首七律出现较早，在唐代诗史上有相当的地位，然因初变齐梁，习气未除，还不是纯粹的唐音。偏爱六朝诗者，每盛称此诗，明人何景明等甚至推此诗为唐人七律第一（见杨慎《升庵诗话》），显然是奖许太过。高棅《唐诗品汇》列此诗于"正始"，而独以杜甫为"大家"，才是不刊之论。

【陈子昂】（659—700）字伯玉，梓州射洪（四川射洪）人。睿宗文明元年（684）进士及第，任麟台正字。武后代唐，任右拾遗，曾两度从军北方边塞。圣历元年（698）因父老解官回乡，为县令段简构陷下狱而死。有《陈伯玉文集》。

感遇三十八首 （录三）

其一

乐羊为魏将，食子殉军功。

骨肉且相薄，他人安得忠？

吾闻中山相，乃属放麑翁。

孤兽犹不忍，况以奉君终。

这是一首咏史诗，也是一篇谲讽之作，在《感遇》中原列第四。其手法非常简单，只是用韵文改写了两段可以类比的历史故事，并置一处，结论不言自明。

"乐羊为魏将"四句改写自《战国策·魏策一》："乐羊为魏将而攻中山。其子在中山，中山之君烹其子而遗之羹，乐羊坐于幕下而啜之，尽一盃。文侯谓睹师赞曰：乐羊以我之故，食其子之肉。赞对曰：其子之肉尚食之，其谁不食！乐羊既罢中山，文侯赏其功而疑其心。"大意是：乐羊为魏国将领，奉魏文侯之命率兵攻打中山国。中山国君把他的儿子杀死，烹成肉羹送给乐羊。乐羊为了表示对魏国的忠心，竟吃了一杯肉羹。魏文侯重赏了他的军功，却不敢予以重用。

"吾闻中山相"四句改写自《吕氏春秋》："孟孙猎而得麑，使秦西巴持归烹之。麑母随之而啼，秦西巴弗忍，纵而与之。孟孙归，求麑安在。秦西巴对曰：其母随而啼，臣诚弗忍，窃纵而予之。孟孙怒，逐秦西巴。居一年，取以为子傅。左右曰：秦西巴有罪于君，今以为子傅，何也？孟孙曰：夫一麑不忍，又何况于人乎？"大意是：秦西巴为中山君侍卫。中山君孟孙到野外去打猎，猎到一只小鹿，就交他带回去。母鹿一路跟着，悲鸣不止。秦西巴于心不忍，就把小鹿放了。中山君不追究他的欺君之罪，还任用他做儿子的太傅。这使人想起《孟子》中齐宣王对一头牛的悲悯，得到孟子的高度评价，认为"有是心足以王矣"（《孟子·齐桓晋文之事》）。

这两则故事适成对照，说明残忍之人即使有功，也不可信用。而怀仁慕义之辈，即使有过，也可以信赖。诗人作此诗，当然不是发思古之幽情，而是借古讽今。当时，武则天为了巩固政权，信任酷吏如周兴、来俊臣之辈，发明了种种酷刑，制造了不少冤案。连太子李弘、李贤，皇孙李重润以及李唐王朝的宗室，都因受到猜忌而招致杀身之祸。上行下效，社会上也出现了许多"大义灭亲"之事，堪称荒谬绝伦。清代陈沆《诗比兴笺》认为本诗是"刺武后宠用酷吏淫刑以逞"之作，信然。

其二

翡翠巢南海，雄雌珠树林。何知美人意，骄爱比黄金？杀身炎州里，委羽玉堂阴。旖旎光首饰，葳蕤烂锦衾。岂不在迥远？虞罗忽见寻。多材信为累，叹息此珍禽。

这是一首寓言诗，主题句是："多材信为累，叹息此珍禽。"原列第二十三。武则天时代，重用酷吏，滥施刑杀。陈子昂本人曾因直言极谏，致祸入狱。此诗当有感而发，并非海说事理。

"翡翠巢南海"四句，以南海珍禽翡翠鸟，因其羽毛美丽光泽，为美人所爱，喻贤士在野，以其德才为君王赏识。"南海"郡名，秦始皇时所置，治所在番禺（今广州），隋亦置郡。"珠树"乃神话传说中的"三珠树"。《山海经·海外南经》云："三珠树在厌火北，生赤水上，其为树如柏，叶皆为珠。"

"杀身炎州里"四句，以翡翠鸟因羽毛珍稀而招致杀身，美丽的羽毛或为首饰，或为被饰，喻贤士在朝，徒供点缀升平，或贾祸杀身。"炎州"指热带的州郡，亦即南海。"玉堂"喻指朝堂。"旖旎"形容婀娜多姿的样子，"葳蕤"本指草木茂盛的样子，也可以形容华丽。

"岂不在迥远"四句，慨叹翡翠鸟以羽毛为累，未能远祸全身，喻贤士之多才为累，令人惋惜。"虞罗"原指掌山泽之虞人所张设捕鸟的网罗，喻法网。

诗中"多材信为累"的思想，屡见于《庄子》或庄周故事，如："庄子钓于濮水，楚王使大夫二人往先焉，曰：愿以境内累矣！庄子持竿不顾，曰：吾闻楚有神龟，死已三千岁矣，王以巾笥而藏之庙堂之上。此龟者，宁其死为留骨而贵乎？宁其生而曳尾于涂中乎？"（《庄子·秋水》）又如："庄子行于山中，见大木，枝叶盛茂，伐木者止其旁而不取也。问其故，曰：无所可用。庄子曰：此木以不材得终其天年。"（《庄子·山木》）如果庄子能看到这首诗，肯定是很欣赏的。

其三

　　丁亥岁云暮，西山事甲兵。赢粮匝邛道，荷戟争羌城。严冬阴风劲，穷岫泄云生。昏曀无昼夜，羽檄复相惊。拳踢竞万仞，崩危走九冥。籍籍峰壑里，哀哀冰雪行。圣人御宇宙，闻道泰阶平。肉食谋何失，藜藿缅纵横。

　　垂拱三年（687），武则天欲袭击吐蕃，先由雅州（四川雅安）进攻羌人。当时身为麟台正字的陈子昂上书谏阻，道："臣闻乱生必由怨起，雅之边羌，自国初以来，未尝一日为盗，今一旦无罪受戮，其怨必甚。"认为应当"计大不计小，务德不务刑；图其安则思其危，谋其利则虑其害。"（《谏雅州讨生羌书》）表明他反对不义战争的立场。兴寄为诗，便是这首"丁亥岁云暮"。本篇原列第二十九。

　　诗的开篇类乎史笔，准确地记下了事件及其发生的时间地点：丁亥岁（垂拱三年）冬天，武周王朝将用兵于蜀地。"西山"本为成都以西的雪岭，此泛指蜀羌人聚居之地。"赢粮匝邛道，荷戟争羌城"二句为"西山事甲兵"的进一步的具体描写：战士们背负干粮，绕行邛崃山间，准备攻打羌人。一个"争"字，有主动和先发制人的意味。

　　以下诗人没有写战争和战争的结果将是如何，而凭借自己作为蜀人，对此次行军地理状况的熟悉，发挥想象，刻画阴郁可畏的征行环境氛围，暗示出战争前景的并不光明。"严冬阴风劲，穷岫泄云生"，这不仅是冬日山中气象的描绘，同时也表明一己的感情态度。阴风怒号，彤云密布，天昏地暗，而"羽檄复相惊"，则倍增愁惨。"羽檄"所惊为谁？难道仅仅是羌人？你看，出征战士们战战兢兢，如临深履薄——"拳踞竞万仞，崩危走九冥；籍籍峰壑里，哀哀冰雪行"。他们弯曲着身子，冒着山石崩塌的危险，在高山与深谷间前进，被驱遣着去进行一场没有希望的战争。比山路更危险的，是这场政治冒险本身。这中间八句在诗中举足轻重，它形象地展示了这将是一场士气低落，失道寡助的战争。与后来岑参笔下的雪夜行军："将军金甲夜不脱，半夜军行戈相拨，风头如刀面如割"相比，恰成对照。性质不同的战争，将有完全不同的结果，各各不言而喻。

最后四句是卒章显志的正大议论：圣人治理天下，得道则天下太平。(古人认为三台星——"泰阶"平，则天下太平。) 而袭击羌人，是统治者（"肉食"者）的失策，百姓（"藜藿"指食野菜者）的祸殃。与篇首相映，结尾复归于庄重，使全诗政治色彩特浓。像陈子昂这样用诗笔自觉、经常地干预政治的诗人，在李杜以前的唐代诗人中为罕有。直发议论在审美功效上本有欠缺，但此诗由于中间八句成功地通过制造气氛作形象暗示，意味深长，在相当程度上又弥补了上述缺憾。

春夜别友人二首（录一）

银烛吐青烟，金樽对绮筵。

离堂思琴瑟，别路绕山川。

明月隐高树，长河没晓天。

悠悠洛阳道，此会在何年。

陈子昂《春夜别友人二首》约作于武则天光宅元年（684）春天。于时诗人将告别家乡射洪，远赴东都洛阳，友人为之饯别，诗人感而为诗二首。这里选的是第一首。

"银烛吐青烟"二句从饯宴写起，用了许多华美的辞藻"银烛"、"青烟"、"金樽"、"绮筵"，极言饯宴档次之高。"吐"、"对"两字，一动一静，暗示时光流逝，不免思绪万千。"离堂思琴瑟"二句，从饯宴写到送别，表现出诗意的跳跃性，而过渡相当自然。"离堂"为饯别的处所，"琴瑟"指朋友宴会之乐。语出《小雅·鹿鸣》"我有嘉宾，鼓琴鼓瑟"。诗人面对饯宴，想到明日长路漫漫，依依不舍之情跃然纸上。

"明月隐高树"二句，描写早行景色。晓风残月，银河渐淡，与今夜的欢聚一堂，别是一番滋味。有人批评说，佳句倒是佳句，然"明月"、"长河"是秋景，不是春景。有人反驳道：不然，"隐"字内已有春在。其实，柳宗元便有"春半如秋意转迷"之句，不可执泥而论。"悠悠洛阳道"二句，用"此会"二字绾住起处，言后会遥遥无期，表现出对家乡对友人的深切留恋，不胜黯然神伤，凄其欲绝。

从结构上看，可以认为全诗立足饯宴，以思写别。也可以认为全诗以"别路绕山川"为关掼，以前写饯宴话别，以后写别后相思。从声律上看，三句"琴"字当仄，七句"阳"字当仄。还有人指出，此诗"八腰字（每一句中间那个字）皆仄"，若不经意。作者并非不懂，而是不屑以辞害意。作者崇尚汉魏风骨，而此诗不废陈隋余习，唐人清旷一派，俱本乎此。

登幽州台歌

前不见古人，后不见来者。

念天地之悠悠，独怆然而涕下！

本篇抒发了一个巨人的孤独感。事由：公元 697 年营州契丹叛乱，武攸宜亲总戎律,陈子昂参谋帷幕,军次渔阳。前军王孝杰等相次陷没,三军震慑。子昂料敌决策,直言进谏;武氏愎谏,但署以军曹,掌记而已。子昂因登蓟北楼,感昔乐生、燕昭之事,作此诗(参赵儋碑文)。蓟北楼即幽州台,今属北京,系战国燕都所在地。

昔燕昭王欲雪国耻,思得贤士,郭隗进策道:"欲得贤士请自隗始"。燕昭王遂在易水东南筑台,置千金其上,招揽人才,遂得乐毅等。诗人登楼,首先想到的就是那个群雄割据的时代,眼前的原野上曾活动着燕昭王、乐毅等一批杰出人物,君臣甚为相得,可谓圣贤相逢。诗人不禁为自己出世太晚,未能赶上那个英雄有用武之地的时代惋惜:"南登碣石馆,遥望黄金台。丘陵尽乔木,昭王安在哉!"(《燕昭王》)——"前不见古人"五字中包含着具体、复杂的思想内容,感喟沉痛。

英雄辈出、风云际会的日子,今后也许还会有。然而诗人又感到去日苦多,恐怕自己等不到那激动人心的未来:"逢时独为贵,历代非无才。隗君一何幸,遂起黄金台。"——"后不见来者"五字,在前句的基础上加倍写出生不逢辰的孤独和悲哀。

诗人面对空旷的天宇和莽苍的原野,——"念天地之悠悠",不禁生出人生易老、岁月蹉跎的痛惜与悲哀。无限的时空形成一种强大的压力,逼出一个"独"字,叫诗人百端交集。于是在前三句的无垠时空的背景上,出现了独上高楼,望极天涯,慷慨悲歌,怆然出涕的诗人自我形象。一时间古今茫茫之感连同长期仕途失意的郁闷、公忠体国而备受打击的委屈、政治理想完全破灭的苦痛,都在这短短四句中倾泻出来,深刻地表现了正直而富才能之士遭受黑暗势力压抑的悲哀和失落感。

这首诗直抒胸臆,不像《感遇(兰若生春夏)》那样含蓄委婉,却更见概括洗练;不像《燕昭王》《郭隗》那样具体,却更有大的包容。诗的内涵已超出了一般意义上的怀才不遇,而具有更深广的忧愤—— 一种先驱者的苦闷。正如易卜生说:"伟大的人总是孤独的。"(《人民公敌》)此亦即鲁迅说的在铁屋中最先醒来的人所感到的苦闷。《楚辞·远游》"惟天地之无穷兮，哀人生之长勤。往者余弗及兮，来者吾不闻。"——在抒写屈子苦闷的诗句中，我们找到了陈子昂诗句之所本。

它有力地表现了一种烈士的惨怀。"'前不见古人，后不见来者'，这是一个真正明白生命意义同价值的人所说的话。老先生说这话时心中的寂寞可知！能说这话的人是个伟人，能理解这话的也不是个凡人。目前的活人，大家都记得这两句话，却只有那些从日光下牵入牢狱，或从牢狱中牵上刑场的倾心理想的人，最了解这两句话的意义。因为说这话的人生命的耗费，同懂这话的人生命的耗费，异途同归，完全是为事实皱眉，却胆敢对理想倾心。"（沈从文）

它还成功地表现了一种哲理的思索。"短短二十余字绝妙地表现了人在广袤的宇宙空间和绵绵不尽的时间中的孤独处境。这种处境不是个人一时的感触和境况，而是人类的根本境况，即具有哲学普遍意义的境况。"（赵鑫珊）对短小到二十二字的一首诗的意蕴探究的不可穷尽，充分说明了它在艺术上的成功。至于在形式上，前二整饬而后二则纯用散文化句法，诗的散文化即口语美，这种写法，完全是服从于内容的需要的——只有冲破过于整齐的形式，才能更好地表现一种奔进而出的不平之情。

【贺知章】（659－744）字季真，唐越州永兴（今浙江萧山）人。武后证圣元年（695）进士及第，授国子四门博士，迁太常博士。玄宗开元十年（722）入丽正殿修书，十三年迁礼部侍郎，后为太子宾客，秘书监。晚号四明狂客。

回乡偶书二首

其一

少小离家老大回，乡音无改鬓毛衰。

儿童相见不相识，笑问客从何处来。

　　这是一首著名的唐诗。它的内容是如此家常，语言是如此质朴，几乎看不到文采，然而，人们却有太多的理由喜欢这首诗，喜欢到代代相传，喜欢到家喻户晓。值得好好玩味。

　　人们在年轻时总想离开家，而年老时又总想还家。故乡主题，是文学的永恒主题之一。按一般人的经验，久别还乡的人，通常与亲友邻里会面的时候居多，儿童相见只是插曲。作者不写一般的情况，而只写这个插曲，这是诗人的高招。只要是儿童，谁不是人来疯，对客人到来总是兴奋莫名，总是问这问那。杜甫《赠卫八处士》就这样写道："昔别君未婚，儿女忽成行。怡然敬父执，问我来何方？"儿童问客，如查户口，是一定要问"客从何处来"的。这是一个有趣的现象。在特定语境中，"客从何处来"犹如英语的"Where are you from"，相当于问"你是哪里人？"明明是家乡人，却被家乡孩子当作外乡人。诗人敏感地觉察到这一日常生活对话中的喜剧性（本质与现象的矛盾），从此赋予抒写世事沧桑的这首诗以风趣和隽永。

　　此外，这一偶然事件还包含着必然性，儿童天真的问话捅破了天机。"去者日以疏，来者日以亲。"诗中"儿童"与"少小"相映带，儿童的今天即我的昨天，我的今天即儿童的明天。天地间就没有永久的主人，只有永久的过客——昨天先入为主的，明天会渐行渐远。"长江后浪推前浪，世上新人换旧人。"人生易老，规律无情诸如此类的人生慨叹，诗中并没有直接说出，但你不能说它的话外没有，读之悠然可会。所以这首诗又非常富于神韵。

　　少小离家老大回家，亲切感和疏离感同在，熟悉感和新鲜感并存，这是一种普遍的人生经验。然而，具体到每个时代，具体到每一个人，感受则是不一样的。"十五从军征，八十始得归。道逢乡里人，家中有阿谁？"（汉乐府）虽然道逢家乡人，却感到透心地凄凉，这是汉末乱世的人生况味。而贺知章这首诗大不相同。儿童问客内容是生分的，态度却是礼貌和友善的，字里行间有太多的人情味。古人说："治世之音安以乐，其政和。"（《毛诗序》）这首诗的情调就是安乐、就是和谐，是典型的唐音。世世代代的读者热爱这首诗，也包含对安乐、对和谐的向往。

这首诗的语言比较贴近口语，句式却比较考究，多用句中排，所以饶有唱叹之音。具体而言，首句"少小离家"（人生旅程之始）和"老大回"（人生旅程之末）构成对比，是一重唱叹。次句"乡音无改"（暗示乡情依旧）和"鬓毛衰"（暗示形容变尽）构成对比，是另一重唱叹。三句"相见"（亲和感）和"不相识"（疏离感）构成对比，是第三重慨叹。末句不再对比，以笑问作收，是重复中的变化，是整饬中的活泼。唐人绝句最重风调，即宜于讽咏、神似民歌，这首诗就很有代表性。

其二

离别家乡岁月多，近来人事半消磨。

惟有门前镜湖水，春风不改旧时波。

《回乡偶书》二首作于玄宗天宝三载（744），贺知章于当年上疏请度为道士，归隐镜湖（湖在浙江绍兴）。这首诗可以看作第一首的续作，是回家心情平静之后，对往事的咀嚼玩味。

"离别家乡岁月多"二句写离乡既久，数十年的人事变迁太大，为三、四句作铺垫。"离别家乡岁月多"，是因为"少小离家老大回"，中间隔了数十春秋。"近来人事半消磨"讲人事变迁，概括笼统，包容极大。其间的空白，有赖读者运用生活经验加以填补。杜诗有："访旧半为鬼，惊呼热中肠。"（《赠卫八处士》）可以参读。一句盛传的新诗是"你到哪里去了？"或者说，都到哪里去了？

"惟有门前镜湖水"二句写物是人非，不胜今夕之感。元人杨载说：

"绝句以第三句为主，而第四句发之。"因为除了个别情况（如二元对立的写法），第三句须转折，第四句须扣球得分。一、二句说变迁，三、四句说"不改"。第三句就是转折。而"不改"之"物是"，除了镜湖水，至少还有会稽山吧。诗人偏不这样说，而是强调"惟有"，就把"不改"之物，限制到最低程度。这样做的结果，就使变迁的、改了的得到很大程度的突出。

这是贺知章这首诗的一大发明，概而言之，就是三、四句用限制词（如"惟有""惟见""只今惟有""只有"）形成跌宕或唱叹。紧跟他的，则是李白的"只今惟有西江月，曾照吴王宫里人"（《苏台览古》）、"宫女如花满春殿，只今惟有鹧鸪飞"（《越中览古》）、"孤帆远影碧空尽，惟（唯）见长江天际流"（《黄鹤楼送孟浩然之广陵》）等。后来跟进的作者之多，那就不胜枚举了。如五代张泌的"多情只有春庭月，犹为离人照落花"（《寄人二首》）、金人刘著的"只今惟有潇湘月，万里相随照不眠"（《闺情》）、明人王廷相的"只今惟有湖边柳，犹对春风学舞腰"（《芜城歌》），等等。贺知章这首诗是"第一个"，所以为贵。

咏柳

碧玉妆成一树高，万条垂下绿丝绦。
不知细叶谁裁出，二月春风似剪刀。

这是一首写景诗，也是一首咏物诗，咏物写景有一个不二法门，叫作拟人。就是把物当成人来写，赋无情以有情。这首诗就是一个成功的例子。

开头的"碧玉"两字，就是一个人名，一个姑娘的名字。南朝乐府有《碧玉歌》，"碧玉破瓜时"，就是说碧玉姑娘长到十六的时候，南朝诗人肖绎的《采莲赋》则说："碧玉小家女。"直到今天，人们称一位民间女子，还喜欢用"小家碧玉"这样的说法。"碧玉妆成一树高"，这句实际上是个倒装，是说一棵高挑的柳树，好像梳妆既毕的小家碧玉。当然，还有用"碧玉"来形容柳树枝青叶绿的颜色的意思。也可以讲成，这棵柳树就像是用碧玉妆成的一样。这叫"诗无达诂"。也就是说，诗不是法律文本。法律文本不可以有歧义，而诗则反之，叫诗多义。

"万条垂下绿丝绦"，写柳条。柳树的婀娜多姿，是因为披拂的柳条。就像小姑娘梳成许多的辫子，比维吾尔族姑娘的辫子还要多，又像垂下了万条绿色的丝带。"绦"，是用丝线编织成的带子。女性最具诱惑力的动作，莫过于撩头发，或甩辫子。而"春风杨柳万千条"（毛泽东），就像维吾尔族姑娘摆动她的辫子，真有万千的妩媚。

第三句说柳叶，柳叶形态精致、漂亮，诗人一般会用它比作画眉，此诗却从总体上把它比作一件精心裁剪的衣裳（初民曾用树叶做过衣裳）。"不知细叶谁裁出"，是设问，这么漂亮的衣裳是谁裁成的呀？"谁裁出"这是追问裁缝、服装设计师。绝句以第三句为主，这是转折、是蓄势，为了逼出最后的、也是最出彩的一句。

"二月春风似剪刀"，作者不直接回答裁缝是"谁"。他拐了个弯儿，似乎是自言自语，只说"剪刀"是什么。这就是"二月春风"，因为是春风把柳叶吹绿的。谁是使用剪刀的人呢？作者没说，而读者可以意会到了。剪刀是工具，而心灵手巧的裁缝，除了春天，还能是谁呢！所以，此诗看似咏柳，其实是一首春天的赞歌。

这首诗两度使用了拟人法，一度是将柳树比作美丽的姑娘，因为柳树具象，所以这个比拟容易想到。另一度是将春天比作能工巧匠，而春天并不具象，所以这个比拟不容易想到。而且这个拟人还拐了个弯儿，只说到"二月春风似剪刀"为止。这首诗妙就妙在这里，即写出了想不到的好。

【沈如筠】润州句容（今属江苏）人。约生活于武后至玄宗开元时，善诗能文，著有志怪小说。曾任横阳主簿。与孙处玄等十八人相唱和，其诗汇编成《丹阳集》。有《正声集》已佚。与道士司马承祯友善，有诗相寄。

闺怨二首（录一）

雁尽书难寄，愁多梦不成。

愿随孤月影，流照伏波营。

闺怨诗在古唐诗中为一大类，一般是写少女的青春寂寞，或少妇的离别相思之情，这是男权时代的结果。作者是男性，代思妇立言，这种写法亦称代言体。

"雁尽书难寄"二句，写在信息闭塞的时代，征人室家的相思之苦。古有鸿雁传书之说，见于载籍者，如《汉书·苏武传》："昭帝即位数年，匈奴与汉和亲。汉求武等，匈奴诡言武死。后汉使复至匈奴，常惠……教使者谓单于，言天子射上林中，得雁，足有系帛书，言武等在荒泽中。使者大喜，如惠语以让单于。单于视左右而惊，谢汉使曰：武等实在。"此诗反其意而用之，说"雁尽书难寄"，所以"愁多"。失眠（梦不成）是"愁多"的结果，也可以成为"愁多"的理由，因"梦不成"而愁更多也。

"愿随孤月影"二句，即三、四句，是绝句结穴所在。由"愁多"转写解愁——通过少妇的想象。"孤月"是唐诗的常用词，如"皎皎空中孤月轮"（张若虚）、"愁将孤月梦中寻"（王昌龄），是移情于物的构词。然而明月又是可以跨越空间隔绝，人们可以千里相共的。从"此时相望不相闻，愿逐月华流照君"（张若虚）到"但愿人长久，千里共婵娟"（苏轼），都讲到这层意思。此诗结尾的"愿随孤月影，流照伏波营"亦是如此，却别有个性，这就是诗中提到了"伏波营"，与边塞诗常常写到的"陇西""辽西"指向不同，别有隶事。

盖后汉伏波将军马援南征交趾，以功封侯。而唐玄宗天宝中曾讨南诏，故用伏波故事，使得这首诗具有时代气息。是以昔人点评道："借月写情，与曲江'思君如满月（夜夜减清辉）'之作，可称异曲同工。"（清·李锳《诗法易简录》）"上二句亦自常语，着下二句便佳胜。"（《批点唐诗正声》）

【刘希夷】（651—?）字庭芝，一作廷芝，汝州（今河南临汝）人。高宗上元二年（675）郑益榜进士。《全唐诗》存诗一卷。

代白头吟

洛阳城东桃李花，飞来飞去落谁家？闺中女儿惜颜色，行逢落花长叹息。今年落花颜色改，明年花开复谁在？已见松柏摧为薪，更闻桑田变成海。古人无复洛城东，今人还对落花风。年年岁岁花相似，岁岁年年人不同。寄言全盛红颜子，应怜半死白头翁。此翁头白真可怜，伊昔红颜美少年。公子王孙芳树下，清歌妙舞落花前。光禄池台文锦绣，将军楼阁画神仙。一朝卧病无相识，三春行乐在谁边？宛转蛾眉能几时？须臾鹤发乱如丝。但看古来歌舞地，惟有黄昏鸟雀悲。

题一作《代悲白头翁》。这首令人断肠的感伤诗，以诗人特有的敏感，对人生无常青春易逝深感无奈，充满对生活的憧憬和留恋。诗虽代老者立言，却出自青年诗人之手，故李泽厚称之为青少年对人生宇宙初觉醒的自我意识，说它虽然感伤，并不沉重。

用花红易衰喻红颜易逝，是一个天才的发明。但它的发明权并不属于本诗的作者。这首诗前半写洛阳女子感伤落花，抒发人生短促、红颜易老的感慨，本于东汉宋子候乐府歌辞《董娇娆》："洛阳城东路，桃李生路旁。花花自相对，叶叶自相当。春风东北起，花叶正低昂。不知谁家子，提笼行采桑。纤手折其枝，花落何飘飏。请谢彼姝子，何为见损伤？高秋八九月，白露变为霜。终年会飘堕，安得久馨香？秋时自零落，春月复芬芳。何时盛年去，欢爱永相忘。"然而，刘希夷的创意在于，他一变乐府原作之叙述为反复咏叹，或前后易辞申意，或作回文式唱叹，情感更加集中，音调更加楚楚动人。

还有，这首诗在原作"秋时自零落，春月复芬芳"的基础上，加以拓展，一而再、再而三地将人与花进行攀比——不仅写出了红颜与落花的同病相怜，而且反复强调着人不如花的意思，这就不是单纯的比喻，而是更进一层了。第一次是"今年落花颜色改，明年花开复谁在？"据说诗人写出这一联诗时，自己都吓了一跳。能把自己吓一跳的诗句，对于读者，也一定是惊心动魄之句。第二次是"古人无复洛城东，今人还对落花风"，这一次不但有人花攀比，还有抚今追昔，也是极为沉痛的句子。第三次是"年年岁岁花相似，岁岁年年人不同"，这一次更加不同凡响，句子越写越单纯——"年"、"岁"二字各重复四次之多，意思却越写越深邃——"花相似"、"人不同"是何等耐人寻味。"相似"的岂止是花？"不同"的又岂止是人？据说写到这里，诗人又被自己吓了一跳。什么是写诗的状态？这就是写诗的状态。凡是在状态，或进入状态的写作，其结果必然产生真诗，必然产生佳句，必然打动读者。

刘希夷能写出不朽的"代言"之作，有一重原因是打并入自己的身世之感。才人不幸，与红颜薄命，本有同情。《本事诗·微咎》载："诗人刘希夷尝为诗曰'今年落花颜色改，明年花开复谁在'，忽然悟曰：'其不祥欤？'复构思逾时，又曰'年年岁岁花相似，岁岁年年人不同'，又恶之，或解之曰：'何必其然'，遂两留之。果以来春之初下世。"其事虽近小说家言，其潜在意味，乃在唐人认为此诗是刘希夷用心血和生命写成的。

《唐才子传》所载略同，更添枝叶，作小说家言："舅宋之问苦爱后一联，知其未传于人，恳求之，许而竟不与，之问怒其诳己，使奴以土囊压杀于别舍，时未及三十，人悉怜之。"由此可见此诗是何等的为时所重，而"年年岁岁花相似，岁岁年年人不同"是何等的不同凡响。清袁枚《佳句》诗云："佳句听人口上歌，仿佛绝色眼前过。明知与我全无分，不觉情深唤奈何！"什么是爱诗如命？这就是爱诗如命呀。当然，宋之问未必是刘希夷的舅子，他也未必干了那件罪恶之事。然而，这个杜撰的故事确实生动地反映了唐代的诗人是如何的爱诗如命。

这首诗所创造的红颜薄命的感伤形象，对千年以后《红楼梦》的作者塑造林黛玉形象有很大的帮助。《红楼梦》中有一首尽人皆知的《葬花辞》，诗的开篇大段大段地以落花起兴、感伤红颜薄命，长时间在刘希夷《代白头吟》的诗意中徘徊——"花谢花飞飞满天，红消香断有谁怜"不就是"洛阳城东桃李花，飞来飞去落谁家"吗？"桃李明年能再发，明年闺中知有谁"不就是"今年落花颜色改，明年花开复谁在"吗？然而写到后来，曹雪芹也进入了痴迷的状态，写出了自己的惊心动魄之句——"尔今死去侬收葬，未卜侬身何日丧。侬今葬花人笑痴，他年葬侬知是谁？"当他写到这里时，也应与刘希夷一样地死去活来。这样的诗句，也一样地令后人徒唤奈何。

毫无疑问，曹雪芹对刘希夷的这首诗是非常喜爱的，《代白头吟》的最后一节写道："宛转蛾眉能几时？须臾鹤发乱如丝。但看古来歌舞地，惟有黄昏鸟雀悲"，这一段的人生感伤，在《红楼梦》曲子如"好一似食尽鸟投林，落一片白茫茫大地真干净"等语中，也可以明显看到它的影响。

公子行

　　天津桥下阳春水，天津桥上繁华子。马声回合青云外，人影动摇绿波里。绿波荡漾玉为砂，青云离披锦作霞。可怜杨柳伤心树，可怜桃李断肠花。此日遨游邀美女，此时歌舞入娼家。娼家美女郁金香，飞来飞去公子傍。的的珠帘白日映，娥娥玉颜红粉妆。花际徘徊双蛱蝶，池边顾步两鸳鸯。倾国倾城汉武帝，为云为雨楚襄王。古来容光人所美，况复今日遥相见。愿作轻罗著细腰，愿为明镜分娇面。与君相向转相亲，与君双栖共一身。愿作贞松千岁古，谁论芳槿一朝新。百年同谢西山日，千秋万古北邙尘。

　　这是一首春歌。诗中用轻倩的笔调，描绘了一幅游戏人生的图画。时间：七世纪中叶的一个春天。地点：唐朝的东都洛阳。人物：公子哥儿和艺伎。都城诗中例行的恋爱公事，在这个富于天才的诗人笔下表现得很有特色，从而使人赏心悦目。然而，除闻一多独具慧眼地表示欣赏外，近世研究者很少论及。其实它不该受到这样的冷落。

　　"天津桥"在洛阳西南洛水上，是唐人春游最繁华的景点之一。李白《古风》写道："天津三月时，千门（宫门）桃与李。朝为断肠花，暮逐东流水。前水复后水，古今相续流。新人非旧人，年年桥上游。"刘希夷此诗也从天津桥写起，诚非偶然。天津桥下洛水是清澈的，春来尤其碧绿可爱，明媚的晴朝，能看到"津桥春水映红霞"（雍陶）的景色。诗中"阳春水"的铸辞，可启人遐想。与"天津桥下阳春水"对举的，是"天津桥上繁华子"，即纨绔公子——青春年少的人。

以下略写马嘶人云以见兴致后，便巧妙地将春水与少年，糅合于倒影的描写："人影动摇绿波里。"意象飘逸，有镜花水月之妙。这种梦幻般的色彩，于诗中所写的快乐短暂的人生，适有点染之功。紧接写水中或岸上的砂（沙），和倒映水中的云霞，作为人影的陪衬。辞藻华丽，分别融合或活用了"始镜底以如玉，终积岸而成沙"（谢灵运）的赋句和"（锦）文似云霞"（《拾遗记》）的文句，又以顶真的辞格衔接上文，意象、词采、声韵兼美。这段关于东都之春的描绘，最后落到宫门内外的碧树与春花。梁简文帝诗道："桃含可怜紫，柳发断肠青。"诗人因以用之，以赞叹不绝于口的排比句式，写道："可怜杨柳伤心树，可怜桃李断肠花。""伤心""断肠"的措辞固然来自好景不长，以及与杨柳、桃李有关的其他联想（如离别、艳色、脆柔等）。但诗人连呼可爱（可怜），又似乎是喜极过情之辞。或者，他此刻"已从美的暂促性中认识了玄学家所谓的'永恒'——一个最缥缈，又最实在，令人惊喜，又令人震怖的存在"（闻一多）。这种富于柔情的彻悟和动人春色本身，都能撩起无限绮思。

春游意兴已足，公子将归何处："此日遨游邀美女，此时歌舞入娼家。"诗人就这样将人间的艳遇，安排在自然界春意的展示后来写，构思是巧妙的，效果是双重的。那"飞来飞去公子傍"的，是"郁金香"呢？是"歌舞"呢？语妙兼关。满堂氛氲，舞姿妙曼，公子必已心醉目迷了。诗人这时用两句分写华堂景物，美人形容："的的（明亮）珠帘白日映，娥娥（美好）玉颜红粉妆。"（《古诗》）"娥娥红粉妆"，乃闲中着色，有助于表现歌筵的欢乐。性爱，作为歌舞娱乐的一种动机，此刻便适时地萌发了："花际徘徊双蛱蝶，池边顾步两鸳鸯。"在这精巧的景色穿插中，包含着这样的构思：成双作对的昆虫水鸟，能够促使恋人迅速效仿。"蛱蝶"、"鸳鸯"为性欲蒙上了一层生物学的面纱。"倾国倾城"、"为云为雨"两句，更是露骨地暗示着情欲的放纵了。这两个措辞直接出自汉武帝李夫人、楚王神女的故事传说，不免有太狂太俗的感觉。而施诸娼家场合，又以其本色而可喜。这种癫狂，乃是都城诗里常有的内容，如

《长安古意》"罗襦宝带为君解，燕歌赵舞为君开"一节，便彼此彼此。而闻一多对卢照邻诗的批评"癫狂中有战栗，堕落中有灵性"，也可移用于此诗。

寻欢作乐的场面结束得恰到好处。"古来容光人所羡"以下，诗人将笔墨集中在热恋双方的山盟海誓上，开辟出了一番新的境界。前四句是公子声口，"愿作轻罗著细腰，愿为明镜分娇面"，真不愧为最动人的情语。它的灵感固然是从张衡《同声歌》借贷来的。但"思为苑蒻席，在下蔽匡床；愿为罗衾帱，在上卫风霜"，原是女性口吻，到陶潜《闲情赋》"愿在衣而为领，承华首之余芳"等句，变为男性卑谦口吻，便是一个创造。不过一连十愿，不便记诵。此诗则既沿陶诗作男性口吻，又如张作只写两愿。"愿为明镜分娇面"的着想尤妙不可言。不言"观"娇面，实已包含化镜观面的献身意味，又兼有"分"享女方对美的自我陶醉之意，尽兴表达了爱的情愫。故仍有后出转精之感。"与君相向转相亲"六句是艺伎的答词，概括起来八个字：永远相爱，同生共死。

梁代王僧孺诗云："妾意在寒松，君心若朝槿。"意在怨男方之恋情如木槿，朝花暮落，不若己心如松树耐寒持久。此反用其意作"愿作贞松千岁古，谁论芳槿一朝新。"末二句意谓在生愿结百年之好，死后也愿同化北邙（山名，坟地）飞尘。意只平常，却说得惊天动地。"百年——千秋——万古"，造成不期然而然的递进，更增加了夸饰的色彩。以上对话，哪几句属哪个人所说，没有明为标出，然而问答口吻及双方情态如见。沈德潜评此节为"公子惑于声色而娼家以诳语答之"（《唐诗别裁》），说诗旨在讥"惑"，恐非作者本意。像刘希夷这样"美姿容，好谈笑"（《唐才子传》），多愁善感，不拘常检，英年折寿的纯情诗人，对他笔下及春行乐的人物，很难说有多少讽刺。恰恰相反，倒是同情欣赏的成分居多。顶多是"劝百而讽一"吧。不过，沈氏说娼家答语为"诳"，倒是满不错的。世间热恋中男女吐属大半近"诳"，即未必理智。但这里还有另一面，为沈氏所忽略，那就是"痴"。在齐梁宫体诗中，就听不见这种男

037

女痴情话。"痴"则近于真，与"诳"适成对立因素。此即所谓堕落中的灵性了。

如果与《长安古意》比较，《公子行》显然没有那样恣肆汗漫。它却别有一种倩丽风流，令读者感觉愉悦轻快。作为初唐七古，这两首诗在形式上共同特征是对仗工丽，上下蝉联。而此诗在对叠律的运用上，穷极变化，尤有特色。诗中使用最多的是同纽的排比句式，一般用于段落的起结处（如"天津桥下阳春水，天津桥下繁华子"到"可怜杨柳伤心树，可怜桃李断肠花"为起讫，系写景；"此日邀游邀美女，此时歌舞入娼家"则另起一段），及对话中（"愿作轻罗著细腰，愿为明镜分娇面"；"与君相向转相亲，与君双栖共一身"），形成一种特殊的提顿，又造成重复中求变化，和一气贯注的韵调。此外，各种带有复叠的对仗句子逐步可见。再就是顶真格（如第四、五句衔接）和前分后总格（"美女"、"娼家"分合的三句）的使用。凡此均有助于全诗形成一种明珠走盘的音情，为这首春歌增添了不少风姿。

【张若虚】(660？—720？)扬州（今属江苏）人。曾任兖州兵曹。中宗神龙中与贺知章、万齐融、邢巨、包融等以"文辞俊秀"而显名长安，又与贺知章、包融、张旭并称"吴中四士"。《全唐诗》存诗二首。

春江花月夜

春江潮水连海平，海上明月共潮生。滟滟随波千万里，何处春江无月明。江流宛转绕芳甸，月照花林皆似霰。空里流霜不觉飞，汀上白沙看不见。江天一色无纤尘，皎皎空中孤月轮。江畔何人初见月？江月何年初照人？人生代代无穷已，江月年年只相似。不知江月待何人，但见长江送流水。

白云一片去悠悠，青枫浦上不胜愁。谁家今夜扁舟子？何处相思明月楼？可怜楼上月徘徊，应照离人妆镜台。玉户帘中卷不去，捣衣砧上拂还来。此时相望不相闻，愿逐月华流照君。鸿雁长飞光不度，鱼龙潜跃水成文。昨夜闲潭梦落花，可怜春半不还家。江水流春去欲尽，江潭落月复西斜。斜月沉沉藏海雾，碣石潇湘无限路。不知乘月几人归，落月摇情满江树。

《春江花月夜》本乐府《清商曲辞·吴声歌曲》旧题，最早见于陈朝。陈叔宝（陈后主）与宫中女学士及朝臣相和为诗，《春江花月夜》与《玉树后庭花》是其中最艳丽的曲调（《旧唐书·音乐志》）。隋及唐初犹有作者，然皆五言短篇，在题面上做文章而已。吴中诗人张若虚出，始扩为七言长歌，且将自然景物、现实人生与梦幻熔冶一炉，诗情哲理高度结合，使此艳曲发生质变，成就了唐诗最早的典范之作，厥功甚伟。

《春江花月夜》属于"四杰体"，是卢、骆歌行的发展，故亦曾随四杰的命运升沉，从唐到元被冷落了好几百年，直到明前七子领袖之一的何景明重新推尊四杰后，它才被发现，被重视，被推崇至于"孤篇横绝竟为大家"的高度。"大家"，在古代文学批评术语中是超过"名家"一等，指既有杰出成就又有深远影响的作家。四杰就不曾得到过这样的荣誉。《红楼梦》中林黛玉《代别离》一诗，就"拟《春江花月夜》之格，乃名其诗曰《秋窗风雨夕》"。也可见它所具的艺术魅力。

春、江、花、月、夜这五个字，本身就足以唤起柔情绮思。可同样是这五个字，在陈后主笔下只能是俗艳浅薄的吟风弄月——其辞虽与时消没，但从《玉树后庭花》辞可得仿佛："丽宇芳林对高阁，新妆艳质本倾城。映户凝娇乍不进，出帷含态笑相迎。妖姬脸似花含露，玉树流光照后庭。"然而在张若虚笔下则完全不同。其根本的差异就在诗是沉湎于肤浅的感官刺激与享乐，还是追求深刻的人生体验之发抒。大诗人与大哲人乃受着同一种驱迫，追寻着同一个谜底，而且往往一身而二任焉。屈原、李白、苏轼，但丁、莎士比亚、歌德、泰戈尔的诗篇里，回荡着千古不衰的哲学喟叹。张若虚《春江花月夜》也属于这个行列。它与其说是一支如梦似幻的夜曲，毋宁说是一支缠绵深邃的人生咏叹曲。

从诗的结构上说，《春江花月夜》不是单纯的一部曲，而是有变奏的两部曲。在诗的前半，诗人站在哲学的高度上，沉思着困扰一代又一代人的根本问题，即本体的问题，生死的问题，即电视剧《西游记》插曲所唱"人生总有限，功业总无涯"那个问题。与众不同的是，张若虚将这一沉思放到宇宙茫茫的寥廓背景之上，放到春江花月夜的无限迷人的景色之中，使这一问题的提出，更来得气势恢宏，更令人困惑，也更令人神往。

张若虚并没有采用石破天惊的提问式开篇，如"遂古之初，谁传道之?"（屈原）、"青天有月来几时，我今停杯一问之"（李白）、"明月几时有，把酒问青天"（苏轼），而是从春江花月夜的绮丽壮阔景色道起，令人沉醉，令人迷幻。这似乎是一个优美的序曲。隋炀帝已经写过："暮江平不动，春花满正开。流波将月去，潮水带星来。""春江潮水连海平"似乎就是从这里开始。潮汐，本是日月与地球运行中相对位置变化造成引力变化导致的海水水位周期性涨落现象，吴人张若虚是熟悉这种景象的。月圆之夜，潮水特大。大江东流而海若西来，水位上涨，遂成奇观。这里写春江潮水而包入"海"字，使诗篇一开始就比隋炀帝诗气势更大。本来是潮应月生，看起来却是月乘潮起；不说"海上明月共潮升"而说"海上明月共潮生"，一字之别，意味顿殊，使习见景色渗入诗人主观想象，仿佛月与潮都具有了生命。

"滟滟"是江水充溢动荡的样子。月光普照与水流无关，诗人的主观感受却是月光"随波千万里"，水到哪里月到哪里，一忽儿整个春江都洒满月的光辉。"千万里"、"何处无"，极言水势浩远，月色无边。由一处联想到处处，诗人情思也像潮水般扩张着、泛滥着。以下由江水写到开花的郊野（谢脁"杂英满芳甸"）过渡自然轻灵。"月照花林皆似霰"，月下的花朵莹洁如雪珠，吐出淡淡的幽香，写出春江月夜之花的奇幻之美。春夜何来"空里流霜"？明明是月光造成的错觉，故细看又不觉其非。"汀上白沙"何以"看不见"？那也是因为一天明月白如霜，淆乱了视觉的缘故。

这两节写景奇幻，真有点令人目迷的感觉。诗人又并不迷失在镜花水月的诸般色相之中，而独能驭以一己之情思，一忽儿又跳脱出来。纷繁的春江景物被统摄于月色，渐渐推远，"看不见"了。诗人于是由色悟空。

被月光洗涤净化的宇宙："江天一色无纤尘，皎皎空中孤月轮。"是"无纤尘"啊，"皎皎"啊。在星空下，即使是浅薄的人，也会变得有几分深刻。如此光明洞澈的环境，让人忘掉日常的琐屑烦恼，超越自我，而欲究宇宙人生之奥秘。相形之下，别的世情都微不足道了。在茫茫宇宙之间，人只不过是夹在宏观与微观世界中的一个中项而已，来自何处？去向何往？是一个永恒之谜。孤独感是一种深刻的人生情绪，被一代又一代灵魂反复体验过，咀嚼过。这里通过"孤月轮"而反映流露出来，"孤"字不可轻易看过。"江畔何人初见月？江月何年初照人？"前句可以解为：江畔人众，何止恒河沙数，谁个最初见到这轮明月？就今夜而言，此问偏于空间范畴。后句则言：江上之月番番照临人寰，然不知青天有月来自何时，江畔有人又始自何时，人月的际遇又始自何时？此问则偏于时间范畴。由此看来，这是两个问题。但前句亦可不限于此夜，可以解为：代代江畔有人，究竟何人最早见到这轮明月？换言之亦"青天有月来几时"也。由此看来，这又是同一个问题，以唱叹方式出之。通过"人"见"月"，"月"照"人"，反复回文的句式造成抒情味极浓的咏叹，令人回肠荡气。两句表现了极深远的宇宙意识，几乎是在探索宇宙的起源、人类的初始，本文前引李白、苏轼的天问式名句实肇源于此。

诗人浮想联翩，产生了一个更有价值的思想："人生代代无穷已，江月年年只相似。"有限与无限这对范畴，很早就有诗人在咏叹，张若虚同时的刘希夷也有咏叹。这仅仅是"天地终无极，人命若朝霜"（曹植）、"人生若尘露，天道邈悠悠"（阮籍）、"年年岁岁花相似，岁岁年年人不同"（刘希夷）的翻版么？否。虽然同样是对有限无限的思考，"岁岁年年人不同"着眼于个体生命的短暂，而"人生代代无穷已"着眼于生命现象的永恒，前者纯属感伤，而后者则是惊喜了。代代无穷而更新，较之年年不改而依旧，不是别有新鲜感和更富于生机么！生命现象，你这宇宙之树上苗放的奇花呀！无数个有限总和为无限而又如流水不腐，这是作者从自然美景中得到的启示和安慰。诗中的"江月"是那样脉脉含情，不知送过多少世代的过客，它还来江上照临，还在准备迎新。皎皎的明月，你这天地逆旅中多情的侍者呀！闻一多说，诗人在这里与永恒"猝然相遇，一见如故"，"只有错愕，没有憧憬，没有悲伤"，"对每一个问题，他得到的仿佛是一个更神秘、更渊默的微笑，他更迷惘了，然而也满足了"（《唐诗杂论》）。如果我们把哲理与诗情分别比作诗之骨与肉的话，《春江花月夜》绝不是那种瘦骨嶙峋的哲理诗，更不是那种骨瘦肌丰的宫体诗，相形之下，它是那样的骨肉匀停，丰神绝世，光彩照人。

在诗的后半展示了一个人生舞台，咏叹回味着人间最普遍最持久的见难恒别的苦恼与欢乐。别易会难，与生命有限宇宙无限是有关联而又不尽相同的事体。生有离别之事，死为大去之期，故生死离别，一向并提，这是有关联的一面。不过离别悲欢限于人生，而与自然宇宙无关，在视野上大大缩小范围，这是二者毕竟不同的地方。故诗的后半对前半是一重变奏。如果说前半乃以哲理见长，则后半就更多地具有人情味。在所有的情亲离别之中，游子思妇是最典型的一类。东汉古诗十九首已多有表现，论者多把游子思妇的苦因归结到乱离时代。殊不知夫妻情侣生离之事，乱离时代固然多，和平时代也不少。李煜的"别时容易见时难"、《红楼梦》的"天下没有不散的筵席"咏叹的都是不可避免的人生现象。《春江花月夜》的后半就着重写和平时代情侣间悲欢离合之情，对古诗以来的游子思妇主题的诗歌，做了一个总结。诗人的特出之处在于，他运用了四杰体反复唱叹的句调，设计了许多富于戏剧性的情景细节，创造了浓郁的抒情氛围，在同类题材之作中可谓观止。

这部分一开始，诗人就描绘了一个典型的离别场所："白云一片去悠悠，青枫浦上不胜愁。"浦即渡口，为送别地点。江淹《别赋》："送君南浦，伤如之何。"《楚辞·招魂》："湛湛江水兮上有枫，极目千里兮伤春心。"枫叶秋红，青枫是春天的形象。在此青枫浦口，见一片白云远去，更引起了离别的联想。以下就引入游子思妇之别情。"扁舟"在江，而"楼台"宜月，故诗人写道："谁家今夜扁舟子？何处相思明月楼？""谁家"与"何处"为互文，言"谁家"可见不止一家，言"何处"，可见不止一处。这两句实是一种相思，两处着笔，反复唱叹，与"江畔何人初见月，江月何年初照人"二句同一机杼。

曹植诗云："明月照高楼，流光正徘徊。上有愁思妇，悲叹有余哀。"（《七哀》）本篇写月夜楼台相思，实化用《七哀》句意。然而诗人却设计了一个更富于戏剧性的情节："可怜楼上月徘徊，应照离人妆镜台。玉户帘中卷不去，捣衣砧上拂还来。"思妇对着明月光光的妆台，不能成寐，想要和帘卷去月光，但帘可卷而月光依然，撩人愁思；思妇意欲捣练，误认砧上月光是霜，想要拂拭，结果"拂还来"——其实是拂了个空。这两句写思妇恼乱情态，极有生活情趣。那卷不去、拂还来的月光，实是象征思妇无法解开的情结，无法摆脱的愁思，有赋抽象以具象之妙。"可怜"、"应照"云云，皆取游子遐想的情态，更有幻设之致。楼头思妇与扁舟游子虽非一处，此夜望月则同，却又信息难通。《子夜歌》云："想闻欢唤声，虚应空中诺"，此则曰"此时相望不相闻"；《子夜歌》云："仰头看明月，寄情千里光"，此则曰："愿逐月华流照君"，皆辞异情同。

"鸿雁长飞光不度，鱼龙潜跃水成文"二句对仗精工，就表意来讲，却是模糊语言。"鱼龙"偏义于"鱼"，鱼与雁皆为信使。"长飞"、"潜跃"云云，意言不关人意。"光不度"暗示音讯难通；"水成文"，可惜不是信字。两句诗尽传书信阻绝的苦恼。日有此思，则夜有此梦。"昨夜闲潭梦落花"，又模糊于主语，或云是思妇，或云是游子。其实两可。按梦的解析法，则此"落花"是象征青春易逝、红颜易老，与性爱有关。

诗的结尾最有意味，照应题面，逐字收拾"春江花月夜"五字。花落春老，海雾蒸腾，隐没斜月，而相隔天南海北的人儿不知凡几："斜月沉沉藏海雾，碣石潇湘无限路。"尽管如此，却也必然有人踏上回故乡之路："不知乘月几人归，落月摇情满江树。"这个结尾之精彩，就在于诗人写够了人间别离的难堪后，又留下了会合团聚的希望。他并没有写到意尽，似乎更好。此生此夜，总有人乘月而归，在饱尝离别滋味之后，他们将得到重逢的喜悦，以资补偿。"人有悲欢离合，月有阴晴圆缺"（苏轼），这才是人生。这是继"人生代代无穷已"之后，诗人给读者第二次精神上的安慰。这也是自然美景给他的启示。唯其如此，这支人生咏叹曲才显得那么积极乐观、一往情深。明月在告别前留下深情的一瞥（"摇情满江树"），显示出造物对于人类的厚爱。

全诗以春江花月夜为背景，沉思着短暂而又无涯的人生，抒写情侣间的相思别情。诗情的消长与景物变化十分协调。在诗的前半，读者看到了春暖花开，潮涨月出，及夜幕的降临，渐渐引起哲理性的人生感喟。诗的后半，向着这种哲理感喟的生活化、具体化，读者又看到了春去花落，潮退月斜，而长夜亦将逝去。这绝不是一夜的纪实，而更像是人生的缩影。诗歌的形象概括力是很强的。李泽厚修正闻一多的说法道："其实，这诗是有憧憬和悲伤的，但它是一种少年时代的憧憬和悲伤。所以尽管悲伤，仍然轻快，虽然叹息，总是轻盈。它上与魏晋时代人命如草的沉重哀歌，下与杜甫式的饱经苦难的现实悲痛都决然不同。它显示的是，少年时代在初次人生展望中所感到的那种轻烟般的莫名惆怅和哀愁。"（《美的历程》）

余恕诚先生把此诗与王维《春日田园作》等并论，说："《春江花月夜》从自然境界到人的内心世界都不受任何局限和压抑，向外无限扩展开去。人们面对无限的春江、海潮，面对无边的月色、广阔的宇宙，萦绕着绵长不尽的情思，荡漾着对未来生活的柔情召唤。"(《唐诗的生活理想和精神风貌》)它与其说是初唐诗的顶峰，毋宁说是盛唐第一诗、春风第一花。从这个意义上说，正是以孤篇压全唐。

《春江花月夜》属于"四杰体"，但已有令人瞩目的发展。它仍有《长安古意》那种一气贯注而又缠绵往复的旋律，却更加婉转明快。诗紧紧扣住题面五字来写，似乎语语就题面字加以翻弄，这种写法弄不好就会捉襟见肘，不胜痕迹。然而此诗却使人感到完全是情至文生，浅浅道来，语语生辉，真如万斛泉流，平地涌出，"将春江花月夜五字炼成一片奇光，分合不得。"(钟惺)题面五字反复出现。"月"字使用频率高达十五次之多，丝毫不给人冗沓繁复之感。这是因为诗人一面重复着题字，一面更生着情景。读者的注意，在于引人入胜的境界，根本不觉得有什么重复，而反反复复出现的字面适足形成回环往复的唱叹之音，令人拍掌击节。诗中多用顶真辞格，造成明珠走盘之致，如"春江潮水连海平，海上明月共潮生"，"江畔何人初见月？江月何年初照人？人生代代无穷已"。又多用否定句式形成波折，如"流——不飞"、"看——不见"、"卷——不去"、"拂——还来"、"望——不闻"、"飞——不度"。还大量运用设问和悬揣的语气，造成亲切如晤谈、朦胧如梦呓的音情，如："江畔何人初见月？江月何年初照人？""不知江月待何人？""谁家今夜扁舟子？何处相思明月楼？""不知乘月几人归？"这种音情有助于诗情哲理的表现。《春江花月夜》在韵度上四句一转，共九韵，平仄交互，成九个段落，句调的流走妍媚，使人想到《西洲曲》。

林庚先生说得好："绝句至盛唐一跃而为诗坛最活跃的表现形式。张若虚以《春江花月夜》属吴声歌曲，原来正是民歌中的绝句。张作四句一转韵，全诗一波未平一波又起，仿佛旋律的不断再涌现，从月出到月落，若断若续地组成一个抒情的长篇。节与节间自然流露出它的飞跃性——这乃是诗歌语言的基本特征。"因而闻一多赞美它是"诗中的诗"。

【张说】(667—730) 字道济，一字说之。唐洛阳（今属河南）人，原籍范阳（今河北涿州），世居河东（今山西永济）。武则天永昌中，中贤良方正科第一。历仕武则天、中宗、睿宗、玄宗四朝，玄宗时为中书令、封燕国公，后为集贤院学士、尚书右丞相。与许国公苏颋齐名，时称"燕许大手笔"。有《张说之集》。

蜀道后期

客心争日月，来往预期程。
秋风不相待，先至洛阳城。

武则天天授年间 (690—692)，诗人任校书郎，曾两度奉使入蜀。此次本已计划归京（武则天时以洛阳为首都）的日程，却因故推迟，写下这首名篇。"后期"是落后于原计划归期的意思。

"客心争日月"两句是背景交代，是说作者在蜀中的公事已抓紧办完，正打算如期返回洛阳。"客心"指客居异地之心。"争日月"指同时间竞争，指抓紧办好公事，以免推迟归期。"来往预期程"是说入蜀与返洛的日期和行程，是早就安排好了的。十个字非常简洁，把诗人当时面临的客观情况，心里的筹划掂量，都写进去了，而且字字入律。"争"字，"预"字，照应题面，是唯恐"后期"也。按，诗人返回洛阳的时间，原定在当年秋前。有诗为证："归途千里外，秋月定相逢。"（张说《被使在蜀》）

常言道："计划快不如变化快。"不料突然情况发生变化，使作者秋前回到洛阳的希望落空了。然而诗人并不这样直说，而换了一种说法，也就是变了个形，或做了一个包装。"秋风不相待"二句，凭空设计出一个同伴"秋风"，埋怨"他"不肯等"我"一等，竟自丢下同路的伙伴，自个儿先回洛阳去了。这就把本来无情的秋风加以人格化，借怨秋风，间接抒发了因回京计划落空而生的惆怅。"后"字从对面托出，一句不正说，所以为妙。又，秋风本按时而起，无所谓"先""后"，只为诗人"后期"，方见秋风"先至"，可见肌理之细。

本来"蜀道后期"，不干秋风的事。诗人偏偏扯上"秋风"，按捺"日月"，甚是无理。然"诗有别趣，非关理也"（严羽）。换言之，诗有无理而妙者，如此诗是。《唐诗别裁》点赞："以秋风先到，形出己之后期，巧心浚发。"

送梁六自洞庭山

巴陵一望洞庭秋，日见孤峰水上浮。
闻道神仙不可接，心随湖水共悠悠。

这是一首在君山送别朋友的诗。"盛唐诗人唯在兴趣，羚羊挂角，无迹可求。故其妙处莹彻玲珑，不可凑泊，如空中之音，相中之色，水中之月，镜中之像，言有尽而意无穷。"（《沧浪诗话》）离了具体作品，这话似玄乎其玄；一当联系实际，便觉精辟深至。且以这首标志七绝进入盛唐的力作来解剖一下吧。

这是作者谪居岳州（即巴陵，今岳阳）的送别之作。梁六为作者友人潭州（湖南长沙）刺史梁知微，时途经岳州入朝。洞庭山（君山）靠巴陵很近，所以题云"自洞庭山"相送。诗中送别之意，若不从兴象风神求之，那真是"无迹可求"的。

谪居送客，看征帆远去，该是何等凄婉的怀抱（《唐才子传》谓张说"晚谪岳阳，诗益凄婉"）！"天涯一望断人肠"（孟浩然），首句似乎正要这么说。但只说到"巴陵一望"，后三字忽然咽了下去，成了"洞庭秋"，纯乎是即目所见之景了。这写景不渲染、不着色，只是简谈。然而它能令人联想到"袅袅兮秋风，洞庭波兮木叶下"（《楚辞·湘夫人》）的情景，如见湖上秋色，从而体味到"巴陵一望"中"目眇眇兮愁予"的情怀。这不是景中具意么？只是"不可凑泊"，难以寻绎罢了。

气蒸云梦、波撼岳阳的洞庭湖上，有一座美丽的君山，日日与它见面，感觉也许不那么新鲜。但在送人的今天看来，是异样的。说穿来就是愈觉其"孤"。否则何以不说"日见'青山'水上浮"呢？若要说这"孤峰"就是诗人在自譬，倒未见得。其实何须用意，只要带了"有色眼镜"观物，物必着我之色彩。因此，由峰之孤足见送人者心情之孤。"诗有天机，待时而发，触物而成，虽幽寻苦索，不易得也"（《四溟诗话》），却于有意无意得之。

关于君山传说很多，一说它是湘君姊妹游息之所（"疑是水仙梳洗处"），一说"其下有金堂数百间，玉女居之"（《拾遗记》），这些神仙荒忽之说，使本来实在的君山变得有几分缥缈。"水上浮"的"浮"字，除了表现湖水动荡给人的实感，也微妙传达这样一种迷离扑朔之感。

诗人目睹君山，心接传说，不禁神驰。三句遂由实写转虚写，由写景转抒情。从字面上似离送别题意益远，然而，"闻道神仙——不可接"所流露的一种难以追攀的莫名惆怅，不与别情有微妙的关系么？作者同时送同一人作的《岳州别梁六入朝》云："梦见长安陌，朝宗实盛哉！"不也有同种钦羡莫及之情么？送人入朝原不免触动谪臣之感，而去九重帝居的人，在某种意义上也算"登仙"。说"梦见长安陌"是实写，说"神仙不可接"则颇涉曲幻。羡仙乎？恋阙乎？"诗以神行，使人得其意于言之外，若远若近，若无若有"（屈绍隆《粤游杂咏》），这也就是所谓盛唐兴象风神的表现。

神仙之说是那样虚无缥缈，洞庭湖水是如此广远无际，诗人不禁心事浩茫，与湖波俱远。岂止"神仙不可接"而已，眼前，友人的征帆已"随湖水"而去，变得"不可接"了，自己的心潮怎能不随湖水一样悠悠不息呢？"心随湖水共悠悠"，这个"言有尽而意无穷"的结尾，令人联想到"唯见长江天际流"（李白），而用意更为隐然；叫人联想到"惟有相思似春色，江南江北送君归"（王维），比义却不那么明显。浓厚的别情浑融在诗境中，"如空中之音，相中之色，水中之月，镜中之像"（严羽《沧浪诗话》），死扣不着，妙悟得出。借叶梦得的话来说，此诗之妙"正在无所用意，猝然与景相遇，借以成章，不假绳削，故非常情能到"（《石林诗话》）。

胡应麟说："唐初五言绝，子安（王勃）诸作已入妙境。七言初变梁陈，音律未谐，韵度尚乏"，"至张说《巴陵》之什（按即此诗），王翰《出塞》之吟，句格成就，渐入盛唐矣。"（《诗薮》）他对此诗所作的评价是公允的。七绝的"初唐标格"结句"多为对偶所累，成半律诗"（《升庵诗话》），此诗则通体散行，风致天然"唯在兴趣"，全是盛唐气象了。作者张说不仅是开元名相，也是促成文风转变的关键人物。其律诗"变沈宋典整前则，开高岑后矫清规"，亦继往而开来。而此诗则又是七绝由初入盛里程碑式的作品。

【苏颋】（670—727）字廷硕，京兆武功（今陕西武功）人，尚书左仆射苏瑰之子。进士出身，初任乌程尉，历任至中书侍郎，袭爵许国公，后与宋璟同拜相，任紫微侍郎、同平章事。与燕国公张说齐名，称"燕许大手笔"。后以礼部尚书罢相，出任益州长史。身后追赠尚书右丞相，赐谥文宪。

奉和春日幸望春宫应制

东望望春春可怜，更逢晴日柳含烟。
宫中下见南山尽，城上平临北斗悬。
细草遍承回辇处，轻花微落奉觞前。
宸游对此欢无极，鸟弄歌声杂管弦。

《奉和春日幸望春宫应制》是一首奉陪皇帝的应景的歌功颂德之作。景龙二年（708）十二月立春日，中宗李显迎春作诗（原唱题为《春日幸望春宫》。题中"幸"字是对皇帝驾临某处的专称），令群臣唱和。同时奉和者有李适、刘宪、崔湜、岑羲、沈佺期等，诗皆存。

"东望望春春可怜"二句，是说季节很好，天气"更"好。中间的"望春"双关宫名（望春宫，在长安东郊万年县）。上句"东望"与下句"晴日"相照应，加上"柳含烟"，写的是春晨的情景。"东望—望春—春可怜"，一句之中两组叠字、两处顶真，是诗人刻意为之，颇具别趣，虽然只是寻常欣快，写来却异样踊跃，表现出诗人的才思和技巧。顺便说，如作"春望—望春—春可怜"，干脆叠到极致，趣味当更佳妙。

"宫中下见南山尽"二句，紧承首句"望春"展开描写：从望春宫南望，终南山尽收眼底；回望长安城，是北极朝廷之所在。"南山"对"北斗"，以实对虚，倍觉工整。"南山"双关《小雅·天保》诗意："如南山之寿，不骞不崩。""北斗"双关《三辅黄图》描绘长安地形"南为南斗形，北为北斗形"。长安北面为皇居，"北斗"对应着皇城。所以"南山"为实指，"北斗"为虚拟。意在歌颂，而运词巧妙，如"下"、"尽"、"平"、"悬"四字，颇有推敲，而不见痕迹。

"细草遍承回辇处"二句，转写春色怡人及君臣春游的惬意。同时以"细草"、"轻花"承受阳春德泽，比喻侍臣及女乐俱受皇恩的沾溉。"回辇处"指驾临望春宫，"奉觞前"指君臣共进御宴。取喻用词，各有分寸，渲染出一派和睦的游春气象，饱含对幸生无事之时的庆幸。

"宸游对此欢无极"二句以颂圣结束。"宸游"指皇帝的巡游。"宸"为北极星所居，为帝王的代称。"对此欢无极"，谓此次春游，君臣同乐，圣心欢喜无比。"鸟弄歌声杂管弦"，谓时代升平，莺歌燕舞，令人心旷神怡。虽是歌功颂德，也多少表现出一些开明政治的气氛，言辞间充满了对国家繁荣昌盛的自豪感。杨慎点赞："唐自贞观至景龙，诗人之作，尽是应制。命题既同，体制复一，其绮绘有余，而微乏韵度。独苏颋'东望望春春可怜'一篇，迥出群英矣。"（《升庵诗话》）

汾上惊秋

北风吹白云，万里渡河汾。
心绪逢摇落，秋声不可闻。

"汾上"指汾阳县（今山西万荣南）。汾水流经其地，为黄河第二大支流。相传汉武帝获黄帝所铸宝鼎于此，因祀后土，渡汾河，饮宴赋诗作《秋风辞》。开元十年（722），唐玄宗重修汉祠，恢复祭祀。次年正月驾幸潞州晋州，诗人为礼部侍郎随行，有诗。二月在汾阴祀后土，诗人从行，有诗。冬，出为益州大都督长史。到开元十三年（725）始回长安。外放的两年，是苏颋一生仕履中最感失意的时期，诗当作于此间。

"北风吹白云"二句引出秋声，化用了汉武帝《秋风辞》"秋风起兮白云飞"、"泛楼船兮济河汾"等诗意。暗示当年汉武帝曾到汾阴祭后土，及唐玄宗行汉武故事。历史剧重复上演，个中意味，并不点破。联系到题面，首句"吹"字已含起可"惊"之意，次句加以"万里"，"渡河汾（黄河及汾水）"的似是秋风，又似是秋风中的行人。而诗中代指秋风的，不是常用的"西风"，而是"北风"，平添了许多寒意。

"心绪逢摇落"二句，以秋风摇落万物引发心绪之不宁。"摇落"指树叶凋零，既出自《秋风辞》之"草木黄落"云云，又远绍宋玉《九辩》之"悲哉秋之为气也，萧瑟兮草木摇落而变衰"，既指萧瑟天气，又喻指自个儿暮年失意的境遇。清人黄叔灿点赞："是秋声摇落，偏言心绪摇落，相为感触写照。"（《唐诗笺注》）说"心绪"而不说心绪怎样，是其含蓄所在。而"秋声不可闻"，正是"心绪使然"。前三句无一字说到"惊"，却无一字不为"惊"字摄神，末句"不可闻"，正是"惊"字的转语。

开元是盛世，"惊秋"近危言。而作者欲说还休，弦外之音何在，只能从汉武帝身上去找。汉武帝不失为一代雄主，也曾穷兵黩武，也曾迷信方士，也有负面情绪"欢乐极兮哀情多，少壮几时兮奈老何！"（《秋风辞》）的感伤。这些阴暗的东西，在开元时代的唐玄宗身上，虽没有充分表现，却可能露出一些苗头。诗人对此感触很深，却说不清道不明。而诗贵含吐不露，正好一气呵成。此诗"急起急收，而含蕴不尽"（吴昌祺《删定唐诗解》），堪称五绝的经典之作。

【张敬忠】生卒年不详，京兆（今陕西西安）人。曾官监察御史，开元中为平卢节度使。《全唐诗》存诗二首。

边词

五原春色旧来迟，二月垂杨未挂丝。
即今河畔冰开日，正是长安花落时。

张敬忠是初唐一位不大出名的诗人，《全唐诗》仅录其诗二首。而这首《边词》却是唐人七绝中可圈可点的名篇。《新唐书·张仁愿传》载，中宗神龙三年（707）张仁愿任朔方军总管，曾奏用张敬忠分判军事，诗当作于此时。

　　"五原春色旧来迟"二句，写河套地区的仲春景色。五原县位于内蒙古自治区西部，河套平原腹地，隶属巴彦淖尔市，东与包头相邻，西和乌海相接，南隔黄河与鄂尔多斯市相望，北依阴山山脉。汉武帝元朔二年（前127）设五原郡。张仁愿任朔方总管时为防御突厥而修筑的西受降城，就在五原西北。由于气候严寒，故春色姗姗来迟。"二月垂杨未挂丝（即将挂丝）"，就是通过景物细节，对"春色旧来迟"的具体描写。"五原"地名入诗，在唐诗中不常见，令人感到异样新奇。两句一气贯注，而"五原春色"与"二月垂杨"似对非对，表现出诗人铸句的经心而不失潇洒。其实这两句只是全诗的引子。

　　接下来，"即今河畔冰开日"二句，开创了一种全新的绝句手法，可以叫作"二元对立"。具体讲，就是同时显现两处不同的空间。一个空间是"五原"，千里冰封的黄河悄然解冻。另一空间则是"长安"，却是"春城无处不飞花"（韩翃）了。这样两幅图景的次第显现，绝类电影艺术的蒙太奇手法，产生的效果是令人惊叹，诚如今人所唱："我们的大中国呀，好大的一个家。"诗人在为姗姗来迟的"五原春色"（垂杨挂丝、黄河解冻）感到无比欣喜的时候，也会对故国长安及长安之春生出许多的想念。这两句以"即今"、"正是"作勾勒，"河畔冰开日"与"长安花落时"作对仗。今人刘永济点赞："此边词而不言边塞之苦。但用对比手法将河畔与长安两两相形而意在言外，且语意和平，可想见唐初国力之盛。"（《唐人绝句精华》）

　　同时显现两处不同的空间，后世亦有跟进，如张潮《江南行》："茨菰叶烂别西湾，莲子花开犹未还。妾梦不离江水上，人传郎在凤凰山。"

053

【张九龄】(678—740) 字子寿，唐韶州曲江（今广东曲江）人。武后神功元年（697）进士及第，授校书郎。玄宗先天元年（712）中道侔伊吕科，授左拾遗。后历官司勋员外郎、中书舍人、中书侍郎等职。玄宗开元二十一年（733）拜中书侍郎，同中书门下平章事，迁中书令，兼修国史。翌年罢相。次年贬为荆州长史。有《曲江张先生文集》。

感遇十二首（录一）

孤鸿海上来，池潢不敢顾。侧见双翠鸟，巢在三珠树。矫矫珍木巅，得无金丸惧？美服患人指，高明逼神恶。今我游冥冥，弋者何所慕！

这首寓言诗，约作于玄宗开元二十四年（736），李林甫、牛仙客执政，诗人被贬荆州刺史时。这首感遇诗与陈子昂《感遇三十八首》（其二十三）在内容上部分地重合。二诗可以对读。

这首诗中间"侧见双翠鸟"六句，比喻有才华的人，往往多才为累。恰如陈子昂诗所写："翡翠巢南海，雄雌珠树林。何知美人意，骄爱比黄金。杀身炎州里，委羽玉堂阴。……多材信为累，叹息此珍禽。"对比即知，这正是"侧见双翠鸟"六句所写的内容。

所不同的是，这首诗开头二句和结尾二句呼应，加进了一个角色，与"翡翠"形成对照，乃是陈子昂诗所没有的。那就是"孤鸿"。孤鸿从大海飞来，不肯在池边逗留（"池潢"指积水池或护城河），因为水浅，无以隐身。它深深地知道"弋者"（射猎者）的存在，感到周边危机四伏，必须高飞远引，到那无何有之乡，远祸全身，而绝不肯做了翠鸟，贪图"珍木"的安逸，而遭到"金丸"的暗算。

诗人以"孤鸿"自喻，这是没有问题的。古诗《乌鹊歌》云："南山有乌，北山张罗。乌自高飞，罗当奈何！"问题是，有人认为"双翠鸟"

乃喻其政敌李林甫、牛仙客之窃据高位，诗人是警告他们不可高兴得太早，须有所畏惧。但这一讲法之扞格难通，乃在于诗中"翠鸟"与陈子昂诗中的"翡翠"，是受害者的形象，而非加害者的形象。诗中的"弋者"才是加害者的形象，才符合李林甫、牛仙客之所为。而"翠鸟"，则应该是恋栈者的形象。

望月怀远

海上生明月，天涯共此时。

情人怨遥夜，竟夕起相思。

灭烛怜光满，披衣觉露滋。

不堪盈手赠，还寝梦佳期。

在最能代表盛唐气象的唐诗中，张九龄的《望月怀远》在屈指可数之列。在同类（月夜怀人）的诗中，具有宰相气度，绝非小情小调。

"海上生明月，天涯共此时"，这样的诗句是超越自我，可以把天下人一网打尽的。诗中从大海上升起的月亮，可以是中秋的月，也可以是春月。这样的诗句属于任何时代，对今天海峡两岸的中国人，是家喻户晓的。"天涯共此时"写出了一种空间的距离和心理的认同——这是一个国家的认同、一个民族的认同。它还使人想起另一个天才的诗句："别时容易见时难"。当我们念起"天涯共此时"的时候，想到的正是"别时容易见时难"。这正是"望月怀远"的题中之意。张九龄本人一定没有想到，他的这两句诗会如此这般地穿过了一千年的时空，成为联结海峡两岸的中国人的感情纽带，具有化干戈为玉帛的魅力。

"情人怨遥夜，竟夕起相思"，接着写月夜中人无尽的怀想。由于首联的关系，这一联消息甚大。诗人并不具体指陈怀思对象，笔下的"情人"，也就可以不限于男女，甚至可以推广到一切关系——亲子也可以、兄弟也可以、同志也可以、朋友也可以、祖孙也可以，凡是相互思念的人，都可以被一网打尽。而"相思"也不限于男女，而是形形色色的相互思念。连"怨"也不必是幽怨，也可以是"相思"的强化表达。在月下，"相思"被拉得很长很长、放得很大很大，"遥夜""竟夕"的字面，"起"字的勾勒，状出绵绵不断的感觉。四句的音情是非常饱满的，与读王维《相思》"愿君多采撷，此物最相思"的感觉，并无二致。

"灭烛怜光满，披衣觉露滋"，这两句有倒装。是怜月光之满而灭烛，可以节能；觉夜露之凉而披衣，为了保暖。写出了月夜失眠者的情态。烛光下的环境是温馨的，月光下也是，但又最难耐孤单和寂寞。披衣是起身活动，想找人说话。使人想起陶渊明的名句："相思辄披衣，言笑无厌时。"但哪里去找自己的朋友呢？用新诗来写这种感觉，就是"我身上觉着轻寒/你偏那样地云衣重裹/你团圞无缺的明月哟/请借件缟素的衣裳给我"（郭沫若）。在月光下，人的情感是净化的。这首诗也表现了这种净化。

"不堪盈手赠，还寝梦佳期"，最后两句表达对远方人的祝愿，作者并没有直白地说："愿天下有情人终成眷属"，但诗句中一定包含着这样的意思及其可以类推的意思。诗人突发奇想，用了一个超前的，或者说后现代的诗歌话语——"不堪盈手赠"，语出晋陆机《拟明月何皎皎》："照之有馀辉，揽之不盈手。"翻译过来说是"恨不得捧一把月光送你"——这是何等地浪漫！今人有句话可以作它的注脚："最珍贵的东西是免费的"，除了阳光、空气、水、亲情、友爱等，当然还包括月光。最后写到憧憬写到梦——当一个人失去一切，但只要有梦，就不可悲。如果连梦也没有，那才真的可悲了。

这首诗的意境朦胧，表达委婉深曲，极有情致。余恕诚先生形容《春江花月夜》道："人们面对无限的春江、海潮，面对无边的月色、广阔的宇宙，萦绕着绵长不尽的情思，荡漾着对未来生活的柔情召唤。"这也就像在说《望月怀远》。虽然它是一首五律，在篇幅上比《春江花月夜》小得多，意象和语言也更单纯更简洁，却同样耐人寻味。

咏燕

海燕何微眇，乘春亦暂来。

岂知泥滓贱，只见玉堂开。

绣户时双入，华堂日几回。

无心与物竞，鹰隼莫相猜。

题一作《归燕诗》。张九龄是玄宗开元间名相，开元二十四年（736）与奸相李林甫交恶，遭到玄宗的冷遇，因而作了这首托物言志的诗，借咏归燕而为自我表白。

"海燕何微眇"二句，用燕子的春来秋去，隐喻自己出身微贱，得官甚是偶然，并没有长久的打算。"微眇"指卑下渺小。"乘春"指托福于时代。"暂"字表明事出偶然，并无非分之想。"岂知泥滓贱"二句紧承上联，用燕子衔泥筑巢于华堂，喻自己有幸从政，而跻身朝廷。这是十字句，流水对。以"岂知"、"只见"勾勒，"泥滓贱"照应首句"何微眇"，"玉堂开"照应次句"乘春"。

"绣户时双入"二句，以燕子成双作对，一日数度出入"绣户"、"华堂"，衔泥做窠，喻自己在朝为官，勤勤恳恳，即无功劳，亦有苦劳。"无心与物竞"二句，以燕子本无鸿鹄之志，竟遭"鹰隼"等猛禽的猜忌，喻自己之不容于李林甫、牛仙客等。令人联想到《庄子·秋水》的一则故事：惠子相梁，庄子往见之。或谓惠子曰："庄子来，欲代子相。"

于是惠子恐，搜于国中三日三夜。庄子往见之曰："南方有鸟，其名为鹓雏，子知之乎？夫鹓雏发于南海而飞于北海，非梧桐不止，非练实不食，非醴泉不饮。于是鸱得腐鼠，鹓雏过之，仰而视之曰：'吓！今子欲以子之梁国而吓我邪！'"

不过此诗不像《庄子》寓言讽刺那样辛辣，措辞要温柔敦厚得多。刘禹锡《吊张曲江序》称张九龄被贬，"有拘囚之思，托讽禽鸟，寄词草树，郁郁然与骚人同风"。这首诗用比兴手法，托物言志，对仗工整，语言朴素，是唐人五律中较平实的作品。

【崔国辅】(678—755) 唐吴郡（今江苏苏州）人，一说山阴（今浙江绍兴）人。玄宗开元十四年（726）进士及第，官至礼部员外郎。天宝间因遭遇牵连，被贬晋陵司马。

怨词

妾有罗衣裳，秦王在时作。
为舞春风多，秋来不堪著。

封建宫廷的宫女因歌舞博得君王一晌欢心，常获赐衣物。女主人公刚刚翻检过衣箱，发现一件敝旧的罗衣，牵惹起对往事的回忆，不禁黯然神伤。第一句中的"罗衣裳"，既暗示了主人公宫女的身份，又寓有她青春岁月的一段经历。第二句说衣裳是"秦王在时"所作，这意味着"秦王"已故，又可见衣物非新。第三句说罗衣曾伴随过宫女青春时光，几多歌舞。第四句语意陡然一转，说眼前秋凉，罗衣再不能穿，久被冷落。两句对比鲜明，构成唱叹语调。"不堪"二字，语意沉痛。表面看来是叹"衣不如新"，但对于宫中舞女，一件春衣又算得了什么呢？不向来是"汗沾粉污不再着，曳土踏泥无惜心"（白居易《缭绫》）么？这里有许多潜台词。

刘禹锡的《秋扇词》云："莫道恩情无重来，人间荣谢递相催。当时初入君怀袖，岂念寒炉有死灰！"《怨词》中对罗衣的悼惜，句句是宫女的自伤。"春"、"秋"不只指季候，又分明暗示年华的变换。"为舞春风多"包含着宫女对青春岁月的回忆；"秋来不堪著"，则暗示其后来的凄凉。"为"字下得十分巧妙，意谓正因为有昨日宠召的频繁，久而生厌，才有今朝的冷遇。初看这二者并无因果关系，细味其中却含有"以色事他人，能得几时好"（李白《妾薄命》）之意，"为"字便写出宫女如此遭遇的必然性。

此诗句句惜衣，而旨在惜人。衣和人之间是"隐喻"关系。罗衣与人，本是不相同的两种事物，作者却抓住罗衣"秋来不堪著"，与宫女见弃这种好景不长、朝不保夕的遭遇的类似之处，构成确切的比喻。以物喻人，揭示了封建制度下宫女丧失了做人权利这一极不合理的现象，这就触及问题的本质。

唐人作宫怨诗，固然以直接反映宫女的不幸这一社会现实为多。但有时诗人也借写宫怨以寄托讽刺，或感叹个人身世。清刘大櫆说此诗是"刺先朝旧臣见弃"。按崔国辅系开元进士，官至礼部员外郎，天宝间被贬，此可备一说。

采莲曲

玉溆花争发，金塘水乱流。

相逢畏相失，并着木兰舟。

《采莲曲》为乐府旧题，多写江南采莲季节的劳动场面和儿女情思。

这首诗也便是如此。"玉溆花争发"二句，写采莲季节荷塘热闹的情景。"玉溆"是水塘边的美称，"玉"是波光粼粼引起的光泽感。"金塘"是荷塘的美称，"金"是阳光照在水上的闪烁感。"花争发"是荷花盛开的感觉。其实采莲季节，莲蓬成熟，荷花花期近乎尾声，诗人这样写，是不拘泥生活真实，而唯美是求。同时，"花争发"加"水乱流"，也有形容采莲女忙碌劳作的意思。"水乱流"不是荷塘的常态，只有莲舟穿梭其间，才会有这种感觉。这两句把采莲季节的荷塘环境，写得真是美极了。

"相逢畏相失"二句，写采莲儿女在劳动中友爱互助的情态。有一种流行的解读，以为这"两句写活了青年男女相依相爱的情况，他们的纯洁心灵，活泼情态，跃然纸上"（李霁野）。或者说，"写的是一对恋人在采莲时相会的情景。江南水乡青年男女水上相逢，喜出望外，唯恐失去对方，将两只采莲的小船紧紧相靠，并驾齐驱"（佚名）。总之，认为内容是写爱情。然而，诗中并没有确切的证据。"木兰舟"是采莲船的美称，语出《述异记》："七里洲中有鲁班刻木兰为舟。"而两条木兰舟上，坐的就不能是同性么？如果是同性，就不能"相逢畏相失"，就不能"并着木兰舟"么？生活经验告诉我们，答案是否定的。一对采莲女，也可以"相逢畏相失"，也可以"并着木兰舟"。

换言之，这首诗可以是写男女爱情，也可以是写采莲女间的友情，读者不妨各得所解。"相逢畏相失"两句，不仅是写劳动场景，而且深得物理，那就是：在风浪很大的时候，一条小船因为波浪引起的共振，容易翻船；而两条小船互相牵扯，则可以破坏共振，不容易翻船。所以"相逢畏相失"的"畏"，不仅是"唯恐失去对方"，更是害怕翻船，所以风浪大时，一定得"并着木兰舟"。崔国辅是吴郡人，从小生活在江南水乡，对水上生活非常熟悉，一不小心，就如此这般地发人所未发。

小长干曲

月暗送潮风，相寻路不通。

菱歌唱不彻，知在此塘中。

《长干曲》是乐府杂曲歌辞旧题，内容多写长干里（今属南京）一带江边女子的生活和情趣。《小长干曲》是《长干曲》之一体，"小长干"乃是属于长干里的一个小地名。此诗通过荷塘听歌，风趣地表现一个青年男子对一名采菱女子的爱慕和追求。

"月暗送潮风"二句，写潮汐之夜，给男女约会带来不便。潮汐与月亮的运行相关，所以写潮涨往往提到月亮。而"月暗送潮风"，则有两重的不便。一重是"潮风"带来的，一重是"月暗"造成的。"相寻"有一个题前之景，就是相约。而"路不通"则是出乎意料的、意想不到的情况。简言之，情况发生了变化。因为风浪或潮水的缘故，原计划"相寻"的路径被阻断了。这个题前之景很有意思，为后二句伏笔，或者说预为铺垫。

"菱歌唱不彻"二句，写女方歌声传来，男方神往而焦灼的情态。"菱歌"指采菱之歌，于是读者可以将诗中女子定位为一位采菱女郎。"唱不彻"是说她一直在唱歌。当然，她本来就爱唱歌、会唱歌。不过这里的"唱不彻"，还有另一重意味。就是给对方传递信息，表明自个儿所处的方位，相当于陕北民歌中的妹妹站在山头招手。照理说，诗中的男子听歌之后，应该立马唱回去。这样，两个人会越走越近。然而诗人偏不这样写，只写一方唱、一方听。诗中男子应自恨不是歌手，他只能凭歌声捕捉方向。然而荷塘沟渠遍布，到处水网相隔，叫他上哪儿找去？这个意境有类于《邶风·静女》："静女其姝，俟我于城隅。爱而不见，搔首踟蹰。"写出了爱的神往，也写出了爱的焦灼。虽然焦灼，却并未放弃，"知在此塘中"又表现出爱的踏实，爱的喜悦。这个意境又类于《秦风·蒹葭》："所谓伊人，在水一方。溯洄从之，道阻且长。溯游从之，宛在水中央。"

可资对比的五绝，有贾岛的《遇隐者不遇》(一作孙革《访羊尊师》)，诗云："松下问童子，言师采药去。只在此山中，云深不知处。"诗的结尾写对访之不遇的对象的渴慕与神往，与此诗有神似之处。撇开风情不谈，明人谭元春认为，就全诗营造的意境而论，这首诗也略胜一筹。以短短二十字，表现出如此深邃、如此波澜起伏的意境，作者真可谓五绝圣手了。

【王之涣】(688—742) 字季凌，唐绛郡 (今山西新绛) 人，原籍晋阳 (今山西太原)。玄宗开元初为冀州衡水主簿，后被诬去职，优游山水。晚任文安县尉，卒于官舍。

登鹳雀楼

白日依山尽，黄河入海流。
欲穷千里目，更上一层楼。

此诗是登楼题咏之作。一作朱斌 (芮挺章《国秀集》) 诗。

唐代河中府的一处高阜上，有一座三层的高楼，正对中条山，俯瞰黄河水，因为楼高，时有鹳雀来栖，故名鹳雀楼。这里历来是登临胜地。唐人题咏甚多，而这首五绝当推第一。

诗的前半写登览中苍茫壮阔的景象。诗句排空而起。"白日"，写傍山的太阳，圆而益大，明朗璀璨。映衬它的是恢恢天宇，显得气势磅礴。用一个声调永长的"依"字，更状出了太阳靠山缓缓沉下的壮丽情景，这是只有登高远望才可能得到的生动感受。天地悠悠，气象恢廓。读者的胸怀为之大开。

在鹳雀楼上，事实上看不见大海，诗人却用丰富的联想加长了目力，写出了"黄河入海流"这样声势赫赫的句子。而声调短促的"入"字与舒缓永长的"流"字配合，一仄一平，一张一弛，音情摇曳，成功地表现了黄河一泻千里东到大海的雄伟气势。诗句的韵律与所表现的情感水乳交融，完美地统一着。

短短十字，日、海、山、河，并吞万有，气象开张。写落日，写河流，却绝无"夕阳无限好，只是近黄昏"、"恰似一江春水向东流"的感伤。相反，这景象的豪迈壮阔，激起的是人不能自已的豪情。于是后二句把诗的意境提到一个新的高度。它不仅歌颂了大好河山，而且表现了诗人的襟怀抱负，常被人简单概括为"站得高才能看得远"，这当然不错，不过在诗中，这样的哲理是寓于形象，饱含着丰富情感，所以激动人心。

凉州词

黄河远上白云间，一片孤城万仞山。
羌笛何须怨杨柳，春风不度玉门关。

据唐人薛用弱《集异记》记载：开元间，王之涣与高适、王昌龄到酒店饮酒，遇梨园伶人唱曲宴乐，三人便私下约定以伶人演唱各人所作诗篇的情形定诗名高下。结果三人的诗都被唱到了，而诸伶中最美的一位女子所唱则为"黄河远上白云间"。王之涣甚为得意，这就是著名的

"旗亭画壁"故事。此事未必实有，但表明王之涣这首《凉州词》在当时是列入流行歌曲排行榜的名篇。

诗的首句抓住自下游向上游、由近及远眺望黄河的特殊感受，描绘出"黄河远上白云间"的动人画面：汹涌澎湃波浪滔滔的黄河竟像一条丝带迤逦飞上云端。写得真是神思飞跃，气象开阔。诗人的另一名句"黄河入海流"，其观察角度与此正好相反，是自上而下的目送；而李白的"黄河之水天上来"，虽也写观望上游，但视线运动却又由远及近，与此句不同。"黄河入海流"和"黄河之水天上来"，同是着意渲染黄河一泻千里的气派，表现的是动态美。而"黄河远上白云间"，方向与河的流向相反，意在突出其源远流长的闲远仪态，表现的是一种静态美。同时展示了边地广漠壮阔的风光，不愧为千古奇句。

次句"一片孤城万仞山"出现了塞上孤城，这是此诗主要意象之一，属于"画卷"的主体部分。"黄河远上白云间"是它远大的背景，"万仞山"是它靠近的背景。在远川高山的反衬下，益见此城地势险要、处境孤危。"一片"是唐诗习用语词，往往与"孤"连文，如"孤帆一片""一片孤云"等，这里相当于"一座"，而在词采上多一层"单薄"的意思。这样一座漠北孤城，当然不是居民点，而是戍边的堡垒，同时暗示读者诗中有征夫在。"孤城"作为古典诗歌语汇，具有特定含义。它往往与离人愁绪联结在一起，如"夔府孤城落日斜，每依北斗望京华"（杜甫《秋兴》）、"遥知汉使萧关外，愁见孤城落日边"（王维《送韦评事》），等等。第二句"孤城"意象先行引入，为下两句进一步刻画征夫的心理做好了准备。

诗起于写山川的雄阔苍凉，承以戍守者处境的孤危。第三句忽而一转，引入羌笛之声。羌笛所奏乃《折杨柳》曲调，这就不能不勾起征夫的离愁了。此句系化用乐府《横吹曲辞·折杨柳歌辞》"上马不捉鞭，反折杨柳枝。蹀座吹长笛，愁杀行客儿"的诗意。折柳赠别的风习在唐时最盛。"杨柳"与离别有更直接的关系。所以，人们不但见了杨柳会引起别愁，连听到《折杨柳》的笛曲也会触动离恨。而"羌笛"句不说"闻折柳"却说"怨杨柳"，造语尤妙。这就避免直接用曲调名，化板为活，且能引发更多的联想，深化诗意。玉门关外，春风不度，杨柳不青，离人想要折一枝杨柳寄情也不能，这就比折柳送别更为难堪。征人怀着这种心情听曲，似乎笛声也在"怨杨柳"，流露的怨情是强烈的，而以"何须怨"的宽解语委婉出之，深沉含蓄，耐人寻味。这第三句以问语转出了如此浓郁的诗意，末句"春风不度玉门关"也就水到渠成。

"玉门关"一语入诗，也与征人离思有关。《后汉书·班超传》云："不敢望到酒泉郡，但愿生入玉门关。"所以末句正写边地苦寒，含蓄着无限的乡思离情。如果把这首《凉州词》与中唐以后的某些边塞诗（如张乔《河湟旧卒》）加以比较，就会发现，此诗虽极写戍边者不得还乡的怨情，但没有衰飒颓唐的情调，表现出盛唐诗人广阔的心胸，悲中有壮，悲凉而慷慨。"何须怨"三字不仅见其艺术手法的委婉蕴藉，也可看到当时边防将士在乡愁难禁时，也意识到卫国戍边责任的重大，方能如此自我宽解。正因为《凉州词》情调悲而不失其壮，所以能成为"唐音"的典型代表。

宴词

长堤春水绿悠悠，畎 quǎn 入漳河一道流。
莫听声声催去棹，桃溪浅处不胜舟。

所谓《宴词》即宴席上所作歌词。玩味诗意，题中的"宴"乃指离筵，也就是送别的饯宴。送别的地方是漳河支流（即诗中"桃溪"）上的某处渡口，筑有河堤。堤上应植柳树，诗中没有说，只说到支流两岸的桃林。

"长堤春水绿悠悠"二句，写春日渡口的景色，由"长堤"（堤上有柳）、"春水"等元素构成，整个画面的基调是绿色的。诗思随着春水在桃溪上行舟，桃溪汇入漳河（在湖北中部）一路前行。这里暗示行者的去向是漳河的下游，为三、四句抒发离情预为铺垫。"汱入"即流入、汇入。"汱"是田间小沟，这里指相对于干流的支流。

"莫听声声催去棹"二句，写渡口客船催发及桃溪水浅的况味。语云："千里搭长棚，没有不散的宴席。"宴席进行到最后，一定是有人"催"发的。而河上水手所喊的号子，也像是"声声"催发。而诗到结尾，出现了客船（"去棹"），也出现了佳句："桃溪浅处不胜舟"。是说桃溪水浅，使客船时而搁浅（"不胜舟"指溪水承受不起船的重量），这时，水手不免要跳进水中，合力推船。于是读者仿佛听到了船底和河床石子摩擦出哗啦啦的声响。而行船赖着不走，又像喻着行客对友人的眷恋。

绝句三、四句的承接，须是"开与合相关，反与正相依，正与逆相应，一呼一吸，宫商自谐（杨载《诗法家数》）。这首诗的一个发明，就是三句以"莫（听）"字领起呼告，怨催发之急，而四句相反，怨船行之缓。形成"反与正相依，正与逆相应"的关系，深得绝句之法。而呼告语是二人称口气，直接诉诸读者。作歌词演唱，最容易打动听众。这种做法，一经歌者传播，跟进者之多，真可车载斗量。

略举唐人数例，如："莫道蓟门书信少，雁飞犹得到衡阳"（王昌龄）、"莫愁前路无知己，天下谁人不识君"（高适）、"莫怪山前深复浅，清淮一日两回潮"（刘方平）、"莫嫌滴沥红斑少，恰是湘妃泪尽时"（贾岛）、"莫向尊前奏花落，凉风只在殿西头"（李商隐），等等。至于后世，则不胜枚举矣。

【高力士】（684—762）本名冯元一，祖籍潘州（今广东省高州市），唐代著名宦官，冼夫人第六代孙。幼年入宫，由高延福收为养子，遂改名高力士，受到武则天赏识。

因助玄宗平定韦皇后和太平公主之乱，故深得玄宗宠信，累官至骠骑大将军、开府仪同三司，封齐国公。身后追赠扬州大都督，陪葬于泰陵。

感巫州荠菜

两京作觔 jīn 卖，五溪无人采。

夷夏虽有殊，气味都不改。

中国诗词在构思上有一个好的传统，就是不直说，就是含蓄。难怪毛泽东对陈毅说："诗要用形象思维，不能如散文那样直说，故比兴两法是不能不用的。"有通首用比者，谓之比体。如朱庆余《闺意上张水部》是，王建《新嫁娘》也是，连玄宗身边的大太监也有这样一首诗。高力士者，传说中与李白脱靴人也。

荠菜是一种野菜，也可以种植。唐肃宗时，宦官李辅国矫制迁明皇西宫，高力士被流放于巫州（今湖南洪江市西，唐属黔中道，地有五溪），见山多荠菜，而土著居民不懂得吃，感而作诗，实托物言志。这首诗句句是在说荠菜，也句句是在说自己。"两京作觔卖"（觔字同斤），是说自己在皇帝身边的时候，原是上得了台面的。"五溪无人采"，是说自己流放到巫州，有很强的失落感——"无人采"，无人睬也。"夷夏"对应上文"五溪""两京"，分别指边区、少数民族地区，和中原地区政治中心。"夷夏虽有殊"，是说自己今昔处境有很大的落差。"气味都不改"，是说自己对君王、对皇室的忠心，是经得起考验的。"气味"二字，紧扣"荠菜"，语言非常到位。总之，这首诗的写法是很高明的。

赵德麟《侯鲭录》云："高力士谪在巫州，咏荠菜诗，为鲁直所称。"按，黄庭坚（字鲁直）有《食笋诗》曰："尚想高将军，五溪无人采。"可见黄庭坚潜意识中是有这首诗的，不过他把荠菜误记为笋了，这也无关紧要。无独有偶，笔者读研时见过这首诗，并未上心，一次到皖南考察，于席间见荠菜，竟一字不差地记起了这首诗，便打趣道："有句如此，真可以为太白脱靴矣！"一首诗能深入人的潜意识至此，必为好诗无疑。

历代唐诗选家，虽旁及妇女、和尚、道士，总不及于太监，难怪司马迁说："夫中材之人，事关于宦竖，莫不伤气。"又想起陈衍因元好问讥秦观诗为"女郎诗"，鸣不平道："诗者，劳人、思妇公共之言，岂能有雅颂而无国风，绝不许女郎作诗耶?"（《宋诗精华录》卷二）宦竖，亦劳人也。

【孟浩然】(689—740) 或谓字浩然，唐襄州襄阳（今属湖北）人。少隐家乡鹿门山，玄宗开元十六年 (728) 进京应试不第，遂漫游天下，以布衣终老。有《孟襄阳集》。

岁暮归南山

北阙休上书，南山归敝庐。

不才明主弃，多病故人疏。

白发催年老，青阳逼岁除。

永怀愁不寐，松月夜窗虚。

这首诗大约作于玄宗开元十六年 (728)，作者应举落第之后。《新唐书·文艺传下》载本事，谓王维私邀入内署，而玄宗至，诏浩然出。帝问其诗，浩然再拜，自诵所为，至"不才明主弃"之句，帝曰："卿不求仕，而朕未尝弃卿，奈何诬我?"因此而放还。故此诗被称为作者"一生失意之诗，千古得意之作"（冯舒）。

"北阙休上书"两句，一开始就对仗。首句是下第的委婉说法，明明是未考取，却说是不求官。"北阙"是皇宫北面的门楼，代指朝廷。下句自言有归隐之意。"南山"即终南山，唐人常用以指隐居之地。作者真实的隐居地，其实是家乡的岘山。

"不才明主弃"两句，是诗中可圈可点之句。出句本是牢骚话，表现得却很谦虚，但从他对玄宗吟诵的效果看，还是掩盖不了牢骚之意，所谓"听话听反话"，所以玄宗不高兴道"奈何诬我"。对句"多病故人疏"，可谓至理名言，"真投天地劫火中，亦可历劫不变"（周珽），因为它写出一种世相，俗话说："久病床前无孝子"，何况故人。事虽不能一概而论，却也是人情之常。所以人生健康为重，卧床可悲。

"白发催年老"两句，是痛感时间过得太快，年岁不饶人。其实这年作者不过四十，但古人医疗条件不能与今人相比，所以四十岁也会自伤老大。今人四十有白发，只能叫少年白。"青阳"是个辞藻，指的是春天，"岁除"是年终。这句的意思是，一年过去了，新的一年又开始了。言外之意是人生无着。

"永怀愁不寐"两句，写作者放不下，所以经常失眠。最妙的是下句"松月夜窗虚"，这是失眠时，在山居深夜经常看到的情景，这个"虚"字韵押得很好。深夜月光从窗洞照进来，把松影投到地上，本来是宁静闲适之景，只因为人没有看破，所以转成空寂，如助人之愁怀。所以前人认为"结句意境深妙"（高步瀛）。

前人说"此作字字真性情，当是浩然极得手之作"（徐增）。"绝不怒张，浑成如铁铸"（张谦宜）。只是玄宗非其知音，只看到它的牢骚。当时的小青年李白，写了一首诗恭维道："吾爱孟夫子，风流天下闻。红颜弃轩冕，白首卧松云。"李白的情商确实高得多，但不知道孟浩然看了这首诗，当时的表情如何。

彭蠡湖中望庐山

　　太虚生月晕,舟子知天风。挂席候明发,渺漫平湖中。中流见匡阜,势压九江雄。黤黮凝黛色,峥嵘当晓空。香炉初上日,瀑布喷成虹。久欲追尚子,况兹怀远公。我来限于役,未暇息微躬。淮海途将半,星霜岁欲穷。寄言岩栖者,毕趣当来同。

　　这首诗约作于开元二十四年 (736) 作者为张九龄幕府从事时,因公出差往扬州途中。诗写在彭蠡湖 (即今鄱阳湖) 远望庐山的情景。

　　"太虚生月晕"四句写清晨扬帆过彭蠡湖的情景。一起两句写船家看云识天气,得旅行之趣。古人称天为太虚,谚云:"月晕而风,础润而雨。"船家根据丰富的观测气候的经验,一大早就挂起风帆 ("挂席"),等天亮就开船 ("明发")。"渺漫"二字写出彭蠡湖之烟波浩渺。诗人说什么风不好,偏说"天风" (常与"海雨"组词),极有气势感。俟顺风到来,则船家可以借力矣。

　　"中流见匡阜"六句写湖中所见庐山拂晓时壮丽的景色。"匡阜"是庐山的别称,山在九江附近,气势雄伟。"黤黮凝黛色",黤黮是深黑不明的样子,黛是女子画眉用的深黑材料,诗人抓住"晓空"衬托下山色的特点,那就是深暗而显眼,山势显得更加峥嵘。接着写香炉峰的瀑布,那是庐山的招牌,特别是"日照香炉生紫烟" (李白) 的时候,由于水沫飞溅,可以看见彩虹。"香炉初上日"的"上"字,尤其是"瀑布喷成虹"的"喷"字,都用得准确而有力度。是在大湖中见高山,真成活画。

　　"久欲追尚子"两句是紧扣庐山的咏史怀古,涉及两个人。一个是东汉隐士尚长,据《高士传》载:"尚长字子平,隐居不仕。建武中,男女婚嫁既毕,断决家事不相关,当如他死。遂肆意与同好北海禽庆俱游五岳名山,不知所终。"另一个是晋代僧人慧远,俗姓贾氏,是庐山白莲社的创始人。诗人读书多,看到庐山,就会想起这些古人,产生追慕的情怀,即对隐逸生活的向往。

"我来限于役"六句,写作者登上庐山的向往。他是路过,而未遑登山,是因为人事所役,不得自由的缘故。"于役"出自《王风·君子于役》,指正在服役,或出差。"淮海"指长江下游的江浙地区,这是诗人要去的地方。"星霜"指日子或年岁,所谓"朝来暮去星霜换"(白居易),可以喻指头发斑白,也可以喻指生活辛苦。最后两句的"岩栖者",乃指尚平、远公一类人物。而"趣"字音义同"趋",指"我来限于役"之事。所谓"毕趣",就是了却人事,宋黄庭坚有"痴儿了却公家事"(《登快阁》),即此意也。这两句是曲终奏雅,宣告诗人终将告别俗务,归隐山林。

作文好的学生,无一例外是造句好的学生;作诗好的诗人,无一例外是造句好的诗人。唐人作诗,对造句非常上心。所谓"句向夜深得,心从天外归"(刘昭禹《句》)、"吟安一个字,撚断数茎须"(卢延让《苦吟》)、"吟成五字句,用破一生心"(方干《贻钱塘县路明府》)等,而孟浩然就是很突出的一位。《全唐诗》称孟诗"伫兴而作,造意极苦"。这首诗中,如"太虚生月晕,舟子知天风"、"中流见匡阜,势压九江雄"、"香炉初上日,瀑布喷成虹"、"寄言岩栖者,毕趣当来同"等句,皆精力弥满,造句浑健,俯视一切,故为人传诵。

夏日南亭怀辛大

山光忽西落,池月渐东上。散发乘夕凉,开轩卧闲敞。

荷风送香气，竹露滴清响。欲取鸣琴弹，恨无知音赏。感此
怀故人，中宵劳梦想。

浩然诗的特色是"遇景入咏，不拘奇抉异"（皮日休《郢州孟亭记》），
虽只就闲情逸致作轻描淡写，往往能引人渐入佳境。《夏日南亭怀辛大》
是有代表性的名篇。

诗的内容可分两部分，既写夏夜水亭纳凉的清爽闲适，同时又表达
对友人的怀念。"山光忽西落，池月渐东上"，开篇就是遇景入咏，细味
却不只是简单写景，同时写出诗人的主观感受。"忽"、"渐"二字运用之
妙，在于它们不但传达出夕阳西下与素月东升给人实际的感觉一快一慢；
而且，"夏日"可畏而"忽"落，明月可爱而"渐"起，又表现出一种心
理的快感。"池"字表明"南亭"傍水亦非虚设。

近水亭台，不仅"先得月"而且先退凉。诗人沐浴之后，洞开亭户，
"散发"不梳，靠窗而卧，使人想起陶潜的一段名言："五、六月中北窗
下卧，遇凉风暂至，自谓是羲皇上人。"（《与子俨等疏》）三、四句不但写
出一种闲情，同时也写出一种适意——来自身心两方面的快感。

进而，诗人从嗅觉、听觉两方面继续写这种快感："荷风送香气，竹
露滴清响。"荷花的香气清淡细微，所以"风送"时闻；竹露滴在池面其
声清脆，所以是"清响"。滴水可闻，细香可嗅，使人感到此外更无声
息。宜乎"一时叹为清绝"（沈德潜《唐诗别裁》）。写荷以"气"，写竹以
"响"，而不及视觉形象，恰是夏夜中人的真切感受。

"竹露滴清响"，那样悦耳清心。这天籁似对诗人有所触动，使他想
到音乐，"欲取鸣琴弹"。琴，这古雅平和的乐器，只宜在恬淡闲适的心
境中弹奏。古人弹琴，先得沐浴焚香，摒去杂念。而南亭纳凉的诗人，
此刻已自然进入这种心境，正宜操琴。"欲取"而未取，舒适而不拟动
弹，但想想也自有一番乐趣。不料却由"鸣琴"之想牵惹起一层淡淡的
怅惘。像平静的井水起了一阵微澜。相传楚人钟子期通晓音律。伯牙鼓

琴，志在高山，子期品道："巍巍乎若太山"；志在流水，子期品道："汤汤乎若流水。"子期死而伯牙绝弦，不复演奏（见《吕氏春秋·本味》）。这就是"知音"的出典。说到弹琴"恨无知音"，有一个时代背景，即刘长卿所谓"古调虽自爱，今人多不弹"也（《听弹琴》）。说到"恨无知音"，又自然过渡到怀人的意思上来了。

此时，诗人是多么希望有朋友在身边，闲话清谈，共度良宵。可人期不来，自然会生出惆怅。"怀故人"的情绪一直带到睡下以后，进入梦乡，居然会见了亲爱的朋友。诗以有情的梦境结束，极有余味。

孟浩然善于捕捉生活中的诗意感受。此诗不过写一种闲适自得的情趣，兼带点无知音的感慨，并无十分厚重的思想内容；然而写各种感觉细腻入微，诗味盎然。文字如行云流水，层递自然，由境及意而达于浑然一体，极富于韵味。诗的写法上又吸收了近体的音律、形式的长处，中六句似对非对，具有素朴的形式美；而诵读起来谐于唇吻，又"有金石宫商之声"（严羽《沧浪诗话》）。

过故人庄

故人具鸡黍，邀我至田家。

绿树村边合，青山郭外斜。

开轩面场圃，把酒话桑麻。

待到重阳日，还来就菊花。

这是一首记述乡下做客的诗。请吃，是中国人建立感情的一种方式；杀鸡炊黍，是田家待客的习俗，"鸡黍"二字很家常，但也有出处，《论语·微子》："子路从而后，遇丈人，（略）止子路宿，杀鸡为黍而食之"。

后来元杂剧有一出《范张鸡黍》写的是后汉太学生范式，约定九月十五日到朋友张劭家探望，到期张杀鸡炊以待，张母疑心范相隔千里，未必能到，话音才落，范就到了。此诗一、二句写故人相邀而我即至，不推辞，不误期，既随和，又讲信用，这正是一种最普通的人情，是人际交往中最常有的现象。诗人随手拈出，富于生活气息，多么亲切。

继二句写赴会沿途所见景色，这村庄坐落在城外，傍着一带青山，为绿树所环绕，这使人想起一首有趣的数字诗："一去二三里，烟村四五家。亭台六七座，八九十枝花。"真能在写景中表现出郊游的情趣来。元人马致远《双调·夜行船》："红尘不向门前惹，绿树偏宜屋角遮，青山正补墙头缺，竹篱茅舍。"这鼎足对的写景更鲜丽，也更尖新，然而却没有这里的自然朴素；马曲写的是茅舍一角，取景较窄；孟诗写的却是整个农村，眼界自宽；马曲流露的是孤高的情怀，此诗表现的却是平常心，具有更多的生活气息。所以这两句的好处，远在修辞之外，是全诗的灵魂，是感情与形象交融的结晶。这两句重点表现的是青山、绿树、村落，它们水乳交融地打成一片，而城郭相形之下就显得是个陪衬了，这里包含着一颗农家的心。

接下来写打开轩窗，宾主引怀细酌，谈笑风生，而谈的无非是庄稼话，家常话，所谓"相见无杂言，但道桑麻长"。城里终日忙忙碌碌的人，是很少能领略这种闲侃的乐趣的，它的前提是闲，有闲才有侃的心情，可人相对，清茶一杯，聊天聊上一天都不觉累。什么谋职求官之类的事，连想都不去想它了。诗人忘情于田园风光与友情之中了。

喝罢、谈了，最后是告辞。诗人的谈兴和酒兴未消，他说还要再来，那就在重阳节罢。这照应了开篇，这次是应邀而来，下次是不请也要来。在这种坦诚到忘形的话中，田庄的美好、故人的热情、做客的愉快，全都有了。

诗写一次普普通通的做客，在一个普普通通的农家，这儿既没有引人注目的名胜，也没有令人兴奋的事件，不过是一片场圃，遍地桑麻，一些村人来往的道路，然而诗人却成功地创造了一个和平的、理想的天地，一个没有传奇色彩的人间桃源，写出了诗人忘怀得失于友情与大自然的喜悦。全诗平平叙起，娓娓道来，没有一个夸张的句子，没有一个华丽的词句，"语淡而味终不薄"（沈德潜），这就是孟浩然的诗。

与诸子登岘首

人事有代谢，往来成古今。

江山留胜迹，我辈复登临。

水落鱼梁浅，天寒梦泽深。

羊公碑尚在，读罢泪沾襟。

岘山是孟浩然故乡靠近汉水的一座小山，山的大小与其名声的大小颇不相称。岘山出名出在晋代遗爱在民的地方官羊祜。羊祜死后，当地人无不为之悲痛，因树碑于山，杜预称之为"堕泪碑"。羊祜生前游山，曾抒发过以下广为人知的感慨："自有宇宙，便有此山。由来贤达胜士登此远望如我与卿者多矣，皆湮灭无闻，使人悲伤。"

孟浩然登岘山，首先就想到这个故事，并感受到羊祜同样的心情。诗就从他的感慨说起："人事有代谢，往来成古今。"人事的"代谢"是绝对的，而"古今"的概念是相对的——大至朝代更替，小至个人的生老病死，人事永远处于不停的新陈代谢之中；古人曾经是"今人"，而今人亦有作古的一天，"后之视今，亦由今之视昔"，登临者做着古人做过的事，感受着古人感受过的心情，故"每览昔人兴感之由，若合一契"（王羲之），四句的"复"字，是个关键性字眼。

前四句寓深刻的道理于浅斟低唱之中。反过来说也成立，即前四句讲的是一个平常的道理，似乎每个人都能感觉到它，然而感觉到的不一定是深刻理解了的，经诗人一语道破，读者一面感到"甚合我意"，一面又感到他是发人所未发，实在深刻。这也可见孟诗"语淡而味终不薄"。

三句所谓"胜迹"，即名胜古迹，即打上了历史烙印的自然风光。它是风景，又不只是风景，面对它，你不能不缅怀与它相关的古人，这就是所谓怀古之思。然而怀古又不仅仅是一种幽情，其本质却在人对自身命运的凝注和关心。换句话说，人的生命有限，却偏偏向往于无限，渴望不朽。然而真正能够不朽的，后世之名而已，而且只有杰出者能活在后人心中。这既是怀古诗的感伤所在，也是其意义之所在。

五、六句呈现的是初冬景色——"水落鱼梁浅，天寒梦泽深"，两句不但再现了岘山四围的风景，还使人联想到一些古人的名字，将人带向往古的回忆："鱼梁"使人想起汉末居住在岘山之南的隐士庞德公，"梦泽"让我们想到流放的大诗人屈原——放眼望去，举目都是胜迹，这样一再烘托，突出了怀古的主题。最后读羊公碑而为之出涕，感伤之余，有没有深思，这一点却是因读者而不同了。

这首律诗，其对仗在一、二句和五、六句，与常格不同，是五律一种早期的形式。这首诗也为诗人本人树起了一座纪念碑——后来的诗人登上岘山，就不会仅仅记起羊祜的那一段名言，还要加上孟浩然的这一首诗。

游精思观回王白云在后

出谷未停午，至家已夕曛。
回瞻下山路，但见牛羊群。
樵子暗相失，草虫寒不闻。
衡门犹未掩，伫立望夫君。

这首纪游诗提到的"精思观",在襄阳附近。"王白云"乃作者同乡好友王迥,其人家在鹿门,号白云先生,与孟浩然多有唱酬。作者另有《登江中孤屿赠白云先生王迥》道:"忆与君别时,泛舟如昨日。夕阳开返照,中坐兴非一。南望鹿门山,归来恨相失。"可见二人又是亲密的游伴。

这首精思观纪游之作,向来被人推为冲淡的标本。"淡到令你疑心到底有诗没有。"(闻一多)看不见诗,不等于无诗,这样说无非是因为它太近于生活的真实罢了。然而,这首诗正因为有其生活之美而成为永久。

诗中所写的游观归来,包含有一个极有生活情趣的眼前景和言外事。到精思观路程不近,"出谷未停午,到家已夕曛(夕阳余晖)",是说未午离观,傍晚还家。计程应有三十华里山路呢。由诗题可以知道,作者与王白云这次是结伴同游,纵有天大的事,也该"同路不失伴"。但这种情况发生了。究其原因,只有一个可能:在道观附近探奇访胜,流连光景,因兴之所至,两下走失。这在旅游中是常有的事体。一当发现失伴,办法有两个:一是假定对方沿既定路线(比如归途)走在前面,相应的办法是追。孟浩然很可能就采取这一法,直到回家,才发现"王白云在后"。另一是假定对方还在原地徘徊,相应的办法是等。直到等证实自己估计未确,这才怏怏而归。王白云先生很可能就这样倒了霉,以致天黑前还未赶到家,弄得孟浩然伫立"衡门"(简陋的门,语出《诗经·陈风》),大为着急——虽然诗中没有明说。

因此,全诗从第二联起,在写景中就充满一种企盼之情。"回瞻下山路,但见牛羊群",回首归路只见牛羊,是说不见王先生的影儿。诗人化用《诗经·王风·君子于役》"日之夕矣,羊牛下来"之语,十分微妙地暗示了"君子于'役',如之何勿思"的盼望归来之意。"樵子暗相失,草虫寒不闻",则是无所依傍的写景。樵夫隐没于夜色,草虫吞声于深秋,一失影,一失声,传出的都是若有所失的神情。"衡门犹未掩",是因为之子犹未归。所以先归者还在怅望,"伫立望夫君"。"夫君",犹言"之子"，翻译成大白话就是"您这位老先生"，一种发生在亲友之间的关切加埋怨，情见乎辞。

"淡到看不见诗"，是现象。"真孟浩然不是将诗紧紧的筑在一联或一句里，而是将它冲淡了，平均地分散在全篇中"（闻一多），这才是孟诗的本质。

望洞庭湖赠张丞相

> 八月湖水平，涵虚混太清。
> 气蒸云梦泽，波撼岳阳城。
> 欲济无舟楫，端居耻圣明。
> 坐观垂钓者，徒有羡鱼情。

这是一首干谒之作。所干之人，一说为张九龄，一说为张说。就关系而言，浩然于九龄较深，但九龄并未做过岳州一带地方官；张说开元中曾罢相，四年（716）坐事贬为岳州刺史，所以就事迹言，则投献张说的可能性为大。

洞庭本是长江中游巨浸，所谓"巴陵胜状，在洞庭一湖，含远山，吞长江，浩浩荡荡，横无际涯，朝晖夕阴，气象万千"，诗人来在八月，正值秋水盛涨，只一个"平"字，便形容出湖水的更加浩渺。湖水给人的强烈感受，除了广，还有深，"含虚混太清"一句就专写洞庭的孕大涵深。"虚"与"太清"俱指天空，不过"涵虚"的"虚"乃指水中的天空，"太清"则是指头上的天空，诚所谓"上下天光，一碧万顷"。这两句是大处落墨，静态的描写；接下来的两句则取动态，写洞庭的气势和声威。

据宋人范致明《岳阳风土记》云："（岳阳）城据湖东北，（不仅如此，古代的云梦大泽也在洞庭的东北，具体而言，云泽在江北、梦泽在江南，相当于今湖北东南与湖南北部一带低洼地区，方圆八九百里）湖面百里，常多西南风。夏秋水涨，涛声喧如万鼓，昼夜不息。"而"气蒸云梦泽，波撼岳阳城"二句，就写出西南风至，湖之声气东行所具有的威力和影响，"蒸"、"撼"二字，就写出了一处力度、一种震撼。这也就是孟诗"冲淡中有壮逸之气"的范例了。

湖水呈现的这种活力，这种气象，就使人联想到时代脉搏，盛唐气象。这触动了深藏在诗人潜意识里的不安，怎么能在这样千载难逢的大时代里无所作为呢？晚唐杜牧有一句诗"清时有味是无能"（《将赴吴兴登乐游原一绝》），可作"端居耻圣明"的注脚。"欲济无舟楫，端居耻圣明"两句，完成了此诗从写景到陈情间的过渡之妙。

已经表现出希望援引的意思了，不过只说"欲济无舟楫"，就不那么露骨，反过来说也就是委婉。想到湖的彼岸，可惜没船；"鱼，我所欲也"，可惜没有钓竿。《淮南子·说林训》云"临河而羡鱼，不若归家织网"，一种蠢蠢欲动之情，跃然纸上。这是在陈情，在干人，然而运用的却是比兴手法，"欲济"呀、"舟楫"呀、"垂钓"呀、"羡鱼"呀，这些喻象都紧紧扣住观湖感兴而来。因此，全诗浑然一体，决无前后割裂、勉强凑合之感。诗中三、四两句意境雄阔，后人经常把它与杜甫"吴楚东南坼，乾坤日夜浮"（《登岳阳楼》）相提并论，认为很难超越。

晚泊浔阳望庐山

挂席几千里，名山都未逢。
泊舟浔阳郭，始见香炉峰。
尝读远公传，永怀尘外踪。

东林精舍近，日暮但闻钟。

　　浔阳亦即江州（江西九江），在溢水与长江交汇处，庐山在城南。这首诗是诗人路过时写的。他登山没有呢？今已无从查考。诗一起即说"挂席几千里，名山都未逢"，想必是要登的。而这首诗表现的，是初到名山的喜悦及由此引起的怀古幽情。

　　初到名山的这份喜悦，诗人没有直接说出，然而通过前两句挂席千里，名山未逢的铺垫，一种不期然而然的欣喜之情，通过"始见"二字，溢于言表。"哇，那就是香炉峰呀"，真是踏破铁鞋无觅处，得来全不费功夫呀。香炉峰是闻名已久，香炉峰的瀑布是不可不看，路过而不看，是要遗憾终生的。然而庐山的有名又不只在山水，还因为它的人文历史。所谓"远公传"指的是《高僧传》，远公即东晋高僧慧远，曾和隐士刘遗民等结白莲社，后世奉为莲宗初祖，他爱庐山，刺史桓伊就为他在这里造了一座禅舍，即东林寺或称"东林精舍"，大诗人陶渊明也曾和慧远有过交往。有道是"山不在高，有仙则名"，山本来高，有"仙"就更有名了。过去是从书上读到远公的事迹，曾长久地为之神往，而今东林精舍就在眼前，使人回忆传中所写，更有一种温故知新的感受——听那钟声，一定是从东林寺传来的吧。

　　诗并没有实写登山访古，却将见名山的愉悦和对古人的思慕一并传出，令人神往。故清人王士禛以为此诗达到"不著一字，尽得风流"的妙境，还说："诗至此，色相俱空，真如羚羊挂角，无迹可求（据说羚羊过夜是将角挂高枝之上，四足离地，故无迹可求），画家所谓逸品是也。"

舟中晓望

挂席东南望，青山水国遥。

舳舻争利涉，来往接风潮。

问我今何适？天台访石桥。

坐看霞色晓，疑是赤城标。

　　孟浩然诗常常"遇景入咏，不钩奇抉异"（皮日休），故诗味的淡泊往往叫人可意会而不可言传。这首《舟中晓望》，就记录着他约在开元十五年自越州水程往游天台山的旅况。实地登览在大多数人看来要有奇趣得多，而他更乐于表现名山在可望而不可即时的旅途况味。

　　船在拂晓时扬帆出发，一天的旅途生活又开始了。"挂席东南望"，开篇就揭出"望"字，是何等情切。诗人大约又一次领略了"时时引领望天末，何处青山是越中"的心情。"望"字是全诗的精神所在。此刻诗人似乎望见了什么，又似乎什么也没望见，因为水程尚远，况且天刚破晓。这一切意味都包含在"青山——水国——遥"这五个平常的字构成的诗句中。

　　既然如此，只好暂时忍耐些，抓紧赶路吧。第二联写水程，承前联"水国遥"来。"利涉"一词出自《易·需卦》"利涉大川"——意思是卦象显吉，宜于远航。那就高兴地趁好日子兼程前进吧。舳舻，一种方长船。"争利涉"以一个"争"字表现出心情迫切、兴致勃勃，而"来往接风潮"则以一个"接"字表现出一个常与波涛为伍的旅人的安定与愉悦感，跟上句相连，便有乘风破浪之势。

　　读者到此自然而然想要知道他"何往"了，第三联于是转出一问一答来。这其实是诗人自问自答："问我今何适？天台访石桥。"这里遥应篇首"东南望"，点出天台山，于是首联何所望，次联何所往，都得到解答。天台山是东南名山，石桥尤为胜迹。据《太平寰宇记》引《启蒙注》："天台山去天不远，路经油溪水，深险清泠。前有石桥，路径不盈尺，长数十丈，下临绝涧，唯忘身然后能济。济者梯岩壁，援葛萝之茎，度得平路，见天台山蔚然绮秀，列双岭于青霄。上有琼楼、玉阙、天堂、碧林、醴泉，仙物毕具也。"这一联初读似口头常语，无多少诗味。然而只要联想到这些关于名山胜迹的奇妙传说，你就会体味到"天台访石桥"一句话中微带兴奋与夸耀的口吻，感到作者的陶醉和神往。而诗的意味就在那无字处，在诗人出语时那神情风采之中。

正因为诗人是这样陶然神往，眼前出现的一片霞光便引起他一个动人的猜想："坐看霞色晓，疑是赤城标。"朝霞映红的天际，是那样璀璨美丽，那大约就是赤城山的尖顶所在吧！"赤城"山在天台县北，属于天台山的一部分，山中石色皆赤，状如云霞。因此在诗人的想象中，映红天际的不是朝霞，而当是山石发出的异彩。这想象虽绚丽，然而语言省净，表现朴质，没有用一个精美的字面，体现了孟诗"当巧不巧"的特点。尾联虽承"天台"而来，却又紧紧关合篇首。"坐看"照应"望"字，但表情有细微的差异。一般来说，"望"比较着意，而且不一定能"见"，有张望寻求的意味。而"看"则比较随意，与"见"字常常相连，"坐看霞色晓"，是一种怡然欣赏的态度。可这里看的并不是"赤城"，只是诗人那么猜想罢了。如果说首句由"望"引起的悬念到此已了结，那么"疑"字显然又引起新的悬念，使篇中无余字而篇外有余韵，写出了旅途中对名山向往的心情，十分传神。

此诗似乎信笔写来，却首尾衔接，承转分明，形象质朴，没有警句炼字，却有兴味贯串全篇。从声律角度看，与五言律诗平仄全合，然而通体散行，中两联不作骈偶。这当然与近体诗刚刚完成，去古未远，声律尚宽有关；同时未尝不出于内容的要求。这样，它既有音乐美，又洒脱自然。胡应麟说："自是六朝短古，加以声律，便觉神韵超然。"

（《诗薮》）

秦中感秋寄远上人

一丘常欲卧，三径苦无资。

北土非吾愿，东林怀我师。

黄金燃桂尽，壮志逐年衰。

日夕凉风至，闻蝉但益悲。

　　这首诗作于孟浩然在京城长安应试的秋天。年代当在开元十五年（727）至开元十七年（729）间。一作崔国辅诗，非是。在封建时代，知识分子靠科举谋求出路，而这一条路又不一定都走得通，一些贫寒士子面对艰难处境，常常流露出穷愁潦倒的心态，这首诗就是表现这种心情的。

　　"一丘常欲卧"四句，写自己求仕不成，想要息隐山林，但是又没有经济条件来建置家园，真是进退维谷，左右两难。"一丘"指山林田园，此指归隐山林。"三径"指隐者居处。《三辅决录》载：西汉末年王莽专权，兖州刺史蒋诩告病辞官，隐居乡里，在院中开三条小路，荆棘塞门，不出。《晋书·陶潜传》载陶渊明为生活所迫而求仕，说："以为三径之资，可乎？"后"三径"遂为诗中常用词。"北土"指秦中，即政治中心长安。"东林"即东林寺，乃晋代刺史桓伊为高僧慧远所建佛寺，在庐山之东面。此借指远上人所居寺庙。

　　"黄金燃桂尽"二句，比喻长安生活品价高，自己处境困窘，从政的愿望难以实现。《战国策·楚策》载："楚国之食贵于玉，薪贵于桂。"论诗不能脱离思想而谈艺术，明人李梦阳批评"黄金燃桂尽"一语伤气，但生活如此，能不伤气吗？"日夕凉风至"二句，写闻蝉兴悲，出现了黄昏、秋风、鸣蝉，一派萧瑟景象，流露出失意、悲哀与追求归隐的情绪。

末句中秋蝉的悲咽，正是诗人凄切婉转的哀鸣，透露出无限的悲凉。诗中也表现出对远上人的深切思念，情意真挚。

这首诗直抒胸臆，"非不经思，只是吐出"（刘辰翁）。在孟浩然诗集中，实属平平之作，思想和艺术，都没有特别高明之处，也就是中驷吧，却被蘅塘退士选入《唐诗三百首》，这和《古文观止》也选进了一些非经典之作一样，是考虑到适合初学者，接受起来比较容易，在裁词、用事和谋篇上，有章可循，学者稍加努力，自个儿也办得到。

留别王维

寂寂竟何待，朝朝空自归。

欲寻芳草去，惜与故人违。

当路谁相假？知音世所稀。

只应守寂寞，还掩故园扉。

王、孟是唐代并称的大诗人，文学史定位为唐代山水田园诗的代表作家。孟浩然赠王维的诗，就像李白写给杜甫，或杜甫写给李白的诗，其价值首先是史料价值。据《旧唐书·文苑传》载，孟浩然"年四十来游京师，应进士不第，还襄阳"。这首诗当是孟浩然应进士试，失意后归襄阳，临行前写给王维的。

这首诗中因被广泛引用而成为名句的是颈联"当路谁相假"两句。中国文官考试制度自有其优越之处，但任何制度都离不开"当路"人的操作。撇开徇私舞弊（语云："朝中有人好做官"）不说，能不能慧眼识材（韩愈云："世有伯乐然后有千里马"）也是问题。找不到关系是一重苦闷，不被人赏识是另一重苦闷。孟浩然把当时读书人具有普遍性的苦闷，熔铸在这十个字中，所以在后世引起广泛共鸣。这是实话实说，并无顾忌，王维不会多心，不等于别人并不多心。据《新唐书·孟浩然传》载：王维曾邀孟浩然入内署，"俄而玄宗至，浩然匿床下，维以实对。帝命其出，并问其诗，浩然乃自诵所作，至'不才明主弃'（《岁暮归南山》）句，玄宗曰：卿不求仕而朕未尝弃卿，奈何诬我。因放还"。想到就说，没有客气假象，是诗人的可爱之处，也是诗句的可爱之处。

开篇"寂寂竟何待"四句述说作者落第后心情失落，天天在寂寞失望中度日，想离京却又不舍得与好友分别，心中感到怅惘和矛盾。"芳草"即香草，古诗中常比喻为美好的品德，此处指归隐的理想。"欲寻芳草去"表明自个儿又考虑归隐了。"惜与故人违"则表明了他对王维难舍难分的友情。由此可见，"知音世所稀"这话，是把王维排除在外的。换言之，能了解自个儿心事，赏识自个儿才能的人，也只有王维了。鲁迅赠瞿秋白联曰："人生得一知己足矣，斯世当以同怀视之。"这是对友人很高的评价，同时也包含知音难觅的感喟。结尾"只应守寂寞"二句表明了归隐的坚决，有义无反顾之慨。宋人刘辰翁点赞："个中人，个中语，看着便不同。末意更悲。"

诗人同时代人王士源评孟浩然诗道："文不按古，匠心独妙，五言诗天下称其尽美矣。"如这首诗，就做到了语言浅显，表达直率，对偶不求工整，却自然流畅，显示出一种不事雕琢的自然之美，表现出孟浩然五言诗的常态。

题义公禅房

义公习禅寂，结宇依空林。

户外一峰秀，阶前众壑深。

夕阳连雨足，空翠落庭阴。

看取莲花净，方知不染心。

　　这首诗是诗人漫游吴越时题咏山寺之作，据史料记载，本诗所写寺院为大禹寺。与唐代众多诗人所写"宿山寺"（如李白、项斯、贾岛等）不同，这首诗题目中明明白白写上了一个僧人的称号，那就是"义公"（这位僧人的法名中带"义"字）。所以这首诗不仅描绘山寺风光和宿寺的感受，而且有归美义公之义。然而这一点，诗人并不直说，只是通过对大禹寺周边山光水色和气候的描写委婉道出，是其高明之处。

　　"义公习禅处"二句，以"义公"二字打头（照理说诗题上有的，诗中可以不有），描绘禅房周边幽寂的环境，似不经意，其实已起到强调的作用。"结宇依空林"，是说大禹寺（"义公习禅处"）依山建造，可见规模不小。"空林"即寂静的山林，寺庙选址于深山，有利于修行者静心，有利于看破、放下、自在。

　　"户外一峰秀"二句，是"立片言以据要，乃一篇之警策"（陆机）的妙对。"户外"、"阶前"俱指禅房周边。"一峰秀"应是大禹寺门外面对的山峰，是山脉中的高峰，十分显眼。而"众壑深"，可见大禹寺处在峡谷地带，沟壑幽深。而沟壑众多的峡谷，山头应该不少，单单挑出"一峰"与"众壑"作对，是以少对多，引起的视觉效果，反差强烈。照理说，对仗的上下联同一位置的措辞，应该词性相同，如"一峰"对"千壑"，似更工整。然而，也会显得刻板。以"众壑"对"一峰"，准数词对数词，便觉活络、巧妙。

　　"夕阳连雨足"二句，写大禹寺当天气候和望中景色。"夕阳"和"雨"同处一句之中，可以是"雨后复斜阳"的意思，更可能是一场太阳雨。无论是雨过天晴，还是"东边日出西边雨"，都会有彩虹出现，不过诗人没有写。却写到"空翠"一词。王维有这样的名句："山路元无雨，空翠湿人衣。"（《山中》）可见"空翠"，实指空中有绿色感觉的水汽。"空翠落庭阴"，是说院坝潮湿树影深深。"雨足"用对"庭阴"，表明"足"字是个名词。"雨足"即雨脚，指密密麻麻雨点，这是下太阳雨时的情景。

"看取莲花净"二句，是以莲花的高洁归美义公。句中"莲花"，应是实景，也双关佛教以莲花（梵语音译为"优钵罗"）为洁之意。是很巧妙的。清人刘文蔚概括道："前赞义公禅房，后赞义公禅心，总从空际设色。"意思是这首诗的主题是赞美义公其人的，却只是通过寺庙和禅房环境气氛间接地暗示，使这首诗显得十分空灵。

洛中访袁拾遗不遇

洛阳访才子，江岭作流人。
闻说梅花早，何如北地春？

这是一首访友人不遇之作。所访之人是一位姓袁的拾遗，唐代的职官有"左拾遗"、"右拾遗"，都是谏官。其职业风险，是很容易以言获罪。杜甫就遇到过这样的挫折。袁拾遗大概也是如此。

"洛阳访才子"二句，是说诗人去洛阳，有专访袁拾遗之意，不料扑了一个空。更不料得到一个坏消息，袁拾遗已不幸获罪，被流放到岭南去了。"江岭作流人"的"岭"，实指大庾岭，在唐代这是流放罪人的地方，有如苏俄时的西伯利亚。"流人"是被流放者，这里指袁拾遗。这两句诗不小心就做成一个对仗，又是十字句、流水对，所以非常耐味，是这首诗很抢眼的一个亮点。不仅如此，还不小心用了一个典故。潘岳《西征赋》有"终童（指终军）山东之英妙，贾生洛阳之才子"的名句，后世便以"洛阳才子"泛称洛阳有文学才华的人。而贾谊被贬长沙，是受冤屈的结果。用"洛阳才子"喻袁拾遗，而"才子"和"流人"的反差如此之大，自然有替友人感伤和不平之意。而"洛阳"云云与"江岭"云云，虽然意思连贯，却分明有时间差存在，有空白、跳跃的存在。在那信息闭塞的时代，要了解异地的情况是多么不易呀。诗人兴冲冲出发，不知道走了多少日子到达洛阳，得到的居然是这样一个令人扫兴的消息，是多么令人失望呀。而友人被贬之事，说不定还发生在诗人去洛阳之前。是多么令人感慨呀。得了这样两句，这首诗就站住了。

"闻说梅花早"二句，仍然是话分两头，是说岭南的梅花开得早，即使风光再好，也不如北地（指洛阳）之春好呀。按，唐代大庾岭多梅，又因气候温暖而开放特早。宋之问遭流放，《题大庾岭北驿》即有"明朝望乡处，应见陇头（即岭头）梅"之名句。诗人不说岭南有多偏僻，那里的瘴气多么容易使人生病，而极言岭头梅花之早之好，却仍然不如北国之春花开之迟。这样反跌更大，更见波澜，更具擒纵之致，深得绝句之法。

全诗短短二十字，情感非常复杂，容量非常之大，可谓含蓄精练。虽然推敲，同时又有一气呵成之感，所以为妙。

春晓

春眠不觉晓，处处闻啼鸟。

夜来风雨声，花落知多少？

谚语"一年之计在于春，一日之计在于晨"，是从励志的角度说"春晓"。这首诗不同，它是从审美的角度说"春晓"，短短二十字，包含了春花、春鸟、春风、春雨等元素，给人以春意盎然的印象。

"春眠不觉晓，处处闻啼鸟。"这两句写春晓的感受。谚云："三月二，桃花天，婆娘口子要人牵。"什么意思呢？这是说天气转暖，使人犯困。首句从春困写起，就写出了春暖的感觉，语极通俗而易于传播。"春日载阳，有鸣仓庚。"（《豳风·七月》）古人很早就注意到鸟声与春暖的关系，而黎明时分更容易听到鸟叫。所以，"处处闻啼鸟"就写出了春晓的感觉，写出了鸟儿在枝头飞来飞去的感觉，写出了天气晴好的感觉。

"夜来风雨声，花落知多少。"这两句写回忆夜来风雨而引起惜花之情。从晴好的感觉忽然跳到"夜来风雨"，是逆转。这一逆转使诗意产生出波折，末句则是由想到风雨而引起的惜花心情。春眠中人并没有直接看到落花，但他回忆起夜来的风雨声，根据已往的经验，而产生出这样一种担忧。这种担忧，换言之即"怜春忽至恼忽去"（《红楼梦·葬花辞》）。不过，诗中的伤感成分并不重，被冲淡在春晓的那一片欢快的鸟声中。总之，三句的一转，四句的一问，使得全诗于一气贯注之中饶有跌宕之致。

这首诗意境的构成特点，是主要采用听觉形象。鸟语和风雨声是天籁，是大自然的音乐，构成了一种特殊的审美境界。据说，有人尝试用带有雨声的枕头，或鸟语啁啾的录音来治疗神经衰弱等由文明带来的病症，实际上就是让病人在鸟声、雨声中回归自然，放下精神负担，得到心理抚慰。人们喜爱《春晓》，或许也有这方面的潜在因素。

宋代李清照对《春晓》诗有一个创造性的演绎："昨夜雨疏风骤，浓睡不销残酒。试问卷帘人，却道海棠依旧。知否，知否？应是绿肥红瘦。"（《如梦令》）设计了两个人物，加入了一些对话，便有了戏剧性。融入了时代气息和作者心情，所以要伤感一些。

宿建德江

移舟泊烟渚，日暮客愁新。
野旷天低树，江清月近人。

严羽说："唐人好诗多是征戍、迁谪、行旅、离别之作，往往感发人意。"（《沧浪诗话·诗评》）这首诗写作者的羁旅之思，就是一首虽小却好的佳作。

建德江是新安江流经建德（今属浙江）的那一段。诗人旅行时住在船上，诗也是在船上写的。诗的首句是叙事，写日暮泊舟的景象。次句点情，日暮生愁，在古人是一种很典型的意境。梁代费昶就有"向夕千愁起"（《长门怨》）之句，作者自己在别的诗中也写过"愁因薄暮起"（《秋登南山寄张五》）。"客愁新"的"新"字有味，或是说离家未久（其实从襄阳到建德，离家的日子应不短，只是心理上觉得离家未久），所以想家；或是说黄昏时分特别想家，也可使乡愁加深。

"野旷天低树，江清月近人"是此诗的生花妙笔：以天低于树来写原野的旷远，以月近于人来写江水的清澈平静，构思精巧，"天低树"、"月近人"都是视感上的错觉，"天低树"是因天远于树，"月近人"只是月影近人也，虽是错觉，又有强烈的真实感。这种美得异样的景色，使诗人陶醉而又迷惘。景是太美了，只是人有些孤单。有人说这两句受到刘宋诗人谢灵运"野旷沙岸净，天高秋月明"（《初去郡》）的启发，细味果然，只是"江清月近人"之句更有诗意。唯有"月近人"，正是无人相近的一个转语，所以余味曲包。沈德潜说："下半写景，而客愁自见。"（《唐诗别裁集》）

唐人绝句的一般结构，在第三句转折，此诗在结构上的特别之处，是次句以"客愁新"三字作转折，而结以骈句。骈句作结弄不好有"半律"之嫌，即给人感觉结尾突兀。而此诗末句饶有余味，所以没有那样的弊病。

送朱大入秦

游人五陵去，宝剑直千金。
分手脱相赠，平生一片心。

浪迹江湖的人，必须轻装。有一物却不可缺少，那便是剑。它不仅可以临危时防身，而且可以困厄时济贫。赠剑一般只发生在至交知己之间，成为最友好的一种表示。那种亲切的举动，简直就有"与你同在"的意味。

诗中称朱大为"游人"而不称故人。故人之意于赠剑事不言自明，而"游人"，更强调其浪游者的身份。"五陵"本为汉高祖长陵、惠帝安陵、景帝阳陵、武帝茂陵、昭帝平陵，俱在长安，诗中用作长安的代称。京华之地，是游侠云集之处，"游人"当亦若人之俦。"宝剑直千金"，本为曹植《名都篇》诗句，这里信手拈来，不仅强调宝剑本身的价值，而且有身无长物的意味。这样的赠品，将是何等珍贵，岂可等闲视之！诗中写赠剑，有一个谁赠谁受的问题。从诗题看，本可顺理成章地理解为作者送朱大以剑。而从"宝剑"句紧接"游人"言之，还可理解为朱大临行对作者留赠以剑。在送别时，虽然只能发生其中一种情况，但入诗时，诗人的着意唯在赠剑事本身，似乎已不太注重表明孰失孰得。

千金之剑，分手脱赠，大有疏财重义的慷慨劲儿。由于古代诗文特有的文化背景，读者不难联想到一个著名的故事，那便是"延陵许剑"。《史记·吴太伯世家》载，受封延陵的吴国公子"季札之初使，北过徐君。徐君好季札剑，口弗敢言。季札心知之，为使上国，未献。还至徐，徐君已死，于是乃解其宝剑，系之徐君冢树而去。"季札挂剑，其节义之心固然可敬，但毕竟已成一种遗憾。何若"分手脱相赠"，多少痛快。最后的"平生一片心"，语浅情深，似是赠剑时的赠言，又似赠剑本身的含意——即不赠言的赠言。只说"一片心"而不说一片什么心，妙在含浑。它固然不像"一片冰心在玉壶"那样，对情感内容有所规定，却更能激发人海阔天空的联想。那或是一片仗义之心，或是一片报国热情，总而言之，它表现了双方平素的风义相期，所谓"我今不言君自知"。说明而不说尽，所以令人咀嚼，转觉其味深长。

"莫信诗人竟平淡，二分梁甫一分骚"。这是龚自珍论陶潜的名言。

浩然性格中也有豪放的一面。唐人王士源在《孟浩然集序》中称他"救患释纷,以立义表","交游之中,通脱倾盖,机警无匿",《新唐书·文艺传》谓其"少好节义,喜振人患难"。那么,这首小诗所表现的慷慨激昂,也就不是偶然的了。

渡浙江问舟中人

潮落江平未有风,扁舟共济与君同。
时时引领望天末,何处青山是越中?

孟浩然诗主要以五言擅长,风格浑融冲淡。诗人将自己特有的冲淡风格施之七绝,往往"造境飘逸,初似常语"而"其神甚远"(陈延杰《论唐人七绝》)。此诗就是这样的高作。

孟浩然于开元初至开元十二三年间,数度出入于张说幕府,但并不得意,于是有吴越之游,开元十三年(725)秋自洛首途,沿汴河南下,经广陵渡江至杭州。然后,渡浙江之越州(绍兴),诗即作于此时。

在杭州时,诗人有句道"今日观溟涨",可见渡浙江(钱塘江)前曾遇潮涨。一旦潮退,舟路已通,诗人便迫不及待登舟续行。首句就直陈其事,它由三个片语组成:"潮落"、"江平"、"未有风"。初似平平淡淡的常语。然而细味,这样三顿形成短促的节奏,正成功地写出为潮信阻留之后重登旅途者的惬意。可见语调也有助于表现诗意。

钱塘江江面宽阔,而渡船不大。一叶"扁舟",是坐不了许多人的。"舟中人"当是来自四方的陌生人。"扁舟共济与君同",颇似他们见面的寒暄。这话淡得有味,虽说彼此素昧平生,却在今天走到同条船上来了,"同船过渡三分缘",一种亲睦之感在陌生乘客中油然而生。尤其因舟小客少,更见有同舟共济的亲切感。所以问姓初见,就倾盖如故地以"君"

相呼。这样淡朴的家常话，居然将承平时代那种淳厚世风与人情味惟妙惟肖地传达出来，谁能说它是一味冲淡？

当彼岸已隐隐约约看得见一带青山，更激起诗人的好奇与猜测。越中山川多名胜，是前代诗人谢灵运遨游歌咏过的地方，于是，他不禁时时引领翘望天边：哪儿应该是越中——我向往已久的地方呢？他大约猜不出，只是神往心醉。这里并没有穷形尽相的景物描写，唯略点"青山"字样，而越中山水之美尽从"时时引领望天末"的游子的神情中绝妙传出，可谓外淡内丰，似枯实腴。"引领望天末"，本是陆机《拟兰若生春阳》成句。诗人信手拈来，加"时时"二字，口语味浓，如自己出，描状生动。注意吸取前人有口语特点、富于生命力的语汇，加以化用，是孟浩然特擅的本领。

"何处青山是越中？"是"问舟中人"，也是诗的结句。使用问句作结，语意亲切，一问便结，令读者心荡神驰，使意境顿形高远。全诗运用口语，叙事、写景、抒情全是朴素的叙写笔调，而意境浑融、高远、丰腴、完满。"寄至味于淡泊"（《古今诗话》引苏轼语，见《宋诗话辑佚》），对此诗也是确评。

送杜十四之江南

荆吴相接水为乡，君去春江正渺茫。
日暮征帆何处泊？天涯一望断人肠。

这是一首送别诗。揆之元杨载《诗法家数》："凡送人多托酒以将意，写一时之景以兴怀，寓相勉之词以致意"。如果说这是送别诗常见的写法，那么，相形之下，孟浩然这首诗就显得颇为别致了。

诗题一作《送杜晃进士之东吴》。唐时应进士科得第者称"前进士"，而所谓"进士",实后世所谓举子。看来,杜晃此去东吴,是落魄的。

诗开篇就是"荆吴相接水为乡"（"荆"指荆襄一带,"吴"指东吴）,既未点题意,也不言别情,全是送者对行人一种宽解安慰的语气。"荆吴相接",恰似说"天涯若比邻","谁道沧江吴楚分",说两地,实际已暗关送别之事。但先作宽慰,超乎送别诗常法,却别具生活情味:落魄远游的人不是最需要精神上的支持与鼓励么? 这里就有劝杜晃放开眼量的意思。长江中下游地区,素称水乡。不说"水乡"而说"水为乡",意味隽永:以水为乡的荆吴人对漂泊生活习以为常,不以暂离为憾事。这样说来虽含"扁舟暂来去"意,却又不著一字,造语洗练、含蓄。此句初读似信口而出的常语,细咀其味无穷。若作"荆吴相接为水乡",则诗味顿时"死于句下"。

"君去春江正渺茫"。此承"水为乡"说到正题上来,话仍平淡。"君去"是眼前事,"春江渺茫"是眼前景,写来几乎不用费心思。但这寻常之事与寻常之景联系在一起,又产生一种味外之味。春江渺茫,正好行船。这是喜"君去"得航行之便呢? 是恨"君去"太疾呢? 景中有情在,让读者自去体味。这就是"素处以默,妙机其微"（司空图《二十四诗品·冲淡》）了。

到第三句,撇景入情。朋友刚才出发,便想到"日暮征帆何处泊",联系上句,这一问来得十分自然。春江渺茫与征帆一片,形成一个强烈对比。阔大者愈见阔大,渺小者愈见渺小。"念去去千里烟波",真有点担心那征帆晚来找不到停泊的处所。句中表现出对朋友一片殷切的关心。同时,揣度行踪,可见送者的心追逐友人东去,又表现出一片依依惜别之情。这一问实在是情至之文。

前三句饱含感情,但又无迹可寻,直是含蓄。末句则卒章显意:朋友别了,"孤帆远影碧空尽",送行者放眼天涯,极视无见,不禁心潮汹涌,第四句将惜别之情上升到顶点,所谓"不胜歧路之泣"（蒋仲舒评）。"断人肠"点明别情,却并不伤于尽露。原因在于前三句已将此情孕育充分，结句点破，恰如水库开闸，感情的洪流一涌而出，源源不断。若无前三句的蓄势，就达不到这样持久动人的效果。

此诗前三句全出以送者口吻，"其淡如水，其味弥长"，已经具有诗人风神散朗的自我形象。而末句"天涯一望"四字，更勾画出"解缆君已遥，望君犹伫立"（王维《齐州送祖三诗》）的送者情态，十分生动。读者在这里看到的，"说是孟浩然的诗，倒不如说是诗的孟浩然，更为准确"（闻一多《唐诗杂论》）。

【李颀】（690？—754？）唐河南颍阳（今河南登封）一带人，玄宗开元二十三年（735）进士及第，曾官新乡县尉。

古从军行

白日登山望烽火，黄昏饮马傍交河。行人刁斗风沙暗，公主琵琶幽怨多。野云万里无城郭，雨雪纷纷连大漠。胡雁哀鸣夜夜飞，胡儿眼泪双双落。闻道玉门犹被遮，应将性命逐轻车。年年战骨埋荒外，空见蒲桃入汉家。

这首诗用乐府古题作边塞抒情。四句一解，凡三解。篇幅不长，却令人百读不厌。诗中写征夫之苦，不采用客观叙述角度，而用第一人称语气写成，有如泣如诉之感。一解中说：白昼登山站岗放哨，黄昏傍交河（在今新疆吐鲁番）喂饮战马，这都不是一朝一夕的事，而是日复一日，年复一年，天天如此，既辛劳又单调；边地风沙很大，日月暗淡无光，夜闻刁斗寒声，令人尤觉凄凉。

诗中用陪衬的写法，由征夫之幽怨，陪写入汉家公主的幽怨。昔汉武帝以江都王建女为公主，遣嫁乌孙，念其行道思家，故使工人裁筝筑为马上之乐，名曰琵琶。和亲本是汉文帝定下的睦邻外交政策，无论得失如何，对公主本人来说，总是被迫做出的牺牲，何况这牺牲还未能换来边地的持久和平。征夫与公主，贵贱悬殊，却在被迫做无谓的牺牲这一点上达成同情和共鸣，这是诗中极富于人情味的一笔。二解专事环境气氛烘托，陪写入胡儿胡雁的凄苦。胡雁哀鸣还可以说是因为自然环境的险恶，胡儿下泪则只能是因为战争不息的缘故了。在边塞诗中，从来胡汉对立，而李颀却着意于彼此的同情，他指出胡儿、汉儿同是战争的受害者，在征人泪的别一面，则是胡儿泪，这是诗中极富于人情味的又一笔。批判现实的精神，使诗人超出了狭隘民族主义的天地，而达到了人道主义的思想高度。是此诗过人之处。

三解再次运用汉事，武帝时李广利为夺取马匹资源攻大宛不利，表请回军，武帝大怒，派人遮断玉门关，下令"军有敢入得辄斩之"。言表请回军无望，只有继续进行开边战争。汉武帝开边的结果，随天马进入中国的还有葡萄、苜蓿种子。西域文明的引进，当然也是有重大意义的事，然而，文明的输入难道就非使用战争的手段不可吗？末二句极言统治者重物轻人，求之匪计，非战之意甚明。

《从军行》加一"古"字，仿佛只是沿袭古题，对汉代历史教训进行反思，然而借古鉴今的用意是很清楚的，可谓婉而多讽，发人深思。此诗多用骈句，调声上兼注意双声（刁斗、琵琶）、叠词（纷纷、夜夜、双双、年年），重复（胡雁、胡儿）等手段，使得全诗音韵谐婉，唱叹生姿。

别梁锽

梁生倜傥心不羁，途穷气盖长安儿！回头转盼似雕鹗，有志飞鸣人岂知。虽云四十无禄位，曾与大军掌书记。抗辞请刃诛部曲，作色论兵犯二帅。一言不合龙额侯，击剑拂衣从此弃。朝朝饮酒黄公垆，脱帽露顶争叫呼。庭中犊鼻昔尝挂，怀里琅玕今在无。时人见子多落魄，共笑狂歌非远图。忽然遣跃紫骝马，还是昂藏一丈夫。洛阳城头晓霜白，层冰峨峨满川泽。但闻行路吟新诗，不叹举家无担石。莫言贫贱长可欺，覆篑成山当有时。莫言富贵长可托，木槿朝看暮还落。不见古时塞上翁，倚伏由来任天作。去去沧波勿复陈，五湖三江愁杀人。

李颀诗特别长于人物素描，能于寥寥数笔中为人传神写照。《别梁锽》一诗与一般送别诗不同，主要不是写离情别绪，而是为梁生造像。

从诗中描写的情况看，梁锽是一位穷途落魄而又雄迈不群的豪士。诗的首四句就是这人物的亮相。常言道："人穷志短，马瘦毛长。"落魄者往往见人矮三分。梁生全不如此："梁生倜傥心不羁，途穷气盖长安儿。"长安年少素以豪侠闻名，而梁生途穷时，尚有压倒其人的浩然之气。其平素的抱负与为人则不言而喻了。"雕鹗"系两种善搏击凡鸟的猛禽，诗言梁生"回头转眄似雕鹗，有志飞鸣人岂知"，以猛禽喻人，取义于不与凡鸟同群，能使人物桀骜不驯的情态跃然纸上。就这样，诗人出手便抓住人物性格特征来写，给读者留下深刻的第一印象：好个梁锽，别看他现在垂翅穷途，一旦"飞鸣"起来，当真能冲天而惊人呢。

以下六句追叙梁锽先前遭遇挫折的经过。这安排于人物亮相以后，便觉笔势矫健不平。从"虽云四十无禄位，曾与大军掌书记"句，讲梁锽曾以布衣身份入佐戎幕（唐代的节度使及军帅的幕府中均设掌书记一人，主管军中文书）。然而像他这倜傥不群的人物，非遇知人善任者，是很难搞到一块的。梁生吃了直率的亏。"抗辞请刃诛部曲，作色论兵犯二帅"两句透露了这样的消息。因为记载事迹不详，关于"抗辞请刃"（抗直地请求主帅给予执行军法的生杀之权）、"作色论兵"（意气激昂地谈论军事）二事的具体情况难以深考。但这类事是容易冒犯权威，招来祸殃的，梁生必然成为平庸上司的眼中钉了。然而他又岂是苟合取安的人！"一言不合龙额侯，击剑拂衣从此弃。"汉代韩说以校尉击匈奴，封"龙额侯"，这里用来借指当时军帅。"合则留，不合则去"，此大丈夫之行径。不就"龙额侯"吗？有什么了不起！"击剑拂衣"四字，何等壮颜毅色！真是"威武不能屈"。以上六句实际上是通过一个典型事件，凸出了人物的个性，在全诗中有举足轻重的地位。

　　紧接八句，写梁锽落魄后的狂放行径。"黄公垆"即黄公酒垆，晋代名士嵇康、阮籍等纵饮场所（《晋书·王戎传》），此处代指酒家。"朝朝饮酒黄公垆，脱帽露顶争叫呼"，真是放浪形骸不拘礼法。其实又何尝不是一种苦闷的发泄。《世说新语·任诞》谓阮仲容贫，七月七以竿挂犊鼻裈于中庭，自称"未能免俗"（按当时富家皆于是日晒纱罗锦绮）。"庭中犊鼻昔尝挂，怀里琅玕（美石）今在无？"是说昔日贫困，至今仍未脱贫，然梁生又岂是羞贫者！时人不知，"共笑狂歌非远图"——谓这样下去终非长久之计。说到令人气短之际，诗笔又卓然一掉，写道："忽然遣跃紫骝马，还是昂藏一丈夫。"在遛马这样的生活细节中，不经意地流露出梁生志向未曾消磨。一有机会便跃跃欲试，绝非一蹶不振之徒可知。二句使诗情为之振作，乃诗中夭矫之奇笔。

　　"洛阳城头晓霜白"以下十句写梁锽在洛阳的困顿，并预言他穷极必变，前程未可限量。"洛阳城头晓霜白，层冰峨峨满川泽"，这是冬天严寒的景色，又是一个象征性的境界。如同"欲渡黄河冰塞川，将登太行雪满山"（李白），正是行路难的时节。古时百斤为担，十斗为石，"生者无担石之储"（《后汉书·明帝纪》），是大可忧心的。然而梁生不作愁苦之态："但闻行路吟新诗，不叹举家无担石。"按《全唐诗》今存梁锽诗十余首，中有"愿持金殿镜，处处照遗才"（《天长节》）之句。以下六句是诗人的慰问和预言，又似是梁生"新诗"自身包含有的意味："莫言贫贱长可欺，覆篑成山当有时；莫言富贵长可托，木槿朝看暮还落。不见古时塞上翁，倚伏由来任天作。"这里用《淮南子》"塞翁失马"的寓言和《老子》"祸兮福所倚，福兮祸所伏"的名言，说明贫贱与富贵将在一定条件下向对立面转化。贫困不足悲，富贵不足恃。这是达观语，也是宽解语。然而失职贫士心中，毕竟有块垒难消。所以终篇二句谓梁锽即将往游东南，面对三江五湖的烟波，不免生出客子飘零之感。这是题中应有之义，使"别"字有了着落，使诗篇富于同情。

"三军可夺帅，匹夫不可夺志。"（《孟子》）此诗成功之处并不在末尾有辩证意味的议论，而在于全诗刻画出了一个失职而不失其志的贫士的丰采。诗人通过典型事例的选用和层层渲染，使笔下人物浮雕似的跃然纸上，生动而鲜明，活在后世读者心上。

送陈章甫

四月南风大麦黄，枣花未落桐叶长。青山朝别暮还见，嘶马出门思旧乡。陈侯立身何坦荡，虬须虎眉仍大颡。腹中贮书一万卷，不肯低头在草莽。东门酤酒饮我曹，心轻万事如鸿毛。醉卧不知白日暮，有时空望孤云高。长河浪头连天黑，津口停舟渡不得。郑国游人未及家，洛阳行子空叹息。闻道故林相识多，罢官昨日今如何？

这首诗约作于天宝九载（750），是作者寄赠友人、描写人物的代表作之一。陈章甫是江陵（今属湖北）人，行第十六，制策登科，曾官太常博士，隐居嵩山二十余载，与作者所居颍阳相邻近，所以两人相交甚厚。

这首诗作于陈章甫罢官登程返乡之际。

"四月南风大麦黄"四句一韵（平声），写送别时间、天气和景色为引子，有民歌之风。"枣花"、"桐叶"尤其是"大麦"的入诗，带来许多泥土气息，与送别诗习用的杨柳、枫树、长亭、渡口的景物迥然不同，无以名之，可叫作"非典型送别景色"。却让人感觉轻快舒坦，胸襟开阔，耳目一新。"立身坦荡"一语，呼之欲出。前人或谓之"浅妙"（《增订评注唐诗正声》），或谓之"奇景涌出"（《昭昧詹言》），并不矛盾。"青山朝别暮还见"，是说道路漫长。"嘶马出门"，是用班马嘶鸣，暗示行人对故土的留恋。

"陈侯立身何坦荡"四句转为仄韵，为人物画像，这是李颀歌行的独创和绝活。四句中包含了对陈氏品德、颜值、才学、志节的评价。"虬须虎眉仍大颡"，抓住陈章甫面相的三个特点——连鬓胡子、浓眉大眼、宽大脑门，谓其相貌堂堂，骨相之奇，有类大侠。更奇的是，此人并非质木不文，反而是"腹中贮书一万卷"，想来是"下笔如有神"（杜甫）了。以反差造成波澜，正是诗家手段。"不肯低头在草莽"融入本事：陈氏曾应制科及第，因未登记户籍，吏部不拟录取，经过抗议，始得破格录用，这事使他出名。但他的仕途，却一直不顺。

"东门酤酒饮我曹"四句再转平韵，换一口气，继续为陈氏画像。说他平素以官为隐，喜聚众酤酒，"我曹"云云，可见作者与陈氏是一类人物，故能惺惺相惜。其所以如此，实因愤世嫉俗，官场的事（"万事"）没有一件让他感到满意，或看得顺眼，"皆鸿毛"极言其轻视。于是，陈氏常常借酒浇愁，以醉卧逃避现实，在官场显得落落寡合。"有时空望孤云高"，形容人物的清高，是诗中胜语。这也暗示了陈氏遭到罢官是迟早的事，是为其思想性格所决定的事。以上两段是全诗最精彩的笔墨，既扣住送别道明陈氏罢官始末，又赞扬了他光明磊落、清高自重的品格。

"长河浪头连天黑"四句转仄韵，而且是入声韵，想象友人途中情景，音情更其凄苦。"长河"指黄河、"天黑"指黄昏，因为浪头太大，加之天黑，所以断渡。行人遇到这种情况，不免连连叫苦。同时，这两句还暗喻着仕途险恶，无人援之以手，所谓"江头未是风波恶，别有人间行路难"（辛弃疾）。诗中"郑国游人"指陈章甫，因为他曾居地河南春秋时属于郑国；"洛阳行子"是作者的自称，因为他曾任新乡县尉，地近洛阳。一个是"未及家"，一时还到不了家；另一个则是"空叹息"，即爱莫能助。这样对举的措辞，表现出深刻的同情，即各自都很失落很惆怅。而作者更多一份替友人担忧。

"闻道故林相识多"两句一韵转平作结——这在歌行体为常见，是用设问作结，拷问世态的炎凉。是说：听说家乡老朋友很多，你这次罢官回去，他们将如何看待你呢？这是一个很现实的问题。"为问门前客，今朝几个来？"（李适之）是一种情况，"洛阳亲友如相问，一片冰心在玉壶"（王昌龄）是另一种情况。这首诗的结尾，只设问而不妄加揣测，显出一种泰然处之的豁达态度。

总之，这首歌行以不长的篇幅将友人表里坦荡不羁的性格，困顿失意的处境，旷达豪爽的情怀，刻画得淋漓尽致，虽有悲伤惆怅之意，却无负面消极之态，表现出盛唐士人普遍的精神风貌。此诗在语言风格上酷似李白，如"心轻万事如鸿毛"之于"世人见我轻鸿毛"（李白《梁甫吟》）、"不肯低头在草莽"之于"我辈岂是蓬蒿人"（李白《南陵别儿童入京》）等，而开局得民歌之神髓，也与太白歌行有相似之处。

听安万善吹觱 bi 篥 li 歌

南山截竹为觱篥，此乐本自龟兹出。流传汉地曲转奇，凉州胡人为我吹。旁邻闻者多叹息，远客思乡皆泪垂。世人解听不解赏，长飙风中自来往。枯桑老柏寒飕飗，九雏鸣凤乱啾啾。龙吟虎啸一时发，万籁百泉相与秋。忽然更作渔阳掺，黄云萧条白日暗。变调如闻杨柳春，上林繁花照眼新。

岁夜高堂列明烛，美酒一杯声一曲。

　　这是一首描写音乐的唐诗名篇。觱篥是一种簧管古乐器，又名悲栗或笳管，是唢呐的前身。"南山截竹为觱篥"两句一韵（入声），交代觱篥所用原材料（竹子）和产地（龟 qiu 兹 ci 为古西域国名，今新疆库车一带），是全诗的引子。

　　"流传汉地曲转奇"四句转平韵，交代吹奏者为"凉州胡人"安万善，然后写听乐的感受。大凡外来音乐，一经传入异地，加进新的元素，曲调会变得更加新奇（"曲转奇"）。觱篥曲调以悲为美，感染力之强，使得听众——包括"我"、包括邻居、包括客居思乡者，或闻而感叹，或闻而泪流满面，都得到了充分的艺术享受。

　　"世人解听不解赏"两句一韵（转仄），写"音实难知，知实难逢"（刘勰），远非所有的人都能领会觱篥之美。诚如马克思所说："对于非音乐的耳，再美的音乐也是毫无意义的。"（《1844 年经济学哲学手稿》）虽然如此，却并不影响音乐美的自在。"长飙空中自来往"，是说觱篥曲调忽如狂风骤起，天马行空，独来独往。这种拟人化的描写，使听觉形象通感于视觉。

　　以下进一步用通感手法描绘音乐的千变万化。"枯桑老柏寒飕飗"四句转平韵，用许多具体可感的形象，比喻觱篥曲调给人以丰富的听觉感受，一会儿像风吹枯桑老柏，一会儿像凤生九子的啾啾和鸣（古乐府《陇西行》"凤凰鸣啾啾，一母将九雏"），一会儿像龙吟虎啸同时爆发，一会儿像各种秋声和泉水声。"忽然更作渔阳掺"两句转仄韵，继续形容觱篥曲调，一会儿像《渔阳掺挝 zhuā》（鼓曲）低沉悲壮，竟使得天昏地暗日月无光。"变调如闻杨柳春"两句又转平韵，形容觱篥之变调像《折杨柳》（笛曲）明丽清越，令人如见上林苑（汉代皇家园林）的繁花似锦，曲调变得欢快起来，自然过渡到最后两句。

　　"岁夜高堂列明烛"两句转仄韵（入声），点出听觱篥演奏的时间是除夕之夜，不能不引起韶光易逝、岁月蹉跎之感。地点是华堂之上，情景是明烛高烧，堂会正在进行。而正在演出的节日，便是安万善的觱篥独奏。"美酒一杯声一曲"句，表现出诗人对其吹奏技艺之精湛的激赏，照应了前文的"世人解听不解赏"，同时也有珍惜当下、及时行乐等意味。

这首诗最大的特点除频繁转韵、音调急促而外，便是通感的运用。而通感手法不一，或以听觉通感于另一听觉形象，或以听觉通感于视觉形象。以具体形象之描写，真实可感的比喻，刻画觱篥之声，极尽抑扬顿挫、变化多端之能事，步步踏实，绝不空衍。"（字里）行间善自裁制，故不至于烦芜，而笔情所向，又多油然惬适。"（《历代诗法》）对中唐诸多诗人如白居易、韩愈、李贺等的音乐诗的写作，影响甚大。

送刘昱

八月寒苇花，秋江浪头白。

北风吹五两，谁是浔阳客？

鸬鹚山头微雨晴，扬州郭里暮潮生。

行人夜宿金陵渚，试听沙边有雁声。

这首诗当是作者在扬州、镇江一带送别友人刘昱所作，刘氏的去向是九江（"浔阳"）一带。从形制上讲，这是一首真正意义上的"短歌行"，就像是一首五绝加一首七绝组成。

"八月寒苇花"四句，写秋景以起兴，抒写相送的离情别绪。"秋江"二字极富诗意，因为楚辞《湘夫人》有经典的描写，北渚之上，秋风袅袅，江水兴波，树叶飘零。在川剧中，"秋江"甚至是一出戏名。诗人的新意在于并不化用现成词句，而是抓住八月江上两种令人眼明的景象，都是白色的。一种是芦苇花（"寒苇花"）的白色，一种是"浪头"的白色，既素净又肃杀，唤起的情绪是复杂的。接下来是一个典型的送别情景——"北风吹五两"。"五两"是船桅上用羽毛做成的风向标，暗示此刻风向已正，开船的时刻到了。接下来不挑明行者是谁，却故发一问"谁是浔阳客"？好像说，那时江上客船太多，叫送者一阵好找。又像是说，作者曾向船家打听，哪艘船是到浔阳去的呢？我那位朋友到底在哪一条船上呢？这种写法，叫情景置入。真是以少胜多，令人身临其境。只有懂得细节妙用的、老于诗道的人，才会这样写。

"鸬鹚山头微雨晴"四句，设想友人旅途泊舟的情景，表达诗人的深情厚谊。仍然是情景置入，不是叙述，而是描写。"鸬鹚"是水鸟（即鱼鹰），同时又是山名。这个山名实在太妙，山前水里鱼类一定很多，所以渔民多，而鸬鹚也多。行人出发次日，应该到达金陵，那是一个雨后初晴的日子。诗人想象黄昏时分，江水涨潮，客船不能再走，只能泊舟于江渚。接下不说行人当夜可能失眠，却说"试听沙边有雁声"。好像是说，失眠者当夜对同船的人在说，听听，沙岸苇丛中有"雁声"呢。这里的"雁声"，一定不是扑打翅膀的声音，而是叫唤的声音。因为扑打翅膀的声音，可能是雁群，而叫唤的声音，只是发自孤雁了，自然会引发旅人的同感或同情。这又是情景置入，又令人身临其境。"试听"二字之妙，意思是沙边"雁声"细微，不仔细听是听不到的，反过来正表现出行客在失眠中的敏感。

这是李颀歌行之神品，情景置入发挥了很大的作用。清人方东树点赞："天地间别有此一种情韵。"（《昭昧詹言》）还应加一句："多亏作者拈出。"此诗以五七绝叠加为歌行，五言四句用仄韵，后二句大体入律；七言用平韵，除"鹚"字当仄外，基本上是一首近体绝句。一派散行中，加进了一联骈偶，即"鸬鹚山头微雨晴，扬州郭里暮潮生"，正所谓"于局势散漫中求整饬"（沈德潜）。全诗音韵铿锵，跌宕生姿，匀称工整，章法精妙，是短歌之可法者。

听董大弹胡笳声兼寄语弄房给事

蔡女昔造胡笳声，一弹一十有八拍。胡人落泪沾边草，汉使断肠对归客。古戍苍苍烽火寒，大荒沉沉飞雪白。先拂商弦后角羽，四郊秋叶惊槭 shè 槭。董夫子，通神明，深山窃听来妖精。言迟更速皆应手，将往复旋如有情。空山百鸟散还合，万里浮云阴且晴。嘶酸雏雁失群夜，断绝胡儿恋母声。川为净其波，鸟亦罢其鸣。乌孙部落家乡远，逻娑沙尘哀怨生。幽音变调忽飘洒，长风吹林雨堕瓦。迸泉飒飒飞木末，野鹿呦呦走堂下。长安城连东掖垣，凤凰池对青琐门。高才脱略名与利，日夕望君抱琴至。

这是李颀用文字描绘音乐的另一名篇，作于天宝五载（746）。题中"董大"即董庭兰，当时的著名琴师，后为房琯门客。所谓"胡笳声"即《胡笳弄》，是由胡笳曲调改编的琴曲，与东汉蔡文姬《胡笳十八拍》有关。不过诗人听到的是弹琴，而并非吹奏胡笳。这首诗写成后，寄给了当时的给事中房琯，因为他是董大的知音。

"蔡女昔造胡笳声"八句一韵（入声），从琴曲的来由说起，并状曲声之悲。相传蔡文姬流落匈奴，感胡笳之音而为琴曲《胡笳十八拍》，音乐哀婉悲伤。经十二年至汉末，始为曹操赎回，故诗中称之"归客"。蔡文姬《悲愤诗》自述离开匈奴归汉时的情景是："马为立踟蹰，车为不转辙。观者皆嘘唏，行路亦呜咽。"此诗三、四句囊括了这个意思，说成是《胡笳十八拍》的演奏效果，通感于视觉形象，则是苍苍古戍、沉沉大荒、烽火、白雪，织成一片黯淡悲凉的图景。"先拂商弦后角羽"二句承上启下，由蔡文姬制曲转入董大操琴。商、角 jué、羽各为五音之一，写琴声演奏由商弦到角弦，曲调变得迟缓而低沉。"四郊秋叶惊摵摵"，与五、六句相接，仍是以通感手法描绘琴声之悲。

"董夫子，通神明"（算两句）十三句转平韵，叙董大音律之妙，迟速应手，往旋有情。忽插入短句，既赞美琴师，亦是模拟琴声转换之妙。接下来说琴声不只惊动了人间，连深山妖精也来偷听。这种融入神话元素的手法，开李贺之先声。"言迟更速"、"将往复旋"，加入对仗句，写琴师指法娴熟，得心应手，变化多端，抑扬顿挫的琴音漾溢着演奏者的激情。其酸楚哀恋之声，能逐飞鸟，遏行云，灵感鬼神，悲动夷国，所奏真足高绝古今。种种描写，无非是其"通神明"之证明。"胡儿恋母"一语，是照应篇首，关合蔡文姬身世，其自述为："念我出腹子，胸臆为摧败"、"存亡永乖隔，不忍与之辞"（《悲愤诗》）。"川为净其波"二句，忽又加入短句，写琴曲暂时的休止和继续，使人联想到汉朝乌孙公主（刘细君）远嫁异国，唐朝文成公主、金城公主和亲吐蕃（"逻娑"为吐蕃首府，即今拉萨），均不免产生思乡之情，与蔡女《胡笳十八拍》表达的情绪十分合拍。

"幽音变调忽飘洒"四句转仄韵，继续用通感手法写琴曲的变调。变调后的琴声，如风吹树林，雨堕瓦屋，泉飒木末，鹿走堂下，种种形容，陡起精彩。这就是殷璠所谓"足可歔欷，震荡心神"。以上两段，写得洋洋洒洒，酣畅淋漓，通过种种视觉和听觉形象的描绘，以再现琴声，摹写传神，激情洋溢，极尽酣畅淋漓之致。

以下频频换韵，"长安城连东掖垣"二句转平韵，用对偶句式，扣住题面"寄语房给事"，点出房琯，因为他于董大，有知遇之恩。按唐朝的西都长安，皇宫坐北朝南，禁中左右两掖分别为门下、中书二省。"凤凰池"指中书省，"青琐门"指门下省。而"给事中"乃是门下省之要职。这是以装点字面，烘托房琯地位显要。"高才脱略名与利"二句再转仄韵，说房琯（"高才"）是个不在意名和利的高人，音乐是他的最爱，一到公余，他是时时盼望着董大抱琴而至。这是在赞美董大高超的琴艺之余，又为他得遇知音而感到高兴。当然，也不必讳言，此诗投献房琯，有一定社会应用的功能，即公关作用。

就描绘音乐而言，此诗称得上是一篇得心应手之作。起有原委，结有收煞，中间极其形容，曲尽情态。与白居易《琵琶行》、韩愈《听颖师弹琴》等相比，自有一种奇气。

送魏万之京

朝闻游子唱离歌，昨夜微霜初渡河。

鸿雁不堪愁里听，云山况是客中过。

关城树色催寒近，御苑砧声向晚多。

莫见长安行乐处，空令岁月易蹉跎。

魏万一名颢，是比李颀晚一辈的诗人，曾是李白的崇拜者和追随者。此诗送其上京，当在其未得第前。

首二句中"离歌"即"骊歌"，亦即古逸诗《骊驹》，辞曰："骊驹在门，仆夫具存；骊驹在路，仆夫整驾"，抒写的是离人踟蹰上路、依依惜别之情。诗只说"朝闻游子唱离歌"，唤起的正是对这首古逸诗歌词的记忆。次句"初渡河"主语模糊，到底是游子呢，还是微霜——看来是微霜，这种拟人的写法本于杜审言"梅柳渡江春"。其先说今朝之别，再回忆昨夜之霜，饱含对游子冲寒上路的关切。

次二句想象途中情景，注意这两句按正常语序应为：不堪愁里听鸿雁，况是客中过云山。写成"鸿雁不堪愁里听，云山况是客中过"，是调声用韵的结果，因拗峭而更有张力。同时这两句还是互文修辞，本来长空雁叫、云山迢遥都易使人生愁，更何况游子刚刚离开了热土和亲人！

"不堪"与"况"字勾勒好极。秋雁是一个积淀了惜别思乡意蕴的传统意象（曹丕"群燕辞归雁南翔，念君客游思断肠"），云山则含有羁旅况味（韩愈"云横秦岭家何在"），两者引起的定向联想都是思家恋旧。诗人体贴道，离别嘛，感伤情绪都是免不了的。体贴，往往也就是安慰了。

五、六句就说到目的地——长安，意思却与上文承接：等你到达长安，天气当会更冷，城中居民怕都在捣练制作寒衣了吧。"关城树色催寒近，御苑砧声向晚多"二句，杨升庵谓出自杜审言"始出凤凰池（中书省），京师易春晚"，云"盖言繁华之地，流景易迈"，极有见地。于是末二句从而勉励之，"轻轻赴题，不作豪情重语"（方东树），而拳拳长者之心，溢于言表。

全诗在诗歌意象的使用上视、听兼收，"离歌"、"鸿雁"、"砧声"是听觉形象，"微霜"、"云山"、"曙色"是视觉形象，按照闻——见，闻——见，见——闻的次第反复交叉写来，形成节奏，给人以丰富的美感。其次是朝——暮，曙——晚四字的重复出现，自有妙用，强调暗示岁月不居、时节如流，为末句"莫令岁月易蹉跎"张本。

此诗内容和平娴雅，声律响亮，而且多勾勒、照应字面，"朝闻"——"昨夜"、"不堪"——"况是"、"曙色"——"向晚"、"莫见"——"空令"，使人感到一气贯注，乃行古诗章法于近体，所以其风格不是凝重，而是流丽，和崔颢《黄鹤楼》诗同致。

【綦毋潜】（629—749?）字孝通，虔州（今江西南康）人。约开元十四年（726）前后进士及第，授宜寿（今陕西周至）尉，迁右拾遗，终官著作郎。安史之乱后归隐，游江淮一带，后不知所终。《全唐诗》录诗一卷。

春泛若耶溪

幽意无断绝，此去随所偶。晚风吹行舟，花路入溪口。

际夜转西塁，隔山望南斗。潭烟飞溶溶，林月低向后。生事
且弥漫，愿为持竿叟。

唐诗读者知道綦毋潜这个名字，与其说是因为这首诗，还不如说是
因为王维《送綦毋潜落第还乡》，那首诗开头说："圣代无隐者，英灵尽
来归。"结尾说："吾谋适不用，勿谓知音稀。"总是劝慰綦毋潜不要以落
第为意，失败了再干的意思。从这首诗看，綦毋潜好像并没有照王维说
的去做，或者做了终不如意，他终于归隐了。这首诗便是綦毋潜写于归
隐后的作品。

这首五言古诗写春天月夜在若耶溪泛舟的所见所感。若耶溪在今浙
江绍兴市东南若耶山下，一名五云溪，向北流入镜湖。相传为西施浣纱
处，故又称浣纱溪，水清如镜，为游览胜地。全诗紧扣题面"泛"字，
一韵到底，按行舟的时间过程，依次展开写景抒情。

"幽意无断绝"二句写诗人乘兴驾舟出游，漫无目的，任其自然，
"此去随所偶"云云，纪实而外，流露出作者随遇而安的生活态度，是主
题所在。所谓"幽意"，用陶渊明的诗来诠释，便是"少无适俗韵，性本
爱丘山"（《归园田居》）。"晚风吹行舟"二句是诗中好句，写扁舟在黄昏时
分进入鲜花盛开的若耶溪，是不期然而然的，就像《桃花源记》中的武
陵人一样，是偶然闯入桃源的，这就照应了上文的"随所偶"。

"际夜转西塁"二句，紧承"晚风"，写出时间的推移和景致的转换，
随着扁舟转入幽深的西塁，天上的星斗，潭水的雾气，林杪的月亮，交
织成一幅朦胧、幽深、美丽的图画，使人恍若置身仙境。"西塁"是若耶
溪上的一个景点，以方位得名。"南斗"是星宿名称，为二十八宿之一。
古人分野（以地上区域与星空对应）的概念，"南斗"与吴越相应。因而，
诗人所看到的星星，不必只是"南斗"。"潭烟"句写溪上弥漫的雾气。
"林月低向后"写随着时间的推移，月亮渐渐低于树梢，"向后"退去。

"生事且弥漫"二句，写在这样的良宵美景中，自然会心生归隐之

想，愿意一辈子做个持竿垂钓的闲人。"生事"、"弥漫"谓世事渺茫难料，中间著一"且"字，意思是"渺茫就让它渺茫"吧，那又怎样呢？"持竿叟"暗用地域接近的汉代严子陵富春江隐居垂钓故事，表明诗人对若耶溪美景的深情留恋和超然尘世之外的理想追求。

全诗按时间先后顺序信手写来，极为自然流畅，把幽美的意境与脱俗的情怀交融在一起，作者怡然自得的心情见于言外。

【王昌龄】（698？—757）字少伯，唐京兆万年（陕西西安）人。玄宗开元十五年（727）进士及第，授秘书省校书郎。二十二年登博学宏词科，迁汜水尉。二十八年为江宁丞，世称王江宁。旋贬龙标尉，故又称王龙标。安史之乱中为濠州刺史闾丘晓所杀。有《王昌龄集》。

从军行七首（录四）

其一

烽火城西百尺楼，黄昏独坐海风秋。
更吹羌笛关山月，无那金闺万里愁。

《从军行》是乐府《相和歌辞·平调曲》旧题，内容叙军旅之事。王昌龄原作七首，这首诗原列第一，抒写戍边战士思乡之情。

"烽火城西百尺楼，黄昏独坐海风秋。"这两句写戍守烽火台的战士，在黄昏时分所起的边愁。首句七字按意义的排序本应是"城西百尺烽火楼"，意即在边城之西有一座高高的烽火台，句中的"城"应该是河西走廊上的一座孤城，如凉州、甘州之类。但这个排序在平仄上为"平平仄仄平仄平"，是不协律的，经过捯腾为"烽火城西百尺楼"，平仄上作

110

"仄仄平平仄仄平"，则不但协律，而且意义不变，还非常耐味。王安石说"诗家语必此等乃健"，这也是一个很好例子。

戍边战士的日常生活，一言以蔽之曰单调（李颀诗云："白昼登山望烽火，黄昏饮马傍交河。"）——而单调正是思乡的触媒。"烽火城西"二句，就层层渲染这种单调。其间有七层意思，可谓层层加码：一、"城西"，身在边城以外；二、"烽火（楼）"，正在放哨；三、"百尺"，地点高危；四、"黄昏"，是容易想家的时分；五、"独坐"，是孑然一身；六、"海风"，寒风凛冽从青海湖吹来；七、"秋"，秋凉季节。种种思家的因素加在一起，直令哨所战士乡心陡起，有不可禁当之感。

"更吹羌笛关山月，无那金闺万里愁。"这两句作最后的渲染和加倍的抒情。"更吹"的"更"字表明，诗中的气氛渲染将达到高潮，起码还包含四层意思：一、"羌笛"，传来笛声（按，有一种普遍的误读，以为是战士吹笛，这其实是不可以的，须知这是哨兵。所以，只能是传来的笛声）；二、"关山月"，这是笛声所吹的曲调（《乐府解题》"关山月，伤离别也"）；三、"关山"，意味着边疆；四、"月"，月夜，时间较黄昏时分已有一番推移。层层加码渲染气氛，本来是七绝普遍的创作方法，然而没有哪一首七绝能像王昌龄这首诗一样，达到如此的极致。同时，全诗读来又是浑成的。

最后的一句是抒情，这是全诗的主题句。按照前面的分析，经过那么多的渲染烘托，末句应顺理成章地写作"无奈戍边万里愁"才是。不料诗人却抠掉"戍边"二字，换作"金闺"，指戍边者家中的妻子。似乎是说，戍边者的乡愁不说也罢，今夜留守的妻子之闺思才没治哩。这是对面生情，是本面不写写背面，是加倍的抒情，使得本来已够厚重的诗意，显得更加厚重。"金闺"是一个辞藻，按理说为戍边者写沉痛之情，遣词应该朴素才是，然而诗人偏用华丽辞藻，其中包含戍边者多少浪漫之想！这个词使全诗生色。"万里"是强调空间距离，加重了"愁"字的分量。"无那"即无奈，是"虞兮虞兮奈若何"一样的负疚口气，然而戍边者何辜之有！诗中措语，耐人寻味。

陆时雍论王昌龄七绝，谓之"绪密"、"有奇洞层峦之致"，就指出了他重视艺术构思，做到了针线细密，含蕴深曲的程度。潘德舆论七绝专重一"厚"字，可以说，王昌龄就是深得"厚"字诀的七绝圣手。

其二

琵琶起舞换新声，总是关山旧别情。

撩乱边愁听不尽，高高秋月照长城。

本诗原列第二。截取了边塞军旅生活的一个片断，通过写军中宴乐表现征戍者深沉、复杂的感情。诗境在乐声中展开：随舞蹈的变换，琵琶又翻出新的曲调。琵琶是富于边地风味的乐器，而军中置酒作乐，常常少不了"胡琴琵琶与羌笛"。这些器乐，对征戍者来说，带着异域情调，容易唤起强烈感触。既然是"换新声"，总能给人以一些新的情趣、新的感受吧？

不，边地音乐主要内容，可以一言以蔽之，"旧别情"而已。因为艺术反映实际生活，征戍者谁个不是离乡背井乃至别妇抛雏？"别情"实在是最普遍、最深厚的感情和创作素材。所以，琵琶尽可换新曲调，却换不了歌词包含的情感内容。《乐府古题要解》云："《关山月》，伤离别也。"句中"关山"双关《关山月》曲调，含意更深。

此句的"旧"对应上句的"新"，成为诗意的一次波折，造成抗坠扬抑的音情，特别是以"总是"作有力转接，效果尤显。次句既然强调别情之"旧"，那么，这乐曲是否太乏味呢？不，那曲调无论什么时候，总能扰得人心烦乱不宁，那奏不完、"听不尽"的曲调，实叫人又怕听，又爱听，永远动情。这是诗中又一次波折，又一次音情的抑扬。"听不尽"三字，是怨？是叹？是赞？意味深长。作"奏不完"解，自然是偏于怨叹。然作"听不够"讲，则又含有赞美了。所以这句提到的"边愁"既

112

是久戍思归的苦情，又未尝没有更多的意味。当时北方边患未除，尚不能尽息甲兵，言念及此，征戍者也许会心不宁意不平的。前人多只看到它"意调酸楚"的一面，未必全面。

诗前三句均就乐声抒情，说到"边愁"用了"听不尽"三字，那么结句如何以有限的七字尽此"不尽"就见功力。诗人这里轻轻宕开一笔，以景结情。仿佛在军中置酒饮乐的场面之后，忽然出现一个月照长城的莽莽苍苍的景象：古老雄伟的长城绵亘起伏，秋月高照，景象壮阔而悲凉。对此，你会生出什么感想？是无限的乡愁？是立功边塞的雄心和对于现实的幽怨？也许，还应加上对于祖国山川风物的深沉的爱，等等。

读者也会感到，在前三句中的感情细流一波三折地发展（换新声——旧别情——听不尽）后，到此却汇成一汪深沉的湖水，荡漾回旋。"高高秋月照长城"，这里离情入景，使诗情得到升华。正因为情不可尽，诗人"以不尽尽之"，"思入微茫，似脱实粘"，才使人感到那样丰富深刻的思想感情，征戍者的内心世界表达得入木三分。此诗之臻于七绝上乘之境，除了音情曲折外，这绝处生姿的一笔也是不容轻忽的。

其三

青海长云暗雪山，孤城遥望玉门关。

黄沙百战穿金甲，不破楼兰终不还。

本诗原列第四。诗中所写孤城亦在河西走廊。盖河西走廊的南侧乃祁连山脉，其山峰上有终年不化之积雪，山那边即青海，走廊北侧乃古之长城，走廊的尽头是玉门关。

这首诗前二句描写的地域，在唐属河西节度使辖区。青海是唐与吐蕃多次接仗之地，而玉门关外则是突厥的势力范围。河西节度使的首要任务，就是隔断两蕃，守护河西走廊，确保丝绸之路的畅通无阻。所以诗的前二句不仅是描绘西部风光，更重要的是点出了孤城南拒吐蕃，西防突厥的重要地理位置和战略意义，从而在写景中流露出戍边将士的自豪感、责任感以及戍边生活的苦寒、单调与寂寞。

如果说前二句展示孤城地理位置，是空间显现，后二句则是关于时间的叙写——"黄沙百战穿金甲"一句，将戍边时间之漫长、战事之频繁、战斗之艰苦、敌军之强悍、沙场之荒凉，皆概括无遗。七绝以第三句为主，就是指在这句上酝酿情绪要充分，则末句的挽结就可以水到渠成。

末句借汉傅介子事作抒情，盖汉时西域楼兰王勾结匈奴，屡次遮杀汉使于丝路，后傅介子奉命前往，计斩楼兰王，威震西域，保证了丝路的畅通。"不斩楼兰终不还"的结句妙在一个"终"字，作豪语读可，作苦语读亦何尝不可。这恰好缴足了前二句所隐含的正反两种情绪，这里的措辞之妙也在一个"厚"字。如改为"誓不还"，则是单纯的豪言壮语，与将士的实际心情对照，不免失之简单化。

其四

大漠风尘日色昏，红旗半卷出辕门。

前军夜战洮河北，已报生擒吐谷浑。

此诗原列第五。《从军行》前几首都没有写到战事，而这首诗则写到战事，写到战局神变，妙于情节设计。

绝句太短，故写作须惜墨如金。在这首诗中，作者避免写正面的接仗，而选取了一个有意味的时刻写了一个战役，姑名之"洮河战役"。作者采用话分两头的写法："大漠风尘日色昏"两句，写的是后军在黄昏时分出营，紧急增援前线，是出发的情景；"前军夜战洮河北"两句，则是写前军夜战的捷报，就在这时传来。原来古代信息传递不便，军中急件

"羽书"（等于鸡毛信）一般为快马传递。收到信时，得到的也应是若干时辰前，甚至若干天前，甚至数以月计以前的信息。这首诗中黄昏增援前所得到的信息，和出发时得到的信息，内容完全不同。这就十分传神地写出战局神变以及唐军的苦战与善战，使诗的容量突破篇幅，变得十分丰富。

这首诗和作者《闺怨》，开创了七绝"二元对立"的写法，成为一种典型的绝句结构方式。什么是"二元对立"呢？就是对立面的相互依存，如《闺怨》前二写"闺中少妇不知愁"，后二写"悔教夫婿觅封侯"，就是少妇先后对立的两种情绪的依存。又如此诗，则是同一时间，前后方军中的情形的依存。后来有崔护《题都城南庄》，前二写去年今日，后二写今年今日，以见物是人非；杜审言《再经胡城县》，前二写"去岁曾经此县城"，后二写"今来县宰加朱绂"，都采用了二元对立的结构。

唐代边塞诗多写到"红旗"这一意象，且屡与白雪相互映衬，如"纷纷大雪下辕门，风掣红旗冻不翻"（岑参）、"横笛闻声不见人，红旗直上天山雪"（陈羽）。考其来历，盖由汉高祖初为亭长夜行斩蛇，后有一妪夜哭，云是赤帝子斩白帝子，起事为沛公，遂树赤帜，这是诗中"红旗"的来由。"吐谷浑"是南朝晋时鲜卑族慕容氏的后裔，据有洮水西南等处，时扰边境，后被唐高宗和吐蕃联军所败，开元时已不复存在，此泛指边寇，正是诗所容许的写法。

出塞二首（录一）

秦时明月汉时关，万里长征人未还。

但使龙城飞将在，不教胡马度阴山。

《出塞》是乐府《横吹曲辞》旧题，原作二首，此其一。此诗一起即十分精警——"秦时明月汉时关","明月"与"关"这两个意象中都积淀有戍卒乡愁的意绪,与下文"万里长征人未还"相照应,包含多少征夫思妇之泪!而首句将明月与关分属秦、汉,是互文手法,意即明月还是秦汉时那轮明月,关也还是秦汉时的故关,言下意味就十分丰富了。一方面可见征夫思妇之悲自古而然,其意味恰是李白《战城南》所谓:"秦家筑城备胡处,汉家犹有烽火燃;烽火燃不息,征战无已时",而"万里长征人未还",是包容了秦汉直至李唐,不知有多少征戍者沿着祁连山下的这条古道有去无还!另一方面,在这明月照临下的雄关,自秦汉以来演出过多少威武雄壮的保家卫国的活剧——秦始皇曾派蒙恬北筑长城而守藩篱,使匈奴退兵七百余里,不敢南侵;霍去病深入虎穴,击败匈奴,封狼居胥山;李广做右北平太守,匈奴呼为"飞将军",数年不敢入侵。因此,秦汉时的边塞,也曾有过相对安定的时候。

前两句的意蕴如此丰富,蓄势十分充足,后二句也就水到渠成:"但使龙城飞将在,不教胡马度阴山。"沈德潜解道:"盖言劳师力竭而功不成,由将非其人故也;得飞将军则边烽自息,即高常侍《燕歌行》推重'自今犹忆李将军'也。"解极是,然此诗虽与《燕歌行》具有同样思想内容,写法则蕴藉空灵,特别是前二句无字处皆具意也。

诗中"龙城"二字,曾引起注家议论纷纷,或以为"龙城"(在今蒙古国境内)是匈奴大会祭天之所(据《汉书》),而右北平唐时为北平郡、治卢龙县有卢龙军,故应作"卢城",但旧本难改,至今绝大多数读者仍倾向于"龙城"。地名"龙城"者本不止一处,从道理上讲,"卢龙城"也可简作"龙城";又李广为陇西成纪人,《史记》载成纪于汉文帝十五年有黄龙现,以此也可称成纪为"龙城";从感情上讲,"龙城飞将"自唐以来早为读者接受,深入人心,不可更改;从辞采而言,"龙城"何等神气,"卢城"则平淡无奇。

采莲曲二首（录一）

荷叶罗裙一色裁，芙蓉向脸两边开。

乱入池中看不见，闻歌始觉有人来。

这首诗描写采莲季节江南水乡女子的美丽形象，好比一幅采莲图。网上有人说作于被贬龙标时且杜撰本事，实无依据。

"荷叶罗裙一色裁"二句，写采莲女衣着之美，与荷塘莲叶相淆乱；其颜值之高，与盛开的荷花相比美，这是一种就近取譬。本于梁元帝萧绎《碧玉歌》"莲花乱脸色，荷叶杂衣香"，改写为七言，仍大体保留了原句的对偶美。绿罗裙本来是古代女子着装的一种美的选择，对于采莲女来说，无意中还成为一种保护色伪装色，岂不有趣。不仅如此，"荷叶罗裙一色裁"还能使人想起《离骚》中"制芰荷以为衣兮，集芙蓉以为裳"那样的名句，又是对人物内在美的一种象征。"芙蓉向脸两边开"，不但是把女子比成出水芙蓉，而且将其姣好的容颜与荷花并置，有"花面交相映"（温庭筠）看花了眼的奇妙感。说花"向脸"而开，似花亦有情。"开"字之妙，在兼有花朵盛开和向两边分开的意思。连采莲舟迎面而来的感觉，也写出来了。所以，这两句绝不是梁元帝诗句的简单改写，而是再创作。

"乱入池中看不见"二句，承上写采莲女子隐入莲叶荷花之中，忽闻歌声，始觉有人。"乱入"二字之妙，在于不但照应上文有莲叶与罗裙，荷花与人面相淆乱的意思，而且意味着采莲女不是一人而是一群，是一个集体劳动的场面。以上所写都是视觉形象，以"看不见"一收，然后出以听觉形象："闻歌始觉有人来"。虽说是神来之笔，但首先是来自生活，所以无独有偶，同时代诗人崔国辅《小长干曲》即有"菱歌唱不彻，知在此塘中"可以参读。令人身临其境，如在十里荷塘，闻菱歌四起。而观者之伫立谛听，心往神驰之状，亦如在目前。而"闻歌"的歌，不正是《采莲曲》吗？而作者此诗，正属乐府旧题，可说是一首精彩的拟民歌。元人杨载论绝句道："宛转变化工夫，全在第三句，若于此转变得好，则第四句如顺流之舟矣。"此诗的三、四句，就是如此。

明人瞿佑点赞："叶与裙同色，花与脸同色，故棹入花间不能辨，及闻歌声，方知有人来也。用意之妙，读者莫草草看过了。"钟惺点赞："从'乱'字、'看'字、'闻'字、'觉'字，耳、目、心三处参错说出情来，若直作衣服容貌相夸示，则失之远矣。"都说到点子上，可以参考。

西宫春怨

西宫夜静百花香，欲卷珠帘春恨长。
斜倚云和深见月，朦胧树色隐昭阳。

宫怨是中国古典诗歌的一个专题，一般表现宫女被禁锢或失宠的心情，特殊情况下则兼有士不遇的喻义。王昌龄是第一个用七言绝句体裁，大力写作宫怨题材的作家。

王昌龄宫怨大抵分春词和秋词两类。这两类诗的区别，一在写景不同，春词写春景，富于青春气息，秋词写秋景，具有萧瑟之感；二是抒情不同，春词结合春景多抒青春寂寞之情，秋词结合秋景，多抒老大伤悲之意。诗中一般点出宫名，或以汉代唐，如昭阳、长信之类，或不著时代，径以西宫南宫为辞。

"西宫"，在唐指太极宫。诗一开始就营造气氛，"百花香"是西宫人在静夜中的感觉，也切合了题面的"春怨"；而它暗示给读者的，是"春色恼人眠不得"；眠不得，故"欲卷珠帘"；欲卷，未卷也，暗示出人的慵倦。注意"春恨"二字，这就不仅是自然界恼人的春色了，而是宫女禁锢不住，而又无处着落的春心。

于是她想到以音乐消遣，故有"斜倚云和（瑟，以产地命名）深见月"的情态，弹了没有呢？从她心不在焉的样子看，可能没有。心不在焉只是就乐器而言，至于她看月亮的那副神情，一个"深"字传达出一往情深的神态。

不过看月仍是现象，至于宫女的心理活动，则在末句暗示出来："朦胧树色隐昭阳"——原来她的关心仍在昭阳殿那边。昭阳殿为汉宫殿名，是皇帝住宿的地方，同时又是汉成帝时赵飞燕姊妹承宠所居的地方。知此，此宫女的心情也就可以揣想而知了。她把满腔怨情都倾注于昭阳殿那边，然而看到的只是一片朦朦胧胧的树影，昭阳殿望都无法望见。这就加倍表明宫人的处境之可怜。

诗中所写汉事，何尝不是唐代宫中情事的写照，所谓"后宫佳丽三千人，三千宠爱在一身"（《长恨歌》），"有不得见者，三十六年"（杜牧《阿房宫赋》）。封建专制之不人道，于此可见一斑。《升庵诗话》卷二评王昌龄《春宫曲》云"此咏赵飞燕事，亦开元末纳玉环事，借汉为喻也"。有人以为王昌龄被贬，所谓"不护细行"，大概与这类宫词写作有关，因为玄宗毕竟是当朝皇帝，这对了解王昌龄宫词的写作背景有一定帮助。

长信秋词四首（录二）

其一

奉帚平明金殿开，且将团扇共徘徊。
玉颜不及寒鸦色，犹带昭阳日影来。

这个诗题,《乐府诗集》作《长信怨》,来源于陆机《婕妤怨》。什么是"婕妤怨"呢?"婕妤"本为宫中女官名,汉成帝时有一位班婕妤,以美而能文受宠。后来成帝移情于赵飞燕、赵合德姊妹,班婕妤忧谗畏妒,自请到长信宫侍奉太后,作《怨歌行》云:"新裂齐纨素,鲜洁如霜雪。裁为合欢扇,团团似明月。出入君怀袖,动摇微风发。常恐秋节至,凉飙夺炎热。弃捐箧笥中,恩情中道绝。"可见"婕妤怨"实是宫怨。

王昌龄《长信秋词》原本五首,这是第三首。这首诗的前两句是紧扣班婕妤及《怨歌行》说事的。首句"奉帚平明金殿开",想象班婕妤在长信宫("金殿")侍奉太后,清晨扫除("奉帚")的情景。次句"且将团扇共徘徊"的"团扇",可不是等闲意义上的一把扇子,而是班婕妤《怨歌行》中用来作比方的那一把"团扇"——它本应象征团圆的,却在秋风中被主人捐弃了,成了失意宫人的一个象征。

这首诗的创意集中在后两句:"玉颜不及寒鸦色,犹带昭阳日影来。"诗人想象,班婕妤在清晨洒扫之后,看到空中飞过一两只乌鸦,在旭日的辉映下,它们的毛羽金光灿灿,十分地炫人眼目。相形之下,失意宫人黯然失色。诗人比喻的高明之处,在于他突破了"拟人必于其伦"的限制,将"寒鸦"和"玉颜"这两个毫无可比性的东西作比,谓美不如丑,人不如鸦,真是颠倒黑白之至,而宫人对"昭阳日影"的怨意,可见是很深的。

晚唐孟迟亦作《长信宫》词,后两句道:"自恨身轻不如燕,春来还绕御帘飞。"句中隐括了"飞燕"二字,是脍炙人口的名句。比较而言,孟诗更新巧也更刻意;而此诗更含蓄更蕴藉,更合于古典审美的追求。

其二

真成薄命久寻思,梦见君王觉后疑。
火照西宫知夜饮,分明复道奉恩时。

这首诗原列第四,通过梦境和梦醒后的失落,抒写失宠宫人的幽怨,表现其内心的深刻痛苦,带有直接抒情和细致刻画心理的特点。

"真成薄命久寻思"二句,写失宠宫人中夜梦回的寻思。"真成薄命"云云,是用第一人称口吻替宫人代言。说"真成",那就一定预感到不可避免的后果,或者是一语成谶的失言,只是没想到这么快。就像元稹诗所说:"昔日戏言身后意,今朝都到眼前来。""薄命"是指命运差、福分薄,特别针对女子而言,又特别针对宫人而言。从"梦见君王"看,诗中宫人有过承宠的经历,只不过非常短暂,也恰如一场春梦。而在梦中,她一定又找回了过去的快乐。"觉后疑"表明其梦之短、感觉之真,以致醒来之后,她不敢相信自个儿的"薄命"竟已"真成"。这两句以"真"字起,以"疑"字结,细致刻画了失宠宫人内心痛苦的挣扎。

"火照西宫知夜饮"二句,紧扣梦境,以他人的承宠反形自个儿的失宠。"西宫"是皇帝宴饮的地方,"复道"是两层阁楼间的通道,皆是失宠宫人所熟悉的场所或设施。"火照西宫"是宫人中夜梦回之所见。因为她醒来之后,是一定要向那个方向看的,受到下意识的支配。"知夜饮"三字,表明她对那里正在进行的活动,是相当熟悉,了如指掌的。说不定她才先的梦中,就重复过这样的情景。难怪末句说:"分明复道奉恩时。"这既是揣想,那边一定有新承宠的宫人,正处在陶醉之中;又是重温,自个儿是过来人,有许多青春鲜活的记忆。"分明"二字,耐人寻味。

刘熙载说:"绝句取径深曲,盖意不可尽,以不尽尽之。正面不写写反面,本面不写写背面、旁面,须如睹影知竿仍妙。"(《艺概·诗概》)这首诗是如此,作者的《春宫曲》也是如此,诗云:"平阳歌舞新承宠,帘外春寒赐锦袍。"沈德潜评:"只说他人之承宠,而己之失宠悠然可会。"还可以加上这样几句:"不仅如此,他人将来之失宠,与自己过去的承宠,亦悠然可会。"

闺怨

闺中少妇不知愁，春日凝妆上翠楼。

忽见陌头杨柳色，悔教夫婿觅封侯。

　　封建时代妇女活动范围限于家庭，所谓足不出户，精神特别空虚，把夫妻间的团聚看得很重，然而由于生活的原因，却以不能如愿的时候居多，此闺怨所由作也。

　　王昌龄这首闺怨写得相当别致相当深刻，为众多同类之作不及。写"闺怨"，却先说"不知愁"。刻意求深的读者往往不得其解，或曰为礼教所囿不便流露愁情，这种说法不合唐代实际，也不合诗意；或曰"少年不识愁滋味"，但这是少妇，不是少年（男性）；或曰诗中少妇是半憨的，所以不知愁，但写半憨的少妇没有普遍意义，又与诗意不合。其实"不知愁"就是"不知愁"，盖以从军为荣，盛唐社会风气如此，"功名只向马上取"，"觅封侯"不但是少年的愿望，亦必合于少妇的幻想。少年壮志不言愁，和闺中少妇不知愁，是完全可能的事。

　　首句说罢"不知愁"，次句具体说明她是怎样的"不知愁"。在一个春天的早上，她打扮得济济楚楚，款步登楼，既为赏景，也未尝没有几分风流自赏的意味。"凝妆"即严妆、浓妆，知愁者断不如此——"自伯之东，首如飞蓬；非无膏沐，谁适为容？"

　　第三句是全诗转折的关纽，当少妇登楼观望街景时，发现最醒目的却是街头青青的柳色，一刹那间情绪就发生了变化。"杨柳色"虽然在很多场合可作为"春色"的代称，然其形象的暗示性却要大得多，它既可以使人联想到青春年华，也可以使人联想到好景不长（"蒲柳之姿，未老先衰"），还可以使人联想到折柳送别和《折杨柳曲》而引起伤离，这些联

122

想都可以通往远方引起对夫婿的思念，从而使少妇产生了一个从来没有如此强烈的悔恨的念头："悔教夫婿觅封侯"！

诗中少妇情绪的变化在刹那间发生，看起来是突变，其实也有个渐进过程——就在少妇表面"不知愁"的当儿，她的潜意识中未尝没有惆怅和孤独的情绪在滋长，当其遇到一定外部条件（如"杨柳色"）的刺激，就会发生突变。所以"忽见"两字是大转折，"悔教"二字是现有的心情，而别后思念、平日希望等矛盾的心理状态，也都包含在其中了。

这篇七绝截取一个生活断面，抓住少妇心理发生微妙变化的刹那予以集中描写，使读者从偶然见到必然，由突变联想到渐进，不但表现了诗人对笔下人物心理变化的准确把握，同时在艺术上也做到了以小见大。

青楼曲二首

其一

白马金鞍随武皇，旌旗十万宿长杨。
楼头小妇鸣筝坐，遥见飞尘入建章。

其二

驰道杨花满御沟，红妆漫绾上青楼。
金章紫绶千馀骑，夫婿朝回初拜侯。

《青楼曲二首》是一组从军人家属角度，反映盛唐社会时尚的诗。唐代前期国家统一昌盛，国人以建功立业于沙场为荣，尚武遂成风气。有的选家只录第一首，其实两首都写得不错，可以参读。

第一首写少妇楼头观光的情景。

"白马金鞍随武皇"二句，写将军凯旋，皇帝亲自迎接的壮观景象。"白马金鞍"是将军的装备，也有暗示他和诗中少妇关系的作用。他是少妇心中的白马王子。白马王子似乎是今人的说法，巧合而已。其实语出有本，那就是汉乐府《陌上桑》的"何用识夫婿，白马从骊驹"。古人读书受用，就是这样不露痕迹。"武皇"本指汉武帝刘彻，习惯以汉代唐的诗人们，常用来代称玄宗，认为这两位皇帝的武功相当。"长杨"汉代宫名，是西汉皇家射猎、校武的场地。

　　"楼头少妇鸣筝坐"二句，写年轻的夫人坐在楼头（一定是严妆的），一面目送凯旋的千军万马，通过长安大道渐行渐远，最后全都进了"建章"宫，只留下一线飞尘。而建章宫也是汉代宫名，地处长安近郊，史称千门万户。她一面还在弹筝，并没有因为看热闹而中断，似乎一切全在意料之中。这种不动声色的写法，出神入化地反映了一个时代国人的心态，那就是因为国力强大，"具有不至于为异族奴隶的自信心"（鲁迅）。

　　关于这首诗的构思，清代王夫之有一个别解，就是认为此诗是从对面取神。本来是写征人"自矜得意"，而巧以遥想室家之欣幸烘托之，为"善于取影者"也（见《薑斋诗话》上）。唐诗确有这种表现手法，如作者《从军行》"更吹羌笛关山月，无那金闺万里愁"便是。只是这首诗的表达更加隐然不露。或许是作者未必然，读者何必不然吧。

　　而这首诗的结尾，可以叫传目送之神，用来造成余音袅袅，余味无穷的令人神往的感觉。与作者同时代，有许多大诗人不约而同，都采用这种手法，写下了传世的名篇。如李白《黄鹤楼送孟浩然之广陵》"孤帆远影碧空尽，唯见长江天际流"、王维《齐州送祖三》："解缆君已遥，望君犹伫立"、岑参《白雪歌送武判官归京》："山回路转不见君，雪上空留马行处"，等等。

　　最后还有一个问题，就是有人认为这首诗意在讽刺。如清人潘德舆评："彼时奢淫之失，武事之轻，田猎之荒，爵赏之滥，无不一一从言外会得。"（《养一斋诗话》二）这又是怎么回事呢？鲁迅说过，如果用精练的或略带夸张的笔墨，写出一群人或一面的真实来，被写的人就会称它为

"讽刺"（参《且介亭杂文二集·什么是讽刺》）。也就是说，如果作者不以为所写为缺点，则作者不必有讽刺。要是读者认为那是一个缺点呢，则读者就可以认为它是讽刺。类似的诗如韩翃《寒食》"日暮汉宫传蜡烛，轻烟散入五侯家"，唐德宗认为写得好，后世却认为是讽刺。近世"大跃进"民歌，作者编者无不出以真忱，今天看来也很讽刺。作品还是那个作品，只是读者的看法变了。

第二首写少妇喜迎夫君的情景。

"驰道杨花满御沟"二句，写少妇得到夫君凯旋的喜讯，严妆登楼的情景。话分两头，一头写夫君领赏出宫，"驰道"特指供君王行驶的道路，也是将士领奖必经之道路。"御沟"则是流经皇宫的河道，暮春时节，河道里掉满了杨花，也许是打扫驰道的结果。诗人不直说这层意思，只说满路杨花被春风刮到御沟里去了，间接表现获奖将士春风得意的状态。一头写少妇，是"红妆漫绾上青楼"，使人想起作者《闺怨》诗开头的"春日凝妆上翠楼"。"青楼"也就是"翠楼"。那个时代军人家属心态，由此可见一斑。不同的是，那一位看到杨柳的心情发生一个突变："悔教夫婿觅封侯"，原因是心理期待落空。而"这一个"看到杨花的心情大不一样，是喜气洋洋，因为心理期待成真。

"金章紫绶千馀骑"二句，写少妇见到夫君的情景。"金章紫绶"指金印和紫色印绶，代指高官显爵。注意，这四个字并不属于"千馀骑"（并不是说成千骑将受到封赏），而是属于下文"夫君"的。而"千馀骑"只是夫君的跟班，语出《陌上桑》的"东方千馀骑，夫婿居上头"。依照绝句三、四句之结构规律，上句说"千馀骑"，下句就该说其中的一骑，这便是"夫婿朝回初拜侯"。诗戛然而止，但余味无穷。不容易，太不容易了。"天子临轩赐侯印，将军佩出明光宫。"（王维《少年行》）这种说法冠冕堂皇。"凭君莫话封侯事，一将功成万骨枯。"（曹松《己亥岁二首》）这种说法直面现实。不管怎么说，"拜侯"之将心里明白，荣誉不全属于他个人，而更多地属于一个群体。少妇应该喜悦，更应该庆幸。

125

韩愈说："欢愉之辞难工，而穷苦之言易好。"（《荆潭唱和诗序》）道出了一个重要的文学现象。《闺怨》写得好，因属"穷苦之言"，应该写得好。《青楼曲》写得好，因属"欢愉之辞"，难为他写得好。

芙蓉楼送辛渐

寒雨连江夜入吴，平明送客楚山孤。
洛阳亲友如相问，一片冰心在玉壶。

　　这首诗是王昌龄借送行而作的自白。作于江宁丞任上，诗人的好友辛渐正要北上洛阳。唐人惯例，亲朋好友离别，送者往往陪送一天路程，在客舍小住一宿，第二天早上正式分手。王昌龄这次就从江宁送辛渐到润州（郡名丹阳，今镇江），辛将由运河取道北上。润州西北城楼叫芙蓉楼，当日饯宴就设在楼上。

　　润州地处楚尾吴头，在大江南岸，北面有北固山、金山等。前两句的表层意义是雨夜行船送客到润州，已临吴地；第二天早上客即离去，只留下孤独的楚山。"夜入吴"的本来是人，但紧接"寒雨连江"为言，似乎这无边烟雨也是从江宁追到润州来的，对于别情是重重的一笔烘托。"楚山孤"则更多地带有主观感情色彩，这"孤"主要是心理上的感觉。

　　一般地讲，好友的突然离去，总会使人产生孤单的感觉；特殊地讲，一个遭遇到不公正待遇的正直的人，在心理上更需要亲友的理解和支持。辛渐的离去，自然会使王昌龄感到特别失落。所以这个"孤"字分量很沉，它直接逼出以下的表白。

　　王昌龄是京兆人，在洛阳亦有亲友，因为辛渐今番前往洛阳，王昌龄当然会有所嘱托。给远方友人一般地捎个口信，只要"平安"二字就行，而王昌龄的口信却特别："洛阳亲友如相问，一片冰心在玉壶。"细

126

味这句话，不是问候性而是表白性的；而且还加上了"如相问"三字，这就耐人寻味了。这两句诗通常被引用着表友谊之纯洁，这是望文生义。须知其来历是鲍照的"直如朱丝绳，清如玉壶冰"（《代白头吟》），清人沈德潜释为"言己不牵于宦情"（《唐诗别裁集》）是。

　　须知王昌龄当时是沉沦下僚，贬在江宁，为官方舆论所不容，而他又是一个名气很大的诗人，这无疑更助长了某些流言蜚语的传播。所以辛渐此去洛阳，亲友们一定会向他打听有关情况，所以王昌龄要托辛渐捎一句话，表明自己"不牵于宦情"，即对官大官小不在意。"冰心"一词出自《宋书》陆徽语（"冰心与贪流争激，霜情与晚节弥茂"），"玉壶"一词出自鲍诗，两个美好的意象叠加在一起，形成一个冰心玉映的拟人形象。

　　美的语言也昭示着美的心灵，王昌龄正是以这首诗，得到辛渐的理解，洛阳亲友的理解和千古读者的同情。

送魏二

　　　　醉别江楼橘柚香，江风引雨入舟凉。
　　　　忆君遥在潇湘月，愁听清猿梦里长。

　　诗作于王昌龄贬龙标尉时。送别魏二在一个清秋的日子，饯宴设在靠江的高楼上，空中飘散着橘柚的香气，环境幽雅，气氛温馨。这一切因为朋友即将分手而变得尤为美好。这里叙事写景已暗挑依依惜别之情。"今日送君须尽醉，明朝相忆路漫漫"（贾至《送李侍郎赴常州》），首句"醉"字，暗示着"酒深情亦深"。

　　"方留恋处，兰舟催发"，送友人上船时，眼前秋风瑟瑟，"寒雨连江"，气候已变。次句字面上只说风雨入舟，却兼写出行人入舟，逼人的"凉"意，虽是身体的感觉，却也双关着心里的感受。"引"字与"入"

127

字呼应，有不疾不徐，飒然而至之感，善状秋风秋雨特点。此句寓情于景，句法字法运用皆妙，耐人涵咏。

按通常做法，后二句似应归结到惜别之情。但诗人却将眼前情景推开，以"忆"字勾勒，从对面生情，为行人虚构了一个境界：在不久的将来，朋友夜泊在潇湘（潇水在零陵县与湘水汇合，称潇湘）之上，那时风散雨收，一轮孤月高照，环境如此凄清，行人恐难成眠吧。即使他暂时入梦，两岸猿啼也会一声一声闯入梦境，令他睡不安恬，因而在梦中也摆不脱愁绪。诗人从视（月光）听（猿声）两个方面刻画出一个典型的旅夜孤寂的环境。月夜泊舟已是幻景，梦中听猿，更是幻中有幻。所以诗境颇具几分朦胧之美，有助于表现惆怅别情。

末句的"长"字状猿声相当形象，使人想起《水经注·三峡》关于猿声的描写："时有高猿长啸，属引凄异，空谷传响，哀转久绝。""长"字作韵脚用在此诗之末，更有余韵不绝之感。

诗的前半写实景，后半乃虚拟。它借助想象，扩大意境，深化主题。通过造境，"道伊旅况愁寂而已，惜别之情自寓"（敖英《唐诗绝句类选》），"代为之思，其情更远"（陆时雍《诗镜总论》）。

送柴侍御

流水通波接武冈，送君不觉有离伤。
青山一道同云雨，明月何曾是两乡。

这首诗作于玄宗天宝七载（748）被贬龙标时，作者友人柴侍御从龙标前往武冈，此即送行诗。"侍御"指职官，唐代的殿中侍御史、监察侍御史均可称"侍御"。

这首诗最特别的是第二句："送君不觉有离伤"。用江淹《别赋》的

128

话说："是以别方不定，别理千名，有别必怨，有怨必盈。"王昌龄送柴侍御，怎么就没有"离伤"了呢？这也牵涉到一个时尚，就是盛唐人的人生态度，普遍地比较阳光，不喜欢悲悲戚戚。即使遭遇挫折，也总是给自己打气。最显著的例子是王勃，只为一篇游戏文字《檄英王鸡》，就受到那么严重的处分。在《滕王阁序》中，他还是愉快地说："穷且益坚，不坠青云之志"，"有怀投笔，慕宗悫之长风"。太了不起了。《送杜少府之任蜀川》的"海内存知己，天涯若比邻"，更是在送别诗中，指出向上一路。而王昌龄的"送君不觉有离伤"，正是这种向上精神的一个跟进。同时跟进的还有高适的"莫愁前路无知己，天下谁人不识君"（《别董大》），李白的"李白乘舟将欲行，忽闻岸上踏歌声"（《赠汪伦》）等。别是壮别，送是欢送。读盛唐人的诗，真使人心胸开阔呀。

有了这样一个主题句，前面只需加个引子："流水通波接武冈"，点出柴侍御的去向。后面再以溢思作波："青山一道同云雨，明月何曾是两乡"就行了。这两句是给"送君不觉有离伤"一个美丽的理由。而这两句意思，其实是重复的："青山"和"明月"是等价的，"一道同云雨"和"何曾是两乡"是一码事。但并不给人单调的感觉。细玩笔墨，仍有变化。一句肯定，一句反诘。反复致意，款语叮咛。关键是别人没有说过。有人说得好，其实作者未必没有"离伤"，他只是为友人着想，把"离伤"按捺在心里，以乐观示人，从而减轻友人心中的"离伤"。虽然人分两地，但彼此同顶一片蓝天，共赏一轮明月，"德不孤，必有邻"。而"但愿人长久"的意思，也在不言之中。

听流人水调子

孤舟微月对枫林，分付鸣筝与客心。

岭色千重万重雨，断弦收与泪痕深。

大约作于赴龙标（湖南黔阳）贬所途中，写听筝乐而引起的感慨。

　　首句写景，并列三个意象：孤舟、微月、枫林。我国古典诗歌中，本有借月光写客愁的传统。而江上见月，月光与水光交辉，更易牵惹客子的愁情。王昌龄似乎特别偏爱这样的情景："忆君遥在潇湘月，愁听清猿梦里长"，"行到荆门向三峡，莫将孤月对猿愁"，等等，都将客愁与江月连在一起。而"孤舟微月"也是写的这种意境，"愁"字未明点，是见于言外的。"枫林"暗示了秋天，也与客愁有关。枫树生在江边，遇风发出一片肃杀之声（"日暮秋风起，萧萧枫树林"），真叫人感到"青枫浦上不胜愁"呢。"孤舟微月对枫林"，集中秋江晚来三种景物，就构成极凄清的意境（这种手法，后来在元人马致远《天净沙》中有最尽致的发挥），上面的描写为筝曲的演奏安排下一个典型的环境。此情此境，只有音乐能排遣异乡异客的愁怀了。弹筝者于此也就暗中登场。"分付"同"与"字照应，意味着奏出的筝曲与迁客心境相印。"水调子"（即《水调歌》，属乐府商调曲）本来哀切，此时又融入流落江湖的乐人（"流人"）的主观感情，怎能不引起"同是天涯沦落人"的迁谪者内心的共鸣呢？这里的"分付"和"与"，下字皆灵活，它们既含演奏弹拨之意，其意味又绝非演奏弹拨一类实在的词语所能传达于万一的。它们的作用，已将景色、筝乐与听者心境紧紧勾连，使之融成一境。"分付"双声，"鸣筝"叠韵，使诗句铿锵上口，富于乐感。诗句之妙，恰如钟惺所说："'分付'字与'与'字说出鸣筝之情，却解不出"（《唐诗归》）。所谓"解不出"，乃是说它可意会而难言传，不像实在的词语那样易得确解。

　　次句刚写入筝曲，三句却提到"岭色"，似乎又转到景上。其实，这里与首句写景性质不同，可说仍是写"鸣筝"的继续。也许晚间真的飞了一阵雨，使岭色处于有无之中。也许只不过是"微月"如水的清光造成的幻景，层层山岭好像迷蒙在雾雨之中。无论是哪种境况，对迁客的情感都有陪衬烘托的作用。此外，更大的可能是奇妙的音乐造成了这样一种"石破天惊逗秋雨"的感觉。"千重万重雨"不仅写岭色，也兼形筝声（犹如"大弦嘈嘈如急雨"）；不仅是视觉形象，也是音乐形象。"千重"、"万重"的复叠，给人以乐音繁促的暗示，对弹筝"流人"的复杂心绪也是一种暗示。在写"鸣筝"之后，这样将"岭色"与"千重万重雨"并置一句中，省去任何叙写、关联词语，造成诗句多义性，含蕴丰富，打通了视听感觉，令人低回不已。

弹到激越处，筝弦突然断了。但听者情绪激动，不能自已。这里不说泪下之多，而换言"泪痕深"，造语形象新鲜。"收与"、"分付与"用字同妙，它使三句的"雨"与此句的"泪"搭成譬喻关系。似言听筝者的泪乃是筝弦收集岭上之雨化成，无怪乎其多了。这想象新颖独特，发人妙思。"只说闻筝下泪，意便浅。说泪如雨，语亦平常。看他句法字法运用之妙，便使人涵咏不尽。"（黄生评）此诗从句法、音韵到通感的运用，颇具特色，而且都服务于意境的创造，浑融含蓄，而非刻露，《诗薮》称之为"连城之璧，不以追琢减称"，可谓知言。

【王翰】生卒年不详。字子羽，唐并州晋阳（今山西太原）人。景云元年（710）进士及第，玄宗开元八年（720）后举极言直谏科，调昌乐尉，又中超拔群类科。张说当政，召为秘书省正字。张说罢相后，贬为仙州别驾，再贬为道州司马，旋卒。《全唐诗》存其诗一卷。

凉州词

葡萄美酒夜光杯，欲饮琵琶马上催。
醉卧沙场君莫笑，古来征战几人回？

王翰生平不详，在当世却颇有盛名，杜甫曾以"李邕求识面，王翰愿卜邻"为荣。这首诗与王之涣同题作皆曾被推为唐人七绝首选。

"葡萄美酒夜光杯",首句并列了两种非常精美的名物,诉诸视觉的形象。一是葡萄酿制的美酒,西域特产,颜色是鲜红的。一是玉制的酒杯,也是西域特产(玉是西域产的),是有光泽的(顾名思义,晚上都可以大放光明)。这个开头太漂亮、太有文采,令人一读就记住了,而且终生难忘。请注意,诗中没有明说的意思是:夜光杯里盛着的鲜红的葡萄酒,美妙如人生,绚丽如人生,味道好极了。而人生是不能保存的,必须饮了它。曹操诗说:"对酒当歌,人生几何","何以解忧,唯有杜康。"就是这个意思。而王翰的诗句更是感性显现,写得更美、更含蓄。

所以次句紧接就是"欲饮"——诗意衔接很紧。接下来又有一个转折——"琵琶马上催",有音乐,有战马,有劝酒,是一个送行的场面。"催"是劝酒,又有催促的意思,时间不多,这也是人生的感觉。诗写送行场面,字面上并没有写人。而出发的战士,是通过"欲饮"暗示的,送行的人,是通过"催"字暗示的,这需要读者心领神会。古人送行照例要摆酒,而士兵上战场、去拼命,更要摆酒,这是饯别酒,也是壮行酒。样板戏《红灯记》有两句唱词:"临行喝妈一碗酒,浑身是胆雄赳赳。"这就是壮行酒的作用。

三句有一个跳跃,从饮酒的场面,一下跳到了"沙场",也就是战场。为祖国而战斗,怎么可以"醉卧沙场"、在战场上睡大觉呢?读者不要光看字面,毛泽东说:"有奋斗就会有牺牲,死人的事是经常发生的。"(《为人民服务》)这里就是在说牺牲,只不过与饮酒联系起来,就成了"醉卧沙场"。直说是马革裹尸,一包装就成了"醉卧沙场",这样一来就把牺牲这件很沉痛的事,给淡化了、美化了,显得不那么痛苦了,也就点石成金了。"君莫笑"的字面意思是,莫笑我死到临头还要一醉方休,没有直接说出的话是:我早已视死如归,置生死于度外。须知诗要用形象思维,不能像散文那样直说。要是写成"战死沙场君莫哭",一则别人也能想到,二则太直白、反而没有美感,诗也就毁了。

"君莫笑"是一种告白，末句补充理由："古来征战几人回。"这一句将"醉卧沙场"推向了古代，正是"秦时明月汉时关，万里长征人未还"（王昌龄）。既然古已有之，更不必大惊小怪。作壮语读，就是"风萧萧兮易水寒，壮士一去兮不复还"。司马迁说："人固有一死，或重于泰山，或轻于鸿毛。"人生苦短——即使终其天年，也难逃一死。为祖国、为民族利益而死，就比泰山还重。诗人没有这样说，读者却可以这样想。正因为没有这样说，所以读者也可以作诳语读、作苦语读，理解为一声叹息，近于"黄沙百战穿金甲，不破楼兰终不还"（王昌龄）那样的叹息。总之，末句使全诗有了历史的纵深感，倍有意味，分量厚重，得到升华。既是一首小诗，也是一篇大作。

　　总之，这首诗没有生僻的字，一看都认识，诗的调声非常优美，"葡萄"、"琵琶"、"征战"等联绵词的运用，使诗句读来朗朗上口，一读就能记住。但是它的诗意却不是一览无余的，甚至是颠扑不破的。具备这两个条件，就是深入浅出，就是好诗。浅出，则容易懂；深入，则非常耐味。鲁迅说："汉唐虽然也有边患，但魄力毕竟雄大，人民具有不至于沦为异族奴隶的自信心。"（《看镜有感》）诗人虽不讳言沙场征战之苦，却也不夸大它。"醉卧沙场"是一大发明，不但诗化了战争，而且诗化了牺牲，赋全诗以浪漫色彩，是典型的唐音。

　　补充说一下诗题。"凉州"即今天甘肃省的武威市，在唐代是丝绸之路上的重镇。《凉州》又是一个曲调的名称，配合这个曲调的歌词就叫《凉州词》。不但王翰写《凉州词》，别的诗人也写《凉州词》，如王之涣的"黄河远上白云间"就是一首《凉州词》。《凉州词》的内容，多写边塞风光、边塞生活、边塞战争，属于唐代的边塞诗。

【裴迪】生卒年不详，关中（今属陕西）人。官蜀州刺史及尚书省郎。与王维友善。

华子冈

落日松风起，还家草露晞。

云光侵履迹，山翠拂人衣。

这首诗作于玄宗天宝三载至十四载（744－755）之间。《旧唐书·王维传》载，王维得辋川别墅，"与道友裴迪浮舟往来，弹琴赋诗，啸咏终日"，以二十景为题，各成五绝二十首，合为《辋川集》。总体上，王诗胜于裴诗。单论《华子冈》一题，裴诗是以上驷胜王维中驷。王诗云："飞鸟去不穷，连山复秋色。上下华子冈，惆怅情何极。"为唐诗选本所不录，而裴迪这一首却往往入选。

乍看这首诗，除了在简单勾勒中显出隐居山林的静谧，并没有写什么。不对，他写了空气。除首句外，其余三句都是对山中空气，尤其是空气湿度的审美。

"落日松风起"二句，先写黄昏到家的感觉。写落日、松风，可以说有声有色，夕阳的光辉并不强烈，晚风掀起了阵阵松涛，感觉环境是静谧的。句中"落"、"起"二字，自为唱叹，写出"山气日夕佳"（陶渊明）的感觉。"还家草露晞"，是说到家时，草上的露水才干。这说明什么？说明山中空气湿度大，虽然有阳光，有清风，但草露才刚刚晾干。青草干而不燥，给人细软柔美的感觉。

"云光侵履迹"二句是对仗，写过华子冈的快感，可与王维"山路元无雨，空翠湿人衣"（《山中》）相比美，意思也接近。唯独"云光侵履迹"一句不好讲，死扣字眼："云光"是白云折射阳光，"履迹"是足迹、鞋印。请问"云光"如何侵"履迹"来着？有人说，这是把诗人在夕阳下一步步行走的姿态形象生动地表现出来，也写出了太阳渐渐下落、余光逐渐消散的过程。全不靠谱。须知对仗中的一句费解，往往须从另一句索解。另一句是"山翠拂人衣"，约等于"空翠湿人衣"。"山翠""空翠"都指山岚，即山中潮湿的、有绿感的、语云"湿路不湿衣"的空气。王维说"湿人衣"，不过是说衣服受潮。裴迪说"拂人衣"，在湿与不湿之间，也是说受潮。显然，"侵履迹"就是"湿路"，"云光"就是山岚。王维写山岚云："白云回望合，青霭入看无"（《终南山》），即近看稀薄到没有，远看却成了"白云"，成了"云光"，这与"草色遥看近却无"（韩愈）是一个道理。"侵"、"拂"二字，为句中之眼，一字落下，境界全出。

　　总而言之，这首诗除首句，都是对辋川、对华子冈空气湿度的审美，同时写出悠然自得陶醉于自然美景中之忘机境界。读到这样的诗，读者会有进入氧吧的感觉，有空气中充满了负氧离子的感觉。这便是裴迪《华子冈》、王维《山中》一类山水小诗带给读者的审美享受了。

【王维】(699—761)字摩诘，唐太原祁（今属山西）人，后徙家蒲州（今山西永济西）。玄宗开元九年（721）中进士，任太乐丞，贬济州司仓参军。二十三年任右拾遗。曾以监察御史出使凉州，为河西节度使幕府判官。二十八年迁殿中侍御史，以选补副使赴桂州知南选。天宝元年（742）改官左补阙。十四载迁给事中。肃宗至德二载（757）以陷贼官六等定罪，以诗获免。乾元元年（758）授太子中允，加集贤学士，迁中书舍人，改给事中。上元元年（760）官尚书右丞。有《王右丞集》。

渭川田家

斜光照墟落，穷巷牛羊归。野老念牧童，倚杖候荆扉。
雉雊麦苗秀，蚕眠桑叶稀。田夫荷锄立，相见语依依。即此美闲逸，怅然吟式微。

"渭川"，《文苑英华》作"渭水"，渭水本是古黄河，由于地壳的变迁，迫使黄河改道，形成现状。它发源于甘肃渭源县鸟鼠山，东流经陕西省，于华阴县渭口入黄河。在唐代，这是一条重要的河流，长安就在渭水南岸，故有"西风吹渭水，落叶满长安"（贾岛）之歌吟。此诗写渭河流域的农村生活观感，时在一个暮春傍晚。

农村的黄昏时分是富于诗意的，不仅是因为夕阳可爱，回光返照墟落的景色迷人，而且经过了一天劳作，农夫们就要得到甜蜜的憩息，乡村的气氛特别轻松愉快。"日之夕矣，羊牛下来"，各家各户，都在盼望亲人的回还。诗人从中撷取了一个典型的动人情景：一个老人正拄着拐棍在柴门外等候暮归的牧童。一种老牛舐犊的亲切的人情味，就透过纯客观描写的画面流露出来。拄杖动作描写固好，"念"字写心理活动尤佳。

潘岳《射雉赋》写暮春野外景物道："麦渐渐以擢芒，雉唯唯而朝雊"，诗人概括为一句："雉雊麦苗秀。"这是蚕儿快要结茧的季节，荀卿《蚕赋》云："三俯三起，事乃大已。"阡陌上的景色，正是"柔桑采尽绿阴稀"（王安石）。诗句紧扣农时农事，散发出浓郁的泥土气息。倘在日间，农夫们"足蒸暑土气，背灼炎天光。力尽不知热，但惜夏日长"，决不会有人荷锄而立，拉闲扯淡。只有在这黄昏收工时分才有工夫摆谈几句，虽不过只说些桑麻之类，却谈得十分投机，依依不舍。稍有农村生活经验的人，都会为这些质朴无华的诗句所感动，艾青诗云："我永远是田野的各种气息的爱好者啊/无论我漂泊到哪里/当黄昏时走在田野上/那如此不可排遣地困惑着我的心的/是对于故乡路上的畜粪的气息/和村边的畜棚里的干草的气息的记忆啊。"读王维的诗，也会引起类似的感觉。

艾青的诗题叫《黄昏》，而王维这首诗的"式微"也就是黄昏的意思，同时它也是《诗经》的一个篇名。《式微》一诗抒发的是为主子从早到晚干活到天黑还不得回家的怨情。王维为渭川农村黄昏景色所吸引，从而产生了对田园生活的艳羡，也就情不自禁地想起《诗经》中的这首诗来。诗人对田园乐的艳羡，当然是置身局外的感觉。鲁迅《风波》曾揶揄道："老人男人坐在矮凳上，拿着大芭蕉扇闲谈；孩子们飞也似的跑，或蹲在乌桕树下玩石子；女人端出乌黑的蒸干菜和松花黄的米饭，热蓬蓬冒烟。河里驶过文人的酒船，文豪见了，大发诗兴说：'无思无虑，这真是田家乐啊。'""无思无虑"正是"闲逸"二字的注脚。话说回来，正因为置身局外，诗人也才持审美观照的态度，对田家景物有极新鲜的发现。他捕捉住最富有乡村黄昏特征的景物，描绘出了一幅富于生活情趣的田园画。

苏东坡曾经说："味摩诘之诗，诗中有画。"什么是"诗中有画"呢？有人说诗中有颜色字就是"诗中有画"，有人说诗用了形象思维就是"诗中有画"，皆不得要领。德国的美学家莱辛说，诗用文字和声音表现一个时间过程，所以是时间艺术；而画用线条和色彩显现同时并列于空间的物体，所以是空间艺术。王维作为一个画家，在诗中有意识地将时间定格，而像画画那样进行空间显现，即一一展示同时并列在空间的物体，这才是"诗中有画"的本质。就拿这首诗来说吧，撇开末二句的抒情不论，前面八句时间是定格在黄昏时分，然后一一展示空间——陌巷中走着羊群，一个老农站在篱笆门外，远处有牧童正在归来，麦子在扬花，桑林疏疏落落的，在田坎上荷锄的田夫正在拉话，等等，景物与景物间只有空间的联系，并无时间的先后。而孟浩然《过故人庄》就不同，它的四联分别写故人相邀——诗人赴会途中所见——开筵的情景——话别的情景，正是表现一个时间的过程。所以孟浩然的写法是纯诗的，而王维的写法是"诗中有画"。

陇西行

十里一走马，五里一扬鞭。

都护军书至，匈奴围酒泉。

关山正飞雪，烽火断无烟。

这首诗的前两句倒装。古代十里一长亭，十里是驿站之间的路程，这是说一走马就是十里，一扬鞭就是五里，所谓十万火急，到一站则须换马继续奔驰。下两句补充说明原因——其所以如此情急，以送军书故也；军书云何？"匈奴围酒泉"也——军书是从河西来的。为什么羽书报警而不用烽火呢？下两句再补充说明原因，乃是因为大雪纷飞，烟点不着或者点着也看不见的缘故。此诗之所以能出神入化地表现边地紧张的军旅生活，全在于因果一再倒装，渲染出敌人入侵时紧张的气氛，是边塞诗中的神品。

夷门歌

七雄雄雌犹未分，攻城杀将何纷纷。秦兵益围邯郸急，魏王不救平原君。公子为嬴停驷马，执辔愈恭意愈下。亥为屠肆鼓刀人，嬴乃夷门抱关者。非但慷慨献奇谋，意气兼将生命酬。向风刎颈送公子，七十老翁何所求！

题材的因袭，包括不同文学形式对同一题材的移植、改编，都有一个再创造的过程。王维《夷门歌》便是故事新编式的杰作。

此诗题材出自《史记·魏公子列传》，即信陵君窃符救赵的历史故事。但从《魏公子列传》到《夷门歌》，有一重要更动：故事主人公由公子无忌（信陵君）变为夷门侠士侯嬴，从而成为主要是对布衣之士的一曲赞歌。从艺术手法上看，将史传以二千余字篇幅记载的故事改写成不足九十字的小型叙事诗，对题材的重新处理，特别是剪裁提炼上"缩龙成寸"的特殊本领，令人叹绝。诗共十二句，四句一换韵，按韵自成段落。

首四句交代故事背景。细分，则前两句写七雄争霸天下的局势，后两句写"窃符救赵"的缘起。粗线勾勒，笔力雄健，"叙得峻洁"（姚鼐）。"何纷纷"三字将攻城杀将、天下大乱的局面形象地绘出。传云："魏安釐王二十年，秦昭王已破赵长平军，又进兵围邯郸（赵都）"，诗只言"围邯郸"，然而"益急"二字传达出一种紧迫气氛，表现出赵国的燃眉之"急"来。于是，与"魏王不救平原君"的轻描淡写，对照之下，又表现出无援的绝望感。

赵魏唇齿相依，平原君（赵公子）又是信陵君的姊夫。无论就公义私情而言，"不救"都说不过去。无奈魏王惧虎狼之强秦，不敢发兵。但诗笔到此忽然顿断，另开一线，写信陵君礼贤下士，并引入主角侯生。"公子为嬴停驷马，执辔愈恭意愈下。亥为屠肆鼓刀人，嬴乃夷门抱关者。"信陵君之礼遇侯嬴，事本在秦兵围赵之前，这里倒插一笔，其作用是暂时中止前面叙述，造成悬念，同时运用"切割"时间的办法形成跳跃感，使短篇产生不短的效果，即在后文接叙救赵事时，给读者以一种隔了一段时间的感觉。信陵君结交侯生事，在《史记》有一段脍炙人口的、绘声绘色的描写。诗中却把诸多情节，如公子置酒以待，亲自驾车相迎，侯生不让并非礼地要求枉道会客等一概略去，单挑面对侯生的傲慢"公子执辔愈恭"的细节作突出刻画。又巧妙运用"愈恭"、"愈下"两个"愈"字，显示一个时间进程（事件发展过程）。略去的情节，借助读者联想补充，便有语短事长的效果。两句叙事极略，但紧接二句交代侯嬴身份兼及朱亥，不避繁复，又出人意料。"嬴乃夷门抱关者也"，"臣乃市井鼓刀屠者"，都是史传中人物原话。"点化二豪之语，对仗天成，已臻墨妙"（赵殿成《王右丞诗集笺注》），而唱名的方式，使人物情态跃然纸上，颇富戏剧性。两句妙在强调二人卑微的地位，从而突出卑贱者的智勇；同时也突出了公子不以富贵骄士的精神。侯、朱两人在窃符救赵中扮演着关键角色，故强调并不多余。这段的一略一详，正是所谓"难说处一语而尽，易说处莫便放过"，贵在匠心独运。

最后四句专写侯生，既紧承前段遥接篇首，回到救赵事上来。"献奇谋"，指侯嬴为公子策划窃符及赚晋鄙军一事，这是救赵的关键之举。"意气"句则指侯嬴于公子至晋鄙军之日北向自刭事。其自刭的动机，是因既得信陵君知遇，又已申燕刀一割之用，平生意愿已足，生命已成长物。末二句议论更作波澜，说明侯生义举全为意气所激，并非有求于信陵君。慷慨豪迈，视死如归，有浓郁抒情风味，故历来为人传诵。二句分用谢承《后汉书》杨乔语（"侯生为意气刎颈"）和《晋书·段灼传》语（"七十老公复何所求哉！"）而使人不觉，用事自然入妙。诗前两段铺叙、穿插，已蓄足力量，末段则以"非但"、"兼将"递进语式，把诗情推向高峰。以乐曲为比方，有的曲子结尾要拖一个尾声，有的则在激越处戛然而止。这首诗采取的正是后一种结尾，它如裂帛一声，忽然结束，却有"慷慨不可止"之感，这手法与悲壮的情事正好相宜。

把一个有头有尾的史传故事，择取三个重要情节来表现，组接巧妙，语言精练，人物形象鲜明，是《夷门歌》艺术上成功之处。这首诗代表着王维早年积极进取的一面。唐代是中下层地主阶级知识分子在政治上扬眉吐气的时代，这时出现为数不少的歌咏游侠的诗篇，绝不是偶然的。《夷门歌》故事新编，融入了新的历史内容。吴汝纶评此诗"叙古事而别有寄托"，是很有见地的。

观猎

风劲角弓鸣，将军猎渭城。

草枯鹰眼疾，雪尽马蹄轻。

忽过新丰市，还归细柳营。

回看射雕处，千里暮云平。

这首诗的诗题一作《猎骑》。一次普普通通的狩猎活动，被诗人写得如此激情洋溢、豪兴遄飞，而在手法上堪称唐人五律之范式，清人沈德潜叹为观止："章法、句法、字法俱臻绝顶。盛唐诗中亦不多见。"

"风劲角弓鸣，将军猎渭城。"开篇未及写人，先全力写其影响——风呼、弦鸣，风之劲由弦的震响衬出，弦之鸣则因风而越发嘹亮。用"角弓鸣"三字带出猎意，耐人寻想——劲风中的射猎，该具备何等手眼呀！唤起读者对猎手的悬念。声势俱足之后，才推出射猎的主角——"将军猎渭城"。这仿佛是人物的亮相。这发端的一笔，胜人处全在突兀，"如高山坠石，不知其来，令人惊绝"（方东树）。同时也是一种倒折的写法，恰如沈德潜所说："若倒转便是凡笔。"

渭城为秦时咸阳故城，在长安西边、渭水北岸，冬末春初，积雪已消。"草枯鹰眼疾，雪尽马蹄轻。"承上写射猎的快意。"草枯"、"雪尽"四字如素描一般简洁，形象鲜明，具有画意。"鹰眼"因"草枯"而特别锐利，暗示猎物的被发现；"马蹄"因"雪尽"而绝无滞碍，意味着猎骑的追踪而至。"疾"、"轻"两字，俱有快感。这两句可以使人联想到南朝诗人鲍照写猎的名句"兽肥春草短，飞鞚越平陆"，但追踪猎物的意思表现得不像这样的明显。这两句初读对仗精切，似各表一意，细味意脉连属，属流水对，所以为妙。以上写出猎，只通过"角弓鸣"、"鹰眼疾"、"马蹄轻"等细节点染，不写猎获，而猎获之意见于言外。

"忽过新丰市，还归细柳营。"两句接"马蹄轻"而来，意思却发生转折，写到猎归。"新丰市"故址在今陕西临潼，是西汉建国后，刘邦为满足老父思乡的需求而建造的。"细柳营"在今陕西西安市长安区，是西汉名将周亚夫屯军之处，用来多一重意味，使读者觉得诗中主人公颇有名将之风度。此外，这两个地名出于《汉书》，诗人兴之所至，一时凑

141

泊，读来有典、有据、有味。"忽过"、"还归"的勾勒，表现将军归途驰骋的快速，有瞬息千里之感。

"回看射雕处，千里暮云平。"全诗以写景结束，所写非营地景色，而是回看向来行猎之处，已被暮云笼罩。这样的写景很放松，与开篇的紧张，在节奏上形成一种内在韵律，和猎归后踌躇满志的心境相称。凡写景处，俱是表情，通过景的变化，表现情绪的消长，最是妙笔。《北史·斛律光传》载，北齐斛律光校猎时，见一鸟飞翔云际，射之，中其颈，形如车轮盘旋而下，视之，乃大雕。斛律光因此被人称为"射雕手"。此诗"射雕处"三字即用此典，有暗示将军膂力非凡，箭法高强的意思。

全诗半写出猎，半写猎归，起得突兀，结得意远，中两联一起流走，承转自如，有格律中束缚不住的气势，又能首尾映带，是章法之妙。诗中藏三地名而使人不觉，用典浑融无迹，写景俱能表情，至如三、四句穷极物理、意在言外，是句法之妙。"枯""尽"、"疾""轻"、"忽过""还归"等，遣词用字准确锤炼，咸能照应，是字法之妙。统此三妙，故为范本，足称杰作。

杂诗

君自故乡来，应知故乡事。
来日绮窗前，寒梅著花未？

这首诗命名《杂诗》，相当于无题。其中有两个主题词，一个是"故乡"，一个是"寒梅"。

"君自故乡来，应知故乡事"，这两句中，重复了一个"故乡"，是强调这个主题词。乐府诗有此句调，如李白"客自长安来，还归长安去"。对于歌，这种重复是非常必要的，由于音乐的缘故，不但不感到单调，反而会感到集中。它表现的生活情境十分动人，当一个人独在异乡为异客，故乡的消息是多么重要啊。不要说见了故乡熟悉的人，就是听到故乡话，也会深自惊喜的。比如说蔡文姬在南匈奴就有这样的事，"有客从外来，闻之常欢喜"，可惜这个讲着汉语的人，并不是她的老乡——"迎问其消息，辄复非乡里"。王维这首诗中的情境就不同了，对方不仅是个说着乡音的人，而且是熟悉的人，他的第一个念头，也是"迎问其消息"。

"故乡事"是这个诗的一个重要内容，在实际的唠嗑中，涉及面会很宽，会从一个话题跳到另一个话题，先是诗中主人公最关心的话题，最后会落到两个人都有兴趣的话题。这一大堆内容，在古诗不仿照写，如王绩《在京思故园见乡人问》，从朋旧童孩、宗族弟侄、旧园新树、茅斋宽窄、柳行疏密一直问到院果林花，仍然意犹未尽，然而，对于绝句来说，只剩两句可用，作者须对内容进行筛选，最后他选择的是院果林花类的寒梅。当然，这寒梅在诗中不仅是一般的自然物，而且是故乡的一种象征。

然而，为什么要选这株寒梅作为故乡的象征物呢？这就不得不说到院果林花在童年或少妇记忆中所有的特殊地位了。对童年、对少妇来说，生活的空间本有局限，然而当事人眼中却会将它放大，园中的一草一木都会有趣得要命，特别是那些占据重要空间（如绮窗下）的花木，将成为当事人一生的重要记忆。古诗人写"庭中有奇树"，沈浮写《浮生六记》，鲁迅写《百草园到三味书屋》、写《秋夜》（一棵是枣树，另一棵也是枣树），说起"寒梅"之类，都是喋喋不休的。因为关于"寒梅"之类，应该有一些故事，当年家居生活亲切有趣的故事，两个人都知道的故事。虽然都知道，还是津津乐道——笔者与儿时朋友相会，就常会说起儿时爬过的"二小的那棵黄桷树啊——"。

绝句贵乎以小见大，在这首能引起所有人的共鸣的诗中，"故乡"是大，"寒梅"是小，通过对"寒梅"的对话来表现"故乡"情，是以小见大。

相思

红豆生南国，春来发几枝？
愿君多采撷，此物最相思。

唐代绝句名篇经乐工谱曲而广为流传者为数甚多。王维《相思》就是梨园弟子爱唱的歌词之一。据说天宝之乱后，著名歌者李龟年流落江南，经常为人演唱它，听者无不动容。题一作《江上赠李龟年》。说到这首诗的好处，就不得不谈到意象。

意象是诗意的象征符号。远不是所有的诗歌形象都能称为意象，"两个黄鹂鸣翠柳，一行白鹭上青天"，"黄鹂"、"白鹭"就不能称为意象——因为它们是眼前景，而不是象征符号。而"红豆生南国，春来发几枝"的"红豆"，就完全不同了。

王维《相思》二十字之所以成为千古绝唱，首先就在于诗人给"相思"找到了一个绝妙的象征物——"红豆"。找到了这个象征物，诗就成功了一半，所谓"斜阳芳草寻常物，解用即为绝妙词"。何谓"解用"？说白了，便是善于提炼。

一位诗人告诉我，他在石河子时，心中曾一千遍追问："什么是新疆建设兵团？"这就是说，他想为新疆建设兵团寻找一个象征符号。一天，他看到退役者摘掉帽徽的军帽上呈现出一颗绿色的五星，喜不自胜——"我找到了！"于是就有了《绿色的星》那首诗，也有了一本诗集的名字。

准此，写《相思》时的王维，恐怕也曾心中一千遍地追问过："何物最相思？"直到有一天，他突然看到或想到了红豆。"红豆"！"绿色的星"！原来新诗和诗词在意象的追求上，是如此这般地相通。

红豆何以能成为相思的象征物呢？首先，红豆的别名是相思子。其次，有一个民间故事，说的是一位女子望夫而死，在她泪尽之处长出树来，结出果实，就是红豆。而红豆的形状，又活像一滴滴血泪。《红楼梦》二十八回贾宝玉在冯紫英家唱曲，打头一句就是"滴不尽相思血泪抛红豆"——这可以说是对红豆这一意象的绝妙阐释。

所以，《相思》这首诗一起，"红豆"两字就占尽地步。接下来，"春来"还是"秋来"，无关紧要，关键在于"发几枝"——既关红豆，又关相思。接下来，"多采撷"还是"休采撷"也无关紧要——说"勿忘我"和说"忘记我吧"，反正表达的都是同一种深情，后者可能还更加苦涩。关键在于"此物最相思"——诗人心中反复追问的问题，答案找到了。

何物最相思？——"此物最相思"。

前人说，五言绝句须篇法圆紧。如何才能做到篇法圆紧？由这首诗可见，有一个好的意象，就能够做到篇法圆紧。

息夫人

莫以今时宠，难忘旧日恩。
看花满眼泪，不共楚王言。

我常说，就事论事，不可以作诗；当作者完成了从这一事到那一事的联想时，就可以作诗了。这首诗题下原注"时年二十"，为什么特别注明这个写作年代呢？因为这年发生了一件事。这件事被原原本本记录在唐人孟棨的《本事诗》中，字数不多，照录如下："宁王曼贵盛，宠妓数十人，皆绝艺上色。宅左有卖饼者妻，纤白明媚。王一见注目，厚遗其夫取之，宠惜逾等。环岁，因问之：'汝复忆饼师否？'默然不对。王召饼师，使见之。其妻注视，双泪垂颊，若不胜情。时王座客十馀人，皆当时文士，无不凄异。王命赋诗，王右丞维诗先成云云。"

为什么王维诗先成呢？因为他得到了一个联想。那就是息夫人的故事。息夫人是春秋时息国君主之妻，又称桃花夫人，后来息国被楚国灭了，楚王将桃花夫人据为己有，并育有二子，但她始终不和楚王说一句话。息夫人与饼师之妻，地位相差悬殊，但在被侮辱与被损害上，在消极反抗上，是十分神似的。王维诗不题《饼师妻》而题《息夫人》，这就是诗的包装，写诗是一定要包装的。清人吴乔打了个比方说，事实是米，炊而为饭不变形则是文，酿而为酒其形变尽则是诗（《围炉诗话》）。变形就是一种包装。

"莫以今时宠"二句，是为息夫人写心，也是为卖饼人妻写心。莫以为所谓新宠，就能使我忘记旧爱。这在楚王、宁王乃至刘兰芝兄是大惑不解的，"先嫁得府吏，后嫁得郎君，否泰如天地"，还不开心！这叫作"男儿不懂女儿心"。战国时人韩凭妻何氏，被宋康王霸占，作《乌鹊歌》云："乌鹊双飞，不乐凤凰。妾是庶民，不乐宋王。"汉乐府《羽林郎》中胡姬说："男儿爱后妇，女子重前夫。人生有新故，贵贱不相逾。"所表达的，都是女子珍惜旧爱之心。

"看花满眼泪"二句，表现的是弱势之人面对强权的消极反抗。"看花"意味着优越的处境，"满眼泪"意味着情绪的低落。"不共楚王言"则意味着不合作态度，也就是消极反抗。用闻一多话说，"他们掳去的是我的肉体，你依然保管我内心的灵魂"（《七子之歌》），所以非常动人。"不共楚王言"，也就是"不共宁王言"。这一字之差，就是诗的包装了。

假如这首诗把"楚"字改成"宁"字，题为《饼师妻》，就是苏东坡所讥之"赋诗必此诗，定非知诗人"。假如这首诗不是为饼师妻而作，而只是咏息夫人，就是汪遵、胡曾那样的咏史诗，一日作百首也得。只是选家不录，虽多何益。因此，读这首诗，作者的自注与孟棨《本事诗》的相关记载，不可不知。

孟城坳

新家孟城口，古木馀衰柳。

来者复为谁，空悲昔人有。

《辋川集》二十首是王维在辋川（在今陕西蓝田）别业（别墅）创作的五绝体组诗，作于玄宗天宝三载（744）以后。同时收录有裴迪五绝二十首。作者序云："余别业在辋川山谷，其游止有孟城坳、华子冈、文杏馆、斤竹岭、鹿柴、木兰柴、茱萸泮、宫槐陌、临湖亭、南垞、欹湖、柳浪、栾家濑、金屑泉、白石滩、北垞、竹里馆、辛夷坞、漆园、椒园等，与裴迪闲暇，各赋绝句云尔。"

这首诗是《辋川集》第一首，有序诗的意味。虽然是一首小诗，却有着历史的纵深感。抒发了所有时代人共有的一种心情，即鲁迅所说"老屋难免易主"（《故乡》）的伤逝感。

"新家孟城口"两句，是说作者买到一个新家，这就是"孟城坳"，亦即"孟城口"。这里原有许多古木，只剩下几棵老的柳树，言下透露出悲哀的情绪。何以如此？时间造成。这叫沧桑。鲁迅说："第二日清早我到了我家的门口了，瓦楞上许多枯的断茎当风抖着，正在说明这老屋难免易主的原因。"孟城坳原来的样子是怎样的呢？不知道。陶渊明《五柳先生传》说："先生不知何许人也，亦不详其姓字，宅边有五柳树，因以为号焉。"想必孟城坳的柳树，当初和陶先生门口的柳树一样，是富于生机的。

"来者复为谁"两句，一句反诘、一句慨叹。忽然加入"来者"和"昔人"，与前面提到"新家孟城口"的我，都为三造，形成了"过去——现在——未来"的序列。"昔人"即孟城坳原来的主人，武则天时代著名诗人宋之问，其人以文才出众和媚附权贵显赫一时，曾买下孟城口这所别墅，好景不长，后来被贬而客死异乡，别墅因而抛荒。现在"我"买下了这所别墅，自然可以整旧如新或整旧如旧。但是世事无常，时间流逝，有一天"我"也会成为"昔人"。"来者"即将来的主人会是谁？"我"不能知道，他面对新居的时候，会不会和"我"一样地满怀沧桑之感呢？答案是不言而喻的。不仅如此，所有的前人都有和后人类似的经历；而所有的后人，都会重复前人的故事。感伤是难免的，却也是没用的。"空悲"二字，耐人寻味。

这首诗的篇幅很短，由于设计了去、来、今三造，使诗的情感内容异常丰富而微妙。作者在释放其负面情绪的同时，也得到了充分的审美愉悦。因为他也超越了自我，一头接通了过去，一头接通了未来。

必须说明一下，最早发明这个思路的诗人是屈原："往者余弗及兮，来者吾不闻"（《远游》）。跟进者为陈子昂："前不见古人，后不见来者。"（《登幽州台歌》）若不局限于诗，则有王羲之的"后之视今，亦犹今之视昔"（《兰亭集序》）。一律都有感伤。没有感伤的，是楚狂接舆的"往者不可谏，来者犹可追"（《论语·微子》），为陶渊明《归去来兮辞》所引用过。而王维走得更远，他提出"来者复为谁"这个问题，似乎马上就要面向未来，发出柔情召唤，可惜他打住了。真正捅破这层窗户纸，完全摆脱"空悲"的，是印度诗人泰戈尔，《园丁集》最后一诗写道：

一百年以后读着我的诗篇的读者啊，你是谁呢？/我不能从这春天的富丽里送你一朵花，我不能从那边的云彩里送你一缕金霞。/打开你的门眺望吧。/从你那繁花盛开的花园里，收集百年前消逝的花朵的芬芳馥郁的记忆吧。/在你心头的欢乐里，愿你能感觉到某一个春天早晨歌唱过的，那生气勃勃的欢乐，越过一百年传来它愉快的歌声。

鹿柴 zhài

空山不见人，但闻人语响。

返景入深林，复照青苔上。

这首诗是《辋川集》第五首。写鹿柴（通寨、砦）附近森林的风光和作者的感受。顾名思义，"鹿柴"是一处偏僻的原生态的有野鹿出没的地方。

"空山不见人"二句，写作者在鹿柴所处的山林感觉到的有声的寂静。"空山"即寂静的山林，"不见人"就是空山的写照。"但闻人语响"则是寂静中传来的声音，却不是风声、不是水声、不是鸟声，等等，而只是人声，感觉还特别"响"。听见人语响，又不见人，这就令人感觉神祕了，感觉很不真实，好像是一种象征。《大涅槃经》卷二二云："譬如山涧响声，愚痴之人谓之实声，有智之人知其非真。"空谷传音，愈见山谷之空；人语过后，愈添鹿柴之静。这又是以动衬静、以声衬静的妙用了。

"返景入深林"二句，写夕阳返照下鹿柴山林呈现的有光的幽暗。"返景"即返影，亦即夕阳的回光返照。"深林"是幽暗的，"青苔"就是幽暗的写照。"复照青苔上"则是写穿透幽暗的一线线光明，落在青苔上的一块块光斑，似乎是破了那幽暗，却又通过局部之光影与整体之幽暗的巨大反差，突出了山林之幽暗，使之逾见其暗。而洞烛幽暗的返照之光，也像是一个开悟。但丁《神曲》写道："当人生的中途/我迷失在一个黑暗的森林中/……忽然到了一个小山脚下/那小山的顶上已披上了阳光/这是普照一切旅途的明灯。"

清人李锳点赞："'人语响'，是有声也；'返景'照，是有色也。写空山不从无声无色处写，偏从有声有色处写，而愈见其空。严沧浪所谓'玲珑剔透'者，应推此种。沈归愚谓其'佳处不可语言'，然诗之神韵意象，虽超于字句之外，实不能不寓于字句之间，善学者须就其所已言者，而玩索其不言之蕴，以得于字句之外可也。"这首诗前两句写声与静，与后两句写光与暗，虽然分属视觉和听觉，但在人们的总体感觉上是相通的。无声的寂静，无光的幽暗，是人所共知的；而有声的寂静，有光的幽暗，则鲜为人知。而诗人以敏锐的感觉，予以拈出，顿成妙谛，此《鹿柴》之所以通于禅也。类似的发现，同样的手法，在《竹里馆》《鸟鸣涧》等诗中，也有择重的表现。

栾家濑

飒飒秋雨中，浅浅石溜泻。
跳波自相溅，白鹭惊复下。

自然美多姿多彩。即使同一个风景点上，那景色也有四时晨昏的变化，宜人程度的不同。"雷峰——夕照"、"三潭——印月"等景名就有这样的讲究。王维写景诗的一个特点就在善于捕捉某地最为宜人的景色，如《鹿柴》写深林返照，《鸟鸣涧》写月下鸟语，还有《栾家濑》写秋雨急流，也是好例子。

秋雨不如夏雨来势陡，但持续时间较长，水较平日更为湍急。濑声喧哗，方引起诗人往观的兴趣。诗人之好友裴迪同咏道："濑声喧极浦，沿步向南津"，正写出当日情事。披蓑冒雨往观濑景，游者兴致之高，濑声之富于魅力，可想而知。读诗的前二句，就使人如见这样的图景：在"飒飒秋雨中"，两位幽人伫立滩头，谛听"浅浅"濑声，目送湍急的"石溜"满空丝雨，一川水流，交织成自然的乐章，流动的画意，十分迷人。秋雨急濑，水流夹有大量鱼虾，又值浦上少行人，故其时鸥鹭翔集，其中较有趣的是白鹭。这种水鸟颇善伪装，所谓"行当青草人先见，行傍白莲鱼未知"，往往一足独拳，移时不动，专候过路的鱼虾，但在急流险滩之边，时有水石相激，跳珠倒溅，又常使得这警觉的长腿鸟儿猛然吃惊，腾空而起。终因羡鱼心切，虚惊之后，又安然"复下"。诗的后二句即写这种特殊的风光。那"白鹭"绝非一只两只，惊而复下的情形，必然周而复始、此起彼落地发生，成为一种节奏感很强的运动，不在秋雨急濑中，断难见到如此奇景。

秋雨迷蒙的背景之上，濑声伴奏，白鹭起舞，成为天趣盎然的图画。与王维同时，到过栾家濑的人必多。而栾家濑的美，唯有对大自然独具慧眼的王维才能发现，并将这种美用富于色彩与音乐的文字予以惟妙惟肖地再现。

白石滩

清浅白石滩，绿蒲向堪把。
家住水东西，浣纱明月下。

辋川诸诗多写景之作，兼及人事活动而写得饶有情味的，当推这首诗。滩水自然很"清浅"。但若是止水，则石上必生绿苔，从"白石"二字可见是流水了。流水不腐，长经水激，则滩边滩底的石子特为清洁光润，洁白可爱。于是，"清浅白石滩"一句既写出明月下之水色，又能传出"清泉石上流"的悦耳之声。此情此景，不仅幽静，而且富于生意。

次句"绿蒲"与"白石"对举成文，蒲苇之绿与滩石之白相对比，色彩幽雅而鲜明。"向堪把"是说揽之几可盈把，是写蒲苇的丰茂。盖蒲苇之为物不仅可供观赏，还有经济价值："青蒲衔紫茸，长叶复从风。与君同舟去，拔蒲五湖中。"（南朝民歌《拔蒲》）蒲茎可以编席，苇花可以絮衣。"绿蒲向堪把"，于流连光景之外，有意无意含有一种劳动者的喜悦。

这就自然而然带出了诗中主人公："家住水东西，浣纱明月下"。这两句省略的主语，就是诗人在《山居秋暝》中歌咏过的"浣女"了。她们白天劳作，明月之夜正好出来浣衣。说成"浣纱"易使人联想到古代的西子，这就把人与事都诗化了。在白石滩浣衣的女子，居处不远，有的在水东，有的在水西。虽然各在水之一方，那清浅的滩流，却不甚宽广，因此无妨她们涉足来往。二句又隐隐流露出一种伙伴的亲切感。

白石滩头，水声淙淙，杂着笑语，这景象和平美好，王昌龄有一首《浣纱女》诗云："钱塘江上是谁家，江上女儿全胜花。吴王在时不得出，今日公然来浣纱"。二诗归趣相若，可以参读。

竹里馆

独坐幽篁里，弹琴复长啸。
深林人不知，明月来相照。

竹里馆建在辋川一片竹林之中，环境幽深。王维常憩馆内，"日与道相亲"。此诗写其恬淡自得的生活情趣。

"幽篁"一词出自《楚辞·九歌·山鬼》："余处幽篁兮终不见天。""终不见天"正表现篁竹遮天蔽日的深幽。《山鬼》歌辞表现出的是一种孤独思偶的情怀，隐寓着骚人政治上求合不成的感喟；《竹里馆》"独坐幽篁里"云云，则完全是怡然自得的神情。在唐诗中，"弹琴"这个意象往往用来表现一种不合时宜的清高拔俗的情感。至于"长啸"，自魏晋以来就是名士风度的一种表征，那啸声饶有旋律，相当富于魅力，竹林七贤之中的阮籍就神乎其技，竟能"与琴声相谐"（《陈留风俗传》）。"弹琴复长啸"，就传达出独处幽篁之幽人悠闲怡悦，尘虑皆空，忘乎其形的情态。

"深林人不知"，虽不是"不吾知其亦已兮"的牢骚话，却也小有遗憾。这就摇漾出最后一句："明月来相照"。"来相照"与"人不知"意义正相反对，正好弥补了那小小的遗憾而归于圆满。诗人似有了他的知音——你看那中宵皎洁的明月，打那篁竹的空隙间钻出来，脉脉相窥，直令人心境为之澄澈。不过，"来相照"的毕竟只是一轮"明月"，又更见竹里馆的"幽深无世人"（裴迪同咏诗），更见其境的恬静。

此诗在用字造语上没有用力的痕迹。写景只在俯仰之间，"幽篁"、"深林"、"明月"，几个物象，自成幽雅环境；叙写的笔墨也简淡，"独坐"、"弹琴"、"长啸"几个动作，妙达闲逸自适心情。三、四两句转合之间那个小小的摇漾，其功用是不可忽略的。

辛夷坞

木末芙蓉花，山中发红萼。
涧户寂无人，纷纷开且落。

这首诗是《辋川集》第十八首。在描绘了辛夷花的美好形象的同时，又营造了一种看似落寞其实自在，看似自在其实落寞的意境。"辛夷坞"是辋川景点，因盛产辛夷花而得名；"坞"指周围高而中央低的谷地。

"木末芙蓉花"二句，写辛夷坞花开时节的美景。"芙蓉花"实指辛夷。辛夷为落叶乔木，又称木笔花，有紫白二色，"红萼"指紫红色的辛夷花。辛夷的花瓣大如莲花，花苞发自每根枝条的末端而朝上，所以诗中称之"木末芙蓉花"。语本《九歌·湘君》："搴芙蓉兮木末"，略有高标傲世之意味。"山中发红萼"，写辛夷花盛开的情景，"发"字极具张力，有怒放之感。

"涧户寂无人"二句,写辛夷坞的辛夷花自开自落,自生自灭的情景。"涧户"指山涧两崖相向状如门户。辛夷花的观赏价值极高,而"寂无人"指无人观赏,便形成很大的落差。其花期为三到四月,落花时节,因为花瓣太大,不会随风飘逝,故散落一地,十分醒目。"纷纷开且落",是说辛夷坞的辛夷花是自在之物,不为无人而不开,也不为无人而坠落,无人并不影响她的绚烂和美丽。这两句在字面上很容易令人想到陈子昂的"岁华尽摇落,芳意竟何成"(《感遇》),而被解读为失意感的表达。但在全篇中,却找不到"芳意竟何成"的一丁点痕迹。

昔人多谓此诗通禅或有禅味。如清人刘宏煦评:"摩诘深于禅,此是心无挂碍境界。虽在世中,脱然世外,令人动海上三山之想。"(《唐诗真趣编》)近人俞陛云评:"东坡《罗汉赞》:'空山无人,水流花开。'世称妙悟,亦即此诗之意境。"(《诗境浅说续编》)读者不能说作者没有这个意思,也不能肯定他就只是这个意思。明人邢昉说:"此诗每为禅宗所引,反令减价,只就本色观,自是绝顶。"(《唐风定》)也就是说,单从欣赏辛夷花的寂寞之美而言,这首诗也是很妙的。

漆园

古人非傲吏,自阙经世务。
偶寄一微官,婆娑数株树。

这首诗是《辋川集》第十九首,也是较为费解的一首。"漆园"是辋川的一景,与庄子曾为漆园吏的漆园(在河南商丘)只是名称相同,而这首诗却以庄子自拟,结尾借老树以摅写人生感喟,可以说是王维的《枯树赋》。

"古人非傲吏"二句,为庄子"傲吏"之名辩诬。据《史记》庄周本传载,庄子曾做过漆园吏的小官。楚威王遣使臣厚币迎庄子为相,庄子谢绝道："子独不见郊祭之牺牛乎？养食之数岁，衣以文绣，以入太庙。当是之时，虽欲为孤豚，岂可得乎？子亟去，无污我！我宁游戏污渎之中自快，无为有国者所羁。"故晋人郭璞《游仙诗》赞美庄子为"漆园有傲吏"。作者反其意而用之，谓"古人非傲吏，自阙经世务"，意思是庄子谢绝高官显爵，不是自视太高，而是有自知之明，知道自己不是那个材料——"经世务"指经国济世的本领。这也是作者的夫子自道，用马致远的话说："本是个懒散人，又无甚经济才。"（《四块玉》）

"偶寄一微官"二句，写出仕为官（而且是"微官"）实出于不得已。"偶寄"就不是刻意追求，"微官"就不是要职。不能弃官不做，是因"生生所资，未见其术"（陶渊明）。"婆娑数株树"呢？前面说费解，就是指这一句了。关键是"婆娑"这个词乃有歧义。初见于《诗经》是形容舞姿，如"子仲之子，婆娑其下"（《陈风·东门之枌》），有曼妙的意思。有时形容眼泪下滴，为"泪眼婆娑"，就有模糊的意思了。有时形容树枝，如"杨柳婆娑"，则是枝叶扶疏的样子，并非没有生意。读者怎么知道"婆娑数株树"是面对几株生意全无的老树呢？

黄庭坚说"老杜作诗，……无一字无来处"，其实何止是老杜。"婆娑数株树"，也是无一字无来处。《世说新语·黜免》："桓玄败后，殷仲文（桓玄姊夫）还为大司马咨议，意似二三，非复往日。大司马府听（厅）前有一老槐，甚扶疏。殷因月朔，与众在听（厅），视槐良久，叹曰：'槐树婆娑，无复生意！'"庾信《枯树赋》开头就将同一故事写作另一个版本："殷仲文风流儒雅，海内知名。世异时移，出为东阳太守。常忽忽不乐，顾庭槐而叹曰：'此树婆娑，生意尽矣！'"这就是"婆娑数株树"用语之所本。陶渊明说："善万物之得时，感吾生之行休"（《归去来兮辞》）。而王维面对老树，应该也是这种心情吧。怎么好呢？只好是"鸡猪鱼蒜，逢着便吃；生老病死，时至即行"（裴度）。

总之，这首诗表达的是对自然规律的面对，是旷达，是淡定，也是无可奈何。人生天地间，后来不免如此。毛泽东晚年疾病缠身时，为什么特别喜欢诵读《枯树赋》，而且一边读一边泪流满面呢？不正是因为他对那篇赋产生了深刻的同情，不正是"树犹如此，人何以堪"么。

鸟鸣涧

人闲桂花落，夜静春山空。
月出惊山鸟，时鸣春涧中。

　　王维的《皇甫岳云溪杂题》五首是描写友人别墅风光的一组诗，《鸟鸣涧》即其一。鸟鸣涧是云溪一处地名，顾名思义，这是一个多鸟而幽静的山沟。王维"晚年唯好静"，对大自然的幽美境界多所发现。这首描写春天月色，空山鸟语的小诗是他的代表作之一。

　　关于鸟鸣和山幽之间的关系，我们的古代诗人是很感兴趣的。梁代诗人王籍就有"鸟鸣山更幽"的名句。而宋代诗人王安石却反其意而用之，在诗中写道："一鸟不鸣山更幽"。然而，它们似乎都不如王维《鸟鸣涧》善于体察二者之间的辩证关系，从而创造出更为深邃的境界。

　　诗的前二句包含四个片语："人闲——桂花落，——夜静——春山空"。"空"，是佛学对世界本质的概括，也是王维诗中的关键字。细味，"静"是"空"在自然环境上的表现，"闲"是"空"在人的心境中的表现。从写景的角度看，这四个片语通过人的心境的平静、夜的宁静、山的寂静，加之桂花（春桂或月桂）落地静无声这样一个细节，就充分地写出了月出以前春山毫无声息的静谧。它使人联想到"山中不隐响，一叶动亦闻"（孟郊）或"闲花落地听无声"（刘长卿）那样幽寂的境界，正是"一鸟不鸣山更幽"。

　　如果仅此而已，诗境便不免单调，缺乏意趣，尤其是不能见出"鸟鸣涧"的特色。所以诗人进而写道："月出惊山鸟，时鸣春涧中。"由于月出，使鸟儿受到惊扰，不时发出一两声啼鸣，打破了夜的寂静，却又反衬出深夜空山的寂静。这就是"鸟鸣山更幽"。

如果没有月出前春山绝对的寂静，鸟儿就不会因月出而惊啼；而月出后整个空山的氛围仍是一片寂静，偶尔传来一两声鸟鸣，反而更衬出春山的寂静。这里有对立面相反相成的关系，也有整体与局部的对比关系：鸟声乍停之后，更显得春山无边的寂静。这里，"鸟鸣山更幽"又回到"一鸟不鸣山更幽"。然而意境却更加深邃了。因为读者不仅从比较中加深了对静的感受，而且体味到春山的寂静中包孕的无限生机。

幽暗的山谷，万籁无声，使人排除杂念，由静入定；突然，奇迹发生，皓月当空，光明洞彻，山谷时有鸟鸣，使人心生欢喜，由定生慧。因此可以说，此诗的诗境，也是禅悟过程的一种象征。

山中送别

山中相送罢，日暮掩柴扉。

春草明年绿，王孙归不归？

前人有称绝句为"截句"的，以为绝句乃截律诗而得，这是一种误会。不过，如就绝句独特的艺术表现手段而论，那倒确乎可以称为"截句"，如王维《山中送别》写送别情事，就可以说是"截"去了事件的主体而保留了一个尾声。

诗篇一开始就是"送罢"，这种写法在送别诗中是少见的。似乎正是因为话别、惜别的场面在诗中已写得太多，诗人干脆割弃了这样的场面。不过，"山中相送"四字还是大可玩味的。"山中"本与世隔绝，所与游息者，必属亲知。相契极深，一朝离去，必有不得已的理由，又使得居者感到格外地难堪。这一层感触是不为知者道，难与俗人言的。避开不说，只言"送罢"自佳。

　　山路崎岖萦纡，彼此依依难舍，送一程又一程。行人明发，而送罢归来，天色已晚。所以"日暮掩柴扉"与上句虽然跳越了一段时间，倒也合乎情理。日暮闭扉，原属常事，天天如此，有什么好写？写出来却有一种不同寻俗的意味。盖隐居山中的人对世俗本持关门态度，唯有同侪来访，方得洒扫三径，敞开蓬门以迎。而今，常登门造访的人却离此远去了。"日暮掩柴扉"——从此以往，怕是"门虽设而常关"了。这句初读平常，反复含咏，颇有兴味。

　　诗的后二句是一问："春草明年绿，王孙归不归？"从《楚辞·招隐士》"王孙游兮不归，春草生兮萋萋"化出，"王孙"指游子、行人。这一问似乎突如其来。揆之情理，这样的问题应是送别分手的致语，置之送罢归来之后，是逆挽。这山中送别，大约发生在春芳衰歇的时节，所以诗人致语道：春草还会如期再绿，而行人归来是否有期？即使行者回答是肯定的，送者日暮掩扉之后，仍觉忽忽心未稳。"春草明年绿，王孙归不归"，也可以说是他下意识地发出的疑问。不言惜别，而其情自深。

　　王维喜欢在短小的五绝中设问，如《相思》《杂诗》《孟城坳》及此诗，均为显例。这可说是一种"启发式"的写法，对于丰富五绝这种最小诗体的诗意很有效。而将送别致语用逆挽方式放到诗末表出，取得深长的意趣，则是此诗的特点。

书事

轻阴阁小雨，深院昼慵开。
坐看苍苔色，欲上人衣来。

这首诗写深院久雨初晴的喜悦心情。"书事"即记事，记久雨初晴之事。

"轻阴阁小雨"二句，写细雨初停，天尚微阴。"阁"同搁，打住的意思，这个字用得很别致。看来阴雨天气已持续多日，好不容易才打住了。"深院昼慵开"是说尽管是白天，还是懒得开院门。这两句应该是倒装，懒开院门应该是因为阴雨绵绵的缘故，一旦见了天光，院门就可以开了。言外有按捺不住的喜悦。

"坐看苍苔色"二句，是自我调侃的话。雨下得太久，人们常常会调侃说：人都快生霉了。诗人却道得别致：你看满院都是青苔，空气都被染绿了，都快爬到人的衣服上来了。这两句与《山中》"山路元无雨，空翠湿人衣"二句异曲同工。不同处在于，这两句的修辞，将色彩拟人化，写出了一种视幻感觉。青苔看久了，看浅色的衣服都有绿意了。调侃语气表现的是心情的轻快，人们在久雨初晴时都会这样。

山中

荆谿白石出，天寒红叶稀。
山路元无雨，空翠湿人衣。

这首诗题一作《阙题》，写山中秋末冬初的景色及山行感受。"荆谿"又称长水、荆谷水，源自陕西蓝田，西北流入西安东南之浐水。

"荆谿白石出"二句，写山行所见秋冬之交的景色。其时溪水变浅，水落石出，"白石"与下句"红叶"在色彩上形成鲜明对照，富于季节的特征和美感。有道是"西山红叶好，霜重色愈浓"（陈毅），"红叶"之好与"天寒"是有因果关系的，只不过入冬以后，"红叶"渐"稀"，稀则稀矣，却无损于其鲜艳和明丽。与"浓绿万枝红一点，动人春色不须多"

（王安石《咏石榴花》），在道理上是一样的。

"山路元无雨"二句，写山中空气的潮湿和山行清凉的感觉。"空翠"指什么？有人认为是形容松柏之苍翠欲滴，但和"湿人衣"联系并不紧密。而唐人张旭诗云："纵使晴明无雨色，入云深处亦沾衣。"（《山行留客》）与王维这两句说的，是同一回事。也就是说"空翠"二字，是指山间的岚气。岚气是潮湿的空气，"青霭入看无"（王维《终南山》），这"青霭"也就是"空翠"。久行山中，人的衣服也会潮湿。不但衣服会潮湿，整个身心都会受到浸润，感觉潮湿。这感觉不会让人不舒服，反之，它是令人愉悦的。三句说"元无雨"，四句说"湿人衣"，形成一种跌宕与唱叹，绝句正该这样写。

宋释惠洪引其弟超然《诗说》，以为此诗"得于天趣"（《冷斋夜话》四）。也就是说，王维在大自然中常有美的发现，而又能做到词达，这是得于他的天机清妙，不全是刻苦用功的结果。

辋川六言（录一）

桃红复含宿雨，柳绿更带朝烟。
花落家童未扫，莺啼山客犹眠。

诗题一作《田园乐》，本为组诗七首，此诗原列第六。一作皇甫曾诗，非是。

苏轼说："味摩诘之诗，诗中有画。"诗与画各自的特点，德国美学家莱辛说得扼要，大意是：诗是时间艺术，叙述发生在时间上的过程；画是空间艺术，展现同时并列于空间的物体。如果谁在诗中进行空间显现，他的诗就会有"诗中有画"的特点。王维既是大诗人又是大画家，自觉不自觉地将画意引进作诗，于是"诗中有画"。

160

这首诗便是典型的"诗中有画"。诗写春晓、春眠及宿雨、落花、啼鸟，题意和意象的采择，与孟浩然《春晓》没有太大的不同。然而在写法上却完全相反。孟诗首言春眠不觉晓，继而写闻啼鸟而惊梦，梦醒后引起对夜来风雨的回忆，从而产生惜花的心情，展示了一个完整的时间过程及心理活动，这是典型的、传统的诗的写法。这首诗呢，它写桃红带雨、柳绿含烟、满地落花、空中莺啼，乃是同时并列于空间的景物，意象结构是平列式的，而时间是定在"山客犹眠"那一顷刻上的。所以它更具画意。当然，诗并不以"如画"与否论短长，更不是越似画越好。每一艺术门类都有短长，都不能抛开自己的长处，亦步亦趋地仿效姊妹艺术，像一些所谓"现代书法"脱离写字胡乱涂鸦那样。不过，在不失本位的情况下，尽量吸收姊妹艺术的长处，对提高自身的表现力，无疑是有好处的。王维的"诗中有画"正属于这种情况。

此外，这首诗对仗工致，音韵铿锵。孟诗《春晓》是古体五言绝句，在格律和音律上都很自由。由于孟诗散行，意脉一贯，有行云流水之妙。这首诗属六言绝句，格律精严。从骈偶上看，不但"桃红"与"柳绿"、"宿雨"与"朝烟"等实词对仗工稳，连虚字的对仗也很经心。如"复"与"更"相对，在句中都有递进诗意的作用；"未"与"犹"对，在句中都有转折诗意的作用。"含"与"带"两个动词在词义上都有主动色彩，使客观景物染上主观色彩，十分生动。且对仗精工，看去一句一景，彼此却又呼应联络，浑然一体。"桃红"、"柳绿"，"宿雨"、"朝烟"，彼此相关，而"花落"句承"桃"而来，"莺啼"句承"柳"而来，"家童未扫"与"山客犹眠"也都是呼应着的。这里表现出的是人工剪裁经营的艺术匠心，画家构图之完美。全诗对仗之工加上音律之美，使诗句念来铿锵上口。中国古代诗歌以五、七言为主体，六言绝句在历代并不发达，佳作尤少，王维的几首可以算是凤毛麟角，而它们在形式上，都有整对精工的共同之处。

九月九日忆山东兄弟

独在异乡为异客，每逢佳节倍思亲。

遥知兄弟登高处，遍插茱萸少一人。

这首诗是王维早年旅居长安或洛阳时，在重阳节思念故乡兄弟之作，题下原注"时年十七"。作者是蒲州（今山西永济）人，蒲州在华山东面，所以称故乡兄弟为"山（即华山）东兄弟"。重阳节有登高习俗，"俗于此日，以茱萸气烈成熟，尚此日，折萸房以插头，言辟热气而御初寒"（《太平御览》三二引《风土记》）。

"独在异乡为异客"二句，写作者独自离家未久，佳节思亲的情绪。离家未久，漂泊异乡的年轻人，会特别想家。不要说王维，连李白离开四川时都有"夜发清溪向三峡，思君不见下渝州"（《峨眉山月歌》）之想。此诗首句的一个"独"字、两个"异"字，都是写对新环境不适应心情。"独"是孤单，"异"是陌生。把他乡写作"异乡"，他乡之客写作"异客"，是特别强调排异的、不认同的感觉。"思亲"是想家的另一个说法。"每逢佳节倍思亲"是唐诗之名句，由于一个"倍"字，使这个句子包含两重意思：一重意思是"不逢佳节也思亲"，另一重意思就是明写出来的"每逢佳节倍思亲"，因为佳节是亲友团聚的日子，所以"倍思亲"。这叫一句顶两句。一经写出，便成熟语，以其道出了普遍人情；是人人心中所有，而笔下所无也。

"遥知兄弟登高处"二句，古歌说"远望可以当归"，说兄弟登高处，也暗示了自己登高处，不同者独登而已。不说"忆山东兄弟"，而说山东

162

兄弟忆我。这种写法，叫作对面生情。二句以"遥知"领起，直如一句，金圣叹称之"倩女离魂法"，谓"极有远致"。"登高处""遍插茱萸"云云，都紧扣"九月九日"的习俗。作者又不直说兄弟思我，只说"少一人"。至于少哪一人，读者悠然可会。不直说，所以耐人寻味。这种"不说我想他，却说他想我，加一倍凄凉"（张谦宜《茧斋诗谈》）的手法，可以追溯到《魏风·陟岵》。而此诗更凝练、更含蓄，故前人说"词义之美，虽《陟岵》不能加"（唐汝询）。唐诗中用同样手法的名句，如王昌龄"更吹羌笛关山月，无那金闺万里愁"（《从军行》）、高适"故乡今夜思千里，霜鬓明朝又一年"（《除夜作》）、杜甫"今夜鄜州月，闺中只独看"（《月夜》）、白居易"共看明月应垂泪，一夜乡心五处同"（《望月有感》）等，都不早于此作。

　　鲁迅说，"我认为一切的好诗，到唐代都已写完。"但他又说，"今后若非能翻出如来手心的齐天大圣，大可不必措手。"当代作者有《在外打工偶感》云："一夜天涯动客思，嘉陵江月照空池。想来兄弟应忘我，我亦三年未梦之。"（杜斌）也写异乡思亲，因己及人。三、四句颠转从相忘的角度说，写出了思亲的深情，更觉曲折。这就叫翻出唐人手心。

少年行四首（录二）

其一

新丰美酒斗十千，咸阳游侠多少年。

相逢意气为君饮，系马高楼垂柳边。

　　《少年行》本乐府旧题，《乐府诗集》卷六六录此四首于《结客少年场行》之后。从组诗所反映少年的精神面貌来看，这四首诗是王维早期的作品，当作于安史之乱发生以前。这首诗是《少年行》第一首，写长安少年游侠之任侠使气与豪迈气概，充满青春气息。

"新丰美酒斗十千"二句，一句写酒，一句写人。谓美酒与少年相得益彰，如"健儿须快马，快马须健儿"一般，写得意兴酣畅，顾盼神飞。本来有两个"新丰"，一个是汉初置县（用以安置刘邦故乡丰邑迁来的乡人），故址在今陕西西安临潼。一个是南朝时丹徒县的场镇，其地特产美酒，梁武帝之"试酌新丰酒"指此。此诗以"新丰"与"咸阳"（唐人诗中常借指长安）对举，本指为临潼之新丰，而"新丰美酒"，则是不分彼此的妙用。"斗十千"（语出曹植《名都篇》："归来宴平乐，美酒斗十千。"）通过价昂极形酒美，为下文"为君饮"伏笔。次句则强调英雄出少年之意。所谓"游侠"，是汉唐时代城市中以侠义相许，立气势、作威福、结私交的青少年群体。

"相逢意气为君饮"二句，写游侠少年陌路相逢，倾盖如故，同上酒家，开怀纵饮。三句模拟少年语气，是一顿宕。"意气"即感情，兼有理想抱负、思想感情、性格作风诸多方面的认同。"为君饮"即为你干杯、为相识干杯，宛如侠少声口。末句避开了宴饮场面，于楼外摄神，写到"系马高楼垂柳边"而止。"垂柳"之妙，一是为"系马"生根，一是作酒楼陪衬，还关合少年青春，不但饶有画意，而且空际传神，使全篇富于浪漫情调和青春气息。

此诗重点突出少年游侠重然诺而轻千金的性格特点，诗人却选择了高楼纵饮这一典型场景，而从虚处摄神，故不落前人窠臼。就像镜头渐渐推远，让人物消失在景物之中。唐人绝句之以景结情者，以此诗与王昌龄之"高高秋月照长城"（《从军行》）最为脍炙人口，似不费力，实乃空际传神之笔。盖意（情）不可尽，以不尽尽之，转觉余味悠长。

其二

出身仕汉羽林郎，初随骠骑战渔阳。

孰知不向边庭苦，纵死犹闻侠骨香。

　　此诗原列第二。如不刻意求深，这首诗的诗意本来非常浅显——首句讲出身，次句讲经历，三句讲不怕苦，四句讲不怕死。全诗写的是为国捐躯的壮怀，与作者《陇西行》"长安少年游侠客，夜上戍楼看太白"所写少年的雄心，同属于边塞诗中常见的爱国主题。

　　然而，这首诗曾经被误解得很厉害，而误解的人又是笺注王维诗的权威赵殿成，他说："诗意谓死于边庭者，反不如侠少之死而得名，盖伤之也。与太白'纵死侠骨香，不惭世上英'，同用张华《游侠曲》中语，而命意不同。"（《王右丞集笺注》）赵殿成认为"出身仕汉羽林郎"与"纵死犹闻侠骨香"，分别说的是两类人——"死于边庭者"和"侠少"（"少年"）。而事实上，这首诗通篇只有一个主人公——"少年"。

　　导致误会的原因在第三句"孰知不向边庭苦"。在文言中，一般情况下"孰知"即"谁知"。而在这首诗中，"孰知"作"谁知"讲，诗意就发生了转折——"谁知不向边庭苦"云云，难道不像是在说着另一类人吗？赵殿成因此而发生了误读。

　　事实上，这首诗中的"孰知"，通"熟知"，即深知。这种用法，不仅见于此诗，也见于杜诗，如"孰知是死别，且复伤其寒"（《垂老别》）。在这首诗中，"孰知"作"深知"讲，诗意就不是转折，而是递进——"深知不向边庭苦"云云，说的就是"明知山有虎，偏向虎山行"那样的意思，与李白"纵死侠骨香，不惭世上英"命意并无二致。

送元二使安西

渭城朝雨浥轻尘，客舍青青柳色新。

劝君更尽一杯酒，西出阳关无故人。

此诗因谱曲演唱，一称《渭城曲》，又因末句提到"阳关"，称《阳关曲》。元二是作者的友人，姓元、行第（同一曾祖的兄弟排行）为二，故称"元二"，在唐代这是尊称。他可能是一位使者，也可能是一位赴边的文人。"安西"是安西都护府的简称，治所在今新疆库车县。

"渭城"在长安西北、渭水边上，即秦时咸阳故城。从长安到渭城，恰好是一天的路程，晚唐李商隐有"送到咸阳见夕阳"之句，可以证明。唐代送别的习俗，亲友走远路，送行者往往要陪送一天的路程，于客舍小住，所以诗中提到"客舍"，次日清晨才正式饯别。诗中写的正是这种情况。

"渭城朝雨浥轻尘"，这天早上下了一场雨，雨不大、刚好沾湿道路上的细尘，在平日，通往西域的大道车马交驰，熙来攘往，不免尘土飞扬，令人犯愁。而在一场"朝雨"后，路尘不起，天宇澄清，空气分外新鲜，令人感觉十分舒适。同时朝雨转晴，正宜行路。所以这一句就给全诗定下了一个明快的基调。虽然是离别，却并不十分感伤。

"客舍青青柳色新"，"客舍"就是渭城宾馆了，因为紧靠渭水，所以多植柳树。经过"朝雨"的清洗，所以焕然一新。"青青"这俩叠字，处在句中。既可以属上，"客舍青青"，连客舍都被柳色映绿了。也可以属下，"青青柳色新"，形容柳色绿得更深、更鲜。说到柳树，会使人联想到自汉以来就有的折柳送别的传统习俗。这样，送别气氛就被渲染得浓浓的。然而这个送别的场景，由于风光明媚，并不使人感到愁惨，反倒是精神一爽。

接下来有一个跳跃，诗人并没有展开描写送别的场面，而直接跳到饯宴即将结束，诗人对行者的劝酒之辞写来，意味特别深长。

"劝君更尽一杯酒"，"更尽"二字意味着酒过数巡，对方可能已不胜酒力。而送行方殷勤地，还要敬对方最后一杯酒。在这种情况，对方不

166

免推醉，不免出现辞请再三的场面。于是敬酒的人不得不寻找一个劝酒的理由，使对方不得不乐意饮下这杯酒。南朝诗人沈约说："勿言一樽酒，明日难重持。"（《别范安成》）今人在酒席上说："友情深，一口扣；友情浅，舔一舔。"这种酒文化，可以说是源远流长了。

"西出阳关无故人"，就是最后的劝酒词，就是一个叫人推诿不得的理由。"阳关"是古关名，地处河西走廊的尽头，与北面的玉门关遥遥相对，为出使西域必经之地，王维在另一首诗中这样写道："绝域阳关道，胡沙与塞尘。三春时有雁，万里少行人。"（《送刘司直赴安西》）既然是"万里少行人"，自然是"无故人"了。而诗中所说的"故人"，更多地是指作者自己。后来白居易《对酒》诗说"相逢且莫推辞醉，听唱阳关第四声"，"阳关第四声"就是指《渭城曲》的第四句"西出阳关无故人"，可见这是一句劝酒词了。

虽然过去一千多年了，但诗中的场面，千古如新。难怪清朱彝尊说："唐诗色泽鲜妍，如旦晚脱笔砚者，今诗才脱笔砚，已是陈言。"（《静志居诗话》卷十六）由于这首诗成功表现了最普遍、最真挚、最深厚的友情，在语言上又极富音乐美，"城"、"轻"、"尘"、"青"、"青"、"新"、"君"、"尽"、"人"等构成连串的叠韵，环环相扣，轻柔明快，强化了抒情的气氛，因此，从产生之日开始，它就被谱曲传唱，成为流行歌曲。刘禹锡《赠歌者何戡》："故人唯有何戡在，更与殷勤唱渭城"，明代郑之升《留别》："无人为唱阳关曲，唯有青山送我行"等，都提到这一首歌曲。从此，"渭城曲"、"阳关曲"就成为送别曲、友谊曲的代称。有人甚至说，这是在《友谊地久天长》以前，表现友谊和离别的最脍炙人口的世界经典名曲。

朋友郭君短信照录：《阳关曲》讲解从容不迫，极其精彩。信手拈来的旁征博引极有裨益。另外提供两点，或许以后可以用到。一是著名的古曲《阳关三叠》，既与古诗十九首之首的"行行重行行"有关，更与王维这首诗有关。二是，小时候我尝听过为逝者唱道场的道士在唱词中有王维这首《阳关曲》的三、四句，生离死别，"西出阳关"，真是十分贴切。

送沈子福归江东

杨柳渡头行客稀，罟师荡桨向临圻。
唯有相思似春色，江南江北送君归。

　　王维是南宗山水画的开派大师，其《画论》云："渡口只宜寂寂，人行须是疏疏"、"晚景则山含红日，帆卷江渚，路行人急，半掩柴扉。"对照他的画论，读此诗前二句，不是俨然摩诘之画么？

　　"杨柳渡头行客稀"，杨柳的茂密与行人的稀疏形成对比。不让笔下的行人喧宾夺主，破坏渡口的清寥环境，同时也通过这清寥优美的境界，约略展示了一点临别的惆怅。"罟师"本义为渔人，此借指船夫。这样措辞能体现田园山水诗特有的牧歌情调。只说"罟师荡桨"，沈子福呢？自在舟中，自在不言之中。他将往何方？——"向临圻"。据诗意，"临圻"当是地名，可能是"临沂"之误。临沂，晋侨置县，在今江苏江宁县东北。

　　后两句承上抒情，有两层意思。一层是"唯有相思""送君归"七字，意言渡口行客本少，只有自己满怀别情相送沈君。似乎只是陈述了一下事实，然而"唯有"这一限制性词语的运用，就强调和突出了相思别离的情绪。另一层即中间嵌用的一个比喻即"似春色""江南江北"七字。将相思比作春色，无穷无尽，相随东去，"诗人奇妙的联想，将自然的春色与人类的思维两种毫不相干的事物取来作比，而景与情合，即情寓景，妙造自然，毫无刻画的痕迹，不但写出了彼此间深厚的友谊，而且将惜别时的微妙的、难以捕捉的抽象感情，极其生动地表达出来，成为可见可触的形象，遂使人真觉相思之情，充塞天地，可谓工于用喻，善于言情"（沈祖棻）。诗人的"即情寓景，妙造自然"又正是得江山之助，得自然之助。末句"江南江北"的句中重叠排比，形成"无边春色来天地"的阔大气象，与"唯有"暗暗构成对照，又显得沈子福此行颇不寂寞了，赋予此诗以开朗乐观的情调。

这首诗虽然颇寓妙思，但行文自然朴素，有大巧若拙之感，妙在浑成。宋人王观《卜算子·送鲍浩然之浙东》词云："水是眼波横，山是眉峰聚。欲问行人去那边？眉眼盈盈处。才始送春归，又送君归去。若到江南赶上春，千万和春住。"题目既相类，拟人手法也与此诗相同，可以说是从此诗翻出新意的，然而措辞用意的尖新工巧，又与此诗大异其趣。

伊州歌

清风明月苦相思，荡子从戎十载馀。
征人去日殷勤嘱，归雁来时数附书。

"伊州"为边地曲调，这首诗是当时梨园著名歌曲。

"清风明月"两句，展现出一位女子在秋夜里苦苦思念远征丈夫的情景。它的字句使人想起古诗人笔下"青青河畔草，郁郁园中柳。盈盈楼上女，皎皎当窗牖。荡子行不归，空床难独守"（《古诗十九首》）的意境。这里虽不是春朝，却是同样美好的秋晚，一个"清风明月"的良宵。虽是良宵美景，然而"十分好月，不照人圆"，给独处人儿更添凄苦。这种借风月以写离思的手法，古典诗词中并不少见，王昌龄诗云："送君归去愁不尽，可惜空度凉风天。"（《送狄宗亨》）到柳永词则更有拓展："今宵酒醒何处，杨柳岸晓风残月。此去经年，应是良辰好景虚设。便纵有千种风情，更与何人说！"（《雨霖铃》）意味虽然彼此相近，但"可惜"的意思、"良辰好景虚设"等意思，在王维诗中表现更为蕴藉不露。

169

"一日不见，如三秋兮"，何况一别就是十来年，"相思"怎得不"苦"？但诗中女子的苦衷远不止此。后两句运用逆挽手法，写女主人公回忆发生在十年前一幕动人的生活戏剧。也许是在一个长亭前，送行女子对即将入伍的丈夫说不出更多的话，千言万语化成一句叮咛："当大雁南归时，书信可要多多地寄啊。"嘱是"殷勤嘱"，要求是"数（多多）附书"，足见她怎样地盼望期待着。这一逆挽使读者的想象在更广远的时空驰骋，对"苦相思"三字的体味更加深细了。

这两句不单纯是个送别场面，字里行间回荡着更丰富的弦外之音。把"归雁来时数附书"的旧话重提，大有文章。那征夫去后是否频有家书寄内，以慰寂寥呢？恐怕未必。邮递条件远不那么便利；最初几年音信多一些，往后就少下来了。久不写信，即使提笔，不知从何说起，干脆不写的情况也是有的。至于意外的情况就更难说了。总之，那女子旧事重提，不为无因。"苦相思"三字，尽有不同寻俗的具体内容，耐人玩索。

进一步，还可比较类似诗句，岑参《玉关寄长安主簿》"东去长安万里余，故人何惜一行书"，张旭《春草》"情知海上三年别，不寄云间一纸书"。岑、张句一样道出亲友音书断绝的怨苦心情，但都说得直截了当。而王维句却有一个回旋，只提叮咛附书之事，音书阻绝的意思表达得相当曲折，怨意隐然不露，尤有含蓄之妙。

【祖咏】（699？—746？）唐洛阳（今属河南）人，后迁居汝水以北。玄宗开元进士，与王维、储光羲友善。明人辑有《祖咏集》。

终南望馀雪

终南阴岭秀，积雪浮云端。

170

林表明霁色，城中增暮寒。

本诗是一首命题作诗，作者却调动了他的生活积累，做了超常的发挥。

"终南阴岭秀，积雪浮云端"，从长安遥望终南山，所见是山的北面，即"阴岭"，这一面因为背阳，所以积雪未化。"阴岭秀"的"秀"字，则写出半山以下未被积雪掩盖的植被。而"积雪"则是在岭的高处，但不可能浮在云端，"浮云端"只是透视的感觉。古人常用透视原理入诗，写景最妙——盖三维空间的物体投像在二维空间（视网膜）上，远近景物会叠合而成像，造成错觉。因为人在低处远望，所见终南山阴岭的积雪，背景就是蓝天白云，而白云又是流动的，就造成了"浮"的感觉。

"林表明霁色，城中增暮寒"，写雪晴之后，冰雪开始消融，气温骤降。"霁色"指太阳照耀下白雪皑皑的情景。终南山距长安约六十华里，从长安遥望终南山，由于云遮雾罩，阴天固然难以看清，就是晴天也看不分明，只有在雨雪初晴的时分，空气的透明度大大增加，才能清楚看到终南山的面目。"林表"指树林的上方，也就是终南阴岭的高处，在夕阳下特别明亮。然而，气温并没有因为阳光而回升，却反而骤降，这是因为冰雪融化要吸收空气中大量的热能，故俗谚有"下雪不冷化雪冷"之说。杨逢春评："此题若庸手为之，必刻画残雪正面矣。明字、增字，下得着力，言霁色添明，暮寒增剧也，中有残雪之魂在。"（《唐诗偶评》）这话说得很好，暮寒的感觉是超出了视觉画面的，可以说是诗中摄神之笔。

《唐诗纪事》卷二十记载了这首诗的本事——祖咏在长安应试，按照规定，省试诗应该是一首六韵十二句的五言排律，但他只写了这四句便呈有司，问他为什么，他说："意尽。"这个不顾功令的做法可能毁掉一次考试，但却成就了一首好诗。

【张旭】字伯高，唐吴郡（今江苏苏州）人。曾为常熟尉、金吾长史。工书，世称"草圣"。

山行留客

山光物态弄春晖，莫为轻阴便拟归。
纵使晴明无雨色，入云深处亦沾衣。

唐诗的题目是生活化的，像这首诗，题为《山行留客》，就是一个生活事件。看来诗中的客人是因为看到山中天气转阴，而打算告辞，而作者呢，却热情地挽留他。这首诗完全是用对话的语气写成的。

"山光物态弄春晖，莫为轻阴便拟归"，前两句就直奔"留客"的主题，一句是说严冬过尽，好不容易遇到万象更新，阳光和煦的春天，山中迎来了风景最好的时候之一。"弄春晖"三字，写"山光物态"即风光，非常空灵，给读者留下想象的余地，读者可以想到青翠欲滴的新枝嫩叶、潺潺而流的山泉、歌喉婉转的百鸟、白云缭绕的山径，等等。二句则表留客之意："莫为轻阴便拟归"。"轻阴"即微有一点天阴，这是客人告辞的理由，他看到了天气变化的征兆，害怕风雨来临被困在山中，所以打消了游山的想法，意欲趁早下山。而主人的判断却与他完全不同，"轻阴"这个说法，表明他估计这阵天阴只是暂时的，不严重。他的意思是，客人告辞的理由不充分。其语气也表明他是有经验的，留客的心情也是非常诚恳的。

想必那客人还会有其他托词，如天气晴好再来，下次再来，等等。主人要堵住他的嘴，就退一步说，这也不是理由，游山不能太在意天气，而你所想象的那种晴好天气，在山中恐怕没有。因为越是到山的高处，雾罩可能越大，云气可能更重，可要做好这样的思想准备。"纵使晴明无

172

雨色，入云深处亦沾衣"，即使是天气晴朗，你只要进了深山，到了高处，雾气是不免会打沾衣裳的，然而为了尽游山之趣，又怎么能够害怕沾衣呢？如果确有必要，备一件雨衣也是可以的嘛。这两句是以退为进，是欲擒故纵，令人想起陶渊明《归园田居》"衣沾不足惜，但使愿勿违"的名言，其象征意蕴是，为了达了某个崇高的目的，要有付出一定代价的思想准备。比如"沾衣"，就是春日游山无可避免的事，为了游山，就不要害怕这种事儿，就像游泳不要害怕呛水一样。从某一角度说，"沾衣"又何尝不是游山的一种乐趣呢？总之，与同类诗作相比，这首诗别有理趣，所以传世。

【刘方平】生卒年不详，唐河南（今河南洛阳）人。玄宗开元、天宝时在世。一生隐居不仕。与皇甫冉为诗友，为萧颖士赏识。《全唐诗》存其诗一卷。

采莲曲

落日清江里，荆歌艳楚腰。
采莲从小惯，十五即乘潮。

　　《采莲曲》是南朝乐府旧题，为《江南弄》七曲之一。产生于江南水乡，最早的文人作者是梁简文帝。唐代作者甚多，贺知章、李白、王昌龄俱有名篇。后来作者作此题，能在唐诗中占一席地位殊不容易。而刘方平做到了。

　　"落日清江里"二句，塑造了一位采莲季节的江南女子形象。"清江"一作"晴江"，因上文有"落日"，不必更出"晴"字，故取"清江"为是。黄昏时分到来时，莲塘劳动的高潮结束了，气氛变得轻松起来，于

173

是菱歌四起。"荆歌艳楚腰"，是说诗中的女主人公能歌善舞。江南古属荆州、楚地，故出"荆"、"楚"字面。而"楚腰"是出现频率很高的诗词语汇，表明古人对女性的审美有三围的概念，即以细腰为美。最初的倡导者是楚灵王，《韩非子·二柄》载："楚灵王好细腰，而国中多饿人。"可见减肥之事，古已有之。话说回来，诗人塑造这位采莲女，从她的才艺姿色写起，然后才言归正传说她的本领。

"采莲从小惯"二句，写采莲女的劳动本领。上下句分两步走，先说这位女子从小就是采莲能手，这一点不消多说，点到即可。"小"到多小，读者自己去猜，但绝不是末句所说的"十五"。末句"十五即乘潮"，第二步，说她另一个本领，那就是弄潮。这不是所有采莲女都有的本领，因为"乘潮"即"弄潮"，这种劳动是专属男性的。李益《江南曲》说："早知潮有信，嫁与弄潮儿"，即可为证。而诗中这位女子，也会这一手。如果不是操作难度大，何以要到"十五"呢？一个"即"字，还是夸赞早呢。与高适《营州歌》"胡儿十岁能骑马"，是一样的口气。

有句名言道："时代不同了，男女都一样。"这首诗写唐代，地方不同，比如说江南水乡，也有"男女都一样"的情况。诗中写的女性弄潮儿，就是一例。如果在今天，必是"三八红旗手"的人选。总之，这首小诗的选材角度新鲜，语言拿捏到位，至今读来，还是津津有味。

春怨

> 纱窗日落渐黄昏，金屋无人见泪痕。
> 寂寞空庭春欲晚，梨花满地不开门。

这首诗题为《春怨》，但所写不是一般的闺怨，乃属于"春宫怨"。这是从诗中"金屋"二字可以知道的，"金屋藏娇"的故事出自汉武帝。

盖汉武帝幼时，曾对长公主、也就是其姑妈说："若得阿娇（姑妈之女）作妇，当作金屋贮之。"后来阿娇成了陈皇后，再后来，就失宠了，幽居长门宫。当然，诗中女主人公不必就是陈皇后（写陈皇后的专题为《长门怨》），而是借陈皇后故事写失宠宫人的哀怨。

"纱窗日落渐黄昏"二句，写宫人自闭室内，挨到黄昏的苦闷。"纱窗"指蒙纱的窗户，一般用绿纱，到黄昏室内更加幽暗。李清照词云："守著窗儿，独自怎生得黑？"（《声声慢》）可以作为这一句的注脚。语云："一日之计在于晨"，到黄昏就没有什么希望了。所以"黄昏"这个时间，是有暗示性的。"金屋无人见泪痕"，写宫人哀怨的情态，这是老生常谈。李白《怨诗》云："但见泪痕湿，不知心恨谁。""无人"的"人"泛指他人，特指君王。一首诗中有一句老生常谈，并不要紧。特别是放在前半作为铺垫，为了下文更好地推陈出新，有时甚至是必要的。从艺术上讲，是欲擒故纵吧。

"寂寞空庭春欲晚"二句，视角移到室外，使人耳目一新。"寂寞空庭"表明，原来室外也"无人"。"春欲晚"是说快到暮春时节，也双关青春易逝的意思。于是，便有写空庭春晚景象的最后一句，这是全诗的诗眼："梨花满地不开门"。梨花色白而娇艳，是春季极具观赏价值的一种花，排名仅次于桃花，而不亚于杏花、李花。诗人喜欢把它与美女，特别是忧伤的美女联系在一起。在唐诗宋词中最为人传诵者，不出三句。一句是白居易的"梨花一枝春带雨"（《长恨歌》），一句是秦观的"雨打梨花深闭门"（《鹧鸪天》），还有一句便是刘方平的"梨花满地不开门"了。而刘方平是天宝时代的诗人，比白居易早几十年。白居易是后出转精。秦观之句，则将刘方平、白居易句合二为一了。话说回来，"梨花满地"的景象，极似月光之斑驳，看之情何以堪。不如不看，所以"不开门"，不能开门。虽然不能说是拒绝负面情绪，也算是一种情感挣扎吧。

明人唐汝询云："一日之愁，黄昏为切；一岁之怨，春暮居多。此时此景，宫人之最感慨者也。不忍见梨花之落，所以掩门耳。"（《唐诗解》）

175

近人刘永济云:"此诗于时于境皆极形其凄寂,处在此等环境中之人之情如何,不言而喻,况欲得一见泪痕之人而无之耶!设想至此,诗人用心之细、体情之切,俱非易到。"(《唐人绝句精华》)俱有所见,可以参考。

月夜

更深月色半人家,北斗阑干南斗斜。

今夜偏知春气暖,虫声新透绿窗纱。

刘方平乃唐开元、天宝时人,隐居颍阳太谷,高尚不仕。《唐才子传》称他"神意淡泊,善画山水","工诗,多悠远之思;陶写性灵,默会风雅。故能脱略世故,超然物外"。

这首诗的题目为《月夜》,容易使人想到秋天的月夜,然而这首诗的特点,恰恰在于它写的不是秋天的月夜,而是春天的月夜。这就使人想起一个故事:元祐七年正月,苏东坡在颍州,居所堂前梅花大开,月色鲜霁。夫人王氏说:"春月胜如秋月色,秋月色令人凄惨,春月色令人和悦。何如召赵德麟辈来饮此花下?"先生大喜曰:"此真诗家语耳。"

刘方平这首诗的妙处,正在他写出了春天月夜令人和悦的那一面。

"更深月色半人家",是说夜深时分,一半的庭院笼罩在月色中,另一半呢,当然是阴影了。这种光景,只有月轮西斜的时候才会有。"北斗阑干南斗斜",是春天夜空的征象,古人对星空是非常敏感的,十二个月的星空都不一样,北斗、南斗相互辉映,应是正月星空的特征。这两句合在一起,就造成春夜的静穆,意境深邃。

"今夜偏知春气暖",这一句的妙处在于出人意料,因为月夜给人的感觉总是清凉的,不可能有暖意,作者之所以觉得有几分暖意,是因为他听到了久违的虫声。这表明,有些昆虫已经出土了,这正是气温转暖的结果。"虫声新透绿窗纱",没有长期乡村生活经验的人,难以道其只字;便是生活在乡村的人,也未必人人都说得出来。今夜虫鸣,究竟是第一回还是第几回,不是有心人,很难注意它。所以诗人的禀赋之一,就是以全身心感受和琢磨生活。

虫声透过"绿窗纱"这个说法,也非常有诗意,换个人,可能会说"虫声是从窗外传来的",那意味就差远了。"窗纱的绿色,夜晚是看不出的。这绿意来自作者内心的盎然春意。"(刘学锴)这个说法深具会心。绿色,是属于春天的颜色,王安石不是有一句名言"春风又绿江南岸"吗?所以这首诗句句都是关合春意的。

苏东坡也有一句名言,道"春江水暖鸭先知",这首诗的后二句,其实也就是说,春气转暖虫先知,可以说,刘方平是率先探得骊珠的。

【民谣】

神鸡童谣

生儿不用识文字,斗鸡走马胜读书。

贾家小儿年十三,富贵荣华代不如。

能令金距期胜负,白罗绣衫随软舆。

父死长安千里外,差夫治道挽丧车。

《神鸡童谣》是唐玄宗时代的民谣。"神鸡童"是唐玄宗时代一位驯鸡少年贾昌的雅号。其人的身世经历详见唐人陈鸿(一说陈鸿祖)《东城老父传》,贾昌以"斗鸡小儿"入宫,受到玄宗的宠遇;安史之乱中,隐居终南，拒绝做伪官；长安收复后，他出家为僧，成为一位有思想、有见识的"东城老父"。所以对这个开元天宝间的奇人，不能简单地肯定或否定。

"生儿不用识文字"四句，是概括性夸耀贾昌之隆遇。贾昌不是凭空产生的，而是社会风气的产物。只为唐玄宗李隆基生于乙酉鸡辰，特别爱鸡，未即位时，"乐民间清明节斗鸡戏。及即位，治鸡坊于两宫间。索长安雄鸡，金毫铁距高冠昂尾千数，养于鸡坊，选六军小儿五百人，使驯扰教饲。上之好之，民风尤甚。"（《东城老父传》，以下称《传》）而贾昌是个驯鸡的天才，"三尺童子入鸡群，如狎群小，壮者、弱者、勇者、怯者，水谷之时，疾病之候，悉能知之。举二鸡，鸡畏而驯，使令如人"（《传》）。于是大受玄宗赏识，封为五百小儿长，金帛之赐，日至其家。"贾家小儿年十三，富贵荣华代不如"是直陈事实，并无贬义。相形之下，"学而优则仕"的道路，显得漫长，不如"斗鸡走马"之为捷径。这里的"走马"二字是装点字面，重点说"斗鸡"，口气甚是艳羡。"生儿不用识文字"，则是赤裸裸宣扬"读书无用"。不管作者出于什么动机，这就像"遂令天下父母心，不重生男重生女"（《长恨歌》）一样，怎么读，怎么都像是讽刺。

"能令金距期胜负"四句，举贾昌隆幸之日的两个具体事例，以证前言之不虚。一事为随驾东巡，"开元十三年（725），笼鸡三百，从封东岳"（《传》）。"白罗绣衫随软舆"，描绘较为简略，可以补充一事：每年八月五日即玄宗生母诞辰，"万乐具举，六宫毕从。昌冠雕翠金华冠，锦袖襦袴，执铎拂道。群鸡叙立于广场，顾眄如神，指挥风生。树毛振翼，砺吻磨距，抑怒待胜，进退有期，随鞭指低昂不失。昌度胜负既决，强者前，弱者后，随昌雁行，归于鸡坊"（《传》）。这是何等威风。另一事为"父死长安千里外，差夫治道挽丧车"，即贾昌奉父柩西归雍州。传载："父忠死太山下，得子礼奉尸归葬雍州。县官为葬器丧车，乘传洛阳道"（《传》）。这又是何等待遇。

有人说唐诗中讽刺皇帝大都辞旨委婉，像这样大胆直率，用辛辣的语言嘲笑当朝皇帝的，在文人诗里是很难见到。其实不然。同样说这件事的，李白《古风·大车扬飞尘》云："路逢斗鸡者，冠盖何辉赫。鼻息干虹蜺，行人皆怵惕。世无洗耳翁，谁知尧与跖。"那才是直辞无隐的讽刺。而这首童谣，只是陈述事实，甚至是津津乐道。但由于它真实地或略带夸张地记录了客观事实——而历史风云，变幻莫测——所以当读者回头去看这一段故事，就具有滑稽的喜剧的色彩，而成为绝妙的讽刺了。孔子说诗"可以观"，也就是这个道理。

【王湾】生卒年不详，唐洛阳（今属河南）人，词翰早著。玄宗先天年间进士及第，授荥阳县主簿。后任洛阳尉。《全唐诗》存其诗十首。

次北固山下

客路青山外，行舟绿水前。

潮平两岸失，风正一帆悬。

海日生残夜，江春入旧年。

乡书何处达，归雁洛阳边。

唐代是一个大时代，国土幅员辽阔，国力强盛。翻开任何一本唐诗，读者都会得到一个印象：唐代诗人大多行走在路上。高度的物质文明、稳定的社会秩序，为唐代人提供了读万卷书、行万里路的前提条件。今人谈论盛唐气象时最常举到的一首诗，就是王湾《次北固山下》。南宋严羽说："唐人好诗，多是征戍、迁谪、行旅、离别之作，往往能感动激发人意。"（《沧浪诗话·诗评》）在开放空间中作诗，气象也是开阔的。

"客路青山外"二句，写行舟次北固山下的感觉，开篇就是对仗。这是长江中下游，镇江一带，诗人穿行于青山绿水之间，心情非常愉快，这种感觉是承平的时代，安定的社会提供的。鲁迅说："汉唐虽然也有边患，但魄力毕竟雄大，人民有不至于沦为异族奴隶的自信心。"（《看镜有感》）此诗中就包含这种自信心。

"潮平两岸失"二句，写江面开阔，波澜不惊，有前途无量，一帆风顺的感觉。这是一种充满了希望的感觉，概括了唐帝国蒸蒸日上的、朝气蓬勃的、一往无前的、青春万岁的、正在走上坡路的、世界是你们的也是我们的那样的时代精神。"两岸失"一作"两岸阔"，清人沈德潜评："'两岸失'言潮平而不见两岸也，别本作'两岸阔'，少味。"

"海日生残夜"二句，是一副上上等的春联，充满除旧布新的感觉，比后蜀主孟昶的"新年纳馀庆，嘉节号长春"，不知高明多少倍。辛文房评："诗人以来，罕有此作，张燕公（时相张说）手题于政事堂，每示能文，令为楷式。"（《唐才子传》）所谓"楷式"，用今天的话说，就是主旋律。同时它也来自江上行船的实感，沈德潜评："江中日早，客冬立春，本寻常意，一经锤炼，便成奇境。与少陵'无风云出塞，不夜月临关'，一种笔墨。"（《唐诗别裁集》）其所以成为奇境，还因为句中包含丰富的哲理意味，写出了对立面（"海日"与"残夜"、"江春"与"旧年"）的相互转化，残夜为海日之母，还有不破不立（通过"生"、"入"两个动词）的意思。

"乡书何处达"二句，抒写旅途中思念家乡的情绪。而爱国主义正是基于人们对家乡热爱，与崔颢《黄鹤楼》结尾"日暮乡关何处是，烟波江上使人愁"，是一种笔墨。这一笔与全诗所表现的时代精神高度契合，而且不可或缺。

这首诗在唐代有两个不同版本，较早的版本见殷璠《河岳英灵集》，题为《江南意》，有不少异文："南国多新意，东行伺早天。潮平两岸失，风正数帆悬。海日生残夜，江春入旧年。从来观气象，惟向此中偏。"对

180

照通行的文本，你会发现，虽然大致不差，但通行本更是一个成熟的、无可挑剔的文本，它肯定是一个新文本。旧文本的首联显得散缓，改为"客路青山外，行舟绿水前"，则紧凑清新。"数帆悬"削为"一帆悬"，更是点铁成金。与郑谷改齐己《早梅》"数枝开"为"一枝开"，以见其早，有异曲同工之妙。尾联"从来观气象，惟向此中偏"，在诗中直接出现"气象"一语。通行本不直说气象，气象已存乎其中。

　　一首好的唐诗，在传播过程中，往往有读者的参与琢磨，如王之涣《凉州词》"黄沙直上"改为"黄河远上"，李白《静夜思》"看月光"、"望山月"改为"明月光"、"望明月"，等等，最后才成就精品，这事也表明了唐诗的群众性、参与性，和不强调著作权的好处。王湾《次北固山下》也提供了这样的范例。

【崔颢】（？—754）唐汴州（今河南开封）人。玄宗开元进士，官司勋员外郎。有《崔颢诗集》。

长干曲四首（录二）

其一

君家何处住？妾住在横塘。
停船暂借问，或恐是同乡。

其二

家临九江水，来去九江侧。
同是长干人，生小不相识。

这两首诗写一对萍水相逢的男女青年的隔船问答，极富戏剧性。

第一首写家住横塘的女子率先和邻船男子搭讪，她很可能是从那位男子的口中听到了乡音。俗话说："美不美，家乡水。亲不亲，故乡人。"所以忍不住问他："君家何处住？"这句劈面而来，有石破天惊之感。没等到那个男子回答，女子接着又自报家门："妾住在横塘。"横塘是建康（今南京市）的一处堤塘，地近长干。最要紧的话，放到最前面说，在新闻消息的写作中叫倒金字塔法。诗中人无师自通，先说了要紧的话，然后说不要紧的话，即补充说明搭讪的原因："停船暂借问，或恐是同乡。""停船"表明是水上偶然邂逅，"或恐是同乡"暗示出那男子说话的口音与女子相同。清代的王夫之赞美这首诗道："墨气所射，四表无穷，无字处皆其意也。"（《薑斋诗话》）意思是字数不多，信息量极为丰富。

有人说这是写恋爱，不能说全无道理，因为恋爱往往是从搭讪开始。曾听漂亮朋友说，年轻时经常遇到人把自行车弯过来索要电话号码，或者在书店里遇到陌生人递名片。只要接招，恋爱就会开始。当然，搭讪也不一定恋爱。如假期天旅游，相逢于名山的大学生相互搭讪——你是哪个学校的？我是哪个学校的。只是年轻人一见相悦的情态，这叫"你不用介绍你，我不用介绍我，年轻的朋友在一起，心里真快乐"。正因为如此，这首诗所展示的人情美，包容更大。

这是一个古老的故事，但是它永远新鲜。当代有位青年诗人写了一首《车上遐思》："虽幸公交一座同，可怜无计姓名通。卿将何去何时下，我住钱塘东复东。"诗的内容与崔颢《长干曲》神似。这就是陌生人之间的好感，从作者不好意思问对方姓名这一点看，对方应该是个美丽女子。不同的是，所有的搭讪只在于作者的想象之中，"车上遐思"嘛。"卿将何去何时下"是他想问对方的话，"我住钱塘东复东"是他想说的话，也就是想递上名片，渴望重逢的意思。这首诗主人公是当代男子，表现较羞涩。崔颢诗写的是唐代女子，表现却大方。这就是彼此之间和而不同之处。后者的时代感表现在"公交一座同"上。

第二首写男子的答话。民歌本有男女对唱的传统，所以《乐府诗集》有《相和歌辞》。"家临九江水"是答复"君家何处住"的问题，委婉地告诉女子，他的老家也在建康（今江苏南京）长干里，他们是同乡。"来去九江侧"是男子说明自己的职业身份，一样生活在船上。虽然彼此都是生活在船上，都在长江中游来来往往，然而处在不同的船上，就像两股道上跑的车，是面对面还觉得遥远的。要不是因为偶尔在一处"停船"，就没有相识的机会。"同是长干人，生小不相识"——作为一个事实，这太简单了；作为一种心情，则不那么简单，至少包含有今日相识的喜悦和相逢恨晚的感喟。越是对过去感到惋惜，越是对此时此地的邂逅感到欣幸。

《长干曲》是南朝乐府中《杂曲古辞》的旧题，原曲以素朴真率见长，此诗写得干净健康，蕴藉无邪，深得乐府神髓。

【刘眘虚】（714?—767），名亦作慎虚，洪州新吴（今江西奉新）人。年二十中进士，二十二岁参加吏部宏词科考试、得中，初授左春坊司经局校书郎，为皇太子校勘经史；旋转崇文馆校书郎，为皇亲国戚的子侄校勘典籍；均为从九品的小吏。《全唐诗》存其诗一卷。

阙题

道由白云尽，春与青溪长。

时有落花至，远随流水香。

闲门向山路，深柳读书堂。

幽映每白日，清辉照衣裳。

刘眘虚是盛唐时代的著名诗人，唐殷璠《河岳英灵集》卷上录其诗十一首，并以摘句的方式引用了这八句诗，可能是一首五言律诗的全文照录，也可能是一首五言排律的摘录，《全唐诗》将其独立成篇，冠以《阙题》，乃不得已而为之。然据诗意，当为题自个儿或友人别墅（"读书堂"）之作。

"道由白云尽"四句，写暮春时节，别墅附近的环境与风光。这个别墅建在山中，这从首句可以会出。"道"是道路，"由白云尽"是说从白云尽处开始，状其地之高也。当然，"道"也可以双关"非常道"的"道"，山人的"道"，而耐人寻味。别墅附近有溪流，溪流从高处来向低处去，给山中增添了灵气。而"春与青溪长"一句之妙，在于把"春"这个季节名称具象化了，似乎有一个司春之女神沿溪而行，而她走过的地方，便有鲜妍的花朵开放。只是到了暮春，不免落英缤纷，随波逐流。"时有落花至"二句是流水对十字句，做得非常轻松，而情景宛如画出，可以让人想到陶渊明笔下的世外桃源。但诗人没有挑明这是桃花，"花"的包容更大，留给读者更多的想象空间。还有，韵脚的那个"香"字，是由视觉通感于嗅觉，春天的感觉就逐步丰富起来。

"闲门向山路"四句，由读书堂，而写到别墅主人的形象。前四句为山行的感觉，第五句自然而然地把读者带到"读书堂"前。"闲门"指隐者之衡门，"向山路"照应"道由白云尽"，使人想起南齐诗人陶弘景的"山中何所有，岭上多白云；只可自怡悦，不堪持赠君"（《诏问山中何所有赋诗以答》）。"深柳读书堂"则使人想起陶渊明的自叙："门前有五柳树，因以为号焉"，"好读书，不求甚解。每有所得，辄欣然忘食。"（《五柳先生传》）作者读书受用，就这样不露痕迹。虽然山中多阴天，而晴朗还是有的，比起平原大坝，阳光不那么强烈，适成"幽映"、"清辉"。在诗中，"清辉"一词常用于月光（如"夜夜减清辉"），用来形容阳光，便有山中趣味。"清辉满衣裳"不仅是说衣服上沐浴着阳光，而且是说生活态度的阳光；恰如卢照邻《长安古意》的"独有南山桂花发，飞来飞去袭人裾"，不仅是说花香满衣，而且是说书香满衣。

殷璠点赞道："昚虚诗，情幽兴远，思苦语奇。忽有所得，便惊众听。顷东南高唱者数人，然声律宛态，无出其右。"（《河岳英灵集》上）应该说评论大体到位。唯"思苦语奇"四字，略欠分寸。就拿这首诗来说，虽讲究构思，却无艰难劳苦之态；虽措语考究，却显得自然天成，所以为佳。

【孙逖】（696—761），潞州涉县（今属山西）人，少居巩县（今属河南）。天资聪敏，自幼能文。历任中书舍人、典诏诰、刑部侍郎、太子左庶子、少詹事等官职。卒赠尚书右仆射。《全唐诗》录诗一卷。

宿云门寺阁

香阁东山下，烟花象外幽。
悬灯千嶂夕，卷幔五湖秋。
画壁馀鸿雁，纱窗宿斗牛。
更疑天路近，梦与白云游。

这首诗是作者夜宿云门寺所作的一首五律。云门寺在会稽（今浙江绍兴）境内云门山上，始建于晋安帝时。梁代处士何胤、唐代名僧智永等，曾栖隐于此。杜甫诗提到过："若耶溪，云门寺，吾独何为在泥滓？青鞋布袜从此始。"（《奉先刘少府新画山水障歌》）可见云门寺在唐时已是旅游的胜地。"阁"指寺内的阁楼。

"香阁东山下"二句是引子，点出寺院所在的位置，兼写云门寺的春光。"香阁"是阁楼的美称，指香烟缭绕的寺阁，"东山"是云门山的别称。"烟花"是阳春三月景象，"象外"犹言物外、世外，特对寺院而言，写出超尘拔俗的感觉。两句富于词采，从总体上写出云门寺的旖旎风光。

185

或谓此二句写登阁直起，或谓此二句写投宿途中远看云门寺的印象，不妨见仁见智。

"悬灯千嶂夕"四句是中幅，写诗人黄昏宿寺，凭窗远眺的景象，也写到房间的陈设。诗人被安排住进寺阁某层的房间，房间的朝向很好，视野开阔，卷上窗帘，虽然油灯初上，还看得到远处的景色，陡峭的千峰所形成的屏障，还有大片水面，是波平如镜的太湖（别称"五湖"），湖面上倒映着千峰的影子。房间内有壁画，应该是诗意画，因为年久而有斑驳，"馀鸿雁"应是残余的内容，在夕阳西下时看之，应该想起"落霞与孤鹜齐飞"（王勃）的名句吧。夜深时分，透过"纱窗"（糊有细密纱网的窗子）看得见星宿，"斗牛"同时是分野的概念，是越地对应的星空。总之，这个房间选得太好了，一定是主人精心的安排。

"更疑天路近"二句是结尾，写入梦的情景。"天路近"紧承上文"宿斗牛"而来，所有景色都在引诱诗人进入梦乡。而这一夜梦到游仙，似乎也是顺理成章的事了。"更疑"写出如幻如真的感觉，"梦与白云游"则直接把读者带入梦境，留下大片空白，让读者自行填补，故余味无穷。

总之，这首诗写夜宿云门寺阁，紧紧围绕高字来写。一、二句写幽出象外，三、四句凭高远望，"千嶂五湖，眺之迥也；壁余鸿雁，寺之古也；窗宿斗牛，阁之高也；因阁之高，故思梦与云游"（唐汝询），字字贴切，绝无泛语，而通篇不露"高"字，是其高明所在。

【高適】（704？—765）字达夫，唐渤海蓨（今河北景县）人。少时客居梁宋，玄宗天宝八载（749）有道科及第，曾为封丘县尉，不久辞官。客游河西，入哥舒翰幕。安史之乱中拜左拾遗，累为节度使。晚年出将入相，曾任左散骑常侍，进封渤海县侯，卒赠礼部尚书。有《高常侍集》。

燕歌行

开元二十六年（738），客有从御史大夫张公出塞而还者，作《燕歌行》以示适，感征戍之事，因而和焉。

汉家烟尘在东北，汉将辞家破残贼。男儿本自重横行，天子非常赐颜色。摐金伐鼓下榆关，旌旆逶迤碣石间。校尉羽书飞翰海，单于猎火照狼山。山川萧条极边土，胡骑凭陵杂风雨。战士军前半死生，美人帐下犹歌舞。大漠穷秋塞草腓，孤城落日斗兵稀。身当恩遇常轻敌，力尽关山未解围。铁衣远戍辛勤久，玉箸应啼别离后。少妇城南欲断肠，征人蓟北空回首。边庭飘飖那可度，绝域苍茫无所有！杀气三时作阵云，寒声一夜传刁斗。相看白刃雪纷纷，死节从来岂顾勋？君不见沙场征战苦，至今犹忆李将军。

这是一首以暴露问题为主的边塞诗。原序中"张公"指张守珪，当时以辅国大将军兼御史大夫，主持北边对契丹、奚族的军事。诗中所写，却综合了诗人在蓟门的见闻，不限于一人一事，是对当时整个边塞战争的更高的艺术概括，既有现实针对性，又有典型性。

全诗四句一解。"汉家烟尘"四句，写唐军将士慷慨辞阙奔赴东北边防的情况。当时营州（辽宁朝阳县）以北是契丹和奚族，两蕃在开元三年（715）内附于唐，玄宗复置松漠、饶乐两都督府，认其酋长为都督，先后以五公主和亲于两蕃，而契丹内部实力人物可突干擅行废立，多次弑其酋长。唐虽一再迁就，但可突干于开元十八年（730）又杀其主李邵固，并胁迫奚族叛唐降突厥，并为边患，此后唐与二蕃的战争连年不断。故诗云"汉家烟尘在东北"。开元二十二年（734）六月，张守珪大破契丹，斩其王屈利及可突干，然余党犹未平，不久又叛唐，"残贼"指此。首二句以"汉家"、"汉将"开篇，是谓同纽，造成一种连贯的气势，突出的是一种同仇敌忾的民族意识。继二句以"本自"、"非常"呼应递进，言"男儿生世间，及壮当封侯"——本来就该驰骋沙场，何况天子十分赏脸，奖励有加，所以士气之高可以想见。

"摐金伐鼓"四句，写唐军赴边途中的情况。古时军中以金、鼓为乐节止进退，所谓"击鼓进军"、"鸣金收兵"，故诗云"摐金伐鼓"；因为是从朝廷到边地，故云"下榆关（即山海关）"；"旌旆逶迤"则形象生动地写出了出征队伍的阵容浩大，也写出了行军道路的崎岖。这二句勾勒出一幅壮观的行军图，下二句则通过快马羽书，写出军情紧急。古代少数民族打仗前行较猎以为演习，"狼山"（狼居胥山，属阴山山脉，在今内蒙古）此泛指边塞的山，"猎火照狼山"则暗示敌人又发起进攻。诗的音情由雄壮转为急促。

"山川萧条"四句，写沙场的苦战和军中的苦乐不均。边地连年交战，耕地减少的同时，沙扬扩大；敌方是强悍的骑兵，其来势如狂风骤雨；面对如此强敌，战争的惨烈可想而知，"战士军前半死生"啊。写到这里，笔锋一宕，出现了军中帐内将军沉湎女乐的情景，这里是一片轻歌曼舞，哪里感觉得到半点硝烟的气氛。这样的将军，又怎能指望他身先士卒？这样的军队，又怎样去战胜敌人？一面是壮烈的牺牲，一面是赤裸裸的荒淫。尽管士卒已竭其全力，但指挥不得其人，战斗的结果不容乐观。

"大漠穷秋"四句，写战斗的失利和士卒的悲哀。时正秋末，"匈奴草黄马正肥"，敌人得天时之利，唐军则上下离心，经过一场恶战，到傍晚时分，只剩少数士卒稀稀落落生返孤城。诗中孤城、落日、衰草构成惨淡悲凉的气氛，渲染出战局失利的悲哀。战士们怀着保家卫国的忠勇，从来作战奋不顾身（"身当恩遇常轻敌"句回应前文"男儿本自重横行，天子非常赐颜色"），然而"力尽关山未解围"——边患依然未能解除，这原因不能不令人深思。尽管诗人未能直说"左贤未遁旌竿折，过在将军不在兵"，但意思是很清楚的了。从此以后，战争就要旷日持久地进行下去，带给人民沉重的负担和痛苦。

"铁衣远戍"四句，写战士久戍不归，与思妇两地相思之苦。长安城南是居民区（城北为宫室所在），城南蓟北，远隔天涯，两地相思，一例承受着战争的痛苦。四句用回文反复的方式，一句征夫（"铁衣"），一句少妇（"玉箸"），再一句少妇，一句征夫。先用借代藻饰，再出本辞，隐显往复之间，道出无限缠绵悱恻之思。

"边庭飘飖"四句，写军中生活的紧张和苦寒。边地极目，一片荒凉，"那可度"就地域言是辽阔，承上文言则是曰归无期；"无所有"是指没有庄稼，没有牛羊，也就是没有和平。战争僵持，两军对垒，随时都可能发生战斗。早午晚三时，前线都是战云密布，杀气不消；深夜刁斗传出的寒声，则暗示着战士连睡觉也绷紧神经，睁着一只眼睛。此即《木兰诗》所谓"朔气传金柝，寒光照铁衣"，李白所谓"晓战随金鼓，宵眠抱玉鞍"，岑参所谓"将军金甲夜不脱"、"风头如刀面如割"，陈毅所谓"风击悬冰碎万瓶，野营人对雪光横；遥闻敌垒吹寒角，持枪倚枕到天明"。"相看白刃"四句，是点明全诗的题旨，以引起人们的深思。前二句再次照应"男儿本自重横行"及"身当恩遇常轻敌"，重申战士卫国的忠勇——尽管有室家之私，他们出以国家民族之大义，出生入死，奋勇拼搏，白刀子进、红刀子出，身家性命尚且不顾，还看重什么个人名位！一篇之中，凡三致意，"岂顾勋"三字则进了一层。然后有力地跌出唯一的不满，唯一的无法容忍，那就是对将帅的不体恤士兵、无安边之良策造成无谓的牺牲，因此，这些连死都不怕的汉子才大声叫出了"征战苦"，并渴望古之良将复生于今日。

诗中"李将军"，指战国赵之良将李牧，或汉之飞将军李广。高适在诗中不止一次赞美过李牧，如"李牧制儋蓝，遗风岂寂寞"（《睢阳酬别畅大判官》），"惟昔李将军，按节出此都；总戎扫大漠，一战擒单于"（《塞上》），据《史记》本传，牧守赵北边时，厚遇战士，养精蓄锐数岁，然后出击，大破匈奴十余万骑，其后十余岁，匈奴不敢近赵之边城。李白诗云："不见征戍儿，岂知关山苦。李牧今不在，边人饲豺虎"（《古风》），即与此诗结句同意。又，《史记·李广列传》载，广廉洁，得赏赐辄分其麾下，饮食与战士共之，天乏绝处见水，士卒不尽饮，广不近水；士卒不尽食，广未尝食；宽缓不苛，故士卒乐为之用。广居右北平，匈奴闻之，号曰"汉之飞将军"，或避之数岁不敢入右北平。其事迹与李牧相近，王昌龄诗云："但使龙城飞将在，不教胡马度阴山"，与此诗结句亦相似。所以两说均可通。

《燕歌行》是盛唐边塞诗的力作之一。全诗展现的思想内容和生活内容，无论就深度还是广度而言，在边塞诗中均首屈一指。诗中不仅写了行军和战斗的过程和场面，而且是全方位、多角度展开描写，诗中涉及表现人物有天子、将军、士兵、思妇和敌人，而又能集中到一点，即揭露军中矛盾、表现士兵对将帅不得其人的愤慨及人民对和平生活的向往。所以尽管面铺得很广，主题思想却很集中、很突出。与内容的丰富性相应，诗在写法上双管齐下，主次分明，形象丰满，气势开阔。全诗以刻画边防战士的集体形象为主，按其辞阙、赴边、激战、乡思、警戒和怅怨为主要线索展开描写，交织以天子送行、胡骑猖獗、将帅腐朽、少妇愁思等内容，有纵向发展，有横向延伸。就空间而言，涉及长安、榆关、碣石、瀚海、狼山、蓟北等，使诗篇具有尺幅千里、坐役万景的气势感。直抒胸臆的同时，使用了景物描写烘托气氛，有助于抒情。

诗中写激战的同时，多次展现边庭荒凉的景象，如"山川萧条极边土"、"大漠穷秋塞草腓、孤城落日斗兵稀"、"边庭飘摇哪可度，绝域苍茫无所有；杀气三时作阵云，寒声一夜传刁斗"，通过对沙场荒凉的渲染，增加了悲壮惨苦的抒情气氛。词浅意深，铺排中即为讽刺（王夫之

190

语）。诗中并没有多少直接批判的语言，而更多地运用形象来说话，如"战士军前半死生，美人帐下犹歌舞"二句，其效果有如电影的蒙太奇语言，通过前线和帅府两个画面的组接，批判的力度胜过千言万语。又如"身当恩遇常轻敌，力尽关山未解围"，用吁叹的语调传达出许多言外之意，令人不禁要问个为什么。"君不见沙场征战苦，至今犹忆李将军"，只言对古之良将的怀念，而对今日将帅之不得其人，尤其是一种辛辣的讽刺。

诗虽为七言古体，却适当吸收了近体的骈偶和调声，如"校尉羽书飞瀚海，单于猎火照狼山"、"战士军前半死生，美人帐下犹歌舞"、"铁衣远戍辛勤久，玉箸应啼别离后；少妇城南欲断肠，征人蓟北空回首"、"杀气三时作阵云，寒声一夜传刁斗"，等等，都相当工整；同时也继承了四杰体四句转韵，平仄互换的调式；除偶尔点染（用"铁衣"、"玉箸"代征夫、少妇以避复），洗空藻绘，故全诗既音调嘹亮，又浑厚老成，纯乎唐音矣。

《燕歌行》原为乐府古题，取材于征夫思妇的离愁别恨，从曹丕首倡以来，陆机、谢灵运、庾信等都有拟作，然一般不出这一范围，唯庾信加入了个人身世之感，算是有一些创新。高适此诗虽然在写征夫思妇两地相思这一点上与古辞有联系，但写作的重心已转移到边塞问题上来，大大增加了社会意义，可谓推陈出新。

封丘作

我本渔樵孟诸野，一生自是悠悠者。乍可狂歌草泽中，宁堪作吏风尘下？只言小邑无所为，公门百事皆有期。拜迎官长心欲碎，鞭挞黎庶令人悲。归来向家问妻子，举家尽笑今如此。生事应须南亩田，世情付与东流水。梦想旧山安在哉，为衔君命日迟回。乃知梅福徒为尔，转忆陶潜归去来。

这是一首倦宦思归之作。高适于天宝八载（749）中"有道科"，初任封丘尉（《郡斋读书志》）。县尉是在县令之下，主管治安稽查、捕捉盗贼的副职。诗一题《封丘县》。

诗四句一解，全用赋法，皆胸臆语，直抒愤懑。一起好像京剧唱词"我本是卧龙岗种田的人"，然而这话所包含的事实和心情也复杂：高适和诸葛亮一样种过田，但出处心情并不一样，他并非"苟全性命于乱世，不求闻达于诸侯"的人，而是用世之心十分迫切，只是走投无门——本是被迫"渔樵（于）孟诸（古大泽遗址，在今河南商丘境）野"，哪能"一生自是悠悠者"！下两句的"乍可"、"宁堪"二词泄露天机，是可以体会到他"渔樵孟诸""狂歌草泽"之不得已——两句之意即：像这样子风尘"作吏"，还不如先前的种田呢。他不愿风尘"作吏"，然而却又接受下来，可见他也不愿久处草泽，加之又心存侥幸（"只言小邑无所为"，可以坐食其禄，不干白不干），心情是复杂的。"乍可"、"宁堪"云云，只是牢骚满腹的话。

高适到底不是个平庸的人，接下去就写了"作吏"的三不堪："公门百事皆有期"，一不堪也；"拜迎官长心欲碎"，二不堪也；"鞭挞黎庶令人悲"，三不堪也。吏，实际上是统治阶级官僚机器中实施统治的工具，没有个人意志可言，所谓"百事皆有期"，你就必须照章办事，如期完事，包括奉迎官长和诛求百姓。正是在这个意义上，有良心的人要么当大官，为民做主；要么不当官，保个一身清白；吏这个差使，哪里是善良人干得的？"拜迎官长"二句，反映了封建统治之基层——县衙的黑暗、污浊、冷酷和残忍，超出个人牢骚，把揭露讽刺的矛头指向更为广阔的领域，从而成为此诗的名句和灵魂。也可以说，所有的选家，都是冲这两句而选录这首诗的。

"归来向家问妻子"四句，写诗人聚室而谋，就上述问题展开家庭讨论，举家看法一致，"举家尽笑今如此"的"笑"，不是嬉笑，不是冷笑，而是哭笑不得的笑；"今如此"三字，有意无意用了《孟子》"良人者，所仰望而终身也，今若此"，诗人耻之，乃至淡了做官的心（"世情付与东流水"），而家人亦耻之，但大家又拿不出一个好主意，因为有一个现实问题明摆就在眼前："生事应须南亩田"呀！

诗人还有一首七绝《初至封丘作》："可怜薄暮宦游子，独卧天涯思无已。去家百里不得归，到官数日秋风起。"刘开扬注末句"孟秋之月凉风至，即秋风起也"，最多只解对一半，其实这里主要用《世说新语·识鉴》"张季鹰辟齐王东曹掾，在洛，见秋风起，因思吴中（略），遂命驾便归"，言到官数日即思归也。所以此诗末二句说自己从来没有像今天这样深切理解同情于梅福（西汉末年南昌尉）、陶潜以及张翰这些古人放着官儿不做，偏要归去来兮的人。不过应该指出，高适并没有就走，他毕竟不是陶潜，不是张翰，他是个干事的人，所以在封丘县尉任上干了三年左右，《使青夷军入居庸》等诗记录了他干的一些实事。因此，千万不要忽略"梦想旧山安在哉，为衔君命日迟回"这两句话所含的实质性内容，那不是一般的贪恋吏禄，而是一种从政的"宿命"使他还想干一干，站一站，再看一看——这里正表现出高适的特点。

使青夷军入居庸三首（录一）

匹马行将久，征途去转难。

不知边地别，只讶客衣单。

溪冷泉声苦，山空木叶干。

莫言关塞极，云雪尚漫漫。

天宝九载（750）秋，高适以河南封丘县尉的身份送兵往青夷军（唐朝驻军名称，驻在妫州城内，即今河北怀来县，由范阳节度使统领）。《使青夷军入居庸》三首是在冬天返回途中，进入河北昌平县居庸关时所作，或说是"奉命送兵前往"，末句"意谓向北雪更多"，乃是误会，忽略了题面"入（居庸）"及诗中"匹马"、"去转"等字面。

诗写行役途中况味，前四句主情，说自己单人匹马行走已久，在漫长的征途中去时艰难，回来也艰难——去时人多，是共渡艰难；回来只身，是独当艰难。去时是秋天，回来是冬天，一路最强烈的感觉就是衣服单薄难受，这才知道边地到底是边地。句中无严寒字样，而寒意满纸，直起末句之"云雪"。

后四句主景，居庸关坐落在险峻的峡谷之中，两边峰峦耸峙，一道溪水从关侧流过，因为天寒冰冻、水流不畅，泉水幽咽，感觉自然凄苦；山中木叶干枯，脱落殆尽，更显得天宇空旷——也就是黄庭坚诗句"落木千山天远大"的意境。而一个"干"字，找准了冬季的感觉。居庸关在昌平县西北，是长城要塞，与紫荆、倒马合称"内三关"。从塞北过了居庸关，山势渐缓，就进入华北平原，气温相对升高，但毕竟是冬天，所以说"莫言关塞而极，云雪尚漫漫"。虽然前后有主情主景的差异，但情景是交融着的。全诗系"由行役而写到边塞，复由边塞转入行役，意绪环生，如见当日匹马过关之状"（王文濡），这是此诗的又一佳处之所在。

营州歌

营州少年厌原野，狐裘蒙茸猎城下。
虏酒千钟不醉人，胡儿十岁能骑马。

唐代营州（辽宁朝阳）地处东北边塞，原野开阔，水草丰茂，各族杂处，以游牧业为主，风习尚武。这诗便是当地风土人情的一篇速写。

诗中主人公是前二句突出的营州少年，是胡儿还是汉儿，诗人未挑明，然而从诗句所表现的惊异口吻体味，当是汉儿无疑。生活在营州的汉族少年，就装束、爱好而言，和当地胡儿无大区别，他们是那样喜爱（"厌"，满足）原野，穿的是东北人特有的裘皮袍子，在营州城外的原野上打猎呢。这和内地少年形象和风貌都大不一样。所以诗人看得入迷。

后二句则是拓开笔墨，写出营州当地人的生活习惯，也是营州少年所处的一个地理文化背景。这里的男人都有两种本领，一是喝酒，二是骑马。怎么会"虏酒（当地胡人酿的酒）千钟不醉人"呢？这话有两层意思，一是所谓"好酒越吃越不醉"，可见当地人之能喝；二是"好酒过后醉"，可见当地酒之勾人。而骑马对以牧业为主的营州人来说，是一种不可缺少的生活本领，从小就学，从小就会。好比成都小儿能骑自行车的很多，从山区来的农民看了就吃惊。"胡儿十岁能骑马"有什么稀罕，但对于南方来的诗人，却感到不得了。

别董大二首（录一）

千里黄云白日曛，北风吹雁雪纷纷。
莫愁前路无知己，天下谁人不识君？

同一题下原为两首，另一首是："六翮飘飖私自怜，一离京洛十余年；丈夫贫贱应未足，今日相逢无酒钱。"从两诗光景、情事推测，以作于北游燕、赵时可能性较大。则此董大应是高适二十岁初上长安、洛阳时交的朋友了。一说，当时著名琴师董庭兰行大，即此诗受赠者。然而敦煌写本诗题作《别董令望》，可知董大名令望，是否与庭兰为同一人，还是一个问题。

这首诗首先展示了一个风雪迷茫的送别场景，这是古代送别诗很典型的一种情景，汉诗就有"步出城东门，遥望江南路。前日风雪中，故人从此去"。送人之情本来迷茫，再加上日暮黄昏，风雪迷茫，雁阵惊寒，遂唤起日暮天寒、游子何之、仰天长啸、徒呼奈何的感觉。"吹雁"二字极妙，它给人的感觉绝不是"长风万里送秋雁"的顺风，而是逆风。雁行艰难，暗示着游子的艰难。

前二句用力烘托气氛，不如此无以见下文转折之妙。在写足恶劣气候环境后，后二句不更作气短语、感伤语、劝留语，反用充满信心的口吻鼓励友人踏上征途，从可愁之景反跌出"莫愁"二字，豪情满怀，溢于言表："莫愁前路无知己，天下谁人不识君。"有人说，因为董庭兰是著名琴师身份，粉丝很多，所以天下无人不识。这样解诗是很煞风景的。即使是赠给董庭兰的，至多也只是表面的语义。更深的意蕴，则是"人生何处不相逢"的意思，是乐观和自信，它能为志士增色，为游子拭泪，使后世落拓无偶之士从中受到鼓舞和启迪。

纵然腰无分文，依然心怀天下；尽管怀才不遇，却又不甘沉沦。这种自信乐观是作者积极入世态度的表现，也是盛唐时代的产物。严羽说："唐人好诗，多是征戍、迁谪、行旅、离别之作，往往能感动激发人意"（《沧浪诗话·诗评》）。《别董大》就是这样的杰作。

塞上听吹笛

雪净胡天牧马还，月明羌笛戍楼间。
借问梅花何处落，风吹一夜满关山。

汪中《述学·内篇》说诗文里数目字有"实数"和"虚数"之分，今世学者进而谈到诗中颜色字亦有"实色"与"虚色"之分。我说诗中写景亦有"虚景"与"实景"之分，如高适这首诗就表现得十分突出。

前二句写的是实景：胡天北地，冰雪消融，是牧马的时节了。傍晚战士赶着马群归来，天空洒下明月的清辉，开篇就造成一种边塞诗中不多见的和平宁谧的气氛，这与"雪净"、"牧马"等字面大有关系。贾谊《过秦论》云："蒙恬北筑长城而守藩篱，却匈奴七百馀里，胡人不敢南下而牧马。""牧马还"则意味着边烽暂熄，"雪净"也有了几分和平的象征意味。

此诗之妙尤在后二句。而它所写的对象，既不是梅花，也不是雪，而是笛声。这里拆用了笛曲《梅花落》三字，却构成了一种幻觉或虚景。在生活中，实际的情况是在清夜里，不知哪座戍楼吹起了羌笛，那是熟悉的《梅花落》曲调。但由于笛曲三字的拆用，又嵌入"何处"，及"一夜满关山"等字面，便构成一种虚景，仿佛风吹的不是笛声而是落梅的花片，它们四处飘散，一夜之中色和香洒满关山，在这雪净之时，又酿成一天的香雪。

这也可以说是赋音乐以形象，但由于是曲名拆用而形成的假象，又以设问出之，故虚之又虚，幻之又幻。而这虚景又恰与雪净、月明等实景协调，虚虚实实，构成朦胧的意境，画图难足。李益《夜上西城》："此时秋月满关山，何处关山无此曲。"可为本篇末二句做注脚，手法有曲直的不同，可资比较。从修辞上看，这是运用通感，即由听曲而"心想形状"。战士由听曲而想到梅花，想到梅花之落，暗含思乡的情绪。情绪虽浓却并不低沉，其基调已由首句确定。诗人时在哥舒翰幕府，《登垄诗》云："浅才登一命，孤剑通万里。岂不思故乡，从来感知己。"由于怀着盛唐人通常具有的豪情，故能感而不伤。

李白在《春夜洛城闻笛》中写道："谁家玉笛暗飞声，散入春风满洛城"，是直说风传笛曲，一夜之间声满洛城。在《与史郎中钦听黄鹤楼上吹笛》中又写道："黄鹤楼中吹玉笛，江城五月落梅花"，则是拆用《梅花落》曲名，手法和情景都与高适此诗相近。

听张立本女吟

危冠广袖楚宫妆，独步闲庭逐夜凉。

自把玉钗敲砌竹，清歌一曲月如霜。

这是一首来历不明的诗，《全唐诗》中几处重出，分别见于卷二○三高适诗，卷七九四张立本女诗，卷八六三高侍郎诗、无题。《会昌解颐录》载：张立本（《全唐诗》称草场官）有一女，为妖物所魅。久每自称高侍郎，一日忽吟一首云云。立本乃随口抄之。立本与僧法舟为友，遂示其诗云："某少女不曾读书，不知因何而能。"舟乃与立本两粒丹，令其女服之，不旬日而疾自愈。其女说云："宅后有竹丛，与高锴侍郎墓近，其中有野狐窟穴，因被其魅。"（见《太平广记》卷四五四）此诗又见于卷八六四张氏女诗，题作《梦王尚书口授吟》，文字略异，诗前载本事类小说家言，文繁不录。清影宋抄本《高常侍集》不载此诗，当非高适所作，后人误收入高适集中。

这首诗写女子夜歌的情景，造境清雅空灵。首句"危冠广袖楚宫妆"写女子装束，"危冠"即高冠，"广袖"即长袖，"楚宫妆"指类似楚国宫女或南方贵妇的装束，实际上写的是一位歌女，其穿着可能是平时的表演服装。次句"独步闲庭逐夜凉"写女子一个人在凉夜信步于庭院，从下文知道是在练习唱歌，而联系上文的着装，读者可以猜到，这位歌女是在作日常的排练，甚至可能是彩排。有道是"台上三分钟，台下十年功"。她并没有因为无人，而不认真。

三句"自把玉钗敲砌竹"写女子唱歌时的情态，是一边清唱、一边敲打节拍，"玉钗"本属头饰，歌女为图省事图方便，击节时拔了当乐器用，这在唐宋人似乎是一种习惯，白居易有"钿头银篦击节碎"（《琵琶行》)、晏几道有"曲终敲损燕钗梁"(《浣溪沙》),可资证明。总之,怎么方便怎么着。不但拔钗击节是如此,敲打"砌竹"(即砌下的竹子)也是如此。末句"清歌一曲月如霜"写歌声的悦耳和环境的清幽。此句之妙,不但融会了歌声和环境,还写出了一种通感,"月如霜"的视觉之明亮清新,与"清歌一曲"及"玉钗敲竹"的听觉之嘹亮清新,相得益彰。"月如霜"的感觉,仿佛是被玉钗敲竹敲出来的,是被"清歌一曲"唱出来的,所以有味。

近人郑振铎先生未辨此诗的出处,竟誉此诗为高适诗歌的"最高成就"(《插图本中国文学史》),不免过甚其词。其实,高适的最高成就当属边塞之作,有这首诗,不能增加他一分光荣;没有这首诗,也不会减少他一分光荣。不过,就诗论诗,不管是作者是谁,这首诗的艺术成就是不容低估的。

【储光羲】(707?—762?)一说为郡望兖州(今属山东)人,一说为润州延陵(今江苏丹阳)人。玄宗开元进士,官监察御史。因安史乱中陷贼中受职被贬,死于岭南。有《储光羲诗集》。

江南曲（录一）

日暮长江里,相邀归渡头。
落花如有意,来去逐船流。

《江南曲》为乐府旧题。郭茂倩《乐府诗集》把它和《采莲曲》《采菱曲》等编入《清商曲辞》。古辞内容大抵为江南水乡男女风情。

《诗经》中有一些写前礼教时期的男女自由恋爱的诗篇,如"送子涉淇，至于顿丘"、"期我乎桑中，邀我乎上宫，送我乎淇之上矣"、"维士与女，伊其相谑，赠之以芍药"，等等，至汉以后，这种自由恋爱的风气似乎扫地已尽了，而在六朝至唐的江南水乡歌曲中，不料桑间濮上之音，又复睹于兹，而且因为小船和流水的缘故，还变得更加自由、开放和浪漫了。

这首诗的主题词是"相邀"，相邀的主语，例行地被省略了。被省略的主语，应是水乡的游伴，一般情况下，应是一男一女。若要说是女伴相邀，应该说更加自然，然而从后二句暗示的恋情来看，还是以一男一女为妥，因为唐诗好像没有写同性恋的习惯。相邀的时间，是定在"日暮"，因为在日暮之前，是劳动的时间，那是不能耽误的，所以没有机会。日暮收工的时分，这样的机会就有了，于是"相邀归渡头"。渡头是靠船的地方，既然是相邀，很可能两条船儿就停靠在了一起。这种渔船，或采莲船，是很窄很小的那种，一船一般只能乘坐一人或者两人，必须留够盛放收获物的空间。停船的时候，两个人互助合作，这一点是毫无问题的。

问题是停船之后，他们干什么，诗中没有说。这可以说是诗人的狡狯之处，也可以说是绝句体实司之。后二句只说"落花如有意，来去逐船流。"这是一个有意味的情境，有点类似电影镜头，当船系好的关键时候，镜头却切换到水面去了，读者看到的是落花在船边的回水中相互追逐，不愿离去。"如有意"，当然是拟人的手法。至于两个人上哪儿去了，干什么去了，全凭读者想象。这种写法，别人也有，如王维《少年行》写到"相逢意气为君饮"，下一句却留下一个"系马高楼垂柳边"的无人的镜头，读者却可以想象侠少们在高楼酣饮高歌的情境。这首诗也是这样的，后二句留下的虽然是一个无人的镜头，读者却感觉得到，这两个人并没有立即分手回家，他们可能还在船上，也可能挪了窝，另找了一个比较僻静的去处。

这首诗的另一个文本，末句为"来去逐轻舟"，此取"来去逐船流"

完全是从音韵上加以考量。因为平声有清浊之分，即有阴平、阳平之分，"头"、"流"同属阳平，在音韵上更其和谐，而"轻舟"二字皆属阴平，与"头"字押韵，稍觉异样，因为这首五绝只有两个韵脚，还是清浊相同为好。

【张谓】（？—778？）字正言，唐河内（河南沁阳）人。玄宗天宝二载（743）进士及第。约十三四载入安西节度副使封常清幕。肃宗乾元元年（758）为尚书郎。代宗永泰初，在淮南田神功幕中任军职。代宗大历二三年任潭州刺史，入后朝为太子左庶子。六年（771）冬任礼部侍郎，典贡举。《全唐诗》存其诗一卷。

代北州老翁答

负薪老翁往北州，北望乡关生客愁。自言老翁有三子，两人已向黄沙死。如今小儿新长成，明年闻道又征兵。定知此别必零落，不及相随同死生。尽将田宅借邻伍，且复伶俜去乡土。在生本求多子孙，及有谁知更辛苦！近传天子尊武臣，强兵直欲静胡尘。安边自合有长策，何必流离中国人！

天宝年间，由于统治者贪求边功，实行开边政策，进行了长时期的黩武战争。在蓟北、河陇、云南都投入了大量兵员，造成部分内郡凋敝，民不聊生的状况。张谓"二十四受辟，从戎营朔，十载亭障间，稍立功勋。以将军得罪，流滞蓟门"（《唐才子传》），对黩武战争给人民带来的痛苦，有着真切的了解。《代北州老翁答》作于天宝十二载前（《河岳英灵集》已提到此诗），是最早揭示这一严重社会问题的诗作之一，可与杜甫《兵车行》并读。诗写作者路遇一位负薪的老人，因为关切而引起彼此交谈，从交谈中得知：老翁原是北方人，为了保全身边唯一的儿子的性命，躲避要命的兵役，才流离他乡下力为生的。这个普通人的遭遇，引起诗人莫大的哀矜同情，遂发为歌诗，代其鼓呼，希冀引起当局的重视。

诗的前十二句毕叙老翁悲惨遭遇。共分三层。一层说老翁是北地人氏（唐无"北州"，此当泛指），"北望乡关生客愁"一句表明其人流落异乡，不在乡土。"客愁"云云表明是有家难回。又说老翁有三个儿子，其中两个都是当兵阵亡的。这是"客愁"之外的又一重悲痛。第二层叙老翁第三子刚刚成人，又面临当兵的威胁。"明年闻道又征兵"句的"明年"、"又"等方面，表明当时征兵何等频繁，几乎成为一种灾难。虽说只是耳闻，老翁已经深信不疑，从而打定逃亡的主意："定知此别必零落，不及相随同死生。"守在乡土，骨肉分离，是死；逃往他方，流离失所，大不了也是死。与其分离而死，不如死在一处。客观平淡的叙述中，有足悲者。第三层叙流离他乡的辛苦。本来薄有田宅，因为要逃亡，只好贱让给同乡四邻。人们不是说"多子多福"吗？这个养了三个儿子的老人，福在何处呢？"在生本求多子孙，及有谁知更辛苦！"这是十分忠厚悱恻而令人鼻酸的话，它的潜台词简直就是"信知生男恶，反是生女好！生女犹得嫁比邻，生男埋没随百草"（杜甫）。老人似乎还说不出这样愤切的话，他太老实巴交了。通过以上叙写，诗中老翁的形象已呼之欲出。这个在异乡采樵卖力的老人，他辛苦劳累，忠厚驯良，已到了垂暮之境，却只能北望乡关，忍泪吞声。此谁之罪欤！

最后四句写老翁对当局所抱的唯一的幻想和希望，又像是诗人宽慰老翁的话。"近传天子尊武臣，强兵直欲静胡尘。"似乎战争就要结束了。然而真是这样吗？这两句值得读者认真思索一下：难道前此的战争不断，仅仅是因为武臣未尊，边兵不强，"匈奴"未灭的缘故吗？难道结束边塞战争就只能靠征服吗？也许确实有将帅无能，致使胡马南牧的情况。然而，更主要的原因，不是杜甫一针见血指出的"边庭流血成海水，我皇开边意未已"吗？诗人这里是正言还是正言欲反？是宣布着希望还是暗示着失望？大可玩味。"武臣"呀"武臣"，还是"止戈为武"才好。无怪乎诗人最后大声疾呼："安边自合有长策，何必流离中国人！"这是朴质的呐喊，是为民请命的正义的呼声。这声音虽然不能唤醒沉醉的玄宗，却赢得后人肃然起敬。

湖中对酒作

夜坐不厌湖上月，昼行不厌湖上山。眼前一樽又长满，心中万事如等闲。主人有黍百余石，浊醪数斗应不惜。即今相对不尽欢，别后相思复何益。茱萸湾头归路赊，愿君且宿黄翁家。风光若此人不醉，参差孤负东园花。

本诗题为"湖中对酒"，意亦不出流连杯酒光景以外，然而读者却能从中感受到盛唐人豪迈的胸襟，乐观通达的生活态度。

诗从湖上风光写起。从全诗看，这显然是一个春天，湖上风光到了最美的时节。白昼里无论是水光潋滟还是山色空蒙，都很宜人。而在月夜，则素月分辉，明河共影，浮光耀金，表里澄彻。诗人抓住昼、夜不同的山光水色，一开始就写出"总也看不够"的意思——"夜坐不厌湖上月，昼行不厌湖上山"，句中运用重复，写出了纵使夜以继日地游览，仍觉相看不厌的旅游情趣。"人间万事细如毛"（唐·刘叉《偶书》），平日里不免有很多机虑事务，弄得人烦心死了。而面对湖光山色，这烦恼早消去一半。另一半"何以解忧"？则"唯有杜康"。一杯下肚，百虑皆空："眼前一樽又长满，心中万事如等闲。""又长满"，是十分惬意的语气。如逢故人，大得超脱。

紧接着写湖上豪饮和主人的好客。"主人有黍百余石（一百二十斤为一

203

石），浊醪数斗应不惜"，主人是富有的，同时又非常谦和慷慨。诗中似是他的语气。既称"有黍百余石"，口气不小；却又道"浊醪数斗"，婉转谦恭。面对这样的东道主，客人还拘谨什么呢？赶紧举杯吧。"即今相对不尽欢，别后相思复何益"两句就像是席间主人劝酒的话，说得那样的恳切、实际而又动人。它没有李白"人生得意须尽欢，莫使金樽空对月"一般的狂放，比较近于王维"劝君更尽一杯酒，西出阳关无故人"那样的深情，但更为平易，更能表现盛唐时代一般人的现实而乐观的人生态度，不失为名言。

最后写饮酒尽兴，当夜止宿于湖上。当酒过数巡，客人关心天色的早晚时，多情的主人又殷勤相劝，以"茱萸湾头归路赊"为由，劝其当夜投宿湖畔人家。"黄翁家"如何，不得其详。想必是园宅宽舒，风光宜人，同样好客的所在。于是客人一百个放心，对着主人开怀畅饮，一醉方休。"即今相对不尽欢，别后相思复何益"，说的是不要辜负相聚共处的时光，此处又言不要辜负大好春光："风光若此人不醉，参差孤负东园花。"全诗挽结于湖上景色，首尾呼应，缴清题面。

这首湖上饮酒诗，并没有李白诗那样的复杂沉重的人生感喟，也不大重视景物的细致描绘。它通过直抒胸臆的方式，表现出和平时代谐调的人际交往和生活乐趣，虽然放歌纵酒，却一点儿也不颓废，倒使人感觉精神充实。诗人运用的是近乎口语和散文化的语言，其间不经意地杂用了重复排比的句式，其风格是与内容相适应的疏朗自如，潇洒可人。它已尽洗了初唐七古的华丽辞藻，当得起"清水出芙蓉，天然去雕饰"的称誉，体现着一种崭新的美学趣味。

早梅

一树寒梅白玉条，迥临村路傍谿桥。

不知近水花先发，疑是经冬雪未销。

这首诗作者一作戎昱，是因为戎昱曾书写过张谓的这首诗（据《宣和书谱》）。这首诗与一般咏梅诗不同者，乃在突出一个"早"字。

"一树寒梅白玉条"二句，为寒梅冰清玉洁、风姿绰约的写照。"寒梅"指凌寒而开的梅花，"白玉条"是对寒梅的形容，这个形容奇特之处在于，梅花给人的典型的感觉是"疏影"，只有花朵密集从远处看去，才有"白玉条"的感觉。"迥临村路傍谿桥"是交代寒梅的所在与环境，乃是一个远离尘嚣的乡间小路有溪流的小桥附近，凸显了寒梅自爱幽独的孤傲的性格。"迥临"、"傍"等动词的运用，暗将寒梅拟人化，仿佛这不是偶成，而是自主的选择。

"不知近水花先发"二句，以"不知"、"疑是"作勾勒，与前两句交叉相应，写早梅给人的主观感受。"近水花先发"上承"迥临村路傍谿桥"，交代了寒梅的得天独厚，乃是因为近水，且离人居（"村路"）较近的缘故。"疑是经冬雪未销"上承"一树寒梅白玉条"，写出诗人突然发现梅花，既惊喜又不能置信的神情。这表明，其他地方的梅花还不曾开放，否则诗人就不用感到惊奇，也不会当成余雪看了。这就写出了"早"的意思。

此诗意在表现寒梅的占得先机，全诗首尾呼应，包蕴密致，一气呵成，通过探幽访胜和美的发现，也写出了人与寒梅在精神上的契合。它并没有直接的议论和赞美，只是通过对寒梅的一番形容和观梅者的误会来暗示，所以含蓄；而近水先发，又暗含生活哲理，所以易传。

题长安主人壁

世人结交须黄金，黄金不多交不深。

纵令然诺暂相许，终是悠悠行路心。

在以抄卷盛行的唐代，诗词传播的一个重要手段是题壁，当时驿站也给客人提供题写的方便。这首诗大概是诗人早年题写在长安某家客店的墙壁上的，当时长安是中外交通枢纽、丝绸之路的集散地，过往客人既多，而各色各样的主人也有。《全唐诗》题作《题长安壁主人》，此据《河岳英灵集》卷上改。诗人题壁讽刺的，应该是这家客店的主人。川剧《迎贤店》就形象地描绘过这种嫌贫爱富、见钱眼开、前倨后恭、丑态百出的市侩人物。

这首诗出语直露，不讲声律，是一吐为快的急就章。题壁诗往往如此。清人贺裳批评道："不甚蕴藉。"说来也奇，这并没有影响它成为一篇传世之作。

"世人结交须黄金"二句，以顶真修辞作起承，针砭世态人情。"黄金"二字重出，置于一联的中心，是直斥拜金主义之非，也表明拜金主义之盛行。"黄金"在古代社会就是一种硬通货，而钱权交易，以"黄金"换"结交"的事，从来就有。"世人"的泛指，则是连类而及，是推而广之，是不点名的批评，是对事不对人。亦即鲁迅所谓"论时事不留面子，砭锢弊常取类型"（《伪自由书》），是这首诗得以流传的一个很重要的原因。其语辛辣到一针见血，指出：一、世上所谓交情，"黄金"是一个必要的条件；二、而交情的深浅，则看"黄金"的多少。话说回来，世上不是没有仗义疏财、乐善好施，或一诺千金之事，只是太少太少，而普遍的现象则是见利忘义、唯利是图、见钱眼开，诚如晋人鲁褒所形容的："舟车上下，役使孔方。凡百君子，同尘和光。上交下接，名誉益彰。"（《钱神论》）难怪诗人把他的揭露推向极致，不惜一竹竿打一船人，这是一种文学言情造极的表达方法。

"纵令然诺暂相许"二句，以"纵令""终是"勾勒作转合，直斥所谓交情之虚伪。"纵令"是一个转折，说世上有承诺这种事，甚至有"得黄金百斤，不如得季布一诺"（《史记·季布栾布列传》）一类说法，只是这季布到哪儿去找呢？"然诺"即承诺，承诺本是信义的标志，而一个"暂"字，却表明所谓"然诺"，是经不起时间考验的。"终是"是猛然的一跌，也是全诗的结束。"悠悠行路人"，换言之即形同陌路，即本熟人间的突然的生疏冷漠。何以至此？"黄金"不到位呀。"悠悠"是形容冷淡隔膜的、不靠谱的样子。

　　文学是生活的镜子，盖中唐商业社会已经形成，金钱至上、物欲横流、不讲信义、认钱不认人的现象时有发生。年轻人最初踏上社会，难免会因为资斧匮乏，而遭遇白眼，对世态炎凉，有了最初的、终生难忘的体会。孔子说诗"可以怨"，这就是一首怨诗。诗人讽刺的"主人"，代代皆有，比比皆是。其诗措辞辛辣，很接地气。更重要的是，它代表了唐诗浅派的面目。所以至今能引起读者的兴趣。

【万楚】生卒年、里贯不详。唐玄宗开元年间进士及第。沉沦下僚，后退居颖水之滨。与李颀友善。《全唐诗》存其诗八首。

五日观妓

西施谩道浣春纱，碧玉今时斗丽华。
眉黛夺将萱草色，红裙妒杀石榴花。
新歌一曲令人艳，醉舞双眸敛鬓斜。
谁道五丝能续命，却令今日死君家。

　　《五日观妓》即于农历五月五日端午节观看乐伎表演，从末句看，当属观看私家堂会表演所作。这场堂会给诗人留下了的强烈印象，也许前此不曾看到过这样印象深刻的表演，所以这首诗的口气很是夸张。

"西施谩道浣春纱"二句，连用三个古代著名美女形容参与表演的众多佳丽。一个是春秋时越国献与吴王的美女西施，原本是浣纱女，王维云"贱时岂殊众，贵来方悟稀"（《西施咏》）。此诗写在端午之时不说屈子说西子，也许与堂会的节目有关。"谩道"二字的意思是，表过了就放到一边。接下来又提到俩美女："碧玉"是南朝宋汝南王宠妾，出身寒微，有"碧玉小家女"（《碧玉歌》）之称；"丽华"指南朝陈后主的妃子。俩美女本不同时，也扯不上关系；"碧玉今时斗丽华"等于说张飞杀岳飞，是哪儿跟哪儿啊。其实俩美女名，在诗中不过是借代，诗人是借以形容当日表演之美女如云，竞相斗艳。

"眉黛夺将萱草色"二句，极写女容、服饰之盛。"眉黛"指画眉，盖古代女子以青黑（黛）色画眉故云；"夺将萱草色"是说把萱草（又称忘忧草）绿都压下去了。"红裙妒杀石榴花"，是说把石榴花都羞杀了，这里的夸张兼用了拟人的手法。萱草之绿、榴花之红，是切合时令的，所以与端午扯得上关系。从这样的描写可以会出，堂会上的女子是浓妆艳抹，为了营造节日的气氛。

"新歌一曲令人艳"二句，写歌舞表演之精彩。一句说唱的是"新歌"，唱新歌当然比唱老歌好，给人带来新鲜的感觉。"令人艳"即令人艳羡。"醉舞"可实指舞者曾举杯祝酒，也可虚指舞蹈时倾情投入，特别提到"双眸"即两颗眼珠，意味着舞者的表情生动、眉目传情，有如放电。"敛鬓"是舞蹈中拢发的妩媚动作。总之，歌舞伎的一招一式，都散射出十足的魅力。

"谁道五丝能续命"二句，是极写观者的激动，叫作羡之欲死。从诗句可以看出，唐代的端午节，已有系五色丝的习俗，人们以彩色丝线缠在手臂上，称之为"长命缕"、"续命缕"，用以辟邪以祈延年益寿。诗人拿这个来开玩笑道，五色丝本来用来拴命的，没想到主人家安排了这样夺命的表演，还要不要观众活呀！这是正话反说，用这种夸张的语气，极言"五日观妓"的刺激和快乐。明人蒋一葵评："结用（'五丝'）事得趣，苟非狂客，不能有此风调。"周珽评："善描善谑，狂而欲死，亦趣人也。"

写端午不一定要想到屈原，但即便是写表演，也须有义可陈。毋庸讳言，这首诗无论是思想性还是艺术性，都不高明。盛名之下，其实难副。究其得名，是因为明人李攀龙《唐诗广选》选了它，这个唐诗选本出现较早，先入为主，就误导了读者。当时与之齐名的王士禛就不客气地批评道："于麟（李攀龙字）严刻（指《唐诗广选》）收此，吾所不解。""'西施'句与'五日'无干，'碧玉今时斗丽华'又不相比。""结语宋人所不能作，然亦不肯作。"清人周容批评："'夺将'、'妒杀'，开后人多少俗调。"（《春酒堂诗话》）这些批评都很中肯，诗词作者当引以为鉴。不过，孔子说诗"可以观"，《卫风·淇奥》云："善戏谑兮，不为虐兮"，保留此诗，可以让人知道，原来唐诗也这么写，作者也还算个趣人。

【李白】（701—762）字太白，号青莲居士，唐绵州（今四川绵阳）彰明人，祖陇西成纪（今甘肃秦安）。玄宗开元十二年（724）出蜀漫游，先后隐居安陆（今属湖北）与徂徕山（在今山东）。天宝元年（742）奉诏入京，供奉翰林，后赐金还山。安史之乱中因从永王璘获罪，系身图圄，一度流放。有《李太白集》。

古风（录一）

齐有倜傥生，鲁连特高妙。明月出海底，一朝开光耀。
却秦振英声，后世仰末照。意轻千金赠，顾向平原笑。吾亦
澹荡人，拂衣可同调。

热爱自由和渴望建功立业，本来是两种不同的理想追求，然而一些杰出的盛唐文士却力图将二者统一，并以此与政界庸俗作风相对抗，似曾成为一种思潮。王维《不遇咏》写道："今人昨人多自私，我心不悦君应知；济人然后拂衣去，肯作徒尔一男儿！"李白《五月东鲁行答汶上翁》则说："我以一箭书，能取聊城功。终然不受赏，羞与时人同。"

"济人然后拂衣去"，与取城有功不受赏，归结起来就是功成身退。功成身退是李白的政治理想和自我设计的重要部分，在这个方面，他引为楷模的历史人物，便是张良、鲁仲连。前引诗句中以一箭书取聊城功，就是鲁仲连的故事。

鲁仲连是战国时齐人，策士。秦国围攻邯郸，魏安釐王使人劝赵帝秦，鲁仲连在围城中往见平原君，制止了这件将导致奇耻大辱的事，邯郸因信陵君援军到达而围解。为此，平原君欲以千金相酬，仲连不受而去。后来齐国田单攻聊城，岁余不下，鲁仲连以书信缚箭上射进城内，说明死守围城没有出路，困守城中的燕将见信自杀，聊城遂下。齐王欲封鲁仲连官爵，鲁仲连说："吾与富贵而诎于人，宁贫贱而轻世肆志焉。"逃隐海上。兼有隐逸和策士的身份，既关心政治又不谋私利，便是鲁仲连这一人物的性格特点。

《史记》称鲁仲连"好奇伟（倜傥）之画策，而不肯仕宦任职，好持高节。"诗一开始就用其意："齐有倜傥生，鲁连特高妙。""高妙"二字，囊括了其卓异的谋略和清高的节操两个方面。诗人好有一比："明月出海底，一朝开光耀。"有一种解释说"明月"即明月珠，夜明珠，固亦通讲。但联系作者及前辈诗人类似诗句如"明月出天山，苍茫云海间"（李白）、"海上生明月，天涯共此时"（张九龄），以及诗人一生对月亮的崇拜，作"明月"本义讲似乎更为妥帖。这种极度的推崇，可见诗人对鲁仲连的景仰不同一般。从他在晚年的诗中还提到"所冀旄头灭，功成追鲁连"（《在水军宴赠幕府诸侍御》）、"却秦不受赏，击晋宁为功"（《赠从兄襄阳少府皓》）看，他对鲁仲连的崇拜是终生的。

鲁仲连一生大节，史传只举了反对帝秦和助收聊城二事。《五月东鲁行答汶上翁》提到后一事，而《古风》则专书前一事，彼此正好互见。当初新垣衍劝赵帝秦以图缓颊，平原君已为之犹豫，若无鲁仲连骋其雄辩，难免因一念之差铸成大错。在此关键时刻，鲁仲连起的作用无异于挽澜于既倒。他的名垂青史，是当之无愧的。"却秦振英声"五字便是对这事的肯定和推崇。而"后世仰末照"一句，又承"明月出海底"的比喻而来，言其光芒能穿过若干世纪的时空而照耀后人，使之景仰。可见影响的深远。这是其功业即画策的高妙所致。

鲁仲连的为人钦敬，还在于他高尚的人品。当平原君欲以官爵千金相酬时，他只笑道："所贵于天下之士者，为人排患释难解纷而无取用。即有取者，是商贾之事也，而连不忍为也。"遂辞去，终身不复见平原君。"意轻千金赠，顾向平原笑"，直书其事，而赞赏之意溢于言表。李白早年抒发个人抱负说："申管晏之谈，谋帝王之术，奋其智能，愿为辅弼，使寰区大定，海县清一。事君之道成，荣亲之义毕，然后与陶朱、留侯浮五湖，戏沧洲，不足为难矣。"（《代寿山答孟少府移文书》）如果说鲁仲连是个澹荡（不受检束）的人，那么李白自己也是。所以诗末引以自譬，谓鲁连为同调。诗虽然有为个人做政治"广告"的意图，却也能反映诗人一贯鄙弃庸俗的精神

下终南山过斛斯山人宿置酒

暮从碧山下，山月随人归。却顾所来径，苍苍横翠微。相携及田家，童稚开荆扉。绿竹入幽径，青萝拂行衣。欢言得所憩，美酒聊共挥。长歌吟松风，曲尽河星稀。我醉君复乐，陶然共忘机。

终南山东起蓝田，西至鄠县，绵亘八百余里，主峰在长安之南，唐时士人多隐居于此。李白第一次上长安，终南山是不会不去的。诗中记的这次出游，应是由一位姓斛斯的隐士陪同，当夜即宿其家。

李白诗中常言"碧山"，说者每苦不知确指，"碧山"可泛称青山，亦可专指，例如此诗即指终南山。游览竟日，薄暮下山时，兴致尚未全消，这时月亮已升上天空，陪伴着诗人同行，恰如儿歌所唱的："月亮走，我也走，我跟月亮手拉手"，在自然景物中，此最有人情味者。诗人写着"暮从碧山下，山月随人归"，心中就有一种亲近自然的况味。到达目的地，松一口气，回看向来经过的山路，已笼罩在一片暮霭中，使人感到妙不可言。此时此刻，最叫人依恋呢。

说斛斯先生与诗人同行，是从"归"和"相携"等措辞上玩味出的。到达斛斯之家时，须穿过幽竹掩映、青萝披拂的曲曲弯弯的小路，"苔滑犹须轻着步，竹深还要小低头"，很平常，很有趣。而来开门迎客的，是斛斯家的小朋友。儿童有天然好客的倾向，今俗谓之"人来疯"，他们怕是早就盼着客人的到来才争着开门的呀！

主人道："快上酒上菜，我们的客人早饿了呢"，于是就饮酒，就吃菜。"美酒聊共挥"，"聊"字见随便，而"挥"字更潇洒。这是"挥霍"的"挥"，"挥金如土"的"挥"。一口一口地呷酒不可叫"挥"，非"一杯一杯复一杯"、"会须一饮三百杯"不可叫"挥"。

"酒酣耳热后，意气素霓生"，就为朋友歌一曲吧，如果没有琴，就请山头的松风伴奏也成。"酒逢知己饮，诗对会人吟"，李白"过斛斯山人宿置酒"之谓也。边喝边唱，不觉斗转星移，不知东方将白。王维对裴迪赠诗道"复值接舆醉，狂歌五柳前"，李白对斛斯山人则道"我醉君复乐，陶然共忘机"，"忘机"本道家术语，谓心地淡泊，与世无争。

写眼前景，说家常话，其冲淡与平易不亚于孟浩然诗。冲淡不是清淡，不是淡乎寡味。有味如果汁、如牛奶，才可冲淡。冲淡固然要清水，然仅有清水可以谓之冲淡者乎？此诗所以其淡如水，其味弥长也。

月下独酌

花间一壶酒，独酌无相亲。举杯邀明月，对影成三人。
月既不解饮，影徒随我身。暂伴月将影，行乐须及春。我歌
月徘徊，我舞影零乱。醒时同交欢，醉后各分散。永结无情
游，相期邈云汉。

《月下独酌》是李白诗歌代表作之一，作于天宝三载（744）春。于时
诗人供奉翰林，在政治上不能有所作为，因而有很深的孤独感。"月下独
酌"四字，本身就构成一种境界。《竹里馆》写月下独坐，是一境界。此
诗写月下独酌，是另一境界。

此诗将月、酒合为一题，不是对月发问，而是对月独白。这首诗是
达到了道的层面的，是充分体现着诗人的人生理念。人生渴望永恒，
而永恒不属于个体生命。人生最怕孤独，最怕举目无亲，所以没有人不
渴望友谊和爱情。生命给人恋爱的日子不多，因为短暂，所以值得珍视。
人只能为快乐而活着，而幸福在于分享，没人分享时，诗人只好拉来假
想的对象，聊胜于无——"举杯邀明月，对影成三人"。举杯邀来天上的
明月和地上的影子，和自己凑成了一个"派对"。

"暂"在诗中是个关键词，"及春"是另一个关键词，彼此又紧密
联系。因为人生短暂，所以及时努力是必要的，及时行乐也是必要
的。这是两个及时，而不是一个。人生多束缚，所以渴望自由，渴望
无拘无束。在酒精的作用下，诗人达到了彻底地放松，心理压力得到
了释放和缓解，达到了无拘无束，思维非常活跃，举止完全放松，
"我歌月徘徊，我舞影零乱"，达到了自由、自如的境界，对什么都不

那么在意了。

人既然渴望自由，渴望无拘无束，那就不应该苛刻别人和自己。"醒时同交欢，醉后各分散"就是"我醉欲眠卿可去"。最好的感情，不是浓得化不开的那种。在你希望朋友"招之即来挥之即去"的同时，也得让朋友"乘兴而来兴尽而返"。换言之，你在争取个人自由与空间的同时，也应尊重别人的自由和空间。有人对爱的理解是纠缠——"树死藤生缠到死，树生藤死死也缠"，"爱你爱到杀死你"。然而这不符合诗人的理念。在李白看来，君子之交淡如水，而真爱也不必纠缠。

在老子看来，任何事物发展到极致，就会像它的反面，如大智若愚、大巧若拙，等等，"无情游"也是这样的，这只是事情的表面，是"多情恰似总无情"(杜牧)。可以相隔云汉，感觉却很近，恰如俗话所说，"远在天边，近在眼前"。佛教有所谓立一义，随即破一义，破后又立，立后又破，直到彻悟为止。而在这首诗中，一切都不是靠理性的说明，而是形象的、感性的显现，诗人将春花秋月打成一片，物我俱化，形影不离，洋洋乎愈歌愈妙，呈现出一种醉态的诗学思维方式，体现了李白独有的诗歌风格。同时，又比较集中地表现了李白的人生理念，是很达道的一首诗。

尼采说："寂寞是一种心病，而孤独是一种救治。"这首诗就是一个内心充实、强大的诗人，用孤独对寂寞的救治，使孤独显得如此美妙。

长干行

妾发初覆额，折花门前剧。郎骑竹马来，绕床弄青梅。

同居长干里，两小无嫌猜。十四为君妇，羞颜未尝开。低头向暗壁，千唤不一回。十五始展眉，愿同尘与灰。常存抱柱信，岂上望夫台。十六君远行，瞿塘滟滪堆。五月不可触，猿声天上哀。门前迟行迹，一一生绿苔。苔深不能扫，落叶秋风早。八月蝴蝶来，双飞西园草。感此伤妾心，坐愁红颜老。早晚下三巴，预将书报家。相迎不道远，直至长风沙。

《长干行》是乐府《杂曲歌辞》旧题。长干，故址在今江苏南京市。本篇是以商妇的爱情和离别为题材的诗。

诗中的长干，是一个特殊的生活环境，那里漕运方便，居民多从事商业。而在古代商人与市民中，封建礼教的控制力量是比较薄弱的。诗中女主人公生长在一个较为开放的生活环境，青梅竹马式的童年生活，便成为日后爱情的坚实基础，这和封建时代最常见的先结婚后恋爱，或根本没有爱情的婚姻是完全不同的。因此男女主人公婚后"愿同尘与灰"、"常存抱柱信"，以及别后的深切相思，都表现了真诚平等的相爱和对爱情幸福的热烈向往。这种爱情多少带有一点脱离封建礼教的解放色彩。

本篇以第一人称的口吻写女子对远出经商的丈夫的怀念。全诗用年龄序数法和四季相思的格调，巧妙地把一些生活情景——弄青梅、骑竹马、两小无猜的情景，初婚羞涩的情景，婚后热恋的情景，经商过峡的惊险情景，以及别后相思的情景，等等，连缀成完整的艺术整体，表现出女主人公温柔细腻、缠绵婉转的思想感情，具有很浓厚的民歌风味，与其所表现的内容是十分协调的。

这首民歌风的诗作还创造了两个成语："青梅竹马"和"两小无猜"。"弄青梅"大约相当于今日叫作"抓子儿"的游戏，女孩子玩的。"两小无猜"，是说男女双方因年幼天真，没有防嫌；随着年龄增长，情况自然会发生变化。

关山月

　　明月出天山，苍茫云海间。长风几万里，吹度玉门关。汉下白登道，胡窥青海湾。由来征战地，不见有人还。戍客望边色，思归多苦颜。高楼当此夜，叹息未应闲。

　　这是李白的边塞诗，是唐代边塞诗中最神气的作品之一。

　　"明月出天山"四句先声夺人，写边塞风光及两地相思，一读就是李白的口气。从意蕴上讲，这几句包含有沈佺期"可怜闺里月，长在汉家营"那样的意思，为后文写思妇的愁思伏笔。而它的想象飞动，则是别的人所不能及的。沈佺期诗中十五的月亮，是静态的。而李白笔下的月亮，是动态的，曹操说月亮是从海里出来的，有谁说过月亮是从天上出来的呢？有谁想过闺中看到的月亮、天山的月亮被长风吹送，以瞬息几万里的速度，送进玉门关来的呢？倒是有人说过"羌笛何须怨杨柳，春风不度玉门关"（王之涣）。正是从想象飞动这一点上，读者明确无误地鉴识了李白。这几句诗，也成了李白的招牌语。

　　"汉下白登道"四句，写唐代的边塞问题，是历史遗留问题，角度就变了，从空间角度变成时间角度。"秦家筑城避胡处，汉家还有烽火燃。烽火燃不息，征战无已时。"（李白《战城南》）汉七年，刘邦因为出兵攻打投降匈奴的韩王信，军事实力不够，又中了计，被匈奴的骑兵包围在白登山，最后用了陈平的计策，才得以脱险。从此只能用和亲的办法，把领土问题搁置起来，留给了后代。于是"由来征战地，不见有人还"，意同"秦时明月汉时关，万里长征人未还"（《从军行》）。"汉下"、"胡窥"两句，对仗加入的点染之功，使这首古诗流动中有整饬，率意中有警策，

216

在内韵上富于变化。

"由来征战地"四句，从历史角度，换成现实生活角度，写两地相思。明代妇女黄峨有名句最妙："曰归曰归已岁暮，其雨其雨怨朝阳。""戍客望边色"二句说战士思家，就是"曰归曰归已岁暮"。顺便说，这个"边色"，可能是"边邑"的形近致误。"高楼当此夜"二句，写思妇之叹息，就是"其雨其雨怨朝阳"了。这两句语有来历，出于曹植《七哀诗》的开头"明月照高楼，流光正徘徊。上有愁思妇，悲叹有余哀"，用于结尾，有袅袅之余音。

这首诗在写法上，是从想落天外，到渐近人情；从个性的开篇，到共性的结尾。从想不到的好，到想得到的好，还是有点美中不足。因为李白斗酒诗百篇，写诗率意，虎头蛇尾的情况是常有的。比如写成都的"九天开出一成都，万户千门入画图"（《上皇西巡南京歌》），很带劲，后两句"草树云山如锦绣，秦川得及此间无"，与此诗情况相仿佛。有位诗人说，读前两句大为雀跃，读后两句恨不得打他一砣。不过，就凭那个开头，可以不朽了。

子夜吴歌

秋歌

长安一片月，万户捣衣声。

秋风吹不尽，总是玉关情。

何日平胡虏，良人罢远征？

冬歌

明朝驿使发，一夜絮征袍。

素手抽针冷，那堪把剪刀。

裁缝寄远道，几日到临洮？

　　《子夜吴歌》一作《子夜四时歌》，四首分写春夏秋冬四时。这里选
的两首皆为征人思妇之辞。《秋歌》的手法是先景语后情语，而情景始终
交融。"长安一片月"，是写景同时又是紧扣题面写出"秋月扬明辉"的
季节特点。而见月怀人乃古典诗歌传统的表现方法，加之秋来是赶制征
衣的季节，故写月亦有兴意。此外，月明如昼，正好捣帛，而那"玉户
帘中卷不去，捣衣砧上拂还来"的月光，对于思妇是何等一种挑拨呵！
制衣的练帛须先置砧上，用杵捣平捣软，以备裁缝，是谓"捣衣"。这明
朗的月夜，长安城就沉浸在一片此起彼落的砧杵声中，而这种特殊的
"秋声"对思妇又是何等一种挑拨呵！"一片"、"万户"，写光写声，似对
非对，措语天然而得咏叹味。秋风，也是撩人愁绪的，"秋风入窗里，罗
帐起飘扬"（南北朝民歌《子夜四时歌·秋歌》），便是对思妇第三重挑拨。月
朗风清，风送砧声，声声都是怀念玉关征人的深情。著"总是"二字，
情思益见深长。这里，秋月秋声与秋风织成浑成的境界，见境不见人，
而人物俨在，"玉关情"自浓。无怪王夫之说："前四句是天壤间生成好
句，被太白拾得。"（《唐诗评选》）此情之浓，不可遏止，遂有末二句直表
思妇心声："何日平胡虏，良人罢远征？"过分偏爱"含蓄"的读者责难
道："余窃谓删去末二句作绝句，更觉浑含无尽。"（田同之《西圃诗说》）其
实未必然。"不知歌谣妙，声势出口心"（《大子夜歌》），慷慨天然，是民歌
本色，原不必故作吞吐语。而从内容上看，正如沈德潜指出："本闺情语
而忽冀罢征"（《说诗晬语》），使诗歌思想内容大大深化，更具社会意义，
表现出古代劳动人民冀求过和平生活的善良愿望。全诗手法如同电影，
有画面，有"画外音"。月照长安万户。风送砧声。化入玉门关外荒寒的
月景。插曲："何日平胡虏，良人罢远征。"这是多么有意味的诗境呵！
须知这俨然女声合唱的"插曲"绝不多余，它是画面的有机组成部分，

在画外亦在画中，它回肠荡气，激动人心。因此可以说，《秋歌》正面写到思情，而有不尽之情。

《冬歌》则全是另一种写法。不写景而写人叙事，通过一位女子"一夜絮征袍"的情事以表达思念征夫的感情。事件被安排在一个有意味的时刻——传送征衣的驿使即将出发的前夜，大大增强了此诗的情节性和戏剧味。一个"赶"字，不曾明写，但从"明朝驿使发"的消息，读者从诗中处处看到这个字，如睹那女子急切、紧张劳作的情景。关于如何"絮"、如何"裁"、如何"缝"等具体过程，作者有所取舍，只写拈针把剪的感觉，突出一个"冷"字。素手抽针已觉很冷，还要握那冰冷的剪刀。"冷"便切合"冬歌"，更重要的是有助于情节的生动性。天气的严寒，使"敢将十指夸针巧"的女子不那么得心应手了，而时不我待，偏偏驿使就要出发，人物焦急情态宛如画出。"明朝驿使发"，分明有些埋怨的意思了。然而，"夫戍边关妾在吴，西风吹妾妾忧夫"（陈玉兰《寄夫》），她从自己的冷必然会想到"临洮"（甘肃临潭西南，此泛指边地）那边的更冷。所以又巴不得驿使早发、快发。这种矛盾心理亦从无字处表出。读者似乎又看见她一边呵着手一边赶裁、赶絮、赶缝。"一夜絮征袍"，言简而意足，看来大功告成，她应该大大松口气了。可是，"才下眉头，却上心头"，又情急起来——路是这样远，"寒到身边衣到无"呢？这回却是恐怕驿使行迟，盼望驿车加紧了。"裁缝寄远道，几日到临洮？"这迫不及待的一问，含多少深情呵。《秋歌》正面归结到怀思良人之意，而《冬歌》却纯从侧面落笔，通过形象刻画与心理描写结合，塑造出一个活生生的思妇形象，成功表达了诗歌主题。结构上一波未平，一波又起，起得突兀，结得意远，情节生动感人。

如果说《秋歌》是以间接方式塑造了长安女子的群像，《冬歌》则通过个体形象以表现出社会一般，二歌典型性均强。其语言的明转天然，形象的鲜明集中，音调的清越明亮，情感的委婉深厚，得力于民歌，彼此并无二致。

春思

当君怀归日，是妾断肠时。

燕草如碧丝，秦桑低绿枝。

春风不相识，何事入罗帏。

李白擅长乐府诗，多写乐府旧题，如《蜀道难》《将进酒》《行路难》等，而这首乐府诗是自制的新题，是李白的新乐府。名曰《春思》，其实也就是闺怨，写思妇对征人的思念。属第一人称手法。用当下的话说，是军嫂的诗。

"燕草如碧丝"四句，是话分两头，写同一时间（春日）的不同空间，一句边塞，一句关中。一、二句说边地的草（"燕草"）绿了，秦地（关中）的桑树很茂盛，分别是征人和思妇眼中的景物。这里用了乐府诗常用的谐音双关手法，以"丝"双关"思"，以"枝"双关"知"，却隐然不露。

三、四句是全诗的重点，"当君怀归日，是妾断肠时"，虽是话分两头，却又是一气贯注的，是十字句、流水对。语言很朴素，思路很开阔，句容量很大，给读者以许多想象空间。用"日"和"时"作对，在小儒看来，至少是一个瑕疵（所谓"合掌"）。而唐诗名篇，也不免若此，例如张敬宗《边词》："即今河畔冰开日，正是长安花落时。"读者接受，吐槽没用。

"春风不相识"二句，写少妇正当怀思，而春风又至，故作嗔怪。这两句语本南朝乐府《子夜四时歌》："春林花多媚，春鸟意多哀。春风复多情，吹我罗裳开。"用拟人的手法，将"春风"描写成骚扰者，是诗趣所在。不同的是，《子夜四时歌》说"春风复多情"，是喜悦的心情。而这首诗说"春风不相识",是若嗔若喜,更含蓄些。而作者《独漉篇》有一处类似描写:"罗帏舒卷,似有人开。明月直入,无心可猜。"同一入"罗帏"（丝质帷帐）,说明月则"无心可猜",说春风则"何事"骚扰,一信一疑,绝不雷同。

李白鸿篇巨制很多,却也善于用短。《子夜吴歌·秋歌》同样是三十字的小诗:"长安一片月,万户捣衣声。秋风吹不尽,总是玉关情。何日平胡虏,良人罢远征。"是字字豪放。而这首诗却字字和缓,平易近情,各有其妙。非大家不办。

丁都护歌

　　云阳上征去,两岸饶商贾。吴牛喘月时,拖船一何苦!
水浊不可饮,壶浆半成土。一唱都护歌,心摧泪如雨。万人
系磐石,无由达江浒。君看石芒砀,掩泪悲千古。

李白反映劳动人民生活的诗作不如杜甫多,此诗写纤夫之苦,却是很突出的篇章。

《丁都护歌》是乐府旧题,属《清商曲辞·吴声歌曲》。据传宋高祖刘裕的女婿徐逵为鲁轨所杀,府内直督护丁某奉旨料理丧事,其后徐妻（刘裕之长女）向丁询问殓送情况,每发问辄哀叹一声"丁都护",至为凄切。后人依声制曲,故定名如此（见《宋书·乐志》）。李白以此题写悲苦时事,可谓"未成曲调先有情"了。

"云阳"（即今江苏丹阳县）秦以后为曲阿,天宝初改丹阳,属江南道润州,是长江下游商业繁荣区,有运河直达长江。故首二句说自云阳乘舟北上,两岸商贾云集。把纤夫生活放在这商业网点稠密的背景上,与

巨商富贾们的生活形成对照，造境便很典型。"吴牛"乃江淮间水牛，"南土多暑而此牛畏热，见月疑是日，所以见月则喘"（《世说新语·言语》）。这里巧妙点出时令，说"吴牛喘月时"比直说盛夏酷暑具体形象，效果好得多。写时与写地，都不直接，避免了呆板，配合写景传情，使下面"拖船一何苦"的叹息语意沉痛。"拖船"与"上征"照应，可见是逆水行舟，特别吃力，纤夫的形象就突现纸上。读者仿佛看见那褴褛的一群人，挽着纤，喘着气，面朝黄土背朝天，一步一颠地艰难地行进着。

气候如此炎热，劳动强度如此大，渴，自然成为纤夫们最强烈的感觉。然而生活条件如何呢？渴极也只能就河取水，可是"水浊不可饮"呵！仅言"水浊"似不足令人注意，于是诗人用最有说服力的形象语言来表现："壶浆半成土"。这哪是人喝的水呢！只说"不可饮"，言下之意是不可饮而饮之，控诉尤为含蓄。纤夫生活条件恶劣岂止一端，而作者独取"水浊不可饮"的细节来表现，是因为这细节最具水上劳动生活的特征；不仅如此，水浊如泥浆，足见天热水浅，又交代出"拖船一何苦"的另一重原因。

以下两句写纤夫的心境。但不是通过直接的心理描写，而是通过他们的歌声即拉船的号子来表现的。称其为"都护歌"，不必指古辞，乃极言其声凄切哀怨，故口唱心悲，泪下如雨，这也照应了题面。

以上八句就拖船之艰难、生活条件之恶劣、心境之哀伤一一写来，似已尽致。不料末四句却翻出更惊心的场面。"万人系磐石"，"系"一作"凿"，结合首句"云阳上征"的诗意看，概指采太湖石由运河北运。云阳地近太湖，而太湖石多孔穴，为建筑园林之材料，唐人已珍视。船夫为官吏役使，得把这些开采难尽的石头运往上游。"磐石"大且多，即有"万人"之力系而拖之，亦断难达于江边。此照应"拖船一何苦"句，极言行役之艰巨。"无由达"而竟须达之，更把纤夫之苦推向极端。为造成惊心动魄效果，作者更大书特书"磐石"之多之大，"石芒砀"（广大貌）三字形象地表明：这是采之不尽、输之难竭的，而纤夫之苦亦足以感伤千古矣。

全诗层层深入，处处以形象画面代替叙写。篇首"云阳"二字预作伏笔，结尾以"磐石芒砀"点明劳役性质，把诗情推向极致，有点睛的奇效。通篇无刻琢痕迹，由于所取形象集中典型，写来自觉落笔沉痛，含意深远，实为李诗之近杜者。

蜀道难

噫吁嚱，危乎高哉！蜀道之难难于上青天。蚕丛及鱼凫，开国何茫然！尔来四万八千岁，不与秦塞通人烟。西当太白有鸟道，可以横绝峨眉巅。地崩山摧壮士死，然后天梯石栈相钩连。上有六龙回日之高标，下有冲波逆折之回川。黄鹤之飞尚不得过，猿猱欲度愁攀援。青泥何盘盘，百步九折萦岩峦。扪参历井仰胁息，以手抚膺坐长叹。问君西游何时还？畏途巉岩不可攀。但见悲鸟号古木，雄飞雌从绕林间。又闻子规啼夜月，愁空山！蜀道之难难于上青天，使人听此凋朱颜。连峰去天不盈尺，枯松倒挂倚绝壁。飞湍瀑流争喧豗，砯崖转石万壑雷。其险也如此，嗟尔远道之人胡为乎来哉！剑阁峥嵘而崔嵬，一夫当关，万夫莫开。所守或匪亲，化为狼与豺。朝避猛虎，夕避长蛇，磨牙吮血，杀人如麻。锦城虽云乐，不如早还家。蜀道之难，难于上青天，侧身西望长咨嗟！

本篇是李白成名作，"李太白初自蜀至京师，舍于逆旅。贺监知章闻其名，首访之，既奇其姿，复请所为文。出《蜀道难》以示之，读未竟，

223

称叹者数四，号为谪仙"（孟棨《本事诗》）。诗用乐府旧题，大胆想象，集中歌咏横穿秦岭、由秦入蜀的川北蜀道（秦岭南北有著名的子午道、傥骆道、褒斜道、金牛道、陈仓道、阴平道等）。全诗脉络，大体遵循从古到今、由秦入蜀、从自然地理环境到社会政治历史的顺序，使主题逐渐深化。可分三段。

一段从篇首到"猿猱欲渡愁攀援"，写长安西面秦蜀（川陕）交通之不易，着重从神话传说的角度写蜀道之难。一起就是李白式的风雨骤至，三个惊叹语（噫吁嚱，危乎，高哉）的连属，一个极度夸张而又通俗的比方（蜀道之难难于上青天），传达出蜀道给人总体上的石破天惊之感。紧接以秦蜀两地文明开化时代悬殊，极力夸张秦蜀（川陕）交通之不易。"蚕丛"、"鱼凫"这两个图腾时代古蜀王的名称，"四万八千岁"这个年代数目的夸张，形象地告诉人们这一段蒙昧史前期之漫长，秦蜀两地交通隔绝年代之漫长，也就是间接形容"蜀道啊难"。太白山是秦岭主峰，民谣曰"武功太白，去天三百"，"有鸟道"是原无人路的一转语。五丁力士开山的传说为蜀道蒙上一层光怪陆离的色彩。交通有了，然而仍是"天梯石栈相钩连"而已，上有高标、下临深渊，鹤见愁、猿见愁、神（六龙）见愁、鬼见愁，就不用说人见该是怎样的战战兢兢了。这一段的写法是层层渲染气氛，在未具体描写自然光景之前，先声夺人，使人先从气氛上感受到蜀道之难和蜀道之奇。

二段从"青泥何盘盘"到"嗟尔远道之人胡为乎来哉"，写青泥岭以南由秦入蜀道路的艰险，着重从自然地理环境的角度写蜀道之难。青泥岭在略阳县西北，"悬崖万仞，山多云雨，行者屡逢泥淖"（《元和郡县志》），一重艰险；山道盘曲，百步九折，又一重艰险；海拔太高，空气稀薄，产生高山反应，第三重艰险。由于加入登山探险的生活实感，写来尤觉入木三分。写到扪参历井（参井二宿为秦蜀之分野）、以手抚膺，已凸现出西行人的形象，从而明作呼告，"问君西游何时还"，这样的畏途还能再走吗？紧接开出一片更悲凉更幽深的山林境界，其中雄飞雌从回

224

不了窝的鸟儿，就像流离失所、形影相吊的人间夫妻。而相传是古蜀王（杜宇）亡魂所化的鸟儿，带血号泣的声音据说是"不如归去"，响应上述呼告。于是诗中再次出现主旋律主题句"蜀道之难难于上青天"，不再是石破天惊，添了绵绵不绝的愁情。一阵悲凉之雾过去，眼前别有地天，境界愈出愈奇。这里出现了蜀道最奇险最壮观的自然景物，诗中再一次将高峰与深谷上下相形，而且再一次发出呼告。"嗟尔远道之人胡为乎来哉"一句中嵌入若干语助词，真嗟叹之不足，故咏歌之，与篇首呼应。在"其险也若此"的惊心动魄的叹息中，分明有快乐的战栗和审美的愉悦。这一段且写景且抒情，虽有想象夸张，手舞足蹈，毕竟较富实感。

三段从"剑阁峥嵘而崔嵬"到篇末，写蜀门剑阁形势之险要，着重从社会政治历史的角度写蜀道之难。却说蜀中名山，"剑门天下险，夔门天下雄，峨眉天下秀，青城天下幽"。剑阁为川北门户，其山削壁中断，如门之辟，如剑之植，故以剑门名山。西晋张载《剑阁铭》形容这里的天险道："一夫荷戟，万夫趑趄；形胜之地，非亲弗居。"李白化用此铭文，便给蜀道难这一主题，注入了社会政治历史的内容。以李白之抱负，诗虽作于早年，恐亦不是侈说事理，其间未必没有忧先天下的意味。深山老林本多毒蛇、猛虎、豺狼，但诗中的毒蛇猛兽显然还有一层喻义，就是现实政治中可能产生的个人野心家。古有"天下未乱蜀先乱，天下已治蜀后治"之说，便与地理特点密切相关。诗的结尾再一次出现主题句与呼告语。"锦城虽云乐"二句，意即"梁园虽好，不是久恋之家"，当是为送别而发。——按李白身虽生蜀，却自称陇西布衣，一生以四海为家。看来他认为，欲平治天下，是必须走出盆地，面向中国的。故成都杜甫草堂闻名全球，而锦江边上的散花楼，却很少有人知道。诗中最后一次咏叹"蜀道之难难于上青天"的意味又有不同，比较沉重，不仅仅是为山川之险而发了。

本篇既歌咏壮丽河山，又关注现实，充满积极入世的浪漫主义精神。

诗中从蒙昧历史、神话传说、山川险阻、政治忧患等多角度、全方位描写、夸张、渲染蜀道之难，却并不使人感到感伤、忧郁和畏惧，倒被诗人描画的蜀道山川深深吸引，从中感觉到诗人主观世界的宽广胸怀、好奇性格、傲岸精神，给人以健康向上的影响和极大的审美愉悦。高尔基在《海燕》中一面夸张暴风雨之险恶，一面歌咏海燕说："在这鸟儿勇敢的叫喊声里，乌云听到了快乐！在这叫喊声里，充满对暴风雨的渴望！在这叫喊声里，乌云听到了愤怒的力量、热情的火焰和胜利的信心！"虽然和本篇情况不完全一样，但积极浪漫的精神却是超越时空，一脉相通的。

本篇从传说、历史、地理及政治等不同角度，全方面地歌咏蜀道之难，艺术个性十分鲜明。首先是想象、夸张、传说的突出运用。诗人运用其绝活，将想象、夸张和神话传说熔为一炉，将自然山川、历史和现实打成一片，创造出惊险、神秘、奇丽、壮阔的大境界。其次是主题句的作用。"蜀道之难难于上青天"这个嗟叹咏歌的主题句在诗中三次出现，分别标志着情感的爆发、延伸和远出，绝类乐章中的主旋律，是李白的创调，对突出主题和强化抒情气氛功莫大焉。其三是句式参差，音情跌宕。诗中句式参差错落，大体一、二段多用长句，气势畅达；三段多用四言短句，砍截有力；有时作三平调如"愁空山"，声腔曼长；有时连用五仄，如"去天不盈尺"，以状促迫；之、乎、也、者、矣、焉、哉一类不经常用于诗的语助词的加入，形成散文化的句法，加之屡作呼告、祈使之语，更有助于表现诗人火山喷发、不可遏止的激情。诗人总是因情制宜，大大丰富了诗篇的艺术感染力。

据《唐朝名画录》载，天宝中唐玄宗曾命大画家于大同殿作蜀道山川壁画，赞曰"李思训数月之功，吴道子一日之迹，皆极其妙也"，与李白此诗可称三绝，然二画荡然无存，唯本篇依倚语言艺术的优势得以传世不朽，不亦幸乎。

乌栖曲

姑苏台上乌栖时，吴王宫里醉西施。

吴歌楚歌欢未毕，青山欲衔半边日。

银箭金壶漏水多，起看素月坠江波。

东方渐高奈乐何！

《乌栖曲》是乐府《清商曲辞·西曲歌》旧题，古辞为七言四句，两句换韵，内容较为靡丽。本篇讽刺宫廷淫靡生活，在内容形式上都推陈出新。

相传吴王夫差曾筑姑苏台，旧址在今苏州西南姑苏山，上建春宵宫，与西施在宫中为长夜之饮。前四句即紧扣题面，写姑苏台之黄昏。"乌栖时"三字不仅点出时间，同时将吴宫置于昏林暮鸦的背景上，也带有几分象征色彩，使人联想到吴国已出现的没落趋势。"醉西施"既是说与西施共醉，即沉湎于酒，也是说惑溺于西施，即沉湎于色。"欢未毕"三字，可见宴乐是从日间进行到黄昏日落，这黄昏日落却又成为长夜之饮的开始。而黄昏日落本身，也是一个没落的象征。

接下来诗人跳过长夜之饮的场面，以两句写姑苏台之黎明。"起看秋月坠江波"与"青山欲衔半边日"适成照映，以"起看"二字暗示沉湎于酒色中的吴王心态——与处于狂欢极乐中所有的人一样，他感到时间过得太快，所谓"浮生若梦，为欢几何"，于是昼则望长绳系日，却依然出现了"青山欲衔半边日"的黄昏；夜则盼月驻中天，却依然出现了"起看秋月坠江波"的黎明。尽管夜以继日地行乐，然而欢乐仍然填不满精神的空虚。

于是诗的结尾有意突破《乌栖曲》古辞偶句收结的格式，变偶为奇，为诗安上了一个意味深长的结尾——"东方渐高奈乐何！"天下没有不散的筵席，《唐宋诗醇》评道："乐极生悲之意写得微婉，未几而麋鹿游于姑苏矣。全不说破，可谓寄兴深微者。末缀一单句，有不尽之妙。"

李白的七古一般都写得雄奇恣肆，而本篇则偏于含蓄收敛，成为别调。前人或以为它是借吴宫荒淫来托讽唐玄宗的沉湎声色，迷恋杨妃，是完全可能的。据《本事诗》载，李白初见贺知章，贺见《乌栖曲》叹赏苦吟道："此诗可以泣鬼神矣"，看来这话不单纯是从艺术角度着眼的。

行路难三首（录一）

　　金樽清酒斗十千，玉盘珍羞值万钱。停杯投箸不能食，拔剑四顾心茫然。欲渡黄河冰塞川，将登太行雪满山。闲来垂钓碧溪上，忽复乘舟梦日边。行路难，行路难！多歧路，今安在？长风破浪会有时，直挂云帆济沧海。

《行路难》系乐府旧题，属《杂曲歌辞》，《乐府解题》云"备言世路艰难及离别悲伤之意"。李白此诗作于离开长安之时，有系于开元十八、九年（730－731），言是初入长安困顿而归时所作；有系于天宝三载（744），谓是赐金放还时作。参照《梁园吟》《梁甫吟》二诗，与此结尾如出一辙，故以前说为允。

诗从高堂华宴写起，可能是钱筵的场面。"金樽清酒斗十千，玉盘珍羞值万钱"，前句化用曹植《名都篇》"美酒斗十千"，后句本于《北史》"韩晋明好酒纵诞，招饮宾客，一席之费，动至万钱，犹恨俭率"，它展示的是如同《将进酒》"烹羊宰牛且为乐"那样的盛宴，然而接下来却没有"会须一饮三百杯"的酒兴和食欲。"停杯"尤其"投箸"这个动作，表现的是一种说不出的悲愤和失落，"拔剑击柱"这一动作，更增加了这种感觉。"心茫然"也就是失落感的表现。于是诗的前四句就有一个场面陡转的变化。

"欲渡黄河冰塞川，将登太行雪满山"是写景，但这是象征性的写景。它象征的是李白一入长安，满怀壮志，却备受坎坷，没有找到出路。具体而言，"欲渡黄河"、"将登太行"是以横渡大河、攀登高山来象征对宏大理想的追求；"冰塞川"、"雪满山"则是以严酷的自然条件来象征在政治上遭受的阻碍和排斥。两句既交代了"心茫然"的原因，又起到点醒题面的作用。以下一转，连用两个典故，一是姜子牙未遇周文王时曾在渭水之滨钓鱼，一是伊尹在辅佐成汤之前曾梦见自己乘舟从红日之旁驶过。显然又是幻想自己有朝一日也会时来运转，一骋雄才。这四句中诗情又经历了一次大的起落。

以下诗情再一次由浪峰跌至深谷，而且是一连串儿几个短句："行路难！行路难，多歧路，今安在？"诗人仿佛走到一个歧路的路口上，不知道该怎么走，甚至不知道自己身在何方，这与前文"拔剑击柱心茫然"相呼应，表现了理想破灭，陷入迷惘。而最后两句却又振起音情，冲决出迷惘："长风破浪会有时，直挂云帆济沧海。"

全诗在音情上大起大落，充分表现了理想和现实的矛盾，尽管几度陷入悲愤，但结尾却奏出了最强音。所以虽然写的是"行路难"，却自有豪气英风在。诗中拉杂使事，长短其句，也是太白惯用伎俩。

长相思

长相思，在长安。络纬秋啼金井阑，微霜凄凄簟色寒。
孤灯不明思欲绝，卷帷望月空长叹。美人如花隔云端。上有

青冥之高天，下有渌水之波澜。天长路远魂飞苦，梦魂不到
关山难。长相思，摧心肝。

开元十八年（730）李白自安陆取道南阳，西入长安，干谒玉真公主
不遇。当年秋天，被安置于公主别馆，别馆距长安百里，当时已是一所
荒园。诗人遭此冷遇，曾作《玉真公主别馆苦雨赠卫尉张卿二首》向驸
马张垍陈情，本篇情景与之相近，当为同期之作。

"长相思"本汉诗中语（如《古诗》："客从远方来，遗我一书札。上言长相
思，下言久离别"），六朝诗人多以名篇（如陈后主、徐陵、江总等均有作），并
以"长相思"发端，属乐府《杂曲歌辞》。现存歌辞多写思妇之怨。李白
此诗即拟其格而别有寄寓。

诗大致可分两段。一段从篇首至"美人如花隔云端"，写诗中人"在
长安"的相思苦情。注意，这是"在长安"！"长安"在诗中是一个重要
的符号，用以表明诗之寓托。诗中描绘的是一个孤栖幽独者的形象。他
（或她）居处非不华贵——这从"金井阑"可以窥见，但内心却感到寂寞
和空虚。作者是通过环境气氛层层渲染的手法，来表现这一人物的感情
的。先写所闻——阶下纺织娘凄切地鸣叫。虫鸣则岁时将晚，孤栖者的
落寞之感可知。其次写肌肤所感，正是"霜送晓寒侵被"时候，他更不
能成眠了。"微霜凄凄"当是通过逼人寒气感觉到的。而"簟色寒"更暗
示出其人已不眠而起。眼前是"罗帐灯昏"，益增愁思。一个"孤"字不
仅写灯，也是人物心理写照，从而引起一番思念。"思欲绝"（犹言想煞人）
可见其情之苦。于是进而写卷帷所见，那是一轮可望而不可即的明月呵，
诗人心中想起什么呢？他发出了无可奈何的一声长叹。这就逼出诗中关
键的一语："美人如花隔云端。""长相思"的题意到此方才具体表明。这
个为诗中人想念的如花美人似乎很近，近在眼前；却到底很远，远隔云
端。与月儿一样，可望而不可即。由此可知他何以要"空长叹"了。值
得注意的是，这句是诗中唯一的单句，给读者的印象也就特别突出，可

230

见这一形象正是诗人要强调的。

以下直到篇末便是第二段，紧承"美人如花隔云端"句，写一场梦游式的追求。这颇类屈原《离骚》中那"求女"的一幕。"求女"乃是一个现成思路，作用仍在表明诗之寓托。诗中人梦魂飞扬，要去寻找他所思念的人儿。然而"天长地远"，上有幽远难极的高天，下有波澜动荡的渌水，还有重重关山，尽管追求不已，还是"两处茫茫皆不见"。这里，诗人的想象诚然奇妙飞动，而诗句的音情也配合极好。"青冥"与"高天"本是一回事，写"波澜"似亦不必兼用"渌水"，写成"上有青冥之高天，下有渌水之波澜"颇有犯复之嫌。然而，如径作"上有高天，下有波澜"（歌行中可杂用短句），却大为减色，怎么读也不够味。而原来带"之"字、有重复的诗句却显得音调曼长好听，且能形成咏叹的语感，正如《诗大序》所谓"嗟叹之不足，故永歌之"（"永歌"即拉长声调歌唱），能传达无限感慨。这种句式，为李白特别乐用，它如"蜀道之难难于上青天"、"弃我去者，昨日之日不可留；乱我心者，今日之日多烦忧"、"君不见黄河之水天上来"，等等，句中"之难"、"之日"、"之水"从文意看不必有，而从音情上看断不可无，而音情于诗是至关紧要的。再看下两句，从语意看，词序似可作：天长路远关山难（度），梦魂不到（所以）魂飞苦。写作"天长路远魂飞苦，梦魂不到关山难"，不仅是为趁韵，且运用连珠格形式，通过绵延不断之声音以状关山迢递之愁情，可谓辞清意婉，十分动人。由于这个追求是没有结果的，于是诗以沉重的一叹作结："长相思，摧心肝！""长相思"三字回应篇首，而"摧心肝"则是"思欲绝"在情绪上进一步的发展。结句短促有力，给人以执着之感，诗情虽则悲恸，但绝无萎靡之态。

此诗形式匀称，"美人如花隔云端"这个独立句把全诗分为篇幅均衡的两部分。前面由两个三言句发端，四个七言句拓展；后面由四个七言句叙写，两个三言句作结。全诗从"长相思"展开抒情，又于"长相思"一语收拢。在形式上颇具对称整饬之美，韵律感极强，大有助于抒情。

诗中反复抒写的似乎只是男女相思，把这种相思苦情表现得淋漓尽致；但是，"美人如花隔云端"就不像实际生活的写照，而显有托兴意味。何况我国古典诗歌又具有以"美人"喻所追求的理想人物的传统，如《楚辞》"恐美人之迟暮"。而"长安"这个特定地点，"求女"这种现成思路，都暗示诗中包含政治托寓。径言之，此诗之大旨是写追求政治理想不能实现的苦闷。因此，这首诗的用意是深含于形象之中，隐然不露的，具备一种蕴藉的风度。所以王夫之赞此诗道："题中偏不欲显，象外偏令有余，一以为风度，一以为淋漓，乌乎，观止矣。"（《唐诗评选》）

将进酒

　　君不见黄河之水天上来，奔流到海不复回。君不见高堂明镜悲白发，朝如青丝暮成雪。人生得意须尽欢，莫使金樽空对月。天生我材必有用，千金散尽还复来。烹羊宰牛且为乐，会须一饮三百杯。岑夫子，丹丘生，将进酒，杯莫停。与君歌一曲，请君为我倾耳听。钟鼓馔玉不足贵，但愿长醉不复醒。古来圣贤皆寂寞，惟有饮者留其名。陈王昔时宴平乐，斗酒十千恣欢谑。主人何为言少钱，径须沽取对君酌。五花马，千金裘，呼儿将出换美酒，与尔同销万古愁。

　　这首诗主观感情色彩很强，有两个主要艺术特色—— 一是夸张手法的运用，二是内在韵律的大起大落。"将"音强去声，意思是劝，"将进酒"的意思就是"劝酒歌"。现代诗人郭小川写过一首新诗《劝酒歌》，"劝酒歌"的意思也就是"将进酒"。创作背景有两种说法，一说作于天宝十一年（752）即李白二入长安后，一说作于开元二十四年（736）即一入长安后。目前，学术界普遍倾向于第二种说法。原因是：李白一入长安虽没有找到政治出路，但对政治仍抱有很大幻想，因此，在一入长安之后、二入长安之前的诗，牢骚与期望并存。在二入长安之后，李白对政治几乎完全失望，诗中对现实持否定态度。《将进酒》所表现的思想内容，既有"古来圣贤皆寂寞，唯有饮者留其名"的牢骚，又有"天生我材必有用"的期望，符合一入长安之后、二入长安之前的诗人心态。

黄河的景象本来就是壮阔的，水流湍急，落差很大，但源头再高，也高不到天上去呀。"黄河之水天上来"把本来壮阔的说得更壮阔，这是放大式的夸张。这个夸张有一层比喻的意义，就是时间的一去不复返，但主要还是赞美河山的壮丽，这与李白的政治抱负是紧密联系着的。"高堂"是古代四合院的正堂，古人也用它来代称父母，但在这首诗中却是居家的意思。人生苦短，少年时一头青青的黑发，不知道什么时候就换成了白发。人的头发由黑变白，本来有一个时间过程，起码有一个"二毛"的阶段，但诗人取消了这个过程，把人生的由少到老，说成是一"朝"一"暮"的事。把一个短暂的事情，说得更加短暂，这就是缩小，这也是一种夸张，只不过是反向的夸张，其作用仍是增强表达效果，目的是感慨人生渺小。

可以说，没有夸张就没有李白。扩大式夸张在李白还有一种特殊形态，就是"数字化夸张"，就是运用大数目字以达到夸张的目的。这种夸张形式在《将进酒》有比较集中的运用，如"会须一饮三百杯"、"千金散尽复还来"、"斗酒十千恣欢谑"、"五花马，千金裘"、"与尔同销万古愁"，等等，或夸张饮酒之多，或夸张花销之巨，或夸张时间之长，等等。《水浒传》写武松过景阳冈，酒旗上写着"三碗不过冈"，而武松一口气喝下了十八碗，这也很夸张。但比起《将进酒》的"会须一饮三百杯"，似乎又算不得什么了，这里的效果是更加豪放、更加淋漓尽致、更加富有诗意。

李白在写作这首诗时的处境，一方面是遭遇政治失意，是冷酷的社会现实；另一方面是他一向怀有的政治抱负，是建功立业的崇高理想。这就构成了作者的思想矛盾和冲突——这就是诗情大起大落的深层次原因。

李白诗歌内在韵律上的特点是大起大落。在《将进酒》中可以简单概括为一起一落，再起再落，再起。诗开篇是两组长句，一组长句把黄河的壮丽说得更加壮丽，面对壮丽河山，诗人豪情满怀，欲有作为。这是诗情的一次大起。紧接着，另一组长句把短暂的生命说得更加短暂，表现出诗人因仕途不顺，而产生的时不我待，对虚度年华的恐惧。这是诗情的一次大落。

然而，诗人拒绝消沉。于是诗情再起："人生得意须尽欢，莫使金樽空对月。"这里说的人生得意，当然不是现实，而是未来，诗人肯定有这样的未来，所以他要为未来痛饮满杯。"天生我材必有用"表达的是使命感，是自信——"有用"而"必"！不但自信，而且充分。"千金散尽还复来"，仍然是自信——这不仅仅是说花钱的豪爽，更是对"钱"景的乐观。"烹羊宰牛且为乐"以下几句，则是为想象中乐观的前景而安排的一场盛宴，作者用夸张的手法铺叙了这场盛宴，绝不同于"菜要一碟乎两碟乎，酒要一壶乎两壶乎"（《镜花缘》），而是整头整头地"烹羊宰牛"，不喝上"三百杯"绝不罢休。他写了席间的劝酒之声："岑夫子，丹丘生，将进酒，杯莫停！"这就是诗情的第二次大起。

接着，"请君为我倾耳听"以下，作者唱了一首诗中之歌。歌中唱道："但愿长醉不愿醒。"这是对现实不满，是牢骚，也是诗情的再次低落。"古来圣贤皆寂寞，惟有饮者留其名"，这是继续发牢骚，情绪相当主观。读者完全可以抬杠，举出许多反例，来证明它的不成立。却并不妨碍诗人用这样具有强烈主观情绪的诗句，来表达他对现实的不满。对古代著名的"饮者"，作者举出了一个三国时魏国的陈思王曹植，因为他怀才不遇，壮志难酬，诗人就这样借古人的酒杯，浇自己的块垒。这是诗情的第二次大落。

"主人何为言少钱，径须沽取对君酌"以下诗情再转狂放，甚至说"五花马，千金裘，呼儿将出换美酒，与尔同销万古愁!"这里是回应前文"人生得意须尽欢，莫使金樽空对月。天生我材必有用，千金散尽还复来"。作者并不因为现实的不得意而否定未来，为了肯定会到来的明天和未来，他要痛饮高歌，把过去的一切的不愉快——"万古愁"，指从古以来由人生苦短引起的悲愁，彻底"销"掉。用今天的话来说，就是永久性删除。这是诗情的第三次大起，也是全诗的结束。

诗情的大起大落和强烈的主观感情色彩，及由此形成的强烈的冲击力和感染力，是李白诗歌的突出艺术特点。通过这样的艺术表现，读者从诗中感受到的，是个性的极度张扬，是对现实不满情绪的发泄，是对理想和未来的执着。这样的思想内容，为什么要通过劝酒的方式来表现呢？这是因为酒能使人情绪亢奋、酒能使人无拘无束、酒能使人缓解压力、酒能使人放言无忌，借"将进酒"这种形式，能使诗中的政治抒情既酣畅淋漓，又含蓄不露。说它含蓄不露，是因为诗中并没有直接批评现实政治。

因此，不能简单地把《将进酒》理解为一首提倡饮酒的诗，而应该看到在"借酒浇愁"的表面下，这首诗所包含的正面的积极的思想内容，那就是：不必为人生短暂而忧伤，不必为人生挫折而烦恼，应当相信未来、相信明天、相信自己——"天生我材必有用"！换言之，永远拒绝负面情绪，永远给自己以积极的心理暗示——这才是这首诗给读者的人生启迪。

把酒问月

青天有月来几时？我今停杯一问之。人攀明月不可得，月行却与人相随。皎如飞镜临丹阙，绿烟灭尽清辉发。但

见宵从海上来，宁知晓向云间没？白兔捣药秋复春，嫦娥
孤栖与谁邻？今人不见古时月，今月曾经照古人。古人今
人若流水，共看明月皆如此。唯愿当歌对酒时，月光长照
金樽里。

这首诗写作年代不详，或与《月下独酌》四首以类相从，系于天宝
三载（744）所作。题下原注："故人贾淳令予问之"，可见此诗是应友人
之请，以明月为题，所作的一首《天问》式的"月问"。

"青天有月来几时"四句一韵（平声），劈头一问即可令人浮一大白。
苏东坡著名的中秋词开头的"明月几时有，把酒问青天"就是化用于此，
传得尽人皆知。而李白这两句照传不误，极为难得。接下来"人攀明月
不可得，月行却与人相随"又是可圈可点，回文式句法颇具唱叹之致。
写出明月给人不即不离、亲切而又神秘的感觉。陶诗"荷锄带月归"，儿
歌"月亮走，我也走"，都是在说这种感觉。二句看似陈述，其实是再发
一问，省略了"为什么"三字。这个问题看似玄妙，其实是有解的：在
行人的视觉中，由于近景位移快而远景位移慢，故月亮与远山等物，都
会有与人相随的感觉。

"皎如飞镜临丹阙"四句一韵（转仄），也是两个问题。"丹阙"即苏
词中的"朱阁"，"绿烟"实指铜镜氧化所生的雾翳。辛弃疾词云："一
轮秋影转金波，飞镜又重磨。"（《太常引》）化用于此，而不着痕迹。李
白还写过："又疑瑶台镜，飞在青云端。"（《古朗月行》）而这里是说，月
亮经过重磨，雾翳灭尽，所以清辉焕发。隐含的问题是：孰为磨镜之
人？中国神话没有说，这个问题是无解的。"但见宵从海上来，宁知晓
向云间没？"则是另一个问题。月亮明明归于西极（昆仑月窟），为什么
总是看见从海上升起？辛词亦有类似问题："可怜今夕月，向何处，去
悠悠？是别有人间，那边才见，光影东头？"问得更加有趣，似乎已猜

236

到地体为球形了。

"白兔捣药秋复春"四句一韵（转平），又是两个问题。一个问题是关于嫦娥和玉兔的，其实还涉及到吴刚。"嫦娥孤栖与谁邻"，其实不成问题，那人就是吴刚。在月亮这个孤岛上，这一对孤男寡女没有一丁点儿绯闻，实在是太不可思议了。"今人不见古时月，今月曾经照古人"看似陈述，如张若虚之"人生代代无穷已，江月年年望相似"也可以衍生出问题，如张若虚之"江畔何人初见月？江月何年初照人"更包含一重哲理意味，即古今是个相对的概念，如孟浩然之"人事有代谢，往来成古今"。"今人不见古时月"二句与"人攀明月不可得"二句一样，造语有回环之美，均为传世名言。（顺便说，上句若作"古人不见今时月"，当更佳）

"古人今人若流水"四句一韵（转仄），不复发问，以许愿结束全诗。前两句的意思是，古人今人共看一轮明月，感想是一样的。古人曾经是今人，而今人也必将作古。所以达人知命，置生死于度外，只有一个态度是对的："唯愿当歌对酒时，月光长照金樽里。""当歌对酒"语出自曹操《短歌行》，说穿了就是指现在、指当下。过去的回不来了，未来的不可猜测，唯一能做的事情就是把握当下。而过好了每一天，也就过好了一生。"月光长照金樽里"的"长"，指定格了的时间，艾青说得好："（诗的）语言真是可怕，竟常常如此地因生活的美而成为永久。"（《诗人论》）

总之，诗中表现的人生观是通达的，阳光的。诗人面对明月，面对流逝的时光，不能没有感慨，但这不影响他对生活的肯定，对人生的肯定。全诗主题集中，而思维发散。情致缠绵，而又不坠纤巧。作者出口成章，而妙语连珠。"人攀明月不可得，月行却与人相随"、"今人不见古时月，今月曾经照古人"等句，代代流传，不可磨灭。故与《峨眉山月歌》《月下独酌》等诗同样为读者激赏。

梦游天姥吟留别

海客谈瀛洲，烟涛微茫信难求。越人语天姥，云霓明灭或可睹。天姥连天向天横，势拔五岳掩赤城。天台四万八千丈，对此欲倒东南倾。我欲因之梦吴越，一夜飞渡镜湖月。湖月照我影，送我至剡溪。谢公宿处今尚在，渌水荡漾清猿啼。脚著谢公屐，身登青云梯。半壁见海日，空中闻天鸡。千岩万转路不定，迷花倚石忽已暝。熊咆龙吟殷岩泉，慄深林兮惊层巅。云青青兮欲雨，水澹澹兮生烟。列缺霹雳，丘峦崩摧。洞天石扉，訇然中开。青冥浩荡不见底，日月照耀金银台。霓为衣兮风为马，云之君兮纷纷而来下。虎鼓瑟兮鸾回车，仙之人兮列如麻。忽魂悸以魄动，怳惊起而长嗟。惟觉时之枕席，失向来之烟霞。世间行乐亦如此，古来万事东流水。别君去兮何时还？且放白鹿青崖间，须行即骑访名山。安能摧眉折腰事权贵，使我不得开心颜！

李白于天宝三载 (744) 由待诏翰林赐金放还，离京后曾与杜甫、高适同游梁宋、齐鲁，然后在东鲁家中居住过一个时期。东鲁的家已安定，尽可以怡情养性，但他的心却不在这儿，约在天宝五载 (746) 又一度踏上漫游之路。此诗题一作《别东鲁诸公》，可知是赠别之作；由于寄情山水，通常也被认为是山水诗；然而毕竟是梦游，所以也有足够的理由被认为是游仙之作。此诗一向被列举为李白代表作之一。

天姥山，在会稽 (绍兴) 南面，今浙江新昌、嵊州市以东，临近剡溪，与赤城山、天台山相对，号称灵秀奇绝，传说登山的人曾听到仙人天姥的歌唱，因此得名。但任何地图上都只标天台山，而不见天姥山，可见两山实际的大小。浙东山水，李白在辞亲远游的青年时代就已经游过，天台山早已去过，天姥山只听说过，故成为这次南下主要的目标。没有到过的山，当然是最好的山。诗一开始就以虚衬实，说瀛洲不可到，天姥总还可以到吧。这样说，好像仙境第一，天姥山第二。然后就说它势压赤城、天台乃至五岳，这怎么可能呢？但经诗人一吹，不可能也可能了。这叫作尊题——为了突出所咏的对象，而做的夸张与衬托的艺术处理。

由于神往，就有尚未成行时的梦游。这番梦游不仅由越人侃大山而触发，而且有着昔游的基础，所以"梦吴越"也有旧地重游的意味，此重游乃神游，月夜飞渡，写梦入妙。由杭州到越州、到剡溪、到天台，这是一条唐诗之路，而晋宋之际的谢灵运则是一个先行者，他不但是个写诗的行家，也是个登山的行家，曾特制登山木屐，"上山则去其前齿，下山则去其后齿"，只是当时无法申请专利，所以李白照做不误，如果今日商家能仿制此"谢公屐"，想必也是要发财了。

"湖月照我影"到"迷花倚石忽已暝"等十句，从早写到晚，写诗人从剡溪到天姥山，行走山阴道上，但觉秀色扑面，层峦叠翠，回环奇绝，气派纵不如《蜀道难》雄伟，却别具清新的风格。以下写黄昏降临，山中幽怖的情景：熊在吼叫，龙在长吟，使人毛骨悚然。然后写到云头低垂，水面蒸烟，眼看滂沱大雨即将来临，诗人不禁有些失措。猛然间闪电过处，雷霆万钧，山峦崩塌，才打破适才的阴森恐怖，迎来了光明洞彻的神仙世界。从"熊咆龙吟殷岩泉"到"仙之人兮列如麻"十四句，则完全是光怪陆离、大类楚辞的幻设的笔墨了。

关于这一段描写，一方面流露出对神仙世界的向往，另一方面也可以辨认出李白在翰林三年现实生活的某些痕迹。陈沆《诗比兴笺》说，此诗即屈子《远游》之旨，亦即《梁甫吟》"我欲攀龙见明主，雷公砰訇震天鼓，帝旁投壶多玉女。三时大笑开电光，倏烁晦冥起风雨。阊阖九门不可通，以额叩关阍者怒"之旨也。太白被放以后，回首蓬莱宫殿，有若梦游，故托天姥以寄意。题曰留别，盖寄去国离都之思，非徒酬赠握手之什。此言甚是，盖太白之入侍翰林，无异于好梦一场，梦醒之后，但觉其虚幻而无可留恋。尤其是联系天宝五六载之李林甫对大臣实行的一场政治迫害，令人不免心有余悸，故以熊咆龙吟以象之；而以"世间行乐亦如此，古来万事东流水"二语收束。结尾更言寄情山水，为的是不同宫廷权贵同流合污。

最后几句点出留别之意，说：要问这一次离别诸君何时再见，我是打算远离尘嚣到名山求仙学道，怕是难以再会了。盖诗人有强烈的政治抱负，却不愿在权贵面前摧眉折腰，于是只好借山水、神仙以挥斥幽愤了。这几句是李白的名言，有人认为全诗从结构上说是倒装的写法，如果参读李白去朝后所作的《梁甫吟》《答王十二寒夜独酌有怀》等政治抒情诗，更会觉得这结尾的几句有雷霆万钧之力，充分显示了诗人对上层社会的深刻不满，不愿同流合污的傲岸性格，以及他对自由生活的热爱。

诗以七言为主，句法长短错综，适当采用了屈赋的句式，于波澜起伏中，表现出一种不同凡响的逸兴壮思。

玉壶吟

烈士击玉壶，壮心惜暮年。三杯拂剑舞秋月，忽然高咏涕泗涟。凤凰初下紫泥诏，谒帝称觞登御筵。揄扬九重万乘主，谑浪赤墀青琐贤。朝天数换飞龙马，敕赐珊瑚白玉鞭。世人不识东方朔，大隐金门是谪仙。西施宜笑复宜颦，丑女效之徒累身。君王虽爱蛾眉好，无奈宫中妒杀人。

这首诗约作于玄宗天宝三载（744年）供奉翰林的后期，赐金还山的前夕。三年前李白得到玄宗征召，《南陵别儿童入京》时他是满怀希望，有"仰天大笑出门去，我辈岂是蓬蒿人"的大话诗。初至长安，受过"龙巾拭吐，御手调羹"（《唐才子传》）的待遇，玄宗曾"许中书舍人"（魏颢《李翰林集序》）。然而李白性格傲岸，"戏万乘若僚友，视同列为草芥"（苏轼），遂遭到玄宗身边几乎所有人的进谗，久而久之，玄宗也认为李白"非廊庙器"（不是安邦治国的材料）。当李白清醒地认识到自己待在长安，只能做皇帝的文学侍臣的时候，便写下这首诗，自述其知遇之始末。客气点说，也相当于打了辞职报告。

此诗以首句中"玉壶"二字为题，是自制新题。"玉壶"语出有自，本于《世说新语·豪爽》，文中记载东晋王敦酒后常唱曹操诗："老骥伏枥，志在千里；烈士暮年，壮心不已。"（《步出夏门行·龟虽寿》）一边唱一边用如意敲打玉制的唾壶，所以壶口上满是缺口。作者用这个典故，来抒写自个儿认清了玄宗的态度时，内心的冲突、冲动。这是一篇七言歌行，而以五言两句开篇，"烈士"、"壮心"、"暮年"三词都出自曹操诗，是以明本志：原是想有一番作为，老当益壮的。但是有人把玄宗的话过给他了，他感到痛心、失望。"三杯拂剑舞秋月"两句，写他不能控制情绪的场面：他饮酒、他高歌、他舞剑，他情不自禁，泪流满面。然而又有什么用，已经是大错铸成了。以上四句为一段，写李白搞清自个儿的处境时，悲愤的心境。

继而追忆当初，玄宗不是这样的；他也不是这样的，奉诏入京时可以说是受宠若惊。"凤凰初下紫泥诏"，语出《十六国春秋》所载，后赵武帝石虎下诏时坐高台，让木制的凤凰衔着诏书往上飞。"紫泥"指古代用以封诏书的紫色黏土。想当初，"谒帝称觞登御筵"，是何等地风光。"揄扬（赞扬）九重万乘主"二句，活画出当初不可一世，平交王侯的意态。除了皇帝，谁也不放在眼里。苏轼称其"戏万乘若僚友，视同列为草芥"，就是根据这两句改写的。"谑浪"就是大不敬，"赤墀（红色台阶）

241

青琐（青色宫门）贤"则指皇帝身边的大臣。诗人这样写，与其说是反思，不如说是炫耀。"朝天数换飞龙马"二句则把这种炫耀推向极致，说上朝经常换乘皇家的"飞龙马"，这还有章可循，说同时手里还挥着钦赐的马鞭，似乎有一点过分。以上六句为一段，写当初的平步青云，宠遇优渥，无意中也写出了自己当初的头脑发昏。

正是抬得高，跌得重。"世人不识东方朔"两句自成一段，是猛然一跌。居然自比东方朔。东方朔何许人也？他仪表堂堂，滑稽多智，汉武帝时曾任太中大夫，后来成了皇帝的弄臣（供皇帝寻开心的近臣）。东方朔心情也不好，曾作歌曰："陆沉于俗，避世金马门。"（《史记·滑稽列传》）"世人不识东方朔"，是说东方朔世少知音，这里的"世人"并不指普通人，主要指官居要津的人，矛头也暗暗指向皇帝。"大隐金门是谪仙"，则把自个儿也放进去，或以"当代东方朔"自居。"大隐"的话头来自晋王康琚的"大隐隐朝市"（《反招隐诗》）。这一句中还提到一个绰号"谪仙"，东方朔没有这样的绰号。这个绰号是老前辈贺知章赠他的，明明白白记在李白诗中："四明有狂客，风流贺季真。长安一相见，呼我谪仙人。"（《对酒忆贺监》）这两句虽然跌得重，但李白毕竟是李白，改不了自负的毛病。所以他还要拿出这个绰号来炫耀，"谪仙人"，怎么样？你们行吗？

李白也知道分寸，最后给玄宗打了一个圆场，说他是受了蒙蔽。"西施宜笑复宜颦"二句，活用《庄子·天运》东施效颦的故事："故西施病心而颦其里，其里之丑人见而美之，归亦捧心而颦其里。其里之富人见之，坚闭门而不出；贫人见之，挈妻子而去之走。彼知颦美，而不知颦之所以美。"诗人把自个儿比成西施，把对立面比成东施。不但讽刺了对立面的以丑为美，也谮讽了玄宗的美丑不辨。谮讽之后，再打圆场："君王虽爱蛾眉好"，上承"凤凰初下紫泥诏"六句而来，一个"虽"字打了折扣。"无奈宫中妒杀人"，说皇帝是爱才的，只是他拿身边妒忌的人没有办法，这真是天大讽刺。

242

这首诗写得非常痛快,非常解气。鲁迅论杂文说:"论时事不留面子,砭痼弊常取类型。"(《伪自由书》)李白这首歌行,可以说就是诗的杂文。它纵横捭阖而不失之粗野,慷慨悲歌而不流于褊急。前后呼应,擒纵自如。明人徐祯卿认为歌行"气本尚壮,亦忌锐逸。"应该做到"气如良驷,驰而不轶"(《谈艺灵》)方好,李白这首歌行,可以说是当之无愧的。

梁园吟

我浮黄云去京阙,挂席欲进波连山。天长水阔厌远涉,访古始及平台间。平台为客忧思多,对酒遂作梁园歌。却忆蓬池阮公咏,因吟渌水扬洪波。洪波浩荡迷旧国,路远西归安可得。人生达命岂暇愁,且饮美酒登高楼。平头奴子摇大扇,五月不热疑清秋。玉盘杨梅为君设,吴盐如花皎白雪。持盐把酒但饮之,莫学夷齐事高洁。昔人豪贵信陵君,今人耕种信陵坟。荒城虚照碧山月,古木尽入苍梧云。梁王宫阙今安在,枚马先归不相待。舞影歌声散渌池,空馀汴水东流海。沉吟此事泪满衣,黄金买醉未能归。连呼五白行六博,分曹赌酒酣驰晖。歌且谣,意方远。东山高卧时起来,欲济苍生未应晚。

这首诗涉及两处游踪,一是梁园,为汉代梁孝王所建;二是平台,春秋时宋平公所建。这两个遗迹,都在唐时宋州(今河南商丘)。前人多以为作于玄宗天宝三载(744)李白赐金还山抵梁园时,今人根据结尾高调的情绪,认为应作于开元年间首次入长安求功名未成,浮舟黄河抵梁园、平台间而作。诗题一作《梁苑醉酒歌》《梁园醉歌》。

"我浮黄云去京阙"六句，自叙游踪及作歌缘起。原来诗人离开长安（"京阙"），东浮黄河，饱览（"厌"是餍足）名山大川，然后到达平台所在的宋州，而这也是梁园之所在。"平台为客忧思多"这就是作歌缘起，"对酒遂作梁园歌"直呼歌名，有"与君歌一曲，请君为我侧耳听"（《将进酒》）的意味。这首歌有两个关键词，一是"访古始及平台间"的"访古"，因为梁园所在地域涉及从战国到汉魏诸多古人遗迹，所以访古是这首歌的主要内容；一是"忧思"，对国家命运及个人前途的忧思。

"却忆蓬池阮公咏"四句写"访古"，因梁园有阮籍遗迹（"蓬池"遗址在河南尉氏县东南），而首怀阮籍。阮籍《咏怀诗》诗云："徘徊蓬池上，还顾望大梁；渌水扬洪波，旷野莽茫茫。"大意是在蓬池上徘徊不安，频频回首眺望魏都大梁；看到江河的绿水忽然扬起洪波巨浪，空旷的郊野衰草连天茫茫无垠。诗人充满对时局的殷忧。"因吟"一句直接引用了阮籍诗句"渌水扬洪波"，不仅是发思古之悠情，也包含诗人的现实"忧思"。在作者早年的《蜀道难》写剑门的一段中，曾说到过这种忧思。紧接"洪波浩荡迷旧国"二句，则表现了对京阙的恋恋不舍，是所谓身在江湖，心存魏阙。

"人生达命岂暇愁"四句是排遣"忧思"，有"何以解忧，惟有杜康"（曹操）之意。"人生达命岂暇愁"是"人生得意须尽欢"（《将进酒》）的一转语，"且饮美酒登高楼"则是"莫使金樽空对月"（同前）的一转语。而"平头奴子（戴平头巾的奴仆）摇大扇，五月不热疑清秋"的描写，这种对感官享受的夸张，几令人瞠目结舌。"玉盘杨梅为君设"四句写美食享受，玉盘杨梅，吴盐似雪，用以佐酒，这样说还好；"莫学夷齐事高洁"，叫什么话呢！须知这是牢骚话，是发泄不满的话。

"昔人豪贵信陵君"四句再写"访古"，战国时代的魏公子无忌，曾是作者少年时代的偶像。他在《扶风豪士歌》中说："原尝春陵六国时，开心写意君所知。堂上各有三千士，明日报恩知是谁。"其中的"陵"，就指"信陵君"。"今人耕种信陵坟"云云，化用古诗"古墓犁为田，松柏摧为薪。"(《去者日以疏》)写出梁园的荒芜和信陵君的遗踪全无，意谓人生短暂，富贵不足恃。

"梁王宫阙今安在"四句三写"访古"。这一次作者追思的是汉代以梁孝王为核心的文学团队，他点到的是其中的代表作家枚乘和司马相如，而司马相如，不但是作者的乡贤，也是他少年时代的偶像。他甚至追踪过司马相如的足迹，在《上安州裴长史书》中说："南穷苍梧，东涉溟海，见乡人相如大夸云梦之事，云楚有七泽，遂来观焉。""枚马先归不相待"一句，写出了"前不见古人"(陈子昂)的悲哀。

"沉吟此事泪满衣"四句再排遣"忧思"，诗情由低沉转为狂放。不仅写到狂饮，还写到豪赌，而人生不就是一场豪赌吗？"五白"、"六博"是古代博戏中的赌具、术语，"分曹"是两人一对的玩法。"驰晖"语出谢朓诗《暂使下都夜发新林至京邑赠西府同僚》："驰晖不可接，何况隔两乡。"意思是飞驰的日光，李贺诗直呼为"飞光"。诗中也包含有对青春易逝，岁月虚度的忧虑和无奈。

"歌且谣"四句，总收"访古"、"忧思"，是卒章显志，是诗人给自己打气。"意方远"是说想得很远。"东山高卧时起来"二句，语出《世说新语·排调》："谢公在东山，朝命屡降而不动，……诸人每相与言：安石不肯出，将如苍生何！"大意是谢安居东山，不愿出仕，士大夫中流传着一句话："谢安不出来做官，叫百姓怎么办？"诗人用这个典故，是说自己还有出头的机会，深刻表现出诗人对实现理想抱负之信心。

清人潘德舆说："长篇波澜贵层叠，尤贵陡变；贵陡变，尤贵自在。"(《养一斋诗话》卷二)这首诗写得感情奔放，跌宕起伏，频频换韵，不以韵为段落，令人不可捉摸。清人方东树点赞："以自己为经，偶触此地之事，借作指点慨叹，以发泄我之怀抱，全不专为此地考古迹发议论起见。所谓以题为宾为纬，於是实者全虚，凭空御风飞行绝迹，超超乎仙界矣，脱离一切凡夫心胸识见矣。"(《昭昧詹言》)全诗语句矫矫不群，充分表现出谪仙人面目。

远别离

远别离，古有皇英之二女；乃在洞庭之南，潇湘之浦。海水直下万里深，谁人不言此离苦？日惨惨兮云冥冥，猩猩啼烟兮鬼啸雨。我纵言之将何补？皇穹窃恐不照余之忠诚，雷凭凭兮欲吼怒。尧舜当之亦禅禹。君失臣兮龙为鱼，权归臣兮鼠变虎。或云尧幽囚，舜野死。九疑联绵皆相似，重瞳孤坟竟何是？帝子泣兮绿云间，随风波兮去无还。恸哭兮远望，见苍梧之深山。苍梧山崩湘水绝，竹上之泪乃可灭。

李白的《远别离》见收于《河岳英灵集》，作于马嵬事变前。这首表面上只是歌咏舜帝与二妃传说的诗，其实是一个天才的预言。天宝十二载（744），诗人曾北上寻求发展，意外发现安禄山图谋不轨的迹象。安禄山当时正承恩遇，对视事的中官又进行重贿，致使反情不得上达，举报者无异于自取杀身。李白已被皇帝疏远，当时也是"心知不敢语"，只能形于诗歌，诗中对杨妃表示了很深的关切，对唐玄宗提出了批评和警告。

屈大均因为姓屈，故称李白乐府"篇篇是楚辞"，虽未必然，但本篇确类楚辞，极现实的内容出以浪漫的手法，在神话取材、气氛烘托、地域空间、句法措辞上都与楚辞有明显的承继关系，取材略同《湘君》《湘夫人》，与《湘君》《湘夫人》一样依据了民间传说（如《水经注·湘水》所载），即相传舜南巡死于苍梧之野，娥皇、女英追之不及，相与恸哭，泪下沾竹成斑，人称湘妃竹；或言二妃从征，溺死于湘水，神游洞庭之渊、潇湘之浦。

与《湘君》《湘夫人》不同的是，本篇还依据了《竹书纪年》（晋太康中出土的竹简，中有纪年十三篇，记夏至周幽王历史，相传为魏国史书）所载"昔尧德衰，为舜所囚"，而推及"舜野死"亦失权于禹所致。

全诗闪烁其词，大意是说：说到远别离啊，就不能不提到娥皇、女英这两位帝女——为什么不提到舜？盖舜已先野死也——她们最后的归宿乃在洞庭之南、潇湘之浦。"海水直下万里深"，但比起她们的悲苦也就不算深了。同时这"海水"就是湖水的一转语。从此，洞庭湖上就笼罩着一层悲剧气氛，郭沫若《湘累》是这样描写二妃的歌声的："九疑山上的白云有聚有消，洞庭湖中的流水有汐有潮，我们心的愁云呀——啊，我们眼中的泪涛呀——啊，永远不能消！永远只是潮！"李白形容是"日惨惨兮云冥冥，猩猩啼烟兮鬼啸雨"，这气氛烘托大类楚辞《山鬼》。

写远别离不是诗人的目的，诗人的目的在于追究别离的原因。诗人一针见血地指出，是因为舜帝大权旁落的缘故，所谓"尧为匹夫不能治三人"的后果。想当初玄宗何以能做皇帝，还不是因为他先发制人，粉碎了太平公主帮的篡权活动。为什么现在就这么糊涂呢？所以诗人不禁感叹：哎，我说这些又有何用？说了也白说。（"皇穹"二句从《离骚》"荃不察余之忠诚兮，反信谗而齌怒"来）。白说还要说。"尧舜当之亦禅禹"的"之"，指的是君失权而权归臣的局面。就天宝年间而言，政权归于李林甫、杨国忠，兵权归于安禄山等。真应该想一想舜帝的结果，是落得死无葬身之所，九嶷山就像一个大的迷宫，甚至找不到孤坟所在，而娥皇、女英们的下场就更可怜了。唐玄宗老昏了，李白不免为杨贵妃捏一把汗。

诗的结尾说"苍梧山崩湘水绝（犹言'石头开花马生角'），竹上之泪乃可灭"，与《长恨歌》"天长地久有时尽，此恨绵绵无绝期"的结尾神似。此诗写成不数年间，唐玄宗就亡命入蜀，与贵妃重演了一出远别离的悲剧。只不过死的是杨妃，痛哭的是皇帝。在诗中李白的同情更在二妃，不仅因为她们是女性，而且因为她们无辜。比较起来，杨妃的命运更为悲惨。故本篇也可以说是李白的《长恨歌》。

马嵬事变是天宝十五载（755）的头条新闻，天下无人不知，何况李白那样热衷政治的人！然而关于这一事变，李白无诗。他既已天才地在事变发生之前发表过意见，这时又因爱国太切而惹下麻烦，被唐肃宗下狱、流放，也就只好三缄其口了。

答王十二寒夜独酌有怀

昨夜吴中雪，子猷佳兴发。万里浮云卷碧山，青天中道流孤月。孤月沧浪河汉清，北斗错落长庚明。怀余对酒夜霜白，玉床金井冰峥嵘。人生飘忽百年内，且须酣畅万古情。君不能狸膏金距学斗鸡，坐令鼻息吹虹霓。君不能学哥舒，横行青海夜带刀，西屠石堡取紫袍。吟诗作赋北窗里，万言不直一杯水。世人闻此皆掉头，有如东风射马耳。鱼目亦笑我，谓与明月同。骅骝拳跼不能食，蹇驴得志鸣春风。折杨皇华合流俗，晋君听琴枉清角。巴人谁肯和阳春，楚地由来贱奇璞。黄金散尽交不成，白首为儒身被轻。一谈一笑失颜色，苍蝇贝锦喧谤声。曾参岂是杀人者，谗言三及慈母惊。与君论心握君手，荣辱于余亦何有。孔圣犹闻伤凤麟，董龙更是何鸡狗。一生傲岸苦不谐，恩疏媒劳志多乖。严陵高揖汉天子，何必长剑拄颐事玉阶。达亦不足贵，穷亦不足悲。韩信羞将绛灌比，祢衡耻逐屠沽儿。君不见李北海，英风豪气今何在。君不见裴尚书，土坟三尺蒿棘居。少年早欲五湖去，见此弥将钟鼎疏。

诗题表明，这是一首唱酬之作。原唱为王十二《寒夜独酌有怀》，其作者是李白的一位王姓朋友，名字不详，行第为十二，也是一位诗人。

248

此诗约作于玄宗天宝八载（749）也就是"赐金还山"五年以后，王琦云："是年六月，陇右节度使哥舒翰攻吐蕃石堡城，拔之。白有《答王十二寒夜独酌有怀》诗。"（《李太白年谱》）诗的内容，是借酬答挥斥幽郁，抨击时政，揭露了上层政治生活中小人得志、嫉贤妒能，表白自己宠辱不惊和逃离现实的决心。

"昨夜吴中雪"十句为一段，是读到王十二寄来的诗作，而想象对方寒夜独酌，思念远人（即李白）的情况。因为是雪夜、又因为朋友姓王，作者用《世说新语·任诞》所载王子猷（即王徽之）雪夜思念友人，乘兴而行，兴尽而返的故事，来形容王十二雪夜思念自己时的兴不可遏。虽然王十二并没有出访之事，然而事异而情同，堪称典故活用的范例。"万里浮云卷碧山"以下六句，是描绘"寒夜"景色，估计王十二原作中提到那是一个月夜，所以才有这样的描写：浮云万里围绕着青山，天空中运行着一轮孤月；孤月显得那样凄清，银河显得那样澄澈；太白星晶莹明亮，北斗星错落纵横。作者想象友人在雪月并明之夜，在满是冰凌的井台边，一边独酌一边思念自己的情景，大受感动，于是写下不朽的名句："人生飘忽百年内，且须酣畅万古情。"人生是短暂的，但在短暂的一生中，人也能充分享受到大自然和生活的赐予。这是一种积极的心态，与《将进酒》的结尾（"五花马，千金裘，呼儿将出换美酒，与尔同销万古愁。"）异曲而同工。而"青天中道流孤月"一语，是诗人自写心胸，也是李白咏月的名句之一。

以上一段可以看作这首诗的引子，或帽子。如果把这一段掐掉，直接从下一段开始，又怎么样呢？似乎也不影响这首诗的完整性——而长句排比开篇，如天风海雨扑面而来，更是李白常有的手法（如《将进酒》《宣州谢朓楼饯别校书叔云》）。不过，有这样一个引子，也不觉得累赘，甚至是相得益彰。好比一个人戴一顶帽子，如果很合适，看习惯了，甚至可以成为一个标志。

"君不能狸膏金距学斗鸡"八句一段，揭露权贵当道，专横跋扈，正直人士遭遇排斥，为不平之鸣。前四句可以看成由"君不能"领起的两个排比长句，列举了大行其道、而"君不能学"的两种人。一种是斗鸡小儿若王准、贾昌之流，因玄宗好斗鸡，上行下效，时以斗鸡供奉者皆势焰熏天。"狸膏"是狐狸油，斗鸡时涂在鸡头上，对方鸡闻到狐狸的气味会因而逃避；"金距"是套在鸡爪上的金属指甲，杀伤对方鸡的利器。另一种则是赳赳武夫，"哥舒"即哥舒翰，突厥族人，曾任陇右、河西节度使。"西屠石堡"指天宝八载哥舒翰率大军强攻吐蕃的石堡城之事。"紫袍"指唐三品官以上的穿紫色袍。而"君不能学"的"君"，首先是指王十二，同时也包括进了诗人自己。因为与大行其道的两种人比，"君"的所作所为是："吟诗作赋北窗里"，也就是习文（文化）吧。结果呢，是"万言不直（值）一杯水"、是"世人闻此皆掉头，有如东风射马耳"。这几句纯用口语，将诗人在现实生活中遭遇到的不公和尴尬和盘托出。注意，用万言书对一杯水，是"世人"也就不只是某个特定的人，是"东风射马耳"等于说对牛弹琴，上层社会对文化的排斥，已经形成了一个场，已经成为一种风气，已经是积重难返。

"鱼目亦笑我"十四句为一段，拉杂使事，揭露社会之黑白不分，贤愚不辨，暗示朝廷之贤愚莫辨，奸邪害忠。西晋诗人张协《杂诗》有"鱼目笑明月（珍珠名）"之句，这里化用以喻朝中小人当道、鱼目混珠。接下来以"骅骝拳跼不能食"喻君子受屈得不到应有的待遇，"蹇驴得志鸣春风"喻小人得志趾高气扬。《折杨》《皇华》是古代难登大雅之堂的俗曲，公然得到流行。《清角》是只配明君享用的曲调，春秋时晋平公曾强迫师旷为之演奏，结果大病一场，暗喻玄宗的德薄。《巴人》（下里巴人）指俗曲，兼指只爱俗曲之人，而《阳春》（阳春白雪）即高雅音乐，则不能为其所赏。《韩非子·和氏》载："楚人和氏得玉璞楚山中，奉而献之厉王。厉王使玉人相之。玉人曰：石也。王以和为诳而刖其左足。及厉王薨，武王即位，和又奉其璞而献之武王。武王使玉人相之，又曰：石也。王又以和为诳而刖其右足。武王薨，文王即位。和乃抱其璞而哭于楚山之下，三日三夜，泪尽而继之以血。王闻之，使人问其故曰：天下之刖者多矣，子奚哭之悲也？和曰：吾非悲刖也，悲夫宝玉而题之以石，贞士而名之以诳，此吾所以悲也。"诗中用这个典故以喻谗毁成风、明珠暗投之悲。作者在《安州上裴长史书》中说："曩昔东游维扬，不逾一年，散金三十馀万。"这里说，纵使"黄金散尽"，也没有交到真正的朋友，身为儒生一辈子受人轻视，使人想到杜甫的两句诗："纨绔不饿死，儒冠多误身。"（《奉赠韦左丞丈二十二韵》）"一谈一笑失颜色"，是说容易以言获罪，"苍蝇"喻进谗者、"贝锦"喻花言巧语，是分别出自小雅《青蝇》《巷伯》的典故。这已经不再是说王十二，而分明是李白待诏翰林三年间的遭遇。接下来作者用了曾参"杀人"的典故："曾子处费，费人有与曾子同名姓者而杀人。人告曾子母曰：'曾参杀人。'曾子之母曰：'吾子不杀人。'织自若。有顷焉，一人又曰：'曾参杀人。'其母尚织自若也。顷之，一人又告之曰：'曾参杀人。'其母惧，投杼，逾墙而走。"与此类似的故事还有三人成虎、众口铄金、积毁销骨、人言可畏，等等，可见谣言的力量，谣言的荒唐，谣言可能造成的伤害，而这些，都是李白在长安、在朝廷的亲身体会。

李白被"赐金还山"离开朝廷，等同于被下了逐客令。"和他视被征召为十分光荣一样，他也视被谗逐为十分遗憾。"（郭沫若）他在《答高山人》一诗中说："谗惑英主心，恩疏佞臣计"，又在《为宋中丞自荐表》里说："为贱臣诈诡，遂放归山。"魏颢《李翰林集序》中点名说"以张垍（玄宗驸马、张说之子）谗逐"，这一定是李白亲口告诉他的。进谗者其实不只张垍一人，张垍并非"贱臣"，"贱臣"必另有所指，这人无疑是指高力士。唐人韦叡《松窗录》载高力士深以为李白脱靴为耻，曾挑拨杨贵妃说李白《清平调词》中"以赵飞燕比妃子，是贱之甚矣！"因而使杨妃也参加了进谗者的行列。这还是文献明确提供的材料，不为人知的事实一定多得多。

"与君论心握君手"到篇末十八句为一段，慨叹荣辱穷达之不足为意，表明了与官场与仕途诀别的决心。打头一句就可以看出，王十二《寒夜独酌有怀》一诗中，一定说了许多同情的话，使李白动情，这才打开了话匣子，直是笔端有口：我就握着你的手说句心里话吧，"荣辱于余亦何有"，我并没有把谗逐之"辱"放在眼里和没有把征召之"荣"放在眼里一样。这话显然并不真实，但傲慢的诗人必须这样说。说着说着，他骂起人来。骂人之前，先以孔子的遭遇自释，《论语·子罕》记载孔子有"凤鸟不至，河不出图，吾已矣夫"之叹，《史记·孔子世家》记载孔子"及西狩见麟，曰：吾道穷矣"，可见圣人也有此路不通的时候。于是开骂："董龙（董荣）更是何鸡狗！"董龙是前秦以佞幸进身的权贵，司空王堕性刚毅，有人提醒他注意与董龙的关系，王堕冲口而出道："董龙是何鸡狗！"李白读史，对这话记之熟矣，信手拈来，是嬉笑怒骂，皆成文章。元人萧士赟读不下去，竟说："按此篇造语叙事，错乱颠倒，绝尤伦次，'董龙'一事尤为可笑。决非太白之作，乃先儒所谓五季间学太白者所为耳。"（《分类补注李太白诗》）视拉杂使事为错乱颠倒，视痛快淋漓为可笑，非诗性的学者，往往有如此隔膜的揶揄和判断，是不足为训的。

　　"一生傲岸苦不谐"二句，是夫子之自道，"恩疏"指皇帝疏远，"媒劳"指引荐者徒劳，"志多乖"说遭遇不顺。接下来继续用典，"严陵"即东汉隐士严光，字子陵，曾与汉光武帝刘秀同学。刘秀称帝后，亲访之，而终不受命（事见《后汉书·逸民传》）。这是用严光与"汉天子"的朋友关系，隐喻自己与唐玄宗的关系；是作者真实的想法，也是苏轼说他"戏万乘若僚友"的依据。"何必长剑拄颐事玉阶"，是说绝不肯在玉阶下侍候皇帝，表现了李白的傲气，另一种等价说法是："安能摧眉折腰事权贵，使我不得开心颜！"（《梦游天姥吟留别》）"达亦不足贵，穷亦不足悲"，重复上文"荣辱于余亦何有"之意，是一篇之中，再致意焉。接下来继续用典，《史记·淮阴侯列传》载，韩信从王位降为淮阴侯，"知汉王畏恶其能，常称病不朝从。信由是日夜怨望，居常鞅鞅，羞与绛（绛侯周勃）灌（颍阴侯灌婴）等列"。另一次，则说"生乃与哙（舞阳侯樊哙）等为伍"。

《后汉书·祢衡传》载，祢衡少有才辩而气尚刚毅，矫时慢物，"是时许都新建，贤士大夫四方来集。或问衡曰：'盍从陈长文、司马伯达乎？'对曰：'吾焉能从屠沽儿耶'"。作者连用韩信、祢衡两个典故，是连类而及，表明对朝中权贵的蔑视；是苏轼说他"视同列为草芥"的依据。

以下用"君不见"又领起了两个排比的长句，提到李白离京之后，天宝六年（747）所生的骇人听闻的政治迫害事件，是年正月，李林甫为巩固自己的相位，竟杖杀了曾任北海太守的李邕、曾任刑部尚书的裴敦复，左相李适之亦被迫仰药自尽。"君不见李北海，英风豪气今何在；君不见裴尚书，土坟三尺蒿棘居。"是举二以概三，对李林甫之流迫害贤能的行为进行了愤怒的控诉。"少年早欲五湖去"二句，针对这一事件，表明对朝廷对政治彻底的失望。陶渊明《归园田居》说："少无适俗韵，性本爱丘山。"李白也是如此，只不过他的自我设计是"功成身退"。面对这样黑暗的现实，只好是功不成而身先退了。"五湖"指江湖。"见此弥将钟鼎疏"，紧承"少年早欲"而言，"钟鼎"即钟鸣鼎食，代指富贵。虽然不无遗憾，却也不失初心。

总而言之，这首诗长达五十一句，突出反映了作者蔑视权贵、否定现实的叛逆精神，主题集中，层次井然，有事可据，有义可陈，感愤放达，纵横捭阖，充分表达了作者的内发情感，一如《离骚》《九章》之于屈原。真力弥满，喷薄而出，是酣畅淋漓的政治抒情诗，是诗人的天马行空之作，绝非他人可以代笔。在表现手法上，最突出的是用典使事，而所用之典并不生僻，如盛大宴会，入座皆熟悉面孔，不必问名探姓；又如水中着盐，不见盐质而有咸味，是不可不读之作。

宣州谢朓楼饯别校书叔云

弃我去者昨日之日不可留，乱我心者今日之日多烦忧。

长风万里送秋雁，对此可以酣高楼。蓬莱文章建安骨，中间小谢又清发。俱怀逸兴壮思飞，欲上青天揽明月。抽刀断水水更流，举杯销愁愁更愁。人生在世不称意，明朝散发弄扁 piān 舟。

这首诗约作于天宝十二载（753年）秋天，安史之乱爆发之前。李白游宣城登谢公楼（北楼）所作。谢公楼在陵阳山上，是南齐诗人谢朓任宣城太守时所建，并改名为叠嶂楼。《文苑英华》题作《陪侍郎叔华登楼歌》；日本影印静嘉堂宋本《李太白文集》题下注云"一作《陪侍御叔华登楼歌》"，缪曰芑、萧士赟、胡震亨、王琦各本均同。

这首诗到底是为李云而作，还是为李华而作，分歧主要在对"蓬莱文章"四字理解不同。维护今题者，以李云做过秘书省校书郎，谓唐之秘书省相当于汉之东观，而汉人称东观为"道家蓬莱山"，故应是送李云之作。主张另一题者，谓《文苑英华》注"蓬莱文章"一作"蔡氏（邕）文章"，即代指汉代文章，与校书郎之职无关，而李华则是著名古文家，方可比拟于蔡邕。另，《李太白全集》同卷另有《饯校书叔云》系春日作，此诗是秋日作，古人在一年中很难有春、秋两季同送一人之作，故应是陪李华登楼作。好在这个问题对于诗意的理解影响不大，姑存而不论。

"弃我去者昨日之日不可留"四句一韵（平声）为一段，用了两个十一字散文化的排句如风雨骤至，是李白偏爱的开篇手法，也是杜甫称其"飘然思不群"的所在。前二句分别以"弃我去者"、"乱我心者"领起，其起势迅猛，如风雨骤至。对于政治失意的人，去日苦多是一重苦恼，今日难挨也是一重苦恼，这心情是太矛盾太复杂了。老实人作诗，昨日就昨日，今日就今日，而"昨日之日"、"今日之日"这样的说法在文法上是不通的，然而无论如何，你都不能把它简化为"昨日"、"今日"，简化了就不够味。这就是所谓言之不足故永歌之。此种句调，恰如"蜀道之难难于上青天"中加"之难"二字，是嗟叹之不足故永歌之，系李白从心化出。"长风万里送秋雁"二句归到题面。前两句说到愁不可遏，这两句却并不沿着这条思路往下写，突然振起，是李白特有的大落大起、语未了便转的手法，一跳就跳到秋高气爽、登楼酣饮的主题上来。

"蓬莱文章建安骨"四句转韵（入声）为一段。先以二句写煮酒论文。置酒会友，高谈阔论，李白对年轻的诗友杜甫是如此，对长辈的秘书郎李云或古文家李华也是如此。在谢公楼上，当然要谈到谢朓，不只谈谢朓，话题还一直追溯到陈子昂所大力提倡、李白所大力响应的汉魏风骨（《古风》"自从建安来，绮丽不足珍；圣代复元古，垂衣贵清真"），李白一向是以汉魏风骨的传人自居的。"蓬莱文章建安骨"就是两汉诗文即汉魏风骨的一转语。不过，从汉魏到盛唐，几百年中也并非一片空白，即就谢公楼的主人小谢而言，就算一个。他的诗符合"清水出芙蓉，天然去雕饰"的美学标准，为李白所服膺。所以诗中特别提到"中间小谢又清发"。饮宴的双方于酒酣耳热之际，尚论古人，谈兴极高。上说汉魏风骨，中论六朝名家，往下不免说到当下，说到彼此，于是诗情一跃而进，推到了高峰："俱怀逸兴壮思飞，欲上青天揽明月"。诗中口气，何尝是杯酒论文，"俱怀"云云，简直是在煮酒论英雄了。

"抽刀断水水更流"四句再转平韵为一段，思绪回到现实，诗情于是猛跌。天宝后期，唐王朝正走下坡路。所以此诗以愤激起，中间借高谈阔论飞上九天，只是"莫谈国事"，想起来叫人情绪一落千丈。自个儿的理想才情，可上九天揽月，偏偏在现实中没有出路，怎不叫人思之气短呢！诗人以"抽刀断水水更流"来比喻他不可断绝的忧愁，极有创意，就音情言，"断水水更流"的顶真和下句一连串的愁、愁、愁，联想巧妙，音调流畅，造语天成（使人如闻抽刀断水、而水流潺潺不断之声）。古今喻愁的诗句之多，而罕有其匹。"人生在世不称意"二句，谓现实黑暗，而壮志难酬，只好浪游江湖，这是很无可奈何的话，可与《梦游天姥吟留

255

别》结语参读。"散发"指不束冠，以示闲适自在，意谓弃官。"弄扁舟"
指乘小舟归隐江湖。语出《史记》所载，春秋末年范蠡辞别越王勾践，
"乘扁舟浮于江湖"（《货殖列传》）。

这首诗基本上没有说离别之情，而是重笔写理想与现实的矛盾，抒
发壮志凌云的激情以及怀才不遇的愤懑，对现实黑暗表示了强烈的不满。
诗情大起大落：首二句破空而来，诗情下坠；再用破空之句作接，诗情
上扬，于第四句点题；"蓬莱文章"异军突起，诗情扬至高峰；"抽刀断
水"猛然下跌，最后两句煞题。全诗如风云变幻，大河奔流，其天马行
空般的内在韵律，极具魅力。是李白的代表之作和唐诗的头等名篇。

金陵城西楼月下吟

金陵夜寂凉风发，独上高楼望吴越。
白云映水摇空城，白露垂珠滴秋月。
月下沉吟久不归，古来相接眼中稀。
解道澄江净如练，令人长忆谢玄晖。

这首诗约作于玄宗天宝八载（749）。《景定建康志》卷二十一"李白
酒楼"条下引有此诗，当即城西孙楚酒楼。按，西晋诗人孙楚曾来此登
高吟咏，楼在城西北覆舟山上，俯瞰长江，为观景胜地。同书考证："李
白玩月城西孙楚酒楼达晓，歌吹日晚，……有诗云：'朝沽金陵酒，歌吹
孙楚楼。'"而这首诗写的却不是酣饮达旦，而是月下独登追思古人之作，
情调比较接近于《夜泊牛渚怀古》。

说到传统诗词，今人或以为就是格律诗，这是一个极大的误解。唐
代以前的诗，基本上是古体；而唐代以后的诗，一半仍是古体。这首诗

是七言八句，如在今人一定会很容易地做成一首七律，而李白做的却是一首古诗。谁更高明呢？这个问题是不需要回答的。

这首诗按韵可以分为前后两解。"金陵夜寂凉风发"四句用入声韵为一解，写月下独登金陵城西楼之所见所感。夜空寂静，凉风忽起，独上高楼，面向东南，突出了一个主人公的形象。特别是"独上高楼"四字造境，对五代北宋词人启发极大，最著名的跟进是"无言独上西楼、月如钩"（李煜）、"独上高楼、望尽天涯路"（晏殊）。"白云映水摇空城，白露垂珠滴秋月"二句，俱以"白"字开头，色调偏清偏冷，写出月下积水空明的感觉。上句一个"摇"字，写月下所见水面的倒影；下句一个"滴"字，写月下所闻的竹露（孟浩然"竹露滴清响"）。这是作者写景中动词的妙用。在造句上，作者参考了近体诗的做法——"白云映水摇空城"，是摇空城之影；"白露垂珠滴秋月"，是秋月下有滴露的声音。不能按散文文法讲的。

"月下沉吟久不归"四句顶真转韵（平韵）为一解，写追思古人。这里再次出现主人公形象，低头沉吟不语。"古来相接眼中稀"是诗中主题句，抒发的是世少知音（"相接"指精神相通）的感慨。诗人并不直说，而通过怀念古人来说，意甚含蓄。他所怀念的古人，如接地气，最该说到孙楚。读者还应该记得宋之问"别路追孙楚，维舟吊屈平"（《送杜审言》）的名句吧，孙楚在唐代，还算是大名鼎鼎的哩。然而李白不尔，他推举了另一位诗人，便是南齐的谢朓，字玄晖，史称小谢。李白之欣赏谢朓，是因为他的诗清新，符合李白"清水出芙蓉，天然去雕饰"（《经乱离后天恩流夜郎忆旧游书怀赠江夏韦太守良宰》）的美学理想。同时，谢朓在官场被排挤的遭遇也令李白同情。"令人长忆"四字，言下之意是，这样的诗人真是不多呀。清人王士禛《论诗绝句》点赞道："青莲才笔九州横，六代淫哇总废声。白纻青山魂魄在，一生低首谢宣城。"彼诗的"谢宣城"（谢朓做过宣州太守），即此诗的"谢玄晖"。谢朓在中国诗史的地位，远不及李白，而他有这样一位隔代的粉丝，真是三生有幸了。

257

"解道澄江净如练"两句，是这首诗的诗眼。其中融入了谢朓的名句"澄江静如练"（《晚登三山还望京邑》），讨巧的手法与"因吟渌水扬洪波"（《梁园吟》）如出一辙。宋人胡仔评论道："东坡送人守嘉州古诗，其中云：'峨眉山月半轮秋，影入平羌江水流。谪仙此语谁解道，请君见月时登楼。'上两句全是李谪仙诗，故继之以'谪仙——登楼'之句。此格本出于李谪仙，其诗云：'解道澄江静如练，令人还忆谢玄晖。'盖'澄江静如练'即玄晖全句也。后人袭用此格，愈变愈工。"（《苕溪渔隐丛话》）魏庆之续评："至鲁直则云：'凭谁说与谢玄晖，休道澄江静如练。'反其意而言之，盖不欲沿袭之耳。"（《诗人玉屑》）

这首诗之所以为名篇，也有这个缘故。

日出入行

日出东方隈，似从地底来。历天又复入西海，六龙所舍安在哉？其始与终古不息，人非元气，安能与之久徘徊？草不谢荣于春风，木不怨落于秋天。谁挥鞭策驱四运？万物兴歇皆自然。羲和！羲和！汝奚汩没于荒淫之波？鲁阳何德，驻景挥戈？逆道违天，矫诬实多！吾将囊括大块，浩然与溟涬同科！

《日出入行》是乐府《郊庙歌辞·汉郊祀歌》旧题，古辞言人命短促，愿乘六龙升仙。本篇突破古辞的命意，集中表现了李白的宇宙意识，即其对宇宙以及人在宇宙中之地位的认识。诗虽然写的是日，但诗人对日的看法表现了他对宇宙的看法。

前七句写日之出没运行无始无终，永不休息，而人非元气，不能与

258

日一样长存。"人非元气"四字，暗示了日乃是元气的一部分。元气是中国古代哲学范畴之一，大体相当于唯物论哲学中的物质，天地日月都由元气生成，因此也和元气一样具有永恒的品格。值得注意的是元气论者都把人视为元气化生，而李白却强调"人非元气"，这是针对生命现象、精神现象而言。然而精神与物质是具有同一性的，同谓之自然。诗人接着说：春风使得草木兴荣，但草木无须感谢春风；秋天使得草木衰落，但草木亦无须怨恨秋天。春夏秋冬四季的运行出于自然的规律，它们本身无意于草木的兴衰，而万物的兴衰是规律在支配。这几句相当精彩，不但表现了委化乘运之义，而且认识到"无喜无悲"是修养的最高境界。

正是本着这样的自然观，李白认为日之出入也是受自然规律支配的运行，既无须乎羲和的鞭策，也不会被鲁阳挥戈所退，羲和是传说中的日御，与鲁阳挥戈退日的故事并见《淮南子》，"羲和，羲和！汝何汩没于荒淫之波？鲁阳何德，驻景挥戈？"通过这样《天问》式的句子，李白对这两个传说表示了怀疑和否定。

全诗的主意在最后两句："吾将囊括大块，浩然与溟涬同科。""大块"即自然，"溟涬"即元气。两句的意思是，我将持此自然之义去拥抱自然，最后与元气合一。具体地说，就是本着自然而然、听其自然的态度，对待生活。法国作家蒙田说："最美满的生活就是符合一般常人范例的生活。井然有序，不含奇迹，也不超越常规。"斯言近之。

江上吟

木兰之枻沙棠舟，玉箫金管坐两头。美酒樽中置千斛，载妓随波任去留。仙人有待乘黄鹤，海客无心随白鸥。屈平词赋悬日月，楚王台榭空山丘。兴酣落笔摇五岳，诗成笑傲凌沧洲。功名富贵若长在，汉水亦应西北流。

李白平生游江夏不止一次，此诗或系于开元二十二年（734）游江夏时；郭沫若则认为是长流夜郎，上元元年（760）遇赦返回江夏时所作。按诗中强烈蔑视求仙隐逸及否定功名富贵，而希图以诗文传世不朽的思想，应是晚年之作，故以郭说为是。

诗从江上遨游写起。按《吴书》载，三国时期吴国人物郑泉博学有奇志，而嗜酒好吃，常说："愿得美酒五百斛船，以四时甘脆置两头，反复没饮之，惫即往而啖肴膳。酒有斗升减，随即益之，不亦快乎？"诗即本此，更以木兰桨、沙棠舟、玉箫、金管、美酒等种种精美名物，描绘出一幅江上行乐图，充分表现了李白肯定物质享乐而反对苦行的人生观。史载谢安隐居东山时，常常携妓出游，李白以谢安自比，在这方面也不宜多让，故敢放言"载妓随波任去留"也。选家或因而不选，也太道貌岸然了。

江夏有黄鹤楼，据传仙人子安曾骑鹤过此，"有待"二字语出《庄子》，是委婉地说成仙无望；"海客无心随白鸥"事见《列子》，谓与其求仙虚妄，不如忘机狎物，可以纵适一时也。诗人在肯定物质世界的同时，对神仙世界作了否定。

江夏属楚地，李白自然联想到屈原，从而对诗人做了崇高的赞美，对其对立面的楚王则予以否定。这实际上也是宣布李白如今的人生价值取向。看他兴酣落笔、动摇五岳、诗成之后、不可一世，即杜甫所谓"笔落惊风雨，诗成泣鬼神"，可知他赞美屈原就是赞美自我，否定楚王就是否定权贵，所以结尾指江水为譬，对功名富贵作断然彻底之否决，痛快淋漓之至。

李白一生思想复杂矛盾，情绪并不稳定，抒情有较强的主观色彩，所谓"时来天地皆同力，运去英雄不自由。"他的否定功名富贵，多半是出自愤激之言；否定神仙，恐未必彻底。其骨子里最本质的东西，则是鄙弃庸俗，热爱自由。本诗赞美诗、赞美酒、赞美创造的精神，渴望永恒与不朽和蔑视权贵的思想，则是一以贯之的。诗的篇幅奇短，而包容极大，反映的人生观总的说来是积极、进取、乐观、豪迈的。

诗满心而发，肆口而成，故明白如话，如"坐两头"、"置千斛"、"任去留"等，无须翻译人人都懂；音节浏亮，对仗精工，波澜叠起，如倒倾鲛室，一气呵成而神完气足；同时具备了自然和高妙，故最能代表李白式的锦心绣口。

当涂赵炎少府粉图山水歌

峨眉高出西极天，罗浮直与南溟连。名公绎思挥彩笔，驱山走海置眼前。满堂空翠如可扫，赤城霞气苍梧烟。洞庭潇湘意渺绵，三江七泽情洄沿。惊涛汹涌向何处，孤舟一去迷归年。征帆不动亦不旋，飘如随风落天边。心摇目断兴难尽，几时可到三山巅？西峰峥嵘喷流泉，横石蹙水波潺湲。东崖合沓蔽轻雾，深林杂树空芊绵。此中冥昧失昼夜，隐几寂听无鸣蝉。长松之下列羽客，对坐不语南昌仙。南昌仙人赵夫子，妙年历落青云士。讼庭无事罗众宾，杳然如在丹青里。五色粉图安足珍？真仙可以全吾身。若待功成拂衣去，武陵桃花笑杀人。

李白题画诗不多，此篇弥足珍贵。诗通过对一幅山水壁画的传神描叙，再现了画工创造的奇迹，再现了观画者复杂的情感活动。他完全沉入画的艺术境界中去，感受深切，并通过一支惊风雨、泣鬼神的诗笔予以抒发，震荡读者心灵。

从"峨眉高出西极天"到"三江七泽情洄沿"是诗的第一段，从整体着眼，概略地描述出一幅雄伟壮观、森罗万象的巨型山水图，赞叹画家妙夺天工的本领。什么是名公"绎思"呢？绎，是蚕抽丝。这里的"绎思"或可相当于今日的所谓"艺术联想"。"搜尽奇峰打草稿"，艺术地再现生活，这就需要"绎思"的本领，挥动如椽巨笔，于是达到"驱山走海置眼前"的效果。这一段，对形象思维是一个绝妙的说明。峨眉的奇高、罗浮的灵秀、赤城的霞气、苍梧（九嶷）的云烟、南溟的浩瀚、潇湘洞庭的渺绵、三江七泽的迁回几乎把天下山水之精华荟萃于一壁，这是何等壮观，何等有气魄！当然，这绝不是一个山水的大杂烩，而是经过匠心经营的山水再造。这似乎也是李白自己山水诗创作的写照和经验之谈。

这里诗人用的是"广角镜头"，展示了全幅山水的大的印象。然后，开始摇镜头、调整焦距，随着读者的眼光朝画面推进，聚于一点："惊涛汹涌向何处，孤舟一去迷归年。征帆不动亦不旋，飘如随风落天边。"这一叶"孤舟"，在整个画面中真是渺小了，但它毕竟是人事啊，因此引起诗人无微不至的关心：在这汹涌的波涛中，你想往哪儿去呢？你何时才回来呢？这是无法回答的问题。"征帆"两句写画船极妙。画中之船本来是"不动亦不旋"的，但诗人感到它的不动不旋，并非因为它是画船，而是因为它放任自由、听风浪摆布的缘故，是能动而不动。苏东坡写画船是"孤山久与船低昂"（苏轼《李思训画长江绝岛图》），从不动见动，令人称妙；李白此处写画船则从不动见能动，别是一种妙处。以下紧接一问：这样信船放流，可几时能达到遥远的目的地——海上"三山"呢？那孤舟中坐的仿佛成了诗人自己，航行的意图就是"五岳寻仙不辞远"。"心摇目断兴难尽"写出诗人对画的神往和激动。这时，画与真，物与我完全融合为一了。

镜头再次推远，读者的眼界又开阔起来："西峰峥嵘喷流泉，横石蹙水波潺湲。东崖合沓蔽轻雾，深林杂树空芊绵。"这是对山水图景具体的描述，展示出画面的一些主要的细部，从"西峰"到"东崖"，景致多姿善变。西边，是参天奇峰夹杂着飞瀑流泉，山下石块隆起，绿水萦回，泛着涟漪，景色清峻；东边则山崖重叠，云树苍茫，气势磅礴，由于崖嶂遮蔽天日，显得比较幽深。"此中冥昧失昼夜，隐几寂听无鸣蝉。"一蝉不鸣，更显出空山的寂寥。但诗人感到，"无鸣蝉"并不因为这只是一幅画的原因；"隐几（几案）寂听"，多么出神地写出山水如真，引人遐想的情状。这一神来之笔，写无声疑有声，与前"孤舟不动"二句异曲同工。以上是第二段，对画面做具体描述。

以下由景写到人，再写到作者的观感作结，是诗的末段。"长松之下列羽客，对坐不语南昌仙。"这里简直令人连写画写实都不辨了。大约画中的松树下默坐着几个仙人，诗人说，哪怕是西汉时成仙的南昌尉梅福吧。然而紧接笔锋一掉，直指画主赵炎："南昌仙人赵夫子，妙年历落青云士。讼庭无事罗众宾，杳然如在丹青里。"赵炎为当涂少府（县尉的别称），说他"讼庭无事"，谓其在任政清刑简，有谀美主人之意，但这不关宏旨。值得注意的倒是，赵炎与画中人合二为一了。沈德潜批点道："真景如画"，这其实又是"画景如真"所产生的效果。全诗到此此，一直给人似画非画、似真非真的感觉。最后，诗人从幻境中清醒过来，重新站到画外，产生出复杂的思想感情："五色粉图安足珍，真仙可以全吾身。若待功成拂衣去，武陵桃花笑杀人。"他感到遗憾，这毕竟是画啊，在现实中要有这样的去处就好了。有没有呢？诗人认为有，于是，他想名山寻仙去。而且要趁早，如果等到像鲁仲连、张子房那样功成身退（天知道要等到什么时候），再就桃源归隐，是太晚了，不免会受到"武陵桃花"的奚落。这几句话对于李白，实在反常，因为他一向推崇鲁仲连一类人物，以功成身退为最高理想。这种自我否定，实在是愤激之词。不过，这两句也可以作正面解会，即："待到功成拂衣去，武陵桃花喜杀人。"则与李白一向的思想相吻合。诗作于长安放还之后，安史之乱以前，带有那一特定时期的思想情绪。这样从画境联系到现实，固然赋予诗歌更深一层的思想内容，同时，这种思想感受的产生，却又正显示了这幅山水画巨大的艺术感染力量，并以优美艺术境界映照出现实的污浊，从而引起人们对理想的追求。

这首题画诗与作者的山水诗一样，表现大自然美的宏伟壮阔一面；从动的角度、从远近不同角度写来，视野开阔，气势磅礴；同时赋山水以诗人个性。其艺术手法对后来诗歌有较大影响。苏轼的《李思训画长江绝岛图》等诗，就可以看作是继承此诗某些手法而有所发展的。

渡荆门送别

渡远荆门外，来从楚国游。

山随平野尽，江入大荒流。

月下飞天镜，云生结海楼。

仍怜故乡水，万里送行舟。

荆门山在今湖北宜都市西北的长江南岸，与北岸的虎牙山对峙，形同荆州门户，在到达荆门之前，李白应该在四川境内水流湍急的三峡中颠簸了好些天。峡的两岸有如削成，摩天的群山环绕四方，后面不见来程，前面不知去向，就像幽闭在一个峭壁环绕的水乡，纵然没有猿声，也觉凄凉。船到荆门，景观便豁然开朗，前面是一望无际的荆楚平野，出峡后的江面顿时开阔，汹涌的激流变成一片浩浩荡荡的大水，真是两岸渚崖之间不辨牛马。甭说诗人，就是一般旅客到此也会胸怀一敞而逸兴遄飞。本篇是李白仗剑去国，辞亲远游，出峡时的作品，清人沈德潜认为题中"送别"二字可删。

"渡远荆门外，来从楚国游"，首二句虽平叙事实，却怎么也按捺遮掩不住内心隐隐的激动，其语气是十分兴奋爽朗的。荆门以外便是春秋战国时楚国故地，在三国时又曾是蜀主刘备起家的地方。诗人提到"楚国"这个历史地理的概念，自然能引起有关历史文化的一些联想。"屈平辞赋悬日月，楚王台榭空山丘。"（《江上吟》）这里是李白景仰的大诗人屈原和灿烂荆楚文化的故乡。荆州首府江陵（今属湖北），及当地故楚章华台、郢城遗址，都是诗人此行应游之地。后来他在《庐山谣》中还自称"我本楚狂人"，可见其初来游楚时应有一种何等陶醉的心情。

"山随平野尽，江入大荒流"，接下来十个字写尽了荆门的地理形势和壮阔景观。这里的写景，角度是移动着的，而不是定点观察。这从"随尽，入流"四字体现出来。因此这两句诗不仅由于写进"平野"、"大荒"意象，而气势开廓，而且还由于动态的描写，变得十分生动。大江固然流动，而山脉本来凝固，"随尽"的动觉，完全是得自舟行的实感。这两句的壮阔写景，也须放置到诗人多日峡行后一旦豁然开朗的特定情景下玩味，才能对其中含蓄的说不尽的愉快新鲜感有所领会。

三峡之中，两岸连山，略无阙处，崇崖叠嶂，遮天蔽日，"非亭午夜分，不见曦月"（郦道元《水经注》）。当然更看不到地平线和水天相接处云霞幻化的奇观。"月下飞天镜，云生结海楼"，则是出峡以后看到的江上奇观。李白曾说"小时不识月，呼作白玉盘；又疑瑶台镜，飞在青云端"（《古朗月行》）。在此次出蜀的水程中，他也曾为见不着月亮而感到遗憾——"夜发清溪向三峡，思君不见下渝州。"（《峨眉山月歌》）然而一到荆门，就容易和明月见面，真有重见故人似的高兴了。由于江面开阔，水势平缓，月的倒影也能清楚地看到了。而水天之际的云霞变幻，又使诗人如睹海市蜃楼的奇观。总之，中间两联着眼于初到荆门的观感，充满对生活新天地的礼赞和陶醉。对照杜甫《旅夜抒怀》中写同样景观的两句："星垂平野阔，月涌大江流"，相当于李诗的四句，在风格上实有潇洒和凝练的不同。

离开故乡热土，对于李白来说意味着鹏程初展，他自然是喜悦之情占了上风的。但这又并不意味着诗人和故乡割断了感情联系。蜀中是他的父母之邦，哺育他长成的地方。当他羽翼丰满后，她又无私地将这个值得骄傲的儿子奉献给整个大唐。而李白以赤子之心，永怀着对故乡母亲的热爱。他感到即使身已出蜀，故乡的爱仍和这江水一样与他同在，伴送他走到更远的地方。"仍怜故乡水，万里送行舟"十字，是充满了由衷感激之情的。"仍怜"云云，语气极轻柔婉转，而分量厚重。

塞下曲六首 (录一)

> 五月天山雪，无花只有寒。
> 笛中闻折柳，春色未曾看。
> 晓战随金鼓，宵眠抱玉鞍。
> 愿将腰下剑，直为斩楼兰。

《塞下曲》出于汉乐府《出塞》《入塞》等曲 (属《横吹曲》)，为唐代新乐府题，歌辞多写边塞军旅生活。作者天才豪纵，创作律诗亦逸气凌云，像这首诗几乎完全突破律诗通常以联为单位作起承转合的常式。大致讲来，前四句起，五、六句为承，末二句作转合，直是别开生面。

起从"天山雪"开始，点明"塞下"，极写边地苦寒。"五月"在内地属盛暑，而天山尚有"雪"。但这里的雪不是飞雪，而是积雪。虽然没有满空飘舞的雪花 ("无花")，却只觉寒气逼人。仲夏五月"无花"尚且如此，其余三时 (尤其冬季) 寒如之何就可以想见了。所以，这两句是举轻而见重，举隅而反三，语淡意浑。同时，"无花"二字双关不见花开之意，这层意思紧启三句"笛中闻折柳"。"折柳"即《折杨柳》曲的省称。

表面看是写边地闻笛，实话外有音，意谓眼前无柳可折，"折柳"之事只能于"笛中闻"。花明柳暗乃春色的表征，"无花"兼无柳，也就是"春色未曾看"了。这四句意脉贯通，"一气直下，不就羁缚"（沈德潜《说诗晬语》），措语天然，结意深婉，不拘格律，如古诗之开篇，前人未具此格。

五、六句紧承前意，极写军旅生活的紧张。古代行军鸣金击鼓，以整齐步伐，节止进退。写出"金鼓"，则烘托出紧张气氛，军纪严肃可知。只言"晓战"，则整日之行军、战斗俱在不言之中。晚上只能抱着马鞍打盹儿，更见军中生活之紧张。本来，宵眠枕玉鞍也许更合军中习惯，不言"枕"而言"抱"，一字之易，紧张状态尤为突出，似乎一当报警，"抱鞍"者便能翻身上马，奋勇出击。起四句写"五月"以概四时；此二句则只就一"晓"一"宵"写来，并不铺叙全日生活，概括性亦强。全篇只此二句作对仗，严整的形式适与严肃的内容配合，增强了表达效果。

以上六句全写边塞生活之艰苦，若有怨思，末二句却急作转语，音情突变。这里用了西汉的故事：由于楼兰（西域国名）王贪财，屡遮杀前往西域的汉使，傅介子受霍光派遣出使西域，计斩楼兰王，为国立功。诗末二句借此表达了边塞将士的爱国激情："愿将腰下剑，直为斩楼兰"。"愿"字与"直为"，语气砍截，慨当以慷，足以振起全篇。这是一诗点睛结穴之处。

这结尾的雄快有力，与前六句的反面烘托之功是分不开的。没有那样一个艰苦的背景，则不足以显如此卓绝之精神。"总为末二语作前六句"（王夫之），此诗所以极苍凉而极雄壮，意境浑成。如开口便作豪语，转觉无力。这写法与"黄沙百战穿金甲，不破楼兰终不还"二语有异曲同工之妙。此诗不但篇法独造，对仗亦不拘常格，"于律体中以飞动票姚之势，运旷远奇逸之思"（姚鼐），自是五律别调佳作。

送友人

青山横北郭，白水绕东城。

此地一为别，孤蓬万里征。

浮云游子意，落日故人情。

挥手自兹去，萧萧班马鸣。

这首诗的写作时间、地点不明。安旗《李白全诗编年注释》认为："诗题疑为后人妄加。细玩诗意，似非送友人，应是别友人，其赋别之地当在南阳。江淮之行首途之作。"并系于玄宗开元二十六年（738）——有人疑为玄宗天宝六载（747）作于金陵。

这首诗前四句是一气呵成的。"青山横北郭"二句对仗工整，也很随意。写的是郊行所见的景象，是作者和友人在分手之前同行过的一段路上所见的情景。青山、白水（清澈的水）、北郭、东城，构成的画卷，搁哪儿都成，南阳有，金陵有，宣城也有，许多地方都有。就像"客路青山外，行舟渌水前"（王湾）、"绿树村边合，青山郭外斜"（孟浩然）、"一条大河波浪宽，风吹稻花香两岸"（乔羽）等诗句和歌词一样，在写景上具有普遍性，读者熟悉这样的景象，容易引起情感共鸣。三句"此地"，即前两句所写之地，亦即作者与友人共同生活过一段时间的地方，提到它就感到亲切。"一为别"则说到离别，这个"一"字是助词兼有副词的功能，意思是短暂，和另一时段的开始。它和下文"万里征"的"万"字，单字对仗，造成流水对的感觉。仔细看，却是散行，似对非对。"孤蓬万里征"是一个感慨，是写告别一段安定生活，今后自己会长时间处于漂泊之中。"孤蓬"这一意象，来自南朝诗人何偃的"孤蓬卷霜根"（《和琅琊王依古诗》），象征远行和漂泊。言下之意就是对"此地"和友人的留恋，说得恰到好处，并不过分感伤。沈德潜说得好："三四流走，竟亦有散行者，然起句必须整齐。苏、李赠言，多唏嘘语而无蹙踏声，知古人之意在不尽矣，太白犹不失斯意。"（《唐诗别裁》）

"浮云游子意"二句，紧承"孤蓬"两字而来，描写彼此惜别的心情。上句说行者，"浮云"也是个古诗中常见意象，如"浮云蔽白日，游子不顾返"（《古诗十九首》），"仰视浮云弛，奄忽互相逾。风波一失所，各在天一隅"（旧题李陵《别诗》），"西北有浮云，亭亭如车盖。惜哉时不遇，适与飘风会。吹我东南行，行行至吴会"（曹丕《杂诗》），多作游子的象征。下句说送者，王琦说："'浮云'一往而无定迹，故以比游子之意。'落日'衔山而不遽去，故以比故人之情。"（《李太白全集》注）仇兆鳌说是"对景怀人，意味深远"（《杜诗详注》）。严羽说是："五六澹荡凄远，胜多多语。"（近藤元粹《李太白诗醇》引）从节奏上说，这两句的描写，是诗意的一次停顿。而"挥手自兹去"，则回到"此地一为别"的话题上来。不过，"此地一为别"是未来式，"挥手自兹去"则成了进行式，诗意于是递进。末句通过临歧相对长嘶、不忍分离的两匹马，尽收无言之美。马犹如此，何况人呢。"萧萧马鸣"本是《诗经·车攻》的成句，"班马"一词出自《左传·襄公十八年》："有班马之声，齐师其遁。"杜预注："班，别也。"

由于"挥手自兹去"和"此地一为别"的呼应和衔接，使得前四句的一气呵成，一直贯彻终篇。这种状态，来自作者满心而发，意在笔先，全诗"首联整齐，承则流走，而下联健劲，结有萧散之致。大匠运斤，自成规矩"（《唐宋诗醇》），前人认为可与杜甫《送远》（带甲满天地）一诗媲美。

玉阶怨

玉阶生白露，夜久侵罗袜。
却下水晶帘，玲珑望秋月。

《玉阶怨》是乐府旧题，属《相和歌辞·楚调曲》。"玉阶"指宫中的石阶，《玉阶怨》的性质，与《婕妤怨》《长信怨》等曲一样，从古辞看，都是"宫怨"。宫怨和闺怨，是中国古代诗歌的一大类型，从专写孤独女性的心理这一点上说，是相通的，只不过宫怨的主人公身份比较特殊罢了。

"玉阶生白露，夜久侵罗袜"二句写室外，女主人公无言独立玉阶，以致冰凉的露水浸湿罗袜。玉阶是白的，白露也是白的，还有月光，也是白的。玉阶生白露，不是看见，而感到的，因为冰凉湿润的感觉。"夜久"承上文而来，使上述感觉有了时间性，不是突然感到，而是渐渐感到的。"罗袜"表明女性之仪态、身份，它和玉阶发生关系，可见女子一直是站在玉阶上的。她在做什么呢？应该是在看月。一个"侵"字很有张力，写出下露时寒冷刺骨的感觉。

"却下水晶帘，玲珑望秋月"二句由室外写到室内，女主人公因为不胜清寒，躲进了室内，"水晶帘"或称"琉璃帘"，可用作帘的美称。"却下"，是不经意地放下。但放下门帘，为了隔开寒气，却不关门，可见宫人对月色还有一种深深的留恋，她隔着帘子，还"望秋月"。"玲珑"，指映在"水晶帘"上的月光，透明晶莹的样子。前人说此句"冷寂可想"，这个感觉是对的。

整首诗所描写的，只是宫人在白露为霜的月夜的感觉和神情，至于她在想什么，却没有说。读者可以认为她是盼望或眷念着君恩，像"斜倚云和深见月"者那样；也可以认为她是怀念家乡和亲人，像《静夜思》所写的那样。胡应麟说这首诗"妙绝古今"（《诗薮》）。沈德潜进一步说"妙在不明说怨"（《唐诗别裁集》）。的确，女主人公没有一句话，而通过她深宫长夜、惝恍无眠的光景，写出了她的寂寞、她的惆怅、她的迷茫、她的幽怨，这叫让形象说话。

静夜思

床前明月光，疑是地上霜。
举头望明月，低头思故乡。

　　这也是一首国人家喻户晓的唐诗。它的内容是那样家常，语言是那样浅显，毫无雅人深致，深受妇女儿童的欢迎，却偏偏出自大诗人李白之手，这一现象，令某些风雅自命的文士沮丧不已。然而，它的广传却有颠扑不破的道理。《诗经》中就有两派诗：一种是风诗，本源在于民间；一种是雅诗，出自贵族或精神贵族。五绝的本色就不重雅人深致，而重风人之旨，所以妇女儿童往往胜于文人学士。深知个中三昧者莫过于唐代诗人，尤其是李白。

　　静夜，月夜，是思乡的时候。"床前明月光，疑是地上霜。"这两句写客子秋夜梦回的情景。这个情景，在没有电力的时代是一种普遍的生活经验。那时照明全靠油灯，人们天黑就歇息，很难一觉睡到天亮。中夜梦回时，明晃晃的月光会成为继续入眠的一种困扰。月光的感觉通于清寒，疑其为秋霜，就写出了通感。这对客子心理产生的影响是显著的——感到环境特别陌生，于是思乡之情便油然而生。在电力时代，这种情景已淡出城市的生活经验，但通过想象，仍然不难心领神会。

"举头望明月，低头思故乡。"这两句正面抒写客子在静夜中的乡思。夜里清醒之后长时间睡不着，也就只好"望明月"而"思故乡"了。"望明月"这一动作和"思故乡"这一心理活动，本属因果关系，作者却稚拙的将它们并列起来，分别与"举头"、"低头"的动作联系。举头、低头，皆是无语，是以形体语言，表达心理活动；举头、低头又做成一个唱叹，读来令人低回不已，使人觉得万种乡愁，俱在不言中。

"明月"是唐诗的重要意象。我国传统历法，本质上是月历，晦、朔、望、既望等概念，都源于月相。可以说，月亮对中国人来说，就是一本活的历书，居人看，行人看，中秋看，元宵看，除了雨夜随时都看，它早已融入人民生活，能激起复杂的情思。用"明月"作为意象来表现相思或乡愁，是古代诗人的天才创举，它的运用在李白诗中达到极致，《静夜思》就是有代表性的一例。顺便说，古人选诗对原作常有删改，因为选家自己作诗也很高明。这首诗本集宋版二种及元明本一、三句皆作"看月光"、"望山月"，王士禛《唐人万首绝句选》作"明月光"，乾隆敕编《唐宋诗醇》作"望明月"，沈德潜《唐诗别裁集》悉作今本，流传至今。原作"看月光"、"望山月"虽无不可，王文才说"似不如改本之深厚、流畅、自然，前后一气而成"，诚哉斯言。

最后应该指出，这首诗在写作上是受到一首古代民歌的影响："秋风入窗里，罗帐起飘扬。仰头看明月，寄情千里光。"（《子夜四时歌·秋》）它也是一首"静夜思"，诗歌的主要意象也是明月，写得也不错，却远没有李白《静夜思》脍炙人口。除了选家造成的原因，还可以指出一个原因：那首民歌写的是闺情，而李白诗写的是乡思，前者能引起恋人的共鸣，而后者几乎将天下人一网打尽。此外，《静夜思》写到"思故乡"戛然而止，"百千旅情，虽说明却不说尽"（沈德潜）。一方面是明白如话，一方面又隽永含蓄，这也是它成为千古绝唱之不可忽略的因素。

劳劳亭

天下伤心处，劳劳送客亭。

春风知别苦，不遣柳条青。

　　这首诗一、二句是倒装，"劳劳送客亭"点题。表明劳劳亭为长亭，是送别场合。亭建于三国吴时，故址在今南京市西南。"劳劳"为忧愁伤感貌，《焦仲卿妻》："举手长劳劳，二情同依依。"因为古时交通条件有限，别易会难，是寻常人的伤心；更有生离死别，迁谪之事，是不寻常的伤心，用"天下伤心处"，可以一网打尽。前人点评为："起句一口吸尽。"（近藤远粹《李太白诗醇》引）就是这个道理。这五字可以写一块匾，悬于长亭上，算得上乘之制。

　　"春风知别苦"二句是作者的抒情，一气呵成，十个字有两种读法。一种读法是，劳劳亭的柳条尚未发青，也许是作者到得太早，还不到柳树发绿的时候，但送别之事仍有发生，只是无青枝可折。于是诗给出一个解释，不说是时令未到，而说是"春风知别苦"。仿佛没有柳条可折，就可以减轻离别的伤心似的。虽然这个命题不成立，但送别的怨苦之情，却得到了很好的抒发。这是道无情若有情，是拟人之妙。正是"委过春风，用意深曲"（范大士）。

　　另一种读法是：劳劳亭的柳条已经青了，折柳送别，正在进行。诗人把人间的离别迁怨于柳条，仿佛是青青的柳条，造成了人间离别之事的发生。于是归咎于春风的无情，反过来说，如果"春风知别苦"，就会"不遣柳条青"，于是人间也就不会有离别了。这样的推理，也不成立。

却也使人生别情，得到了婉曲深至的抒发。这是责无情以有情，是无理而妙。清人李锳说："若直写别离之苦，亦嫌平直；借春风以写之，转觉苦语入骨。其妙全作'知'字、'不遣'字，奇警绝伦。"（《诗法易简录》）

离别何关于春风？偏说到春风。总之，这二十个字所表达的诗味，一下子难以穷尽。而写来似不经意，故前人评道："深极巧极，自然之极，太白独步。"（朱之荆）作者漫游金陵（南京），在玄宗天宝八载（749），诗大约成于此时。

秋浦歌十七首（录二）

其一

炉火照天地，红星乱紫烟。
赧郎明月夜，歌曲动寒川。

这首诗是《秋浦歌》的第十四首，虽不及"白发三千丈"一首声价之高，却也是不可多得，从某个意义上甚至可以说是仅见之作。因为这首诗是歌颂秋浦河边的冶矿工人的。《新唐书·地理志》曰："秋浦，有银有铜。"所以有冶矿业。郭沫若指出："歌颂冶矿工人的诗不仅在李白诗歌中是唯一的一首，在中国古代诗歌中恐怕也是唯一的一首吧。"（《李白与杜甫》）

"炉火照天地"二句，写秋浦河边矿场作业的夜景，只有在夜间看才有这样的壮观。炉火通红，照亮了天地。铜水奔流，火花飞溅，在中国古代诗歌中真是难得一见的情景。新中国历史上有过一场短暂的全民大炼钢铁的运动，从那个年代过来的人，就很熟悉这种夜景，读到李白这两句诗，更有因熟悉而生动的感觉。

"赧郎明月夜"二句，为冶矿工人造像。这两句是一个对仗，"赧郎"

274

这个词是李白的创造，旧时注家因而不得其解，其实指的就是银矿或铜矿的冶炼工人。他们的脸在炉火中被燃红了，所以称为"赧郎"。"明月夜"的"明"字，应当作动词讲，是说工人的红脸或炉火使"月夜"增加了光辉。这种讲法，是根据下句相应位置的"动"字做出的判断。工人们一边冶炼、一边唱歌，歌声使附近的贵池水卷起了波澜。这是多么生动的一幅画面，差不多可以媲美《诗经·魏风·伐檀》，但那首诗中的场面只是间接呈现的，不是这样直接地描绘。

郭沫若说得好："这好像是近代的一幅油画，而且是以工人为题材的。这些歌工农生活的诗，虽然不是'掣鲸碧海中'，但也不是'翡翠兰苕上'，而是一片真情流露的平民性的结晶。"

其二

白发三千丈，缘愁似个长。

不知明镜里，何处得秋霜？

天宝十三载（754），李白自幽燕南归客游秋浦（在今安徽贵池），作《秋浦歌》组诗十七首，抒写诗人忧心国事、叹惜年华的深愁。"白发三千丈"一首是组诗的最强音。

同样以白发来表现忧愁，在长于写实的杜甫笔下是"白头搔更短，浑欲不胜簪"，而在作风浪漫的李白笔下则是"白发三千丈，缘愁似个长"。想一下白发三千丈的诗人形象吧，那是只见白发而不见诗人，飘飘然的白发遮蔽了一切，这具象化了的愁情，就令读者永志不忘了。诗句之妙，在于夸张的妙用和形象的独创性——"淘非老手不能，寻章摘句之士，安可以语此？"（王琦）

后两句点明诗人是在对镜顾影自怜："不知明镜里，何处得秋霜？"诗意略近于《将进酒》之"君不见高堂明镜悲白发，朝如青丝暮成雪"，"不知"、"何处"云云，表明是忽然的发现，似乎一夜之间就平添了白发三千丈。这仍是夸张，不过也有真实作基础，《武昭关》里的伍子胥，不就是一夜之间愁白了头吗？古人所谓"明镜"，本指铜镜。这里是借代，喻指秋浦河平静的水面。以"明镜"代水面，李白诗屡见，如："两水夹明镜，双桥落彩虹"（《秋登宣城谢朓北楼》）、"人行明镜中，鸟度屏风里"（《清溪行》）。

诗的前二句夸张的是白发的长度，后二句夸张的是发白的速度。通过这样两度的夸张，就把诗人莫可名状的愁思宣泄得淋漓尽致了。

独坐敬亭山

众鸟高飞尽，孤云独去闲。
相看两不厌，只有敬亭山。

诗作于天宝十二载（753）李白游历宣城之际。敬亭山在今安徽宣城市北，山有万松亭、虎窥泉，东临宛、句二水，南俯城阛，烟市风帆，极目如画，为南齐诗人谢朓吟咏处。这首诗着重表现诗人目空世俗的傲岸精神，表现为对孤独感的玩味和自我欣赏。

"众鸟高飞尽，孤云独去闲"，前二句是独坐敬亭山望中之景。"言我独坐之时，鸟飞云散，有若无情而不相亲者。独有敬亭之山，长相看而不相厌也。"（朱谏）陶渊明《归去来兮辞》"云无心以出岫，鸟倦飞而知还"，大致给岭云、归鸟这两个诗歌意象定了性，它们都成了皈依自然的象征。大致含有"君平既弃世，世亦弃君平"的意味。诗人鄙弃世俗，世俗也排斥诗人。"众"、"孤"字面，形成一种对照，暗有以众形独之意。

"相看两不厌，只有敬亭山"，后二句之妙在不更从独处落笔，而从不独处写独。也就是辛弃疾用词所诠释的"我见青山多妩媚，料青山见我应如此"（《贺新郎》），这与"举杯邀明月，对影成三人"同法，以"相看两不厌"力破孤独，同时也突出孤独，表现出一种精神的好强。

诗人将敬亭山人格化，实是将自己情感外化，人和山两者同出而异名，互相欣赏其实是自我欣赏，所以"只有"云云，最终又强调了诗人的孤独感。归根结蒂，诗人顾影自怜，为自己的孤独大唱赞歌。

有两首诗可资比较，一是王维《竹里馆》，其诗重在表现人与自然的融合，泯忘物我，通于禅味。《独坐敬亭山》重表现主观情感，突出张扬自我，有抗争的精神。王维是王维，李白是李白，不会混淆。二是王安石《飞来峰》"不畏浮云遮望眼，只缘身在最高层"，表现的是不为物议干扰的、乐观的战斗精神，李白诗表现的是受到排斥的愤世嫉俗的抗争精神。一在朝，一在野，语感不同，实质也不同。

哭宣城善酿纪叟

纪叟黄泉里，还应酿老春。
夜台无李白，沽酒与何人？

酿酒，技术性很强，同样的原料酿出酒来也有厚薄之分，这说明"善酿"不易。纪叟就是宣城一家酒店身怀绝技的酿造师傅，他的"老春"是当时的名牌酒。纪叟操此业至老而不辍，可见其技未轻授于人，或者无人可传，一旦死去，也就将"老春"酿造技术带到"黄泉"去了。这对于一生嗜酒的李白，该是怎样一桩遗憾的事啊！因此他不能不"哭"。

"纪叟黄泉下，还应酿老春。"这等于说人间宣城不复有"老春"出售，它已随其故主逝去了。还意味着说纪叟在黄泉下仍操旧业，似乎纪叟与酒关系至切，死不愿放弃旧业。这话未免荒唐，而更荒唐的还在最后两句。

诗人的逻辑是：纪叟是为酒而存在的，酒是为李白而存在的。所以纪叟在泉台仍要卖酒，然而李白不在，他又不知卖给何人了。这话极无理而极有趣，明明是李白失去纪叟和老春的遗憾，诗中却说成是纪叟和老春失去李白的遗憾。到底应该是李白哭纪叟，还是应该纪叟哭李白，读者一时竟有些分不清了。而诗人正是通过这种诙谐，写出了彼此间的情谊，写出了诗人对纪叟的怀念。

峨眉山月歌

峨眉山月半轮秋，影入平羌江水流。
夜发清溪向三峡，思君不见下渝州。

　　这是李白去蜀之作，那时他还年轻。诗从"峨眉山月"写起，点出了远游的时令是在秋天。"秋"字因入韵关系倒置句末。秋高气爽，月色特明（"秋月扬明辉"）。所以"秋"字又形容月色之美，信手拈来，自然入妙。月只"半轮"，是下弦月，也可以使人联想到青山吐月的优美意境。在峨眉山的东北有平羌江，即今青衣江，源出于四川芦山县，流至乐山入岷江。次句"影"指月影，"入"和"流"两个动词构成连动式谓语，意言月影映入江水，又随江水流去。生活经验告诉我们，定位观水中月影，任凭江水怎样流，月影却是不动的。"月亮走，我也走"，只有观者顺流而下，才会看到"影入江水流"的妙景。所以此句不仅写出了月映清江的美景，同时暗点秋夜行船之事。意境可谓空灵入妙。

　　次句景中有人，第三句中人已露面：他正连夜从清溪驿出发进入岷江，向三峡驶去。"仗剑去国，辞亲远游"的青年，乍离乡土，对故国故人不免恋恋不舍。江行见月，如见故人。然明月毕竟不是故人，于是只能"仰头看明月，寄情千里光"了。末句"思君不见下渝州"写依依惜别的无限情思，可谓语短情长。

峨眉山——平羌江——清溪——渝州——三峡，诗境就这样渐次为读者展开了一幅千里蜀江行旅图。除"峨眉山月"而外，诗中几乎没有更具体的景物描写；除"思君"二字，也没有更多的抒情。然而"峨眉山月"这一集中的艺术形象贯串整个诗境，成为诗情的触媒。由它引发的意蕴相当丰富：山月与人万里相随，夜夜可见，使"思君不见"的感慨愈加深沉。明月可亲而不可近，可望而不可即，更是思友之情的象征。凡咏月处，皆抒发江行思友之情，令人陶醉。

本来，短小的绝句在表现时空变化上颇受限制，因此一般写法是不同时超越时空，而此诗所表现的时间与空间跨度真到了驰骋自由的境地。二十八字中地名凡五见，共十二字，这在万首唐人绝句中是仅见的。它"四句入地名者五，古今目为绝唱，殊不厌重"（王麟洲语），其原因在于：诗境中无处不渗透着诗人江行体验和思友之情，无处不贯串着山月这一具有象征意义的艺术形象，这就把广阔的空间和较长的时间统一起来。其次，地名的处理也富于变化。"峨眉山月"、"平羌江水"是地名附加于景物，是虚用；"发清溪"、"向三峡"、"下渝州"则是实用，而在句中位置亦有不同。读起来便觉不着痕迹，妙入化工。

客中作

兰陵美酒郁金香，玉碗盛来琥珀光。

但使主人能醉客，不知何处是他乡。

这首诗作于玄宗开元年间（713—741）作者漫游东鲁（今山东）之时，"兰陵"即今临沂市苍山县兰陵镇。而以兰陵为"客中"，应是李白一人长安前的作品。诗题一作《客中行》，按此诗为近体七绝，以《客中作》为是。

"兰陵美酒郁金香"二句，极写兰陵美酒之诱人。极似王翰《凉州词》的"葡萄美酒夜光杯"，唤起的是对人生美好如一场盛筵的丰富联想。"兰陵"与"美酒"、"郁金香"一并列，连地名都有了极为美好的印象。"郁金"是一种香草，用来浸酒，酒液会呈现金黄色。这便是说，兰陵美酒是用郁金香加工浸泡而成，带有浓郁的芬芳。加之盛在晶莹润泽的玉碗里，便呈现出琥珀（一种色泽晶莹的赤褐色树脂化石）一般的红色，李贺笔下的"琉璃钟，琥珀浓"（《将进酒》），便是生动的形容。

"但使主人能醉客"二句，写诗人面对美酒的心理活动。以"但使"、"不知"作勾勒，合成一个条件复句：只要兰陵主人好客，我就可以乐不思蜀。可见这两句写的并不是既成事实，而是一厢情愿。所以清人潘耒解读道：这首诗"欲说客中苦况，故说有美酒而无人。然不说不能醉客之主人，偏说'主人能醉客'，而以'但使'二字皮里春秋，若非题是《客中作》，儿被先生迷杀。"（日本近藤元粹《李太白诗醇》引）应该说，这是此诗之正解，也是一个胜解。

总之，这首诗直接的内容，是赞颂兰陵美酒，是优美的诗篇也是成功的广告词。其间接的内容，还是表现客中的乡愁，这层意思没有直接道出，却通过一个条件复句，巧妙地表达了这层意思。诗的前二句浓墨重彩，作了充分酝酿之后，三、四两句则出语明快，正是水到渠成。则是此诗结构上的妙处。

秋下荆门

霜落荆门江树空，布帆无恙挂秋风。

此行不为鲈鱼鲙，自爱名山入剡中。

这首诗作于玄宗开元十三年（725）。当年李白仗剑去国，辞亲远游，取道三峡，来游楚地，此诗是离开荆门时所作。诗中抒发了诗人秋下荆门的愉悦心情，表达了意欲饱览河山之美，而不惜远走他乡的雄心壮志。

"霜落荆门江树空"二句，写秋下荆门的景色和一帆风顺的心情。"荆门"乃山名，位于湖北宜都市西北长江南岸，与北岸虎牙山隔江对峙如门，地势险要，因称荆门。"江树空"指江边木叶尽脱，江面因而显得更为开阔明净。"霜落"、"江树空"，为下文的"秋风"伏笔。次句妙用一个典故以表达旅途平安，《晋书·顾恺之传》载，顾恺之从上司荆州刺史殷仲堪处借到布帆，乘船回家，途中遭遇大风，他在写给殷仲堪的信中说："行人安稳，布帆无恙"，有化险为夷的欣喜。诗人信手拈来，表达一帆风顺，天从人愿，委婉斯文，令人感到亲切。而"挂秋风"的"挂"字之妙，乃使人如见帆形。而"秋风"字面，又为下文"鲈鱼脍"伏笔。

"此行不为鲈鱼鲙"二句，写秋下荆门之目的和意图。这里用"此行"托住前二句，于是再用一典，《世说新语·识鉴》载，西晋吴中张翰在洛阳为官，因秋风起，而想到家乡莼羹、鲈鱼鲙等美味，说："人生贵得适志耳，何能羁宦数千里，以要名爵乎！"遂辞官回乡。由于秋天，由于地近吴中，所以诗人想到这个典故，却是反其意而用之，因为张翰是思念故乡而李白是漫游天下，所以"此行不为鲈鱼鲙"，是用故事写出新意。绝句三、四须形成一呼一吸，一正一负的关系，上句说"不为"，下句就得说"为"。果然，末句写道："自爱名山入剡中（今浙江嵊州市一带，其地多名山）"，如写成"为爱名山入剡中"更是顺理成章。换"为"作"自"，是一种隐形法。

全诗思路清晰，语言流畅。短短四句，两处用典，却信口拈出，令人浑然不觉。这是因为诗人饱学，腹笥甚广，一时触着，不期然而然，是读书受用的结果。如临时抱佛脚，则不能如此自然妥帖。

越中览古

越王勾践破吴归，义士还乡尽锦衣；
宫女如花满春殿，只今惟有鹧鸪飞。

这首诗作于玄宗开元十四年（726），时李白东涉溟海，游览越中（今浙江绍兴），思吴越相争之事，而有感于世事沧桑，而作此诗抒怀。

"越王勾践破吴归"三句，写越王勾践破灭吴国，班师回朝，上下狂欢的情景。按春秋时，吴越两国争霸于南方，成为世仇。越王勾践被吴战败，为吴所执，被赦回国后，卧薪尝胆，经过十年生聚、十年教训，终于在公元前473年灭掉吴国。因为绝句短小，不宜宏大叙事，所以诗人舍弃了卧薪尝胆等内容，直从凯旋写起，振笔疾书，其异于平铺直叙者，语言颇具张力。因为主题是沧桑，所以集中突出胜利的喜悦，战士衣锦还乡的欢乐，宫中歌舞庆祝的热烈。至于十年生聚、十年教训的艰辛，战争所必须付出的代价和牺牲，因为与主题无关，一概略去。"义士还乡尽锦衣"、"宫女如花满春殿"，是诗人在历史画卷中有意选取的两个镜头，浓缩了越国称霸一方后歌舞升平的情景，似曾相识，耐人寻味。能使人想起，在吴王夫差败越之后，接受越国所献美女西施，终日沉湎于声色歌舞，不也是"宫女如花满春殿"吗？其结果是导致了亡国。而这熟悉的一幕，偏偏又在越王的宫中上演。于是，最后一句的突然转折，其感喟可谓深沉矣。

"只今惟有鹧鸪飞"一句，写越宫故址的荒芜情景，"只今"二字猛然一跌，将前三句所描写的繁华景象一扫而空，真有"绘云汉而暖，绘北风而寒"（《李太白诗醇》）之能事。"前三句言平吴归后，越王固粉黛三千，宫花春满；战士亦功成解甲，昼锦荣归。曾几何时，而霸业烟消，所余者惟三两鹧鸪，飞鸣原野，与夕阳相映耳。"（俞陛云）好不凄凉。"统治者莫不希望他们的富贵荣华是子孙万世之业，而诗篇却如实地指出了这种希望的破灭，这就是它的积极意义。"（沈祖棻）好在诗人的表达，并不那么刻意。

七言绝句通常以前两句为一解，后两句为一解。这首诗却不同，"三句说盛，一句说衰，其格独创。"（沈德潜）后来韩愈《游曲江寄白舍人》、元稹《刘阮天台》亦用此法，却非名篇。同一时期，作者别有《苏台览古》云："旧苑荒台杨柳新，菱歌清唱不胜春。只今惟有西江月，曾照吴王宫里人。"通篇言其萧索，而末一句兜转其盛，与这首诗从盛时说起，末句兜转其衰，皆为名篇，而有异曲同工之妙。

春夜洛城闻笛

谁家玉笛暗飞声，散入春风满洛城。
此夜曲中闻折柳，何人不起故园情。

这首诗是玄宗开元二十三年（735）李白游洛城（即洛阳）时所作，作者时年三十五岁。洛阳是唐代的东都，繁华不逊于西京长安。作者客居洛城，于夜深人静之时从客栈里偶然听到笛声而触发思乡之情，全诗紧扣一个"闻"字抒写客中感受，是其早年七绝佳作。

"谁家玉笛暗飞声"二句，写客居洛阳中夜闻笛，感觉笛声的无处不在。"玉笛"是笛子的美称，不一定实指玉制或锻玉的笛子。"谁家"、"暗飞声"云云，表明作者不能判定笛声吹奏的方位，只感觉到它的无处不在。"暗"字状出笛声在不知不觉中传来而又不可捕捉的感觉。"散入春风"暗点时令，"满洛城"是一个极为主观的感觉和判断。"散"字写出笛声弥漫的感觉。而"满"字从"散"字来，"散"字从"飞"字来，

"夜"字从"暗"字来，下字非常考究，却如信笔直写，表现出高度的语言驾驭能力。而设问的方式开篇，则具有一种带入感，令读者立即有身临其境的感觉。

"此夜曲中闻折柳"二句，进而写因闻笛而思乡。这里作入了一个笛曲调名，即《折杨柳》，是乐府鼓角横吹曲的调名。这个曲调的内容，是抒写离情别绪的。而"折杨柳"又是六朝以来民间流行的一种送别习俗，因为"柳"字谐音双关"留"字。宋人胡仔云："《乐府杂录》云：'笛者，羌乐也。古曲有《折杨柳》《落梅花》。'故谪仙《春夜洛城闻笛》云云。杜少陵《吹笛诗》：'故园杨柳今摇落，何得愁中曲尽生？'王之涣云：'羌笛何须怨杨柳，春风不度玉门关。'皆言折柳曲也。"（《苕溪渔隐丛话》）因闻《折杨柳》曲，忽忆逢春柳真堪折，能不思家吗？其实，作者春夜于洛城所闻之笛曲，未必就是《折杨柳》，只因引起了浓烈的乡愁，不妨指为《折杨柳》，以读者易知也。末句"何人不起故园情"，则将一己的乡愁，推广到洛城所有的旅客，写得万方同感，百倍自伤。而"何人"、"不"，疑问词加否定词，则构成一个强势的肯定，将诗句的张力发挥到极致。

明人胡应麟曾将这首七绝与《早发白帝城》《望天门山》《闻王昌龄左迁龙标遥有此寄》相提并论，认为其飘逸潇洒，有挥斥八极，凌属九霄之意，当得起谪仙的称号（此说见《诗薮》）。其实更具有可比性的，是作者晚年所作的另一首闻笛七绝《与史郎中钦听黄鹤楼上吹笛》："一为迁客去长沙，西望长安不见家。黄鹤楼中吹玉笛，江城五月落梅花。"诗中也用到"玉笛"这个词，也作入了一个笛曲调名《落梅花》。不过"迁客"的身份，增加了诗情的悲凉。通感的妙用，造成了奇特的幻觉（"五月落梅花"）。结构上则有思归而听笛，与闻笛而思归之不同：一个听笛者在黄鹤楼上，是有心听之；一个闻笛者在客栈之内，系无意闻之。虽然同属闻笛抒感，写法并不雷同，而各极其妙。

284

长门怨二首

其一

天回北斗挂西楼，金屋无人萤火流。

月光欲到长门殿，别作深宫一段愁。

其二

桂殿长愁不记春，黄金四屋起秋尘。

夜悬明镜青天上，独照长门宫里人。

孔子说："诗可以怨。"在古代诗词中，宫怨遂为一类。这两首宫怨诗，当作于玄宗天宝二载 (743)，作者时年四十三岁，在长安待诏翰林。"长门"是汉代宫名，为陈皇后之冷宫。陈皇后小名阿娇，本是汉武帝刘彻的表妹，小时候很得刘彻的喜爱，说如能得阿娇作妇，当作金屋贮之。后为汉武帝皇后，失宠后别居于长门宫。《长门怨》为乐府旧题，与王昌龄《长信秋词》一样，都是借汉代故事，写宫人尤其是失宠宫人的哀怨。

第一首以写景为主，并不直接写人。"天回北斗挂西楼"二句，写秋夜深宫月出之前，宫人待月的情景。"北斗挂西楼"是一个定格画面。古人根据初昏时北斗七星斗柄所指方向以定季节，"斗柄西指，天下皆秋"（《鹖冠子·环流》）。"北斗挂西楼"是暗示秋季的意思。"天回"二字，则暗示出一个时间过程，也就是题前之景。读者可以体会到，长门宫的女主人仰望星空，已经过去了很长一段时间。另一个镜头是："金屋无人萤火流。""金屋"字面，来自《汉武故事》。说"金屋无人"，是因为金屋中人乃在室外等待月出（从三句"月光欲到"可以会出）。"萤火流"则是一个细节，古人有腐草为萤之说。宫殿中不容易见到"萤火"，著以"萤火"，则暗示着情景的寂寞与凄凉。

"月光欲到长门殿"二句，写明月将出，引起宫人无限的怨思。诗中隐括了司马相如《长门赋》"悬明月以自照兮，徂清夜于洞房"的意思。两句以"欲到"、"别作"相勾勒，极细腻地写出宫人既在待月、又害怕见月的微妙心理。"欲到"是将到而未到的意思，这是个敏感时刻，宫人的心情突然矛盾起来。她一直在待月，是希望明月给深宫带来一些光明和感觉上的温暖；她这会儿又害怕起来，不知道明月的出现，会不会更形其孤独。唐人裴交泰同题诗云："一种蛾眉明月夜，南宫歌管北宫愁。"宫人处境不同，望月的心境也会有很大的不同。"别作深宫一段愁"的"别作"，是只可意会，难以言传的意思。与李后主"别是一般滋味在心头"（《相见欢》）的"别是"，意味相同。

第二首以言情为主。"桂殿长愁不记春"二句，写宫人久居冷宫的寂寞。"桂殿"是宫殿的美称，指长门殿。"不记春"犹言不计年，言幽闭的时间之久，这是诗中女主人公的心理活动。"黄金四屋"犹言金屋四壁，"起秋尘"有久不打扫的意思，言外是很灰心的意思。"四面黄金涂壁，华贵极矣，而流尘污满，则华贵于我何预，只益悲耳。"（俞陛云）这两句有意无意地，以"春"、"秋"二字相起，写出时间的流逝，女主人公长愁无尽，但见秋之萧瑟，不知有春之怡畅也。

"夜悬明镜青天上"二句，写月出后宫人益觉其悲，缴足了第一首结尾的未尽之意。第一首说月光欲到长门，是将到未到；这一首写明镜高悬中天，是已经照到。"明镜"指月亮，月光本来普照人间，所谓"月儿弯弯（圆圆也可以）照九州，几家欢乐几家愁"，而一到长门，却成"独照"，似故意与女主人公过不去。这是主观感觉，是有我之境，是无理而妙，是深一层的表现手法。

元人萧士赟认为这两首诗是有感于玄宗废王后作，并认为诗有自况之意，因为古宫怨诗大都自况。恐未必然。因为诗中并没有特指的痕迹，应该是包容更大的人文关怀。与其说打并入诗人的身世之感，不如说作者对笔下女性形象怀有深刻的同情。两首诗的主题相同，而写景言情，各有侧重；珠联璧合，颇具匠心。

横江词六首（录二）

其一

人道横江好，侬道横江恶。

一风三日吹倒山，白浪高于瓦官阁。

《横江词》共六首，这是组诗的第一首。横江即横江浦，在安徽和县东南，与采石矶隔江对峙，为古长江渡口。李白一生多次经过此地，故此诗写作年代，有开元十四年（726）、天宝元年（742）、天宝十二载（753）等异说。从诗中表现了作者急于渡江，而遭遇风浪断渡，愁肠百结，忧心如醉的心境看，不当作于早年。应以天宝十二载说为是。

第一首很短，两句五言、两句七言，篇幅在五绝和七绝之间，专写横江的风浪。

"人道横江好"两句，是一个抬杠，有民歌的风味。两种说法，各有各的道理。为什么呢？原来大自然本来就有两面，一面是"好"，一面是"恶"。宋人范仲淹《岳阳楼记》写长江中游洞庭湖的自然景色，一段是："至若春和景明，波澜不惊，上下天光，一碧万顷；沙鸥翔集，锦鳞游泳；岸芷汀兰，郁郁青青。而或长烟一空，皓月千里，浮光跃金，静影沉璧，渔歌互答，此乐何极！"便是"好"的一面，便是说好的道理。一段是："若夫淫雨霏霏，连月不开，阴风怒号，浊浪排空；日星隐曜，山岳潜形；商旅不行，樯倾楫摧；薄暮冥冥，虎啸猿啼。"便是"恶"的一

287

面，便是说恶的道理。谁叫你来在"恶"的时候呢。

"一风三日吹倒山"两句，则是描绘台风到来时横江之"恶"。诗人运用夸张的手法，"三日"是说台风持续之久，并非夸张，而"吹倒山"则是夸张。因为台风可能吹倒山中的房屋，拔起山中的树木，是不可能吹倒山的。而"吹倒山"这种说法，把台风的力量夸张到极致，是人民口头的说法，所以有味。组诗其四写道："海神东过恶风回，浪打天门石壁开。浙江八月何如此，涛似连山喷雪来。"可以参读。诗中提到的"瓦官阁"，指南京城外江边的瓦官寺，一名升元阁，故址"在建康府城西隅。前瞰江面，后据重冈……乃梁朝故物，高二百四十尺"（《方舆胜览》）。"白浪高于瓦官阁"是想象横江的风浪，排山倒海一般，沿天门山奔流而下，一浪高过一浪，竟高过了南京城外著名的瓦官阁。"瓦官阁"的名称，不但使诗句形象具体，而且给出了一个坐标、一个尺度，使诗句的夸张找到一个现实依据，成为艺术的真实。

这首诗对横江风浪的描写容易让人联想到如辛弃疾"江头未是风波恶，别有人间行路难"（《鹧鸪天·送人》）那样的喻义，但诗中却没有比喻的痕迹。不妨读者根据对写作时间的推断，对作者写诗的心境有见仁见智的解读。不过，仅仅作描写横江风浪景观的诗看，也自有其审美的价值。

其二

横江馆前津吏迎，向余东指海云生。

郎今欲渡缘何事，如此风波不可行。

此诗原列第五，写了一个对话，一个渡口相遇的情景。

"横江馆前津吏迎"二句是情景再现，写作者在渡口受到驿站（"馆"）官吏迎候的情景。读者可以感到，诗中所写那个"津吏"很殷勤、很周

288

到、很善良。他也许知道作者的身份，也许并不知道。他的善良，从他对客官的告诫可以看出。就像《水浒传》写景阳冈前那个酒家唤住武松，武松嗔怪道：又不少你酒钱，唤我怎地？酒家说：我是好意，客官不知冈上有虎伤人。"向余东指海云生"的"海云"，可不是一般的什么海云，而是台风到来前的征兆，而台风猛于虎也。

"郎今欲渡缘何事"二句，是津吏对作者的劝告。看来作者渡江的心情很急，这从"欲渡"二字可以体会，从"缘何事"三字更可以体会。"缘何事"是说，为什么要这么急呢？不可以这样急喔。有人根据句中"郎"字，猜测写《横江词》的李白，还是一个年轻人。其实不然，只要是年纪长的人，对比自己年纪轻的人，都可以这样称呼，这样的称呼令人感到亲切（一说"郎"指郎官）。末句是说不可以急渡的原因："如此风波不可行！"意思是横江的风浪太大，此处是事故多发之地，必须为您的安全着想，行不得也哥哥！三、四句一问一劝，颇具唱叹、张弛之致。

这首诗刻画的"津吏"形象给人留下很深的印象，是其成功之处。他出语非常安详，但也十分坚定，是一个负责任的基层官吏的形象。从诗歌的内在韵律上说，这种安详的语气，是两次紧张之间的放松。因为前面一首"海神东过恶风回"语气紧张，后面一首语气更紧张："月晕天风雾不开，海鲸东蹙百川回。惊波一起三山动，公无渡河归去来！"《公无渡河》是古乐府旧题，相传有个朝鲜族的白首狂夫，不顾老妻的劝阻，非渡河不可，搭上一条性命。诗曰："公无渡河，公竟渡河。渡河而死，当奈公何。"梁启超曾谓这十六字惊天动地。李白也曾经演绎此意，写过一首歌行体的《公无渡河》。

参读同组诗的其他作品，大体可以会出：《横江词》中写到了江头风浪和欲渡不得的情景，既是旅途纪实，也打并入了作者的身世之感，包含有一定的寓意。如此诗中津吏对作者的劝阻，很容易使读者联想到《离骚》中女须对屈原的规劝，是耐人寻味的。

望天门山

天门中断楚江开，碧水东流至此回。

两岸青山相对出，孤帆一片日边来。

这首诗重在力度的审美。作于开元十三年（725）李白出蜀远游之际。天门山在安徽当涂境内，系东、西梁山之合称，两山夹江对峙，岩石突入江中，势如天门故名。

首句说"天门中断"，也就意味着两山本为一体，只因阻碍了汹涌的江流，才被冲开而成两山。也就是《西岳云台歌》所谓"巨灵咆哮擘两山（华山与首阳山），洪波喷流射东海"。此句强调的是江水的冲决力。

次句则反过来，写天门山对江水的约束力。由于两山束江，江水东流至此突遇阻遏，于是形成巨大的回旋和波涛汹涌的奇观。类乎《西岳云台歌》所写"西岳峥嵘何壮哉，黄河如丝天上来。黄河万里触山动，盘涡毂转秦地雷"的情景。"碧水东流至此回"一本作"直北回"，则是对长江过天门山的流向的精细说明，气势感稍逊色。三句写舟中望山。山，因为人的立足点在船上，所以有两岸青山迎面而来的感觉，也就是敦煌曲子词所说的"满眼风光多闪烁，看山恰似走来迎。仔细看山山不动，是船行"，可谓兴会淋漓。

末句则写诗人之舟乘风破浪通过天门山的令人兴奋情景，因为是乘舟东向，朝着大海的方向，所以说是"（朝）日边来"。这时，读者仿佛看到水天相接处，一轮红日涌出江心，在此壮丽的背景之上，衬托出一片风帆的剪影，景色是那样清新，色彩是那样的鲜艳，实在有些妙不可言。全诗以舟行移动视角，以兴会展开想象，有气势，有力度，"极自然，洵属神品，足以擅扬一代"（《唐宋诗醇》）。

钟振振兄有一段赏析文字颇妙,附录于下:

芜湖段长江的走向是由西南向东北,近似于由南向北。而中国处于北半球,在中国观察太阳的运行轨迹,只能看到它从东南方升起,向西南方沉没,不可能看到它在北方。因此,有学者认为,"孤帆一片日边来"的"孤帆"便是李白所乘坐的那条船;而所谓"日边",是西南方,即太阳沉没的方向,也就是长江上游方向。换言之,此句并非诗人实写眼前景物,而只是对自己航程的交代。

然而,一般读者不会去考证这段长江的特殊走向,在他们的地理学知识库存里,长江总是由西往东流。于是,他们会想当然地对此诗作出如下的解读:长江冲决了拦路的梁山,造成了"天门中断"的奇观。碧水东流至此,为"天门"所约束,波浪回旋。诗人所乘的船只在向下游行驶。人在船上,浑然不觉船行,只见构成"天门"的两岸青山相对而出,迎面而前。"天门"之外,远处江面上,有孤帆一片,从初升的太阳那边缓缓飘来……

这种"读者本位"的解读,与"作者本位"的解读相比,地理的方向轴向右发生了近90度的偏移。这一偏移,使得"孤帆一片日边来"由作者对航程的自述,错位而成为诗中画境的一项有机构成。它很可能是不符合诗人创作实际情况的,但我们不得不承认:蚌病成珠。它确是此诗最精彩的一种艺术呈现!

望庐山瀑布

日照香炉生紫烟,遥看瀑布挂前川。

飞流直下三千尺,疑是银河落九天。

瀑布是庐山的一大景观。庐山瀑布以东南香炉峰的水量多,落差大,景象最奇。法远《庐山记》谓峰头常有"游气笼罩其上，则氤氲若烟水"。

首句"香炉"是双关。香炉峰以形似香炉而得名。唐代的香炉，造型或取神话传说中的海上仙山——博山，上布小孔，承以汤盘，下柱中空，香即插焉，香烟即由小孔弥漫而出。诗人看到"日照香炉生紫烟"的情景，应该引起这种很自然的联想，从而感到这个峰名的恰切。

次句"遥看瀑布挂前川"，有一个文本是"挂长川"。不同的文本呈现的意境也不同。"挂长川"是直接将一条长河挂起来。"挂前川"的意思稍有不同，应该指峰下有川，即瀑布落地后形成的支流。这两种文本意境的相差并不大，因为最重要的是都有那个"挂"字，这个字之妙，在于有化动为静的意思——远处看到的瀑布，不就像一条白练悬挂在山前吗？晚唐徐凝有两句："今古长如白练飞，一条界破青山色。"苏东坡说是恶诗（"飞流溅沫知多少，不与徐凝洗恶诗"），其实不恶。

三句"飞流直下三千尺"是一个转折，就像长焦镜头的突然拉近，瀑布的形象立刻由静态转为动态——是"飞流"、是"直下"。这不是望中的视觉印象，它加进了作者的经验和想象，是想当然。这种想当然对于诗歌来说非常重要，它使得形象活跃起来，不再受视觉的约束，因自由奔放，而激动人心。"直下三千尺"，是说瀑布直落下地、落进深谷。按照绝句写法，三、四句要形成反差，则末句必须从天上去找。

末句"疑是银河落九天"就是从天上去找，同时也是一个瑰丽的想象，一个大胆的夸张，使诗意得到进一步的升华。元人杨载说绝句"多以第三句为主，而第四句发之。有实接，有虚接，……一呼一吸，宫商自谐。"（《诗法家数》）这就是虚接，这句与上句既有天上人间的差别，同时又一气贯注，组装得一点痕迹都没有，这就是诗人的本领。一个"疑是"，不予确定，使得倒倾银河之事，变得是邪非邪起来，增添了形象的魅力。

今人有咏重庆夜景者，诗曰："云台露叶舞风柯，快意平生此夕多。

人在乾元清气上，三千尺下是银河。"（钟振振《重庆南山一棵树》）作者将从南山看到的满城灯火，比喻成银河，第三句先说天上，末句再说"三千尺下"，是对"疑是银河落九天"的信手拈来和创造性发挥。反过来、可见此诗之深入人心。

这首绝句在所有关于庐山的，尤其是吟咏庐山瀑布的诗中，是数一数二的，无怪苏东坡大加赞美："帝遣银河一派垂，古来唯有谪仙词！"（葛立方《韵语阳秋》引）

黄鹤楼送孟浩然之广陵

故人西辞黄鹤楼，烟花三月下扬州。

孤帆远影碧空尽，唯见长江天际流。

这首诗作于李白出蜀壮游期间，乃开元十六年（728，一说开元十八年）暮春之作。一提到武昌黄鹤楼，就会联想到仙人子安骑鹤过楼的故事和崔颢那首叫李白佩服的《黄鹤楼》诗。而在谪仙李白心目中，孟浩然是一个前辈（长李白十二岁）和高人（李白《赠孟浩然》："吾爱孟夫子，风流天下闻。红颜弃轩冕，白首卧松云。醉月频中圣，迷花不事君。高山安可仰，徒此揖清芬。"）而黄鹤楼则是漫游天下的起点——未游黄鹤楼，直是不当游天下名胜。你听："我本楚狂人，凤歌笑孔丘。手持绿玉杖，朝别黄鹤楼。五岳寻仙不辞远，一生好入名山游。"所以，他在唱"故人西辞黄鹤楼"时，就给了孟浩然一个同样很高的起点。

"故人西辞黄鹤楼"这一句之不同寻常，乃在于它不合律，"人"字当仄。然而，当李白写成"故人"了，你怎样改都觉得不对了。"人"字既不能替换为"友"，也不能替换为"客"。次句到扬州，须知那是两京以外最称繁华的大都会，时称"扬一益二"。有个古代笑话，概括世俗的人生三大理想是：腰缠十万贯——骑鹤——下扬州。现在孟浩然就要"下扬州"，而且是在"烟花三月"下扬州，言下洋溢着多少歆羡之意。"烟"是个形容词，"花"是个实词，但"烟"不是形容"花"的，通常所谓阳春三月"花似锦，柳如烟"，"烟花"二字可谓得之，其构词之妙在虚实显隐间。

"孤帆远影碧空尽"二句上接"辞"字"下"字，写别时怅望之景，传目送之神。其并不说送人，而说"孤帆"就是说送人。"碧空尽"三字写帆影消失于水天之际惟妙惟肖，但又像是写飞行，令人神往；行者身不由己随船远去，而送者却久久不能离开，言下一片依依惜别之情。陆游入蜀，访黄鹤楼故址，记云："盖帆樯映远，山尤可观，非江行久不能知也。"（《入蜀记》）所以《唐宋诗醇》说它"语近情遥，有手挥五弦，目送飞鸿之妙"。而电影《林则徐》有一个林则徐送奉旨调离虎门的邓廷桢的感人场面，据导演郑君里说，就是用了此诗末二句表达的意境。

前人之送行诗多矣，莫不有南浦销魂之意。而此诗不作苦语，只将送别时有感于心的景象道出，便觉深情无限。前人谓"此等语如朝阳鸣凤"（《唐人万首绝句选评》）。也就是说，读来令人心胸开阔，觉得前程不可限量。

哭晁卿衡

李白

日本晁卿辞帝都，征帆一片绕蓬壶。

明月不归沉碧海，白云愁色满苍梧。

这是李白悼念一位日本国友人的诗。凡是诗题在人名前加个"哭"字，都表明是悼诗。"晁卿衡"，即晁衡，那个"卿"字是表示尊称。此人原名阿倍仲麻吕（阿倍又作安倍），玄宗开元五年（717）来中国求学，起汉名为朝（通晁）衡。天宝十二载（753）冬，任秘书监兼卫尉卿，以唐朝使者的身份随日本使臣分乘四船回国，在琉球附近遇风暴，与其他船只失去联系。天宝十三载春夏间李白在广陵（今江苏扬州）遇见魏颢，听到晁衡失事的消息，以为他已遇难，遂写了这首诗悼念他。这种被死亡的新闻，古今都有发生，最近的如2017年5月18日国外新闻媒体曾称诺奖得主诗人阿列克谢耶维奇去世，后证明不实。不同的是，阿倍仲麻吕的被死亡，引出了一首流传千古的好诗。

"日本晁卿辞帝都"二句，是直述其事，"帝都"即长安。这是一种最不费劲的写法，就像"李白乘舟将欲行"一样，随随便便就开头了。这不要紧，有诗人这样说：传统汉语诗歌的结构，经常是逢单（奇）则松，逢双（偶）则紧。例如一句之中，一三五不论，二四六分明；一联之中上句可松，下句须紧；绝句之中上联可松，下联须紧，等等。这首诗写法正是如此，首句写得随便，次句"征帆一片绕蓬壶"则比较经心，"蓬壶"指神话传说中蓬莱、方壶，可以喻指日本，读来令人神往。

"明月不归沉碧海"二句，写作者惊闻海难，感到无比沉痛、惋惜的心情。三句用"明月"比喻晁衡高洁的品德和出众的才华，或谓是珍珠名，然李白诗中"明月"为常见意象，故不必另为之说。把海难这样惨烈的事件，比喻为明月沉碧海，与"醉卧沙场君莫笑"、"落花犹似坠楼人"等名句一样，是对不幸事件的一种诗化，使之富于诗味和美感。顺便说，关于李白之死，后世有醉中捉月、沉于长江的民间传说。编故事的人，应该就是从李白诗中得到灵感。

末句"白云愁色满苍梧"是避实就虚，以景结情。此"苍梧"，不是指洞庭湖南的九嶷山，而是指传说中位于东北海中的郁州山，相传这座山自苍梧飞来，故亦称"苍梧"（《一统志》）。虽说不管少了谁，地球都照样转，但老朋友说没了就没了，作者不能无憾。这层意思，却没有直说，而是转嫁给白云。就像崔颢所写那样："黄鹤一去不复返，白云千载空悠悠。""明月不归沉碧海"正是"黄鹤一去不复返"的翻版，"白云愁色满苍梧"正是"白云千载空悠悠"的翻版，却令人不觉。

这首诗写成不久后，晁衡又出现在长安，成为生前就读到别人为自己写的悼诗者之一。此诗所缘之事虽被证伪，而诗情却是真挚动人的。不但成为诗史上的佳话，而且成为中日友好史上的佳话。

闻王昌龄左迁龙标遥有此寄

杨花落尽子规啼，闻道龙标过五溪。
我寄愁心与明月，随风直到夜郎西。

盛唐七绝最杰出的代表，一向是李太白、王少伯并称，这两个天才诗人，生平又都有政治失意的经历，而王昌龄的命运更加悲苦。他一生官卑职小，仕途屡遭挫折——开元间曾贬岭南，天宝初（742）谪迁江宁（南京）丞，六载（747）再贬龙标（湖南黔阳），被贬的理由据说是"不护细行"（小节失检）——连个像样的罪名都找不到，正是"欲加之罪，何患无辞"了。

王昌龄自江宁承贬龙标尉事在天宝六载（747）秋，而李白得到消息的时间当在翌年暮春，故诗开篇即以"杨花落"、"子规啼"切合情事。而古有杨花入水化为浮萍、子规声像"不如归去"等说法，作为诗歌意象，自能引起身世浮萍、天涯羁旅的愁情，紧扣王昌龄贬谪之事。次句的"龙标"是地名（"龙标"作为王昌龄的代称乃是后话），句意即听说龙标远过五溪（酉溪、武溪、辰溪等五个溪口，其余二溪所指有不同说法，其地皆在湘西），——换言之，五溪地处边远，龙标比五溪还要边远，——不堪之意溢于言表，措语却含蓄从容。按唐贞观年间，龙标分置三县，其一曰夜郎，"夜郎"字面，还可使人联想到古夜郎国（贵州桐梓），着一"西"字，更增边远之感。

由于诗人不在朋友身边，不能当面安慰朋友，才想到要写一首诗。也许写诗的当时，他正对着一轮明月，于是得到即景好句。"我寄愁心与明月"二句意谓：让我把一片同情寄托给天空明月吧，不论你走到哪里，即使已经到达贬所，你也会看到这同一轮明月——"月亮代表我的心"。

诗中没有一个字明言对朋友被贬一事的看法，字里行间却饱含同情和理解。诗人把自己的"愁心"赋予具象的"明月"，一个孤独、高洁、光明的形象，这就意味着诗人坚信朋友的清白无辜，从精神和道义上予以支持、援助，无形中也对迫害无辜者投以愤慨和轻蔑。

若干年后，王昌龄早已物故，李白本人却因报国心切而无辜下狱，最后被判长流夜郎——走了一段王昌龄当年所走的曲折之路，再次体会到人间行路之难。一路上他定然会想起这首旧作，正是："谁寄愁心与明月，伴我直到夜郎西？"

赠汪伦

李白乘舟将欲行，忽闻岸上踏歌声。
桃花潭水深千尺，不及汪伦送我情。

或谓此诗好在"有真情实感"。殊不知好诗皆有真情实感，故不必说；而这首诗突出的成功之处也不在所谓真情实感，而在于一种李白式的特殊风趣，可以说，它在短短四句诗中，活脱脱地画出了两个不拘俗套的人。这就需要读者不但熟知李白，还应知道与此诗直接相关的汪伦其人。

汪伦是唐时泾县村民，曾以美酒招待李白。袁枚《随园诗话补遗》载，汪伦曾捎信诳以其方："先生好游乎？此地有十里桃花；先生好饮乎？此地有万家酒店。"李白欣然而至，他这才说："桃花者，潭水名也，并无桃花；万家者，店主人姓万也，并无万家酒店。"引得李白大笑，并住了好几天。这故事不一定是事实，但却很能反映李白与汪伦的性格与交情，不仅仅可助谈资。关于《赠汪伦》这首诗，人多乐道其三、四句，往往忽略其一、二句的风趣和作用。其原因就在于忽略了这两个"活"人。"李白乘舟将欲行"，就要离开桃花潭，却不像是要在此告别谁，陶然忘形的他是兴尽而返。又从下句的"忽闻"可知，这汪伦的到来是不期而至的。这样的送别，在前人之作中罕见。

"忽闻岸上踏歌声"，人未到而声先达，欲行的李白却已心知来者是谁，所来何事，手中何所携了。俗话说"来得早不如来得巧"，汪伦就是来得巧。以下的事，诗人不再说也不必说，因为读者可以发挥想象了，那自然是饯别场面，一个"劝君更尽一杯酒"，另一个则"一杯一杯复一杯"了。不说则妙在省略、含蓄。不辞而别的李白固然落落大方，不讲客套；踏歌欢送的汪伦则既热情，又不流于伤感。短短十四字就写出两个乐天派，一对忘形交。这忘形正是至情的一种表现。因而李白不仅以汪伦为故人，而且引为同调，所以他要高度评价汪伦的友情。

三、四句以本地风光作譬："桃花潭水深千尺，不及汪伦送我情。"以水长比情长，是诗人们常用的比喻；而说水深不及情深，就显得新颖。两句还是倒装，清人沈德潜赞美说："若说汪伦比于潭水千尺，便是凡语，妙语只在一转换间。"此外，古人写诗，一般忌讳在诗中直呼姓名，以为无味，而这首诗一开呼其名开始，又呼对方之名作结，反而显得直率、亲切和洒脱，很有情味，突破送别诗的感伤格调和传统手法。此诗正充分表现了李白的艺术个性，从而获得不朽的艺术魅力。

早发白帝城

朝辞白帝彩云间，千里江陵一日还。

两岸猿声啼不住，轻舟已过万重山。

《早发白帝城》是说从白帝城出发。白帝城是长江三峡西头白帝山上的一处古迹，在奉节县。白帝城是蜀汉先主刘备托孤的地方，因此而著名。诗人从白帝城出发，将穿过长江三峡，目标是江陵，即今天湖北荆州市。所以诗题一作《下江陵》。李白这一次坐船，心情愉快。因为他本来是因为遭遇流放，从三峡那头来的。到白帝城遇到大赦，又从原路返回。时间是唐肃宗乾元二年（759）的三月。

"朝辞白帝彩云间"，首句写早发时的景色。古人赶路，一般是趁清晨出发，故称"早发"。这天天气好，作者心情也好，笔下景色就好。"朝辞白帝"，诗人应该在船上，怎么会在"彩云间"呢？原来这是把一个近景（人在船头）和一个远景（满天朝霞）叠到一块儿。这种方法，凡是摄影的人都会，比如拍一个人手捧太阳，或用手托山峰，这叫叠景法。古代诗人也会，例如王维的"山中一夜雨，树杪百重泉"（《送梓州李使君》），树顶上哪来的许多瀑布呢？也是远景和近景叠在了一起。不过，王维是亲眼看见的；而李白却是想见的，因为他看不到自己置身彩云间，但可以想出这种情景。

"千里江陵一日还"，次句计算行程。从白帝城到江陵，全程通过三峡，一千二百华里路，怎么可能一天走完呢？原来作者心中有一段古文，这就是郦道元《水经注·三峡》引盛弘之《荆州记》的一段话："自三峡七百里中，两岸连山，略无阙处"，"至于夏水襄陵，沿溯阻绝，或王命急宣，有时朝发白帝，暮至江陵，其间千二百里，虽乘奔御风不以疾也。"真是一段漂亮的文字，现在中小学生都能背诵。于是李白把这个话用上了，他遇赦东归，不就是"王命急宣"吗？"彩云间"三字给行程一个很高的起点，接下来"一日"、"千里"就有飞流直下的感觉，与作者归心似箭的心情相称。

"两岸猿声啼不住"，三句写到的这个"猿声"，也来自《水经注·三峡》："每至晴初霜旦，林寒涧肃，常有高猿长啸，属引凄异，空谷传响，哀转久绝。故渔者歌曰：巴东三峡巫峡长，猿鸣三声泪沾裳。"不过，"猿声"并不能影响李白的心情，只是造成一个错觉，即速度感的消失，好像老在一个地方。殊不知一处有一处的猿声，后来听到的猿声，已经不是前面听到的猿声了。在写了高速度后，速度感的短暂消失，特别重要，能够造成一种内在韵律、情绪的自然消长，是跌宕起伏，不是一顺平放。就像跳远者必须踏板一样，为速度的爆发，必须有短暂的停顿、力量的酝酿。

"轻舟已过万重山"，经过三句蓄势，回到了高速度，而且是水到渠成。在舟中，感觉不到速度。出船一看：哇，江陵都快到了，"轻舟"早已掠过"万重山"了，真是"乘奔御风不以疾也"。最后一句，充分表现了诗人此次乘船的快感，不光是感觉速度快，更是心情的轻松愉快。"轻舟"二字，有放下包袱，轻装前进的感觉。"千里"、"一日"、"两岸"、"万重山"，几个数字的运用，也形成一种跌宕起伏的韵律，在诗中有推波助澜的作用。

这首诗创造了"一日千里"的成语，是高速度的审美，却妙在速度感的消失。通过这首诗的赏析，可知胸中贮书对于写作的重要性。如果没有《水经注·三峡》那一段文字在起作用，作者就有满怀的激情，也会像四川人说的"茶壶里装汤圆，倒不出来"。这可不是临时抱佛脚，而是早就滚瓜烂熟，经过了消化、消解，完全成了自己的语言，而不是抛文，更不是照搬、硬抬。有些话，如首尾两句，则完全是诗人的原创，与书语的化用，打成了一片。

最后交代一下李白受处分的原因。在安史之乱中，李白起初隐居在庐山，已是奔六的人了，却突然得到永王李璘（唐玄宗的十六子，太子李亨即肃宗的弟弟）特邀，到军中去做高参。于是李白狂喜，以为实现政治抱负的机会终于来了。没想到却因为不知道高层的矛盾斗争，而陷入了一场政治旋涡。永王的部队遭到唐肃宗的突然袭击，永王本人被杀了，而李白则蒙受了附逆的罪名，被捉拿下狱。经过多方营救，从轻发落，也得长流夜郎。忽然遇赦，咋能不高兴？

与史郎中钦听黄鹤楼上吹笛

一为迁客去长沙，西望长安不见家。
黄鹤楼中吹玉笛，江城五月落梅花。

诗作于乾元二年，诗人长流夜郎遇赦还武昌时，玩味此诗，有一种痛定思痛地回忆过往的情绪。

汉代贾谊因有革新政治的才具而受文帝倚重，将委以公卿，却为当时权贵排斥，谗以"洛阳之人，少年初学，专欲擅权，纷乱诸事"，而被外放为长沙王太傅，做了"迁客"（贬谪之人）。李白引贾谊自喻，就近言之，是为自己受永王谋逆事件牵连长流夜郎而发；就远言之，还兼包天宝初待诏翰林而终被赐金还山之事，自那以后，他即有"汉朝公卿忌贾生"之叹。"一为迁客去长沙"，十五年过去了，唐王朝经历了翻天覆地的变故，回思往事，恍如隔世。一向就深憾"总为浮云能蔽日，长安不见使人愁"的诗人，而今"西望长安"，更有说不出的悲哀，其"不见家"云云，实有一种政治上归宿无依之感。

后二句似忽然撇开感慨，只就眼前情景写来，乍看不过是直赋"听黄鹤楼上吹笛"之事，其实语意"活相"（《梅崖诗话》），足以启发读者想象。首先，听笛的地方是"黄鹤楼中"，这里有一个"昔人已乘黄鹤去"的传说，最易动伤逝与离别之情。笛曲《梅花落》就与离别情思有关。高适《塞上听吹笛》"借问梅花何处落，风吹一夜满关山"，即其例。"江城五月落梅花"，亦将曲名活用，造成虚像，远不止笛满江城的字面意义。江城五月不应落梅，五月落梅犹如邹衍下狱、六月飞霜（《文选》李善注、徐坚《初学记》等书引《淮南子》）一样是异常情事，如无感天动地之怨苦何以致之！

全诗就通过如此空灵的抒情写景，将诗人怀恋故国的情绪和政治上屡遭打击的悲哀交织而出，感人至深。虽然悲苦，却又毫无龌龊寒俭之态，依然是挥斥飘逸，气象昂扬。故谢榛《四溟诗话》云："作诗有三等语：堂上语、堂下语、阶下语，知此三者可以言诗矣。凡上官临下官动有昂然气象，开口自别。若李太白'黄鹤楼中吹玉笛，五月江城落梅花'，此堂上语也。"

山中问答

问余何事栖碧山，笑而不答心自闲。
桃花流水窅 yǎo 然去，别有天地非人间。

李白从玄宗开元十五年（727）起，在安陆（今属湖北）居住达十年之久，曾隐居碧山桃花岩。诗当作于这一时期。除第三句外，其余三句为非律句，有人称它是七绝之拗体，也可以说是一首古体的七绝。南朝诗人陶弘景就有一首《诏问山中何所有赋诗以答》，同是山中答问，陶诗是答君王问，此诗题一作《山中答俗人问》，风度就不相同。

"问余何事栖碧山"二句，用设问开篇，根据这首诗的诗题一作《山中答俗人问》看，应是实有其问。既然题中有"答"，照理说第二句就该写答。然而诗人却道"笑而不答",这就是诗笔的一次波磔。因为人世间有些问题是不成问题的问题,或者是问得很蠢的问题,或者是明知故问的问题,或者是可为知者道、难与俗人言的问题。被问者只能"笑而不答",而并不是被俗人问住了。"心自闲"三字,表现出诗人心中有数,却不置一词的意态,"闲"是愉快的样子。对"何事栖碧山"这个问题,这是一个"这还不明白吗"的表情。

"桃花流水窅然去"二句,承"心自闲"而来,是突然开口,说碧山好处。是诗笔的又一次波磔。原来碧山有溪流,渊远而流长("窅然"是幽深遥远的样子);沿溪有桃花,落英缤纷;便有无数花瓣顺流而去。这里,诗人暗用了陶渊明《桃花源记》的故事,故事说晋太元中,武陵人捕鱼为业,缘溪而行,忘路之远近,忽逢桃花林,夹岸百步,芳草鲜美,落英缤纷,林尽水源,便得一山,山有小口,舍船而入,遂发现了一个世外桃源。诗人以"桃花流水"四字,很轻松地融入了这许多的内容,可见碧山是怎样一个美丽的去处了。末句进而给碧山以高度赞美。"别有天地"是一顿,说这是另外一个世界、另外一种境界;"非人间"是又一顿,这不是人间能有的境界,换言之,是天堂般的境界吧。诗人不经意间就创造了一个成语:"别有天地"。

清人徐增说:"白作此诗,如世尊拈花;人读此诗,当如迦叶微笑。不可说,亦不必说。"(《而庵说唐诗》)未免说得太玄乎。其实关于这首诗"笑而不答"的内容,是可以讨论的。李白《上安州裴长史书》提到,在碧山隐栖之前,他就曾经"隐于岷山之阳"、"巢居数年,不迹城市"。青年时代的李白,为什么这样热衷于隐栖呢?原来唐初士大夫有这样一个风气,就是先隐居名山读书,以造就声名,而后出山从仕,时称"终南捷径"。此外,也有亲近名山大川,以养浩然之气的目的。"终南捷径"一类的动机,不说时人心知肚明,一说出来就不免乎俗了,只好是"笑而不答"了。而这首诗的诗趣,则来自前两句问而不答,后两句顾左右而言他,形成了两次波磔。

明人李东阳说："诗贵意，意贵远不贵近，贵淡不贵浓；浓而近者易识，淡而远者难知。如……李太白'桃花流水杳然去，别有天地非人间'，王摩诘'返景入深林，复照青苔上'，皆淡而愈浓，近而愈远，可与知者道，难与俗人言。"（《麓堂诗话》）意思是诗意不妨深远，而语言不妨浅显，此之谓深入浅出。此诗"随心趁口，不经思维，苍词古意，自成天籁"（周埏），所以得之。

山中与幽人对酌

两人对酌山花开，一杯一杯复一杯。
我醉欲眠卿且去，明朝有意抱琴来。

李白饮酒诗特多兴会淋漓之作。这首诗开篇就写当筵情景。"山中"，对李白来说，是"别有天地非人间"的；盛开的"山花"更增添了环境的幽美，而且眼前不是"独酌无相亲"，而是"两人对酌"，对酌者又是意气相投的"幽人"（隐居的高士）。此情此景，事事称心如意，于是乎"一杯一杯复一杯"地开怀畅饮了。次句接连重复三次"一杯"，不但极写饮酒之多，而且极写快意之至。读者仿佛看到那痛饮狂歌的情景，听到"将进酒，杯莫停"（《将进酒》）那样兴高采烈的劝酒的声音。由于贪杯，诗人许是酩酊大醉了，玉山将崩，于是打发朋友先走。"我醉欲眠卿且去"，话很直率，却活画出饮者酒酣耳热的情态，也表现出对酌的双方是"忘形到尔汝"的知交。尽管颓然醉倒，诗人还余兴未尽，还不忘招呼朋友"明朝有意抱琴来"呢。此诗表现了一种超凡脱俗的狂士与"幽人"间的感情，诗中那种随心所欲、恣情纵饮的神情，挥之即去、招则须来的声口，不拘礼节、自由随便的态度，在读者面前展现出一个高度个性化的人物形象。

诗的艺术表现也有独特之处。盛唐绝句已经律化，且多含蓄不露、回环婉曲之作，与古诗歌行全然不同。而此诗却不就声律，又词气飞扬，纯是歌行作风。唯其如此，才将快意之情表达得酣畅淋漓。这与通常的绝句不同，但它又不违乎绝句艺术的法则，即虽豪放却非一味发露，仍有波澜，有曲折，或者说直中有曲意。诗前二句极写痛饮之际，三句忽然一转说到醉。从两人对酌到请卿自便，是诗情的一顿宕；在遣"卿且去"之际，末句又婉留后约，相邀改日再饮，又是一顿宕。如此便造成擒纵之致，所以能于写真率的举止谈吐中，将一种深情曲曲表达出来，自然有味。此诗直在全写眼前景口头语，曲在内含的情意和心思，既有信口而出、率然天真的妙处，又不一泻无余，故能神远。

这首诗的语言特点，在口语化的同时不失典雅。"我醉欲眠卿且去"二句明白如话，却是化用一个故实。《宋书·隐逸传》："（陶）潜不解音声，而畜素琴一张，无弦，每有酒适，辄抚弄以寄其意。贵贱造之者，有酒辄设。潜若先醉，便语客：'我醉欲眠，卿可去'，其真率如此。"此诗第三句几乎用陶潜的原话，正表现出一种真率脱略的风度。而四句的"抱琴来"，也显然不是着意于声乐的享受，而重在"抚弄以寄其意"、以尽其兴，这从其出典可以会出。

永王东巡歌十一首（录二）

其一

三川北虏乱如麻，四海南奔似永嘉。

但用东山谢安石，为君谈笑静胡沙。

《永王东巡歌》组诗十一首，作于肃宗至德二载（757）正月。当时李白随永王李璘水师东下浔阳。宋本题下注云："永王军中"。永王李璘，年少失母，唐肃宗以自养视之。长大后，聪敏好学、才华横溢、文武双全。封永王后，兼任荆州大都督。安史之乱发生后，玄宗至扶风，诏李璘即日赴荆州镇所。俄又兼任山南、江西、岭南、黔中四道节度使。李璘至江陵，募士得数万，引舟东下。据《新唐书·李白传》，时白在庐山，被李璘召为僚佐。他从爱国热情出发，写下了这组赞颂永王，抒发自己远大抱负的诗。

这首诗是组诗第二首，诗人以谢安自比，写在国难当头时，希望一展抱负，为平叛立下丰功伟绩。

"三川北虏乱如麻"二句，形容洛阳被叛军攻破，百官士庶纷纷逃难的景象。"三川"指洛阳，以其有河、洛、伊三川也；"北虏"指安史叛军。按西晋永嘉五年 (311)，匈奴人刘曜攻陷洛阳，百官士庶三万余人相率南奔，避难江东，史称永嘉之难。这种历史景象与安史之乱的景象有惊人的相似之处。李白在同年秋季所作《为宋中丞请都金陵表》中也说到"天下衣冠士庶，避地东吴，永嘉南迁，未盛于此"。两者是互为印证的。这两句的对仗，前半工整、后半随意，是一种宽对，读来有一气呵成的感觉，语言极具张力。

"但用东山谢安石"二句，是接到永王征召后，诗人以谢安自比，谓从容平叛，胸有成竹。按《晋书·谢安传》载："玄等既破坚，有驿书至，安方对客围棋，看书既竟，便摄放床上，了无喜色，棋如故。客问之，徐答云：'小儿辈遂已破贼。'既罢，还内，过户限，心喜甚，不觉屐齿之折。"诗曰"谈笑静胡沙"，就是根据记载中谢安在指挥战事时，所表现出的轻松态度而言的。不过，自以为谈笑之间便可扫荡胡尘，自负得有点惊人，乐观得也有点惊人。李白诗中表现自信时，往往夸张如此。

宋人蔡启曰："盖其（指李白）学本出纵横，以气侠自任，当中原扰攘时，欲藉之以立奇功耳。故其《东巡歌》有'但用东山谢安石，为君谈笑静胡沙'之句。至其卒章乃云'南风一扫胡尘静，西入长安到日边'，亦可见其志矣。"三句以"但用"、"为君"相勾勒，为条件复句，读来一气贯注，得绝句法。

其二

试借君王玉马鞭，指挥戎虏坐琼筵。

南风一扫胡尘静，西入长安到日边。

此诗原列十一。李白到永王幕府以后，踌躇满志，以为可以一舒抱负，"奋其智能，愿为辅弼"，成为像谢安那样叱咤风云的人物。这首诗就透露出李白的这种心情。

诗人一开始就运用浪漫的想象，象征的手法，塑造了盖世英雄式的自我形象。"试借君王玉马鞭"，豪迈俊逸，可谓出语惊人，比直向永王要求军权，又来得有诗味。这里超凡的豪迈，不仅表现在敢于毛遂自荐、当仁不让的举措上，也不仅表现在"平交诸侯"、"不屈己不干人"的落落风仪上，还表现在"试借"二字上，诗人并不稀罕权力（"玉马鞭"）本身，不过借用一回，冀申铅刀一割之用。

有军权才能指挥战争，原是极普通的道理。一到诗人笔下，就被赋予理想的光辉，一切都化为奇妙。"指挥戎虏坐琼筵"，就指挥战争的从容自信而言，诗意与"为君谈笑静胡沙"略同，但境界更奇。比较起来，连"运筹帷幄之中，决胜于千里之外"都变得平常了。能自如指挥三军已不失为高明统帅，而这里却能高坐琼筵，于觥筹交错之间"指挥戎虏"，赢得一场战争，没有一丝"火药味"，还匪夷所思地用上"琼"、"玉"字样，这就把战争浪漫化了。这又正是李白个性的自然流露。

那时不是"三川北虏乱如麻，四海南奔似永嘉"，局面几乎不可收拾么？但有了这样的英才，一切都将变得轻而易举。"南风一扫胡尘静"，几乎转瞬之间，就"使寰区大定，海县清一"（《代寿山答孟少府移文书》）。以南风扫尘来比喻战争，不仅形象化，而且有所取意。盖古人认为南风是滋养万物之风，"南风"句也就含有复兴邦家之意。而永王军当时在南方，用"南风"设譬也贴切。

当完成如此伟大的统一事业之后，又该怎样呢？出将入相？否，那远非李白的志向。诗人一向崇拜的人物是鲁仲连，他的最高理想是功成身退。这一点诗人屡次提到，同期诗作《在水军宴赠幕府诸侍御》的"所冀旄头灭，功成追鲁连"，即是此意。

这里，诗人再一次表达了这一理想，而且以此推及永王。"西入长安到日边"（日是皇帝的象征；而言长安在日边），这不但意味着"谈笑凯歌还"，还隐含功成弗居之意。诗人万没想到，永王广揽人物、招募壮士是别有用心。在他那过于浪漫的心目中，永王也被理想化了。

李白第二次从政活动虽然以悲惨的失败告终，但他燃烧着爱国热情的诗篇却并不因此减色。在唐绝句中，像《永王东巡歌》这样饱含政治热情，把干预现实和追求理想结合起来，运用浪漫主义手法创作的作品不可多得。

上皇西巡南京歌十首（录一）

九天开出一成都，万户千门入画图。
草树云山如锦绣，秦川得及此间无。

这首诗作于肃宗至德二载（757）年，那时杜甫还没有入蜀，有一个人先入蜀、当年又返还长安了，那就是唐玄宗。玄宗为避安史之乱来到成都，还朝后，以成都为南京。李白的《上皇西巡南京歌》组诗十首，即作于此时。

没有哪一首赞美成都的诗，比这一首诗的前两句更有气派的了。成都一马平川，怎么会说九天开出呢？李白有"蜀道之难难于上青天"，薛涛有"蜀门西更上青天"，都把蜀道与青天联系起来。唐玄宗从长安、从秦岭一路翻山越岭的过来，成都平原一下进入眼帘，视野一下开阔，各种民居进入眼前这幅如画的美景，就像到了仙境一样。"万户千门"这个词，不等于千家万户。《汉书·郊祀志》说："建章宫千门万户"。成都既为南京，也就称得上"千门万户"，或"万户千门"。

后两句是率口而成，说成都自然山川、森林覆盖很好，就像蜀锦一样。这就对了，蜀锦是成都的特色，从汉代就设有锦官城。晚唐杜牧也把长安比作锦绣的诗句："长安回看绣成堆，山顶千门次第开。"（《过华清宫绝句三首》）李白在这里却把长安即秦川风光，拿来与成都相比，轻轻问了一声："秦川得及此间无？"秦川（长安地区）比得上成都吗？一问即收。这是强此弱彼，突出成都风光之美，应该说，还是可以的。只是和前两句比，软了一点，掉了一点，不是很般配。有追求完美的读者说，读前两句高兴得跳起来，读后两句，恨不得打作者一砣。

不过，有"九天开出一成都"两句，世世代代的读者都记住了这首诗，可以不朽了。成都有一座茶楼很气派，请我取名字，我说，那就叫"九天一都"吧，其来历就是"九天开出一成都"。

清平调词三首

其一

云想衣裳花想容，春风拂槛露华浓。
若非群玉山头见，会向瑶台月下逢。

其二

一枝红艳露凝香，云雨巫山枉断肠。

借问汉宫谁得似，可怜飞燕倚新妆。

其三

名花倾国两相欢，长得君王带笑看。

解释春风无限恨，沉香亭北倚阑干。

　　《清平调词三首》是天宝之初（741—744）作者供奉翰林，做文学侍臣时所作。据晚唐李濬《松窗杂录》载，当时玄宗和杨妃在沉香亭观赏牡丹花，玄宗说："赏名花，对妃子，岂可用旧日乐词。"遂召李白进宫，在金花笺上写下了这三首诗。历代注家蜂起，遂为传世之作。一则因为它与《菩萨蛮》《忆秦娥》一样是最早的文人词，"百代词曲之祖"（黄昇）；二则因为它是"以易传之事（唐明皇杨贵妃的爱情故事），为绝妙之词"（赵翼）；三则因为它是第一个将杨贵妃比作大唐牡丹，是很经典的譬喻，就像近人将戴安娜王妃比作"英格兰玫瑰"一样。

　　这可能并不是李白特别想写的诗，但做了文学侍臣，有时不免如此。李白毕竟是大手笔，所以词写得很讨巧、很轻松。三首诗均是人花合写，风流旖旎，绝世丰神。或谓第一首赋妃子之色，二首赋名花之丽，三首合名花、妃子夹写，不过是时有侧重，而写人亦是写花，写花亦是写人，不必说得过分拘泥。

　　第一首开篇就以牡丹比杨妃的美艳。鲁迅讽刺新诗人讨巧，就说"形容不出"。而"云想衣裳花想容"，叠用二"想"字，就有形容不出，耐人揣摩的意思。有人说，这句应该是"叶想衣裳花想容"，并证以王昌龄之"荷叶罗裙一色裁，芙蓉向脸两边开"，言俱从梁元帝文"莲花乱脸色，荷叶杂衣香"脱出。看似有道理，但读起来语感不对，太小家子气，

310

"叶想"不如"云想"来得超妙。这与"春花秋月何时了"（李煜）胜于"春花秋叶何时了"，是一样的道理。"春风拂槛露华浓"，抓住牡丹最鲜艳、最风韵的时候来写，正是春风得意。"露华浓"则含有"阳春布德泽"的意思，便是兼人花而言了。"若非群玉山头见"两句更讨巧，意思是美得像仙女一样，却又不直说。"群玉山"、"瑶台"都是神话传说的地名（西王母的居处），所以随时能碰见仙女。明明一句话也可以说完的，却偏用"若非"、"会向"作勾勒，使具体场所飘忽不定，但在仙山见过这一点，是确定无疑的。诗人真会写。

第二首讨巧的办法，是运用典故。"一枝红艳露凝香"两句写杨妃的承宠。首句承"花想容"，从花说起，"露凝香"照应了前文"露华浓"，比喻君王的雨露恩泽，亦兼说人。次句则以巫山神女荐席楚王，比喻杨妃受到明皇的宠爱。而"枉断肠"则是说巫山神女徒为梦幻，而杨妃却是美梦成真。这又是弱彼强此的手法了。"借问汉宫谁得似"两句进一步，说必求其似，那也只有得宠于汉成帝的赵飞燕可以比拟了。"倚新妆"是说人靠衣装。当然，这也是最匪夷所思的譬喻。环肥燕瘦，本不容易联系到一起。而在倾城倾国这一点上，则并无二致。这也可以叫"意足不求颜色似"（陈与义），思出骊黄牝牡之外吧。

第三首从想象回到帝妃赏花的现场，"名花倾国两相欢"两句将牡丹、杨妃和明皇合到一起。首句写美人如花、花亦如美人，美人爱花、花亦爱美人，写出美人绝代风神，并写得花亦栩栩如生。带出次句"长得君王带笑看"，明皇则是名花与美人一齐爱，照应了上文雨露恩泽的意思。"解释春风无限恨"两句，紧扣唐明皇"赏名花，对妃子"一语点题，谓君王与妃子在沉香亭共赏牡丹，备极欢愉，忘却人间一切（"无限"）的烦恼。"解释"一作"解识"，作"释"字佳，有化解的意思。唐人有"花解语"（韦庄"云解有情花解语"）之说，而后世也将美人喻为"解语花"。所以"解释春风无限恨"依然是人花合写，侧重于花；而"沉香亭北倚阑干"，则是帝妃合写，侧重于帝。"沉香亭"是宫中亭名，以沉香木构建。用在诗中，也增加了几分词采。

明人周珽点赞："太白《清平调》三章，语语藻艳，字字葩流，美中带刺，不专事纤巧。"说"语语藻艳，字字葩流"是对的，诗人锦心绣口，诗写得旖旎动人。说"美中带刺"，有人甚至说有"巫山妖梦、昭阳祸水"、有以"飞燕讥贵妃之微贱"（萧士赟）的意思，则未必符合作者的原意。因为这三首诗当时就为唐明皇所激赏，丝毫不觉得有什么讽刺；就像唐德宗对"春城无处不飞花"（韩翃）表示激赏，丝毫不觉有什么讽刺一样。后人读出讽刺，是联系事后发生的历史事件而产生的解读。

从军行二首（录一）

百战沙场碎铁衣，城南已合数重围。

突营射杀呼延将，独领残兵千骑归。

《从军行》为乐府旧题，属边塞题材。唐代诗人你写我也写，李白这一首有什么不同呢？其与众不同处在于，作者选取唐军被困突围这样一个细节，歌颂边防健儿的英勇和百折不挠的精神。

"百战沙场碎铁衣"两句，写唐军艰苦卓绝，但因寡不敌众，仍不免限于重围。"百战"指征战时间之久，战斗次数之多。"沙场"特指战场，因为战场一般处在边地、沙漠地带。"碎铁衣"指盔甲破碎，极言战斗之激烈、环境之艰苦，"碎"作动词用极具力度。"城南已合数重围"指唐军被敌军包围，"城南"意指军营所在，"数重围"指重重包围。按，包围在战争中，是歼灭对方最有效的手段。陷入重围，则唐军的处境就非常危险。这样写是欲扬先抑，为以下写唐军的突围伏笔。

"突营射杀呼延将"两句，写唐军将领携战士成功突围。突围成功的关键是将军擒贼擒王，选中并射杀了敌军的一员悍将，然后乘乱领兵突围。三句要害在"呼延"二字，"呼延"本是匈奴贵族四姓之一，这并不意味着诗人写的是真人真事，而是通过指名道姓的办法，给读者以真实的感觉。"独领残兵千骑归"指突围成功。诗人妙用"残兵"二字，并不给人以气馁的感觉，反而造成惊险兴奋的感觉。表明敌军全歼唐军的计划破灭，唐军得以保存部分有生力量。今日留得"千骑"，明天才有可能翻番。而"独领"则表现了将军在突围中的决定性作用，转败为功，不为儿女之态，正所谓"赵将军一身是胆"！

语云"胜败乃兵家常事"。据说湘军打太平军，起初打一仗败一仗，曾国藩上书称"臣屡战屡败，请求处罚"，有个幕僚建议他改为"屡败屡战"，皇上不但没有加以处罚，反而予以表扬。这首诗明明写一场败仗，却是败而不馁，虎虎生威，长自己志气，灭敌人威风。其语言之妙用，值得反复玩味。

菩萨蛮

平林漠漠烟如织，寒山一带伤心碧。暝色入高楼，有人楼上愁。　　玉阶空伫立，宿鸟归飞急。何处是归程？长亭更短亭。

《菩萨蛮》为唐教坊曲名，据《教坊记》载开元年间已有此曲名。宋僧文莹《湘山野录》卷上说："此词不知何人写在鼎州沧水驿楼，复不知何人所撰。魏道辅泰见而爱之。后至长沙，得古集于子宣（曾布）内翰家，乃知李白所作。"作者重在抒写倚楼人在黄昏时分对环境的感受，词意之妙来自某种不确定性，即徘徊于旅思与闺怨之间。词中人性别没有明确的交代，可以理解为游子思乡（所以有人题写于沧水驿楼），也可以理解为思妇怀人（“玉阶”二字有所暗示），也可以理解为上片写游子思乡、下片写思妇怀人。

“平林漠漠烟如织”二句写词中人倚楼所见。黄昏的诗意，来自《王风·君子于役》“日之夕矣，羊牛下来”。在楼上，由于眼界开阔，便会有一种天地悠悠、古今茫茫、世事沧桑、心事浩浩之感，无端袭来，勾起思归、念远的情绪。两句打头的“平林”、“寒山”，均属平起而叠韵，是所谓辞藻，即文言中带有副加成分的双音词，一般为名词，而副加成分则为形容词。“平林”出于《诗经·生民》，这里指当楼望见远处有一片整齐的树林，为暮霭所笼罩。树木笔直向上，暮霭穿绕其间，故下一“织”字。平林之外，是呈现出一片碧绿的冷色调的远山。“寒山”一词出谢灵运诗。“伤心”是表达极甚的程度副词，“伤心碧”直译即碧得要命。倚楼人若为女性，则有“平芜尽处是春山，行人更在春山外”（欧阳修《踏莎行》）的意味；若为男性，则是满满的思乡之情。“暝色入高楼”，本义是天色渐渐暗下来，却说夜色从四面八方压过来，令人难以禁当，妙在将拟人法用于无形的“暝色”。“有人楼上愁”，这个“愁”，就是难以禁当之愁。可以是有名的愁，也可以是莫名的愁。

过片为当楼人造像（也可以是空间、角色的转换），用宿鸟归飞暗示其心境。“玉阶”二字出于《玉阶怨》（“玉阶生白露，夜久侵罗袜”）。伊人站在玉阶之上翘首企盼，望穿秋水，而所思在远道。“宿鸟归飞急”，鸟都想家，而人不想家？此情此境，使人联想到《聊斋志异·凤阳士人》中的曲子：“黄昏卸却残妆罢，帘外西风冷透纱。听窗外，一阵一阵细雨下。薄情人哪，何处与人闲嗑牙？望穿秋水不见还家，潸潸泪似麻。又是想他，又是恨他，手拿着红绣鞋儿占鬼卦。”然而，征人的迟迟未归，也许是出于无奈。作者只说道里遥阔，一路上不知有多少山山水水，长亭短亭（古代路设译站，庾信《哀江南赋序》“十里五里，长亭短亭”）。着一“更”字，有没完没了的感觉。这可以是征人之怨，也可以是思妇为征人着想，所以耐人寻味。

从征人一面讲，"何处是归程"二句的本指，便是掐算还乡里程的心理活动。而其能指又不限于乡愁。唐刘郇伯云："岁尽天涯雨，人生分外愁"，张祜《题金陵渡》"金陵津度小山楼，一宿行人自可愁"，南唐李后主云："问君能有几多愁，恰似一江春水向东流"，南宋李清照云："这次第，怎一个愁字了得"，等等。茫茫人世，滚滚红尘，找不到人生位置的人比比皆是，找不到归宿的感觉人人曾有，正是"绕树三匝，无枝可依"（曹操）。当你经过拼搏感到目标尚远的时候，当你感到活得太累的时候，"何处是归程，长亭更短亭"，不也能唤起你强烈的共鸣么？

此词意境开阔远大，既不是温柔绮靡，也不是一味豪放，全词以"有人楼上愁"一句作为中心，上片由远及近，下片由近及远，前主景，后主情，结构完整而不呆板，在严谨中见流动，意随韵转，情绪逐渐加强，将《菩萨蛮》这个来自民间的词调，升华到一个很高的境界，遂为文人词之杰作，与作者《忆秦娥》并称"百代词曲之祖"。

忆秦娥

箫声咽，秦娥梦断秦楼月。秦楼月。年年柳色，灞陵伤别。　　乐游原上清秋节，咸阳古道音尘绝。音尘绝。西风残照，汉家陵阙。

这词内容即调名之本义，即为秦娥写心，故为始辞无疑。宋人邵博《邵氏闻见后录》，黄昇《唐宋诸贤绝妙词选》皆指为李白所作。明代以来虽有质疑，却不能证伪。"娥"属方言，是秦晋间对美女的称谓（扬雄《方言》）。所谓"秦娥"，即作者《子夜吴歌》（长安一片月）中人也。

此词从秦娥之春怨写起。作者写秦娥春怨前，先写箫声。箫为管乐，其声幽幽咽咽，清深有过于长笛，故古人谓之洞箫。苏东坡《前赤壁赋》形容道："客有吹洞箫者，倚歌而和之，其声呜呜然，如怨如慕，如泣如诉，馀音袅袅，不绝如缕，舞幽壑之潜蛟，泣孤舟之嫠妇。"作者形容箫声，着一"咽"字，便尽传其神。"箫声咽"是秦娥惊梦的原因，又是秦娥梦断后听到的声音。"梦断"犹言"梦醒"。一字之别，意味全殊，"断"有惊梦之意。读者可以追问，她梦到了什么？作者虽不道明，联系下文，却悠然可会。"秦楼"可以是"秦氏楼"（汉乐府），也可以指秦地楼。"秦楼月"，则是秦娥梦断后看到的月色。

箫声和月色，在作者笔下搭成绝配：月下的箫声胜于一般的箫声，有箫声的月色胜于一般月色。这个创意一直延伸到杜牧之"二十四桥明月夜，玉人何处教吹箫"。必须指出，词中"箫声"本有来历，而且牵涉到另一词牌《凤凰台上忆吹箫》。《词谱》卷二十五引《列仙传拾遗》云："萧史善吹箫，作鸾凤之响。秦穆公有女弄玉，善吹箫，公以妻之，遂教弄玉作凤鸣。居十数年，凤凰来止。公为作凤台，夫妇止其上。数年，弄玉乘凤，萧史乘龙去。"由此可知，"箫声"在词中属装点字面，有烘托月夜清深的作用，也有反衬秦娥孤单的作用，总之有营造气氛之妙。

"秦"，这个发音较重的舌齿音在上片中三出，与作者"举杯消愁愁更愁"的"愁"字在一句之中三出，实有异曲同工之妙。更是"语不涉己（愁），若不堪忧"。忧从何来？来自惊梦，以及梦醒后听到的箫声，看到的月色，和必须面对的现实。现实为何？"年年柳色，灞陵伤别。"原来秦娥与梦中人曾在灞桥折柳道别，此后年复一年，便只见柳色不见人了。"灞陵"为汉文帝陵，在长安城东七十里，因山为陵，山与陵皆因灞水而得名。水上有灞桥，为长安士人折柳送别之所。这里，作者已在为结尾的"汉家陵阙"伏笔了。

过片不是紧接上文，而是跳跃推开：春夜不见了，箫声不见了，月色不见了，连秦娥一并不见了。那个春天的月夜，就像春梦一样消失得干干净净。读者面对的是秋天黄昏的情景，而空间已经转换为乐游原了。

乐游原又称杜原，汉宣帝在此筑陵，故称杜陵，其东南十余里有小陵，为许后葬处，故称少陵，这也暗合了"汉家陵阙"。

乐游原在长安东南，为高地。"乐游原上清秋节"，指重九佳节。古人于此日登高，热闹一直持续到黄昏。而与这一番热闹形成强烈对照的，一是"咸阳古道音尘绝"，按秦时故都咸阳在长安以西，而"咸阳古道"即西出阳关之道，"音尘绝"是不见车马。二是"西风残照，汉家陵阙"，上文提到过灞陵、杜陵，而在长安与咸阳之间，还有高祖长陵、惠帝安陵、景帝阳陵、武帝茂陵。本来就静悄悄的陵墓，在西风残照之中，更见寂寞凄清。作者把"古道"、"西风"、"残照"这些衰飒的意象，构成另一组绝配，来表现一种感伤意境，为元人马致远《天净沙》所本。而"咸阳古道音尘绝"，一旦与"西风残照，汉家陵阙"联系，"秦时明月汉时关，万里长征人未还"的意蕴，亦油然而生。正是这一意蕴，将上片下片紧密地连在一起。

换言之，上片的秦娥之怨，在下片得到了呼应和延伸；上片所写的离伤的内涵，在下片得到丰富和发展。上片中的秦娥之怨，在下片中升华为古今情，天地情，升华为历史感伤和人生感伤，读罢有天地茫茫，何处是归程之感。所以徐士俊《古今词统》评曰："悲凉跌宕，虽短词中具长篇古风之意气"；王国维《人间词话》："寥寥八字，遂关千古登临之口。"

这首词场景不断转换，而并不流于散漫，除了意蕴的关联，还有声律的作用。全词句句入韵，一韵到底，两片中间都有一个三字句（"秦楼月""音尘绝"）部分地重复着上句，这种重复在意义上并不必要，但在音调上是需要的，对上句尽了和声的作用，同时逼出下一个韵脚来，以唤起新的情绪、新的意念，这里面充满神韵，有如串联起真珠之红线。乃是一种纯歌曲的做法，它使声音在词中发挥了举足轻重的作用，而词语间的逻辑联系，反而被解构了，这就开出了新的生面。

【刘长卿】(709?—790?)字文房，唐河间（今属河北）人，一说宣州（今属安徽）人，早岁居洛阳。玄宗开元间即应进士举，至天宝末始进士及第，释褐长洲尉。肃宗至德三载（758）摄海盐令，同年贬南巴。代宗永泰元年（765）前后入京。代宗大历初以检校祠部员外郎出为转运使判官，后擢鄂兵转运留后，贬睦州司马。德宗建中初迁随州刺史。晚入淮南节度使幕。有《刘随州文集》。

余干旅舍

摇落暮天迥，青枫霜叶稀。

孤城向水闭，独鸟背人飞。

渡口月初上，邻家渔未归。

乡心正欲绝，何处捣寒衣？

这首诗作于肃宗上元二年（761）作者从岭南潘州南巴贬所北归，途经余干（今江西余干县）时。诗写黄昏时在旅舍外凭眺的观感。

"摇落暮天迥"二句写旅舍附近渡口黄昏的景色。"摇落"指草木凋落，这个词来自宋玉《九辩》："悲哉秋之为气也，萧瑟兮草木摇落而变衰。"是唐诗中咏秋的常用语。"天迥"即天高，秋高气爽，这是秋季给人的特殊感觉。"青枫"是渡口特有的景色，张若虚即有"青枫浦口不胜愁"（《春江花月夜》）的名句，照理说"霜叶"是红的，但由于深秋凋落的缘故，所以颜色也黯淡了。这样的写景也暗示着时光的流逝。

"孤城向水闭"二句是诗中警句，写旅舍外江面上的景色。"孤城"即黄昏时分的余干城，"独鸟"指鸥鹭一类水鸟，"孤"、"独"二字打上了作者主观情绪的烙印。"向水"意味着水里有城楼的倒影，"闭"字则意味着一种拒绝（阻过客过关）。"背人飞"则指看到唯一的水鸟也越飞越远，意味着一种离弃。联系到作者仕途的坎坷，写景中寓有悲凉的意味

318

由此可知。

"渡口月初上"二句，写夜幕降临，月亮出来后的渡口情景。一言以蔽之曰清寥。月光照临江面，是有助于夜行船的，然而江上却看不见一条船儿。诗人不禁为周边的渔家担忧起来，是不是从事水上劳作的人都回到家中了呢？这近乎替古人担忧。然而，摆脱自己的孤独感的最好办法，不正是关心一下别人么？诗人写出"邻家渔未归"的同时，自己有家未归的忧伤，是不是暂时得到了缓解呢？

"乡心正欲绝"二句，写入夜后听到的砧声，加重了诗人的乡思之情。随着夜色越来越深，诗人的乡思之情也越来越浓，不可断绝。就在这时，传来了砧声，这是古代月夜常能听见的声音。所谓"长安一片月，万户捣衣声"(李白《子夜吴歌》)。余干月夜的砧声，没有这样雄壮吧。而古人秋夜捣衣，是为了制作寒衣。而制作寒衣这件事，是和千家万户的征人和游子联系在一起的。诗人在余干听到月下砧声的时候，他的家人应该也在为远方的亲人制作寒衣吧。

这首诗按照时间顺序，描写了诗人在余干旅舍寄宿之夜，从日落到月出后所看到的和所听到的，乡思之情逐步递进，先是诗中有画，最后是加入画外音，将乡思之情推向高潮。清人黄叔灿概括道："'摇落'之景，写状凄凉。'独鸟'句，有比意。'渡口'、'邻家'，只以兴起'乡心'。'捣寒衣'，又添一层愁思矣。"(《唐诗笺注》)全诗句句自然，言外俱有远神，作者尝自诩"五言长城"(《新唐书·隐逸传》)，信然。

饯别王十一南游

望君烟水阔，挥手泪沾巾。

飞鸟没何处，青山空向人。

长江一帆远，落日五湖春。

谁见汀洲上，相思愁白蘋。

　　这首诗中有"落日五湖春"，当是于太湖饯送友人之作，当作于肃宗至德年间（756—758）作者尉长洲（今江苏吴县）时。全诗从"望"字展开，通过描写分手时所见到的景物，来表现离愁别绪，描写很有层次。

　　"望君烟水阔"二句写分手时的依依不舍。"烟水阔"不但是水面的写照，也是客舟离岸，渐行渐远的感觉。所以下句接以"挥手泪沾巾"，是岸上人与船上人相互挥手致意，这是一个千古如新的送别景象，诗人很轻松就写出了。"巾"指佩巾，用来拭泪，也可以挥动，特别是在船行渐远的时候，挥巾比挥手的能见度较高。

　　"飞鸟没何处"二句紧承上联，写船发时作者看到的江上景色。语意似拙，然上句口说飞鸟，意在隐喻友人的南游，谓其游踪殊难预料；下句说"青山空向人"，意味着已望不见友人的身影，倾注着作者对友人的关切之情。细细品味，送行者凝神眺望之态，亦跃然纸上。诗人对朋友的一片真情，也就表现在行人去远后的这种神情上。《三国演义》中写刘备送别徐庶，凝泪而望，却被一片树林隔断，便欲尽伐此处树木，以连接视线，心情与此相近。故两句看似信口道来，实为神来之笔。

　　"长江一帆远"二句，是想象友人的行程。客船南向行驶，黄昏时分客舟还在太湖（"五湖"）之上。通过对友人行程的揣想，表现了作者对友人的恋恋不忘。这一联之妙，一是"长江"与"落日"的似对非对；一是"一"、"五"属借对，因为"一"为数词，"五湖"的"五"属于湖名，没有实际上的数字意义。

　　"谁见汀洲上"二句，抒情结束。因为出以诘问，而主语被略去，诗意可以两解。一解为又回到送别的现场，作者伫立江边，相思无尽，并且照应了开头的"望"字。一解为当夜友人泊舟时，面对汀洲、白蘋，客愁油然而生，表现了作者对友人的体贴和挂念。无论作何种解释，诗句所表现的，都是余味无穷的别情。

这首诗在语言上，借鉴了梁代诗人柳恽《江南曲》："汀洲采白蘋，落日江南春。洞庭有归客，潇湘逢故人。故人何不返，春花复应晚。不道新知乐，只言行路远。"是诗人读书受用的表现。此诗因选入《唐诗三百首》而成为名篇。

登余干古县城

孤城上与白云齐，万古荒凉楚水西。

官舍已空秋草绿，女墙犹在夜乌啼。

平江渺渺来人远，落日亭亭向客低。

沙鸟不知陵谷变，朝飞暮去弋阳溪。

作者有五律《余干旅舍》，作于肃宗上元二年（761）作者从岭南潘州南巴贬所北归，途经余干（今江西余干县）时。这首七律当为同时所作。当时刚刚经过军阀战乱，满目疮痍，作者深感忧伤，所以写下这首律诗。

"孤城上与白云齐"二句，从时间和空间两个维度写古城的荒凉。余干古城原来建在一座小山上，故称"孤城"，山高城为峰，所以说"上与白云齐"。这与下句说方位的"楚水（淮水，此指信江）西"，属于空间维度。"万古"则是时间维度，将"荒凉"说成万古的事，是主观感觉。因为任何古城建成之初，都会有一段不荒凉的甚至是兴旺的历史。只不过作者登临时，看到景象荒凉如此，完全想象不出它兴盛的时候是什么样子了。这是一种沧桑感，意脉直通最后一联中的"陵谷变"。

"官舍已空秋草绿"二句，写城中的荒凉景象和物是人非的感觉。每句中都有一个转折。"官舍已空"说人非——没有值班的人,"秋草绿"说物是——春天依旧到来,这是一个转折;"女墙犹在"照应"秋草绿"说物是——好比李后主说"雕栏玉砌应犹在","夜乌啼"照应"官舍已空"说人非——城墙上没有巡防战士(只有夜乌的啼叫),这是又一个转折,把古县城的残破和悲凉刻画得淋漓尽致。

"平江渺渺来人远"二句,写城楼远望中旷野和渡口,一片萧寂的景象。江岸上一片沙地伸向远方,照理说在县城周围,应该有一些村舍农田,然而在苍黄的天底下只见得到稀稀落落几个行人;夕阳西下,快要接近人的视平线了。这是战乱之后,社会创伤还没完全平复的情景。虽然还不至于"出门无所见,白骨蔽平原"(王粲)、"白骨露于野,千里无鸡鸣"(曹操)那样的悲惨,但也让人内心感觉凄凉。不过,这两句的空间显现,就像《山水诀》所描述的平远山水:"渡口只宜寂寂,人行须是疏疏。……远岫与云容交接,遥天共水色交光。"总之是诗中有画吧。

"沙鸟不知陵谷变"二句,最后写到弋阳溪(与余干相连的一条小溪,在信江中游)上风景不殊,水鸟依旧,感慨世事的沧桑。"陵谷变"即"高岸为谷,深谷为陵"(《小雅·十月之交》),亦即沧海桑田之意。说水鸟对沧桑的无知,从反面暗示着诗人对沧桑巨变的敏感。与皇甫冉《浪淘沙》:"宿鹭眠洲非旧浦,去年沙觜是江心。"同一感慨。

这首诗的内容是登古城的沧桑感,"伤今吊古之情,蔼然见于言意之表"(张震)。以写景为主,而不著议论,是其高明之处。清人方东树概括道:"首二句破题,首句破'城'字,而以'上与白云齐'五字为象,则不枯矣;次句上四字'古'字,下三字'馀干'。三、四赋古城,而以'秋草'、'夜乌'为象,则不枯矣。……情有余、味不尽,所谓兴在象外也。言外句句有登城人在,句句有作诗人在,所以称为作者,是谓魂魄停匀。"(《昭昧詹言》)可以参考。

322

长沙过贾谊宅

三年谪宦此栖迟，万古惟留楚客悲。

秋草独寻人去后，寒林空见日斜时。

汉文有道恩犹薄，湘水无情吊岂知？

寂寂江山摇落处，怜君何事到天涯！

刘长卿一生两遭贬谪，第二次贬谪，由淮西鄂岳转运留后被贬为睦州司马，在代宗大历八年（773）到十二年间的一个深秋，与此诗所写季候相合。诗或作于此时。

贾谊是汉文帝时代著名政论家，因年少才高受汉文帝青睐，遭到朝廷公卿的排斥，而被贬为长沙王太傅，史称贾生。司马迁将其与屈原合传，表达了无限的同情。此后，凡过长沙之诗人，没有不想到贾生的，以至发于歌咏。毛泽东都有两首，一首七绝《贾谊》、一首七律《咏贾谊》。而在所有咏贾生的诗词中，刘长卿这一首最为著名，因为它做到了"思接千载，视通万里"（《文心雕龙·神思》）。

"三年谪宦此栖迟"二句，从贾谊宅（"此"）说起。贾谊为权贵中伤，被贬长沙王太傅历时"三年"，后虽被召回京城，却不得大用，赍志以殁。"栖迟"即淹留，形容像鸟儿栖息枝头却飞不起来，暗喻贾谊之侘傺失意。长沙属楚地，故称其"楚客"，然而这个称谓也指向屈原。贾谊《吊屈原赋》自序道："谊为长沙王太傅，既以谪去，意不自得；及度湘水，为赋以吊屈原。屈原，楚贤臣也。被谗放逐，作《离骚》赋，其终篇曰：'已矣哉！国无人兮，莫我知也。'遂自投汨罗而死。谊追伤之，因自喻。"这段话，正是"万古惟留楚客悲"的最好注脚。"三年"、"万古"在时间上构成巨大反差，意味着贾生被贬虽只"三年"，却影响"万古"。因为这一事件是具有典型性的。

"秋草独寻人去后"二句，承上写作者"过贾谊宅"。初看似自作语，"秋草"、"寒林"、"人去"、"日斜"，渲染出即目所见贾谊宅的荒凉。细玩则无一字无来历，来历在贾谊《鹏鸟赋》，赋云："四月孟夏，庚子日斜兮，鹏集予舍。……野鸟入室兮，主人将去。"诗中"人去"来自赋中"主人将去"，"日斜"来自赋中"庚子日斜"。咏贾生，用贾生赋语，而不露痕迹，自然妙合，是作者读书受用，及运思之妙。是设身处地，揣想贾生当日逡巡宅畔的情景。明人徐兴公点赞："初读似海语，不知其最确切也。"（《唐音癸签》二三引）清人施补华点赞："可悟运典之妙，水中著盐，如是如是。"（《岘佣说诗》）"独"、"空"二字，传达出怅然若失的神情。

"汉文有道恩犹薄"二句，抒发议论，不仅对仗工整，而且话中有话，意蕴深厚。好像是说汉文有道，尚且如此，若逢无道之君则又当如何？譬如屈原，遭遇了楚怀王，岂不更冤。又譬如作者自己，这一层不便明言，只能托贾生言之。所以"有道"二字，下得极有意味。"湘水无情吊岂知"，直接是说贾生之写《吊屈原赋》，屈子在九泉之下可否知道；间接是说自个儿过长沙作吊贾生诗，贾生在九泉之下可否知道。"无情"则就天地造化而言。语语双关，思接千载，所以诗句含蕴深厚，耐人寻味。

"寂寂江山摇落处"二句，虽是就贾谊宅发问，却语语打到自家身上。"摇落"出自楚辞，是写秋风落叶的。"怜君"的"君"直接指贾谊，沈德潜说："谊之迁谪，本因被谗，今云何事而来，含情不尽。"（《唐诗别裁集》）所谓"含情不尽"，指打并入作者身世之感。清人方东树解此诗云："首二句叙贾谊宅；三四'过'字；五六入议；收以自己托意，亦全是言外有作诗人在，过宅人在。"（《昭昧詹言》一八）大是解人。

全诗以贾谊宅为中心，上接屈原，下及作者自己，言外有无穷感慨，深悲极怨，却以澹缓语出之，风格妍秀温和，余味曲包。有别于杜甫七律之沉郁顿挫。古诗十九首云："一弹再三叹，慷慨有馀哀"（《西北有高楼》），此诗足以当之。

逢雪宿芙蓉山主人

日暮苍山远，天寒白屋贫。

柴门闻犬吠，风雪夜归人。

　　这首诗写一次旅途投宿的深刻感受。一户深山老林中的人家，会带给漂泊在外的人一个家的感觉，一个多么亲切温馨的感觉。投宿者情不自禁地加入了芙蓉山中的这一片生活，一点也不陌生。他呼吸着茅屋中烟味很浓的空气，感受着山人的心情——尤其是深夜亲人从风雪中归来，家人心中石头落地的愉快心情。

　　"日暮苍山远，天寒白屋贫。"写芙蓉山山行所见。能让人联想到杜牧笔下的"远上寒山石径斜，白云生处有人家"，而生出几多神往。"苍山"、"白屋"是主要意象，是选择性的写景。这两句好比一幅写意的彩墨画，青苍的远山上，点缀着茅屋。"白屋"指简陋的房屋，故着一"贫"字。然而从审美的角度看，点染山水的房子，还不能要高楼大厦，就是要几间东歪西倒屋，才有味道，以其渐近自然。"日暮"、"天寒"是写时间、天气，旅行者看到天气已晚，寒气逼将上来，路还"远"着，风景虽好，心里不免有点着急。

　　"柴门闻犬吠，风雪夜归人。"写投宿山村的情景。有意思的是，作者并不说自己是怎样投宿的，山里人是怎样接待客人的。却写他投宿山家后，夜里看到的一个情景："风雪夜归人"。准确讲，这"风雪夜归人"的情景，也不全是看来的，而是从狗叫声和狗叫后的人语嘈杂声中听出来的。狗叫是山村之夜的细节特征，诗人抓住了山村之夜的细节特征，所以给人印象深刻。

山中人在风雪之夜久久未归，弄得家人好等，显然是为生计而奔波。所以这首小诗还含蓄地，或间接地表现了山中人贫寒劳碌的生活境遇。而那个夜归人，进屋之后，拍拍满身的雪花，形容可能沧桑，然而他的心里一定是热乎乎的吧。这一切，诗中皆不明说。然而令人浮想联翩，生出许多的感受。这就是所谓神韵。

送灵澈上人

苍苍竹林寺，杳杳钟声晚。
荷笠带夕阳，青山独归远。

"上人"就是和尚，是对和尚的尊称。灵澈，俗姓汤，会稽（今浙江绍兴）人。自幼出家。少从严维学诗，后至吴兴，与诗僧皎然游，也和一些官员多有交往，刘长卿即其一焉。

作者选取在傍晚时分目送灵澈回归山寺的情景，进行精心地点染，以寄寓自己对友人的一片深情。先是写景：遥望竹林寺（在丹徒县，即今江苏镇江东南），只见一片暮色苍苍；从寺里传来钟声，是那样的深远和悠扬。这里，"晚"字用得很巧，不仅点明了送人的具体时间，正是山寺的晚钟响了，僧人应该回山的时候了；而且，还用"晚"字来修饰那"杳杳钟声"，仿佛那远远传来的钟声也带上了时间的概念，读者从"晚"字中似乎感到了那缓慢的、在山中轻轻回荡、渐远渐细的袅袅余音。这种通感修辞手法的运用，使诗歌意境显得更加丰富和生动——这就是灵澈上人要回去的地方，"爱屋及乌"，还没有写人，先就写到了人的归宿之处，显得一往情深，诗人对灵澈的深厚友情自然包含其中。这是景中有情。

后两句就直接写人，先是描写灵澈的形象：他头戴着斗笠，站立在斜阳之中，那夕阳的余晖映照在他身上，微透出红色。这是一个很美丽的剪影，就像一尊菩萨的静穆的雕像一样，让人肃然起敬。也许他此时正在合掌向诗人致谢告别，静穆中又显得情意深长，耐人寻味。然后是灵澈转身一步步地向着青山中的竹林寺默默地走去，渐行渐远，诗人目送着他，依依不舍，直到身影消失在苍苍的暮霭中，还久久地不忍离去。这是情中有景。全诗情景交融，浑然一体，情意质朴深挚，境界闲远幽深，表现出朴素自然，清秀雅致的诗风——真是"清辞妙句，令人一唱三叹"。

这是一首超好的诗。诗人以二十个闲淡的字面，写出了一个深邃的意境。诗人提炼了几个意象（元素、符号）：一座寺庙、画外的钟声、一道青山、西下的夕阳和一个踽踽独行的僧人。钟声代表一种召唤，僧人渐行渐远代表着一种皈依、归宿。"荷笠带夕阳"，与陶渊明"荷锄带月归"在用字上有异曲同工之妙。——归宿的感觉真好。《逢雪宿芙蓉山》也写归宿，但那是出门人对家的归宿，是人生的况味。这是出家人灵魂的归宿，是超越人生的况味，所以深邃。

听弹琴

泠泠七弦上，静听松风寒。

古调虽自爱，今人多不弹。

诗题一作《弹琴》。《刘随州集》为《听弹琴》，从诗中"静听"二字细味，题目以有"听"字为妥。

琴是我国古代传统民族乐器，由七条弦组成，所以首句以"七弦"

作琴的代称，意象也更具体。"泠泠"形容琴声的清越，逗起"松风寒"三字。"松风寒"以风入松林暗示琴声的凄清，极为形象，引导读者进入音乐的境界。"静听"二字描摹出听琴者入神的情态，可见琴声的超妙。高雅平和的琴声，常能唤起听者水流石上、风来松卜的幽静肃穆之感。而琴曲中又有《风入松》的调名，一语双关，用意甚妙。

如果说前两句是描写音乐的境界，后两句则是议论性抒情，牵涉到当时音乐变革的背景。汉魏六朝南方清乐尚用琴瑟。而到唐代，音乐发生变革，"燕乐"成为一代新声，乐器则以西域传入的琵琶为主。"琵琶起舞换新声"的同时，公众的欣赏趣味也变了。受人欢迎的是能表达世俗欢快心声的新乐。穆如松风的琴声虽美，如今毕竟成了"古调"，又有几人能怀着高雅情致来欣赏呢？言下便流露出曲高和寡的孤独感。诗僧齐己有《赠琴客》诗云："曾携五老峰前过，几向双松石上弹。此境此身谁更爱，掀天羯鼓满长安。"可与此诗对读。三句"虽"字转折，从对琴声的赞美进入对时尚的感慨。"今人多不弹"的"多"字，更反衬出琴客知音者的稀少。

有人以此二句谓今人好趋时尚不弹古调，意在表现作者的不合时宜，是很对的。刘长卿清才冠世，一生两遭迁斥，有一肚皮不合时宜和一种与流俗落落寡合的情调。他的集中有《幽琴》（《杂咏八首上礼部李侍郎》之一）诗曰："月色满轩白，琴声宜夜阑。飂飂青丝上，静听松风寒。古调虽自爱，今人多不弹。向君投此曲，所贵知音难。"其中四句就是这首听琴绝句。"所贵知音难"也正是诗的题旨之所在。"作诗必此诗，定知非诗人"，诗咏听琴，只不过借此寄托一种孤芳自赏的情操罢了。

酬李穆见寄

孤舟相访至天涯，万转云山路更赊。

欲扫柴门迎远客，青苔黄叶满贫家。

李穆是刘长卿的女婿，颇有清才。《全唐诗》载其《寄妻父刘长卿》，全诗是："处处云山无尽时，桐庐南望转参差。舟人莫道新安近，欲上滩滠行自迟。"它就是刘长卿这首和诗的原唱。

刘长卿当时在新安郡（治所在今安徽歙县）。"孤舟相访至天涯"则指李穆的新安之行。"孤舟"江行，带有一种凄楚意味；"至天涯"形容行程之远和途次之艰辛。不说"自天涯"而说"至天涯"，是作者站在行者角度，体贴他爱婿的心情，企盼与愉悦的情绪都在不言之中了。

李穆当时从桐江到新安江逆水行舟。这一带山环水绕，江流曲折，且因新安江上下游地势高低相差很大，多险滩，上水最难行。次句说"万转云山"，每一转折，都会使人产生快到目的地的猜想。而打听的结果，前面的路程总是出乎意料地远。"路更赊"，赊，即远，这三字是富于旅途生活实际感受的妙语。

刘长卿在前两句之中巧妙地隐括了李穆原唱的诗意，毫不著迹，运用入化。后两句则进而写主人盼客至的急切心情。这里仍未明言企盼、愉悦之意，而读者从诗句的含咀中自能意会。年长的岳父吩咐打扫柴门迎接远方的来客，显得多么亲切，更使人感到他们翁婿间融洽的感情。"欲扫柴门"句使人联想到"花径不曾缘客扫，蓬门今始为君开"（杜甫《客至》）的名句，也表达了同样欣喜之情。末句以景结情，更见精彩，其含意极为丰富。"青苔黄叶满贫家"，既表明贫居无人登门，颇有寂寞之感，从而为客至而喜，同时又相当于"盘飧市远无兼味，樽酒家贫只旧醅"（杜甫《客至》）的自谦。称"贫"之中流露出好客之情，十分真挚动人。

将杜甫七律《客至》与此诗比较一番是很有趣的。律诗篇幅倍于绝句，四联的起承转合比较定型化，宜于景语、情语参半的写法。杜诗就一半写景，一半抒情，把客至前的寂寞，客至的喜悦，主人的致歉与款待一一写出，意尽篇中。绝句体裁有天然限制，不能取同样手法，多融情入景。刘诗在客将至而未至时终篇，三、四句法倒装（按理是"青苔黄叶满贫家"，才"欲扫柴门迎远客"），使末句以景结情，便饶有余味，可谓长于用短了。

重送裴郎中贬吉州

猿啼客散暮江头，人自伤心水自流。
同作逐臣君更远，青山万里一孤舟。

这首诗作于肃宗乾元元年（758），作者另有五律《送裴郎中贬吉州》写作在前，故诗题曰"重送"。吉州即今江西吉安，裴郎中名不详。五律云："乱军交白刃，一骑出黄尘。汉节同归阙，江帆共逐臣。"可知裴曾陷于乱军，是其遭贬之由，事在去年底，时行至江西。作者议贬南巴，于江西余干、洪州等地待覆勘，因有此作。

首句"猿啼客散暮江头"，写送别分手（"客散"）时的氛围，时间已近黄昏。"猿啼"的措语有来历，那就是郦道元《水经注》所引《荆州记》所载三峡渔歌："巴东三峡巫峡长，猿鸣三声泪沾裳。"本是描述猿声的凄异，却可以形容人意的悲凉。无论作者当日是否听到猴子叫，在写作上都可以这样措辞，其意不在猴子，而在于下泪。在唐诗中，这样带有强烈的主观情绪的景物描写，是常见的。

次句"人自伤心水自流"，承上句紧扣江水，抒写送别双方感伤，而又无可奈何的心境。句中的"伤心"本来有特殊的内容，即陷贼而遭贬，而诗中无一字涉及这个特殊性，只用"伤心"二字强调普遍性，表示对命运的默默承受，使得诗情具有更大的包容，将天下人一网打尽。两个"自"字，表现出有情、无情的区别；又是以流水的不可断绝，喻愁情的不可断绝。有意无意融入了李白"请君试问东流水，别意与之谁短长"

（《金陵酒肆留别》）之意，所以有味。而"人自伤心"与"水自流"，造成句中排（叠字）的句式，无独有偶，几乎同时，杜甫七律也用到这种句式："桃花细逐杨花落，黄鸟时兼白鸟飞"（《曲江对酒》）。这种句式唱叹有味，经过李商隐的大量使用，而成为七绝的常用句法，影响深远。刘长卿是始作俑者之一，故应特别指出。

三句"同作逐臣君更远"，对上句是一个转折，著一"更"字，在同中分出不同，是诗中最为可圈可点之句。"同作逐臣"与"君更远"，前半强调彼此的同情——都是为命运所弄，横遭不幸的人；后半是语未了便转，把自己的不幸撇到一边，专说对方遭遇的不幸，因为裴郎中被贬谪的地方（吉州）更远。表现出作者博大的心胸，悲悯的情怀。与王勃《送杜少府之任蜀川》的"与君离别意，同是宦游人"，抹去彼此的不同而强调相互的同情，同样表现出浓浓的人情味，可谓异曲而同工，温柔敦厚之至。

末句"青山万里一孤舟"，遥承次句的"水自流"，而结以景语，颇具画意。在"青山万里"的阔大背景上，著以"一孤舟"，在画面中形成巨大的反差，是对"君更远"的形象写照，使人从"逐臣"的可悲，而联想到人生的渺小，近乎苏东坡"寄蜉蝣于天地，渺沧海之一粟"（《前赤壁赋》）的感觉。

王国维论李后主词"俨有释迦、基督担荷人类罪恶之意"，是说他的词能超越词人一己之利害，写出众生共有的一种悲哀，便等于帮助众生承担了人生的痛苦。刘长卿此诗写同病相怜，情词恺切，只如说话，毕见真情，与李后主词具有同样的性质。作品的完成度很高，达到无可挑剔的程度，遂为传世之作。

【杜甫】（712－770）字子美，原籍襄阳（今属湖北），迁居河南巩县（今属河南）。玄宗开元二十三年（735）举进士不第。天宝间困守长安十年，十四载（755）授河西尉不赴，改右卫率府兵曹参军。安史之乱发，长安陷落，身陷贼中。至德二载（757）奔行在，授左拾遗。乾元元年（758）贬华州司功参军，次年弃官赴秦州，经同谷，到成都。广德二年（764）荐为检校工部员外郎。永泰元年（765）离成都，至夔州（四川奉节）。代宗大历三年（768）出峡，辗转江湘，死于舟中。有《杜工部集》。

望岳

岱宗夫如何？齐鲁青未了。

造化钟神秀，阴阳割昏晓。

荡胸生层云，决眦入归鸟。

会当凌绝顶，一览众山小。

    杜诗以望岳为题者共三首，分咏东岳泰山、西岳华山、南岳衡山。这首诗写望泰山，体属五古，中二联对偶，却不依平仄。本诗作于开元二十四年杜甫二十五岁"忤下考功第"后、漫游齐赵之时，为现存杜诗中最早的一首。

    泰山古称岱山，坐落在齐鲁平原，在今山东泰安境内，海拔一千五百余米，山势雄伟，壑谷幽深，松柏苍翠，植被青葱，是一座历史文化名山：自秦皇汉武，历代帝王登极后都曾来此封禅，表示改制应天、以告太平——秦皇泰山遇雨所封五大夫松，自今犹存。故又称"岱宗"，山下的神庙建制如皇宫。历史文化名人孔子、司马迁、司马相如、陆机等都到过泰山，至今山道有"孔子登临处"的标记。由于上述原因，东岳泰山向称"五岳独尊"。无怪青年杜甫到此即有高山仰止之企慕。

    诗以一问喝起"岱宗夫如何"，不称"泰山"而称"岱宗"，就是强调其在五岳中的领导地位，"夫如何"的"夫"字以语助传达出一种自我商度的神情，也就使人感到泰山给人的印象是难以形容的。不是吗——"齐鲁青未了"，齐、鲁是周代的两个诸侯国，而泰山山青、绵延不断，超越了两国国境，这还不伟大吗？"五字囊括数千里，可谓雄阔"（施补华）、"写岳势只'青未了'三字，胜人千百矣"（浦起龙），这是大笔驰骛，得远望之色。

次联写泰山的高峻，所谓一山之中气象万千。关于"阴阳割昏晓"一句，通常讲作山阴即北面和山阳即南面昏晓不同，即光线的明暗不同，这是抠字眼的讲法。有人则根据实地观察的经验，谓"泰山坐北向南，山脚下可见东西两面山峦对峙，至斜阳西下，则东面山峦的西侧不见阳光，暗若黄昏；西面山峦的东侧光照正强，灿若初旭。此即杜诗'阴阳割昏晓'之谓也。此景唯黄昏时分始得见之，而诗中'决眦入归鸟'句，足证杜公望岳，正黄昏之时"（《唐宋诗新话》），这是以意逆的讲法，甚为可取。三联写黄昏望中之山景，山间暮霭蒸腾，使人心胸为之激荡；归鸟没入长空，叫人睁大眼眶搜寻，表明诗人选定的角度是从山下望山。

所以末联趁势抒怀，说自己定要登峰造极，从泰顶居高临下地望一望，那该又是一番境界，又是一番情趣吧。《孟子·尽心上》曰："孔子登东山而小鲁，登泰山而小天下。"此即"会当凌绝顶，一览众山小"二句所本。

要知道这是杜甫在经历了"忤下考功第"的挫折后写成的一首诗，可一点也没有垂头丧气的感觉，这一方面来自时代的精神影响，一方面来自漫游生活尤其是眼前泰山的陶冶和启迪。在诗中，巍峨秀丽的泰山景象，和积极开朗的内心世界是完美和谐地统一着的。诗既能大处着眼，又能小处落笔，而所有的描写都通向篇末的两句，即表现一种蓬勃向上的情操。故《读杜心解》谓："杜子心胸气魄，一斯可观，公集当以此首"——这是兼年代之早与气象之大而言的。

春日忆李白

白也诗无敌，飘然思不群。

清新庾开府，俊逸鲍参军。

渭北春天树，江东日暮云。

何时一樽酒，重与细论文？

　　这首诗作于玄宗天宝五载（746）或六载春天。天宝三载，他与李白在洛阳相遇，结下了深厚友谊。之后一起到宋州，和高适相逢。后来又一起到大梁城。分手后李白赶往江东，杜甫奔赴长安。这首诗便是在长安写的。

　　诗一开头就夸"白也诗无敌"，唐代诗人赠李白诗的也不少，但"白也"这样的称呼，却是独一无二，妙手偶得。春秋时有这种习惯，如孔子说："求也退，故进之；由也兼人，故退之。"（《论语·先进》）"求"是冉有，"由"是仲由即子路。"白也"二字，见《礼记·檀弓》，是称呼孔子曾孙孔白的，杜甫信手拈来称呼李白，真是"无一字无来处"。"飘然思不群"，是说李白想象力非同寻常，是天才诗人表现。"不群"即高出于同辈，所以"诗无敌"。金圣叹说："以'白也'对'飘然'妙绝，只如戏笔。"辨味很细。黄生说："两句对起，却一意直下，杜多用此法。"（《唐诗摘钞》）是在行之语。

　　"清新庾开府"两句，像似并列、品评两个南北朝时代的大诗人（庾信与鲍照），而省略掉一"似"字："清新"（杨升庵解释：清者，流丽而不浊滞；新者，创见而不陈腐也）似"庾开府"，"俊逸"似"鲍参军"，径作五字，前人叫作"硬装句"，是诗词不同于散文的话语方式。"清新"、"俊

334

逸"这两个评语，虽属于庾信、鲍照，同时又是抓住了李白诗歌特点的。其实庾信早年的诗很"清新"（晚年老成），鲍照则是七言歌行的早期作者，"俊逸"如"飘然"，正是歌行体的特点。这两句讲清了李白的师承。今人看来，李白超过庾信、鲍照多多，但贵远贱近是人之常情，在当时这已经是相当高的评价了。

李调元认为以上四句，不但是称赞李白诗，而且也是杜甫的自我写照。

"渭北春天树"两句，又是并列，却换成两个空间装两种景色："渭北"下装"春天树"，"江东"下装"日暮云"。"渭北"即长安（在渭水之北），是杜甫所在地，"江东"是李白所在地。"春天树"是杜甫眼中的春色，"日暮云"是李白这个游子的象征。通过情景并置的方式，来表现两地相思，也是典型的诗词话语方式。这两句诗深得造句三昧，而且创造出一个成语——"春树暮云"，后人用以表示对远方友人的思念。也有诗人写作"渭北江东总忆君"。凡是创造了成语的诗句，都是令人刮目相看的诗句，可以使全篇站住脚跟的诗句。

最后"何时一樽酒"是期盼重逢，这是题中应有之义，也容易写成公共之言。但"重与细论文"句，却给出了新的信息，即告诉读者，李白与杜甫在一起都聊些什么话题，"细论文"不会是唯一的话题，却是最重要的话题。因为两个人都有自己的心得，都有自己的诗歌见解和主张，有道是："酒逢知己千杯少，话不投机半句多。"从"何时一樽酒"两句看，李杜是非常知己，虽然创作取向不同，但见解合若符契，所以谈得非常投机。王嗣奭说得好："公与白同行同卧，论文旧矣。然于别后另有悟入。因忆向所与言，犹粗而未精，思重与论之。"（《杜臆》）一个"细"字，表明作者猎微穷精的诗学追求，而这首诗，同时代诗人也只有李白才承受得起。

自京赴奉先县咏怀五百字

　　杜陵有布衣，老大意转拙。许身一何愚，窃比稷与契。居然成濩落，白首甘契阔。盖棺事则已，此志常觊豁。穷年忧黎元，叹息肠内热。取笑同学翁，浩歌弥激烈。非无江海志，潇洒送日月。生逢尧舜君，不忍便永诀。当今廊庙具，构厦岂云缺？葵藿倾太阳，物性固难夺。顾惟蝼蚁辈，但自求其穴。胡为慕大鲸，辄拟偃溟渤？以兹误生理，独耻事干谒。兀兀遂至今，忍为尘埃没。终愧巢与由，未能易其节。沉饮聊自遣，放歌破愁绝。岁暮百草零，疾风高冈裂。天衢阴峥嵘，客子中夜发。霜严衣带断，指直不得结。凌晨过骊山，御榻在嵽嵲。蚩尤塞寒空，蹴踏崖谷滑。瑶池气郁律，羽林相摩戛。君臣留欢娱，乐动殷胶葛。赐浴皆长缨，与宴非短褐。彤庭所分帛，本自寒女出。鞭挞其夫家，聚敛供城阙。圣人筐篚恩，实欲邦国活。臣如忽至理，君岂弃此物？多士盈朝廷，仁者宜战栗。况闻内金盘，尽在卫霍室。中堂有神仙，烟雾蒙玉质。暖客貂鼠裘，悲管逐清瑟。劝客驼蹄羹，霜橙压香橘。朱门酒肉臭，路有冻死骨。荣枯咫尺异，惆怅难再述。北辕就泾渭，官渡又改辙。群冰从西下，极目高崒兀。疑是崆峒来，恐触天柱折。河梁幸未坼，枝撑声窸窣。行李相攀援，川广不可越。老妻寄异县，十口隔风雪。谁能久不顾，庶往共饥渴。入门闻号咷，幼子饿已卒。吾宁舍一哀，里巷犹呜咽。所愧为人父，无食致夭折。岂知秋禾登，贫窭有仓卒。生常免租税，名不隶征伐。抚迹犹酸辛，

平人固骚屑。默思失业徒，因念远戍卒。忧端齐终南，澒洞
不可掇。

天宝十四载（755）在唐史中是极不平凡的一年，在杜甫一生中也是
极不平凡的一年。长安困守十年，本年十月终于"官定"右卫率府兵曹
参军，算是有了一个结果。十一月遂往奉先（陕西蒲城）探望寄居那里的
妻子。途经骊山时，见羽林军戒备森严，宫中音乐之声清晰可闻，玄宗
和贵妃由近臣陪同在温泉宫过冬，山上歌舞升平的氛围和杜甫一路看到
的社会状况，形成极大反差，使他有"山雨欲来风满楼"的不祥预感。
这预感非常准确，当时安禄山已起兵渔阳，消息尚未传到长安。而杜甫
这次到家，又遇上小儿子饿死。诗人推己及人，忧心如焚，因而写下了
这篇堪称十年思想总结的力作。

诗分三大段，从篇首到"放歌破愁绝"为述志，浦起龙所谓："首明
赍志去国之情。"（《读杜心解》）开篇自称杜陵布衣，自笑越老越糊涂，竟
想做大臣，攀比辅佐虞舜的稷与契——这里，诗人明明白白说出了生平
抱负，又以"拙"、"愚"自嘲迂阔（"濩落"即"瓠落"，语出《庄子·逍遥
游》）。因此备尝艰辛（"契阔"），却心甘情愿；还心存期冀，死而后已（"盖
棺事则已，此志常觊豁"）。别人是"达则兼济天下，穷则独善其身"，他却
是"穷年忧黎元，叹息肠内热"，这难免被人取笑。可他还是走自己的
路，唱自己的歌，让别人去取笑。以下另起一意写思想矛盾，说并非不
能像李白那样遨游江海、潇洒度日，但他关心人民，希望有一个爱人民
的政府，所以常有"端居耻圣明"（孟浩然《临洞庭赠张丞相》）的感觉。虽
说朝廷上济济多士，不缺他一个，无奈他热衷政治，如葵花向阳，禀性
不能改变。虽说很多人都像蝼蚁一样，经营自己的安乐窝，他却羡慕巨
鲸，志在大海。干竭达官，寄食"友朋"，自然不免惭愧。他一直活得很
累，又不甘心埋没风尘。怀着稷契之志，却"官定"率府。明知是命运
小儿的捉弄，却自惭不能辞去，像巢父、许由那样果断——"耽酒须微

禄，狂歌托圣朝"（《官定后戏赠》）也好，"沉饮聊自遣，放歌破愁绝"也好，一样是自我解嘲。以上大体四句一解，每解有正反两层意思，边破边立，如剥蕉心，千回百折，唱叹有情。

第二段从"岁暮百草零"到"惆怅难再述"为纪行，由身世感慨转入对国事的忧念，即"中慨君臣耽乐之失"（浦起龙）。先六句写上路情形：诗人夜半动身，清早过骊山，由于霜冻，冷得人连拉断的衣带都结不好；这时大雾（"蚩尤"）满天，霜重路滑。温泉热气腾腾，军校来往如织。骊宫的乐声，依稀可闻。"君臣留欢娱，乐动殷胶葛（天宇广大貌）"，即所谓"骊宫高处入青云，仙乐风飘处处闻"（白居易《长恨歌》）。想必山中的近臣（"长缨"），正在享受平民（"短褐"）梦想不到的赐浴、赐宴的宠荣。赐宴的同时，还备有丰厚礼品，即"又实币帛筐篚（竹器包装），以将其厚意"（《小雅·鹿鸣》序）。诗人挺身而出道：须知这些赏帛，本是民间女工辛辛苦苦织成，经过官吏的横征暴敛，进入国库。君工赏赐群臣，目的乃在安邦治国。大臣如果忽略了这个根本的道理，这些赏赐不等于白扔？儒学核心本是个"仁"字，朝廷多士应该为此惴惴不安，如临深渊，如履薄冰。然而上层腐败很不像话，据说国库中的财宝转移到了贵戚之家。豪门拥有神仙样的歌童舞女，过着奢靡的生活。豪门宾客的着装都用貂皮，享用着驼蹄煲汤一类佳肴，寻常酒肉只能任其变味。诗人再次挺身而出，大声疾呼："朱门酒肉臭，路有冻死骨"——仅仅一墙之隔，墙里温暖如春，墙外有人冻死，阶级对立的态势如此严重，使诗人心中非常难过，再也说不下去。

第三段从"北辕就泾渭"到篇终为述怀，即"末述到家哀苦之感"（浦起龙）。先叙从骊山所在的昭应（陕西临潼）到奉先，途中北渡渭河（泾水至此已与渭合）的一段艰难历程，在迁徙不定的渡口，只见河水挟着冰块，似从崆峒山居高而下，其势简直要将天柱撞折。诗人用共工怒触不周山的典故，写出不祥预感。渡河后还有大段行程，不更著一字，径写到家的情况。按，杜甫的家庭是一个多子女家庭，可以稽考的子女有七个：宗文、宗武两个男孩，《北征》中提到的"晓妆随手抹"的长女和"补绽才过膝"的两小女，加起来共五个；第六个即本篇中饿死的男孩；还有一个小女儿，当时尚未出生。算起来，连同杜甫夫妇，即不满诗中所谓"十口"，亦不远矣。诗中写自己到家即闻哭声，想不到不满周岁的小儿子居然饿死。连邻居都觉得可怜，做父亲的哪能没有悲哀。他为自己回来得太晚，未能尽到父亲的责任而自责。当时"高马达官厌粱肉"（《岁晏行》），难道官卑职小之家的孩子就该自生自灭？没想到刚过秋收，饿死人的事就发生在自己家中。自家世代为官，还享受着免交租税、免服徭役的照顾，仍不免有如此的辛酸；无依无靠的百姓的不能安生，世间不知有多少穷苦无归和长期戍边的人，他们的景况更可想而知。为此，诗人的忧愁已漫过终南山，至于无边无际。

本篇内涵很深、包容极大，可以说"家事、国事、天下事，事事关心"，也可以说是"先天下之忧而忧"。通过作者的亲历身受，表明了天宝年间，在社会财富急剧增长的同时，贫富差距也越来越大，严重到连一个小官僚家庭都没法养活自己的孩子了，这个社会还有什么安定可言？本篇以还家行程为主线，展开议论，杂以叙事；体制宏大，而构思缜密。由于话题沉重，思想沉郁，故语言简古，用入声韵，涩而耐味，风格十分典重。在尚无大众传媒的古代，杜甫使诗歌在一定程度上承担传达社会底层民众呼声的任务。这篇长诗表明，无论在思想的进步上或艺术的纯熟上，杜甫都超过了同时代别的诗人

羌村三首

其一

峥嵘赤云西，日脚下平地。柴门鸟雀噪，归客千里至。

妻孥怪我在，惊定还拭泪。世乱遭飘荡，生还偶然遂。邻人满墙头，感叹亦歔欷。夜阑更秉烛，相对如梦寐。

其二

晚岁迫偷生，还家少欢趣。娇儿不离膝，畏我复却去。忆昔好追凉，故绕池边树。萧萧北风劲，抚事煎百虑。赖知禾黍收，已觉糟床注。如今足斟酌，且用慰迟暮。

其三

群鸡正乱叫，客至鸡斗争。驱鸡上树木，始闻叩柴荆。父老四五人，问我久远行。手中各有携，倾榼浊复清。苦辞"酒味薄，黍地无人耕。兵革既未息，儿童尽东征"。请为父老歌，艰难愧深情。歌罢仰天叹，四座泪纵横。

　　杜甫于至德元年（756）八月陷贼，即与家人失去联系；二年四月逃出长安，奔凤翔行在，官授左拾遗，因疏救房琯言辞激烈，开罪肃宗，闰八月放归鄜州探家，杜甫曾描述当时情景是"青袍朝士最困者，白头拾遗徒步归"（《徒步归行》）。在那"家书抵万金"的岁月，一年多未能与家人沟通音信，这次说回就回，注定要给家人和乡亲们一个意外的惊喜。诗虽三首，实一气贯通，是一卷真切动人的乱世风情连环画。

　　第一首写初至羌村给家人和乡亲带来的意外惊喜。这是一个难以忘怀的秋天傍晚，满天火烧云，像是火山高出西天，而日脚已下到平地。就在这个当儿，诗人终于看到他家的柴门，心中该是何等激动！柴门外鸟雀之多，又是他不曾想到过的，这幅"门可罗雀"的景象，活画出那柴门的冷落和凄凉，好像从来就没到过人似的，诗人的心中又该紧一下了。他的出现，使得门外的鸟群惊噪起来，屋里的人会不会意识到是亲

340

人归来了呢（对比刘长卿"柴门闻犬吠，风雪夜归人"）？

以下写见面，这里的"妻孥"主要指妻子杨氏，一见面就发愣，"怪我在"——简直不相信"我"还活着。当初说奔行在，一年多却无消息，怎么想得到人还活着。回思一年经历，真是一言难尽，如以一言尽之，那就是"生还偶然遂"了。盖陷贼数月可以死，逃亡途中可以死，触怒肃宗可以死，而现在竟得生还，还不偶然吗？妻子"惊定"之后，接着不能不忆起这一年多盼望丈夫归家的焦灼和独立撑持门户的艰难（对照《北征》"平生所娇儿，颜色白胜雪。见爷背面啼，垢腻脚不袜。床前两小女，补绽才过膝"），许多辛酸苦辣都涌上心头，也就不能不"拭泪"。

杜二先生突然回来的消息，很快传开来，于是"邻人满墙头"，就像看什么稀奇似的——这就是乱世人情：谁家的亲人回来，都会成为地方特大新闻，都会成为全村羡慕的对象。夜已深了，一家子该睡却又点灯，都有点神情恍惚，疑幻疑真，正见乱离喜得团聚之意。仇注云："偶然遂——死方幸免，如梦寐——生恐未真。司空曙诗'乍见翻疑梦，相悲各问年'，是用杜句；陈后山诗'了知不是梦，忽忽心未稳'，是翻杜句"，有助于对此二句的深入理解。

第二首写还家后寂寞苦闷的心情。本来诗人才四十六岁，算不得怎样老，然而在长安时已"白头搔更短"，逃至行在时则为"所亲惊老瘦"，所以有"晚岁"之感。值此万方多难的时候，想到自己不能有所作为，被遣离行在，还家后也就快乐不起来。这是一种强烈责任心在"作怪"，也是诗人在政治上遭受的不愉快的潜在反映。这种情态连小儿子也察觉到了。"娇儿"指小儿子宗武，小名骥子。按杜甫这时有两儿两女，骥子是最小的一个，生得很聪明，杜甫在长安时有诗怀念他说"骥子好男儿，前年学语时；问知人客姓，诵得老夫诗。世乱怜渠小，家贫仰母慈"。"娇儿不离膝"二句，写出这孩子在战乱年代，心灵里已烙下离乱与痛苦的影子，紧紧靠在父亲膝下，生怕父亲再走掉。

诗人回想到去年夏天初来羌村，喜欢在池边那棵老树下乘凉；今番

341

往寻，情景有一番不同，盖此时北风萧萧，心中便生忧虑。就家事而言，正是"全家都在风声里，九月衣裳未剪裁"（黄仲则）；就国事言，则是"惟草木之零落兮，恐美人之迟暮"（屈原），从树叶的零落中，感到人的衰老，更及于时代的盛衰。末几句说幸亏今年庄稼收成还好，可以有酒消忧了。其实酒还不知在哪里呢。这是一种自我宽慰的写法。

第三首写归家后父老乡亲来访的情事。先有一个客来时院中正发生鸡斗，于是赶鸡上树的序曲，衬托出客至时的欢喜。盖陕北农村风俗，农家两壁有悬空的横木，为晚上群鸡栖息其上，如笼鸟然；白天放鸡出门，觅食后即栖于屋边矮树，此风由来甚古，此诗即已记之（冯其庸说）。来人是四五位父老乡亲，还专门带了酒来，招待杜甫这个主人。但倒出的酒有清有浊，其中隐隐透露出战争年代生活的艰难。"苦辞"即伤心地说；"儿童"即孩子们——是长者对年轻人的称呼。父老因酒味薄说到黍地无人耕种，战争没有结束，孩子们东征打鬼子还没有回来。这里隐隐流露出父老乡亲主要的来意，不外希望杜二先生讲讲现在的情况和战争时局，高度集中反映了劳动人民的情感和要求——要求和平、要求恢复生产、希望孩子们平安回来。然而杜甫清楚地知道自哥舒翰兵败潼关以来，去冬房琯又兵败陈陶斜——"孟冬十郡良家子，血作陈陶泽中水"（《悲陈陶》），秦地战士死伤最多，其中焉知没有羌村父老所盼望的孩子们呢。陈陶之战也许不能不讲，但他能够把情况讲得这样可怕吗？为了报答父老们一片深情，他为他们唱了自己写的悲歌，姑且假定唱的是《春望》吧。唱完后，只有仰天长叹。诗人的痛苦也就是座中父老的痛苦，所以诗人的思想感情就像过电一样传给所有座中父老，使他们也跟着掉下泪来。

三首中尤其这一首高度集中反映了劳动人民的思想感情，风格也更加朴素明朗。正如王慎中所说："一字一句，镂出肺肠，才人莫知措手；而婉转周至，跃然目前，又若寻常所欲道者"（《杜诗镜铨》引）。的确，像这样以生活功力见长因而力透纸背的诗，是无法以语言计工拙的，所以"才人莫知措手"也。

342

新安吏

　　客行新安道，喧呼闻点兵。借问新安吏："县小更无
丁？""府帖昨夜下，次选中男行。""中男绝短小，何以守王
城？"肥男有母送，瘦男孤伶俜。白水暮东流，青山犹哭声。
"莫自使眼枯，收汝泪纵横。眼枯即见骨，天地终无情！我
军取相州，日夕望其平。岂意贼难料，归军星散营。就粮近
故垒，练卒依旧京。掘壕不到水，牧马役亦轻。况乃王师
顺，抚养甚分明。送行勿泣血，仆射如父兄。"

　　乾元二年（759）春，九节度使围邺城，朝廷未置统帅，而以宦官监
军，城久不下，上下懈息。叛将史思明从魏州（河北大名县）率军至，三
月初与官军战于安阳河北，当日风沙极大，六十万官军步骑骤溃，朔方
军退至河阳（河南孟县），断河桥以保洛阳。东京市民惊骇，奔散山谷，杜
甫也赶紧离开洛阳回华州任所。

　　为补充兵员，唐王朝在河南府都畿道实行了战时紧急征兵，征兵的
对象大大放宽，甚至到了不分老幼和性别的程度，而负责征集任务的官
吏为此忙得不可开交。杜甫一路上都看到吏们的活动及民间到处都演出
着的生离死别的活剧，忍不住将这一路的亲身闻见写成了一组具有报告
文学性质的作品，即《新安吏》《潼关吏》《石壕吏》《新婚别》《垂老别》
《无家别》，统称"三吏"、"三别"，以吏、别为名，岂偶然哉。"三吏"
客观叙事夹带问答，"三别"以代言体记征行者言辞，六诗相互联系，浑
然一体，而又各叙一事，独立成篇。

　　新安西邻洛阳，是杜甫经过的第一站，《新安吏》也是组诗第一篇，

六诗的总领。诗分三段。前八句叙点兵之事，出以诗人和新安吏的问答。"县小更无丁"一句为诗人问话，这五字中包含有丰富的潜台词：首先是看到新兵年纪尚小，是些未成年人；然后想到新安县小，也许征集不到足够的兵员，不得不尔；继而又感到怀疑——虽说是小县，难道真个就没有成年男子吗？这个残酷的事实简直叫人不敢置信。几层意思，可谓千回百折，包含对县情的理解，对差吏工作的体谅，更体现了对民生疾苦的关心。"府帖（军帖）昨夜下，次选中男行"是吏的回答，这里也包含几层意思：一是昨发军帖，今即征兵，可见期限之紧急；二是成年男子确已征完，征集中男有文件依据；三是表明吏的态度，是照章办事。于是诗人不禁脱口又道："中男绝短小，何以守王城（洛阳）？"这话有两重含义：一是承认吏的无可非议，二是担心这些发育不良的孩子们能否担当起保卫东都的重任。按唐制或以十六岁为中男，或以十八岁为中男，但这些孩子成长的年代不幸遭遇战争，就显得发育不良，个头矮小。诗人在这里的担心不仅是冲着这娃娃兵，也是冲着战局、忧念国事的。

"肥男有母送"等八句写送别之苦，这些中男，比较健壮的还有母亲相送——父亲呢？还用问吗？父亲显然早已从军了。而瘦小一点的连母亲也没有，格外显得孤苦伶仃。由此可见这场艰苦的战争中，征兵已到了不分贫富的关头了。明人王嗣奭说："就短小中分出肥瘦、有母无母、有送无送，此必真景，而描写到此何等细心。此时瘦男哭，肥男亦哭，肥男之母哭，同行同送者哭，哭者众，宛若声从山水出，而山哭，水亦哭矣。至暮则哭别者已分手去矣，白水亦东流，独青山在而犹带哭声，（略）包括许多哭声，何等笔力，何等蕴藉。"以下像是补叙杜甫劝慰中男及送行人的话，又像是诗人心中想到的话。他说，快别哭坏了身体，快把泪水擦干，本来情形就很糟了，哭伤了身子岂不更加坏事。"天地终无情"语极耐味，其实与天地何干，只是战争无情，军帖无情，至于叛匪，又岂止无情而已！

不少论者总说当时兵役不合情理，说杜甫对征兵的态度有矛盾。其实任何卫国性质的战争打下去，其兵役都有强制性、机动性，都是以牺牲个人以保全国家为前提的，都是无情的，但未必不合理。也许不合理的不是兵役，而是战争本身——在战争已经使人们无法安居乐业的时候，为了消灭战争，人们只能加入战争，成为阻止它的一个小小齿轮。杜甫是深深理解这一点的，所以他痛恨战争和叛匪，同情无辜的人民，却并不反对兵役。这种态度也是彻底的现实主义的，不存在什么矛盾。

最后十二句补说点兵之由，并对新兵寄予良好祝愿。"我军取相州"四句写相州兵败，乃是这次征兵的原因。"归军"本是溃军，措辞避免了贬义。"就粮近故垒"四句写河阳防线的情况，说军中粮草不乏，新兵将在洛阳进行军训，驻扎在黄河边上，挖掘战壕和牧马的劳役都不算重，估计中男们还是可以逐渐适应。"况乃王师顺"四句说王师平叛是名正而言顺的，而郭子仪又是个会带兵的人，算是不幸之中的大幸，差可引为安慰的了。这里讲的既是实情，也包含诗人的一种祝愿。

包括本篇在内的"三吏"、"三别"，从纯诗的角度而言都未免质木无文，不那么有诗意。然而最值得重视的是这批诗具有纪实性、新闻性和典型性，是诗体的报告文学。这正是杜甫的一个创举，无怪前人目之为"诗史"。

石壕吏

　　暮投石壕村，有吏夜捉人。老翁逾墙走，老妇出门看。吏呼一何怒！妇啼一何苦！听妇前致词："三男邺城戍。一男附书至，二男新战死。存者且偷生，死者长已矣。室中更无人，惟有乳下孙。有孙母未去，出入无完裙。老妪力虽衰，请从吏夜归。急应河阳役，犹得备晨炊。"夜久语声绝，如闻泣幽咽。天明登前途，独与老翁别。

石壕村在陕州（今河南陕县）城东，杜甫从洛阳回华州路过此地，诗记投宿的当晚亲眼看到一幕抓丁的悲剧。

　　开篇先交代故事发生的时间（某夜）、地点（石壕村）和出场人物（我、吏、翁、媪），是故事的序幕。首句一个"投"字，便烘托出兵荒马乱，鸡犬不宁的时代气氛，浦起龙谓"起便有猛虎攫人之势"，实深具会心。下句自然转出"有吏夜捉人"。从前句的"暮"，到本句的"夜"，时间已有一番推移。"夜捉人"的潜台词是：抓丁的事经常发生，老百姓已有对策，所以白天已捉不到人。于是吏也变白天抓人为夜入民宅抓人。夜捉人就有把握？那可不一定。老百姓张着耳朵睡觉，一有风吹草动，也会翻身就跑，而且一准跑掉，这是何等生动的一幅乱世风情画。"老翁逾墙走"——客观的描写，惊心的场面，须知老翁走路还要扶杖呢，而情急时自有其事。古代文学中的善写跳墙能与此媲美的，怕只有张生跳墙了。"老妇出门看"，是因为老妇较有安全感，再说也是"走得了和尚走不了庙"啊。

　　然后叙捉人经过。老翁逾墙需要时间，老妇出门必有延宕。而吏深夜捉人也不堪劳苦，敲半天门，出来的只是个老妇，叫他如何不怒。老妇应声而哭，不仅是因为苦，更是因为惊慌，老翁刚才跳过墙去，可千万不能叫他们发现，必须赶紧一哭。一呼一啼，一怒一苦，通过强烈对比，写出双边情态，惟妙惟肖。两个"一何"加重了感情色彩，渲染出紧张气氛，为老妇的陈情作好铺垫。以下是老妇的陈词，但吏绝不是被动地洗耳恭听，细品老妇的每一句话都是有针对性的，便可知她只是回答着吏的诘问。诗中出现多次换韵，韵转意亦随转，就暗示着吏的发问，或谓"藏问于答"甚是。

　　吏一进门首先必盘问家中男丁何在，故老妇劈头就说"三男邺城戍"——这意味着三个儿子都参加了相州之役。然而一个儿子捎信回来，说两个兄弟新近战死。这样，老妇就很自然地表明了自己"军烈属"身份，然后又悲痛地说"死了的也倒罢了，活着的才是活受罪呢"。吏听此

346

言，若说丝毫不动恻隐之心也未见得，只是差遣在身，他也是没奈何，只好打断这一话题，再追问家中其他男人。于是老妇一口咬定"室中更无人"；出语太快，赶紧补正——"唯有乳下孙"（这个是没法抓的）；这一下漏洞更多，再交代出哺乳的儿媳，这下是真是没有了？真的没有。说儿媳是"孙母"而"未去"，可见其夫是战死的二子之一，强调她是准备回娘家的，也就暗示吏别打她的主意，也别叫她出来，因为她连一张完好的下裙也没有，见了岂不晦气。以上短短几句话，活画出老妇语无伦次，却亦有心计的情态，堪称善画。出人意表的是，老妇突然自告奋勇、请从吏归，好心的评论者说是人民自愿从军，其实不那么单纯。老妇始终惦着那段隐情，说罢媳妇，就怕露了马脚，到了图穷匕见的当儿，也只好豁出去了。老妇提到"急应河阳役"的话头，她怎么如此了解形势，显然是吏做了些说服工作，使老妇也有些明白了吏的苦衷。她不做这样的表态又怎么办？虽然未尝不心存侥幸，其中也确有真诚的成分。谁知这倒真给那吏搭了一个下台的梯子，为了交差，老妇也将就罢。事实上，老妇是为了保全家人、保全老伴，做了自我牺牲，也因此维持了一个普通老百姓的人格尊严——其间包含纯正的悲剧意味，足以令人掩卷兴叹。

最后写事件的结局，先写老妇和儿媳的话别，以及她走后儿媳的悲泣。"如闻泣幽咽"，幽咽到"如闻"的程度，渲染出时代的恐怖气氛，连大放悲声都不敢。这个儿媳也够惨的，夫死子幼，婆婆又被抓走，娘家的情况怕也不容乐观吧。其次是清晨独别老翁，这老翁回家又成何心情，早知要连累老伴，他恐怕也不躲了，大不了就像《垂老别》中的那个老头那样"子孙阵亡尽，焉用身独完？投杖出门去，同行为辛酸"罢了。面对这样一家子，诗人能说什么？就连对新安中男讲的那番安慰的话，都不适用了。所以他只能如实写下来，让后人知道曾经有过这样的事。

《石壕吏》的语言极其普通，而选材至为典型，诗中所写的这一家子，有三个儿子参军，两个儿子为国捐躯，而其老亲还不能幸免兵役的骚扰。"古者有兄弟始遣一人从军，今驱尽壮丁，及于老弱。诗云：三男成、二男死、孙方乳、媳无裙、翁逾墙、妇夜往，一家之中父子、兄弟、姑媳，惨酷至此，民不聊生极矣。"（仇兆鳌）清袁枚诗道："莫唱当年《长恨歌》，人间亦自有银河。石壕村里夫妻别，泪比长生殿上多。"关于河南府都畿道的这次战时征兵，史书是失载的，因为封建时代历史学家关心在帝王将相的活动，而杜甫的"三吏"、"三别"正好补史载之缺，而其同情在人民。这就是所谓"诗史"，也完全称得上史诗。

新婚别

兔丝附蓬麻，引蔓故不长。嫁女与征夫，不如弃路旁。结发为君妻，席不暖君床。暮婚晨告别，无乃太匆忙！君行虽不远，守边赴河阳。妾身未分明，何以拜姑嫜？父母养我时，日夜令我藏。生女有所归，鸡狗亦得将。君今往死地，沉痛迫中肠。誓欲随君去，形势反苍黄。勿为新婚念，努力事戎行！妇人在军中，兵气恐不扬。自嗟贫家女，久致罗襦裳。罗襦不复施，对君洗红妆。仰视百鸟飞，大小必双翔。人事多错迕，与君永相望！

新婚伊始，即遇征兵，夫妻生离，亦一典型事例。诗为代言，曲尽人情。

全诗三层，一起怨夫。盖旧时女子对男方有较强的人身依附关系，豪爽如红拂亦感"丝萝非独生，愿托乔木"（《虬髯客传》），借夫贵以显妻荣；而本篇所写乃贫贱夫妇，"兔丝附蓬麻，引蔓故不长"。然"嫁女与征夫，不如弃路旁"毕竟是一句过情话，过情乃是怨极的表现，不全是真话。"席不暖君床"语妙，如俗话所谓"地皮还没有踩热"呢，而"暮婚晨告别"则补充说明何以就"席不暖君床"。古时婚期不服役，赶紧完婚，也许就有道理，但战时兵役不认那个道理，弄得新人分离，"无乃太匆忙"也。当时征集的所有新兵，皆开赴河阳，说是"守边"，国事仓皇可知，可见也怨夫不得。而古时女子过门三日，先告家庙，上祖坟，再见公婆，始正名分。诗中新娘过门才得两天，难怪她要为难："妾身未分明，何以拜姑嫜？"

二是怨命怨身为女儿，不能自择配偶，而听命于父母，嫁鸡随鸡，嫁狗随狗。进一步又说，而今嫁得夫婿，竟不能随，岂不是鸡犬不如。不过退一步想，要是生为男儿又将如何呢？这倒使人想起古谚道"宁为太平犬，勿为乱世民"，这话定出乱世人口，太平时代谁想得到呢？于是改口劝夫，"勿为新婚念，努力事戎行"，是无奈语也是理智语，希望这仗早点打完，打完了再团圆。"妇人在军中，兵气恐不扬"，理智语亦无奈语。

三是自誓。从新妇的怨艾和劝勉可以见出，这是一个相当善良，也很重感情的贫女。虽说只"一夜夫妻"，但俗话就说"一夜夫妻百日恩"，因此她决心等，也只能等。全部的希望都寄托在丈夫杀敌凯旋之上。从此她跟《卫风·伯兮》中那个女子一样，不再施妆，以示坚贞。诗末更作一比，谓人不如鸟，照应鸡犬一句。然而并未绝望。

要之，诗中刻画的女主人公形象是痴情而又能识大体的，虽然她也有怨意，却也正因为如此，她才是个活生生的、有血有肉的女人

赠卫八处士

人生不相见，动如参与商。今夕复何夕，共此灯烛光。
少壮能几时？鬓发各已苍！访旧半为鬼，惊呼热中肠。焉知
二十载，重上君子堂。昔别君未婚，儿女忽成行。怡然敬父

执，问我来何方。问答未及已，驱儿罗酒浆。夜雨剪春韭，新炊间黄粱。主称会面难，一举累十觞。十觞亦不醉，感子故意长。明日隔山岳，世事两茫茫。

这首诗当是乾元二年（759）春，杜甫从洛阳回华县途中所作，与"三吏"、"三别"作于同一时期。卫八处士是杜甫青年时代的朋友，二十年未曾谋面，时正战乱，彼此重逢的亲切与感慨可想而知。仇注引周甸注："前曰'人生'，后曰'世事'，前曰'如参商'，后曰'隔山岳'，总见人生聚散无常，别易会难耳。"诗中"山岳"，当指华山，仇注引黄鹤注："唐有隐逸卫大经，居蒲州。卫八亦称处士，或其族子。"蒲州在华山以东，华县在华山以西，在地理上是相合的。

全诗基本上用顺叙。先用一比，喻阔别之久：参即参宿，商为辰星，即心宿（见《史记·天官书》）。参在西，商在东，此出彼没，永不相见。再借古人咏新婚的诗句"今夕何夕，见此良人"（《诗·唐风·绸缪》）叙重逢之乐。相见第一感觉就是对方一样地老了，不禁有"少壮几时兮奈老何"（刘彻《秋风辞》）之慨。继而叙旧，打探彼此的熟人，才知道某某死了，某某也死了，惊讶之余，不胜悲痛，更觉得二十年重逢的不易。

尔后撇开沉重话题，回到愉快的眼前，还有什么比和孩子见面更让人感觉愉快的呢？过去彼此未婚，这次见面才知道卫八也成了多子女的父亲。孩子天性好客，又有家教，拉着杜伯伯问长问短。家长却道：别烦杜伯伯了，赶快端酒去。招待饭菜都是乡村风味，刚从地里割来的韭菜，饭中掺有黄的小米，吃起来香着呢。难得有今夜的兴致，所以主人殷勤劝酒，客人也放开了酒量，以真心对真心。结尾提到明日分手，对篇首是一个回应，同时联及时势，更饶感慨。

全诗基本上语言朴素，多用白描，娓娓道来，真如"秀才对朋友说家常话"（谢榛《四溟诗话》），"无句不关人情之至，情景逼真，兼极顿挫之妙"（《镜铨》卷五引张上若语)。对后来白居易等人的五言叙事诗,有较大影响。

梦李白二首

其一

死别已吞声,生别常恻恻。江南瘴疠地,逐客无消息。
故人入我梦,明我长相忆。君今在网罗,何以有羽翼?恐非
平生魂,路远不可测。魂来枫林青,魂返关塞黑。落月满屋
梁,犹疑照颜色。水深波浪阔,无使蛟龙得!

杜甫和李白分手于天宝四载(745)秋。临别李白有诗赠杜甫,诗云:
"何时石门路,重有金樽开?"(《鲁郡东石门送杜二甫》)杜甫到长安后也表
达了同样愿望:"何日一樽酒,重与细论文。"(《春日忆李白诗》)但他们谁
也没有料到,这次分手便是永久的分手。

此后,海阔天空的李白又遇到过许多新的朋友,杜甫的名字没再出
现于李白诗中,杜甫本人也没再直接得到过李白的消息,然而,无论是
在长安、秦州、成都还是夔州,杜甫都有怀念李白的诗歌。

安史之乱中,李白以从永王李璘罪入狱浔阳,获释后,复于乾元元
年(758)判决为长流夜郎。乾元二年(759)秋,杜甫在秦州听到消息,
作此二诗。这两首诗写得非常沉痛,写出了作者对李白的深情厚谊。

写梦先写别离,是题中应有之义。"从来说别离者,或以死别宽生
别,或以死别况生别"(浦起龙《读杜心解》),诗人说死别也就死心,而生
别则让人不能放心,即翻出了新意。然后入题,说知道李白被流放,却
得不到确切的消息,因而日有所思,夜有所梦。

在梦中,李白就站在面前。惊喜之余,却不敢相信这是真的:夜

郎——秦州，道路遥阔，怎能说来就来？在梦中，李白仿佛对他讲述过一路的辛苦，翻了许多的山，过了许多的河。正是："天长地远魂飞苦"（李白《长相思》），"关山难越，谁悲失路之人"（王勃《滕王阁序》）。

在潜意识中，诗人记起李白原是失去自由的，如何能忽然到来，心里不免奇怪。或许正因为这个原因，李白匆匆告辞，诗人的梦也醒了：屋梁上月色犹明，李白的样子还残存在记忆中，人却不在眼前了。浦起龙评此诗道："纯用疑阵，句句喜其见，句句疑其非。"（《读杜心解》）是说此诗传达出如幻如真的、做梦的感觉。

最后，诗人只好在心中默默祈祷，祝李白的梦魂一路上多多保重，在渡水的时候一定要当心水底的蛟龙——蛟龙，喻指人间阴险的小人。"作者就是这样好像不加文饰地直写胸臆，真切地说出了他对于李白的处境的忧虑，有些话就像是面对面地和友人交谈。真正有充沛的感情，本来是用不着过多的文饰的。"（何其芳《诗歌欣赏》）

其二

浮云终日行，游子久不至。三夜频梦君，情亲见君意。告归常局促，苦道来不易。江湖多风波，舟楫恐失坠。出门搔白首，若负平生志。冠盖满京华，斯人独憔悴！孰云网恢恢？将老身反累！千秋万岁名，寂寞身后事。

《古诗十九首》云："浮云蔽白日，游子不顾返。"本诗开篇师其辞不师其意，说天上浮云成天移动，人间的游子却久不归来。紧接写一连几夜梦见李白，想必是李白顾念旧人，反过来，恰恰表现的是诗人自己的多情。

这首诗更多地写到梦境。它写到了梦中的友人的亲切。在潜意识中，诗人记得李白是失去自由的，所以每一次梦中见面，友人都显得那么仓促，没有能够畅谈就告别了；每一次梦中见面，友人都说会面不易；每一次梦中醒来，诗人都要为友人担心。

诗中特别提到梦中李白告辞出门时，下意识地用手挠挠白发的样子——那是一种很失意、很落魄、让人看了很心酸的样子。作者的愤慨和控诉就从这里开始，他怎么也想不明白：为什么那么多碌碌之辈都香车宝马，身居高位，而李白这样的天才，却要遭到这样的不幸？说什么"天网恢恢，疏而不失"(《老子》)——不该漏的漏多了，为什么偏偏不放过老诗人李白？

李白诗歌将流传千年万载是一定的，然而这是以他一生的不幸为代价的。这使人联想到韩愈对于友人柳宗元所讲的一番话："子厚斥不久，穷不极，虽有出于人，其文学辞章，必不能自力以致必传于后如今，无疑也。虽使子厚得所愿，为将相于一时，以彼易此，孰得孰失，必有能辨之者。"(《柳子厚墓志铭》)

"千秋万岁"之"名"，却是"寂寞身后"之"事"——何为熊掌？何为鱼？"以彼易此，孰得孰失？"韩愈说"必有能辨之者"，真是天知道。此诗最后两句感慨之深，囊括之广，使人想到了屈原、想到了柳宗元，也使人想到了伦勃朗、想到了凡·高，等等。

兵车行

车辚辚，马萧萧，行人弓箭各在腰。耶娘妻子走相送，尘埃不见咸阳桥。牵衣顿足拦道哭，哭声直上干云霄。道旁过者问行人，行人但云"点行频。或从十五北防河，便至四十西营田。去时里正与裹头，归来头白还戍边。边庭流血成海水，武皇开边意未已。君不闻汉家山东二百州，千村万落

353

生荆杞。纵有健妇把锄犁，禾生陇亩无东西。况复秦兵耐苦战，被驱不异犬与鸡。长者虽有问，役夫敢申恨？且如今年冬，未休关西卒。县官急索租，租税从何出？"信知生男恶，反是生女好。生女犹得嫁比邻，生男埋没随百草。君不见青海头，古来白骨无人收。新鬼烦冤旧鬼哭，天阴雨湿声啾啾。

此诗乃杜甫困守长安期间，即天宝后期作。历代注家多以为因玄宗用兵吐蕃而作，因为诗结尾有"君不见青海头"云云；而当代说者则据黄鹤、钱谦益的笺解定此诗为杨国忠征南诏一事而作，同时引《通鉴》为书证略云：天宝十载（751）鲜于仲通丧师于泸南，人畏云南瘴疠不敢应募，杨国忠遣御史分道捕人，连枷送抵军所，开拔时行者愁怨，父母妻子送之，所在哭声震野，与本篇开头描写的情景相似。

大抵天宝后期，朝廷一意开边，边将亦贪功好战，安禄山在范阳、哥舒翰在陇右、鲜于仲通在南诏乃至高仙芝对大食都发动过不义战争，与开元时代防御性质的战争不同。此诗虽就征兵一事立题，却并不限于某一具体的战事，而是集中反映天宝年间唐王朝发动开边战争所引起的一系列严重的社会问题，具有高度的艺术概括力量。

一起七句开门见山，展开出征送行的场面，具有很强的现场感。诗人选择渭桥这一西行必经的送别之地为背景，按道旁观者感受最强烈的视听印象集中描写：车轮的滚动声，军马的嘶叫声，出征的队伍（特写：新兵腰间的弓箭），夹道奔走相送的男女老少，和遮挡住视线的漫天的尘埃；队伍在西渭桥边稍息，送行的场面一下子就达到高潮，这时亲属拦道牵衣、捶胸顿足、失声痛哭、尽情发泄，士兵们则强忍眼泪，劝慰亲人。虽然笔墨不多，由于集中典型，为读者留下想象的余地，故能以巨大的历史容量震撼人心。

接下来，作为"道旁过者"的诗人，不失时机地进行了现场采访。采访的对象是位老兵，这个并非初次应征、年逾四十的老兵看来是没人话别，冷在一边，倒也乐意回答诗人的问题。老兵答话可分几层，从"点行频"到"武皇开边意未已"为一层，是怨叹朝廷用兵过于频繁。就拿他本人来说吧，十五岁被征至西河（甘肃、宁夏一带）驻守；到四十岁还在西北屯田（唐王朝为增强河西对吐蕃的防务，在河西屯田），入伍时年纪尚小，里长还替他束过发；回来时有了白发，还被调遣去戍边。读者仿佛听到他那沉重的叹息声：国家总是要征兵的，但征兵次数实在太多了，太多了。从这个老兵，又叫人联想到汉乐府《十五从军征》中的那个老兵，诗中也就借汉武来比唐皇了。

　　从"君不见汉家山东二百州"到"租税从何出"为二层，谈黩武战争导致农业大幅度减产和民生凋敝等严重的社会问题。诗中"山东"乃指华山以东的广大地区，由于征兵太频，造成农业劳动力投入的不足；旧时妇女从事蚕桑，在农耕方面抵不上男子，如今靠妇女种田，庄稼长势不好，农业歉收是不可避免的了。然后话头转到秦兵、也就是关西兵（关指潼关）、也就是眼前这些子弟兵，说古话就有"关东出相，关西出将"（《汉书·赵充国传》"关"作"山"），我们这些关西子弟是耐苦善战的，但也不能鞭打快牛、把我们像鸡狗一样看贱呀。就拿今冬眼前来说吧，还在不停征关西兵，这又怎么得了呢？最妙的是垫上一句"长者虽有问，役夫敢申恨"，口气分明是：要不是先生好心问我，我是不愿说这些话的。说是不敢申恨，而言下已俱是恨声。然后再退一步撇开百姓不说，这样打下去，对官府又有什么好处呢？官府不是要收租吗？没有收成，租税能从天上掉下来？"租税从何出"一问问得好，只怕统治者还没有清醒认识到这个问题的严重性吧。

　　从"信知生男恶"到篇终感叹作结，是第三层。秦时征发民夫修筑长城，民间便流传着"生男慎勿举，生女哺用脯"（见陈琳《饮马长城窟行》），无休止的战争和徭役夺去了大量男子的生命，竟使重男轻女的社

355

会心理转变为重女轻男，在号称盛世的天宝年间竟然又出现了这种情况，不能不发人深省。"生女犹得嫁比邻，生男埋没随百草"两句实际包含着一个悖论——既然生男不免乎送死，那么生女又嫁谁呢？结果只能是出现许多老女不嫁和许多的寡妇而已。这层比较，发挥了秦时民谣的意思。最后几句，诗人站在历史的高度，通过对古战场阴森恐怖的描写，对自古以来穷兵黩武的战争进行血泪的控诉。这里的鬼哭，与开篇的人哭遥相呼应，形象地反映了安史之乱前夕社会出现的不祥之兆。

此诗纯用客观叙述的表现手法，前半写出征送行惨状，是记事；后半写征夫诉苦之词，是记言。诗人在诗中虽然只扮演一个采访者的角色，但他和那个主人公的思想感情实际上是打成一片的，所以历来解释此诗的人，往往就"行人"的答词究竟该在何处画句号发生争论，关键就在这个打成一片上。

此诗除句式长短错综，融合了历代民歌各种修辞手法，如顶真、问答、征引、口语化（"爷娘妻子"等语），等等，内容方面的情事紧迫和表达方面的起伏跌宕天衣无缝地统一在一起，不愧为杜诗代表作。

丽人行

三月三日天气新，长安水边多丽人。态浓意远淑且真，肌理细腻骨肉匀。绣罗衣裳照暮春，蹙金孔雀银麒麟。头上何所有？翠为匐叶垂鬓唇。背后何所有？珠压腰衱稳称身。就中云幕椒房亲，赐名大国虢与秦。紫驼之峰出翠釜，水精之盘行素鳞。犀箸厌饫久未下，鸾刀缕切空纷纶。黄门飞鞚不动尘，御厨络绎送八珍。箫管哀吟感鬼神，宾从杂遝实要津。后来鞍马何逡巡，当轩下马入锦茵。杨花雪落覆白苹，青鸟飞去衔红巾。炙手可热势绝伦，慎莫近前丞相嗔！

《丽人行》是杜甫即事名篇创立的乐府诗题，诗作于天宝十二载
(752) 春的上巳节。上巳是中国古代的一个传统节日，又叫"修禊"(临水
为祭，祛除不祥)，最初定在三月上旬的巳日，魏以后定为三月三日，实际
上成为一个春游日。唐时长安曲江，是在汉武帝建筑的宜春苑的基础上
进一步疏凿而成的国家水上公园。故首都居民在上巳日，大都来此游春
修禊，据唐初王绩《三月三日赋》说，届时曲江水滨就聚"三都之丽
人"。天宝十二载正是杨贵妃春风得意之时，其宠荣及于亲属，据《旧唐
书》和《明皇杂录》，每到十月玄宗幸华清宫，国忠姊妹五家扈从，每家
为一队，着一色衣，五家合队，照映如百花之焕发，遗钗坠钿，灿烂芳
馥于路。天宝十二载春天，杜甫在曲江亲眼看到杨氏姊妹在曲江游春的
种种"表演"，作成此诗，从一个侧面反映了当时的社会现实。

诗分三段。先叙曲江游女之佳丽，极写杨氏姊妹姿色之艳与服饰之
盛。诗人从三月三日长安水边多丽人说起，初未挑明丽人身份，好像是
总写踏青之仕女，其实笔墨集中在其中的一群。从五代人所画《虢国夫
人游春图》可知，杨氏诸姨出游跟随的侍女不少，都骑大马，一个个花
枝招展。若是小家碧玉，"态浓"则不能"意远"(雍容大方)，所谓婢学夫
人，不免露出些村气；唯贵妇浓装为本色，显得脱俗，美善自然 (淑真)。
由于养尊处优，一个个细皮嫩肉，体形不错——骨多则瘦，肉多则肥，
"骨肉匀"即纤秾适度。本来粗服乱头亦不掩国色，她们偏偏还要美上加
美，看她们的全身打扮——罗衣闪闪发光，上面以金银线绣有孔雀、麒
麟等吉祥图案，再看其头饰——翠玉做成的叶状首饰压在鬓角上，再看
她们的背影——珠玉垂在衣裾边上很有坠性。诗中夹有"头上何所有"、
"背后何所见"五言的问句，不但形成节奏，读来朗朗上口，而且暗传围
观打量者窃窃私语的神情。这样一群美妇人出现在曲江，当然会引起轰
动，使游众大饱眼福。

次写杨氏诸姨宴饮肴馔之阔气和排场。先用两句插说挑明这一群丽人不同寻常的身份：其中那几位丽人中的丽人，乃是当今皇上的几个姨子（"云幕椒房"以居处代指贵妃）。按杨贵妃有姊三人，皆封国夫人（古代贵妇最高封号）：大姊崔氏封韩国夫人，二姊裴氏封虢国夫人，三姊柳氏封秦国夫人。诗中拉下了大姊，是受字数限制，故举二以概三。然后写她们开始用"野餐"，这可不是便餐或快餐，上菜"驼峰"、"素鳞"表明食物乃水陆之珍稀，"翠釜"、"水精盘"、"犀箸"、"鸾刀"表明用具之考究，同时进餐时还有箫鼓奏乐以助食欲。就这样，那班贵妇还觉得无可下箸（对比《儒林外史》二回写周进宴请众穷酸："每桌上摆上八九个碗，乃是猪头肉、公鸡、鲤鱼、肚肺肝肠之类，叫一声'请'，一齐举箸，却如风卷残云一般，早去了一半"），这就惊动了御厨，赶紧精心炮制佳肴美味，由黄门太监从夹城快马递送。

面对这样一场眼花缭乱的场面，旁观者当做何感想，正处在"饥卧动即向一旬，敝衣何啻联百结"（《投简咸华两县诸子》）的境况之中的诗人做何感想？唾沫直往肚里咽。难怪他要高度地不满了。注意"宾从杂遝实要津"一句，表面是说杨氏诸姨的跟班很多，把住路口，担任防卫，实另有所刺。盖自天宝十一载五月杨国忠任御史大夫兼京畿采访使，同年十一月升为右相兼吏部尚书，大权在握后办的第一件事，就是把他在蜀中结识的亲信鲜于仲通引荐为京兆尹，鲜于到任后即奉旨为国忠撰写颂词，并授意来京参选者附和之。杜甫在走投无路时，也曾献诗鲜于，希望他能向杨国忠引荐。尽管如此，诗人对杨氏鲜于集团还是很反感的，诗句也隐射着他们把持了权门要路（"要津"）这一事实。

末六句刺杨氏兄妹丑闻和炙手可热的权势。这是由后来的一位大官人模样的角色即当朝丞相杨国忠而引发的，因为他靠贵妃的裙带关系而飞黄腾达，所以在《丽人行》中也是一个重要角色。杨氏兄妹在当时口碑不好，见载于史的传闻之一，就是杨国忠和虢国夫人有暧昧苟且。虢国夫人是放诞风流的一个女性，杜甫（一作张祜）《集灵台》专咏其事：

"虢国夫人承主恩，平明骑马入宫门；却嫌脂粉污颜色，淡扫蛾眉朝至尊"。对皇帝如此随便，平素之不自约束也可想而知。当时她住宣阳里左，国忠在其南，经常往来，出则并马，说说笑笑。市民看不顺眼，就说他们那个。所以杨国忠来到曲江，在游人中又会引起一阵轰动，彼此咬耳朵，所"咬"内容见于"杨花雪落覆白苹（大浮萍）"二句，古人认为杨花具水性，入水则化浮萍（见陆佃《埤雅·释草》），所以向来用喻轻薄者。杨花姓"杨"，浮萍也姓"杨"，杨花像雪花一样飘在浮萍上，是隐射杨氏兄妹乱伦偷情。"青鸟"是神话传说中西王母使者，或即鹦鹉，后多用指在男女间传情的人，"红巾"为女性用品，暗指定情之物。

结尾用警告的口气提醒游众，最好还是离杨氏兄妹远点，不要触及禁区，自讨苦吃。诗旨在揭露杨氏兄妹骄奢淫逸之丑，笔致却华美庄重，到最后点到为止，即前人所谓"美人相、富贵相，最后乃现出罗刹相，真可笑可畏"（清·蒋弱六）。不作断语，是为善讽。施补华说："前半竭力形容杨氏姊妹之游冶淫佚，后半叙国忠之气焰逼人，绝不作一断语，使人于意外得之，此诗之善讽也。"浦起龙说："无一讥刺语，描摹处语语讥刺；无一慨叹处，点逗处声声慨叹。"咸中肯綮。

投简咸华两县诸子

赤县官曹拥材杰，软裘快马当冰雪！长安苦寒谁独悲？杜陵野老骨欲折。南山豆苗早荒秽，青门瓜地新冻裂。乡里儿童项领成，朝廷故旧礼数绝。自然弃掷与时异，况乃疏顽临事拙。饥卧动即向一旬，敝衣何啻联百结。君不见空墙日色晚，此老无声泪垂血。

杜诗诚然贯穿着忧国忧民之情，但也不时大发个人牢骚。尊杜者往往只强调前者，殊不知后者尤能反映诗人不满现实的活生生的个性，纵然平凡，却无损于诗人的伟大。在困守长安期间，诗人一面出于实际的目的，写作一些典雅的排律向权贵请求援引；另一方面则因为现实悲愤，运用自然活泼的语言和歌行体裁，向忠实的友人诉说个人的病痛和饥寒。《投简咸华两县诸子》就是杜甫寄给咸阳、华原两县县府里友人的诉苦之作。

据《元和郡县志》，唐县有赤畿望紧上中下之等差，京都所治为赤县，京之旁邑如咸阳、华原为畿县。诗是寄给两县友人的，所以用"赤县"代指长安。开篇四句就用长安显贵们的荣华快意来衬托诗人自己的苦寒酸悲，这种以众形"独"的对比手法，在杜诗中常常取得一种惊心动魄的效果。《醉时歌》"诸公衮衮登台省，广文先生官独冷。甲第纷纷厌粱肉，广文先生饭不足"，就与此诗开篇同法，夸大对比中极写出人间的不平。要说那些享受着荣华富贵的"官曹"即衮衮诸公是"材杰"，"读书破万卷，下笔如有神"的诗人又何尝不是材杰！只不过"德尊一代常坎坷"，屈才的事从来难免。事实上，"软裘快马"之辈，又真有几个"材杰"？有此四字，"材杰"云者便成笑骂。说轻裘骏马足以"当（抵当）冰雪"，适见苦寒之士难当风雪。"骨欲折"活用"心折骨惊"之语，形容落魄，备极生动。前二句述以欣羡口吻，继二句则以问答作唱叹，顾影自怜，满腹牢骚，溢于言表。

"杜曲幸有桑麻田"（《曲江三章》），故诗人自称"杜陵野老"。虽薄有田产，但收成不佳。汉杨恽报孙会宗书有云："田彼南山，荒秽不治，种一顷豆，落而为萁。"陶诗则云："种豆南山下，草盛豆苗稀。"诗中略取其意，又活用秦东陵侯邵平青门种瓜的典故，对上述境况作了一番形容："南山豆苗早荒秽，青门瓜地新冻裂。"人在困厄中最需同情扶持，怎奈人情比纸还薄，诗人处处遭遇白眼。一些小官僚脖项仰得老高，一副不屑的神气。如量体裁衣，定应前摆长于后摆。而位居显要的"朝廷故

旧"，似乎也早已忘怀了这门穷交情，不复往来。故言"乡里儿童项领
成，朝廷故旧礼数绝"。凡此皆世相之一般，但经诗人拈出，顿成绝妙讽
刺。"乡里小儿"本是陶潜骂督邮的话；"项领"语出《小雅·节南山》，
本形容公马脖子既粗且直。与"项领成"类似的说法，是"羽翼成"，即
民间所谓"翅膀长硬了"，鲁迅所谓"一阔脸就变"。诗人兴到笔随地并
用，亦俗亦雅，妙到毫末，可见其对人间势利之深恶痛绝。世道如此，
拙于逢迎短于机巧的人，必吃大亏，遭受冷落："自然弃掷与时异，况乃
疏顽临事拙。"说"自然"，说"况乃"，似乎自认倒霉，然而正言欲反，
读者莫作字面认去。

　　至愤之处，诗人跳脱开来，顾影自怜道："饥卧动即向一旬，敝
衣何啻联百结。"把自己写得如此凄凉，说经常挨饿抱病，动不动卧床十来
天，衣裳则是补丁重补丁，也太不堪了。然老杜亦如陶潜，诗到真处，
绝无掩饰。甚至写出过"苦摇乞食尾"的诗句，使正人君子皱眉，令崇
拜者难堪。其实难堪、皱眉都大可不必，读者须体味个中的自嘲与牢骚。
也许诗人认为人间堪羞之事甚多，并不以人穷志短为可耻。最后诗人直
呼两县诸子而告之："君不见空墙日色晚，此老无声泪垂血。"默默泣血，
是因为有苦无处诉。家徒四壁，则是贫极写照，在杜诗中每有妙用，他
如"此时与子空归来，男呻女吟四壁静"（《乾元中寓居同谷县作歌七首》）、
"入门依旧四壁空，老妻睹我颜色同。"（《百忧集行》）此诗写泣向暗壁，倍
觉凄楚。

　　今日诗论者对古人言贫诗往往评价不高，以为这题材社会意义不大。
然而，"从血管里流出的都是血"（鲁迅），具有决定意义的不是写什么，
而是怎样写。杜甫的言贫诗中，固然有抹平棱角的陈情之作，不值得赞
许；却也有不合时宜的牢骚发抒，一面对世相有所针砭，一面对自身的
困苦有真实的记录，其诗可以兴，可以观，可以怨，不可以一概抹杀。
如此诗直抒胸臆，"嬉笑怒骂，皆成文章"，足见诗人性情，不失佳作。

贫交行

翻手为云覆手雨，纷纷轻薄何须数。

君不见管鲍贫时交，此道今人弃如土。

    此诗约作于天宝中作者献赋后。由于困守京华，"朝扣富儿门，暮随肥马尘；残杯与冷炙，到处潜悲辛"（《奉赠韦左丞二十二韵》），作者饱谙世态炎凉、人情反复的滋味，故愤而为此诗。

    诗何以用"贫交"命题？恰如一首古歌所谓："采葵莫伤根，伤根葵不生。结交莫羞贫，羞贫友不成。"贫贱方能见真交，而富贵时的交游则未必可靠。诗的开篇"翻手为云覆手雨"，就给人一种势利之交"诚可畏也"的感觉。得意时便如云之趋合，失意时便如雨之纷散，翻手覆手之间，忽云忽雨，其变化迅速无常。"只起一语，尽千古世态。"（浦起龙《读杜心解》）"翻云覆雨"的成语，就出在这里。首句不但凝练、生动，统摄全篇，而且在语言上是极富创造性的。

    虽然世风浇薄如此，但人们还纷纷恬然侈谈交道，"皆愿摩顶至踵，髌胆抽肠；约同要离焚妻子，誓殉荆轲湛（沉）七族"，"援青松以示心，指白水而旌信"（刘峻《广绝交论》），说穿了，不过是"贿交"、"势交"而已。次句斥之为"纷纷轻薄"，谓之"何须数"，轻蔑之极，愤慨之极。寥寥数字，强有力地表现出作者对假、恶、丑的极度憎恶。

    这黑暗冷酷的现实不免使人绝望，于是诗人记起一桩古人的交谊。《史记》载，管仲早年与鲍叔牙游，鲍知其贤。管仲贫困，曾欺鲍叔牙，而鲍终善遇之。后来鲍事齐公子小白（即后来齐桓公），又荐举之。管仲遂佐齐桓成霸业，他感喟说："吾始困时，尝与鲍叔贾，分财利多自与，鲍叔不以我为不贪，知我贫也。吾尝为鲍叔谋事而更穷困，鲍叔不以我为愚，知时有利不利也。吾尝三仕三见逐于君，鲍叔不以我为不肖，知我不遭时也。吾尝三战三走，鲍叔不以我为怯，知我有老母也。公子纠败，召忽死之，吾幽囚受辱，鲍叔不以我为无耻，知我不羞小节而耻功名不显于天下也。生我者父母，知我者鲍叔也。"鲍叔牙待管仲的这种贫富不移的交道，使得当时"天下不多管仲之贤而多鲍叔能知人也"(《史记·管晏列传》)。"君不见管鲍贫时交"，当头一喝，将古道与现实作一对比，给这首抨击黑暗的诗篇添了一点理想光辉。但其主要目的，还在于鞭挞现实。古人以友情为重，重于磐石，相形之下，"今人"之"轻薄"益显。"此道今人弃如土"，末三字极形象，古人的美德被"今人"像土块一样抛弃了，抛弃得多么彻底呵。这话略带夸张意味。尤其是将"今人"一以概之，未免过情。但唯其过情，才把世上真交绝少这个意思表达得更加充分。

此诗"作'行'，止此四句，语短而恨长，亦唐人所绝少者"(见《杜诗镜铨》)。其所以能做到"语短恨长"，是由于它发唱惊挺，造形生动，通过正反对比手法和过情夸张语气的运用，反复咏叹，造成了"慷慨不可止"的情韵，吐露出心中郁结的愤懑与悲辛。

哀江头

少陵野老吞声哭，春日潜行曲江曲。江头宫殿锁千门，细柳新蒲为谁绿？忆昔霓旌下南苑，苑中万物生颜色。昭阳殿里第一人，同辇随君侍君侧。辇前才人带弓箭，白马嚼啮黄金勒。翻身向天仰射云，一笑正坠双飞翼。明眸皓齿今何在？血污游魂归不得。清渭东流剑阁深，去住彼此无消息！人生有情泪沾臆，江水江花岂终极？黄昏胡骑尘满城，欲往城南望城北。

杜甫写作这首诗的去年，即天宝十五载（756），六月十二日乙未小雨天气，玄宗仓皇奔蜀；十三日丙申，军行至马嵬驿发生哗变，杀杨国忠，并逼玄宗赐杨贵妃自缢，这就是历史上著名的马嵬之变。七月肃宗即位灵武。八月杜甫即得到上述消息，奔行在途中陷贼。至德二年（757）春，杜甫偷偷行至曲江，目睹江柳、江花、江水及眼前宫殿的荒凉，忆帝妃行幸游乐之旧事，想马嵬之变的凄凉，感赋此诗。

　　全诗共分三部分。前四句为一段，写潜行曲江的满目悲凉。诗以"少陵野老"自称，盖与《咏怀五百字》一样，不以率府为意也。"吞声哭"三字写出诗人不能不哭而又欲哭不敢、只能吞声饮泣，昔日游览胜地，今日不敢公然前往又不能不来、只能向最偏僻之处偷偷潜往的情状；"吞声哭"三字，与"潜行曲江曲"五字，写出诗人由衷的伤时念乱之情，和沦陷区压抑恐怖的处境，所谓"苦音急调，千古魂消"（《杜诗镜铨》）。下两句写江头宫门尽锁，虽有细柳新蒲，更有何人欣赏。"为谁绿"三字反诘得妙，宋词人姜夔名句"念桥边红药，年年知为谁生"（《扬州慢》）即从此化出，正是花柳无主，有不如无，与《小雅·采薇》"昔我往矣，杨柳依依"同致，盖以乐景写哀，倍增其哀。

　　继八句写乱前帝妃行幸曲江的盛况。先总一笔，用霓虹般的彩旗代指天子仪仗之盛，谓其使万物沾光。然后用汉代赵飞燕代指杨妃。"第一人"使人联想到白居易《长恨歌》"后宫佳丽三千人，三千宠爱在一身"，杨妃当时俨然成了第一夫人，和皇帝夜同床、出同车，寸步不离。"辇前才人"四句，朱鹤龄以为反映了唐时天子游幸有才人射生（射活靶子）之制。这种推测是有根据的。按中唐王建《宫词》云："射生宫女宿红妆，把得新弓各自张。临上马时齐赐酒，男儿跪拜谢君王"，"旋猎一边还引马，归来花鸭绕鞍垂"，可知其制：参与射生的乃宫女即此诗中的女官"才人"，射生时换却红装、身着戎服，临行天子赐酒，则行男儿跪拜之礼；一般射生主要是鸭子之类活靶。不过杜甫此诗不同于王建的纪实，为了增强美感和诗意，用了一个特写镜头——"翻身向天仰射云，一笑正坠双飞翼"，这一笑是"千金一笑"，点明玄宗游苑多为娱乐贵妃也。这个"一笑正坠双飞翼"的另一层妙用是双关，暗示玄宗与贵妃乐极生悲，种下不幸的根苗。经过这样的暗示，下文就出其不意地转到马嵬事变上来。

末八句为第三段，写对马嵬事变的感伤。"明眸皓齿"代贵妃，她已血溅马嵬，埋骨渭滨，而魂游于异乡；玄宗则由剑阁到了成都。彼此悬崖撒手，永不相干。这里既有惋伤，也有痛恨，感情是十分复杂的。于是最后四句说，人是有情的，而自然无情、历史无情，"花自飘零水自流"（李清照《一剪梅》），秋去春来，永无终极；而帝妃大错铸成，却无药可救。多情的诗人越想心越乱，一时竟迷失方向，欲往城南，却往城北。

白居易《长恨歌》把唐玄宗、杨贵妃作为一个爱情传奇故事的主人公来加以刻画的，所以基本倾向是玩味和同情。杜甫《哀江头》写的是时事，忠实于历史事实，所以基本倾向是悲伤和痛心。《长恨歌》是叙事诗，诗人只充当一个叙事人而已；《哀江头》是抒情诗，诗人是抒情主人公，而帝妃则是他的哀悼对象。故《长恨歌》按叙事步骤一步步走向高潮，极善铺陈；《哀江头》则以抒情的笔法写来，劈头就是抒情，然后插说，然后复转入抒情，结构上有大的跳跃，比如说到帝妃的生死离别，就几乎略去了整个马嵬事件，直接飞跃到悲剧的高潮，便表现出凝练的特色。

戏题王宰画山水图歌

十日画一水，五日画一石。能事不受相促迫，王宰始肯留真迹。壮哉昆仑方壶图，挂君高堂之素壁。巴陵洞庭日本东，赤岸水与银河通，中有云气随飞龙。舟人渔子入浦溆，

山木尽压洪涛风。尤工远势古莫比，咫尺应须论万里。焉得
并州快剪刀，剪取吴淞半江水。

此为歌行体题画诗，约作于上元元年（760）。读此诗须注意"戏题"
二字，即其中的幽默感。

前四句写其名家风度，"十日画一水，五日画一石"无乃太慢乎，看
来王宰是位工笔青绿山水画家，喜欢精雕细刻，画起来胸有成竹，不喜
受人催促。时下名画家应酬求画时也是如此，先决条件便是不催，把绢
幅搁那儿就是。一来求画的人多，哪能说要就要？二来要有兴致才肯命
笔。所以要快莫来，不然就暗中教弟子或女儿临摹代笔，自己画押就
是——要不然杜甫何以特别强调"真迹"二字呢——"能事不受相促迫，
王宰始肯留真迹！"

中七句述画中山水，这是一幅绢画，而且是挂在画家自己家中的中
堂，可知是得意之作。《昆仑方壶图》以神山尤其海上神山命名，可知是
想象写意为主。此画山水俱佳，尤善留白（"中有云气"云云），而且从树木
与波涛传出狂风之势。诗人所举"巴陵"、"日本"、"赤岸"皆泛言崇山
峻岭、江河湖海，以助读者之想象。

末四句是总评和观感，"尤工远势古莫比"二句，是说王宰在运用
透视画法以取得尺幅万里之势方面，有超过古人的独到之处。可谓
懂画。

据说晋人索靖见顾恺之画，爱不释手，说："恨不带并州快剪刀来，
欲剪松江半幅纹练归去。"（此注乃宋人伪托，然大有助于理解诗意）意即这画
不能全幅偷走，剪一块水纹回去，亦有收藏价值。末二句正此意也，所
以言"戏"。若解为"不知哪得如此快剪刀，把吴淞江水也剪来了"，非
唯不通（江水何可剪，必画水始可剪耳），且大失题意。

诗人另有《戏为韦偃双松图歌》末云"我有一匹好东绢，重之不减
锦绣段；已命拂拭光凌乱，请公放笔为直干"，盖画松以曲干见奇，而一

匹东绢长可两丈，问彼能否作直干之松树，是求画意，亦开个小小的玩笑。

茅屋为秋风所破歌

八月秋高风怒号，卷我屋上三重茅。茅飞渡江洒江郊，高者挂罥长林梢，下者飘转沉塘坳。南村群童欺我老无力，忍能对面为盗贼。公然抱茅入竹去，唇焦口燥呼不得，归来倚杖自叹息。俄顷风定云墨色，秋天漠漠向昏黑。布衾多年冷似铁，娇儿恶卧踏里裂。床头屋漏无干处，雨脚如麻未断绝。自经丧乱少睡眠，长夜沾湿何由彻！安得广厦千万间，大庇天下寒士俱欢颜，风雨不动安如山！呜呼！何时眼前突兀见此屋，吾庐独破受冻死亦足！

此诗于上元二年（761）秋八月作于草堂。草堂也就是茅屋，《堂成》说"背郭堂成荫白茅"，可知草堂最初建成的样子。从这一时期所作的不少七律看，诗人的生活是相对安定的，心情也较为舒畅。《南邻》诗云"锦里先生乌角巾，园收芋栗未全贫"，好个"未全贫"，它恰如其分地表明了诗人当时未脱贫而十分安贫的处境——稍有天灾人祸，就要露出它的困窘来。761年的这个秋天情况就有不妙，草堂至少遭遇了一次暴风雨的袭击，堂前临江一棵两百岁的楠木也被连根拔起，屋漏把诗人搞得十分狼狈。在那个狼狈的夜晚，他想到普天下与他一样和比他处境更糟的人，想得很多很多，从而留下了这一名篇。

诗分两个部分。第一部分叙事，写茅屋为秋风所破的白天及当晚，诗人遭遇的种种狼狈。是极其生动的三部曲，首五句写狂风破屋的情景，这风来得之野蛮，如撒泼打滚，差点没把草堂的屋顶给揭了。卷走的茅草之多，吹得之高，吹得之远，都是令人张口、结舌、傻眼的。"茅飞"几句，一连串的铺写，几令人目不暇接。在合辙押韵上，句句入韵，用了"号"、"茅"等五个开口呼平声韵脚，对风声作了形象的描摹，都很能传神。继五句写顽童的趁火打劫，在风中欢呼着抢夺茅草，往竹林那边扬长而去，根本不听招呼，把老人气得不行。吹散的茅草没法捡，能捡的又被南村群童捡了，诗人只好回来拄杖喘息。继八句写暴雨的袭击，俗话说"屋漏又遭连夜雨"，意思是祸不单行，这恰是诗人当日的写照。狂风揭茅只是倒霉的开头，接着便是黑云压顶，大雨跟着就来了。被子冷得像铁，是说它不但冷，而且硬，可见其陈旧；这样的被子睡着怪不舒服，难怪孩子乱蹬，把里子都蹬破了，就更不舒服。更加痛苦的是屋漏，它使得诗人在屋里床顶到处摆盆，滴水叮叮咚咚，空气又湿又冷，桌上的书卷稿纸都遭了殃。自战乱以来六个年头，诗人忧国忧民，长期失眠，这个风雨之夜就更别睡了，不知怎样才能熬得到天亮。于是诗人百感交集，想到普天下不知有多少人屋顶漏雨，又不知有多少人头上无片瓦。

　　第二部分抒怀。一想到大众的痛苦，诗人就忘却了一己的痛苦，他痛切地感到解决人民仅次于衣食的住房问题是多么重要、多么迫切，于是大声疾呼"安得广厦千万间，大庇天下寒士俱欢颜，风雨不动安如山。呜呼！何时眼前突兀见此屋，吾庐独破受冻死亦足"，披露了诗人民胞物与、爱及天下的博大襟怀。特别是它出现在前一部分所展示的具体的生活背景上，建筑在切肤之痛上，就显得格外真切动人。后来白居易《新制布裘》诗："安得万里裘，盖裹周四垠。稳暖皆如我，天下无寒人"，即受此诗影响，作为饱暖中人能想想穷苦的人，那是富人的慈悲，总不如身在饥寒中人的祈愿更具切肤之痛。

　　本篇在歌行体的运用上达到了十分自由的程度，一是句式参差，用了散文化的语言；二是句群奇偶的错综，有三处是三句形成句群，有时三句一韵，有时五句一韵，其出入变化，挥洒收放，皆缘情而为。非圣于诗者不能也。

丹青引赠曹将军霸

　　将军魏武之子孙，于今为庶为清门。英雄割据虽已矣，文采风流今尚存。学书初学卫夫人，但恨无过王右军。丹青不知老将至，富贵于我如浮云。开元之中常引见，承恩数上南薰殿。凌烟功臣少颜色，将军下笔开生面。良相头上进贤冠，猛将腰间大羽箭。褒公鄂公毛发动，英姿飒爽来酣战。先帝御马玉花骢，画工如山貌不同。是日牵来赤墀下，迥立阊阖生长风。诏谓将军拂绢素，意匠惨淡经营中。斯须九重真龙出，一洗万古凡马空。玉花却在御榻上，榻上庭前屹相向。至尊含笑催赐金，圉人太仆皆惆怅。弟子韩幹早入室，亦能画马穷殊相。幹惟画肉不画骨，忍使骅骝气凋丧。将军画善盖有神，必逢佳士亦写真。即今飘泊干戈际，屡貌寻常行路人。途穷反遭俗眼白，世上未有如公贫。但看古来盛名下，终日坎壈缠其身。

　　此诗于代宗广德二年（764）作于成都。唐张彦远《历代名画记》载："曹霸，魏曹髦（高贵乡公）之后，髦画称于后代，霸在开元中已得名。天宝末每诏写御马及功臣，官至左武卫将军。"安史乱后，曹霸亦漂泊成都，与杜甫相遇。本诗可以说是一篇绝妙的画家小传，其间亦寓诗人深深的同情。

　　全诗四十句，八句一韵，平仄互换，换韵处换意成为自然段落。诗中所列曹霸从艺二三事，描绘出画家一生梗概，在材料处理上颇得主次详略之法。先八句叙曹霸家世、艺事及人品。叙家世从其远祖魏武说起，谓其割据已矣、门第中落，其辞若有憾，实深许之，紧要乃在"文采风流"一句，如杜甫自诩"吾祖诗冠古"一样值得骄傲。其次赞其书艺。但这不是曹霸的强项，所以说"但恨无过王右军"，又是辞若有憾，然而乃是与书圣相比，如此地取法乎上，仍是肯定，又为以下赞其画艺留够余地，分清主次。再次述其人品，说曹霸乃致力于绘画，乐此不疲，贫困不移。"丹青不知"二句化用《论语·述而》"发愤忘食，乐以忘忧，不知老之将至云尔"、"不义而富且贵，于我如浮云"。这里强调的是艺术家对艺术的热爱和献身精神，有了这个，加上先天的禀赋，即"文采风流"，就是百分之百的成功。

次八句写图画凌烟功臣，在丹青事迹中又是陪笔，但较书艺的一笔带过又较详细。唐贞观十七年（643）阎立本奉诏图画功臣二十四人（文武两类）于凌烟阁，由于年久褪色，开元间又命曹霸重画一次。史称立本所画"尤工形似"，诗云曹霸所画别开生面，为笔下人物传神，使之栩栩如生。"良相头上"二句撮述人物衣饰佩服之细节，可见画家一笔不苟。然后特写褒国公段志玄、鄂国公尉迟敬德画像之威风，以概其余。

以下十六句即两段写曹霸画马，才是诗中主笔，刘熙载论书云："画山者必有主峰，为诸峰所拱向；作字者必有主笔，为余笔所拱向。主笔有差，余笔皆败，故善书者必争此一笔。"这不是一般的作画，而是皇帝（玄宗）出席的当众表演。"画工如山貌（描）不同"，描不同即画不像，画不像是因不传神。既表明马的神骏，也说明国手的难得。以下写皇帝叫拂绢，要看他动笔，画家却不慌不忙——"能事不受相促迫"。他在做什么呢？"意匠惨淡经营"——是在窥伺对象，是在酝酿情绪。是草草动手，还是胸有成竹再动，这是行家与冒牌货的重要区别。所以林冲在打翻洪教头之前的一味退让，未尝不是惨淡经营；"将军欲以巧伏人，盘马弯弓惜不发"（韩愈《雉带箭》）。所谓兴会、灵感，不是从天上掉下来的，它完全是一种积累的产物，印象和素材的积累，技法的积累和情绪的积累，最后形成一种创作冲动，觉得兴会到了，便要努力创造。在这种状态下，真正的艺术品就诞生了："斯须九重真龙出，一洗万古凡马空！"杜甫之所以能写活一个曹霸，正如曹霸能画活一匹天马一样，是在于与笔下对象达成了一种精神上的默契。盖杜甫也有过"集贤学士如堵墙，观我落笔中书堂；往日文采动人主，今日饥寒趋道旁"（《莫相疑行》），几乎完全一样的经历。然后正面说画的精彩，画马与真马难分高下，皇帝赐金，宫廷的马官们自愧不如了。突然又引入一个韩干——曹霸升堂入室的弟子来，进一步衬托曹霸的绝活之不可及。这里对韩干的批评不一定确切，因为古代包括唐代的画论著作，对韩干画马的评价都是很高的，如说他得"骨肉停匀法"（夏文彦），他有一句名言："臣自有师，今陛下内厩之马，皆仆之师也。"（《唐朝名画录》）真迹至今珍藏台湾，可驳"画肉不画骨"之说。杜甫的批评也许代表某个阶段的看法，但更是属于尊题的手法。值得注意的是，杜甫提出了创作的一个重要原则，就是关于画骨的问题。所谓"画骨"推广到一般，就是指的传达对象的精神实质，这"骨"与"忍使骅骝气凋丧"的"气"、"将军善画贵有神"的"神"，具有同一性。相传赵子昂画马，先要对镜扮马，才能动笔，他又说过"右军人品甚高，故书入神品"——艺术品中总是体现着艺术家的品格。诗中这一段主笔之妙，完全在于他写出了一个艺术家的精神。

最后八句慨叹曹霸遭逢的坎坷，并自鸣不平。作为一个敬业的艺术家，曹霸漂泊中还在画，但不再是画功臣与天马了，只偶画佳士，而更多的是为路人写真，成了个地摊画家，以画谋生了。卖艺以自食其力，正自有精神在。但同时也就是处于困窘了。古人说"诗穷而后工"，画亦如之。又说"古来才命两相妨"（李商隐）。这是曹霸的写照，也是杜甫本人的写照。《存殁口号》也写道："郑公粉绘随长夜，曹霸丹青已白头；天下何曾有山水，人间不解重骅骝。"这是对社会不重视人才，乃至埋没人才的有力控诉。前人对此诗评价很高，乔亿云："此七古之长江大河也，于浑浩流转中，位置详审，无一笔造次，所谓惨淡经营者，画不可见，诗独当之矣。"

房兵曹胡马

胡马大宛名，锋棱瘦骨成。

竹批双耳峻，风入四蹄轻。

所向无空阔，真堪托死生。

骁腾有如此，万里可横行。

此诗约作于开元二十八、九年间。唐诸卫府州设有兵曹参军之职，以参佐军事。

在所有的动物中，马，有着极其高贵的地位。不同时代、不同地域的人，尤其是艺术家和战士，常常将骏马与美人相提并论。项羽不惜死，所惜者虞姬与乌骓马耳；欧洲的骑士祝酒词常常是"为骏马与美人——干杯"；骏马和美人，无论在西方还是中国都是绘画的专题。在车尔尼雪夫斯基《生活与美学》、布封《动物素描》这样的大师的名著中，给人印象最深刻的就是他们笔下的马，例如布封就曾写道：在所有的动物中间，马是身材高大而身体各部分又都配合得最匀称，最优美的；因为，如果我们拿它和它高一级或低一级的动物相比，就发现驴子长得太丑，狮子头太大，牛腿太细太短，和它那粗大的身躯不相称，骆驼是畸形的，而最大的动物，如犀牛，如象，都可以说只是些未成型的肉团……

杜甫写马和写到马的诗篇很多，颇有脍炙人口的名句，本篇是写作最早的一篇。汉唐时代的西域，水草丰茂、原野辽阔，是马群生活的天然牧场，大宛（读冤）国产的天马（汗血马）最为名贵，曾是汉武帝发动战争的主要动机。所以首句说"胡马大宛名"。

在古代，相马是专门的学问。《列子·说符》有一个九方皋相马的故事，说的是九方皋这人为秦穆公物色到一匹好马，寄放在沙丘，复命时穆公问他马的性别和颜色，九方皋记不上来，说是黄色的母马，牵回来才是匹纯黑的公马，使得秦穆公大不高兴，怀疑九方皋是个骗子，并责怪推荐九方皋的伯乐。伯乐回答说，马的颜色和性别并不重要，九方皋是得其精而忘其粗。后来证明这匹马果然是上乘的骏马。由此产生了一个成语叫"牝牡骊黄"。而杜甫此诗亦不着意于胡马之雄雌毛色，专注于其骁腾，亦可谓诗中之九方皋也。

盖诗人早年浪迹，少不了与马打交道，所以他也多少有点相马的经验。首先，善于驰突的良马，骨骼较大，筋肉结实，看上去不肥，所谓"此马非凡马，房星本是星（《晋书·天文志》载房星四，又称天驷）；向前敲瘦骨，犹自带铜声"（李贺《马诗二十三首》）。所以杜甫夸胡马"锋棱瘦骨成"，是很内行的话。一个"成"字，须要重读——这是杜甫论诗、品物、衡人偏爱的概念，往往与"老"字连文曰"老成"，用来指一种无可挑剔的境界。

古代相马忌头大耳缓，《齐民要术》载相马法说"马耳欲小而锐，状如斩竹筒"，眼前胡马就符合这条标准，所以杜甫要夸它"竹批双耳峻"。古今有骑马经验的人都说，好马驰骋的时候，马背上人是只觉耳边风声呼呼，而感觉不到马足点地，所谓"马似流星人似箭"，就像骑着神鹰在飞，全不似骑驴那样的颠簸。而"风入四蹄轻"正好写出了这种感受。

布封还不无夸张地说，驾驭了马是人类所能做到的最高征服。从此马和人分担着疆场的劳苦，同享战斗的光荣，所谓"此马临阵久无敌，与人一心成大功"（杜甫《高都护骢马行》）。马天生具有一种舍己从人的无畏精神，越是危险当前越来劲。《三国演义》写刘备在刘表的部将追杀时，所乘的卢马失足陷入檀溪，不是在关键时刻一跃而突危吗？"所向无空阔"就是想象这匹胡马跑起来，没有飞越不了的空阔，所谓"关山度若飞"是也。所以房兵曹可以放心地将生命安全托付给它。

与《望岳》一诗相同的是，这里所有的咏马，都是为了通向篇末的抒情："骁腾有如此，万里可横行。"这不仅是在赞美胡马，简直是在祝愿马主人早日建立功名于马上了。当然，这也是杜甫本人的心情。元人赵汸评："前言胡马骨相之异，后言其骁腾无比，而词语矫健豪纵，飞行万里之势如在目中，所谓索之于骊黄牝牡之外者，区区模写体贴以为咏物者，何足语此。"

月夜

今夜鄜州月，闺中只独看。

遥怜小儿女，未解忆长安。

香雾云鬟湿，清辉玉臂寒。

何日倚虚幌，双照泪痕干？

此诗是杜甫于肃宗至德元载 (756) 八月陷贼中作。是年五月杜甫携家避难鄜州 (陕西富县) 寄家羌村，然后只身投奔行在，中途被叛军捕获，带到长安。

诗写日夜思家，一起即由"长安一片月"联想到"今夜鄜州月"，悬想妻子今夜对月的情景，强调的是一个"独"字，所谓"心已神驰到彼，诗从对面飞来"(浦起龙)，通篇亦不更从正面抒写，然已是彼此彼此。表现手法独具匠心。

次联忽从妻子说到小女儿，寓意特深。盖人处苦难，如果能从身边找到共同语言，也不失为一种安慰，然而妻的身边虽有儿女，可惜"儿女尚小，虽与言父在长安，全然不解" (王嗣奭《杜臆》)，所以还是等于

374

零，进一步证实了上句的"独"字。同时，天真的孩子不解忆长安，而在长安的父亲又怎能不忆及孩子呢？正因为孩子太小，才越招人惦记呀。正是"养儿才知父母情"呀。

"香雾云鬟湿，清辉玉臂寒"二句描画闺中望月人的形象，是诗中最为旖旎的笔墨，妙在无一字不从月下照出，朦朦胧胧的，也是妻在诗人记忆中的模样。以"寒"、"湿"写秋月夜极切，而在诗人想象中，这月下的人还和自己一样默默垂泪。

于是诗人看着团圞的明月，萌生出强烈的与家人团聚的愿望。所谓"双照泪痕干"，不仅是想象妻子今夜垂泪，而且实写出自己此时垂泪。这里抒写的不是一般夫妻两地相思，据杜甫半年后在《述怀》一诗中追叙说"去年潼关破，妻子隔绝久"、"寄书问三川（羌村所在），不知家在否"、"几人全性命，尽室岂相偶"，读此便知此诗所写，实为天下乱离的悲哀，同时也就流露出对四海清平的希望。

春望

国破山河在，城春草木深。

感时花溅泪，恨别鸟惊心。

烽火连三月，家书抵万金。

白头搔更短，浑欲不胜簪。

这首诗写在唐肃宗至德二年（757）春天，安史之乱中。杜甫先曾逃难，将家小安顿在鄜州羌村后，投奔行在途中被叛军捉住，带到长安。因官职卑小，未被囚禁，故有此作。

"国破山河在"一联，交代形势，一开始就对仗。五律讲究对仗，一般在中间两联。但韩信点兵，多多益善。两句中各有转折："国破"是说长安沦陷了，"山河在"是说山河依旧，这话就耐人寻味了。"在"字表现一种信念（山河可以光复），也可以是表现感慨，"风景不殊，正自有山河之异"（《世说新语》）。"城春"就是风景不殊，而"草木深"就不同了，表明风景也有变化。偌大一个长安，一旦没有城市管理，草木乱长，看上去就荒凉了。由于语未了便转，诗句就非常耐人寻味。

"感时花溅泪"一联，抒情带写景，是唐诗名句。"感时溅泪""恨别惊心"，本是公共之言，就是大家都想得到的话。但嵌入"花"、"鸟"二字，就不同寻常了，是想不到地好。这不但是移情于物，使诗人感情得以推广，即"以我观物，则物皆著我之色彩"（王国维），而且与上文的"草木深"紧密联系在一起。胡震亨曾赞此诗"对偶未尝不精，而纵横变幻，尽越成规，浓淡浅深，动夺天巧"，极是。

"烽火连三月"一联，是叙事，对仗亦妙。"烽火"指战争，"连三月"不是说一连三个月，而是说自安史之乱爆发（755年冬）到757年，诗人在战乱中度过了两个春天、两个三月，这个"三"字是个序数词，与"万金"的"万"对仗，即有别趣。"家书抵万金"，说家书成为最珍贵的东西，可见诗人很久没有得到羌村的消息。同时写出了乱离人生共有的情态，故能打动历代读者，引起共鸣。这两句文意连贯，成流水对。律诗有一联为流水对，则整饬中见流畅，全诗皆活。

"白头搔更短"一联，是自画像，表现诗人的神伤。"白头搔更短"一是说头发白得厉害，二是说头发断得厉害，三是说头发掉得厉害——何以见得？"浑欲不胜簪"，连簪子都快插不稳了。前三联大处落墨，这一联是细节收拾；前三联语言千锤百炼，这一联语言则口语化通俗化生活化，反差虽大而能统一，表现出作者语汇的丰富和驾驭语言能力的高超。加之主题重大，内涵深厚。所以一向被推为五言律诗的登峰造极之作。

月夜忆舍弟

戍鼓断人行，边秋一雁声。

露从今夜白，月是故乡明。

有弟皆分散，无家问死生。

寄书长不达，况乃未休兵。

此诗乾元二年（759）秋作于秦州。按作者有弟四人曰颖、观、丰、占，唯占相随。据《资治通鉴·唐纪》载，是年九月，史思明率部自范阳南下，攻下汴州、洛阳，郑、滑等州皆陷没。颖、观、丰等弟均在战乱地区，久无消息，本年十月在同谷有诗可参："有弟有弟在远方，三人各瘦何人强！生别辗转不相见，胡尘暗天道路长。"（《乾元中寓居同谷县作歌七首》）

首联从"夜"字入题。戍楼禁夜的鼓声，是纪实，也是对战乱时世在气氛上的一种烘托。而"边秋一雁声"则更多象征成分，孤雁使人联想到离群，直启"忆弟"之思。

颔联点出"月夜"。按诗或作于白露节当晚，白露这个节气的名称根据乃在物候。"露从今夜白"直接是说今夜乃白露，进而是说今夜果然露凝而白，秋气从此更凉，特别是在秦州这样的边地。"月是故乡明"，妙在一"是"字：明明是主观感觉，却说得如此肯定；联系上句，是"觉露增其白，但月不如故乡之明"（《杜臆》），间接而有力地表达出对故乡的怀思。颈联字句的捯腾，丰富了诗的意蕴。

颈联写"忆舍弟"，为一篇主意，两句作流水对，可一气读下：诸弟流离失所，无法打听消息。然而，作者从"无家"的"无"字，找出一个反义的"有"字，就生出曲折，饶有感慨："有弟"，本是幸事；"皆分散"，却不幸；"无家问死生"，更痛苦。"问死生"本是问生死消息，按照当对和用韵的规律，诗中以"死生"代"消息"，尤觉惊心动魄。

尾联收住，说平时寄书尚且很难收到回音，何况处在战争年月，言下感慨更深。

王得臣说："子美善于用事及常语，多离析或倒句，则语健而体峻，语而深稳。"（《麈史》）这首诗不用事，而用常语，保证了语言的清新。中间两联，作者按照当对律的要求捣腾字句，在音情和意义上生出顿挫，铸句精警，表现出他在律诗上的造诣，已达到随心所欲不逾矩的境界。

春夜喜雨

好雨知时节，当春乃发生。
随风潜入夜，润物细无声。
野径云俱黑，江船火独明。
晓看红湿处，花重锦官城。

这首诗是上元二年（761）春杜甫在成都草堂写的，是一首咏雨的诗，是春雨、是夜雨、是喜雨，也是好雨。

"好雨知时节"二句，说春雨好在及时。一起"好雨"二字，先声夺人，为春雨定性。春雨好在哪里呢？好在及时。众所周知，《水浒传》里的宋江为众英雄所景仰，原因就是他的绰号"及时雨"。春天是万物复苏的季节，正需要雨露的滋润，春雨贵如油，在需要的时候到来。常言道，要雪中送炭，不要雨后送伞。雪中送炭，当然是好。

"随风潜入夜"二句，是流水对，紧扣题面"夜"字，说春雨性格低调。它在无人知道的夜里随风悄然而来，"润物细无声"，滋润着万物，却一点声音都听不到。《老子》第二章有段话，说："是以圣人处无为之事，行不言之教；万物作而弗始，生而弗有，为而弗恃，功成而弗居。夫唯不居，是以不去。"有一句"万物作而弗始"，一作"万物作焉而不为始"，正是"功成不居"的意思。夏季暴风骤雨，秋季淫雨绵绵，冬季雪花飘飘，都不是这个性格。这两句把春雨人格化了，成为至理名言。

"野径云俱黑"二句，转而描写锦江春雨之夜的美景。一句暗，一句明，反差很大。雨夜的天空布满乌云，野外漆黑到伸手不见五指，连小路都看不见；而在这个极暗的背景上，江船上的两三星火，显得非常明亮，那船中的渔民大概还没有休息。这就是草堂附近的锦江夜景了。"俱黑"、"独明"，对仗工整，对比鲜明，极富画意。有别于上一联的饶有理趣，是作者笔墨的变化。

"晓看红湿处"二句，写清晨雨霁锦江上绽放的春花。"花重"字妙，"红湿"字尤妙，"重"是一种感觉、"红"是一种感觉、"湿"又是一种感觉，写出了雨后春花的质感和视觉印象。与上一联的画意不同，这完全是一个特写镜头。"锦官城"本是汉代成都的一个区域，代指成都，"锦"字与"花"字映带，诗意盎然。以"花重锦官城"镇住全诗，又是一则现成的城市广告语。

诗中并无一个"喜"字，诚如浦起龙说："喜意都从隙缝里迸出。"（《读杜心解》）

江村

清江一曲抱村流，长夏江村事事幽。

自去自来梁上燕，相亲相近水中鸥。

老妻画纸为棋局，稚子敲针作钓钩。

多病所须唯药物，微躯此外更何求？

肃宗乾元二年（759）七月，杜甫弃官华州，远游秦州（甘肃天水），那里有他的侄儿和故人。漂泊生活使他感到厌倦，从而萌生了构筑草堂定居的念头。然而，秦州不能养家。于是，由于同谷县宰的一封信，杜甫去了（甘肃成县）。同谷依然不能养家。于是，杜甫做出他一生中最为重要的决定之一，穿越蜀道，来到成都。上元元年（760）夏天，在朋友的资助下，在成都郊外浣花溪畔盖成了草堂，妻子儿女同聚一处，终于得到安宁。诗人有了幸福的感觉，写下了不少心态阳光的律诗，《江村》即其一焉。草堂本无村，只因邻近有两三户人家，勉称"江村"。

　　"清江一曲抱村流"二句，从描写草堂环境开始，进入叙事。诗中的清江，指岷江的支流锦江流经成都西郊的一段，人称浣花溪。临近水源，最宜人居。溪水绕着杜甫新建的草堂，诗人用了一个"抱"字，表达出自然亲和的感觉。"长夏江村事事幽"概括一整个夏天的情事。夏季的白天本来就长，而"长夏"还有一重意味，就是时间好像停了下来，诗人终于可以好好享受一下生活，享受一下天伦之乐。总之，那个夏天发生在江村的事，没有令人不愉快的，从"事事幽"三字便可会出。而没有哪个字，比一个"幽"字，更适合表现夏天给人感觉愉快的一面。而叙"事"，也就成为这首七律的一大特色。

　　"自去自来梁上燕"二句，写草堂和浣花溪鸟类的活动，呈现出一派和平景象。经历过乱离的人，最知道珍惜和平，绝不忍心打扰小燕子，很高兴看到它们成双成对，飞进飞出，衔泥筑巢于草堂。同样，看到浣花溪上的鸥鸟，成群结队，和谐相处，也会感动莫名。"自去自来"对"相亲相近"，"堂上燕"对"水中鸥"，多么简单多么质朴多么率意，就像村童的对课。然而，用来表达近乎天真的、快乐阳光的心情，却是再适合不过的。

　　"老妻画纸为棋局"二句，写诗人家庭生活中的细节。瞧这一家子，这个"长夏"的生活，过得多么闲适多么写意。夫妻间有时下棋，他们下的是围棋，棋子有现成的，棋盘却是老妻自己画的。这里提到了

"纸"，可见成都坊间有纸供应。而在唐代人们抄书，一般是用绢质的卷子。"稚子敲针作钓钩"，作者的两个儿子，宗文当年十岁、宗武七岁，都是"稚子"，他们喜欢上了钓鱼，而所用钓钩是孩子自己做的，"敲针"这个主意一定是宗文出的，虽然他比弟弟木讷，毕竟大了三岁。而宗武背诗较多，把哥哥比了下去，这是从杜甫别的诗中知道的。不管是"画纸为棋局"，还是"敲针作钓钩"，有一个共同之处就是自己动手——不仅是为了生活，而且是为了快乐。在唐宋及后代的七律诗中，如此生活化、人性化、故事化的属对，真是不可多得。

"多病所须唯药物"二句，写诗人的满足感。杜甫对物质生活的要求，其实并不高。世道和平，衣食无忧，还要怎样呢？对，还要健康。而杜甫挈妇将雏，多年奔波，已落下了一身病，这是需要面对的，所以说"多病所须唯药物"。这首诗的另外一个版本，这一句作"但有故人供禄米"。这两个版本应该都出于作者之手。因为杜甫在成都，的确有赖朋友和地方官的接济，这一时期的诗往往兼有陈情之语。不过，"微躯此外更何求"一句，所表现的幸福感还是满满的。

昔人点赞："杜律不难于老健，而难于轻松。此诗见潇洒流逸之致。"（黄生）"最爱其不琢不磨，自由自在，随景布词，遂成《江村》一幅妙画。"（周敬）"似浅而实不浅，似淡而实不淡，似粗而实不粗，似易而实不易。此境最难，然其秘只在'深入浅出'四字耳。"（王寿昌）正因为深入浅出，此诗被选入《千家诗》，遂为传世名篇。

水槛 jiàn 遭心二首（录一）

去郭轩楹敞，无村眺望赊。

澄江平少岸，幽树晚多花。

细雨鱼儿出，微风燕子斜。

城中十万户，此地两三家。

　　这首诗作于肃宗上元二年（761）。此时草堂粗具规模，面积扩展，树木种植渐多。杜甫在水亭边添设了栏杆，供垂钓、眺望之用，谓之水槛。面对旖旎风光，诗人心情舒畅，写下了若干歌咏自然景物的小诗。《水槛遣心二首》是其中的一组，这是组诗第一首。作诗当日，天气阴有小雨。

　　"去郭轩楹敞"二句，交代水槛的环境，每一句中都有个停顿。草堂建在西郊，离城有一段距离；"轩楹敞"指廊柱间有足够的空间，这空间与"去郭"的关系，若有若无。"无村"指没有村庄挡住视线，所以视野开阔；"眺望赊"与"无村"，有因果关系。五律的首联，本来不要求对仗，而这两句出以整饬的对仗，是作者习以为常，偶然触着。正是难者不会，会者不难。

　　"澄江平少岸"二句，写小雨之前，水槛望到的景色。"澄江"语出谢朓诗（"澄江静如练"），"平少岸"指因春天水量充沛，江面开阔，所以看到的江岸显得狭窄，这和"潮平两岸失"（王湾）是一个道理。"幽树"、"多花"是春天的景象，嵌入一个"晚"字，表明眺望的时间接近黄昏，正因为如此，花树的种类不大能分辨，笼统地谓之"幽树"，有种岁月静好的感觉。

　　"细雨鱼儿出"二句，是下小雨时，江上景物的细节描写，也是诗中最为人传诵的名句。宋人叶梦得云："诗语忌过巧。然缘情体物，自有天然之妙，如老杜'细雨鱼儿出，微风燕子斜'，此十字，殆无一字虚设。细雨着水面为沤，鱼常上浮而淰。若大雨，则伏而不出矣。燕体轻弱，风猛则不胜，惟微风乃受以为势。故又有'轻燕受风斜'之句。"（《石林诗话》）说这两句深得物理，大体不错。只是阴雨天气中燕子低飞，是因为觅食低空中昆虫的缘故，这一点应予补充。

　　"城中十万户"二句，写水槛所处的西郊，以人口密度较小而格外幽

382

静。盖成都自秦朝建都会以来，已多历朝代，曾为蜀汉政权首都，到唐时已非常繁华，史称"扬一益二"。杜甫《成都府》一诗写成都最初给他的印象是："喧然名都会，吹箫间笙簧。"虽然不及长安的"楼前相望不相知，陌上相逢讵相识"（卢照邻《长安古意》），但总是有十万户人家，大街人头攒动的一个闹市。怎及得西郊草堂，远离尘嚣，只有两三家的清静呢。这许多的意思，诗人都没明说。只将"城中十万户"与"此地两三家"，轻松地做成一个对仗，就把诗人心中的愉悦感全部表达出来了。惜乎向来读者，只知"细雨鱼儿出，微风燕子斜"之妙，而不知此二句之尤妙也。

这首诗全诗四联都是对仗，句句写景，而无一不是"遣心"；描写中远近交错，天然工巧，而不见其刻划之痕；字里行间表现出诗人对和平生活和大自然的热爱。是杜甫写景诗中的头等名篇。

不见

不见李生久，佯狂真可哀！

世人皆欲杀，吾意独怜才。

敏捷诗千首，飘零酒一杯。

匡山读书处，头白好归来。

这首诗作于肃宗上元二年（761），时杜甫客居成都，题下自注："近无李白消息。"天宝四载（745）秋，杜甫与李白曾共游齐鲁，相别于兖州，其后未尝谋面。安史之乱中，李白因附永王璘而系狱浔阳，乾元元年（758）长流夜郎，后遇赦东归，漂泊于浔阳、金陵等地。杜甫得知消息，每每写诗惦记，不断打探消息。后因为消息中断，所以写下此诗。

"不见李生久"二句，突兀而起，写对李白的想念和同情。李杜分手已十五六年了，不能说不久。在平均寿命不长的古代，这种感觉会尤其强烈。需要说一下"李生"这个称呼，其实是"李先生"的意思，古人有这种省称法。与称年轻人为"生"，不能混为一谈。金圣叹以为杜甫长于李白，说他"不惜苦口，（对李）再三教戒"（《杜诗解》），这是天大误会。"佯狂"，揭示出李白性格的最大特点。"戏万乘若僚友，视同列为草芥"（苏轼），这还不算狂么。连李白自己也不讳言："我本楚狂人。"（《庐山谣寄卢侍御虚舟》）以狂自命，自然有"佯狂"的成分。凡属"佯狂"，必有遭遇不幸不公，对现实不满之意。而李白因统治者上层斗争，以爱国获罪，不就是一大悲剧么？诗人无能为力，只能叹息："真可哀！"措语沉痛，极具张力。

"世人皆欲杀"二句，承上"佯狂"，写李白在案发后遭遇的舆论压力和作者的态度。社会舆论尤其是民粹的声音，向来具有裹胁性，一边倒的现象是不可避免的，居然"世人皆欲杀"。作者虽不了解详细案情，以其社会经验和对李白的认知，坚持自己判断，"吾意独怜才"五字表明了与众不同的态度。"世人"句初读似自作语，其实语出《孟子》："左右皆曰可杀，勿听；诸大夫皆曰可杀，勿听；国人皆曰可杀，然后察之；见可杀焉，然后杀之。故曰，国人杀之也。"（《梁惠王下》）想不到李白，竟落到"国人皆曰可杀"的地步。由此可见，李白当时处境的凶险和作者内心的担忧。《文心雕龙·丽辞》提出："反对为优，正对为劣。"这两句，以"独怜才"对"皆欲杀"，表现对同一事件两种态度的对立。即属反对，所以为优。

"敏捷诗千首"二句，承上"怜才"，写作者对诗人李白的认识和推崇。读者可能还记得，杜甫《饮中八仙歌》对李白的评价："李白一斗诗百篇，长安市上酒家眠。天子呼来不上船，自称臣是酒中仙。"李白是个天才诗人，最大的优势是"敏捷"，自称"日试万言，倚马可待"（《与韩荆州书》），斗酒"诗千首"也好、"诗百篇"也好，都是敏捷的写照。当然，他也曾"三拟《文选》"，是底气足加天分高，才登上唐诗巅峰的。李白不仅是个诗人，他有政治抱负，自我设计为"申管晏之谈，谋帝王之术，奋其智能，愿为辅弼"（《代寿山答孟少府移文书》)，然而他遭遇坎坷，"飘零"便是其写照。"酒一杯"承"诗千首"，便是"一斗诗百篇"之意；此诗拆在两处，相对游离，更偏重于举杯销愁之意。

"匡山读书处"二句，总结全诗，是对李白的祝愿。"匡山"指蜀中彰明县（今四川江油市）境内的大匡山，宋人杜田曰："白厥先避仇，客居蜀之彰明，太白生焉。彰明有大小匡山，白读书于大匡山，有读书台存焉。"（《杜诗补遗》）杜甫定居成都，算来李白年过花甲，如遇赦出狱，回到蜀中，李杜就可以再度相见。于是诗人发出深情的呼唤："头白好归来！"读者会想起陶渊明的话："归去来兮，田园将芜胡不归！既自以心为形役，奚惆怅而独悲？悟已往之不谏，知来者之可追。实迷途其未远，觉今是而昨非。"（《归去来兮辞》）清人杨伦点赞："结语抵一篇《大招》。"

明人胡应麟说："作诗不过情景二端。如五言律体，前起后结，中四句，二言景，二言情，此通例也。"（《诗薮》）此诗却脱弃窠臼，基本上不写景，清人浦起龙曰："'不见'、'可哀'四字，八句之骨。只五六着李说，馀俱就自心上写出'不见'之哀，笔笔凌空。上四泛言其概，下乃从放逐后招之。然放逐之由，已含'欲杀'内；招之之神，已含'怜才'内。公忆李诗，首首着痛痒。"（《读杜心解》）后世有联语曰："狂到世人皆欲杀，醉来天子不能呼。"以概括李白风貌，便是隐括此诗及《饮中八仙歌》而成。

堂成

背郭堂成荫白茅，缘江路熟俯青郊。

桤林碍日吟风叶，笼竹和烟滴露梢。

　　暂止飞乌将数子，频来语燕定新巢。

　　旁人错比扬雄宅，懒惰无心作解嘲。

　　这首诗作于肃宗上元元年（760）暮春，草堂初成时。清人浦起龙说：
"诗云'桤林碍日''笼竹和烟'，则是竹木成林矣。初筑时，方各处乞栽
种，未必速成如此也。"（《杜诗心解》）殊不知宋人赵次公早有解释："桤
林、笼竹，止川中之物。二物必于公卜居处，先有之矣。"（郭知达《九家
集注》引）"堂成"二字实已表明写作时间矣。

　　"背郭堂成荫白茅"二句，写草堂落成及所处地势与方位。"背郭"
指背负城郭，因草堂在成都西郊三里许故云，二字下得别致而极确。如
遮去，他人填写不出。"堂成荫白茅"，是草堂写照。这时茅屋的屋顶还
没有加盖过，所以只有一重茅，但因为是新盖的，所以冬暖夏凉，住起
来感觉舒服。"缘江路熟"四字下得也好，不仅写出草堂临江，而且表明
为了盖草堂，作者在这条路不知道走了多少个来回，简直走出了一条杜
甫小道。所以"路熟"，熟得不能再熟。"俯青郊"表明草堂地势，高于
四周的郊野。总之，读这两句，一切明白。

　　中四句皆写景，略有分工。"桤林碍日吟风叶"二句，写草堂绿化的
环境。桤木、大竹，确是川中旧物。杜甫入川，从广元、绵竹到成都，
一路上都有看到，有诗为证："饱闻桤木三年大，与致溪边十亩阴。"（《凭
何十一少府邕觅桤木栽》）"华轩蔼蔼他年到，绵竹亭亭出县高。"（《从韦二明
府续处觅绵竹》）不妨卜居处先有，只是需要扩栽。明明是阴凉，却用"碍
日"来写，辞若有憾，实深喜之。"笼竹和烟"，不但绿化好，空气湿度
也是宜人的。"吟风叶"、"滴露梢"是"叶吟风"、"梢滴露"的倒文，连
细微声音，亦即天籁，都一并写出来了。

　　"暂止飞乌将数子"二句，写草堂内外鸟类活动。中国诗歌有写鸟的

386

传统，孔子举读诗的益处之一是："多识于鸟兽草木之名"。而陶渊明说："众鸟欣有托，吾亦爱吾庐。"（《读山海经》）写众鸟欣托，就是写人的安居，杜甫深知这个道理。汉乐府有"乌生八九子"之说，而《邶风·燕燕》有"燕燕于飞，差池其羽"之句，这些积淀都会与诗人眼前的景物发生关系，写景的同时，也托物言志。宋人罗大经说这两句："盖因乌飞、燕语，而类己之携雏卜居，其乐与之相似。此比也，亦兴也。"（《鹤林玉露》）不但在这首诗是如此，《江村》的"自去自来梁上燕，相亲相近水中鸥"不也是如此么。

"旁人错比扬雄宅"二句，写居住草堂的闲适及自嘲。扬雄宅又名草玄堂，故址在成都少城西南角。谁把诗人比作扬雄呢？高适是一个。杜甫刚到成都，身为彭州刺史的高适，就赠他一诗，结云"草玄今已毕，此后更何言？"（《赠杜二拾遗》）《太玄经》是扬雄阐释老子哲学的著作，"草玄"即草写《太玄经》的意思。杜甫那时就表示过不敢当："草玄吾岂敢，赋或似相如。"（《酬高使君相赠》）此诗结尾二句，也有"草玄吾岂敢"的意思，但句中提到的是扬雄另一篇作品，题为《解嘲》的赋。赋中对历史上的人物和事件进行审视，展开纵横捭阖的评说，从中抒发了作者的愤懑之情与落拓之志。此诗结以"解嘲"，一是韵脚的考虑，二是本有自嘲之意（"懒惰"即闲适的转语），三是诗人确有现实愤懑，只是无意发表，所以是一石三鸟，不只是翻案得妙。

杜甫是"语不惊人死不休"的人，铸造句颇有推敲。关于此诗的句法，清人仇兆鳌道："'背郭成堂''缘江熟路'，四字本相对，将'堂成''路熟'倒转，则上半句句变化矣。'林碍日''叶吟风''竹和烟''露滴梢'，六字本相对，将'风叶''露梢'倒转，则下半句法变化矣。""五、六著'暂止''频来'字，即景为比，意中尚有彷徨在。……言外有神。"（《杜诗详注》）可供读者参考。

蜀相

丞相祠堂何处寻，锦官城外柏森森。

映阶碧草自春色，隔叶黄鹂空好音。

三顾频烦天下计，两朝开济老臣心。

出师未捷身先死，长使英雄泪满襟。

乾元二年（759）七月杜甫辞官西行，岁暮抵成都；上元元年（760）春卜居浣花草堂。此期杜甫曾多次拜谒诸葛亮祠，以表示崇敬之意。盖诗人本有"致君尧舜"的政治抱负，又逢安史之乱，虽一事无成，而不能不忧念国事，故对"鞠躬尽瘁，死而后已"的诸葛亮深表同情。

首联开门见山，点出祠堂在成都城南。成都在汉代织锦业发达，曾专设锦官管理，锦官城本织锦区，亦作为成都美称。丞相祠即今武侯祠，晋代李雄所建，祠内原多植柏树，诗人《古柏行》有云"君臣已与时际会，树木犹为人爱惜"，这一片"柏森森"的景象，就令人联想到《召南·甘棠》"蔽芾甘棠，勿剪勿伐，召伯所茇（读拔）"，无形中见出蜀人对丞相的敬爱。

次联写祠内景色，而"自"、"空"两字逗漏抒情——祠庙草绿叶密，鸟啭好音，本饶春意，著此二字则一概抹倒，睹物思人之意，已见于言外。

三联概括诸葛亮一生出处大节，"三顾频烦"即"频烦三顾"，"天下计"即《隆中对》中所讲的诸如东和孙权、北拒曹操、西取刘璋的基本国策；"两朝"是先主后主两朝，"开"是开创帝业，"济"是济美守成，"老臣心"指诸葛亮无私、不矜与死而后已的一片忠心。两句语极密致，说尽诸葛亮一生聪明才智、功业德操，流露出无限景仰。

诸葛亮六出祁山，九伐中原，终因操劳过度而死，留下了《出师》两表，成为天地间至情至文，不可不特别表出。此之谓"不以成败论英雄"也。诗云"长使英雄泪满襟"，这"英雄"包容的范围就很宽，代表了千古未能成功的志士仁人的共同心声。唐永贞革新被挫败后，王叔文但吟此二句，因嘘唏泪下；南宋爱国名将宗泽，因国事忧愤成疾，临终即诵此二句，"但呼过河者三而薨"，就证明杜甫之言的确凿不移。当然，这不仅表明了《出师表》和诸葛亮的魅力，而且也表明了《蜀相》和杜甫本人的魅力。

客至

舍南舍北皆春水，但见群鸥日日来。

花径不曾缘客扫，蓬门今始为君开。

盘飧市远无兼味，樽酒家贫只旧醅。

肯与邻翁相对饮，隔篱呼取尽馀杯。

本诗作于上元二年（761）春，杜甫时居成都浣花草堂，据原注讲，来客是一位姓崔的县令。

首联写草堂户外景色，《江村》诗曰："清江一曲抱村流，长夏江村事事幽。自去自来梁上燕，相亲相近水中鸥。"可见初建草堂的当时，环境较为清幽，诗人心境较为闲静。据《列子》寓言讲，鸥鸟极灵性，只肯与绝无算计的素心之人来往。诗人对这里一方面有满意，另一方面也有不满，这从"但见"二字略可会意，可见交游冷淡。如此写来，自然也就含有客人将至的欣喜。次联为名句，以对话口气道"花径不曾缘客扫，蓬门今始为君开"，二句于流水作对中有互文映带，于殷勤中见深情。

三联写请吃请喝，讲的虽然是家居太偏远、酒菜欠丰盛一类表示歉仄的话，其实客人要忙说"哪里哪里"。这原是生活中常有的客套，洋溢着普遍的人情，它当然包含着几分坦诚，却又不必过分认真。有人情味自足动人。酒过几巡，主人才想起邻居的老头能喝，不妨请他也来陪客喝两杯。这在生活中也是常有的事，随便的关系，往往意味着亲密，"肯与"云云是问的口气，先征求一下客人的意见，客人自然客随主便；邻翁既能喝酒，想必也是个豪爽的人，杜二先生这样赏脸，他有什么不肯来的。

黄生说此诗"前半见空谷足音之喜，后半见村家真率之趣"，单看最后的两句，太接近于口语，简直不像律诗的句子。又说"杜律不难于老健，而难于轻松"，这首诗与《江村》《狂夫》等一样，妙于潇洒流逸之致。于此可见老杜包容之大。

狂　夫

万里桥西一草堂，百花潭水即沧浪。
风含翠篠娟娟净，雨裛红蕖冉冉香。
厚禄故人书断绝，恒饥稚子色凄凉。
欲填沟壑惟疏放，自笑狂夫老更狂。

这首七律作于杜甫客居成都时。诗题为《狂夫》，当以写人为主，诗却先从居住环境写来。

成都南门外有座小石桥，相传为诸葛亮送费祎处，名"万里桥"。过桥向西，就来到"百花潭"（即浣花溪），这一带地处水乡，景致幽美。当年杜甫就在这里营建草堂。饱经丧乱之后有了一个安身立命之地，他的心情舒展乃至旷放了。首联"即沧浪"三字，暗寓《孟子》"沧浪之水清兮，可以濯我缨"句意，逗起下文疏狂之意。"即"字表示出知足的意味，"岂其食鱼，必河之鲂"，有此清潭，又何必"沧浪"呢。"万里桥"与"百花潭"，"草堂"与"沧浪"，略相映带，似对非对，有形式天成之美；而一联之中含四专名，由于它们展现极有次第，使读者目接一路风光，而境中又略有表意（"即沧浪"），便令人不觉痕迹。"万里"、"百花"这类字面，使诗篇一开头就不落寒俭之态，为下文写"狂"预作铺垫。

这是一个斜风细雨天气，光景别饶情趣：翠竹轻摇，带着水光的枝枝叶叶明净悦目；细雨中的荷花出落得格外娇艳，而微风吹送，清香可闻。颔联结撰极为精心，写微风细雨全从境界见出。"含"、"裛"两个动词运用极细腻生动。"含"比通常写微风的"拂"字感情色彩更浓，有小心爱护意味，则风之微不言而喻。"裛"比洗、洒一类字更轻柔，有"润物细无声"的意味，则雨之细也不言而喻。两句分咏风雨，而第三句风中有雨，这从"净"字可以体味（雨后翠篁如洗，方"净"）；第四句雨中有风，这从"香"字可以会心（没有微风，是嗅不到细香的）。这也就是通常使诗句更为凝练精警的"互文"之妙了。两句中各有三个形容词："翠"、"娟娟"（美好貌）、"净"；"红"、"冉冉"（娇柔貌）"香"，即安置妥帖，无堆砌之感；而"冉冉""娟娟"的叠词，又平添音韵之美。要之，此联意蕴丰富，形式清工，充分体现作者的"晚节渐于诗律细"。

前四句写草堂及浣花溪的美丽景色，令人陶然。然而与此并不那么和谐的是诗人现实的生活处境。初到成都时，他曾靠故人严武接济，分赠禄米，而一旦这故人音书断绝，他一家子免不了挨饿。"厚禄故人书断绝"即写此事，这就导致"恒饥稚子色凄凉"。"饥而日恒，亏及幼子，至形于颜色，则全家可知"（萧涤非《杜甫诗选》），这是举一反三、举重该轻的手法。颈联句法是"上二下五"，"厚禄"、"恒饥"前置句首显著地位，从声律要求说是为了粘对，从诗意看，则强调"恒饥"的贫困处境，使接下去"欲填沟壑"的夸张说法不致有失实之感。

"填沟壑",即倒毙路旁无人收葬,意犹饿死。这是何等严酷的生活现实呢。要在凡夫俗子,早从精神上被摧垮了。然而杜甫却不如此,他是"欲填沟壑唯疏放",饱经患难,从没有被生活的磨难压倒,始终用一种倔强的态度来对待生活打击,这就是所谓"疏放"。诗人的这种人生态度,不但没有随同岁月流逝而衰退,反而越来越增强了。你看,在几乎快饿死的境况下,他还兴致勃勃地在那里赞美"翠篠""红蕖",美丽的自然风光哩!联系眼前的迷醉与现实的处境,诗人都不禁哑然"自笑"了:你是怎样一个越来越狂放的老头儿啊!("自笑狂夫老更狂")

在杜诗中,原不乏歌咏优美自然风光的佳作,也不乏抒写潦倒穷愁中开愁遣闷的名篇。而《狂夫》值得玩味之处,在于它将两种看似无法调和的情景成功地调和起来,形成一个完整的意境。一面是"风含翠篠"、"雨裛红蕖"的赏心悦目之景,一面是"凄凉"、"恒饥"、"欲填沟壑"的可悲可叹之事,全都由"狂夫"这一形象而统一起来。没有前半部分优美景致的描写,不足以表现"狂夫"的贫困不能移的精神;没有后半部分潦倒生计的描述,"狂夫"就会失其所以为"狂夫"的铺垫。两种成分,真是缺一不可。因而,这种处理在艺术上是服从内容需要的,是十分成功的。

闻官军收河南河北

剑外忽传收蓟北,初闻涕泪满衣裳。

却看妻子愁何在,漫卷诗书喜欲狂。

白日放歌须纵酒,青春作伴好还乡。

即从巴峡穿巫峡,便下襄阳向洛阳。

此诗于代宗广德元年（763）春作于梓州（四川三台）。去年（宝应元年）四月太子李适为天下兵马大元帅，朔方节度使仆固怀恩为副帅，统帅各节度使和回纥联军进讨史朝义，十月大捷，歼敌八万，叛将张忠志等献地归降，官军一气收复河南、河北十几个州；广德元年正月，史朝义自杀，叛将李怀仙等又献首请降，至此，河南河北诸地尽行收复，延续八年之久的安史之乱宣告平息。本篇即写诗人避地梓州、彷徨无依中，乍闻捷报狂喜不置，平素所想出川还乡之念一发不可收拾的心情。

此诗乃一时兴会神到之作。读者可以联想一下二战结束时世人狂喜的心情——当时的新闻图片反映，大街上人都激动得抱住身边的陌生人狂吻，即使是年轻姑娘也不以为忤。却说本诗记录的那一天，杜甫展卷读书之际，忽然有人奔走相告八年平叛战争结束的胜利消息。这是诗人盼望已久，而且坚信必将到来的喜讯，然而当它突然成为事实，诗人又激动得难以承受，神态失常，因喜心到极而呜呜地哭了起来，绝不因自己的失态而感到难乎为情——想必当时像杜甫这样闻讯流泪的人为数不少。

紧接着就写了"却（回头）看妻子"、"漫卷诗书"两个潜意识的动作，来表现狂喜的心情。盖人在极度高兴时，都有一种希望与他人分享的愿望，回头看妻子（妻儿）的这个动作，就是潜意识的，极富意蕴。同时展开的书卷也就看不进去了，于是手忙脚乱地卷了起来，这个动作表明诗人在梓州待不长了，立刻就会想到回乡。

三联即承"喜欲狂"写还乡的愿望。"白日"、"青春"既写季候，也暗示政治上的冬去春来、雨过天晴；杜甫本来就好酒工诗，在这大快人心的喜讯传来之时，他更不禁要昂首高歌、开怀痛饮，为之庆贺；成都草堂回不了，梓州乃暂居之地，而现在大乱已定，诗人不只是想回成都，而是想结束流寓异乡的生活，踏上回故乡洛阳之路；望着窗外明媚春光，想到一路上风和景明可助行色，喜极之情、手舞足蹈之状跃然纸上。

进一步，诗人连路线图都想好，并不假思索脱口而出。出川以水路方便，无非是从梓州沿涪江下渝州，沿长江出巴峡、巫峡，直到武昌，再溯汉水北上襄阳，然后改行陆路，最后回到洛阳（作者自注说"余田园在东京"）。萧涤非释："即是即刻。峡险而狭，故曰穿。出峡水顺而易，故曰下。由襄阳往洛阳，又要换陆路，故曰向。"这是说用字的精练。所谓巴峡，指渝州以下从云安到夔州之川东峡江地带。此诗以想象还乡路线作结，而且自然形成当句对（他例如"桃花细逐杨花落，黄鸟时兼白鸟飞"、"戎马不如归马逸，千家今有百家存"），同时又是流水对，自然工整，妙手偶得，唐诗结句很少有能与其媲美的。

前人谓杜诗强半言愁（黄生），本篇一句叙事，余俱写情，句句有喜悦意，一气流注，其疾如飞，浦起龙甚至认为是老杜"生平第一首快诗"。像这样情调欢快，热情奔放之作，在李白一定是施之于歌行，而杜甫却用了七律。作为律诗，讲究工整最为重要，而工整的讲究，又不免以丧失自然流畅为代价。杜甫的高明处，就在于他能调和这一矛盾：他不堆砌排比辞藻，而注意从活的语言中发掘天然对偶的因素，在安放对仗时注意到语气的疏落和保持流动的风致，如本篇中的"青春"对"白日"，"放歌"、"纵酒"对"作伴"、"还乡"，以及末联的地名当句对，都是信手拈来自成对偶，甚至还对得很工，其他诗例如"秋水才深四五尺，野航恰受两三人"、"戎马不如归马逸，千家今有百家存"等。申涵光曰："读杜诸律，可悟不整为整之妙。"这"不整为整"四字，便是杜律在七律艺术上的创造，为七律创作提供了有益借鉴。本篇读起来只感到挥洒自如、一派神行，即是放歌，初未觉有律的存在，这正表现了诗人对律诗的掌握，已超越必然而进入自由王国。

登楼

花近高楼伤客心，万方多难此登临。

锦江春色来天地，玉垒浮云变古今。

北极朝廷终不改，西山寇盗莫相侵。

可怜后主还祠庙，日暮聊为梁甫吟。

　　闻官军收河南河北后，由于成都军阀之乱未定，杜甫并未立即踏上还乡之路（而且以后再也没有能回到洛阳）。这时唐王朝内忧外患仍相当严重，当年（广德元年）十月，发生了吐蕃入侵长安，代宗出奔陕州的事件；不久郭子仪收复京师，代宗得以还朝。十二月，吐蕃又陷松、维、保三州，西川节度使高適不能救，于是剑南西山诸州遂为吐蕃所有。翌年即广德二年（764）初，杜甫携家由梓州赴阆州，正准备出陕谋生，二月即得严武再次镇蜀后的邀函，诗人于是重返成都。

　　此诗系有感于吐蕃入侵而作，诗题取王粲《登楼赋》感时念乱之意。首联点明题意、笼罩全篇，"花近高楼"是即目春色，"万方多难"是时事政局——此四字内涵极为丰富，概括了大乱虽平，然藩镇割据、战祸未息、宦官蠹政、吐蕃内侵、乾坤仍是满目疮痍的社会现状。正因为处在万方多难之时，所以花近高楼亦不成乐事，适足引发伤心耳，此即所谓"感时花溅泪"也。

　　次联紧扣"登临"，写登楼纵目远眺春色。锦江源出都江堰，自郫县流经成都入岷江；"春色来天地"承首句"花近高楼"，犹言春色满天地——"来"字拟人、化静为动，与下句"变"字对仗工稳。玉垒在今都江堰西北，为吐蕃侵蜀必经之地。盖自武后朝以来，唐与吐蕃和战不定，蜀西即是两间风云变幻的重要区域，即在诗成的前一年，吐蕃就攻陷了川西三州，所谓"浮云变古今"自是就政局而言，这就与上句"春色来天地"写自然景物不同，织入了复杂的世事沧桑的感受。两句意境宏阔，也可以推广到整个国家局势。

　　然而爱国热忱使诗人绝不愿散布悲观论调，而对国家政权的巩固寄

395

予信心。"北极"即北辰,居北方天宇正中,其位置一定不改,此喻朝廷。所以诗人对入侵者发出义正词严的警告,"西山"指连绵于理县、汶川一带的岷山峰岭,为成都天然屏障,而吐蕃入侵首先也就攻占这一带地方,故诗以"西山盗寇"呼之。"莫相侵"者,即"人不犯我,我不犯人"也。杜甫写此诗后数月,严武即率兵西征,拿下了当狗城(在今四川理县)、盐川城(在甘肃漳县),同时遣将在西山追击吐蕃(严武《军城早秋》"昨夜秋风入汉关,朔云边月满西山。更催飞将追骄虏,莫遣沙场匹马还"),拓地数百里,与郭子仪在秦陇一带的主力相配合,终于击退吐蕃的大举入侵。这是后话,而在写诗的当时,时局还较为严重,所以末联就本地古迹抒发感慨作结。

后主即三国蜀汉后主刘禅,作为一个昏庸亡国之君,本来不配享受祠祀,但沾了先帝和诸葛亮的光,也附列于先主祠旁。诗人说这个的言下之意是,当今皇上即代宗毕竟强于后主,后主尚能享受祠祀,大唐基业更不会就此灭亡。但这种比法,本身就是对皇帝的一种不敬,盖代宗庸懦、宠信宦官,与刘禅有相似之处,使诗人感到十分痛切。《梁甫吟》是诸葛亮躬耕时爱唱的歌,这里借指登楼咏诗,也抒发了对诸葛亮的深切怀念,一个"聊"字,反映了诗人空有忧国之心,而不能有实际作为的无奈。

此诗表现诗人在流寓中对国事的忧念,情思沉郁,而境象壮阔,气势雄健,故忧而不伤;格律严谨而有流动之致(三联为流水对),历来评价甚高。浦起龙说:"声宏势阔,自然杰作";沈德潜说:"气象雄伟,笼盖宇宙,此杜诗之最上者。"

旅夜书怀

细草微风岸,危樯独夜舟。

星垂平野阔，月涌大江流。

名岂文章著，官应老病休。

飘飘何所似？天地一沙鸥。

此诗旧注多编在永泰元年（765），以为杜甫东下经渝州、忠州时作，然景物描写不类；一说为大历三年（768）春寓湖北荆门作，似较旧说为妥。

首联写月色下舟中所见，细草在微风中摇动，桅杆高耸夜空，从诗人对景的感知中，也表现出他夜愁不寐的孤寂和危难之感。次联写江景极为开阔，由于江在平原，故可以看到地平线，闪烁的星星在远处与地接近，是谓之"垂"；月色又使水天浑一，所不同者，天上月色宁静，水中月色动荡，是谓之"涌"。非"垂"字不足以见平野之阔，非"涌"字无以知大江在流也，是谓之炼字。

三联自慨平生，盖唐代士人意识，读书着意在功名与文章之间，两句系倒装，即"文章岂著名耶，老病应休官矣"。盖杜甫在当时虽有诗名，但远没有得到应有的推重，有诗道"百年歌自苦，未见有知音"。直到死去二十三年后，经过元稹、白居易等的宣传，才为世所重。至于老、病，当然是事实，但并非休官的真正原因。真正的原因是朝廷忘记了他。言下有无尽感慨。

末联说到眼前，以迟暮之年，携着老妻和一群儿女，居然以舟为家，而且不知道归宿究竟在何处，诗人的心的深处就永远盘旋着水上白鸥的影子，甚至感到自己也就是天地间一只沙鸥，荒寂、孤独、栖身无所。诗是随笔，但诗人的诗艺已臻炉火纯青，写景时又完全把自己放进去，故成杰作。

登岳阳楼

昔闻洞庭水，今上岳阳楼。

吴楚东南坼，乾坤日夜浮。

亲朋无一字，老病有孤舟。

戎马关山北，凭轩涕泗流。

此诗为大历三年（768）杜甫登岳阳楼望洞庭作。

"今""昔"二字相起，意味非一，既有百闻不如一见之欣喜，又有"江山留胜迹，我辈复登临"的感触，还隐含一种不胜今昔盛衰的感怆。

写洞庭景观，纯系大处落墨。湖在春秋时属楚国，与吴国无关，但三国时孙吴已奄有洞庭，故"吴楚"并提，也是有依据的，但讲为吴楚以湖分界就不妥了。按"坼"是裂陷的意思，所谓"东南坼"即《淮南子·天文训》所讲"地不满东南，故水潦尘埃归焉"的意思。所以下句就写其孕大涵深，"乾坤日夜浮"是说天上地下（如君山）的景象一齐纳入湖中，即"涵虚混太清"、"上下天光，一碧万顷"，"浮"字写得动荡如见。这里的东南，当然是个相对方位。诗句也反映出诗人胸次的豁达，能使读者受到同样的感染。黄生读此，谓："不知少陵胸中，吞几云梦也。"

三联直抒胸臆——多年战乱和漂泊，亲朋的书信往来是完全断绝，用"无一字"来表达这样的意思，尤见沉痛。诗人时年五十七，已一身是病（肺病、疟疾、风痹），而终日生活在水上、船中，除了孤舟一叶，便一无所有，诗人自己也就好比是一叶孤舟。查慎行说："于开阔处俯仰一身，凄然欲绝"，极是，盖境界的空阔，往往能加强人的孤独之感，如陈子昂登幽州台然。

最后提到国事，并为之涕泗纵横，是已超越一己之困顿，与三联处境狭阔顿异，而与次联写景的胸襟气象，正好相称。本篇笔力、胸次、境界俱上，在刻满岳阳楼的"唐贤今人诗赋"中，洵为杰作。

秋兴八首

其一

玉露凋伤枫树林，巫山巫峡气萧森。

江间波浪兼天涌，塞上风云接地阴。

丛菊两开他日泪，孤舟一系故园心。

寒衣处处催刀尺，白帝城高急暮砧。

本诗作于大历元年（766）秋，时杜甫寓居夔州（四川奉节）之西阁。这八首七律是完整的组诗，中心思想是平居故国之思（即身在江湖心系朝廷），在写作上跨越时空局限，各章或互发，或遥应，章法缜密。其结构大致——由悲秋兴起故国之思，故国之思逐首增浓，四章以后便全忆长安。其一乃秋兴之发端，全组之序曲。

首联以白露点出时令，"巫山巫峡"点出地点，只"玉露"（叠韵）、"萧森"（双声）数字，就摹状出秋气乃至秋声满纸。次联承"萧森"展开描写巫峡气象。波浪在下，却云兼天涌；风云在上，却云接地阴，说得从地到天、从天到地，都是秋色一片。同时这些形象，又象征着时局的动荡不宁，融入了诗人身世浮沉之感，即创造了一种意境。集中了秋天与大江、急峡的形象，同时赋予景物以主观的色彩，反映出时代特征和诗人襟怀，最能代表杜诗的艺术功力和风格特点（同类诗句有"高江急峡雷霆斗，古木苍藤日月昏"、"无边落木萧萧下，不尽长江滚滚来"）。三联触景感怀，盖诗人从去年（永泰元年）夏离开成都东下，是秋卧病云安，今秋羁留夔门，故见"丛菊两开"，"他日泪"犹言昔日泪，而今日泪则在不言中。本来诗人把返回长安故园的希望寄托在船上，而这条船却牢系江边，又是一年。注意诗句的多义，盖"开"谓花、亦可兼属泪眼，"系"谓船、亦可兼谓归心。多义，故耐咏味。末联落到深秋夔府一片砧声，暗示家家都在捣练帛制寒衣，客子将顿生无衣之感，更生羁旅愁怀矣。

其二

夔府孤城落日斜，每依北斗望京华。

听猿实下三声泪，奉使虚随八月槎。

画省香炉违伏枕，山楼粉堞隐悲笳。

请看石上藤萝月，已映洲前芦荻花。

这首诗承"白帝城高急暮砧"，因夔府暮景而忆长安，是一望京华。

长安在夔州正北，即北斗所指方向，北斗可见而长安不见，故只好循北斗方向而望之，"每"字说明夜夜如此。"每依北斗望京华"是诗中一大关纽，提挈三章（包括本首和以下两首），重在想象今日长安；到"故国平居有所思"（《秋兴八首》之四）方换角度，重在回忆昔日长安。由于思念殷切，心情也就十分惨苦。巴东渔歌云"巴东三峡巫峡长，猿鸣三声泪沾裳"，过去是书上的几句话，而眼前则是自己的写照，故著一"实"字（句系"猿鸣三声泪沾裳"的捃腾）。《博物志》记载了一个海客乘槎到天河的故事，《荆楚岁时记》把它安到张骞头上，说其奉使穷河源，乘槎经月到天河，见牛郎、织女，杜甫曾多次反用此典，自伤漂泊。他曾入严武幕参谋，任检校工部员外郎，原本希望有随严武回朝的机会，但严武的病故，使这一愿望落空，故著一"虚"字。"奉使"是以严武入蜀比张骞使西。三联即承上"虚"字，写希望成为画饼的悲哀。唐代中央机构有尚书、门下、中书三省，省署皆以胡粉涂壁，绘有壁画，有专职女侍执炉熏香。杜甫任左拾遗时属门下省，工部员外郎则属尚书省，他的不能入朝，本是因为"朝廷记忆疏"的缘故，但此处只说画省暌违，皆因卧病而已，是含蓄。故薄暮闻笳，弥增愁思（"粉堞"是刷白的女墙）。末二句写深夜不寐，盖巫峡之中，"非亭午夜分，不见曦月"（《水经注·江水》），故月光下彻，可见夜深，二句大是从沉思中清醒的情景。

其三

千家山郭静朝晖，日日江楼坐翠微。

信宿渔人还泛泛，清秋燕子故飞飞。

匡衡抗疏功名薄，刘向传经心事违。

同学少年多不贱，五陵衣马自轻肥。

这首诗从夔府清晨写起，是二望京华。

夔府清晨一片恬静，诗人早起坐在临江西阁之上，沉浸在四围山色之中，这种意境本是闲适优美的。只因著了"日日"二字，才发生了质的变化，顿生无聊之感。次联写西阁晨眺江景：渔人泛泛，燕子飞飞，亦是怡然自得图画。但著"信宿"（隔夜）以承"日日"，并以"还"、"故"点情，便有习见生厌之感。三联感怀。匡衡、刘向皆汉儒。元帝时匡衡数上疏言事，迁光禄大夫、太子少傅；宣帝时刘向擢谏议大夫，曾于石渠讲五经。这两个人的际遇都不错。而杜甫的情况则完全不同，他曾因上疏言事被贬，而且一贬不复用；亦致力于经学儒术，却无受诏传经的幸运。如正面用典，不妨援屈原、贾生自譬，此处偏举出际遇相反的两个例子，却更深刻地反映了自己遭际的不平。末联遥想长安故人。说同学（同应试者、同宦游者及同官）不贱，何以知之，必有所闻也，下章以"闻道"起已逗漏此意。杜甫昔年大志迂阔，曾"取笑同学翁"，而今此辈钻营得志，谁还记得起他来呢。此处暗用《古诗十九首》"昔我同门友，高举振六翮。不念携手好，弃我如遗迹"意，只于一"自"字见之。

其四

闻道长安似弈棋，百年世事不胜悲。
王侯第宅皆新主，文武衣冠异昔时。
直北关山金鼓振，征西车马羽书驰。
鱼龙寂寞秋江冷，故国平居有所思。

这首诗继前章末写所闻，是三望京华。

首联言听说长安政局变幻一如棋局，今非昔比，即以"我"生平（"百年"）亲见亲闻而言，已有无尽的悲哀。次联承"似弈棋"，抒世事沧桑之感。盖古代第宅形制，衣冠色饰，都体现着一定的身份等级，不容僭越。而"天宝中，贵戚勋家已务奢靡，而垣屋犹存制度；然卫公李靖家庙，已为嬖臣杨氏马厩矣。及安史大乱后，法度毁弛，内臣戎帅，竞务奢豪，亭馆第舍，力穷乃止，时谓木妖"（《旧唐书·马璘传》）。诗言王侯第宅易主，冠服色饰改制，言下有世事沧桑，纲纪紊乱之慨。三联写唐王室不徒内忧，且多外患，北（直北，正北）有回纥，西患吐蕃。吐蕃的入侵，曾使长安一度陷落，陇右关辅备遭蹂躏。较之开元、天宝间"河陇降王款圣朝"的盛况，自然使人感到是不胜悲了。古人认为鱼龙以秋为夜，蛰伏于渊（《水经注》），像诗人之长困秋江，备极寂寞，回首往昔三在长安（困守、陷贼、收京后），亲眼所见故国之盛衰，不能不旧梦重温矣。"故国平居有所思"是诗中第二关纽，提挈以下四章。

其五

蓬莱宫殿对南山，承露金茎霄汉间。

西望瑶池降王母，东来紫气满函关。

云移雉尾开宫扇，日绕龙鳞识圣颜。

一卧沧江惊岁晚，几回青琐点朝班。

这首诗忆长安大明宫，及往日献赋、宿省等事，是故国之思一。

首句写大明宫旧貌。高宗龙朔二年（662）修旧大明宫，改称蓬莱宫，天晴日朗，望终南山如指掌（《唐会要》三十），故云"蓬莱宫殿对南山"。汉武帝好神仙，造通天台，以金盘承露和玉屑服之以求长生。玄宗晚年迷信，故以汉武比之。在长安宫阙中独提大明宫，是因为老杜困守时曾在此献赋，见过玄宗；收京后又曾在此与会，朝见肃宗。

次联回忆当年玄宗宠爱贵妃，和道教兴盛的事实。上句因"蓬莱"字面连及"瑶池"，影射华清池（《自京赴奉先县咏怀五百字》"瑶池气郁律"），池在京东，"西望"乃据西以望，与下句"东来"成对；而"王母"也就影射贵妃（曾为太真宫女道士）了。下句用《列异传》说函谷关令尹喜望见紫气浮关，乃是老子乘青牛过关西游。唐初高祖认老子为远祖，高宗追尊为太上玄元皇帝，玄宗亦屡加尊号、广修庙宇、并宣称获其所降灵符，故以老子过关隐射其事。此皆老杜困守所见，实致乱之源也。

三联叙收京朝见肃宗情景。上句形容朝会时殿前合拢的雉尾扇向两边分开，就像祥云在移动；下句描写日光照在衮服所绣的龙纹上，即见到皇帝的尊容，此乃杜甫在左拾遗任上情景，有《奉和中书舍人贾至早朝大明宫》等诗可参。

末联即此一跌，说自从华州之贬，至今犹沧落江湖，不知如此朝会有几多回矣。

其六

瞿塘峡口曲江头，万里风烟接素秋。
花萼夹城通御气，芙蓉小苑入边愁。
珠帘绣柱围黄鹄，锦缆牙樯起白鸥。
回首可怜歌舞地，秦中自古帝王州。

这首诗回忆曲江往事，是故国之思二。

瞿塘峡为三峡门户，峡口即夔州，亦即西阁所处的实际位置；曲江则在长安。两地相距甚远，然"万里风烟接素秋"一句，则以同一秋气笼罩，大有视通万里的诗效。次联则专从长安落笔。花萼楼（全名"花萼相辉楼"）在兴庆宫西南，芙蓉苑在曲江池西南，夹道即夹城复道，为宫廷游曲江专用通道。两句互文，谓从花萼楼经夹道至曲江池，盛时为玄宗与诸王、贵妃游幸之处，皆"通御气"；衰时则皆"入边愁"，据《明皇十七事》，安禄山反报至，玄宗欲出走，登兴庆宫花萼楼置酒，四顾凄怆，命乐工歌《水调》，不待终曲而去，此即"入边愁"的形象说明。三联承"入边愁"，写曲江盛极转衰，两句同构。"珠帘绣柱"谓江头宫殿之富丽，但"围黄鹄"矣；"锦缆牙樯"谓池中舟楫之华美，唯"起白鸥"矣。两句着落在此日之衰，而皆用华美辞藻并见其昔日之盛，妙于造句。末联一叹，"秦中自古帝王州"句既含今不如昔的感慨，同时也对唐王朝的中兴，寄予殷切期待。

其七

昆明池水汉时功，武帝旌旗在眼中。
织女机丝虚夜月，石鲸鳞甲动秋风。
波漂菰米沉云黑，露冷莲房坠粉红。
关塞极天惟鸟道，江湖满地一渔翁。

这首诗想象昆明池盛衰变化，是故国之思三。

昆明池在长安西南二十里，周长四十里，汉武帝元狩三年（前120）仿滇池而凿，以习水战，故首联总言"昆明池水汉时功，武帝旌旗在眼中"。而唐人例以汉武帝比唐玄宗，故句意亦双关。次联写池苑石雕。《汉宫阙记》说昆明池原有牛郎织女隔池相望的石像；《西京杂记》说池中原有玉石雕刻的鲸鱼，逢雷雨辄鸣吼，鳍尾皆动。此等石刻盛时皆为池苑生色，衰时则为沧桑见证。缀以"虚夜月"、"动秋风"，不胜铜驼荆棘之悲。三联写池中植物。菰即茭白，秋实为菰米，黑沉沉一片如乌云然；莲子成熟，花瓣也就坠落了。诗中所写菰米无人收，莲子无人采，一任波漂露冷，不胜黍离麦秀之感。末联从想象回到现实，由蜀还秦无路，生涯长在船中，故非渔翁而何。

其八

昆吾御宿自逶迤，紫阁峰阴入渼陂。

香稻啄馀鹦鹉粒，碧梧栖老凤凰枝。

佳人拾翠春相问，仙侣同舟晚更移。

彩笔昔曾干气象，白头今望苦低垂。

这首诗忆旧游渼陂之事，是故国之思四。

陂在陕西户县西五里，集终南山诸谷之水，合胡公泉而为陂，以鱼美得名。陂南为终南主峰——紫阁峰，陂中可见其倒影（陂在元末因游兵决水取鱼而涸）。杜甫偕岑参兄弟游陂在天宝十三载（754），有《渼陂行》记其事。昆吾、御宿（樊川）皆地名，在长安南，是从长安往渼陂的必由之路，一路行来，故曰"逶迤"。此与《闻官军收河南河北》末联相同，二句入地名者四，令人不觉。次联是千古名句，但历来在解释上分歧很大。顾宸曰："旧注以香稻一联为倒装句法，今观诗意，本谓香稻乃鹦鹉啄余之粒，碧梧则凤凰栖老之枝。盖举鹦鹉、凤凰以形容二物之美，非实事也。若云'鹦鹉啄馀香稻粒，凤凰栖老碧梧枝'，则实有鹦鹉、凤凰矣。少陵倒装句固不少，惟此一联不宜牵合。"也就是说，这两句是形容渼陂风物的美盛，以香稻、碧梧为主，"啄馀鹦鹉"、"栖老凤凰"不过为形容子句而已。据《后汉书》，郭泰、李膺同舟而济，宾客望之，以为神仙。三联即用此典，写与友人岑参等移棹夜游，带写京畿仕女游赏之盛，皆诗人亲历亲见。末联结兼总收四章，二句或作"彩笔昔曾干气象，白头吟望苦低垂"，然以时代较早之各本作"昔游"，概括昔游大明宫、曲江池、昆明池及渼陂而言，相应下句当作"今望"，与"昔游"遥遥相对，言下有不胜今昔之慨。"干气象"谓干预即领略过当日之气象，小而言之，固指以上胜地风景气象；大而言之，即指盛唐气象亦无不可。如是这两句对杜甫生平也是极为有力的一个概括。

要之，《秋兴八首》在内容上怀乡恋阙，吊古伤今，诗人生平思想得到集中的表现；在艺术上声韵沉雄，词采高华，气象森罗，风格沉郁；而它在杜甫七律中具有特殊地位，更因为其缜密的组诗体制——以序诗、三望、四忆的结构组成，在风格上也有变化，大体前四章即景抒怀，但章法、内容并不一样，风格则皆沉郁顿挫，一如《登楼》《登高》《白帝》等独立成篇的七律，它们合看有序性很强，分开则可以独立成章；后四章则不然，它们的章法、内容极为相似，像是一个个五彩缤纷的梦境；每章前六句大抵都用浓丽的色彩、斑斓的笔触、华丽的辞藻绘成，是一幅幅行乐图，风格类似初唐标格和诗人在宫廷中所写《奉和中书舍人贾至早朝大明宫》一类作品，所不同者，唯以末二句扫空前数句的繁华，好一似"七尺珊瑚只自残"，它们在组诗中起到了以对比手法表达今昔盛衰的压轴戏的作用，更应放到组诗中去欣赏。

诸将五首（录一）

韩公本意筑三城，拟绝天骄拔汉旌。

岂谓尽烦回纥马，翻然远救朔方兵。

胡来不觉潼关隘，龙起犹闻晋水清。

独使至尊忧社稷，诸君何以答升平？

《诸将五首》是一组政治抒情诗，唐代宗大历元年（766）作于夔州，本篇原列第二。当时安史之乱虽已平定，但边患却未根除，诗人痛感朝廷将帅平庸无能，故作诗以讽。正是由于这样的命意，五首都以议论为诗。在律诗中发绝大议论，是杜甫之所长，而《诸将》表现尤为突出。施议论于律体，有两重困难，一是议论费词，容易破坏诗的凝练；二是议论主理，容易破坏诗的抒情性。而这两点都被作者解决得十分妥善。

题意在"诸将"，诗却并不从这里说起，而先引述前贤事迹。"韩公"，即历事则天、中宗朝以功封韩国公的名将张仁愿。最初，朔方军与突厥以黄河为界，神龙三年（707），朔方军总管沙吒忠义为突厥所败，中宗诏张仁愿摄御史大夫代之。仁愿乘突厥之虚夺漠南之地，于河北筑三"受降城"，首尾相应，以绝突厥南侵之路。自此突厥不敢逾山牧马，朔方遂安。首联揭出"筑三城"这一壮举及意图，别有用意。将制止外族入侵写成"拟绝天骄（匈奴自称天之骄子，见《汉书》）拔汉旌"，就把冷冰冰的叙述化作激奋人心的图画，赞美之情洋溢纸上。一个"拟"字颇有意味，这犹如说韩公此举非一时应急，乃百年大计，有待来者继承。明说韩公而暗着意于"诸将"。

颔联笔锋一转，落到"诸将"方面来。肃宗时朔方军收京，败吐蕃，

407

皆借助回纥骑兵，所以说"尽烦回纥马"。而回纥出兵，本另有企图，至永泰元年 (765)，便毁盟联合吐蕃入寇。这里追述肃宗朝借兵事，意在指出祸患的缘由在于诸将当年无远见，因循求助，为下句斥其而今庸懦无能、不能制外患张本。专提朔方兵，则照应韩公事，通过两联今昔对照，不著议论而褒贬自明。这里，一方面是化议论为叙事，具体形象；一方面以"岂谓"、"翻然"等字勾勒，带着强烈不满的感情色彩，胜过许多议论，达到了含蓄、凝练的要求。

"尽烦回纥马"的失计，养痈遗患，五句申此意。安禄山叛乱，潼关曾失守；后来回纥、吐蕃为仆固怀恩所诱连兵入寇。"胡来不觉潼关隘"实兼而言之。潼关非不险隘，说不觉其险隘，正是讥诮诸将无人，亦是以叙代议，言少意多。

六句突然又从"诸将"宕开一笔，写到代宗。"龙起晋水"云云，是以唐高祖起兵晋阳譬喻，赞扬代宗复兴唐室。传说高祖师次龙门，代水清；而至德二载 (757) 七月，岚州合关河清，九月广平王 (即后来的代宗) 收西京。事有相类，所以引譬。初收京师时，广平王曾亲拜回纥马前，祈免剽掠。下句"忧社稷"三字，着落在此。六句引入代宗，七句又言"独使至尊忧社稷"，这是又一次运用对照手法，暴露"诸将"的无用。一个"独"字，意味尤长。盖收京之后，国家危机远未消除，诸将居然坐享"升平"，而"至尊"则独自食不甘味，言下之意实深，如发出来便是堂堂正正一篇忠愤填膺的文章。然而诗人不正面下字，只冷冷反诘道："诸君何以答升平？"戛然而止，却"含蓄可思"。这里"诸君"一喝，语意冷峭，简劲有力。

对于七律这种抒情诗体，"总贵不烦而至"(明·陆时雍《诗镜总论》)。而作者能融议论于叙事，两次运用对照手法，耐人玩味，正做到"不烦而至"。又通过惊叹 ("岂谓"二句)、反诘 ("独使"二句) 语气，为全篇增添感情色彩。议论叙事夹情韵以行，便绝无"伤体 (抒情诗之体)"之嫌。在遣词造句上，"本意"、"拟绝"、"岂谓"、"翻然"、"不觉"、"犹闻"、

408

"独使"、"何以"等字前后勾勒，使全篇意脉流贯，流畅中又具转折顿宕，所谓"纵横出没中，复含酝藉微远之致"（清·沈德潜《说诗晬语》），加强了作品的艺术感染力。

咏怀古迹五首（录二）

其一

支离东北风尘际，飘泊西南天地间。

三峡楼台淹日月，五溪衣服共云山。

羯胡事主终无赖，词客哀时且未还。

庾信平生最萧瑟，暮年诗赋动江关。

《咏怀古迹五首》于大历元年（766）作于夔州。本篇原列第一，咏庾信而感怀身世。盖庾信因侯景之乱流寓江陵，尝居宋玉之宅，其生平与诗人尤多相似之处。陈寅恪说"杜公此诗实一《哀江南赋》缩本，其中以自己比庾信，以玄宗比梁武，以安禄山比侯景。今以无赖之语属之羯胡，则知杜公之意，庾信赋中'无赖子弟'一语乃指侯景而言"（《金明馆丛稿》二）。

首联概述自安史之乱至今十二年漂泊流离的生涯，兼关庾信。上句言流离始于安史之乱（"东北风尘"），下句言至今尚淹留西南也。仇引顾注："东北纯是风尘，西南尚留天地"，理解大体准确。二句涵盖时空，各有偏重，始耐读。

次联落到目前流寓夔州的处境，亦关庾信。上句言淹滞三峡，徒送日月；下句言地处边鄙，风俗自殊。"三峡楼台"、"五溪衣服"字面刷色好看，但按之实际，前者指西阁——实傍崖筑室，非华丽之楼台也；后

409

者以衣服代指峡区土著人，"五溪（蛮）"本湖广间土著，史（《后汉书》）载其好五彩衣服，故借用也。铺彩属文，无非虚幻着色；字里行间，尽是恋阙之意。

三联遥承首联痛恨祸首，感伤遭际，诗人自身与庾信合一。《哀江南赋》云：用无赖之子弟，举江东而全弃。"无赖"本谓侯景，"羯胡"则指安禄山。梁武因信用侯景而亡，玄宗则以信用禄山致乱，而庾信和诗人自己则"藐是流离，至于暮齿"。既"哀时"不幸、又自伤"未还"，故著"且"字，而概括了双方的情形，备极顿挫沉郁。

末联感慨作结，明言庾信，兼及自身。盖庾信仕梁，以侯景之乱，遂奔江陵，梁元帝即位江陵，遣信使西魏，适值西魏攻梁，陷江陵，信遂留北朝达二十七年之久，所以说他"平生最萧瑟"。信在梁时与徐陵齐名，文并绮艳，号"徐庾体"；及入北朝，风格大变，常有乡关之思，《哀江南赋》即代表作，所以说是"暮年诗赋动江关"，此即论诗绝句所谓"庾信文章老更成"；而杜甫晚年在蜀的情况也差不多，他自谓"老去诗篇浑漫与"（《江上值水如海势聊短述》）、"晚节渐于诗律细"（《遣闷戏呈路十九曹长》）。这两句无意道出一个极其深刻的道理，即作家的创作与其经历有密切关系，所谓"暮年诗赋动江关"，实在是艰难玉成，不白萧瑟，幸乎不幸，诗人似乎重在言"平生萧瑟"之不幸，而后世端重其"暮年诗赋动江关"之大幸。使人想起白居易说"可怜荒陇穷泉骨，曾有惊天动地文"，"天意君须会，人间要好诗。"此诗的最大价值，也就在于它传神地塑造出庾信与杜甫两大作家的双人像。

其二

群山万壑赴荆门，生长明妃尚有村。
一去紫台连朔漠，独留青冢向黄昏。
画图省识春风面，环珮空归月夜魂。

千载琵琶作胡语，分明怨恨曲中论。

此诗原列第三，咏王昭君悲剧身世，兼寄一己之同情。据《大清一统志》，昭君村在荆州府归州（湖北秭归）东北四十里，即香溪。而据宋代做过夔州太守的王十朋说，按当时图经，昭君村归州有，巫山亦有，在神女庙下，故杜甫诗云"若言巫山女粗丑，安得此有昭君村?"（说见《梅溪集·昭君村》自注）诗中"荆门"当指唐代荆州荆门县（荆门市），而非湖北宜都的荆门山。

首联从地灵说起，前人谓"发端突兀，是七律中第一等起句。谓山水逶迤，钟灵毓秀，始产一明妃，说得窈窕红颜惊天动地"（吴瞻泰）。这种郑重的写法，也增加了全诗的悲剧气氛。

次联概括昭君出塞，死葬青冢之始末，从《恨赋》中来——"明妃去时，仰天叹息，紫台（指汉宫）稍远，关山无极；望君王兮何期，终芜绝兮异域。"青冢在今内蒙古呼和浩特市南，《琴操》说"胡中多白草而此冢独青"，这一传说饱含人民对昭君的同情。两句用流水对，"一去"明不返矣；"连"字明关山无极矣；"独留"明其孤单；"向黄昏"连文，则将时间概念转为空间意象，在读者眼前展开一片胡地黄昏的天幕，独有那小小孤冢以其特有的青青之色，引人注目。

三联写昭君之恨。昭君之恨一在不得相知，而汉元帝也就成为从来昏愦之主的一面镜子。昭君之恨又并不仅在不得于君，其恨之二是去国怀乡之恨。所以下句有"环珮空归月夜魂"之想，写出更深一层的悲哀，充满故国之思、爱国之情。日本电影《望乡》片末，有一个令人难忘的镜头，当女记者终于找到南洋姐们的坟墓，旁白是刺人心肠的——"她们背向着天朝长眠地下了"——"独留青冢向黄昏"啊。她们背对天朝，是有怨恨的，但这怨恨不正来自一种最难割断的情根？又焉知她们的怨魂不在月光如水的夜晚漂洋过海，"冥冥归去无人管"（姜夔《踏莎行》）呢?

末联感慨道，至今从仍作胡语的琵琶声中，分明还听得出曲中的怨情。这表明诗人堪称昭君千古知音，同时也传达出昭君寂寞千载之感。因为昭君泪中也有杜甫的泪，昭君的寂寞也是杜甫的寂寞。此诗的最大价值就在于成功地塑造了昭君之魂。

登高

风急天高猿啸哀，渚清沙白鸟飞回。

无边落木萧萧下，不尽长江滚滚来。

万里悲秋常作客，百年多病独登台。

艰难苦恨繁霜鬓，潦倒新亭浊酒杯。

杜甫此诗于大历二年（766）夔州重阳节登高作。大致上前四主景，后四主情。

首联两句各以三景连缀属对，上句曰"风急——天高——猿啸"，笔墨浓重，使人顿生秋气肃杀之感，故落笔在一个"哀"字，是猿声给人的感觉。下句曰"渚清——沙白——鸟飞"，着色转淡，只一"回"字便与"风急"呼应，有不胜风力之感。两句密集许多意象，写得秋声秋色俱足，而猿鸟惊秋，亦足兴起人的秋思。

次联笔势突变，不再一句三景，而作一句一景，"落木萧萧"、"长江滚滚"，已觉气势雄浑；而"无边"与"不尽"，则在空间和时间上广远延伸，境界更见阔大；音情上"萧萧下"以舌齿音传风声，"滚滚来"以开口呼传涛声，出神入化；象征上则包容十余年间人事代谢与历史变迁。

三联入情叙事，以"万里悲秋"、"百年多病"高度概括了老杜毕生经历及现实处境。其间熔铸了八九层意思：滞留客中、家山万里、常年如此、逢秋兴悲、登高又悲、独登更悲、百年过半、晚年多病，等等，可谓百感交集于十四字中。

末联谓多年国恨家愁，白发日多，排解唯酒，最后一句本作"新亭"，仇注曰"亭通停"，今人多据此释为近来（因病）断酒。裴斐引"新亭举目风景切"（《十二月一日三首》），谓新亭乃登高所在，即修成不久的亭子，谓末句非但不是说断饮，恰恰说的是痛饮，"潦倒"云云，即沉滞于酒也，与李白"与尔同销万古愁"同情。不同者，老杜所饮非"美酒"而是"浊酒"也。

本篇不但在内容上极为凝练，境界上极为阔大，感情上极为深沉，就形式而言也是令人叹为观止的。造次一看，首尾似"未尝有对"，中幅似"无意于对"，细按则一篇之中句句皆对、字字皆律，乃自然工稳，为杜诗中大气盘旋、沉郁悲壮风格之代表作。明代胡应麟推其为古今七律第一。

绝句二首（录一）

迟日江山丽，春风花草香。
泥融飞燕子，沙暖睡鸳鸯。

先唐以五绝写景，有所谓"一时而四景皆列"的手法，如吴筠诗："山际见来烟，竹中窥落日。鸟向檐上飞，云从窗里出。"这种手法又称为四句整对，在杜甫绝句更为常见。作于广德二年成都草堂的"迟日江山丽"一首绝句，即运用此法。上下联皆对，工整自然。

"迟日江山丽"。《诗经·豳风·七月》云："春日迟迟"，是说仲春的日子，白昼一天长似一天。这时风和日丽，山河特别秀美可爱。"迟日"二字笼罩全篇，给人以温暖明媚之感。

"春风花草香"。前句写春光明媚，此句则写春的气息。前句偏于触觉，此句偏于嗅觉。因"日"见"丽"，凭"风"传"香"，用字工稳可喜，又表现出景物间的联系。

前二句着力写春天给人的总体感受，较为宏观，有如画图的阔大背景。后二句则着力刻画一二细节，较具体而微。它写的是小径与溪边的景物。"泥融"、"沙暖"都承"迟日"句来。"飞燕子"、"睡鸳鸯"则写出两种鸟儿，一动一静，它们分别与"泥融"、"沙暖"搭配，意蕴更加丰富。盖燕子春来忙做窠，春来土湿，它们啄泥芳径，又复飞去。鸳鸯成双作对，因春水犹寒而日照沙暖，它们便交颈而眠，贪享春天的温暖。通过两种鸟儿的动静刻画，表现了春天的勃勃生机。

全诗既从大处着眼，又从细处落墨，有联系又有对照，虽一句一景，但不零乱、单调。"丽"、"香"、"融"、"暖"等形容字，下得准确，堪称诗眼。通过对美好春光的描绘，反映了饱经丧乱漂泊之苦的诗人在相对安定和平的环境中的喜悦心情。

八阵图

功盖三分国，名成八阵图。

江流石不转，遗恨失吞吴。

杜甫漂泊西南期间，所作咏怀古迹诗篇不少，其间有关蜀相诸葛亮的篇什尤多，《八阵图》就是一首。它作于大历元年（766）作者寓居夔州时。"八阵图"是由八种阵势（名目为：天、地、风、云、龙、虎、鸟、蛇）构成的战阵。古已有之，非始于亮。亮布八阵凡四，就中以布在夔州西南永安宫前平沙上的八阵图最为著名。据载：夔州八阵图聚细石为之，各高五尺，广十围。历然棋布，纵横相当。中间相去九尺，正中开南北巷，悉广五尺，凡六十四聚。

诗人一落笔就撇开阵图的具体描述，而以概括的笔墨点出八阵图与诸葛亮一生功名大节之关系："功盖三分国，名成八阵图。"历史上三国局面的形成，是以诸葛亮辅佐刘备割据西蜀为标志的，"功盖三分国"就肯定了诸葛亮在三国鼎立局面的奠定上，起了无与伦比的作用。首句偏重其人的政治才具，次句则偏重军事才能，并直扣题面"八阵图"。兼资文武全才，正是诸葛亮功盖三国、名垂后世的一个重要原因。这两句诗好在既有概括性，又有针对性（当地古迹）。其概括性可与"三顾频烦天下计，两朝开济老臣心"（《蜀相》）、"三分割据纡筹策，万古云霄一羽毛"（《咏怀古迹五首》其五）媲美，然而它只能是咏"八阵图"的诗句，不可他移。

"江流石不转"——这一句写到阵图本身来了，但仍不作一般描述，只抓住其特别引人注意的一点，着力描写。据刘禹锡《嘉话录》载："夔州西市，俯临江沙，下有诸葛亮八阵图，宛然犹存，峡水大时，三蜀雪消之际，颎涌晃漾，大木十围，枯槎百丈，随波而下，及乎水落川平，万物皆失故态，诸葛小石之堆，标聚行列依然。如是者近六百年，迄今不动。"这是一个奇迹。《诗经·邶风·柏舟》云："我心匪石，不可转也"，本是说石头易翻转，江水的力量更不难转石。而八阵图居然"江流石不转"，不免神异。看起来五字只纪实，其实字里行间充满慨叹，有赞颂其功千载不泯的意味，直承前两句而来。同时"石不转"三字又暗逗后文的"遗恨"。

诸葛亮既然功盖三国，而八阵图又名垂千古，何以复兴汉室的大业未竟，长使英雄泪满巾呢？末句便一笔兜转，说出此"遗恨"的缘由在于"吞吴"之失。这一句诸说不同，或谓以不能灭吴为恨（旧说），或谓以先主伐吴为恨（苏轼），或谓不能制主东下为恨，或谓先主伐吴不能用其阵法为恨。大要可分两种：一将"失吞吴"释为以吞吴失计；一释为以未吞吴为失计。按"蜀主窥吴幸三峡，崩年亦在永安宫"（《咏怀古迹五首》其四），刘备伐吴之举，实有违于诸葛亮联吴抗曹之策略，实为蜀国在政治上走下坡路的开端。虽有阵图，亦无济于事。此因阵图所在之地而连及史事，与《蜀相》诗感慨略同。故以"失吞吴"作以吞吴为失计较优。

赠花卿

锦城丝管日纷纷，半入江风半入云。
此曲只应天上有，人间能得几回闻。

历来对这首诗的意见颇不一致。胡应麟以为是赠成都姓花的歌伎，不确。盖杜甫同时有《戏作花卿歌》："成都猛物有花卿，学语小儿知姓名。"此花卿即同一人，名敬（一作惊）定，原为西川牙将（警卫部队指挥官），曾平定梓州段子璋之乱，其部下乘势大掠东川，本人亦恃功骄恣。杨慎说："花卿在蜀，颇僭用天子礼乐，子美作此讥之，而意在言外，最得诗人之旨。"区区一介武夫，僭用天子礼乐，罪名未必成立，黄生已言其非。倘是方镇，还差不多。虽然历来从此说的人甚多，但经不起推敲。读者宁肯将它作为纯然赞美成都音乐的美妙来读。

"锦城丝管日纷纷"，使人想起作者一到成都就写的那首诗，诗中说："喧然名都会，吹箫间笙簧。"（《成都府》）就是吹拉弹唱的地方很多，可见社会和平安定。"半入江风半入云"，作者创造了一种语式，后来跟进者很多，元曲有《一半儿》的曲牌。这句话别人想不出来，因为你分不清"半入江风"与"半入云"有何区别，你的听力没那么好。所以这个句子表明杜甫有音乐的耳。他能分辨出这个声音来自这里，那个声音来自那里。而"半入云"三字，又巧妙地引起第三句"此曲只应天上有"，便将乐曲比着天上仙乐，是对乐曲的极度称美了，但你偏偏又在成都听到这样美妙的仙乐。而且按照绝句三、四句的写作规律，上句说天下，下句

416

正应说人间，但要衔接自然——"人间能得几回闻。"虽然是说人间，与上句的意思又是衔接的。有人说老杜对绝句本无所解，从这首诗看，他懂得很。

唐时，人们常把宫廷乐曲比作"天乐"。（刘禹锡《与歌者何戡》："二十馀年别帝京，重闻天乐不胜情。"）自天宝后，梨园弟子多流落人间。随着玄宗入蜀，宫廷艺人亦有流离其间。故宫中音乐颇多外传。刘禹锡《田顺郎歌》云："清歌不是世间音，玉殿尝闻称主心。唯有顺郎全学得，一声飞出九重深。"可见民间流传宫中曲，算不得什么"僭越"。就算是有所谲谏，措意亦相当微婉，可以忽略不计。杨伦《杜诗镜诠》高度评价道："似诿似讽，所谓言之者无罪，闻之者足戒也。此等绝句，何减龙标（王昌龄）供奉（李白）。"

江畔独步寻花七绝句（录一）

黄四娘家花满蹊，千朵万朵压枝低。
留连戏蝶时时舞，自在娇莺恰恰啼。

上元元年（760）杜甫卜居成都西郭草堂，在饱经离乱之后，开始有了安身的处所，诗人为此感到欣慰。春暖花开的时节，他独自沿江畔散步，情随景生，一连成诗七首。此为组诗之六。

首句点明寻花的地点，是在"黄四娘家"的小路上。此句以人名入诗，生活情趣较浓，颇有世歌味。次句"千朵万朵"，是上句"满"字的具体化。"压枝低"，描绘繁花沉甸甸地把枝条都压弯了，景色宛如历历在目。"压"、"低"二字用得十分准确、生动。第三句写花枝上彩蝶翩跹，因恋花而"留连"不去，暗示出花的芬芳鲜妍。花可爱，蝶的舞姿亦可爱，不免使漫步的人也"留连"起来。但他也许并未停步，而继续

417

前行，因为风光无限，美景尚多。"时时"，则不是偶尔一见，有这二字，就把春意闹的情趣渲染出来。正在赏心悦目之际，恰巧传来一串黄莺动听的歌声，将沉醉花丛的诗人唤醒。这就是末句意境。"娇"字写出莺声轻松的感觉。"恰恰"与"时时"对举，是个时间副词，它把诗人感受确定在莺歌初起的时刻，全是一种新鲜的感觉。诗在莺歌中结束，饶有余韵。读这首绝句，仿佛自己也走在千年前成都郊外那条通往"黄四娘家"的路上，和诗人一同享受那春光给予视听的无穷美感。

这首诗写的是赏景，这类题材，盛唐绝句中屡见不鲜。但像此诗这样刻画十分细微，色彩异常秾丽的，则不多见。如"故人家顺桃花岸，直到门前溪水流"（常建《三日寻李九庄》），"昨夜风开露井桃，未央前殿月轮高"（王昌龄《春宫曲》），这些景都显得"清丽"；而杜甫在"花满蹊"后，再加"千朵万朵"，更添蝶舞莺歌，景色就秾丽了。这种写法，可谓前无古人。

其次，盛唐人很讲究诗句声调的和谐。他们的绝句往往能被诸管弦，因而很讲协律。杜甫的绝句不为歌唱而作，纯属诵诗，因而常常出现拗句。如此诗"千朵万朵压枝低"句，按律第二字当平而用仄。但这种"拗"绝不是对音律的任意破坏，"千朵万朵"的复叠，便具有一种口语美。而"千朵"的"朵"与上句相同位置的"四"字，虽同属仄声，但彼此有上、去声之别，声调上仍有变化。诗人也并非不重视诗歌的音乐美。这表现在三、四两双声词、象声词与叠字的运用。"留连"、"自在"均为双声词，如贯珠相连，音调婉转。"时时"、"恰恰"为叠字，既使上下两句形成对仗，又使语意更强，更生动，更能表达诗人迷恋在花、蝶之中，忽又被莺声唤醒的刹那间的快意。这两句除却"舞"、"莺"二字，均为舌齿音，这一连串舌齿音的运用造成一种喁喁自语的语感，惟妙惟肖地状出看花人为美景陶醉、惊喜不已的感受。声音的效用极有助于心情的表达。

在句法上，盛唐诗句多天然浑成，杜甫则与之异趣。比如"对结"

（后联骈偶）乃初唐绝句格调，盛唐绝句已少见，因为这种结尾很难做到神完气足。杜甫却因难见巧，如此诗后联发戏对仗工稳，又饶有余韵，使人感到用得恰到好处：在赏心悦目之际，听到莺歌"恰恰"，不是更使人陶然神往么？此外，这两句按习惯文法应作："戏蝶留连时时舞，娇莺自在恰恰啼"。但本诗把"留连"、"自在"提到句首，既是出于音韵上的需要，同时又在语意上强调上它们，使含意更易为人体味出来，句法也显得新颖多变。

绝句四首（录一）

两个黄鹂鸣翠柳，一行白鹭上青天。
窗含西岭千秋雪，门泊东吴万里船。

这首诗作于代宗宝应三年（762）。当时严武还镇成都，杜甫得知消息，从梓州跟着回到成都。这时他心情特别好，面对这生气勃勃的景象，情不自禁写下了一组即景小诗。诗成无题，即以"绝句"为题。这是组诗中的一首，写成都难得的好天气、好风光，诗人难得的好心情。

"两个黄鹂鸣翠柳"二句，是一副写景的对子，做得很工整，可以纳入《声律启蒙》，作为习作范例。"两个黄鹂"，写春天的黄莺成双成对，使人想到《豳风·七月》的"春日载阳，有鸣仓庚"，这里虽没说黄莺在歌唱，它的意思是黄莺在歌唱，唤起的听觉感受是悦耳；"一行白鹭"，是水鸟，在锦江上空的蓝天上自由飞翔，而排列有序，象征社会秩序得到治理。两句中用了"黄"、"翠"、"白"、"青"四种鲜明的颜色，唤起的视觉感受极为绚丽。

"窗含西岭千秋雪"二句，又是一副写景的对子。而且也包含着两个数词，"千秋雪"对"万里船"，前两句数目小，这两句数目大；前两句意思简单，这两句意思复杂；前两句写得很天真，这两句写得很老辣。
"窗含西岭千秋雪"，是说天气晴好时，空气能见度高，在成都就能看到
西岭雪山。诗人用"窗含"即窗框取景，颇有情趣。"门泊东吴万里船"，
是说草堂门外是锦江，停泊着从东南来的客船，意味深长。这个"东
吴"，其实是由"西岭"找到的。一在江之头，一在江之尾，搭成绝配。
"千秋雪"，是"思接千载"；"万里船"，是"视通万里"。表现出诗人心
事浩茫，有"青春作伴好还乡"的意思了。成都好不好？成都好。但
"梁园虽好，不是久恋之家"，诗人还是心系故国，心系故园，和平安定
到来时，第一个选项还是"青春作伴好还乡"。

　　全诗一句一景，可画作四条屏，但意脉上，却是连贯的、流动
的——江船的出现，触动了作者乡愁。它完整表现了诗人持续在时间上
的思想活动，因选入《千家诗》而广为传诵。

夔州歌十绝句（录一）

中巴之东巴东山，江水开辟流其间。
白帝高为三峡镇，瞿塘险过百牢关。

　　长江滔滔东流至四川奉节，即古代的夔州，就进入了举世闻名的长
江三峡之第一峡——瞿塘峡。此诗作于大历初，描绘歌颂了此处的山川
形胜。

　　东汉末刘璋据蜀，分其地为三巴，有中巴、西巴、东巴。夔州为巴
东郡，在"中巴之东"。"巴东山"即大巴山，在川、陕、鄂三省边境，
诗中特指三峡两岸连山。"巴"、"东"字在首句重复，前分后合，构成由
舒缓转急促的节拍，使人从声音上感受到大山的气势。"中巴之东巴东
山"，七字皆阴平声，更属创格，形成单一而奇崛的音调，有助于气氛渲

染，给人以石破天惊之感。次句写江水，"开辟"用如时间副词，意为从开天辟地以来，自古以来。不说"自古"而说"开辟"，是因为"自古"只能表达一个抽象的时间概念，而"开辟"这个联合结构动词富于形象性，能引起一种动感，仿佛夔门的形成是浪打波穿的结果，既突出自然伟力，又见出其地势的古老和险要。

前两句从较大角度，交代出夔州的地理环境，下两句进而更具体地描绘其山川形胜。"白帝"即白帝城，城在夔州之东的北岸高峰顶上。这里是公孙述割据称雄之处，也是三国时蜀汉防东吴的要冲，因它守住瞿塘峡口，足资镇压，所以说是"三峡镇"。在湍急的瞿塘峡江心，旧时有滟滪堆，冬日出水，夏日没入水中成为暗礁，所以"此中道路古来难"（刘禹锡《竹枝词九首》其七），不可谓不险。"百牢关"在汉中，两岸绝壁相对而立，六十里不断，因为它和夔州的瞿塘峡相似，所以用来作比。下联十四字抓住"高"、"险"特征，笔力千钧，把"高江急峡"写得极有气势。两句分承山水，句式对仗，音韵砍截，与散行作结风味全殊。

如果我们用盛唐绝句传统手法作对照，就会发现此诗在写作上有以下几个突出特点：一、传统绝句注重音调的平仄谐调，句格的稳顺；而此诗有意追求拗调，首句全用平声字，给人以奇离突兀之感。二、传统绝句注重风调，追求一唱三叹之音，尾联多取散行，一般"以第三句为主，第四句发之"（杨仲弘语），构成转合，即使用对结，也多采取流水对；这首诗的后二句用骈偶作结，类半首律诗，诗意的转折在两联之间，结束的音调戛然而止。三、传统绝句注重情景交融的表现手法，纯写景的不多，而此诗两联皆分写山水。纯乎写景，却又并非无情。它通过奇突雄浑的自然景物的描写，取得激动人心的艺术效果，读者能感受到诗人对祖国奇异山川的热爱和由衷的赞美。

戏为六绝句（录一）

王杨卢骆当时体，轻薄为文哂未休。

尔曹身与名俱灭，不废江河万古流。

杜甫在绝句题材的开拓上厥功甚伟，以绝句评论诗文就是他肇端的，后世仿效者绵绵不绝，如元好问、王士禛等俱有名篇，"论诗绝句"遂为百代不易之一体。《戏为六绝句》是杜甫论诗绝句的代表作。这一篇可称"初唐四杰论"。

盖唐代诗歌理论自陈子昂、李白提出复古主张以后，明确了诗歌发展方向，然而某些人理解片面，粗暴地全盘否定六朝文学，殃及"四杰"——"王（勃）、杨（炯）、卢（照邻）、骆（宾王）"。四杰本来已有意识摆脱传统因袭的负担，从色情、宫廷等黄色无聊的题材中解放出来，将视野转向广阔的社会生活，同时在律绝歌行等诗体的发展上也有贡献。但因他们尚未全然摆脱六朝藻绘余习，有人就对他们求全责备，吹毛求疵。如《玉泉子》载："时人之议，杨好用古人姓名，谓之点鬼簿；骆好用数对，谓之算博士。"即其一端。至于以"轻薄为文（诗）"哂之，又更甚焉。

杜甫不能同意这种对待遗产的见解和态度。"王杨卢骆当时体，轻薄为文哂未休。"二句首先揭这种时弊，而且表明了自己的反对态度。"当时体"这个创语，包含有一个极为精辟的见解，即任何作家都是"当时"历史的产物，诗风文风的形成与时代有关。正确的批评态度，是把它放到一定历史环境中去考察，看它是进步的还是落后乃至反动的，而不能以今例古，苛求前人。用这种观点来看王杨卢骆尚染六朝色彩的诗文，就会发现尽管它们还留有六朝色彩，但毕竟有了新的气象，足称初唐之"当时体"，合乎诗文发展的进步趋势。当然，实事求是的批判也是需要的，杜甫本人在同一组诗的"其三"中亦曾指出四杰"劣于汉魏近风骚"，对他们做了实事求是的批评。而不加分析地"哂未休"，就难说是正确的态度了。

轻诋前贤者大抵眼高手低，而杜甫所指时人连眼亦不高。他们苛责前贤，又不能反求诸己。这正是刚肠嫉恶的杜甫所不能容忍的，因此后两句进而对这些人发一当头棒喝——"尔曹身与名俱灭，不废江河万古流。"史炳《杜诗琐证》解道："言四子文体，自是当时风尚，乃嗤其轻薄者至今未休。曾不知尔曹名俱灭，而四子之文不废，如江河万古常流。"这里，杜甫对四杰赞以不朽，给予充分肯定。这正是在认清其历史功过得失的基础上做出的，所以一字千钧，力能扛鼎。

江南逢李龟年

岐王宅里寻常见，崔九堂前几度闻。
正是江南好风景，落花时节又逢君。

杜甫此诗大历五年（770）作于长沙。李龟年是开元天宝年间著名歌唱家，《明皇杂录》云："开元中，乐工李龟年善歌，特承顾遇，于东都洛阳大起第宅。其后流落江南，每遇良辰胜景，为人歌数阕，座中闻之，莫不掩泣罢酒。"杜甫年轻时出入于洛阳社交界、文艺界（翰墨场），曾多次领略过李龟年的歌声。昨天的大名人，今日的漂泊者，猝然相遇，慨何胜言。诗人将可以写成大部头回忆录的内容，铸为一首绝句，然二十八字中有太多的沧桑。

岐王是玄宗的御弟李范，崔九即玄宗朝任殿中监的崔涤——他是中书令崔湜的弟弟，这两人的堂宅分别在东都洛阳的崇善坊、遵化里。他们都是礼贤下士、在文艺界广有朋友的权贵人物，其堂宅也就自然成为当时的文艺沙龙。大歌星李龟年、洛阳才子杜甫都曾是这里的座上客。所以只一提"岐王宅"、"崔九堂",当年王侯第宅、风流云集,种种难忘的旧事,就会一齐涌上心头。"寻常见"又意味着后来的多年不见和今日的难得再见,"几度闻"意味着后来的多年不闻和今日难得重闻（杜甫该是从那变得悲凉的歌声中发现李龟年的吧）。此句意味深长:当年没人会给"寻常"的东西以足够的重视,而今失去随时相聚的机会,相逢的经常性（寻常）本身也就成了值得珍视（不同寻常）的东西了。这就是沧桑之感。

后二句写重逢,和以前的"寻常"和"几度"相呼应,是今日的"又重逢"。表面的口气像是说在彼此相逢的次数上又增加了一次,事实却不像它声称的、如同春回大地的那样简单。江南的春天的确照样来临,然而国事是"战血流依旧,军声动至今"（《风疾舟中伏枕书怀三十六韵奉呈湖南亲友》）,身世是"飘飘何所似,天地一沙鸥"（《旅夜书怀》）。如此重逢岂容易哉! 今日重逢,几时能再? 李龟年还在唱歌,然而"风流（已）随故事,（又哪能）语笑合新声?"（李端《赠李龟年》）他正唱着"红豆生南国"、"清风明月苦相思"一类盛唐名曲,赚取乱离中人的眼泪,盛唐气象早已一去不返了。这恰如异日孔尚任《桃花扇》中《哀江南》一套所唱:"俺曾见,金陵玉殿莺啼晓,秦淮水榭花开早,谁知道容易冰消。眼看他起朱楼,眼看他宴宾客,眼看他楼塌了。残山梦最真,旧境丢难掉,不信这舆图换稿。诌一套哀江南,放悲声唱到老。"诗中"落花时节"的"好风景",却暗寓着"流水落花春去也,天上人间"的沧桑感和悲怆感;四十年一相逢,今虽"又逢",几时还"又"。

诗当是重逢闻歌抒感,却无一字道及演唱本身,无一字道及四十年间动乱巨变,无一字直抒忧愤。然"世运之治乱,年华之盛衰,彼此之凄凉流落,俱在其中"（《唐诗三百首》）,这才叫"不著一字,尽得风流"。

【常非月】生卒年不详。玄宗天宝初官西河尉。《全唐诗》存诗一首。

咏谈容娘

举手整花钿，翻身舞锦筵。

马围行处匝，人压看场圆。

歌索齐声和，情教细语传。

不知心大小，容得许多怜？

　　《踏摇娘》是起源于南北朝时期的一种歌舞性戏剧表演，流行于唐代，俗又讹为《谈容娘》。崔令钦《教坊记》载之甚详："北齐有人姓苏，疱鼻，实不仁，而自号为郎中。嗜饮酗酒，每醉辄殴其妻，妻含悲诉于邻里。时人弄之（表演这故事），丈夫着妇人衣，徐步入场行歌，每一叠，旁人齐声和之云：'踏摇和来，踏摇娘苦和来'。以其且步且歌，故谓之'踏摇'，以称其冤，故言'苦'。及其夫至，则作殴斗之状，以为笑乐。今则妇人为之，遂不呼'郎中'，但云'阿叔子'，调弄又加典库（当铺），全失其旨。或呼为'谈容娘'，又非。"常非月生平不详，只知他做过西河尉，《全唐诗》存诗一首。但就是他仅有的这篇作品，却以取材的别致和表现的出色，成为引人注目的一首唐诗。

　　《踏摇娘》这种歌舞剧有两个角色，而主角则是一位能歌善舞，却遇人不淑的女性。她的丈夫是个形貌丑陋、脾气暴躁的酒鬼，官运不通，拿老婆做出气筒。可知剧中女角好比"一朵鲜花插在牛粪上"，是最能够博得观众同情的。诗一开始就描绘了这个剧中人给人美丽堪怜的形象："举手整花钿，翻身舞锦筵"。锦筵是舞台陈设，而一举手、一翻身两个动作细节，则暗示了那位女角色艺双绝，实在可爱。剧场必定彩声四起。

但诗人接下去并不复述剧情，却给读者展示了看场热闹拥挤的情况："马围行处匝，人压看场圆"。这是一场露天表演，"行处"、"看场"，即"剧团"扯开的场子。在最外围，拴着一圈儿马，想必是"剧团"的牲口，也许有观众托管的马匹。而内圈则由观众密密匝匝地围成，"压"一作"簇"，形容人众之多，煞是热闹。从这个阵容和场面，可想那表演一定是十分的精彩了。

紧接着，诗笔一转，又回到表演上来。如果说第一、二句写的是演员的做功，这两句则侧重于说唱功夫。歌舞剧兼重唱与做，有色还须有声。而《踏摇娘》唱法特点是主角每唱完一段，后台便要齐声帮腔赞和，每当"踏摇和来（'和来'二字当系泛声无实义），踏摇娘苦和来"的合唱一起，观众的情绪便激动起来，满堂喝彩。这就是"歌索齐声和"。但细微的表情，还得靠女主角道白传出，这时全场哑静，洗耳静听。这就是"情教细语传"了。这细语所传之情不是别的，就是红颜薄命、惨遭摧残的苦情。而苦戏，较之悲剧或喜剧，都更能博得中国市井细民的同情之泪，这是文化史上的一个事实。所以诗人最后借梁陈诗人之句慨叹道："不知心大小，容得几多怜？""大小"是个疑问词，即"有多大"的意思（同类词有"早晚"——多久等）。二句充分表明了《踏摇娘》（即《谈容娘》）这一苦剧产生的审美效果。

这首《咏谈容娘》诗虽短小，却不只着眼于表演本身，还适当地涉及了剧场的环境氛围。不仅给戏剧史提供了宝贵资料，就诗论诗，也有烘云托月的作用。写表演的诗句，被分割于首联与颈联，且各有侧重。好比蒙太奇手法，先是演员亮相时的绝招特写；继而是观众与剧场外围全景；然后回到舞台，剧情已经进入高潮。这样写，时空处理极为灵活，增大了诗的容量，增强了诗歌的表现力。

【元结】(719—772)字次山，先世本鲜卑拓跋氏，北魏时改姓元。唐鲁山（今属河南）人，其先居太原。天宝十三载（754）进士及第，复举制科。安史之乱中避地南方。乾元二年（759）以右金吾兵曹参军摄监察御史，充山南东道节度参谋，一度代摄荆南节度使事。后历任道州、容州刺史，加授容州都督充本管经略守捉使。有明辑本《元次山文集》。

欸乃曲五首（录一）

湘江二月春水平，满月和风宜夜行。
唱桡欲过平阳戍，守吏相呼问姓名。

　　本诗作于大历二年（767）。作者（时任道州刺史）因军事诣长沙都督府，返回道州（湖南道县西）途中，逢春水大发，船行困难，于是作诗五首，"令舟子唱之，盖以取适道路云"（《诗序》）。"欸乃"为棹声。"欸乃曲"犹船歌。

　　从长沙还道州，本属逆水，又遇江水上涨，怎么能说"宜夜行"呢？这是从坐船而不是划船的角度立言的。诗的前两句将二月湘江之夜写得平和美好，"春水平"写出了江面的开阔，"和风"写出了春风的和煦，"满月"写出月色的明朗。诗句洋溢着乐观精神，深得民歌之神髓。

　　三、四句是诗人信手拈来一件行船途遇之事，做入诗中：当桨声伴着歌声的节拍，行驶近平阳戍（在衡阳以南）时，突然传来高声喝问，打断了船歌：原来是戍守的官吏在喝问姓名。如此美好、富于诗意的夜里，半路"杀"出一个"守吏"，还不大煞风景么？本来应该听到月下惊鸟的啼鸣，远村的犬吠，那才有诗意呢。此诗一反老套，另辟新境。"守吏相呼问姓名"，这个平凡的细节散发着浓郁的时代生活气息。大历年间，天下早不是"九州道路无豺虎，远行不劳吉日出"（杜甫《忆昔》）那般太平了。元结做道州刺史便是在"州小经乱亡"（《春陵行》）之后。春江月夜行船，遇到关卡和喝问，破坏了境界的和谐，正反映出那个时代的特征。

其次，这一情节也写出了夜行船途中异样的感受。静夜里传来守吏的喝问，并不会使当时的行人意外和愕然，反倒有一种安全感。当船被发放通行，结束了一程，开始了新的一程，乘客与船夫都会有一种似忧如喜的感受。可见后两句不但意味丰富，而且新鲜。这才是元结此诗独到之处。

诗句是即兴式的，似乎得来全不费工夫。但敢于把前所未有的情景入诗，却非有创新的勇气不可。和任何创造一样，诗永远需要新意。

【李约】生卒年不详。字存博，唐宗室、宰相李勉子。德宗贞元十五年（799）至宪宗元和二年（807）为浙西节度从事，后官至兵部员外郎。《全唐诗》存其诗十首。

观祈雨

桑条无叶土生烟，箫管迎龙水庙前。
朱门几处看歌舞，犹恐春阴咽管弦。

此诗写观看祈雨的感慨。通过大旱之日两种不同生活场面、不同思想感情的对比，深刻揭露了封建社会尖锐的阶级矛盾。《水浒》中"赤日炎炎似火烧"那首著名的民歌与此诗在主题、手法上都十分接近，但二者也有所不同。民歌的语言明快泼辣，对比的方式较为直截了当；而此诗语言含蓄曲折，对比的手法比较委婉。

首句先写旱情，这是祈雨的原因。《水浒》民歌写的是夏旱，所以是"赤日炎炎似火烧，野田禾稻半枯焦"。此诗则紧紧抓住春旱特点。"桑条

428

无叶"是写春旱毁了养蚕业，"土生烟"则写出春旱对农业的严重影响。因为庄稼枯死，便只能见"土"；树上无叶，只能见"条"。所以，这描写旱象的首句可谓形象、真切。"水庙"即龙王庙，是古时祈雨的场所。白居易就曾描写过求龙神降福的场面："丰凶水旱与疾疫，乡里皆言龙所为。家家养豚漉清酒，朝祈暮赛依巫口。"（《黑龙潭》）所谓"赛"，即迎龙娱神的仪式，此诗第二句所写"箫管迎龙"正是这种赛神场面。在箫管鸣奏声中，人们表演各种娱神的节目，看去煞是热闹。但是，祈雨群众只是强颜欢笑，内心是焦急的。这里虽不明说"农夫心内如汤煮"，而意思全有。相对于民歌的明快，此诗表现出含蓄的特色。

诗的后两句忽然撇开，写另一种场面，似乎离题，然而与题目却有着内在的联系，如果说前两句是正写"观祈雨"的题面，则后两句可以说是观祈雨的感想。前后两种场面，形成一组对照。水庙前是无数小百姓，箫管追随，恭迎龙神；而少数"几处"豪家，同时也在品味管弦，欣赏歌舞。一方是唯恐不雨；一方却"犹恐春阴"即生怕下雨。唯恐不雨者，是因生死攸关的生计问题；"犹恐春阴"者，则仅仅是怕丝竹受潮，声音哑咽而已。这样，一方是深重的殷忧与不幸，另一方却是荒嬉与闲愁。这样的对比，潜台词可以说是：世道竟然如此不平啊！这一点作者虽已说明却未说尽，仍给读者以广阔联想的空间。此诗对比手法不像"农夫心内如汤煮，公子王孙把扇摇"那样一目了然，因而它的讽刺更为曲折委婉，也更有回味。

【李冶】(? —784) 女，字季兰，唐长江三峡一带人，长期寓居江浙。与诗人刘长卿、陆羽、皎然等有诗往还。德宗建中间陷朱泚之乱，坐诗有不敬朝廷语被杀。《全唐诗》存其诗十八首。

八至

至近至远东西，至深至浅清溪。
至高至明日月，至亲至疏夫妻。

诗歌要用形象思维，唐诗很重形象思维，这是尽人皆知的，但又很难执一而论。相对于散文来说，诗固然以意象见长；而相对于绘画、音乐来说，诗显然还是以共理性内容取胜的，这首六言绝句就很有哲理意味。由于首字"至"在诗中反复出现八次，故题名《八至》，这在文人诗中很别致。

"至近至远东西"，说的是一个浅显而深奥的道理。东、西是两个相对的方位，没有位置、距离的规定性。地球上除南北极，任何地点都具有这两个方向。二物并置不取南北走向，则此二物已有一东一西的区别了，所以"东西"说近也近，可以间隔为零，"至近"之谓也。如两物沿此两向渐去渐远，可至无穷，却仍不外乎一东一西，可见"东西"说远也远，乃至"至远"。这"至近至远"统一于"东西"，是常识，却具有深刻的辩证法。

"至深至浅清溪"，清溪不比江河湖海，"浅"是实情，是其所以为溪的特征之一。然而，它又有"深"的假象，特别是水流缓慢近于清池的溪流，可以倒映云鸟、涵泳星月，形成上下天光，令人莫测浅深。如果说前一句讲的是事物的远近相对的道理，这一句则涉及现象与本质的矛盾统一，属于辩证法的不同范畴，绝不是简单重复。诗人想得很深。而且这一句在道理上更容易使人联想到世态人情。总此两句对全诗结穴的末句都具有兴的意味。

"至高至明日月"，相对于前后的诗句，第三句也许是最肤浅的。

430

"高"是取决于天体与地球的相对距离，而日月本不一样。"明"指天体发光的强度，月借日的光，二者更不一样。但是日月同光是人们的感觉，日月并举是向有的惯例，以此入诗，倒也无可挑剔。这个随口道出的句子，在全诗结构上还自有妙处。警句太多容易使读者因理解而费劲，不见得就好，而警句之间穿插一个平凡的句子，恰有松弛心力，以便再度使之集中的调节功能，有为全诗生色。

前三句虽属三个范畴，而它们偏于物理则一，唯有末句专就人情言之，显然是全诗结穴所在——"至亲至疏夫妻"。

当代某些人类学者试图以人的空间需求来划分亲疏关系。而夫妻关系是属于"密切空间"的，特别是谈情说爱之际。按照这样的看法，真是"至亲"莫如夫妻。然而世间的事情往往是复杂的，伉俪情深固然有之，貌合神离而同床异梦者也大有人在。夫妻间也有隐私，也有利害冲突，也有反目成仇的案例——所谓"爱有多深，恨有多深"。有的则从来没有爱过。在封建社会由于夫为妻纲，不平等的地位造成不和谐的关系；父母之命，媒妁之言造成没有爱情的婚姻。而女子的命运往往悲苦。这些都是所谓"至疏"的社会根源。

如果说诗的前两句妙在饶有哲理和兴义，则末句之妙，专在针砭世情，极为冷峻。作者是一位女冠，与男士们有些交往，诗该是有感而发的吧。